SERIA DE AUTOR

SALMAN RUSHDIE

Colecția BIBLIOTECA POLIROM este coordonată de Bogdan-Alexandru Stănescu.

www.polirom.ro

Editura POLIROM
Iași, B-dul Carol I, nr. 4 ; P.O. BOX 266, 700506
București, Splaiul Unirii nr. 6, bl. B3A, sc. 1, et. 1,
sector 4, 040031, O.P. 53, C.P. 15-728

Descrierea CIP a Bibliotecii Naționale a României :

RUSHDIE, SALMAN

Copiii din miez de noapte / Salman Rushdie ; trad. și note de Radu Paraschivescu. – Ed. a 3-a – Iași : Polirom, 2013

ISBN: 978-973-46-2071-5

I. Paraschivescu, Radu (trad.)

821.111-31=135.1
06.068:821.111.09 Rushdie, S.
929 Rushdie, S.

Printed in ROMANIA

SALMAN RUSHDIE

Copiii din miez de noapte

Ediția a III-a

Traducere din limba engleză și note
de Radu Paraschivescu

POLIROM
2013

SALMAN RUSHDIE s-a născut la Bombay (azi Mumbai) în 1947. La vârsta de treisprezece ani pleacă în Anglia, unde va studia istoria la prestigiosul Kings College din Cambridge. După absolvire se mută la Karachi, în Pakistan. Are o scurtă și nefericită experiență în televiziune, apoi se întoarce în Anglia, unde își construiește o carieră de scriitor profesionist. Debutează în 1975 cu *Grimus* (Polirom, 2008), dar romanul care l-a impus definitiv este *Copiii din miez de noapte* (1981; Polirom, 2005, 2007), distins cu Booker Prize în 1981 și The Booker of Bookers în 1993. Au urmat volumele *Rușinea* (1983; Polirom, 2001, 2008), *Versetele satanice* (1988; Polirom, 2007), pentru care a fost condamnat la moarte de ayatollahul Khomeini în 1989, *Harun și Marea de Povești* (1990; Polirom, 2003, 2008, 2013), *Ultimul suspin al Maurului* (1995; Polirom, 2002, 2010), *Pământul de sub tălpile ei* (1999; Polirom, 2003, 2008, 2011), *Furie* (2001; Polirom, 2012), *Shalimar clovnul* (2005; Polirom, 2006, 2013), *Seducătoarea din Florența* (2008; Polirom, 2009, 2011), *Luka și Focul Vieții* (2010; Polirom, 2010). Pe lângă romanele menționate, a mai publicat culegerea de povestiri *Orient, Occident* (1994; Polirom, 2005, 2009), relatarea unei călătorii în Nicaragua, intitulată *Surâsul jaguarului* (1987, 1997; Polirom, 2012), și volumele de publicistică *Patrii imaginare* (1992; Polirom, 2008) și *Dincolo de limite* (2002; Polirom, 2006). În toamna anului 2012 publică simultan, în mai multe țări, un volum de memorii din perioada *fatwei*. Ediția românească a apărut la Editura Polirom, cu titlul *Joseph Anton: Memorii*. În 1999 Franța i-a acordat titlul de Commandeur dans l'Ordre des Arts et des Lettres. În 2007 i-a fost decernat titlul de Cavaler al Imperiului Britanic, iar în 2008 a devenit membru în American Academy of Art and Letters.

Romanul *Copiii din miez de noapte* este povestea celor 1001 copii născuți la miezul nopții dintre 14 și 15 august 1947, când India își proclamă independența față de Marea Britanie. Toți acești copii sunt înzestrați cu puteri supranaturale, iar romanul urmărește îndeaproape destinele a doi dintre ei: Saleem, fiul nelegitim al unei femei hinduse sărace, și Shiva, singurul moștenitor al unei familii musulmane înstărite; cele două destine se încrucișează în chip straniu în clipa în care copiii sunt schimbați la naștere.

Lui Zafar Rushdie care, contrar așteptărilor, s-a născut după-amiaza

Cartea întâi

Cearşaful găurit

M-am născut în oraşul Bombay... cândva demult. Nu, nu merge, n-am cum să scap de dată : m-am născut la maternitatea doctorului Narlikar pe data de 15 august 1947. La ce oră ? Contează şi ora. Fie : noaptea. Nu, e important să fii mai... De fapt, când a bătut de miezul nopţii. Limbile ceasului s-au împreunat respectuos la naşterea mea. Of, hai, zi-i odată : exact în clipa când India a ajuns independentă, am venit şi eu pe lume. S-a gâfâit zdravăn în jurul meu. Iar dincolo de geamuri, focuri de artificii şi lume ca la urs. După câteva clipe, taică-meu şi-a scrântit degetul mare de la picior, dar accidentul lui a fost un fleac pe lângă ce mi se întâmplase mie în acel moment al beznei, căci, din cauza tiraniilor oculte ale ceasurilor care salutau cumpătat, fusesem încătuşat misterios de istorie, cu destinele indisolubil legate de cele ale ţării mele. Pe durata următoarelor trei decenii, nu aveam cum să scap. Ursitoarele îmi ghiciseră viitorul, ziarele îmi anunţaseră apariţia, politicienii îmi confirmaseră autenticitatea. Nu mi se dăduse voie să spun nimic în chestiunea asta. Eu, Saleem Sinai, poreclit ulterior Mucea, Pocilă, Cheliosul, Smârcâici, Buddha şi chiar Ţăndărel-de-Lună, mă încâlcisem adânc în Soartă – o implicare primejdioasă, în cel mai bun caz. Iar pe vremea aia nu puteam nici măcar să-mi şterg nasul.

Oricum, la ora asta, timpul (care nu-mi mai foloseşte la nimic) e pe sfârşite. În scurtă vreme o să am treizeci şi unu de ani. Poate. Dacă-mi dă voie corpul meu şubrezit şi în piuneze. Dar nu trag nădejde că o să-mi salvez viaţa, după cum nu pot să mă bizui pe o mie de nopţi şi încă una. Trebuie să lucrez rapid, mai repede ca Şeherezada, dacă vreau ca până la urmă să însemn – da, să însemn – ceva. Recunosc deschis : mai presus de orice, mi-e frică de absurditate.

Şi sunt atâtea poveşti de spus (prea multe), un asemenea belşug de vieţi, evenimente, miracole, lumi şi zvonuri împletite între ele, un amalgam atât de dens al improbabilului şi lumescului ! Am fost un înghiţitor de vieţi ; şi chiar dacă o să vreți să mă cunoașteți doar pe mine, o să trebuiască să-i dați pe gât pe toți. Multitudini mistuite se freacă și se lovesc una de alta înăuntrul meu; și, călăuzit de amintirea unui cearșaf mare și alb, cu o gaură aproximativ circulară și cam de douăzeci de centimetri diametru chiar în centru, prinzându-mă de visul acelui pătrat de pânză găurit și mutilat care e talismanul meu – Sesam, deschide-te –, trebuie să mă înham la munca de reconstituire a propriei vieți din clipa când a început efectiv, cu treizeci și doi de ani înainte de nașterea aceea concretă, *prezentă,* vestită de ceasuri și mânjită de sângele crimei.

(Întâmplător, și cearșaful e pătat cu trei picături de un roșu învechit. Cum stă scris în Coran: *Recită, în numele Domnului și Creatorului tău, care l-a zămislit pe Om din cheaguri de sânge.*)

Într-o dimineață din Kashmir de pe la începutul primăverii lui 1915, bunicul meu, Aadam Aziz, s-a lovit de o moviliță de pământ înghețat pe când încerca să se roage. Trei stropi de sânge i-au curs din nara stângă, s-au întărit iute în aerul rece și i s-au așternut în fața ochilor pe covoraș, prefăcuți în rubine. Mișcându-se ca să ajungă să-și țină iarăși capul drept, el a văzut că se întăriseră și lacrimile care-i jucaseră în ochi: în clipa aceea, în vreme ce-și alunga disprețuitor diamantele din gene cu dosul palmei, s-a hotărât să nu mai sărute în veci pământul pentru nici un zeu și pentru nici un om. Totuși, hotărârea asta l-a străpuns ca un glonț, producând un gol într-o zonă intimă și vitală, și făcându-l vulnerabil în fața femeilor și a istoriei. Cu toate că știa medicină, la început nu și-a dat seama, așa că s-a ridicat, a rulat covorașul până a ajuns să semene cu un trabuc uriaș și, ținându-l sub brațul drept, a cercetat valea cu ochii lui limpezi, din care diamantele fuseseră izgonite.

Lumea se înnoise. După ce iernase în crusta ei de gheață, valea își croise drum la suprafață, umedă și galbenă. Iarba nouă aștepta cuminte momentul, iar munții se retrăgeau pentru anotimpul cald. (Iarna, când valea se chircea sub gheață, aceiași munți se apropiau amenințători, ca niște fălci hămesite în jurul orașului de pe lac.)

Pe vremea aceea pilonul pentru antena radio nu fusese ridicat, iar templul lui Sankara Acharya, o bășicuță neagră pe un deal kaki, străjuia mai departe străzile și lacul Srinagar. Pe atunci nu exista nici o unitate militară lângă lac; șerpii nesfârşiţi ai coloanelor de camioane şi jeepuri de camuflaj nu blocau drumurile înguste de munte, iar soldaţii nu se pitulau în spatele culmilor muntoase de după Baramulla şi Gulmarg. Pe vremea aceea călătorii nu erau consideraţi spioni şi nu erau împuşcaţi dacă fotografiau poduri, iar în afara caselor plutitoare de pe lac ale englezilor valea rămăsese cam tot ca pe timpul Imperiului Mogul, cu toate înnoirile primăverii; însă ochii bunicului meu – care aveau, ca şi el, douăzeci şi cinci de ani – au văzut altfel lucrurile... şi a început să-l mănânce nasul.

Să vă divulg secretul văzului schimbat al bunicului meu: petrecuse cinci ani, cinci primăveri, departe de casă. (Oricât de importantă s-ar fi dovedit, pitită sub o cută oarecare a covoraşului, grămăjoara de pământ a fost de fapt un simplu catalizator.) Acum, întorcându-se, bunicul s-a folosit de privirea călătorului. În loc de frumuseţea văioagei încercuite de colţi uriaşi, a observat îngustimea şi apropierea orizontului, încercând tristeţea de-a fi acasă şi de-a se simţi împresurat. De asemenea, a avut sentimentul – inexplicabil – că locului aceluia vechi îi displăcea înapoierea lui şcolită şi scrutătoare. Sub gheaţa iernii se instalase o indiferenţă rece, dar acum nu mai încăpea îndoială; anii din Germania îl readuseseră într-un mediu ostil. După multă vreme, când gaura dinăuntru îi fusese astupată de ură şi când venise să se sacrifice pe altarul zeului din piatră neagră din templul de pe deal, avea să încerce să-şi aducă aminte de primăverile paradiziace ale copilăriei, înainte ca turismul, grămăjoarele de pământ şi tancurile armatei să strice totul.

În dimineaţa când valea strânsă sub covoraş îl lovise în nas, încercase absurd să pretindă că nu se schimbase nimic. Aşa că se trezise în frigul crâncen de la patru şi un sfert, se spălase cum îi era obiceiul, se îmbrăcase şi-şi pusese căciula de astrahan a tatălui său, după care dusese covoraşul de rugăciune rulat ca un trabuc în grădiniţa de lângă lac, în faţa casei lor bătrâneşti şi întunecoase, şi-l întinsese peste moviliţa care aştepta. Pământul pe care păşea avea o moliciune înşelătoare, care-l făcea nesigur şi totodată nesăbuit.

— În numele Domnului nostru Bun şi Milostiv...

Exordiul rostit cu mâinile împreunate ca o carte îl mângâia pe de o parte, dar mai mult îl făcea să nu se simtă în largul lui.

— ...slăvit fie Allah, Stăpânul Creaţiei...

Dar acum în minte îi năvălea Heidelbergul. Iat-o pe Ingrid, pentru scurtă vreme a lui, cu o expresie de dispreţ pentru tot ce repeta el acolo papagalicește, cu fața spre Mecca; iată-i și pe prietenii lor, anarhiștii Oskar și Ilse Lubin, care-și băteau joc de rugăciunea lui cu toate antiideologiile alea...

— ...cel Înțelegător și Milostiv, Regele Judecății de Apoi!...

Heidelbergul unde, în afară de medicină și politică, învățase că India – la fel ca radiul – fusese „descoperită“ de europeni; până și Oskar era mut de admirație în fața lui Vasco da Gama, iar în cele din urmă tocmai asta l-a despărțit pe Aadam Aziz de prietenii lui, convingerea acestora că era într-un fel invenția propriilor lor strămoși...

— ...doar pe Tine te slăvim și doar Ție ne rugăm de ajutor...

Și iată cum, în pofida a ceea ce-i năvălise în minte, încerca să redescopere un eu anterior care le nesocotea influența, dar știa tot ceea ce se cuvenea să știe, despre supunere, bunăoară, și despre ce făcea acum, în timp ce mâinile împinse de vechi amintiri i se ridicau fâlfâind, cu degetele mari astupându-i urechile și cu celelalte răsfirate, iar el se lăsa în genunchi.

— ...Călăuzește-ne pe calea cea dreaptă, a celor care Ți-au fost aproape...

Dar nu avea rost, era prins într-o zonă neutră bizară, imobilizat între credință și mefiență, iar toate astea erau în fond o șaradă...

— ...nu a celor care Ți-au stârnit mânia și nici a celor care s-au rătăcit.

Bunicul meu și-a lăsat fruntea în pământ. S-a aplecat în față, iar țărâna de sub covorașul de rugăciune s-a sumețit spre el. Pe urmă a venit vremea movilitei. Mustrare venită dinspre Ilse-Oskar-Ingrid-Heidelberg și în același timp valea-lui-Dumnezeu, aceasta l-a pocnit drept în nas. Au căzut trei stropi. Rubine și diamante. Iar bunicul s-a îndreptat de șale și s-a decis. S-a ridicat în picioare. A rulat trabucul. S-a uitat dincolo de lac. Și a fost lovit pentru totdeauna în locul acela din mijloc, incapabil să se închine unui Dumnezeu de a cărui existență nu se putea îndoi pe deplin. Modificarea permanentă: o gaură.

Tânărul și prosperul absolvent, doctor Aadam Aziz, a rămas cu fața spre lacul primăvăratic, adulmecând izurile schimbării, în timp ce întorcea spatele (extrem de drept) altor lucruri care nu mai erau la fel. În timp ce era plecat din țară, tatăl lui făcuse un atac cerebral pe care maică-sa îl ținuse secret. Vocea mamei lui, îngânând stoic: „... *Fiindcă studiile tale erau prea importante*, fiule“. Mama asta, care-și petrecuse toată viața în casă, consemnată în *purdah*, găsise deodată o forță colosală și se apucase de măruntul negoț cu pietre prețioase (turcoaze, rubine și diamante) cu ajutorul cărora Aadam fusese dat la medicină, beneficiind și de o bursă; se întorsese și găsise ordinea aparent încremenită a propriei familii bulversată și pe maică-sa ducându-se la lucru, în vreme ce taică-său se pitea în spatele vălului coborât peste mintea lui de atacul cu pricina... Pe un scaun de lemn, într-o cameră întunecoasă, ședea cuminte și imita trilurile păsărilor. Treizeci de specii diferite de zburătoare îl vizitau și i se opreau pe pervazul ferestrei oblonite, sporovăind despre câte-n lună și în stele. Părea destul de fericit.

(...Și văd deja cum încep să se repete lucrurile; căci n-a găsit oare și bunică-mea o colosală... nici atacul cerebral n-a fost singurul... și Maimuța de Bronz își avea păsările... blestemul s-a și pornit, deși nici n-am trecut bine de nasuri!)

Lacul nu mai era un patinoar. Dezghețul se petrecuse rapid, ca de obicei; multe bărcuțe *shikara* fuseseră prinse moțăind, ceea ce era la fel de normal. Dar în vreme ce trântorițele astea dormeau pe uscat, sforăind pașnic lângă proprietari, cea mai veche barcă era trează de când se crăpa de ziuă, așa cum sunt de multe ori bătrânii, așa că pleca prima pe lacul dezghețat. *Shikara* lui Tai... și asta era tot în firea lucrurilor.

Ia uitați-vă cât de repede străbate bătrânul barcagiu Tai apa încețoșată, îndoit de șale în spatele ambarcațiunii! Cum despică sacadat buruienile cu vâsla compusă dintr-o inimă de lemn la capătul unui băț galben! Prin părțile astea, lumea îl crede ciudat pe bătrân fiindcă vâslește în picioare... printre altele. Tai, care-l cheamă grabnic pe doctorul Aziz, e pe punctul să pună istoria în mișcare... în timp ce Aadam, cu privirile coborâte în apă, își amintește ce l-a învățat Tai cu ani în urmă: „Gheața stă tot timpul în așteptare, Aadam *baba*, imediat sub pielea apei". Ochii lui Aadam sunt limpezi și de un albastru uimitor, ca al cerului de munte, care știe să se oglindească în pupilele oamenilor din Kashmir; iar aceștia n-au uitat cum să se uite. Privesc cu toții – iată! ca scheletul unei stafii, aproape de suprafața lacului Dal! – dantelăriile delicate, păienjenișul minuțios al liniilor incolore, venele reci și în așteptare ale viitorului. Anii petrecuți la nemți, care au pus în umbră atât de multe, nu i-au răpit darul vederii. Darul lui Tai. Își ridică privirile, vede V-ul care se apropie al bărcii lui Tai și-și agită mâinile în semn de salut. Tai ridică și el brațul – dar ăsta e un ordin. „Așteaptă!" Bunicul meu așteaptă; iar cât timp durează acest interludiu și el își trăiește pacea de pe urmă a vieții, o pace tulbure, de rău augur, ar fi bine să încep să-l descriu.

Ferindu-mă să-mi strecor în voce invidia urâtului pentru cei chipeși din cale-afară, consemnez că doctorul Aziz era un bărbat înalt. Stând drept și cu spatele lipit de un perete al casei părintești, măsura douăzeci și cinci de cărămizi (câte una pentru fiecare an din viață) sau un metru optzeci și cinci. Pe lângă asta, era puternic. Avea o barbă deasă și roșcată, ceea ce o enerva pe maică-sa, care spunea că doar hagiii, bărbații care fuseseră în pelerinaj la Mecca, aveau voie să-și lase bărbi roșcate. Cu toate acestea, părul îi era aproape negru. Despre ochii de culoarea cerului v-am vorbit deja. „Când au ajuns la fața ta, culorile au luat-o razna", îi spusese Ingrid. Însă principala trăsătură a anatomiei bunicului meu nu era nici culoarea, nici înălțimea, nici forța brațului, nici perfecțiunea spatelui drept. Iat-o oglindindu-se în apă, ondulându-se ca o pătlagină nebună în mijlocul feței lui... Așteptându-l pe Tai, Aadam Aziz își privește nasul, pe care dansează crețuri. I-ar fi fost ușor să domine și chipuri mai puțin spectaculoase, dar chiar și acolo unde e oamenii îl observă primul și-l țin minte cel mai mult. „Un cyranăsoi", a decretat Ilse Lubin, iar Oskar a adăugat: „Un proboscissimus". Cât despre Ingrid, ea a declarat: „Poți să treci râul pe el". (Asta zic și eu, punte a suspinelor.)

Nasul bunicului meu: nări fremătânde, arcuite ca doi dansatori. Între ele se înalță și se încovoaie triumfător nasul propriu-zis, la început în sus și în afară, pe urmă în jos și în interior, apropiindu-se de buza de sus cu un vârf superb și la ora actuală roșu. Un nas cu care e ușor să lovești o moviliță de pământ. Vreau să-mi exprim oficial gratitudinea față de organul ăsta semeț – dacă n-ar fi fost el, cine-ar mai fi crezut că eram într-adevăr fiul mamei mele și nepotul bunicului meu? –, față de acest dispozitiv formidabil, care avea să-mi consfințească totodată dreptul de progenitură. Nasul doctorului Aziz – comparabil numai cu trompa zeului cu cap de elefant Ganesh – a pecetluit fără drept de apel dreptul posesorului de a fi patriarh. Tot Tai l-a învățat și chestia asta. Când micul Aadam nici nu trecuse de pubertate, bătrânul barcagiu ponosit i-a spus:

— Cu nasul ăsta poți să-ți întemeiezi o familie, prințișorule. Toată lumea o să știe din cine ți se trag urmașii. Împărații Moguli și-ar fi dat mâna dreaptă pentru un asemenea nas. Dinastii întregi așteaptă înăuntru – iar aici Tai a devenit mojic – sub formă de muci.

Pe chipul lui Aadam Aziz, nasul avea un aspect patriarhal. Pe al maică-mii părea nobil și oarecum consumat de o suferință prelungită; pe al mătușii Emerald, plin de snobism; pe al mătușii Alia, intelectual; pe al unchiului Hanif era organul unui geniu neîmplinit; unchiul Mustapha l-a transformat într-o cârmă de calitatea a doua; chipul Maimuței de Bronz a fost scutit de prezența lui. Dar pe fața mea – ei bine, pe fața mea era cu totul altceva. Însă nu e bine să-mi dezvălui dintr-odată toate secretele.

(Tai se apropie. Omul care a divulgat puterea nasului și-i aduce acum tatălui meu mesajul care să-l catapulteze în propriul viitor își poartă dis-de-dimineață *shikara* pe oglinda lacului...)

Nimeni nu-și aducea aminte de tinerețea lui Tai. Vâslea în aceeași barcă, stătea în aceeași poziție aplecată pe lacurile Dal și Nageen... dintotdeauna. Cel puțin asta se știa. Trăia undeva în cartierul nesănătos al vechilor case de lemn, iar nevastă-sa creștea rădăcini de lotus și tot felul de legume bizare într-una dintre numeroasele „grădini plutitoare" care se clătinau pe apă primăvara și vara. Tai însuși recunoștea afabil că nu-și știa vârsta. Nu puteai s-o afli nici măcar de la nevastă-sa, care spunea că era deja puriu când se luaseră. Fața lui era ca o sculptură a vântului pe apă: crețuri ale unei piei tăbăcite. Avea doar doi dinți, amândoi de aur. În oraș nu se lăuda cu prea mulți prieteni. Puțini erau barcagiii sau negustorii care-l mai invitau la câte-o narghilea când trecea prin dreptul vreunui debarcader al *shikarelor* sau pe lângă numeroasele prăvălii și ceainării improvizate de pe malul apei.

Părerea generală despre Tai fusese exprimată cu mult timp în urmă de tatăl lui Aadam Aziz, negustorul de nestemate: „Odată cu dinții, i-a căzut și mintea". (Dar iată că acum bătrânul Aziz sahib stătea pierdut în ciripitul păsărelelor, pe când Tai trăia mai departe, simplu și măreț.) Era o impresie produsă de barcagiu prin însăși turuiala lui fantastică, nestăvilită, grandilocventă și de multe ori adresată doar sieși. Sunetul se împrăștia rapid peste ape, iar oamenii de pe lac chicoteau când îi auzeau monologurile; însă o făceau cu sfială și chiar cu frică. Sfială, fiindcă bătrânul nerod știa lacurile și colinele mai bine decât oricare dintre detractori; frică, fiindcă declara că era atât de bătrân încât sfida numărarea anilor, iar povara vârstei atârna ușor de gâtul lui ca de pui, neîmpiedicându-l să câștige mâna unei neveste extrem de râvnite, care i-a născut patru băieți... pe lângă cei născuți de alte soațe de pe malul lacului, dacă era să ne luăm după gura lumii. Fanții de la debarcaderul *shikarelor* erau convinși că avea un morman de bani dosiți undeva, eventual o grămăjoară de dinți de aur neprețuiți și zăngănind într-o pungă, ca alunele. După mulți ani, când unchiul Puffs a încercat să mi-o vândă pe fiică-sa, oferindu-se să-i scoată dinții și să-i pună alții de aur în loc, mi-am amintit de comoara uitată a lui Tai... pe când era copil, Aadam Aziz l-a iubit.

Își câștiga pâinea ca luntraș, cu toate zvonurile care-l dădeau bogat, primind bani ca să treacă pe malul celălalt al lacurilor baloți de fân, capre, legume, lemne și câteodată oameni. Pe vremea când conducea această companie de taximetre a înălțat un pavilion în mijlocul *shikarei*, o lucrătură veselă de poloage și perdele cu motive florale și cu perne asortate, după care și-a tămâiat barca la propriu. Pentru doctorul Aziz, spectacolul *shikarei* lui Tai care se apropia cu perdelele în vânt a fost mereu una dintre imaginile tipice ale sosirii primăverii. La scurt timp după aceea veneau sahibii englezi pe care Tai îi trecea lacul până la Grădina Shalimar și Izvorul Regelui – slab, cocârjat și guraliv. Era antiteza vie a credinței trioului Oskar-Ilse-Ingrid în inevitabilitatea schimbării... un spirit al văii echivoc, durabil și familiar. Un Caliban al apei, cam îndrăgostit de rachiul ieftin din Kashmir.

O amintire a peretelui albastru de la mine din dormitor, pe care, alături de scrisoarea prim-ministrului, a stat la loc de cinste Micul Raleigh ani în șir, uitându-se fermecat la un pescar bătrân, îmbrăcat cu ceva asemănător unui *dhoti* roșu, care ședea pe... ce să fi fost? – o plută? – și arăta spre mare, în vreme ce ne peștea cu poveștile... iar Micul Aadam, viitorul meu bunic, s-a îndrăgostit de barcagiul Tai tocmai datorită limbuției lui nesfârșite, care-i făcea pe ceilalți să-l creadă dus cu pluta. Era o vorbărie magică, în care cuvintele îi curgeau din gură ca banii din buzunarele proștilor, pe lângă cei doi dinți de aur, garnisite cu sughițuri și rachiu, înălțându-se spre cele mai îndepărtate Himalaye ale trecutului, iar apoi coborând vioi asupra câte unui amănunt prezent, de pildă nasul lui Aadam, ca să-i disece sensul ca pe un șoarece. Prietenia asta îl azvârlise în clocot pe Aadam cu o mare regularitate. (Apă fiartă. La propriu. În timp ce maică-sa spunea: „Îi ucidem gângăniile chiar de-o fi să mori opărit".) Totuși bătrânul solilocvist continua să piardă timpul în barca din grădina de pe malul lacului, iar Aziz îi rămânea la picioare până auzea voci care-l chemau înăuntru ca să-i țină o predică despre împuțiciunea lui Tai și să-l avertizeze despre expedițiile de jaf ale microbilor pe care maică-sa îi și vedea sărind de pe trupul acela primitor în bătrânețea lui pe pijamaua largă, albă și scrobită a fiului ei. Dar de fiecare dată Aadam se întorcea pe marginea lacului și cerceta pâcla ca să distingă silueta cocoșată și zdrențăroasă a netrebnicului care-și ducea barca fermecată pe apele vrăjite ale dimineții.

— De fapt, câți ani ai, Taiji?

(Adult, cu o barbă roșcovană și gata să înfrunte viitorul, doctorul Aziz își amintește ziua când a pus întrebarea asta de nerostit.) Preț de-o clipă se lasă o tăcere mai gălăgioasă decât o cascadă. Monologul este întrerupt. Vâsla se cufundă în apă. Mergea în *shikara* cu Tai, ghemuit între capre sau pe un morman de paie, știind prea bine că acasă îl așteptau joarda și baia. Venise pentru povești și o singură întrebare fusese de-ajuns ca să-i închidă gura povestitorului.

— Nu, Taiji, spune, câți ani ai *de-adevăratelea*?

Și iată acum o sticlă de rachiu ivindu-se de nicăieri: spirtoase de doi bani din faldurile parpalacului mare și călduros. Pe urmă un tremur, un râgâit și o căutătură urâtă. Un licăr de aur. Și – în fine! – cuvintele.

— Câți ani? Mă întrebi câți ani, pușlama mică, băgăreț nerușinat...

Anticipându-l pe pescarul de pe peretele meu, Tai a arătat spre munte:

— Atâția, *nakkoo*!

Aadam *nakkoo*, băgărețul, i-a urmărit degetul întins.

— Am văzut cum se nasc munții și cum mor împărații. Ascultă. Ascultă, *nakkoo* – din nou butelca de rachiu, urmată de vocea înmuiată în băutură și de cuvintele mai îmbătătoare ca pileala –, l-am văzut pe Isa ăla, pe Hristos ăla, când a ajuns în Kashmir. Zâmbește, hai, zâmbește, ce țin la păstrare în cap e taman istoria ta. Odată a fost pusă pe hârtie în cărți vechi și pierdute. A fost o vreme când știam unde se găsea mormântul pe a cărui lespede erau sculptate niște picioare străpunse care sângerau o dată pe an. A-nceput să mă lase până și pe mine memoria; dar cunosc, chiar dacă nu știu să citesc.

Analfabetismul dat deoparte cu grație; literatura făcută mici fărâme sub furia mâinii lui atotmăturătoare. Care se îndreaptă din nou către buzunarul parpalacului, către sticla de rachiu, către buzele crăpate de ger. Tai a avut dintotdeauna buze de femeie.

— Ascultă, *nakkoo*, ascultă. Am văzut de toate. *Yara*, ar fi trebuit să fii aici când a venit Isa ăla, cu barba pân' la boașe și chel ca oul. Era bătrân și prăpădit, dar știa să se poarte. Îmi spunea „după dumneata, Taiji" și „te rog a șede" ; vorbea întotdeauna respectuos. Nu m-a făcut în viața lui dobitoc, nici măcar *tu* nu mi-a zis. Mi s-a adresat mereu cu *aap*. Politicos, nu ? Și ce poftă de mâncare ! Avea o foame-n el de te-apuca frica. C-a fost sfânt, c-a fost drac, îți jur că putea să hăpăie un ied întreg fără să se oprească. Și ce dacă ? I-am zis : mănâncă, bagă la maț, omul vine în Kashmir să-și trăiască viața, să și-o încheie sau amândouă. Își terminase treaba. A venit aici doar ca să se bucure nițel de cele lumești.

Fascinat de acest portret etilizat al unui Hristos chel și hulpav, Aziz a ascultat, repetând pe urmă fiecare cuvințel, spre consternarea părinților, care se ocupau de pietre și nu aveau timp de „brașoave".

— Aha, nu crezi ?

Își lingea buzele delicate și râdea, știind că era reversul adevărului.

— Ți-a plecat mintea cu sorcova ?

Știa și de data asta cu câtă furie se crampona Aziz de fiecare cuvânt.

— Poate că te mănâncă-n fund de la paiele astea, ai ? Ah, iartă-mă, *babaji*, că nu ți-am făcut rost de perne de mătase cu aur și brocarturi, ca alea pe care ședea împăratul Jeganhir ! Fără îndoială că-n ochii tăi împăratul Jeganhir e un grădinar, și-atât, fiindcă a construit Shalimar-ul, l-a acuzat Tai pe bunicul meu. O tâmpenie ! Ce știi tu ? Numele lui însemna Cel Ce Cuprinde Tot Pământul. Vin și te-ntreb, ăsta-i nume de grădinar ? Dumnezeu știe ce vă-nvață la școală. Pe câtă vreme eu – aici a gâfâit puțin – îi știam greutatea precisă, până la ultima *tola*[1]. Ia întreabă-mă câte *maund*-uri[2] și câte *seer*-uri[3] ! Când era fericit, se îngrășa, iar cel mai greu era în Kashmir. Îi căram lectica... nu, nu, iar nu mă crezi, castravetele ăla de pe mutră ți se bălăbăne ca ăla mic din pijama ! Păi hai, ce-aștepți, pune-mi întrebări ! Ia-mă la descusut ! Întreabă-mă de câte ori au fost petrecute chingile de piele în jurul mânerelor lecticii – răspunsul e treizeci și unu. Întreabă-mă care a fost cuvântul rostit cu limbă de moarte de împărat și-o să-ți spun c-a fost „Kashmir". Îi cam puțea gura, dar avea o inimă mare. Drept cine mă iei ?

1, 2 și 3 – unități de măsură în India.

Mă crezi un mincinos ordinar și neștiutor? Ia coboară frumușel din barcă, nu mai pot să vâslesc de nasul ăla. Plus că te-așteaptă taică-tău să-ți scoată din cap cu ciomagul tot ce ți-am spus și maică-ta să te pună la fiert până dă pielea jos de pe tine.

În sticla de rachiu a barcagiului Tai, văd prevestit felul cum a fost luat în stăpânire propriul meu tată de către *djinni*... o să apară încă un străin chel... palavrele profetice ale lui Tai or să se schimbe și ele, consolând-o pe bunică-mea și spunându-i tot felul de povești... nici câinii nu sunt departe... Gata. Îmi bag singur frica-n oase.

Cu toate chelfănelile și băile cu apă fiartă, Aadam Aziz a continuat să se plimbe cu Tai în *shikara* printre capre, căpițe de fân, flori, mobile și rădăcini de lotus, chit că n-a mers niciodată ca un sahib englez și a auzit întruna răspunsurile miraculoase la întrebarea aceea unică și înspăimântătoare:

— Zău așa, Tai, *sincer*, câți ani ai de fapt?

Aadam a învățat de la Tai secretele lacului: unde puteai să înoți fără să te tragă buruienile la fund; care erau cele unsprezece feluri de șerpi de apă; unde se înmulțeau broaștele; cum se găteau rădăcinile de lotus; și unde se înecaseră cele trei englezoaice cu câțiva ani în urmă.

— Există un trib de femei *feringhee*[1] care vin la apa asta să se-nece, a zis Tai. Câteodată își dau seama, câteodată nu, dar eu știu din clipa când le-adulmec. Se pitesc sub apă, Dumnezeu știe de ce sau de cine, dar de mine n-au cum să se-ascundă, *baba*!

Râsul lui Tai era molipsitor pentru Aadam – un râs uriaș și hohotitor, care părea macabru când țâșnea dintr-un trup atât de bătrân și sfrijit, dar care suna atât de natural în gura mătăhălosului meu bunic, încât mai târziu n-a știut nimeni că de fapt nu era al lui (unchiul Hanif a moștenit râsul ăsta, semn că – până la moartea sa – o bucățică din Tai a trăit mai departe în Bombay). Tot de la Tai a aflat bunicul meu despre nasuri.

Barcagiul s-a bătut cu degetul peste nara stângă.

— Știi ce-i ăsta, *nakkoo*? E locul unde lumea de-afară se întâlnește cu lumea dinăuntrul tău. Dacă nu se-nțeleg, aici se simte. Atunci te scarpini jenat ca să-ți treacă mâncărimea. Un nas ca ăsta e mană cerească, tântălăule. Încrede-te în el, atâta-ți zic. Când îți spune să fii cu băgare de seamă, ai grijă sau ești pierdut. Ascultă-ți nasul și-o să ajungi departe.

---

1. Europene.

Și-a dres vocea, iar ochii i s-au pierdut în munții trecutului. Aziz s-a așezat la loc pe paie.

— Am cunoscut cândva un ofițer din armata lui Iskandar cel Mare. Nu contează cum îl chema. Între ochi îi atârna o legumă exact ca a ta. Când oștile au poposit lângă Gandhara, i-a căzut cu tronc o fată de prin partea locului. Imediat a-nceput să-l mănânce nasul de nu mai putea. S-a scărpinat, dar degeaba. A făcut inhalații cu ceai din frunze de eucalipt zdrobite. Tot de pomană, *baba*! Îi venea să se urce pe pereți din pricina scărpinatului. Numai că dobitocul s-a-nfipt în călcâie și s-a scărpinat mai departe, în timp ce armata a plecat acasă. Ce crezi că s-a ales de el? A ajuns ceva fără noimă, nici cal, nici măgar, s-a trezit cu o nevastă pisăloagă și-un nas care nu-i dădea pace, iar până la urmă și-a spintecat burta cu sabia. Ce zici de asta?

...În 1915 doctorul Aziz, care ajunsese și el ceva fără noimă din cauza rubinelor și a diamantelor, își aduce aminte de povestea asta, pe când Tai se apropie suficient de mult ca să poată striga. Nasul îl mănâncă și acum. Se scarpină, ridică din umeri și scutură din cap. Iar pe urmă Tai scoate un strigăt:

— *Ohé!* Dom' doctor sahib! Fata moșierului Ghani e bolnavă!

Redat laconic și neprotocolar peste ape (deși barcagiul și elevul nu s-au mai văzut de cinci ani), îngânat de niște buze femeiești care nu mai știu să se arcuiască în salutul unei revederi atât de mult amânate, mesajul comprimă timpul într-un vârtej nedomolit și confuz al emoțiilor...

— ...Ia gândește-te, fiule, spune mama lui Aziz, bând ceai de tei proaspăt, întinsă pe un *takht*, pradă unei vlăguiri blazate, cum se-ntoarce roata vieții. Ani în șir, până și gleznele mele au stat ascunse privirilor ca un mare secret, iar acum trebuie să se uite la mine oameni ciudați care nici măcar nu fac parte din familie.

...Pe când Ghani moșierul stă sub un tablou în ulei mare înfățișând-o pe Diana, zeița vânătorii, pe a cărui ramă se deslușesc șerpuiri aurite. Poartă niște ochelari groși și fumurii, arborează vestitul lui zâmbet otrăvit și vorbește despre artă.

— L-am cumpărat de la un englez scăpătat, dom' doctor sahib. Doar pe cinci sute de rupii – nici măcar n-am stat la tocmeală. Ce mai înseamnă cinci sutare? Mă știi, sunt iubitor de cultură.

— ...Vezi tu, fiule, spune mama lui Aadam, pe când acesta începe s-o examineze, mamele sunt gata de orice pentru copiii lor. Uită-te la mine cum sufăr. Eşti doctor... pune mâna pe spuzeala asta, pe petele astea, şi înţelege că mă doare capul dimineaţa, la prânz şi seara. Mai umple-mi o dată paharul, copile.

...Însă tânărul doctor a căzut pradă unei emoţii cât se poate de nehipocratice la auzul strigătelor barcagiului, aşa că urlă şi el:

— Vin imediat! Stai să-mi iau lucrurile!

Prora *shikarei* atinge tivul grădinii. Aadam dă buzna înăuntru, ţinând sub braţ covoraşul de rugăciune rulat ca un trabuc şi clipind din ochii albaştri, ca să se acomodeze cu întunericul brusc. Şi-a pus trabucul pe unul dintre rafturile de sus, peste teancurile de *Vorwärts*, un exemplar din *Ce-i de făcut?* de Lenin şi alte pamflete, ecouri prăfuite ale existenţei lui nemţeşti pe jumătate uitate. Scoate de sub pat o taşcă de piele luată la mâna a doua, căreia maică-sa îi zicea „trusa de doftoriceli", iar când o ridică şi iese cu ea din cameră, cuvântul HEIDELBERG se vede preţ de-o clipă incrustat pe pielea de pe fundul genţii. O fată de moşier e un adevărat chilipir pentru un medic care urmăreşte o carieră, chiar dacă e bolnavă. Ba nu: tocmai *fiindcă* e bolnavă.

...În timp ce eu stau ca un borcan gol de murături într-un con de lumină ivită dintr-un cotlon, năpădit de această viziune a bunicului meu de acum şaizeci şi trei de ani, care cere să fie consemnată, umplându-mi nările cu duhoarea înţepătoare a stingherelii maică-sii, care i-a provocat spuzeala, cu forţa morocănoasă a hotărârii lui Aadam Aziz de a ajunge un doctor foarte priceput, în aşa fel încât maică-sa să nu mai fie silită să se întoarcă la magazinul de pietre preţioase, cu umezeala oarbă a căsoiului umbros unde tânărul medic se opreşte stingher în faţa tabloului unei fete simple, cu ochii vii şi un cerb străpuns în urmă undeva la orizont de o săgeată ţâşnită din arcul ei. Majoritatea lucrurilor importante din viaţă se petrec în lipsa noastră; dar se pare că am învăţat – nu se ştie cum – să-mi maschez lacunele, aşa încât am totul în cap până în cele mai mici detalii, ca de pildă ceaţa care părea să se ridice pieziş în aerul dimineţii... absolut totul, nu doar cele câteva indicii peste care dai de obicei din întâmplare, bunăoară deschizând un cufăr vechi care ar trebui să rămână închis şi îngropat în pânzele de păianjen.

...Aadam îi umple din nou paharul maică-sii şi continuă s-o examineze îngrijorat.

— Dă cu niște cremă pe spuzeală și pe petele astea, *amma*. Pentru durerile de cap există pastile. Furunculele trebuie deschise cu bisturiul. Dar poate c-ar trebui mai bine să porți *purdah* cât stai în prăvălie... ca să nu existe ochi nerușinați care... bolile astea încep de multe ori ca simple scorneli ale minții...

...Foșnetul vâslei adâncite în apă. Scuipatul care aterizează pe lac. Tai își drege glasul și mormăie supărat:

— Frumos, n-am ce zice. Un *nakkoo* cu caș la gură pleacă fără să fi învățat nimic și se-ntoarce ditamai doctorul sahib cu un sac de scule aduse de prin străinătățuri, dar tot nătărău rămâne. Mare păcat, zău dacă nu.

...Doctorul Aziz se mută jenat de pe un picior pe altul, sub influența zâmbetului moșierului în prezența căruia e cu neputință să fii relaxat, și așteaptă o urmă de reacție la propria apariție extraordinară. S-a obișnuit cu aceste tresăriri necontrolate în fața staturii, a chipului multicolor, a nasului... însă Ghani nu se trădează prin nici un semn, iar tânărul doctor se decide să-și ia revanșa nelăsând să i se vadă stinghereala. Nu se mai bâțâie de pe un picior pe celălalt. Cei doi stau față-n față și fiecare suprimă (sau în orice caz așa dă impresia) imaginea celuilalt, stabilind bazele relației lor viitoare. Iar în clipa imediat următoare Ghani se schimbă, renunțând la poza iubitorului de cultură în favoarea celei de dur.

— Ai o mare șansă, tinere, zise el.

Ochii lui Aziz se mută asupra Dianei. Se văd porțiuni largi din pielea ei rozalie și pătată.

...Mama lui geme, clătinând din cap.

— Nu, ce știi tu, copile, oi fi ajuns ditamai doctorul, dar pietrele prețioase sunt altceva. Cine-ar cumpăra o turcoază de la o femeie pitită sub o glugă neagră? Încrederea în celălalt e totul. Așa că ei trebuie să se uite la mine, iar eu, să suport durerile și furunculele. Hai, vezi-ți de treburi, nu-ți mai bate capul cu amărâta de maică-ta.

— ...Ditamai doctorul, zice Tai și scuipă în lac. Ditamai doctorul, ditamai doctorul. Pfui! N-avem destule genți acasă, trebuia s-o mai aduci și pe asta din piele de porc la care ajunge să te uiți ca să te simți spurcat? Iar înăuntru, Dumnezeu cu mila.

Așezat între draperiile înflorate și înconjurat de mirosul de tămâie, doctorul Aziz își vede gândurile smulse de lângă pacienta aflată pe malul celălalt al lacului. Monologul amar al lui Tai îi intră în conștiință și declanșează un fel de șoc surd, un iz ca acela dintr-un salon de urgențe, mai puternic decât tămâia... e clar că bătrânul s-a înfuriat pe ceva, pradă unei mânii neînțelese, care pare îndreptată asupra acolitului său de odinioară sau – mai precis și mai ciudat – asupra genții lui. Doctorul Aziz încearcă să discute despre una, despre alta – „Nevastă-ta se simte bine? Mai vorbește lumea de săculețul tău cu dinți de aur?“ – și se străduiește să refacă o veche prietenie. Numai că acum Tai și-a dat frâu liber, iar din gură îi țâșnește un șuvoi de invective. Geanta de la Heidelberg tremură sub povara ocărilor.

— Geantă de porc incestuos de Afară, plină de șmecherii de-ale străinilor. Geantă de ditamai doctorul. Acum, dacă-și rupe cineva mâna, geanta n-o să-l lase pe meșterul drege-oase să-i facă bandaj de frunze. Acum bărbatul își pune nevasta să se-ntindă lângă geantă și pe urmă se uită la cuțitele care ies de-acolo și-o fac bucăți. Frumoase lucruri bagă străinii ăștia în capul tinerilor noștri. Mai mare păcatul și rușinea, zău așa. Geanta aia ar trebui să ardă în focul iadului la un loc cu coaiele necredincioșilor.

...Ghani moșierul își întinde bretelele cu degetele mari.

— O șansă cu adevărat mare. Se spun lucruri frumoase despre tine prin oraș. Pregătire medicală solidă. Familie... bună... destul de bună. Iar doctorița personală ni s-a îmbolnăvit... așa că ți s-a ivit ocazia. Femeia asta-i bolnavă mereu în ultimul timp, mă gândesc că-i prea bătrână și nici nu prea mai are habar de ultimele noutăți în domeniu sau cum se spune. Eu am o vorbă: doctore, pe tine să te vindeci primul. Și-ți mai zic una: în afaceri sunt absolut obiectiv. Sentimentele și dragostea le păstrez pentru familie. Cine nu-mi lucrează clasa-ntâi, pe uș-afară! Ai priceput? Așa. Fata mea, Naseem, nu se simte bine. O s-o tratezi excelent. Ține minte că am prieteni; iar boala nu alege între bogați și săraci.

... — Mai ții șerpi de apă în rachiu pentru virilitate, Taiji? Îți mai plac rădăcinile de lotus fără mirodenii?

Întrebări șovăielnice, măturate din cale de torentul furiei lui Tai. Doctorul Aziz începe să diagnosticheze. În ochii barcagiului, geanta simbolizează Străinătatea: e lucrul străin, invadatorul, progresul. S-a înstăpânit într-adevăr pe mintea tânărului doctor; conține, ce-i drept, leacuri contra holerei, a malariei și a variolei; şi stă într-adevăr între medicul şi barcagiul învrăjbiţi unul contra celuilalt. Doctorul Aziz începe să lupte împotriva tristeţii şi împotriva mâniei lui Tai, care porneşte să-l năpădească şi să devină a lui, izbucnind rar, dar apărând (dacă e cazul) neanunţată, ascunsă într-un urlet din străfunduri şi pârjolind totul în jur, iar după o vreme dispare, făcându-l să se întrebe de ce e toată lumea atât de necăjită... Se apropie de casa lui Ghani. Un slujitor aşteaptă *shikara*, cu mâinile împreunate, pe un mic ponton de lemn. Aziz se concentrează asupra a ceea ce are de făcut.

— ...Doctoriţa care vă vede de obicei e de acord cu vizita mea, Ghani sahib?

...Încă o întrebare şovăielnică e dată deoparte.

— O să fie, spuse moşierul. Acum urmează-mă, te rog.

...Slujitorul aşteaptă pe ponton. Ţine în loc *shikara*, pe când Aziz coboară, cu geanta în mână. Iar acum, în fine, Tai vorbeşte direct cu bunicul meu, întrebându-l cu o expresie în care i se citeşte dispreţul:

— Ia spune-mi, dom' doctor sahib, ai cumva în taşca aia făcută din leşuri de porci una dintre sculele alea de care se ajută doctorii ca să miroasă?

Aadam clatină din cap, fără să priceapă. Vocea lui Tai adună noi straturi de dezgust.

— Hai că ştii, domnule, un obiect ca o trompă de elefant.

Înţelegând la ce se referă, Aziz răspunde:

— Un stetoscop? Sigur.

Tai împinge *shikara* de lângă ponton, scuipă şi începe să vâslească.

— Ştiam eu, spuse el. Acum o să foloseşti o şmecherie din astea în loc de năsoiul cu care-ai venit pe lume.

Bunicul meu nu-şi dă osteneala să-i explice că un stetoscop seamănă mai degrabă cu urechile decât cu nasul. Îşi înăbuşă propria enervare, mânia resentimentară a copilului abandonat; pe lângă asta, îl aşteaptă o pacientă. Timpul se aşază şi se concentrează asupra importanţei momentului.

Casa avea de toate, dar era slab luminată. Ghani era văduv, lucru de care servitorii profitau evident. La colţuri se vedeau pânze de păianjen, iar pe pervazuri se aşternuseră câteva pelicule de praf. Au străbătut un coridor lung; una dintre uşi era întredeschisă şi i-a îngăduit lui Aziz să vadă o cameră în care trona o dezordine crâncenă. Imaginea asta, legată de licărul de lumină al ochelarilor fumurii ai lui Ghani, l-a lămurit brusc pe Aziz că moșierul era orb. Acest fapt l-a făcut să se simtă și mai stânjenit: un orb care susținea că apreciază tablourile europene? În același timp, era impresionat, fiindcă Ghani nu se lovise de nimic... S-au oprit în fața unei uși groase din lemn de tec. Ghani a spus „Așteaptă aici două clipe" și a intrat în camera de dincolo de ușă.

După ani și ani, doctorul Aziz jura că în cele două secunde de singurătate petrecute pe coridoarele întunecoase și împăienjenite ale conacului moșierului fusese cuprins de dorința aproape incontrolabilă de a se întoarce și de a o lua la goană cât îl țineau picioarele. Speriat de enigma iubitorului de artă orb, cu măruntaiele năpădite de insecte mici și neastâmpărate ca urmare a veninului perfid al mormăielilor lui Tai, cu nările mâncându-l atât de rău, încât fusese cât pe-aci să creadă că se pricopsise cumva cu vreo boală rușinoasă, și-a simțit picioarele începând să se întoarcă anevoie, de parcă ar fi fost încălțate cu ghete de plumb, a simțit deodată cum îi zvâcnește sângele în tâmple și a trăit atât de acut senzația că ajunsese într-un loc fără întoarcere, încât n-a lipsit mult să-și ude pantalonii nemțești din stofă de lână. Fără să-și dea seama, a roșit violent; în clipa aceea maică-sa i-a apărut în față, așezată pe podea în fața unei tejghele joase și cu o spuzeală întinsă ca un fard pe toată fața, în timp ce ridica o turcoază în lumină. Chipul mamei lui preluase tot disprețul barcagiului Tai.

— Du-te, du-te, fugi, i-a spus ea cu vocea lui Tai. Nu-ți bate capul cu mama ta bătrână și amărâtă.

Doctorul Aziz s-a trezit bâiguind:

— Ce băiat fără rost ai, *amma*; nu vezi că la mijloc am o gaură cât un pepene?

Mama lui a surâs chinuit.

— Întotdeauna ai fost un copil fără inimă, a oftat ea, preschimbându-se apoi într-o șopârlă cățărată pe peretele coridorului și scoțând limba la el.

Doctorului Aziz i-a trecut amețeala, a început să nu mai știe dacă vorbise cu glas tare, s-a întrebat ce voise să spună cu gaura aceea din mijloc, a văzut că picioarele lui nu mai voiau s-o ia la sănătoasa și și-a dat seama că era privit. O femeie cu bicepși de luptător se uita la el și-i făcea semn s-o urmeze în cameră. Aspectul sariului îi arăta că era o slujnică, deși nu avea nimic servil în comportament.

— Ești galben ca ceara, a zis ea. Doctorii ăștia tineri. Cum intrați într-o casă străină, cum v-apucă tremuriciul. Hai, dom' doctor sahib, te așteaptă lumea.

Strângându-și tașca nițeluș cam tare, s-a ținut după slujnică și a intrat pe ușa neagră de tec.

...Într-un dormitor spațios și la fel de slab luminat ca restul casei, cu toate că aici razele filtrate prin praf ale soarelui pătrundeau printr-o ferestruică în formă de evantai aflată în partea de sus a peretelui. Aceste raze stătute iluminau cea mai remarcabilă scenă la care asistase vreodată doctorul: un tablou de o ciudățenie atât de mare, încât a simțit din nou că picioarele vor s-o ia singure spre ușă. Alte două femei de statura unor luptători profesioniști stăteau țepene în lumină și țineau câte un colț al unui uriaș cearșaf alb, cu brațele ridicate mult deasupra capetelor, în așa fel încât cearșaful să atârne între ele ca o cortină. Domnul Ghani s-a ivit din bezna care înconjura cearșaful luminat de soare și i-a permis perplexului Aadam să se uite prostește la acel tablou bizar cam o jumătate de minut, la sfârșitul căreia (și înainte să se rostească vreun cuvânt) doctorul a făcut următoarea descoperire:

Chiar în centrul cearșafului fusese decupat un orificiu, un cerc imperfect cu diametrul de douăzeci de centimetri.

— Închide ușa, *ayah*, i-a ordonat Ghani primei luptătoare, după care, întorcându-se spre Aziz, a devenit confidențial. Orașul ăsta-i plin de neisprăviți care-au încercat să urce la fiică-mea în cameră. Are nevoie de ocrotire, a completat el, arătându-le cu capul pe cele trei femei musculoase.

Aziz continua să se uite la cearșaful găurit.

— În regulă, a zis Ghani. Hai, o s-o examinezi pe Naseem a mea chiar acum. *Pronto.*

Bunicul a aruncat o privire prin cameră.

— Dar unde e, Ghani sahib? a izbucnit el într-un târziu.

Luptătoarele i-au aruncat căutături disprețuitoare și, din câte i s-a părut, și-au încordat mușchii, în caz că ar fi încercat vreo șmecherie.

— A, am înțeles de ce ești derutat, a rostit Ghani, surâzând veninos, cu toată fața. Voi, ăștia care v-ați întors din Europa, ați uitat anumite lucruri. Dom' doctor sahib, fiica mea e o fată bine crescută, se-nțelege. Nu se afișează pe sub nasurile necunoscuților. O să pricepi că nu ți se poate da voie să te uiți la ea în orice împrejurare. Prin urmare, i-am cerut să stea dincolo de cearșaful ăla. Acolo e și acum, ca o fată cuminte.

În vocea doctorului Aziz s-a simţit o undă de nelinişte.

— Ghani sahib, spuneţi-mi cum pot s-o examinez fără să mă uit la ea.

Ghani a zâmbit mai departe.

— O să fii amabil şi-o să precizezi ce porţiune din fiica mea trebuie cercetată. Pe urmă o să dau ordin ca porţiunea respectivă să fie aşezată în dreptul găurii pe care-o vezi acolo. Iar în felul ăsta se poate face treaba aşa cum se cuvine.

— Bine, dar de ce *anume* suferă domniţa? a insistat cu disperare bunicul meu.

La care domnul Ghani a răspuns, cu ochii ridicându-i-se în orbite şi cu surâsul transformat într-o grimasă de durere:

— Biata copilă! A avut o durere de burtă cumplită, îngrozitoare.

— În cazul ăsta, a apus doctorul Aziz cu o oarecare reţinere, o s-o rog să-mi arate burta.

Mercurocrom

Padma – dolofana noastră Padma – se îmbufnează colosal. (Nu știe să citească și, ca toți iubitorii de pești, îi antipatizează pe cei care știu ceva ce ei nu i-a fost la îndemână. Padma noastră puternică, voioasă, o consolare pentru zilele mele din urmă. Totuși, exact cum e cățeaua grădinarului.) Încearcă să mă facă să plec de la birou:

— Mănâncă, na, se sleiește.

Rămân aplecat cu încăpățânare deasupra hârtiei.

— Da' ce-o fi așa de important de trebuie atâta mâzgăleală? întreabă Padma, despicând aerul în sus, în jos și iar în sus cu mâna dreaptă.

Îi răspund: dacă tot am arătat amănuntele propriei nașteri, dacă tot stă cearșaful între medic și pacient, nu mai e loc de-ntors. Padma pufnește. Se izbește cu încheietura mâinii peste frunte.

— Bine, n-ai decât să flămânzești, cui îi pasă?

Pufnește încă o dată, mai tare și pe post de concluzie... dar atitudinea ei nu mă supără. Amestecă într-un vas pus la fiert cât e ziua de lungă ca să-și câștige pâinea; în seara asta e îmbibată de ceva picant și acrișor. Mare în talie, cu destul de mult păr pe brațe, se agită, gesticulează, iese. Săraca Padma. Întotdeauna o enervează ceva. Poate chiar numele ei, lucru perfect normal, fiindcă maică-sa i-a spus în copilărie că a fost botezată după zeița lotusului, al cărei apelativ frecvent printre săteni este „Cea Care Posedă Băligar".

În liniștea reînnoită, mă întorc la foile de hârtie care miros nițel a *curcuma*[1], pregătit și dornic să dau de capăt unei povești lăsate de izbeliște ieri – la fel ca Șeherezada, a cărei rămânere în viață depindea de felul cum îi stârnea noapte de noapte curiozitatea prințului Șahriar! O să încep chiar acum, divulgând faptul că presimțirile pe care le avusese bunicul meu pe coridor nu fuseseră fără temei. În lunile și anii care au urmat, el a fost atras ca de o vrajă de pânza aceea uriașă, găurită și deocamdată fără pată.

1. Cunoscut și drept șofran în India.

— Iar? a zis mama lui Aadam, dându-și ochii peste cap. Ascultă aici, copile, fata aia e bolnavă din cauza cocoloșelii. Prea multe dulciuri și răsfățuri, fiindcă n-a existat o mână fermă de mamă. Dar du-te și ocupă-te de bolnava ta invizibilă, maică-ta n-are decât o durere de cap ca atâtea altele.

Vedeți, în anii aceia Naseem Ghani, fata moșierului, a contractat o puzderie de boli minore, și de fiecare dată a fost trimis un servitor cu *shikara* ca să-l cheme pe doctorul sahib cel tânăr, înalt și cu nasul mare, care-și construise un asemenea renume în vale. Vizitele lui Aadam Aziz în dormitorul scăldat de razele piezișe și păzit de cele trei luptătoare au devenit săptămânale; la fiecare vizită i se permitea să vadă, prin cearșaful mutilat, un alt cerc cu diametrul de douăzeci de centimetri din corpul tinerei. Durerea ei de burtă inițială a fost urmată de o entorsă foarte ușoară a gleznei drepte, o unghie crescută în carne la degetul mare al piciorului stâng și o mică tăietură în partea de jos a gambei stângi. („Tetanosul omoară, dom' doctor sahib, a zis moșierul. „Naseem a mea n-are voie să piară din cauza unei zgârieturi."). A avut de furcă și cu genunchiul drept cam înțepenit, de care medicul a fost silit să se ocupe prin gaura din cearșaf... iar după un timp boala a efectuat un salt în sus, evitând anumite zone nemărturisibile, și a început să se prolifereze în jumătatea superioară a corpului. Suferea de ceva misterios, căruia tatăl ei îi zicea Putregaiul Degetelor și care se manifesta prin cojirea pielii de pe mâini, de o slăbire a carpienelor, pentru care Aadam i-a prescris tablete de calciu, și de constipație, pentru care i-a dat o serie de laxative, fiindcă nici nu putea fi vorba de administrarea unei clisme. Avea febră, dar și temperaturi sub limita normală. În aceste cazuri medicul îi punea termometrul la subsuoară, mustăcind pe urmă la adresa relativei ineficacități a metodei. La cealaltă subsuoară a făcut la un moment dat o formă ușoară de intoxicație cu clorură de staniu, pentru care a fost nevoie de tamponarea zonei cu o pudră galbenă: după acest tratament – în cursul căruia doctorul a trebuit să frece pielea încet, dar ferm, deși trupul catifelat și ascuns a început să tremure și să se zgâlțâie, iar lui i-a ajuns la ureche prin cearșaf un râs imposibil de stăvilit, fiindcă Naseem Ghani se gâdila foarte tare – mâncărimea a dispărut, însă Naseem a găsit imediat alte lucruri care o supărau. Era predispusă la anemie vara și la bronșite iarna. („Are canalele foarte delicate, ca niște flaute", a explicat Ghani.) Undeva departe, primul război mondial ieșea dintr-o criză ca să intre în alta, în vreme ce în casa năpădită de pânze de păianjen doctorul Aziz era la rândul lui angajat într-un război total împotriva suferințelor inepuizabile ale pacientei lui vizibile doar pe porțiuni. Iar în toți acei ani de război Naseem nu a repetat nici măcar o boală.

— Asta arată că ești un doctor bun, i-a zis Ghani. După ce-o vindeci, vindecată rămâne. Dar vai! – aici s-a lovit cu palma peste frunte – se topește de dorul maică-sii, biata de ea, și din cauza asta trupul ei suferă. E un copil din cale-afară de iubitor.

Așa stând lucrurile, doctorul Aziz a ajuns treptat să-și formeze în minte un tablou al lui Naseem, un colaj stângaci al celor câteva regiuni ale corpului pe care le examinase. Această fantasmă a unei femei compartimentate a început să-l bântuie, și asta nu doar în vis. Lipită laolaltă prin efortul lui de imaginație, fata îl însoțea în toate vizitele și contravizitele, deplasându-se în camera din față a minții lui, așa că – indiferent dacă se trezea sau adormea – îi simțea în buricele degetelor moliciunea pielii înfiorate de cea mai mică atingere, perfecțiunea încheieturilor mici sau frumusețea gleznelor, îi adulmeca parfumul de levănțică sau iasomie și-i auzea vocea și râsul neputincios de fetiță. Atâta doar că nu avea cap, fiindcă n-o văzuse niciodată la față.

Mama lui se întinsese pe burtă în pat, cu picioarele desfăcute.

— Hai, vino și apasă-mă, fiule doctor ale cărui degete pot să destindă mușchii bătrânei lui mame, a zis ea. Apasă cu nădejde, băiatul meu cu mutră de gâscan constipat.

I-a masat umerii. Ea a scos o serie de gemete, s-a crispat de câteva ori și apoi s-a destins.

— Acum mai jos, a zis ea. Mai sus acum. La dreapta. Așa, fiul meu sclipitor, care nu înțelege la ce-i umblă mintea moșierului Ghani. Un băiat atât de isteț, dar care nu ghicește de ce e fătuca aia mereu bolnavă și de ce bate toba toată ziua c-o doare ceva. Ascultă-mă, copile, și ține cont măcar o dată de ce-ți spune nasul: Ghani ăla crede că ești o partidă bună pentru fiică-sa. Școlit pe-afară și tot tacâmul. M-am spetit prin prăvălii și m-au dezbrăcat din ochi străinii ca să poți să te-nsori cu Naseem! Sigur că am dreptate, altfel crezi că s-ar fi sinchisit de familia noastră?

Aziz a început să apese mai tare.

— O, Doamne, gata, oprește-te, n-are rost să mă ucizi doar fiindcă-ți spun adevărul!

În 1918, Aadam Aziz trăia efectiv pentru traversările regulate ale lacului. Între timp nerăbdarea îi crescuse, fiindcă era limpede că, după trei ani, moșierul și fiica lui fuseseră de acord să înlăture anumite obstacole. Acum a zis Ghani pentru prima dată:

— O umflătură în partea dreaptă a pieptului. E rău, dom' doctor? Ia uită-te. Uită-te bine.

Și iată că, încadrat de marginile găurii, a apărut conturul perfect, de o frumusețe poetică, a unui...

— Trebuie să-l ating, a rostit Aziz cu un glas sugrumat.

Ghani l-a bătut pe spate.

— Atinge, atinge! a strigat. Mâinile vindecătorului. Atingerea care lecuiește, dom' doctor, ai?

Iar Aziz a întins o mână...

— Iertați-mă că vă-ntreb, dar domnița e cumva în perioada aceea delicată a lunii?

...Pe chipurile luptătoarelor au apărut mici surâsuri tainice. Ghani a aprobat din cap:

— Da. Nu fi atât de jenat, bătrâne. Acum ești doctorul nostru de familie.

La care Aziz:

— Atunci nu vă faceți griji. Umflăturile or să dispară la sfârșitul ciclului...

Data viitoare:

— A făcut o întindere musculară în partea din spate a coapsei, dom' doctor sahib. Ce dureri!

După care, în dreptul găurii din cearșaf, umezindu-i ochii lui Aadam Aziz, s-a ivit rotunjimea perfectă a unei fese de o frumusețe imposibilă...

Iar Aziz:

— E voie să...

Moment în care, la un cuvânt al lui Ghani, se aude un răspuns supus din spatele cearșafului, se trage de un șiret și pijamaua cade de pe poponeața celestă care se umflă nemaipomenit prin gaură. Aadam Aziz se căznește să vadă totul cu ochii medicului... întinde mâna... pipăie. Și, cuprins de uluială, poate să jure că vede poponeața colorându-se într-o îmbujorare sfioasă și docilă.

În seara aceea, Aadam s-a gândit la roșeala cu pricina. Oare vraja cearșafului lucra și de-o parte, și de alta a găurii? Ațâțat la culme, și-a închipuit-o pe Naseem cea fără cap palpitând în timp ce era cercetată din priviri, cu termometrul, cu stetoscopul și cu degetele, și încercând să-și construiască în minte o imagine a *lui*. Era dezavantajată, firește, întrucât nu apucase să-i vadă decât mâinile... Aadam a început să spere cu o disperare ilicită că Naseem avea să acuze o durere de cap sau să-și zgârie bărbia invizibilă, ca să se poată uita unul la celălalt. Știa cât de nedeontologice erau aceste sentimente, însă n-a făcut nimic să și le înfrâneze. Nici nu prea avea ce face. Dobândiseră o viață de sine stătătoare. Pe scurt, bunicul meu se îndrăgostise și ajunsese să considere cearșaful găurit drept un obiect sacru și magic, căci prin el zărise lucrurile care umpluseră gaura căscată în trupul lui când fusese lovit peste nas de o moviliță de pământ și se lăsase insultat de barcagiul Tai.

În ziua când s-a terminat primul război mondial, pe Naseem a apucat-o migrena atât de așteptată. Așa arată coincidențele care au pigmentat și poate chiar au mânjit existența familiei mele pe pământ.

Aproape că n-a cutezat să se uite la ce se ivise în cadrul găurii din cearșaf. Poate că era hidoasă ; poate că așa se explica toată această punere în scenă... Dar s-a uitat. Și a văzut un chip blând care nu era deloc urât, un decor catifelat pentru ochii scânteietori ca două nestemate cafenii cu puncte galbene : ochi-de-tigru. Vraja doctorului Aziz s-a împlinit. Iar Naseem a explodat :

— Domnu' doctor, ce *nas,* Dumnezeule !

Ghani a intervenit furios :

— Fata mea, ai grijă cum...

Însă pacienta și medicul râdeau împreună, iar Aziz zicea :

— Da, da, e un exemplar remarcabil. Mi s-a zis că înăuntrul lui așteaptă dinastii întregi...

În clipa aceea, și-a mușcat limba, fiindcă fusese pe punctul de-a adăuga : „sub formă de muci".

Iar Ghani, care rămăsese orbește lângă cearșaf trei ani bătuți pe muchie și surâsese întruna, a arborat din nou surâsul tainic, oglindit de buzele luptătoarelor.

Între timp, barcagiul Tai luase deja hotărârea nemotivată de a nu se mai spăla. Într-o vale irigată de lacuri cu apă dulce, unde până și cei mai săraci oameni puteau fi mândri de curățenia lor (și chiar erau), Tai a preferat să pută. Trecuseră trei ani de când nu se îmbăia și nici măcar nu se mai spăla după ce-și făcea nevoile. Purta aceleași haine din prima până în cea din urmă zi a anului, fără să le spele nici pe ele ; singura concesie pe timp de iarnă era parpalacul pe care și-l punea peste pijamaua în putrefacție. Coșulețul cu cărbuni aprinși pe care-l ascundea în parpalac, după obiceiul celor din Kashmir, ca să-i țină de cald în zilele cu ger crâncen, nu făcea decât să însuflețească și mai mult miasmele iscate dinspre el. S-a obișnuit să plutească agale pe lângă casa familiei Aziz, dând drumul duhorilor cumplite ale propriului corp, care traversau grădina și intrau în locuință. Florile mureau, în timp ce păsările zburau de pe pervazul ferestrei lui Aziz bătrânul. Cum era normal, Tai a început să nu mai aibă de lucru; îndeosebi englezilor nu le convenea să străbată lacul alături de o hazna cu față umană. În jurul lacului s-a dus vorba că soția lui Tai, scoasă din minți de împuțiciunea neașteptată a bătrânului, i-a cerut un motiv.

— Întreabă-l pe doctorașul nostru din străinătățuri, pe *nakkoo* ăla să-l întrebi, pe neamțul ăla de Aziz, a răspuns el.

Să fi fost, în cazul ăsta, o tentativă de a insulta nările ultrasensibile ale medicului (în care mâncărimile prevestitoare de primejdii se ostoiseră întru câtva sub acțiunea narcotizantă a dragostei)? Sau un gest de rezistență căpoasă și sfidătoare în fața năvălirii trusei cu doftoriceli de la Heidelberg? La un moment dat, Aziz l-a întrebat fără ocolișuri pe moșneag de ce făcuse una ca asta, dar Tai i-a respirat în față, vâslind mai departe. Răsuflarea lui, tăioasă ca o lamă de topor, a fost cât pe-aci să-l doboare pe Aziz.

În 1918, rămas fără păsări, tatăl doctorului Aziz a murit în somn; imediat după aceea, mama lui, care izbutise să vândă prăvălia de pietre prețioase datorită succesului medical al lui Aziz și care a văzut acum în moartea soțului ei o eliberare milostivă de povara unei vieți pline de răspunderi, s-a instalat la rându-i pe patul de moarte și și-a urmat bărbatul înainte de sfârșitul celor patruzeci de zile de doliu. Când regimentele indiene s-au întors, la finele războiului, doctorul Aziz era orfan și ajunsese un om liber – atâta doar că inima îi căzuse printr-o gaură cu diametrul de douăzeci de centimetri.

Efectul dezolant al comportamentului lui Tai: a stricat relațiile bune dintre doctorul Aziz și populația plutitoare de pe lac. El, care în copilărie stătuse toată ziua la taclale cu nevestele de pescari și cu florăresele, era acum privit chiorâș. „Pe *nakkoo* ăla să-l întrebi, pe neamțul ăla de Aziz.“ Tai îl stigmatizase ca pe un străin, adică un om în care nu puteai avea deplină încredere. Oamenilor nu le plăcea de barcagiu, dar schimbarea la care îl silise în mod clar medicul îi deranja și mai mult. Aziz s-a trezit bănuit și chiar ostracizat de săraci, lucru care l-a durut foarte tare. Abia acum a priceput ce urmărea Tai: luntrașul încerca să-l alunge din vale.

S-a aflat și de povestea cearșafului găurit. Luptătoarele erau evident mai puțin discrete decât păreau. Aziz a început să observe că era arătat cu degetul. Femeile chicoteau cu mâna la gură...

— M-am hotărât să-l las pe Tai să câștige, a zis el.

Cele trei luptătoare, dintre care două țineau cearșaful, iar a treia stătea de pază lângă ușă, și-au întins gâturile ca să-l audă, fiindcă aveau vată în urechi. („Eu l-am pus pe tata să le silească, i-a comunicat Naseem. De-acum încolo flecarele astea n-or să mai spună gogoși.") Încadrați de marginea găurii, ochii lui Naseem au devenit mai mari ca niciodată.

...La fel ca ai lui cu câteva zile mai devreme, când se plimbase pe străzile orașului și asistase la sosirea ultimului autobuz al iernii, pe care se găseau diverse inscripții colorate – în față CU DUMNEZEU ÎNAINTE, cu litere verzi dublate cu roșu, în spate SLAVĂ DOMNULUI! cu galben dublat cu albastru și NE PARE RĂU, LA REVEDERE! cu un maro obraznic –, și o recunoscuse la coborâre, prin păienjenișul de riduri și cute noi pe chip, pe Ilse Lubin...

În ultima vreme, Ghani moșierul îl lăsa singur cu paznicele cu urechi înfundate.

— Ca să stați nițel la taclale. Relația dintre medic și pacient se poate îmbunătăți doar în cea mai strictă confidențialitate. Abia acum mi-am dat seama, Aziz sahib, iartă-mă că ți-am stat pe cap.

Era perioada în care gura lui Naseem era din ce în ce mai slobodă.

— Ce vorbe-s astea? Ești bărbat sau șoarece? Să pleci de-acasă din cauza unui barcagiu împuțit!...

— Oskar a murit, i-a zis Ilse, stând pe *takht*-ul mamei lui și bând ceai de tei. Ca un bufon. S-a dus să stea de vorbă cu soldații și să le spună să nu se lase manipulați ca niște pioni. Fraierul, chiar a crezut că trupele își vor azvârli cât colo armele și vor pleca la plimbare. Ne-am uitat de la o fereastră, iar eu, una, m-am rugat să nu-l calce-n picioare. Între timp, regimentul a învățat să meargă-n cadență, nu l-ai mai recunoaște. Înainte să ajungă la colțul străzii unde avea loc parada, a călcat pe un șiret desfăcut și a căzut. L-a lovit o mașină militară și a murit. N-a știut niciodată să-și lege șireturile, tăntălăul...

...aici diamantele au început să-i înghețe în gene...

— I-a făcut de râs pe anarhiști.

— În regulă, a acceptat Naseem, și zici că ai șanse mari să faci rost de un post bun. Universitatea din Agra, un loc faimos, să nu crezi că nu-l știu. Doctor universitar!... Sună bine. Spune că de-asta pleci și-i cu totul altceva. Și-a coborât pleoapele în cadrul găurii. O să-mi fie dor de tine, normal...

— M-am îndrăgostit, i-a declarat Aadam Aziz lui Ilse Lubin. Mai târziu a adăugat: Așa că am văzut-o doar printr-o gaură dintr-un cearșaf și numai pe porțiuni. Dar pot să jur că-i roșește fundul.

— Înseamnă c-au împrăștiat ceva prin aerul de-aici, a zis Ilse.

— Naseem, mi-au dat postul, a anunțat Aadam Aziz emoționat. Azi am primit scrisoarea. Cu începere din aprilie 1919. Tatăl tău spune că poate să-mi găsească un cumpărător pentru casă și pentru prăvălia de pietre prețioase.

— Halal, s-a bosumflat Naseem. Înseamnă că trebuie să-mi găsesc alt doctor. Sau poate c-o să mă trezesc iar cu babornița aia care nu știe nici pe ce lume trăiește.

— Pentru că sunt orfan, a spus doctorul Aziz, trebuie să vin eu în locul membrilor familiei. Ghani sahib, e prima dată când apar fără să fi fost chemat. Nu e vorba de un consult.

— Dragul meu! a exclamat Ghani, bătându-l pe Aadam pe spate. Bineînțeles că trebuie să te-nsori cu ea. Cu o zestre de nota zece plus! Nu mă uit la bani! O să fie nunta anului, ce mai, sunt convins de asta!

— Nu pot să plec și să te las aici, i-a spus Aziz lui Naseem. Ghani a intervenit și el:

— Gata cu jocul ăsta de-a v-ați ascunselea! Figura cu cearșaful nu mai are nici o noimă! Aruncați-l, muierilor, acum avem de-a face cu doi tineri care se iubesc!

— În fine, a spus Aadam Aziz, pot să te văd din cap până-n picioare. Dar acum trebuie să plec. Am vizite de făcut... și o veche prietenă care stă la mine, trebuie s-o anunț și pe ea, o să se bucure tare mult pentru noi. O prietenă scumpă din Germania.

— Nu, Aadam *baba*, a negat servitorul lui, n-am mai văzut-o pe Ilse *begun* de dimineață. L-a plătit pe moșul Tai pentru o plimbare cu *shikara*.

— Ce pot să zic, domnule? a murmurat supus Tai. E o mare onoare că am fost chemat acasă la un personaj atât de măreț ca Domnia Ta. Doamna m-a angajat pentru o plimbare la Grădinile

Mughal înainte să-nghețe lacul. O persoană tăcută, domnul doctor sahib, n-a scos un cuvințel. Îmi treceau prin cap tot felul de gânduri nevrednice, așa cum li se întâmplă de atâtea ori bătrâniturilor ca mine, și când m-am uitat, am văzut că nu era la locul ei. Jur pe capul nevesti-mii, sahib, nu se poate vedea dincolo de spătarul scaunului, cum era să-mi dau seama? Dă-i crezare unui barcagiu bătrân și amărât care ți-a fost prieten când erai tânăr...

— Aadam *baba*, l-a întrerupt servitorul cel vârstnic, iertați-mă, dar am găsit adineauri biletul ăsta la ea pe masă.

— Știu unde e, a spus doctorul Aziz, fixându-l cu privirea pe Tai. Habar n-am cum de-mi ieși mereu în cale, dar mi-ai arătat locul cândva. Ai zis: unele femei din alte țări vin aici să se înece.

— Eu, sahib? a făcut Tai șocat, împuțit și inocent. Durerea ți-a luat mințile! De unde să știu eu asemenea lucruri?

Iar după ce cadavrul umflat și acoperit de ierburi a fost scos la suprafață de un grup de barcagii cu fețe impasibile, Tai s-a dus la debarcaderul *shikarelor* și le-a spus oamenilor care s-au ferit de răsuflarea lui puturoasă ca a unui taur cu dizenterie:

— Ce chestie, dă vina pe mine! Vine-acasă cu tot felul de europeni ușuratici și-mi zice că din cauza mea se-aruncă-n lac! Dar întreb și eu, de unde-a știut exact unde să se uite? Da, chiar așa, întrebați-l și voi, luați-l la întrebări pe *nakkoo* ăla!

Ilse a lăsat un bilet în care scria: „N-am vrut“.

Nu fac nici un comentariu: îi las pe alții să judece întâmplările care mi-au ieșit de pe buze, distorsionate din pricina grabei și a emoțiilor. Dați-mi voie să fiu direct acum și să spun că, în iarna lungă și aspră dintre 1918 și 1919, Tai a căzut la pat și a contractat o boală de piele gravă, înrudită cu blestemul european numit scrofuloză, dar a refuzat să se ducă la doctorul Aziz și a fost tratat de un homeopat de prin partea locului. Iar în martie, când s-a dezghețat lacul, în cortul uriaș de pe domeniul lui Ghani moșierul a fost oficiată o căsătorie. Contractul de nuntă i-a asigurat lui Aadam Aziz o sumă respectabilă, care să-l ajute să-și cumpere o casă în Agra, iar zestrea a cuprins, la cererea expresă a doctorului Aziz, un anumit cearșaf mutilat. Tinerii miri au stat pe o platformă împodobită și rece, în timp ce oaspeții treceau pe rând prin fața lor și le aruncau rupii în poală. În noaptea aceea bunicul meu a pus cearșaful găurit sub mireasă și sub el, iar dimineață l-a găsit ornat cu trei stropi de sânge care alcătuiau un mic triunghi. Tot atunci cearșaful a fost arătat lumii, iar după ceremonia oficială a apărut o limuzină închiriată de moșier ca să-i ducă pe bunicii mei la Amritsar, unde aveau să prindă poștalionul. Munții s-au strâns în jurul lor și au urmărit spectacolul, pe când bunicul meu pleca de acasă pentru ultima oară. (Avea să se întoarcă o dată, dar fără să mai plece.) Lui Aziz i s-a părut că vede un barcagiu bătrân, care-i privea trecând de pe mal, dar probabil că s-a înșelat, fiindcă Tai era bolnav. Un punct din depărtare care era de fapt un templu situat pe Sankara Acharya, căruia musulmanii obișnuiau să-i spună Takht-e-Sulaiman sau Jilțul lui Solomon, nu le-a acordat nici o atenție. Plopii dezgoliți ai iernii și lanurile de șofran îngropate sub zăpadă se întindeau în jurul lor, pe când mașina se îndrepta spre sud, transportând o tașcă veche de piele care conținea, printre alte lucruri, un stetoscop și un cearșaf puse la loc sigur în portbagaj. Doctorul Aziz a simțit la lingurea o senzație înrudită cu imponderabilitatea.

Sau cu prăbușirea.

(... Acum sunt distribuit în rolul unei stafii. Am nouă ani și stau cu toată familia – tata, mama și Maimuța de Bronz – în casa din Abra a bunicilor, iar nepoții – printre care mă număr și eu – pun în scenă tradiționala piesă de Anul Nou. Am primit rolul unei fantome. În consecință – și pe ascuns, ca să păstrez secretul apropiatelor reprezentații teatrale – cotrobăiesc prin casă după ceva cu ajutorul căruia să mă deghizez în spectru. Bunicul a plecat să-și facă vizitele obișnuite. Mă aflu la el în cameră. Iar pe comoda asta stă un cufăr vechi, acoperit de praf și păianjeni, dar neîncuiat. Ei bine, înăuntrul lui se găsește răspunsul la rugăciunile mele. Nu doar un cearșaf, ci unul care are deja o gaură! Ia uite-l, în tașca asta de piele din cufăr, chiar sub un stetoscop vechi și un tub expirat de inhalant – apariția cearșafului în spectacolul nostru a creat mare senzație. De cum l-a văzut, bunicul s-a ridicat în picioare cu un urlet. A urcat pe scenă și m-a defantomizat pe loc, de față cu toată lumea. Bunica își strânsese buzele atât de tare, încât dădeau impresia că dispăruseră. Cei doi, unul zbierând la mine cu glasul unui barcagiu uitat, celălalt exprimându-și mânia prin înghițirea buzelor, au transformat stafia înfricoșătoare într-un plângăreț amărât. Am făcut stânga-mprejur, mi-am pus coada pe spinare și-am tulit-o în micul lan de porumb, neștiind ce se petrecuse. Am rămas acolo – poate chiar în locul unde stătuse Nadir Han! – câteva ore, jurând de mai multe ori că n-o să mai deschid niciodată un cufăr la care nu aveam voie să umblu și simțind un vag resentiment fiindcă nu-l găsisem încuiat de la bun început. Însă din furia lor am înțeles că într-un fel cearșaful ăla era foarte important.)

Am fost întrerupt de Padma, care mi-a adus cina, iar apoi a refuzat să mi-o pună pe masă, șantajându-mă:

— Păi, dacă ai de gând să-ți pierzi timpul stricându-ți ochii cu mâzgălelile alea, măcar citește-mi-le și mie.

Abia așteptam să mănânc – dar poate că Padma asta a noastră o să fie de folos, fiindcă e imposibil s-o împiedici să fie critică. O supără mai ales observațiile făcute pe marginea numelui ei.

— Ce știi tu, orășeanule? a strigat ea, tăind aerul cu mâna. La mine-n sat nu-i nici o rușine să fii numită după Zeița Bălegarului. Scrie imediat că ai greșit amarnic.

În conformitate cu dorințele lotusului meu, inserez în cele ce urmează un mic elogiu adus Bălegarului.

Tu, Bălegar, care îngrași solul și faci să crească recoltele! Tu, Bălegar, care ești strâns în turte subțiri ca niște pâinici când încă ești proaspăt și umed, spre a fi vândut apoi constructorilor din sat ca să-l folosească la consolidarea pereților de lut ai *kachchalelor*! Tu, Bălegar, a cărui ivire prin capătul de jos al vitelor nu prea poate să le explice statutul divin și sacru! O, da, am greșit, recunosc că am fost subiectiv, fără îndoială din cauză că mirosurile lui nefericite au obiceiul să-mi atace nasul sensibil – ce minunăție, cât de frumos trebuie să fie să ți se dea numele după Furnizoarea de Bălegar!

...Pe 6 aprilie 1919, sfântul oraș Amritsar mirosea (superb, Padma, divin de-a dreptul!) a excremente. Și poate că miasmele (răpitoare) n-au deranjat Nasul plantat pe chipul bunicului meu – în fond, țăranii din Kashmir îl folosesc, după cum tocmai am arătat, pe post de tencuială. Nici chiar în Srinagar negustorii ambulanți de lângă roabele pline cu turte rotunde de Bălegar nu erau ceva neobișnuit. Însă atunci marfa era aproape uscată, neagresivă și folositoare. Bălegarul din Amritsar era proaspăt și (mai rău) prisoselnic. Și nici nu provenea numai de la bovine. Ieșea din fundurile cailor înhămați la numeroasele șarete, docare și cărucioare din oraș; totodată, catârii, oamenii și câinii ascultau la rându-le de chemarea naturii, amestecându-se într-un fel de confrerie a căcatului. Însă existau și vaci.

Vitele sacre străbăteau străzile pline de praf, patrulând fiecare pe teritoriul său și revendicând o contribuție personală la acumulările de excremente. Bașca muștele! Inamicul Public Numărul Unu, zumzăind voios de pe o grămăjoară aburindă pe alta, sărbătorea și înnobila cu prezența aceste daruri oferite din belșug, aidoma albinelor venite să polenizeze florile. În oraș se vedea o forfotă ce oglindea mișcarea muștelor. Doctorul Aziz studia scena de la fereastra camerei lui de hotel, în timp ce un jainist cu o mască pe figură trecea pe dedesubt, măturând trotuarul în fața lui cu un târn, ca nu cumva să calce pe o furnică sau chiar pe o muscă. De la o tarabă aflată pe stradă se ridicau aburii dulci și aromați ai mirodeniilor. „Calde *pakore*, *pakore* calde!" O femeie albă cumpăra mătăsuri dintr-o prăvălie de pe partea cealaltă a străzii, iar câțiva bărbați cu turbane îi făceau ochi dulci. Naseem – actualmente Naseem Aziz – avea o durere de cap cumplită; era pentru prima dată când repeta o suferință, însă viața în afara văii ei liniștite i se păruse un adevărat șoc. Lângă pat avea o stacană cu ceai de tei cu lămâie care se golea rapid. Aziz stătea la fereastră și inhala orașul. Turla Templului de Aur strălucea în bătaia soarelui. Dar îl mânca nasul: era ceva în neregulă.

Un prim-plan al mâinii drepte a bunicului meu: unghii, oase și degete mai mari decât te-ai aștepta. Smocuri de păr roșcat pe margini. Degetul mare și arătătorul lipite, despărțite de un spațiu strâmt cât o foaie de hârtie. Pe scurt, bunicul meu ținea în mână un pamflet. Îi fusese îndesat în palmă (acum trecem pe un cadru general – toți cei din Bombay ar trebui să stăpânească un vocabular cinematografic elementar) la intrarea în holul hotelului. Debarasându-se de copiii străzii grație ușilor turnante și cu pamfletele căzând în urma lui, pe când era urmărit de *chaprassi*[1]. Revoluțiile nebunești în pragul ușilor care se învârt întruna, până când mâna *chaprassi*-ului solicită și ea un prim-plan fiindcă presează la rându-i degetul mare de arătător, lăsându-le despărțite doar de grosimea urechii unui țânc muștruluit. Alungarea distribuitorului juvenil de propagandă ieftină. Cu toate acestea, bunicul meu a reținut mesajul. Acum, privind pe fereastră, îl vede exprimat ca un ecou pe un perete de vizavi, pe minaretul unei moschei și în literele negre cât o șchioapă din zidul ținut sub braț de un negustor ambulant. Fluturașul, ziarul, moscheea și ziarul strigă la unison: *Hartal!* În traducere literară, o zi de doliu, de reculegere, de

1. Mesager oficial indigen.

liniște. Numai că India se află în perioada de apogeu a lui Mahatma, când până și limbajul respectă instrucțiunile lui Gandhiji, sub a cărui influență cuvântul dobândește valențe și sensuri noi. *Hartal – 7 aprilie,* convin moscheea, ziarul, zidul și pamfletul, căci Gandhi a decretat că în ziua respectivă întreaga Indie se va opri. Ca să jelească, în pace, prezența neîntreruptă a englezilor.

— Nu-nțeleg doliul ăsta, dacă n-a murit nimeni, se plânge încet Naseem. De ce nu mai pleacă trenul? Cât mai rămânem aici?

Doctorul Aziz observă un tânăr milităros pe stradă și își spune: indienii s-au luptat pentru englezi: prin urmare, mulți au văzut deja lumea și au fost maculați de Străinătate. N-o să le fie ușor să se întoarcă în lumea din care au plecat. Englezii greșesc când încearcă să dea ceasul înapoi.

— Ratificarea Legii Rowlatt a fost o greșeală, murmură el.

— Care Rowlatt? se vaită Naseem. Pentru mine astea-s prostii!

— Împotriva tulburărilor politice, explică Aziz și se cufundă la loc în gânduri.

Tai zisese cândva: „Cei din Kashmir sunt altfel. Lași, de pildă. Pune o armă în mâna unuia de-acolo și-o să trebuiască să se descurce singură, individul n-o să aibă curaj să apese pe trăgaci. Nu suntem ca indienii, care se războiesc toată ziua". Având-ul în minte pe Tai, Aziz nu se simte indian. La urma urmei, Kashmirul nu face parte din Imperiu, fiind un stat independent. Nu e sigur dacă *hartal*-ul evocat de pamflet, moschee, zid și ziar face parte din cauza lui, chit că acum se află într-un teritoriu ocupat. Se întoarce de la fereastră...

...Ca s-o vadă pe Naseem plângând cu capul în pernă. Plânge întruna de când i-a cerut, în cea de-a doua noapte împreună, să se miște nițel.

— Unde să mă mișc? a întrebat ea. Cum să mă mișc?

Aziz a fost pus în încurcătură și a zis:

— Mișcă-te puțin cum fac femeile, atâta tot...

Naseem a scos un țipăt de groază.

— Dumnezeule mare, cu cine m-am măritat? Vă știu eu bine pe bărbații care v-ați întors din Europa. Dați peste niște nenorocite și pe urmă ați vrea să fim la fel ca ele! Uite ce-i, domnule doctor sahib, indiferent dacă-mi ești soț sau nu, să știi că nu sunt o... femeiușcă din alea.

A fost o bătălie pe care bunicul meu nu a câștigat-o niciodată și care a dat tonul unui mariaj care s-a transformat rapid într-o relație jalonată de ciocniri frecvente și teribile, iar ravagiile i-au preschimbat pe juna din spatele cearșafului și pe doctorul tânăr și stângaci în doi străini greu de recunoscut...

— Ce mai e, nevastă? întreabă Aziz.

Naseem și-a îngropat fața în pernă.

— Ce crezi? răspunde ea cu glas înăbușit. Tu, ce altceva? Vrei să mă plimb goală prin fața străinilor. (Aziz îi spusese să renunțe la *purdah*.)

— Cămașa te acoperă de la gât până la încheieturi și genunchi, zice el. Pijamaua asta largă îți ascunde până și gleznele. Mai rămân picioarele și fața. Astea ți se par nerușinate, nevastă?

— N-or să vadă numai asta! se tânguiește ea. Or să-mi vadă rușinea fără fund din suflet!

Iar acum un accident care ne trimite în lumea mercurocromului... Dându-și seama că-l lasă nervii, Aziz scoate din geamantanul soției toate vălurile *purdah*, le aruncă într-un coș de hârtii metalic ce are pictat pe-o parte figura gurului Nanak și le dă foc. Flăcările țâșnesc în sus, luându-l prin surprindere și dând să incendieze perdelele. Aadam se năpustește la ușă și urlă după ajutor, în timp ce draperiile ieftine încep să se aprindă... iar servitorii, musafirii și spălătoresele se reped în cameră și încearcă să stingă țesătura care arde cu cârpe mari de praf și cu lenjeria celorlalți. Se aduc găleți, focul e stins, iar Naseem se ghemuiește pe pat, în timp ce vreo treizeci și cinci de sikhi, hinduși și paria se înghesuie în camera înecată în fum. În cele din urmă, pleacă, iar Naseem aruncă două propoziții înainte de a-și pecetlui buzele cu încăpățânare:

— Ești nebun. Mai vreau ceai.

Bunicul deschide geamul și se întoarce spre aleasa lui.

— E nevoie de timp ca să iasă tot fumul. Mă duc să mă plimb. Vii și tu?

Buze strânse, ochi închiși, un „nu“ violent exprimat printr-o scuturare a capului și iată că bunicul iese singur pe stradă. După ce lansează replica finală:

— N-o mai face pe fetița cuminte din Kashmir. Gândește-te cum să ajungi o femeie indiană modernă.

În timp ce în zona unității militare, la cartierul general al armatei engleze, un oarecare ofițer de stat-major R.E. Dyer își văcsuiește mustața.

Este 7 aprilie 1919, iar în Amritsar proiectul măreț al lui Mahatma este distorsionat. Magazinele au tras oblonul, gara e închisă și ea, însă acum gloatele ieșite pe străzi le sparg și fac prăpăd. Doctorul Aziz duce în mână tașca de piele și dă ajutor pe unde poate. Trupurile călcate în picioare au fost lăsate unde au căzut. Doctorul pansează răni și toarnă mult mercurocrom, ceea ce le face să pară și mai însângerate, dar cel puțin le dezinfectează. Într-un târziu, se întoarce în camera de hotel, cu hainele pline de pete roșii, iar Naseem intră imediat în panică.

— Stai să te-ajut, stai să te-ajut, Allah prea milostiv, pe cine-am luat de bărbat, pe unul care se duce te miri unde, să se încaiere cu golanii!

Se aferează în jurul lui, cu apă și tampoane de vată.

— Habar n-am de ce nu poți să fii un doctor respectabil, ca oamenii obișnuiți, să vindeci bolile importante, și-atât. Doamne Dumnezeule, ești plin de sânge peste tot! Stai, hai, așază-te, măcar lasă-mă să te spăl!

— Nu e sânge, nevastă.

— Crezi că n-am ochi să văd? De ce-o trebui să-ți bați joc de mine și când ești rănit? Nu se cade să aibă grijă nevasta de tine, ia zi?

— E mercurocrom, Naseem. Un medicament roșu.

Naseem – care începuse să se miște ca o vijelie, luând alte haine și deschizând robinetul – încremenește.

— O faci înadins, ca să pic eu de proastă, spuse ea. Dar nu sunt proastă. Am citit câteva cărți.

E 13 aprilie și ei se află tot în Amritsar.

— Chestia asta nu s-a terminat, îi spune Aadam Aziz lui Naseem. Vezi tu, nu putem pleca; s-ar putea să mai aibă nevoie de doctori.

— Și-atunci stăm aici și așteptăm sfârșitul lumii?

Aziz își freacă nasul.

— Nu, mă tem că nu atât de mult.

În după-amiaza aceea străzile sunt deodată pline de oameni care se deplasează cu toții în aceeași direcție, în dispreţul noilor reglementări ale Legii Marțiale instituite de Dyer.

— Trebuie programată o ședință, or să apară probleme din partea armatei. Au interzis întrunirile.

— De ce trebuie să te duci? De ce nu aștepți să te cheme ei?

...O tabără militară poate fi orice, începând cu un teren arid și sfârșind cu un parc. Cea mai mare tabără de acest fel din

Amritsar se numește Jallianwala Bagh. Nu e o zonă ierboasă. Pietre, cutii, pahare și o mulțime de alte lucruri se găsesc pretutindeni. Ca să pătrunzi acolo trebuie să cobori pe o alee foarte strâmtă dintre două clădiri. Pe 13 aprilie mii de indieni se înghesuie pe aleea cu pricina.

— E un protest pașnic, îi spune cineva doctorului Aziz.

Luat pe sus de mulțime, acesta ajunge la capătul aleii. În mâna dreaptă ține o tașcă de la Heidelberg. (Nu-i nevoie de prim-plan.) Știu că e foarte speriat, fiindcă îl mănâncă nasul mai rău ca niciodată. Însă e un doctor versat; își alungă gândul din minte și intră pe teritoriul taberei. Cineva rostește un discurs înflăcărat. Negustorii ambulanți se plimbă prin mulțime, vânzând *channa* și dulciuri. Aerul e plin de praf. Din câte vede bunicul, nu par să existe scandalagii sau provocatori. Câțiva sikhi au întins o pătură și mănâncă așezați în jurul ei. În aer persistă mirosul de excremente. Aziz ajunge în inima gloatei, în timp ce ofițerul de stat-major R.E. Dyer apare la intrarea pe alee, urmat de cincizeci de soldați din forța de intervenție rapidă. Este comandantul Amritsar-ului după instituirea legii marțiale – un om însemnat, în fond; vârfurile văcsuite ale mustății i s-au rigidizat de atâta importanță. Pe când cei cincizeci și unu de oameni străbat aleea, mâncărimea din nasul bunicului e înlocuită de gâdilături. Cei cincizeci și unu de soldați intră în tabără și își ocupă pozițiile, douăzeci și cinci la dreapta lui Dyer, tot atâția la stânga; iar Aadam Aziz încetează să se concentreze asupra a ceea ce se întâmplă în jur, întrucât gâdilăturile au ajuns la o intensitate de nesuportat. În clipa când colonelul Dyer dă un ordin, strănutul îl pocnește pe bunicul în plină figură.

— Haaap-ciuuuu! face el și se prăbușește în față, pierzându-și echilibrul, urmându-și nasul și prin asta scăpând cu viață.

„Trusa de doftoriceli" i se deschide singură: flacoanele, loțiunile și seringile se împrăștie în praf. Caută furibund printre picioarele oamenilor, căznindu-se să-și recupereze materialele înainte de-a fi făcute zob. Se aude un zgomot ca de dinți care clănțăne iarna și cineva se prăbușește peste el. Un lichid roșu îi murdărește cămașa. Acum se disting strigăte și plânsete, iar clănțănitul acela bizar continuă. Tot mai mulți oameni par să se prăvălească direct peste bunicul. Acesta începe să se teamă pentru propria spinare. Încheietoarea genții de mână îl apasă pe piept, producându-i o vânătaie atât de urâtă și de misterioasă, încât o să dispară abia după moartea lui, ani buni mai târziu, pe dealul Sankara Acharya sau Takht-e-Sulaiman. Stă cu nasul lipit de o sticluță cu pilule roșii. Clănțănitul se oprește, înlocuit de zgomotele oamenilor și ale păsărilor. Sunetul traficului pare să fi dispărut cu desăvârșire. Cei cincizeci de oameni ai colonelului Dyer lasă mitralierele și pleacă. Au tras în total o mie șase sute cincizeci de gloanțe asupra mulțimii neînarmate. Dintre ele, o mie cinci sute șaisprezece au nimerit în plin, ucigând sau rănind pe cineva.

— Bine ochit, le spune Dyer oamenilor lui. Am făcut o trebușoară pe cinste.

În seara aceea, când bunicul s-a întors acasă, bunica se străduia din greu să fie o femeie modernă ca să-i facă pe plac, așa că nu s-a arătat deloc înduioșată când l-a văzut.

— Văd că iar ai vărsat mercurocromul, nepriceputule, a spus ea pe un ton liniștitor.

— E sânge, a răspuns el, după care bunica a leșinat.

După ce a readus-o în simțiri cu niște amoniac, ea l-a descusut:

— Ești rănit?

— Nu, a răspuns el.

— Bine, dar *unde Dumnezeu ai fost*?

— În orice caz, nu pe pământ, a zis el și a început să-i tremure în brațe.

Mărturisesc că și mie a început să-mi tremure mâna. Nu doar din cauza temei alese, ci și fiindcă am observat că mi-a apărut o crăpătură subțire, cât un fir de păr, la încheietură, chiar sub piele... Nu contează. Fiecare îi datorează câte-o viață morții. Prin urmare, îngăduindu-mi să închei cu zvonul neconfirmat conform căruia barcagiul Tai, care se vindecase de infecția scrofuloasă imediat după plecarea bunicului meu din Kashmir, a murit abia în 1947, când (așa se spune) s-a enervat din cauză că India și Pakistanul se băteau pentru valea lui și s-a dus la Chhamb cu intenția precisă de a se plasa între cele două tabere și de a le spune ce părere avea despre ele. Kashmirul e al celor din Kashmir, cam asta era ideea. L-au împușcat, bineînțeles. Probabil că Oskar Lubin i-ar fi aprobat gestul retoric, iar R.E. Dyer i-ar fi felicitat asasinii pentru acuratețea tirului.

Trebuie să mă culc. Padma așteaptă. Și am nevoie de puțină căldură.

Punct lovit la scuipătoare

Credeți-mă, vă rog, mă fac bucăți. Nu vorbesc în metafore și nici nu e începutul unui apel la milă, melodramatic, misterios și bălmăjit. Vreau să spun pur și simplu că au început să-mi apară tot felul de crăpături, ca și cum aș fi un urcior străvechi – trupul meu amărât, unic, dizgrațios, bumbăcit de prea multă istorie, victimă a scurgerilor când sus, când jos, mutilat de uși, lovit în cap de scuipători, cedează de la un timp pe la cusături. Pe scurt, mă dezintegrez la propriu, deocamdată lent, deși există semne de accelerare. Vă cer doar să acceptați (cum am făcut-o și eu) că până la urmă o să mă transform în (circa) șase sute treizeci de milioane de particule de pulbere neștiută și obligatoriu fără memorie. Iată de ce m-am decis să încredințez totul hârtiei, înainte să uit. (Suntem o nație de uituci.)

Există momente de teroare, dar ele se duc. Panica, aidoma unui monstru marin, iese să ia o gură de aer și rămâne un timp la suprafață, însă în cele din urmă coboară la loc în adâncuri. Pentru mine e important să-mi păstrez calmul. Ronțăi alune de betel și expectorez în direcția unui vas ieftin de alamă, dedându-mă vechiului joc pe nume „punct lovit la scuipătoare“: jocul lui Nadir Han, învățat de acesta de la bătrânii din Agra... iar în ziua de azi poți să-ți cumperi „rachete-mahorci“ în care, la fel ca în cazul pastei de betel care-ți înroșește gingiile, confortul cocainei stă pitit într-o foiță. Dar asta ar însemna să trișez.

...Din paginile mele se ridică mirosul inconfundabil de mirodenii. Așa că permiteți-mi să nu mai bat câmpii: eu, Saleem Sinai, posesorul celui mai sensibil și mai dotat organ olfactiv din istorie, mi-am petrecut ultimele zile preparând condimente la scară largă. Parcă vă aud mirându-vă cuprinși de groază: „Un bucătar? Un simplu *khansama*? Cum e posibil așa ceva?“ Ei bine, vă asigur că foarte puțini oameni au atât darul gătitului, cât și pe cel al vorbirii: cu toate astea, mă număr printre ei. Vă surprinde din cale-afară. Numai că, vedeți dumneavoastră, eu nu sunt un biet ucenic plătit cu două sute de rupii pe lună;

sunt propriul meu stăpân. Și lucrez vegheat de clipirile verzi și ca șofranul ale zeiței mele de neon. În fond, condimentele și aromele pe care le prepar sunt legate de mâzgălelile mele nocturne – ziua printre borcanele de murături, noaptea cu foile de hârtie, îmi petrec timpul în slujba măreței opere de conservare. Memoria, la fel ca fructele, se vede salvată de mistificarea ceasurilor.

Dar iat-o pe Padma apropiindu-se și obligându-mă să revin în lumea narațiunii lineare, în universul a ceea ce s-a petrecut mai departe.

— În ritmul ăsta, se plânge ea, o să-mplinești două sute de ani și tot n-o să apuci să-ți povestești nașterea.

Simulează nonșalanța, unduindu-și neglijent șoldurile înspre mine, dar nu mă prostește. Știu că, în ciuda protestelor, abia așteaptă continuarea. Nu încape îndoială : povestea mea a făcut-o extrem de curioasă, așa că dintr-odată a început să nu mă mai bată la cap să mă duc acasă, să fac baie mai des, să-mi schimb hainele pătate de oțet și să plec fie și pentru o clipă din fabrica asta de murături cufundată în beznă, unde aromele mirodeniilor se împletesc mereu în aer... Acum zeița Băligarului îmi aranjează frumușel culcușul într-un ungher al biroului, îmi pregătește mâncare pe două ochiuri de aragaz înnegrite și-mi întrerupe scrisul în lumina piezișă doar ca să mă sfătuiască dojenitor :

— Dă-i bătaie sau o să mori înainte să te naști.

Domolindu-mi mândria firească a povestitorului de succes, încerc s-o educ.

— Lucrurile – ba chiar și oamenii – au felul lor de-a trece dintr-unul în altul, la fel ca aromele când gătești, îi explic. Sinuciderea lui Ilse Lubin, de pildă, a trecut în Aadam cel bătrân și a rămas acolo într-o băltoacă până când l-a văzut pe Dumnezeu. În același mod, continui foarte serios, trecutul s-a scurs în mine... așa că nu-l putem ignora...

Ridicatul ei din umeri, care-i imprimă o mișcare plăcută pieptului, îmi taie macaroana.

— După capul meu, e o prostie felul în care povestești, dacă nici măcar nu ești în stare să ajungi la ziua când s-a întâlnit taică-tău cu maică-ta, mă acuză ea.

...Și în mod sigur Padma se scurge în mine. În vreme ce istoria mi se prelinge din corpul fisurat, lotusul acesta mi se adună cuminte înăuntru, cu tot spiritul lui teluric, superstițiile paradoxale și dragostea contradictorie pentru fabulos, așa că mi se pare firesc să fiu pe punctul de-a povesti despre moartea lui Mian Abdullah. Colibriul osândit: o legendă a timpurilor noastre.

...Iar Padma e o femeie generoasă, fiindcă îmi stă aproape în aceste ultime zile, deşi nu pot face mare lucru pentru ea. Asta-i situaţia – mi se pare normal să menţionez şi lucrul ăsta înainte de-a mă lansa în povestea lui Nadir Han –, nu mă mai simt bărbat. În pofida darurilor multe şi variate ale Padmei, în pofida strădaniilor ei, nu pot să mă scurg în ea nici măcar când îşi pune piciorul stâng pe dreptul meu, îmi cuprinde mijlocul cu dreptul, îşi apropie faţa de a mea şi începe să gângurească; nici măcar când îmi şopteşte la ureche:

— Acum, că tot ai terminat cu mâzgălelile, hai să vedem dacă poţi să scrii şi cu creionul ălălalt!

Indiferent ce face, nu sunt în stare să-i nimeresc scuipătoarea.

Gata cu mărturisirile. Cedând presiunilor inevitabile ale următorismului Padmei, legat de ceea ce s-a întâmplat mai departe, şi aducându-mi aminte de timpul limitat pe care-l am la dispoziţie, fac un salt de la mercurocrom şi aterizez în anul 1942. (Totodată, ţin neapărat să-i aduc laolaltă pe părinţii mei.)

Se pare că la sfârşitul acelei veri bunicul meu, doctorul Aadam Aziz, s-a îmbolnăvit de o formă de optimism extrem de primejdioasă. Plimbându-se cu bicicleta în jurul Agrei, obişnuia să fluiere pătrunzător şi fals, dar foarte fericit. Nu era singurul în situaţia asta, întrucât, cu toate eforturile depuse de autorităţi, boala asta virulentă se răspândise în întreaga Indie în anul acela şi trebuiau luate măsuri drastice pentru ţinerea ei sub control. Bătrânii de la tutungeria din Cornwallis Road mestecau betel şi bănuiau că era vorba de o şmecherie.

— Am trăit de două ori mai mult decât s-ar fi cuvenit, a spus cel mai vârstnic dintre ei, cu vocea hârâită, ca un radio vechi, din cauza deceniilor care i se frecau unul de altul în jurul corzilor vocale, dar n-am văzut niciodată atâţia oameni veseli în nişte vremuri de urgie ca astea. Şi-a băgat Aghiuţă coada.

Era, într-adevăr, un virus încăpăţânat – doar vremea ar fi trebuit să descurajeze înmulţirea acestor microbi, fiindcă era deja limpede că ploile dăduseră greş. Pământul prinsese să se crape. Praful rodea marginile drumurilor, iar în anumite zile în mijlocul intersecţiilor unde se turnase macadam se căscau nişte fisuri uriaşe. Mestecătorii de betel de la tutungerie începuseră să vorbească despre unele semne de rău-augur; se calmau practicând acel joc căruia-i spuneau „punct lovit la scuipătoare“ şi făceau tot felul de speculaţii despre Dumnezeu ştie ce lucruri nenumărate şi nenumite care puteau apărea oricând pe pământul fisurat. Se părea că unui sikh de la atelierul de reparat biciclete îi picase turbanul de pe frunte în toiul unei după-amieze toride, când, fără nici un motiv, i se făcuse brusc părul măciucă. La un nivel mai prozaic, criza de apă se agravase atât de tare, încât lăptarii nu mai găseau apă curată cu care să îndoaie laptele... Undeva, departe, începuse un alt război mondial. În Agra căldura era tot mai mare. Cu toate astea, bunicul fluiera. Bătrânilor de la tutungerie fluieratul ăsta li se părea cam de prost-gust, date fiind împrejurările.

(Iar eu, ca şi ei, expectorez şi mă ridic deasupra fisurilor.)

Călare pe bicicletă, cu taşca de piele fixată de cadru, bunicul continua să fluiere. În pofida iritării nasului, buzele i se ţuguiau. În pofida vânătăii de pe piept care se încăpăţânase să nu dispară timp de douăzeci şi trei de ani, buna lui dispoziţie rămăsese aceeaşi. Aerul îi trecea dincolo de buze şi se preschimba în sunete. Fluiera un vechi cântec german: *Tannenbaum.*

Epidemia de optimism fusese provocată de un singur om al cărui nume, Mian Abdullah, era folosit doar de ziarişti. Pentru toţi ceilalţi el era Colibriul, o creatură care ar fi fost ireală dacă n-ar fi existat de-adevăratelea. „Magician devenit scamator“, scriau ziarele. „Mian Abdullah s-a ridicat din vestitul ghetou al magicienilor din Delhi, întrupând acum speranţa celor o sută de milioane de musulmani din India.“ Colibriul era fondatorul, preşedintele, unificatorul şi sufletul Congresului Islamului Liber; iar în 1942, au fost ridicate nişte tribune acoperite pe maidanul din Agra, unde urma să aibă loc cea de-a doua adunare anuală a Congresului. Bunicul, care avea cincizeci şi doi de ani, albise cu trecerea timpului şi era sâcâit de tot felul de boli, începuse să fluiere când trecea pe lângă maidan. Din când în când, se apleca la stânga sau la dreapta când trebuia să cotească, pedalând cu un aer semeţ, croindu-şi drum printre grămezi de Băligar şi copii... Altcândva şi altundeva, îi spusese prietenei lui, soţia rajahului din Cooch Naheen:

— La început am fost locuitor al Kashmirului şi n-am avut nimic de musulman. Pe urmă m-am ales cu o vânătaie pe piept care m-a transformat în indian. Nici acum nu pot să zic că sunt musulman, însă sunt de partea lui Abdullah în tot ce face. Lupta lui e şi a mea.

Ochii lui erau în continuare albaştri, aidoma cerului din Kashmir... A ajuns acasă şi, deşi în priviri încă i se citea un licăr de mulţumire, fluieratul a încetat. Pentru că în curtea unde mişunau nişte gâşte peste măsură de arţăgoase îl aşteptau trăsăturile reunite şi dezaprobatoare ale bunicii mele, Naseem Aziz, pe care comisese greşeala s-o iubească pe bucăţi, care se coagulase între timp şi se metamorfozase în fiinţa redutabilă care avea să rămână pentru totdeauna, cunoscută sub numele curios de Maica Stareţă.

Îmbătrânise şi se lăţise prematur, având pe faţă două aluniţe enorme, ca nişte sfârcuri de vrăjitoare. În acelaşi timp, trăia într-o fortăreaţă invizibilă pe care-o construise cu mâna ei, o citadelă blindată a tradiţiilor şi certitudinilor. În acelaşi an, dar ceva mai devreme, Aadam Aziz comandase nişte fotografii în mărime naturală ale familiei lui, ca să le atârne pe peretele din sufragerie ; cele trei fete şi cei doi băieţi stătuseră destul de cuminţi la pozat, însă Maica Stareţă se răzvrătise când îi venise rândul. În cele din urmă, fotograful încercase s-o ia prin surprindere, numai că ea îi însfăcase aparatul şi i-l spărsese în cap. Din fericire, fotograful a scăpat cu viaţă. Dar nu există nicăieri în lume vreo poză cu bunica. Nu era dispusă să se lase prinsă în cutia neagră a nimănui. Îi ajungea că era silită să trăiască fără văl şi cu faţa descoperită cu neruşinare ; de imortalizarea unei asemenea stări de fapt nici nu putea fi vorba.

Poate că obligativitatea goliciunii faciale, combinată cu faptul că Aziz îi cerea în mod constant să se mişte sub el, o adusese pe baricade. Iar regulile interne pe care le fixase compuneau un sistem de autoapărare atât de anevoie de străpuns, încât, după multe încercări infructuoase, Aziz renunţase să-i ia cu asalt ravelinele şi bastioanele nenumărate, lăsând-o stăpână peste domeniul ales, aidoma unui păianjen mare şi trufaş. (Deşi poate că nu fusese defel un sistem de autoapărare, ci un mijloc de apărare împotriva eului ei.)

Printre lucrurile pe care le refuzase de la bun început se numărau chestiunile politice. Dacă voia să vorbească despre aşa ceva, doctorul Aziz se ducea la prietena lui, soţia rajahului, iar Maica Stareţă se îmbufna – nu foarte tare, fiindcă ştia că aceste vizite însemnau o victorie pentru ea.

Inimile gemene ale regatului ei erau bucătăria şi cămara. În prima eu, unul, n-am intrat niciodată, dar ţin minte că am tras cu ochiul prin pânza de sită a uşii încuiate de la cămară la lumea enigmatică de dinăuntru, o lume a coșurilor împletite, spânzurate pe pereți și acoperite cu pânză ca să nu pătrundă muștele, a cutiilor despre care știam că erau pline cu halviță și alte dulciuri, a sipetelor zăvorâte, cu etichete pătrate și îngrijite, a alunelor, napilor și sacilor cu grâne, a ouălor de gâscă și a măturilor cu coadă. Cămara și bucătăria erau teritoriul ei inalienabil, pe care și-l apăra cu o îndârjire feroce. Pe vremea când își purta în pântece ultimul copil, pe mătușă-mea Emerald, soțul ei s-a oferit s-o scutească de corvoada supravegherii bucătarului. Ea nu a răspuns nimic, dar a doua zi, când Aziz s-a apropiat de bucătărie, a ieșit în prag, ținând în mâini o oală emailată, și i-a blocat drumul. Era grasă și gravidă, așa că nu puteai să te strecori pe lângă ea. Aadam Aziz s-a încruntat.

— Ce-i asta, nevastă?

La care bunica a răspuns:

— Asta, cum îi zice, e o oală foarte grea și dacă te prind vreodată pe-aici, cum îi zice, te bag cu capu-n ea, mai pun niște *dahi* și fac, cum îi zice, o *korma*.

N-am idee cum de-a ajuns bunica să adopte formula „cum îi zice“ ca pe un laitmotiv, dar odată cu trecerea anilor ea a apărut tot mai frecvent în frazele rostite. Îmi place s-o consider un strigăt inconștient de ajutor... o chestiune cum nu se poate mai serioasă. Maica Stareță ne dădea de înțeles că, oricât ar fi fost de hotărâtă și de corpolentă, plutea în derivă prin univers. Vedeți dumneavoastră, nu știa cum îi zice.

...A stăpânit în continuare cu autoritate și la masă. Aici nu se așeza nici un fel de mâncare și nu se punea nici o farfurie. Curry-ul și tacâmurile erau manevrate chiar de ea cu mâna dreaptă, pe o măsuță joasă, iar Aziz și copiii mâncau ce primeau de la ea. Puterea acestui obicei era atât de mare, încât nici măcar când soțul ei a fost constipat nu i-a permis să-și aleagă hrana și n-a ținut cont de rugăminți sau de sfaturi. Fortărețele nu au cum să se clintească. Nici măcar când mișcările vasalilor devin neregulate.

Nici pe perioada lungă a ascunderii lui Nadir Han, nici pe durata vizitelor făcute la casa de pe Cornwallis Road de tânărul Zulfikar, care s-a îndrăgostit de Emerald, sau ale lui Ahmed Sinai, prosperul negustor de mușamale și pânzeturi care imitau pielea, care i-a pricinuit un rău atât de mare mătușii Alia, încât i-a purtat pică douăzeci și cinci de ani înainte de a-i arunca totul în față cu cruzime maică-mii, mâna de fier în care a ținut Maica Stareță casa nu a șovăit vreodată; și chiar înainte ca sosirea lui Nadir să declanșeze marea liniște, Aadam Aziz se străduise să distrugă dominația asta și fusese nevoie să pornească la război împotriva nevesti-sii. (Toate astea dovedesc mai bine cât de mare a fost de fapt contaminarea lui cu optimism.)

...În 1932, cu zece ani înainte, bunicul meu obținuse controlul asupra educației propriilor copii. Maica Stareță a fost disperată, dar era vorba de rolul tradițional al tatălui, așa că n-a putut să ridice obiecții. Alia avea unsprezece ani, iar Mumtaz, a doua fată, aproape nouă. Cei doi băieți, Hanif și Mustapha, aveau opt, respectiv șase ani, pe când micuța Emerald încă nu împlinise cinci. Maica Stareță a început să-și mărturisească temerile lui Daoud, bucătarul familiei.

— Le-mpuie capu' cu mai știu eu ce limbi străine, cum le zice, și fără-ndoială și cu alte aiureli.

Daoud amesteca în oale și Maica Stareță striga:

— Te mai miri, cum îi zice, că pe aia mică o cheamă Emerald? Că are nume, cum îi zice, englezesc? Omul ăsta o să-mi distrugă copiii. Pune mai puțin, cum îi zice, chimen. Fă bine și fii atent la ce gătești, nu la treburile altora.

A instituit o singură reglementare educațională: orele de religie. Spre deosebire de Aziz, care era răvășit de ambiguitate, ea rămăsese cucernică.

— Tu îl ai pe Colibriu' tău, i-a spus, numai că eu am, cum îi zice, chemarea Domnului. Se-aude mai bine decât, cum îi zice, zumzetu' ăluia.

A fost unul dintre rarele ei comentarii politice... iar apoi a sosit ziua când Aziz l-a dat afară în șuturi pe profesorul de religie. L-a prins pe preacinstit de ureche cu degetul mare și cu arătătorul. Maica Stareță și-a văzut soțul ducându-l pe nefericitul cu barba neîngrijită la ușa din zidul grădinii, a rămas cu gura căscată și pe urmă a scos un strigăt, pe când bărbatul ei îi căra picioare divinului la partea moale. Tunând și fulgerând, Maica Stareță a intrat în luptă.

— Om fără demnitate! și-a ocărât ea soțul. Om fără, cum îi zice, *rușine*!

Copiii se uitau din locul relativ sigur al verandei din spate. I-a venit rândul lui Aziz:

— Știi ce-i învăța ăla pe copiii tăi?

Dar Maica Stareță n-a precupețit nici o întrebare din colecția de care știa mereu să facă uz:

— Aşa-i că nu te dai în lături de la nimic ca să ne faci, cum îi zice, de râs?

Nici Aziz nu s-a lăsat:

— Crezi că erau texte din Nastaliq? Ha?

La care soţia lui s-a aprins:

— Da' tu ai consuma, cum îi zice, porc? Ai scuipa pe Coran?

Ridicând vocea, doctorul a ripostat:

— Sau poate crezi c-or fi fost versete din „Vaca", ai? Asta crezi?

Fără să-i dea atenţie, Maica Stareţă a ajuns la punctul culminant:

— Ţi-ai mărita fetele cu nemţi?!

După care s-a oprit să-şi tragă sufletul, îngăduindu-i bunicului s-o pună în temă:

— Îi învăţa să urască, nevastă. Le zicea să-i urască pe hinduşi, budişti, jainişti, sikhi şi mai ştiu eu pe care vegetarieni. Vrei să ai copii care urăsc din plăcere, nevastă?

— Da' tu vrei să n-aibă nici un Dumnezeu?

Maica Stareţă şi-a închipuit legiunile arhanghelului Gabriel descinzând noaptea ca să-i ia pe micii păgâni şi să-i ducă în iad. A avut o imagine vie a infernului. Era la fel de arşiţă ca în Rajputana în iunie şi fiecare era silit să înveţe şapte limbi străine...

— O să fac un, cum îi zice, jurământ, a zis bunica. Jur că de la mine din bucătărie n-o să mai primeşti nici un strop de mâncare! Nimic, nici un *chapati*, până nu-l aduci înapoi pe preacinstitul sahib şi nu-i săruţi, cum îi zice, picioarele!

Războiul de înfometare care a început în ziua aceea a fost cât pe-aci să se transforme într-un duel pe viaţă şi pe moarte. Respectându-şi legământul, la orele de masă Maica Stareţă nu şi-a învrednicit soţul nici măcar cu o farfurie goală. Doctorul Aziz a trecut repede la represalii, refuzând să mănânce singur când pleca în oraş. Zi după zi, cei cinci copilaşi şi-au văzut tatăl din ce în ce mai mic, în timp ce mama lor păzea bucatele cu o expresie sumbră.

— Eşti în stare să dispari de tot? l-a întrebat interesată Emerald, care a adăugat grijulie: Dacă nu ştii cum să te-ntorci, n-o face.

Faţa lui Aziz s-a umplut de adevărate cratere. Până şi nasul părea să i se subţieze. Corpul lui devenise un câmp de luptă şi în fiecare zi îşi mai lua adio de la câte-o părticică. I-a spus Aliei, copilul cel mai mare şi isteaţa familiei:

— În toate războaiele, câmpul de luptă suferă pagube mai mari decât armatele. E-n firea lucrurilor.

A început să ia ricșa pentru vizitele la domiciliu. Hamdard, cel care-l ducea, s-a cam alarmat de la un timp.

Soția rajahului din Cooch Naheen a trimis emisari s-o înduplece pe Maica Stareță.

— Nu e India plină și-așa de oameni care mor de foame? au întrebat-o aceștia.

Naseem i-a pironit cu privirea aceea de vasilisc care începuse să devină o legendă. Cu mâinile împreunate în poală și cu un batic de muselină strâns foarte tare în jurul capului, și-a străpuns musafirii cu niște ochi fără pleoape și i-a făcut să privească în pământ. Vocile le-au împietrit, inimile li s-au oprit în piepturi. Iar bunica, înconjurată de străini și de priviri coborâte, și-a degustat triumful.

— Plină și-așa, cum îi zice? a cârâit ea. Mă rog, poate. Dar, la fel de bine, poate că nu.

Ce-i drept însă, Naseem Aziz era foarte neliniștită, fiindcă deși moartea lui Aziz prin înfometare ar fi dovedit limpede că ideea ei despre lume era mai bună decât a lui, nu voia să rămână văduvă din cauza unui principiu. Totuși, nu întrezărea nici o soluție în urma căreia să nu dea înapoi și să nu i se ia fața, ori tocmai învățase să și-o arate, așa că nu era dispusă să piardă nici o bucățică.

Isteața de Alia a fost cea care a găsit rezolvarea.

— Ce-ar fi să te-mbolnăvești?

Maica Stareță a bătut în retragere, a anunțat că o apucaseră niște dureri de-a dreptul cum îi zice și a căzut la pat. În absența ei, Alia i-a oferit ramura de măslin tatălui ei, sub forma unei farfurii cu supă de pui. Două zile mai târziu, Maica Stareță s-a sculat din pat (după ce refuzase pentru prima dată în viață să fie examinată de soțul ei), și-a recăpătat puterile și, dând din umeri în fața deciziei fetei sale, i-a oferit de mâncare lui Aziz ca și cum ar fi fost un fleac care s-ar fi putut remedia într-o clipită.

Asta se întâmplase cu zece ani înainte; dar chiar și în 1942, pe bătrânii de la tutungerie imaginea doctorului care fluieră îi face să chicotească, evocându-le zilele când soția lui aproape că-l făcuse să dispară, deși habar n-avea cum să se întoarcă. Spre sfârșitul zilei își dau coate unul altuia:

— Ții minte când...?

Sau:

— Se uscase ca un schelet întins la soare! Nici măcar nu mai putea să se suie pe...

Sau:

— Ascult-aici, *baba*. Femeia aia e-n stare de lucruri oribile. Am auzit că putea să fure și visele fetelor, ca să afle ce puneau la cale!

Însă când se lasă seara înghiontelile încetează, fiindcă e vremea concursului. Fălcile li se mișcă ritmic în liniște. Urmează o țuguiere a buzelor, dar ceea ce se aude nu e aerul transformat în sunete. În locul fluieratului, un jet lung și roșu de zeamă de betel țâșnește dintre buzele decrepite și se îndreaptă cu o precizie infailibilă spre vechea scuipătoare din alamă. Lumea se lovește cu mâinile pe coapse și se aud strigăte admirative: „Ohoho, maestre!" și „La marea meserie!"... În jurul moșnegilor, orașul se abandonează unor îndeletniciri sporadice. Copiii joacă leapșa și lapte gros sau desenează bărbi pe afișele cu Mian Abdullah. Iar acum bătrânii duc scuipătoarea pe stradă, tot mai departe de locul unde stau ciuciți, și-o bombardează cu jeturi tot mai lungi. Fluidul ajunge în continuare la țintă. „Ooo, formidabil, *yara*!" Puștii au inventat un joc nou: se strecoară printre roșieticele săgeți lichide, amestecându-și ghidușiile cu meșteșugul serios al punctului lovit la scuipătoare... Dar iată o mașină militară a cărei sosire îi împrăștie pe țânci... Iată-l pe colonelul Dodson, comandantul militar al orașului, doborât de căldură... Și pe ordonanța lui, maiorul Zulfikar, care-i întinde un prosop. Dodson se șterge pe față, zgâtiile de copii o iau la sănătoasa, iar mașina dărâmă scuipătoarea. Un lichid roșu-închis și plin de cheaguri ca sângele se coagulează aidoma unei mâini stacojii în praful străzii și arată acuzator spre puterea în retragere a stăpânului englez.

Memoria unei fotografii pătate de mucegai (poate chiar opera aceluiași fotograf sărac cu duhul ale cărui poze scoase în mărime naturală fuseseră atât de aproape să-l coste viața): Aadam Aziz, radiind de febra optimismului, dă mâna cu un bărbat de vreo șaizeci de ani, un ins nerăbdător și însuflețit, cu o buclă de păr alb care-i cade pe frunte ca o cicatrice inofensivă. Este Mian Abdullah, Colibriul. („Vezi dumneata, dom' doctor sahib, sunt numai fibră și tendon. Vrei să-mi tragi una în stomac? Încearcă, încearcă. Sunt într-o formă de zile mari." ...În poză, faldurile unei cămăși albe și largi ascund burduhanul, iar pumnul bunicului nu e încleștat, ci acoperit de mâna fostului scamator.) Iar în spatele lor, abordând o expresie binevoitoare, iat-o pe soția rajahului din Cooch Naheen, căreia-i ieșeau o mulțime de pustule albe – o boală care a pătruns în istorie și a avut o explozie formidabilă imediat după Independență...

— Eu sunt victima, șoptesc buzele ei fotografiate și inerte, victima nefericită a propriilor preocupări transculturale. Pielea mea e expresia exterioară a internaționalismului spiritual care mă însuflețește.

Da, în fotografia asta are loc o conversație surprinsă când acești experți ventriloci optimiști își întâlnesc liderul. Lângă soția rajahului – acum ascultați cu atenție; istoria și obârșia sunt pe punctul de-a se întâlni! – se află un tip ciudat, molatic și pântecos, cu ochii aidoma unor iazuri stătute, cu părul lung, ca de poet. Nadir Han, secretarul personal al Colibriului. Picioarele lui s-ar fi mișcat întruna de stinghereală, dacă instantaneul nu le-ar fi adus liniștea. Are un zâmbet tâmp și rigid, prin care ne spune:

— E adevărat, am scris versuri...

Iar Mian Abdullah îl întrerupe, bubuind în gura mare și lăsând să i se vadă dinții ascuțiți:

— Ce mai versuri! Nici o rimă în nu știu câte pagini!...

Se aude glasul blând al soaței rajahului:

— Modernist, nu?

Nadir răspunde sfios:

— Da.

Ce tensiuni au apărut brusc în scena asta încremenită și tăcută! Ce tachinări tăioase, răzbătând din vorbele Colibriului:

— Asta n-are importanță. Arta trebuie să înalțe, să ne amintească de măreața noastră moștenire literară!...

Dar ce se vede pe fruntea secretarului, o simplă umbră sau o încruntătură?

...Din nou glasul lui Nadir, ca un susur discret dinspre fotografia decolorată:

— Nu cred în formele superioare de artă, Mian sahib. Acum arta trebuie să se situeze dincolo de categorii; poezia mea și – hm! – jocul căruia i se zice „punct lovit la scuipătoare“ sunt egale.

...E rândul soției rajahului să facă o glumă, ca o femeie cumsecade ce se află:

— Ei bine, poate c-o să aranjez o cameră specială pentru mâncat alune de betel și pentru luat la țintă scuipătoarea. Am o scuipătoare superbă de argint incrustat cu lapislazuli, așa că trebuie să veniți cu toții să exersați. Fie ca pereții să fie stropiți de expectorările noastre imprecise! Cel puțin or să fie niște pete autentice.

Iar în clipa asta fotografia nu mai are cuvinte; observ acum, cu ochii minții, că în tot acest timp Colibriul s-a uitat mereu spre ușa aflată dincolo de umărul bunicului meu, chiar la marginea pozei. De dincolo de ușă se aude chemarea istoriei. Colibriul abia așteaptă să iasă... dar a fost lângă noi, iar prezența lui ne-a dăruit două fire care or să ne urmărească de-acum încolo zi de zi: cel care duce la ghetoul magicienilor și cel care spune povestea lui Nadir, poetul fără verb și fără rimă, și a unei neprețuite scuipători de argint.

— Ce prostie, zice Padma noastră. Cum poate o poză să vorbească? Oprește-te. Cred că ești prea obosit ca să mai gândești normal.

Dar când îi povestesc că Mian Abdullah avea obiceiul straniu de a fredona fără pauză, de a fredona într-un mod straniu, nici muzical, nici nemuzical, ci întru câtva mecanic, asemănător zumzetului unui motor sau al unui dinam, înghite gogoașa destul de ușor, decretând cu înțelepciune:

— Păi nici nu mă mir, dacă-i un om atât de energic.

E din nou cu urechile pâlnie, așa că mă ambalez și eu și-o informez că fredonatul lui Mian Abdullah era direct proporțional cu randamentul pe care-l dădea. Era un zumzet care cobora suficient de mult ca să te-apuce durerea de dinți, dar când creștea și ajungea la nivelul maxim, era în stare să provoace erecții oricui i-ar fi stat prin preajmă. („*Arré baap*", râde Padma, „cred și eu că era iubit de bărbați!") În calitate de secretar personal, Nadir Han era șicanat mereu de artificiul vibratil al stăpânului său, iar urechile, maxilarele și penisul i se comportau în funcție de ceea ce dicta Colibriul. Și-atunci de ce-a rămas Nadir pe loc, în ciuda erecțiilor care-l puneau în situații penibile în prezența străinilor, în ciuda durerilor de măsele și a programului de lucru care era frecvent de douăzeci și două de ore din douăzeci și patru? Nu pentru că își imagina că datoria lui poetică era să se apropie de miezul evenimentelor și să le transpună în literatură – eu, unul, nu cred în așa ceva. Și nici fiindcă ar fi vrut să se acopere de glorie. Nu, Nadir avea un lucru în comun cu bunicul, iar asta a fost de-ajuns. Suferea și el de boala optimismului.

La fel ca Aadam Aziz și soția rajahului din Cooch Naheen, Nadir Han ura Liga Musulmanilor. („O adunătură de canalii!“ exclama soția rajahului cu glasul ei cristalin, slalomând printre octave ca un schior. „Moșieri care au interese legitime de apărat! Ce-au de-a face cu musulmanii? Se duc ca niște jigodii la englezi și formează guverne pentru ei, acum că nu mai vrea Congresul s-o facă!“ Era anul rezoluției „Afară din India“. „Unde mai pui că sunt nebuni“, adăuga ea apăsat. „Altminteri, de ce-ar vrea să-mpartă India?“)

Mian Abdullah, Colibriul, înființase Congresul Islamului Liber aproape de unul singur. Îi chemase pe liderii câtorva zeci de facțiuni musulmane să creeze o alternativă vag federalizată la dogmatismul și interesele de grup ale membrilor Ligii. Fusese o găselniță extraordinară, fiindcă se adunaseră cu toții. Prima întrunire avusese loc la Lahore, iar a doua urma să se desfășoare la Agra. Tribunele aveau să fie pline de membri ai mișcărilor agrariene, ai sindicatelor muncitorilor din zonele urbane, ai ordinelor religioase și ai grupărilor regionale. Aici avea să se confirme ceea ce sugerase în cadrul primei adunări, și anume că Liga vorbea doar în numele ei când cerea împărțirea Indiei. „Ne-au întors spatele, dar acum vin și spun că-i susținem“, stătea scris pe posterele Congresului. Mian Abdullah se opunea împărțirii.

În plină epidemie de optimism, stăpâna spirituală a Colibriului, soția rajahului din Cooch Naheen, n-a pomenit niciodată de norii iviți la orizont. Nu a explicat că Agra era un fief al Ligii Musulmanilor, mulțumindu-se să spună:

— Aadam, băiete, dacă vrea Colibriul să ținem Congresul aici, doar n-o să-i propun să se ducă la Allahabad.

Suporta în întregime cheltuielile legate de eveniment fără să se plângă sau să pună condiții, dar asta nu însemna – trebuie s-o spunem – că nu-și făcuse dușmani în oraș. Stilul de viață al soției rajahului nu semăna cu cel al altor prinți indieni. În loc de vânători de căprioare, instituia burse școlare. În loc de scandaluri consumate prin hoteluri, se ocupa de politică. Așa că au început imediat și zvonurile.

— Cât despre savanții ăia, nene, toată lumea știe că tre' să facă și altceva decât ce scrie-n programă. Se duc la ea în dormitor pe întuneric, ea nu lasă niciodată să i se vadă petele de pe mutră, da-i abureşte și-i bagă-n pat cu vocea aia de vrăjitoare care cântă!

Aadam Aziz nu crezuse niciodată în vrăjitoare. Îi plăceau la nebunie prietenii ei sclipitori, care se descurcau la fel de bine în persană și în germană. Însă Naseem Aziz, care pe jumătate credea ceea ce se povestea despre soția rajahului, nu l-a însoțit niciodată acasă la prințesă, oferind și un argument:

— Dacă Dumnezeu a vrut să vorbim mai multe limbi, de ce ne-a pus doar câte una în gură?

Așa se face că nici unul dintre optimiștii Colibriului nu era pregătit pentru ceea ce avea să se petreacă. Jucau „punct lovit la scuipătoare" și nu luau seama la crăpăturile din pământ.

Uneori legendele creează realitatea și devin mai utile decât faptele. Prin urmare, potrivit legendei – de fapt, potrivit chintesenței bârfelor puse în circulație de bătrânii de la prăvălie –, Mian Abdullah și-ar fi datorat căderea cumpărării în gara din Agra a unui evantai din pene de păun, cu toate că Nadir Han îl prevenise că era un obiect aducător de ghinion. Mai mult, în noaptea aceea cu crai nou, Abdullah lucrase cu Nadir, așa că, în momentul când s-a ridicat luna nouă, au văzut-o amândoi pe geam.

— Lucrurile astea contează, zic mestecătorii de betel. Am trăit atâta amar de vreme și știm. (Padma aprobă din cap.)

Birourile Congresului se aflau la parterul clădirii Facultății de Istorie din campusul universitar. Abdullah și Nadir se apropiau de sfârșitul unei nopți de muncă: zumzetul Colibriului era discret, iar lui Nadir îi clănțăneau dinții. Pe peretele biroului fusese lipit un afiș care exprima sentimentul preferat de opoziție la împărțire al lui Abdullah, sub forma unui citat din poetul Iqbal: „Unde putem găsi o țară care să-i fie străină lui Dumnezeu?". Acesta a fost momentul când asasinii au pătruns în campus.

Faptele: Abdullah avea o mulțime de dușmani. Atitudinea englezilor față de el fusese întotdeauna ambiguă. Colonelul Dodson nu și-l dorise în oraș. S-a auzit o bătaie în ușă, iar Nadir s-a dus să deschidă. În cameră au intrat șase crai noi, șase cuțite curbate, ținute de bărbați îmbrăcați complet în negru și cu fețele acoperite. Doi dintre ei l-au ținut pe Nadir, ceilalți s-au apropiat de Colibri.

— În clipa aia, povestesc mestecătorii de betel, zumzetul Colibriului a urcat și mai mult. A fost tot mai strident, *yara*, iar asasinii au holbat ochii cât cepele, în timp ce mădularele le înălțau niște ditamai corturile din mantiile pe care le aveau pe ei. Pe urmă – Allah fie slăvit, pe urmă! – cuțitele s-au pornit să cânte și Abdullah a cântat și mai tare, zumzăind pe tonuri înalte de tot, cum nu mai făcuse niciodată. Corpul i s-a întărit, și lamelor de cuțit le-a venit greu să-l ucidă. Una s-a frânt de o coastă, dar celelalte s-au înroșit imediat. Dar acum – ascultați! – zumzetul lui Abdullah a ieșit din raza auditivă a oamenilor și a fost auzit de câinii din oraș. În Agra s-ar putea să trăiască opt mii patru sute douăzeci de câini vagabonzi. În seara aceea, e sigur că unii mâncau, iar alții mureau. Unii se împerecheau, iar alții n-au auzit chemarea. Să zicem că în total au fost șase mii patru sute douăzeci de cotarle, toate au făcut cale întoarsă și-au alergat spre Universitate, multe traversând șinele de cale ferată din acea parte a orașului unde nu aveau ce să caute. Se știe foarte bine că așa a fost. A văzut tot orașul, în afară de cei care dormeau. Au pornit cu hărmălaie, ca o armată, și-au lăsat în urmă oase, căcați și smocuri de blană... În vremea asta Abdullah zumzăia – *zum-zum, zum-zum* – și cuțitele cântau. Și deodată, ce să vezi? Unuia dintre ucigași îi crapă ochii și-i sar din orbite. După aia au fost găsite bucățelele de sticlă intrate în covor!

Tot ei povestesc:

— Când au venit câinii, Abdullah era aproape mort și cuțitele se făcuseră boante... Au dat năvală ca sălbăticiunile, sărind pe fereastra care nu mai avea geam fiindcă-l spărsese zumzetul lui Abdullah... S-au izbit de ușă până când lemnul a cedat ... Și dup-aia au început să mișune peste tot, *baba*!... Unii fără picioare, alții ciumpăviți și mușcați, dar celor mai mulți le rămăseseră măcar câțiva colți, dintre care doi-trei erau ascuțiți... Și fii atent aici: asasinii nu se temeau c-o să dea cineva peste ei, de-aia n-au pus pe nimeni de pază. Așa că potăile i-au luat pe nepregătite... Cei doi bărbați care-l țineau pe molâul de Nadir s-au prăbușit sub greutatea fiarelor, care poate c-au fost șaizeci și opt la număr... După aceea ucigașii au fost atât de ferfenițiți, că n-a putut să spună nimeni cine erau. Iar la un moment dat, mai zic ei, Nadir a sărit pe fereastră și-a luat-o la goană. Câinii și ucigașii erau prea ocupați ca să se ia după el.

Câini? Ucigași?... Dacă nu mă credeți, controlați. Aflați despre Mian Abdullah și despre Congres. Descoperiți cum i-am ascuns povestea sub covor... Și pe urmă dați-mi voie să vă spun cum a petrecut Nadir Han, locotenentul lui, trei ani sub preșurile familiei mele.

În tinerețe, împărțise o cameră cu un pictor ale cărui tablouri deveniseră tot mai mari fiindcă artistul încerca să cuprindă toată viața în arta lui.

— Uită-te și tu, a zis el înainte de a-și pune capăt zilelor, am vrut să fiu miniaturist și, când colo, m-am ales cu un elefantiazis!

Evenimentele dilatate din noaptea jungherelor i-au amintit lui Nadir Han de colegul lui de cameră, fiindcă și de data asta viața refuzase pervers să-și păstreze limitele. Devenise melodramatică, iar asta l-a făcut să se simtă stânjenit.

Cum de-a străbătut Nadir Han orașul alergând în toiul nopții fără să fie observat? Eu, unul, am pus-o pe seama faptului că era un poet slab și, ca atare, un supraviețuitor înnăscut. Pe când fugea, emana un fel de sfială din tot corpul care începuse să-și ceară iertare că se comporta ca într-un roman de doi bani, de genul celor vândute prin gări sau distribuite pe gratis la un loc cu flacoanele cu pilule verzi care pot să vindece răcelile, febra tifoidă, impotența, dorul de casă și sărăcia... Pe Cornwallis Road era o noapte caldă. Un vas pentru jăratic stătea gol în locul pustiu de unde se luau ricșele. Prăvălia cu delicatese trăsese obloanele, iar bătrânii adormiseră pe acoperiș, visând jocul de a doua zi. O vacă fără somn, care mesteca alene un pachet de țigări Red and White, a trecut pe lângă un vagabond adormit pe stradă și înfofolit în niște vechituri, ceea ce însemna că avea să se trezească dimineață, fiindcă vacile nu-i băgau în seamă pe cei care adormeau, dacă nu erau pe punctul de-a da ortul popii. Pe un muribund l-ar fi adulmecat gânditor. Vacile sacre mâncau orice.

Casa mare și veche din piatră a bunicului, cumpărată din vânzarea magazinului de pietre prețioase și cu ajutorul zestrei oferite de moșierul orb Ghani, se ridica în beznă, la o distanță cuviincioasă de stradă. În spate se afla o grădină mărginită cu ziduri lângă a cărei ușă se găsea o bucătărie de vară joasă, închiriată pe bani puțini bătrânului Hamdard și fiului său Rashid, băiatul cu ricșa. În fața bucătăriei de vară era fântâna a cărei roată se învârtea prin efortul vitelor, iar din ea porneau conducte de irigații ce se opreau la micul ogor care se întindea de-a lungul casei, până la poarta din zidul grădinii dinspre Cornwallis Road. Între casă și ogor se găsea o mică pasarelă pentru oameni și ricșe. În Agra motoricșa înlocuise de puțină vreme vehiculul tradițional la care cel care te transporta trebuia să stea între cele două brațe de lemn. Mai existau și câteva trăsuri trase de cai, dar nu prea aveau căutare... Nadir Han a zbughit-o pe poartă și s-a ghemuit preț de-o clipă cu spatele lipit de zidul grădinii, roșind în timp ce-și făcea nevoile. Apoi, aparent necăjit de vulgaritatea acestei hotărâri, a luat-o la goană spre lan și s-a aruncat în mijlocul ei. Ascuns parțial de tulpinile veștejite de soare, s-a ghemuit în poziția fătului și a rămas așa.

Rashid, băiatul cu ricșa, avea șaptesprezece ani și se întorcea acasă de la film. De dimineață văzuse doi bărbați împingând un cărucior pe care tronau două ditamai afișele făcute de mână și așezate spate în spate, care anunțau premiera filmului *Gai-Wallah*, avându-l în rolul principal pe Dev, actorul preferat al lui Rashid. CINCIZECI DE SĂPTĂMÂNI DE TOP ÎN DELHI! ȘAIZECI ȘI TREI DE SĂPTĂMÂNI CU CASA ÎNCHISĂ LA BOMBAY! AL DOILEA AN DE TRIUMF! Filmul era un western oriental. Dev, eroul principal, care nu era defel zvelt, domina peisajul de unul singur. Decorul era leit câmpia Gangelui. *Gai-Wallah* însemna cowboy, iar Dev juca rolul unei forțe de protecție a vacilor. DE UNUL SINGUR! și CU DOUĂ PISTOALE! pândea numeroasele cirezi de vite care străbăteau lunca înspre abator, îi înfrângea pe văcari și le dădea drumul animalelor sacre. (Filmul fusese realizat pentru publicul hindus; la Delhi se lăsase cu scandal. Mai mulți simpatizanți ai Ligii Musulmanilor trecuseră cu vacile prin dreptul cinematografului în drum spre abator și fuseseră ciomăgiți.) Cântecele și dansurile erau frumoase, iar în film apărea și o mândrețe de balerină căreia i-ar fi stat mult mai bine dacă n-ar fi fost pusă să danseze cu o pălărie uriașă de cowboy pe cap. Rashid s-a așezat pe unul dintre locurile din față și s-a alăturat fluierăturilor și uralelor. A mâncat două *samose*, cheltuind prea mult: maică-sa avea să se supere pe el, dar măcar se distrase. În timp ce se întorcea cu ricșa acasă, a exersat câteva dintre artificiile hipice văzute în film, coborând o pantă ușoară fără să-și țină mâinile pe ghidon sau folosind ricșa așa cum își folosise Gai-Wallah calul ca să se ascundă de dușmani. În cele din urmă, s-a îndreptat de șale, s-a prins cu mâinile de ghidon și, spre încântarea lui, ricșa a intrat cuminte pe poartă și a străbătut mica pasarelă de lângă lan. Gai-Wallah recursese la acest șiretlic ca să se furișeze pe lângă un grup de văcari care stăteau lângă un pâlc de copaci, bând și jucând cărți. Rashid a frânat și s-a ascuns în lanul de porumb, gonind – CU TOATĂ VITEZA! – spre văcarii care nu bănuiau nimic, cu pistoalele încărcate și pregătite. Apropiindu-se de focul lor de tabără, și-a slobozit „urletul de ură“ ca să-i bage în sperieți. IAAAAAAAAA! Firește că n-a strigat de-adevăratelea la o distanță atât de mică de casa doctorului sahib, dar a deschis gura mare în timp ce fugea, mimând un urlet înspăimântător. BLAMM! BLAMM! Nadir Han tot nu putea să adoarmă, așa că a deschis ochii. Chiar în clipa aceea a văzut – IIIIIHAAAAAA! – o siluetă uscățivă și dezlănțuită gonind spre el ca un accelerat și urlând cât îl țineau plămânii –, dar poate că surzise, fiindcă nu se auzea nici un *zgomot*! – așa că se pregătea să se ridice, gata să scoată la rându-i un țipăt printre buzele cărnoase, când l-a văzut Rashid și și-a recăpătat vocea. Zbierând înfricoșați la unison, cei doi s-au răsucit pe călcâie și au luat-o la goană. Apoi s-au oprit, fiecare observând că și celălalt o rupsese la fugă și zgâindu-se unul la altul printre tulpinile veștejite. Rashid l-a recunoscut pe Nadir Han, i-a văzut hainele rupte și a fost extrem de tulburat.

— Sunt un prieten, a îngăimat prostește Nadir. Trebuie să-l văd pe doctorul Aziz.

— Dar domnu' doctor doarme și nu e-n lan.

Vino-ți în fire și termină cu tâmpeniile, și-a impus Rashid. E prietenul lui Mian Abdullah!... Dar Nadir nu părea să fi observat. Se schimonosea înfuriat, străduindu-se să scoată niște cuvinte care-i rămăseseră ca resturile de pui între dinți...

— Sunt în pericol de moarte, a reușit să spună într-un târziu.

Moment în care Rashid, încă însuflețit de spiritul lui Gai-Wallah, i-a sărit în ajutor. L-a dus pe Nadir la o ușă laterală a casei. Ușa era închisă cu un lacăt, dar Rashid a tras până când a rămas cu lacătul în mână.

— Marfă indiană, a șoptit el, ca și cum asta ar fi explicat totul.

Și, în timp ce Nadir intra, i-a susurat la ureche:

— Contați pe mine, sahib. O să tac chitic. Jur pe părul cărunt al maică-mii.

A pus lacătul la loc de formă. Ce chestie, să-l salvezi pe omul de încredere al Colibriului... Dar de la ce?... De cine?... Ei bine, uneori viața de zi cu zi era mai tare ca filmele.

— Ăsta e? întreabă Padma, vag derutată. Pămpălăul ăsta gras și fricos? Ăsta o să fie taică-tău?

Sub covor

Așa s-a încheiat epidemia de optimism. Dimineața o femeie venită la curățenie a intrat în birourile unde se află Congresul Islamului Liber și l-a găsit pe Colibri fără glas pe podea, înconjurat de urme de labe și de ucigașii lui făcuți ferfeniță. A început să țipe, dar mai târziu, după ce autoritățile veniseră și plecaseră, i s-a ordonat să facă lună în cameră. După ce-a strâns o mulțime de fire de păr de câine și de purici, și a scos din covor puzderia de așchii din ceea ce fusese un ochi de sticlă, s-a plâns conducerii Universității și a spus că, dacă se mai întâmplă asemenea lucruri, merită o mărire de salariu. Se prea poate să fi fost ultima victimă a epidemiei de optimism, iar în cazul ei boala nu a durat cine știe cât, fiindcă administratorul era un tip care nu știa multe și i-a făcut vânt.

Asasinii nu au fost identificați și nici nu s-a aflat cine-i plătise. Bunicul meu a fost chemat în campus de către maiorul Zulfikar, ordonanța colonelului Dodson, pentru eliberarea certificatului de deces al prietenului său. Maiorul a promis c-o să-l sune pe doctorul Aziz ca să mai lămurească niște lucruri; bunicul și-a suflat nasul și a plecat. În piața orașului corturile erau demontate ca niște baloane umplute cu speranță, care fuseseră înțepate cu un ac. Era ultima adunare a Congresului. Soția rajahului din Cooch Naheen a căzut la pat. După o viață în care dăduse cu tifla bolilor, le-a lăsat s-o colonizeze și a rămas nemișcată ani de zile, privindu-se cum se făcea albă ca cearșaful. Între timp, în casa veche de pe Cornwallis Road, zilele erau pline de mame potențiale și de tați posibili. Fii atentă, Padma, acuși o să ne dai de capăt.

Folosindu-mi nasul (fiindcă, deși își pierduse puterile care-i permiseseră atât de recent să scrie istoria, dobândise o altă calitate în compensație) și întorcându-l înăuntru, am adulmecat atmosfera din casa bunicului în zilele de după moartea speranței zumzăitoare a Indiei. Prin acest tunel al timpului se îndreaptă către mine un amestec ciudat de mirosuri mustind a neliniște, în care izul lucrurilor ascunse se împletește cu parfumul unui început de idilă și cu duhoarea apăsătoare a curiozității și a forței bunicii mele... Pe când Liga Musulmanilor se bucura – în secret, bineînțeles – de căderea adversarului ei, bunicul meu putea fi găsit (iar nasul meu îl găsește) în fiecare dimineață așezat pe ceea ce el însuși numea „pârțâielniță", cu ochii plini de lacrimi. Numai că nu erau lacrimile deznădejdii ; Aadam Aziz a plătit pur și simplu prețul indianizării și e teribil de constipat. Cu o privire îndurerată, se uită la tubul cauciucat pentru clisme atârnat de ușa de la baie.

De ce-am dat buzna în intimitatea bunicului? De ce am preferat să mă tăvălesc prin excremente, când aș fi putut descrie felul în care s-a adâncit el în muncă, după moartea lui Mian Abdullah, luându-i în grija lui pe bolnavii din mahalalele pline de cocioabe de lângă calea ferată (pe care i-a scăpat de șarlatanii care le făceau injecții cu apă cu piper și le vârâseră în cap că păianjenii fripți le redau vederea orbilor) și continuând să-și îndeplinească obligațiile universitare ; când m-aș fi putut opri la marea dragoste ce începuse să se înfiripe între bunicul și a doua lui fiică, Mumtaz, a cărei piele închisă îi refuza afecțiunea mamei, dar a cărei blândețe, atenție și gingășie o făceau tare iubită de tată, care, pradă unor imense frământări lăuntrice, îi cerșea câte ceva din multele ei manifestări de tandrețe ; când i-aș fi putut descrie mâncărimile din zona nasului, care între timp deveniseră permanente. Fiindcă acolo se găsea Aadam Aziz în după-amiaza care a urmat semnării certificatului de deces, când dintr-odată o voce – moale, fricoasă și jenată, vocea unui poet fără rime – i s-a adresat din fundul lăzii de rufe mari și vechi din colțul încăperii, provocându-i un șoc atât de puternic, încât a avut efectul unui laxativ, fără a mai fi nevoie de tubul pentru clisme atârnat de ușă. Rashid, băiatul cu ricșa, îl introdusese pe furiș pe Nadir Han în încăperea cu pârțâielnița folosindu-se de intrarea femeii care venea la curățenie, iar acesta se pitise în lada unde se țineau rufele puse la spălat. În timp ce sfincterul uluit i s-a destins, bunicului i-a ajuns la urechi rugămintea de a da adăpost, o rugăminte înăbușită de lenjeria murdară de pânză, de cămășile uzate și de stinghereala vorbitorului. Iată cum s-a hotărât Aadam Aziz să-l ascundă pe Nadir Han.

Urmează acum izul unor certuri, fiindcă Maica Stareță se gândește la fetele ei : Alia, de douăzeci și unu de ani, Mumtaz cea neagră, de nouăsprezece, și Emerald cea frumoasă și fâșneață, care n-a împlinit cincisprezece, dar care îți spune din priviri că și-a depășit de mult surorile. În oraș, printre țintași la scuipătoare și wallahi înhămați la ricșe, printre tinerii care împing cărucioarele pe care stau afișele cinematografice și alții care merg la colegiu, cele trei surori sunt cunoscute drept „Teen Batti“, cele trei lumini strălucitoare... Și-atunci cum să-i permită Maica Stareță unui străin să stea sub același acoperiș cu gravitatea Aliei, pielea neagră și lucioasă a lui Mumtaz și ochii lui Emerald?

— Te-ai țicnit de tot, bărbate. Moartea aia te-a atins la cap.

Aziz, hotărât:

— Rămâne la noi.

În pivnițe... căci ascunderea a fost dintotdeauna o preocupare arhitecturală de căpătâi în India, așa că locuința lui Aziz are o sumedenie de încăperi la subsol, la care se poate ajunge doar prin trapele din podeaua acoperită de covoare și rogojini... Nadir Han aude duruitul surd al vocilor care se ceartă și se teme pentru soarta lui. Dumnezeule (cum adulmec gândurile poetului cu palme lipicioase), a înnebunit lumea... mai există vreun bărbat în țara asta? Oare am ajuns cu toții niște fiare? Iar dacă trebuie să plec, când or să-mi dea de urmă cuțitele?... Prin minte îi trec imagini ale evantaielor din pene de păun și ale pătrarului de lună văzut pe geam și transformat într-o lamă tăioasă și mânjită de sânge... Sus, Maica Stareță protestează:

— E casa plină de fete, cum îi zice, nemăritate. Așa le respecți?

Acum se simte aroma celui scos din pepeni. Marea și distrugătoarea furie al lui Aadam Aziz se dezlănțuie și, în loc să arate că Nadir Han o să stea în beci, pitit sub covor și deci incapabil să le prihănească pe fete, în loc să depună fireasca mărturie despre buna-cuviință a bardului fără verb, atât de mare, încât omul nici n-ar putea să viseze că le-ar face ochi dulci fără să roșească în somn, bunicul urlă decis:

— Tacă-ți fleanca, femeie! Omul are nevoie de adăpost. Rămâne la noi.

La care asupra bunicii se pogoară un parfum implacabil, un nor plumburiu al determinării, care-o face să spună:

— Foarte bine. Mi-ai cerut, cum îi zice, să tac. De-acum încolo n-o să mai auzi nici un, cum îi zice, cuvânt de la mine.

Aziz oftează excedat:

— Fir-ar să fie, nevastă, mai slăbește-mă cu jurămintele astea de muiere nebună!

Însă Maica Stareță n-a mai scos o vorbă și s-a lăsat liniștea. Mirosul tăcerii, aidoma unui ou clocit de gâscă, îmi umple nările; mai puternic decât tot ceea ce se găsește aici în jur, se înstăpânește peste pământ... În timp ce Nadir Han se pitea în lumea lui cufundată în semiîntuneric, gazda s-a ascuns la rându-i în spatele unui perete asurzitor de muțenie. La început, bunicul a cercetat zidul în căutarea vreunei spărturi, dar n-a găsit nimic. În cele din urmă, s-a dat bătut și a așteptat ca propozițiile ei să-i ofere câte o străfulgerare a acelui eu ascuns, la fel cum râvnise cândva la scurtele apariții ale feluritelor părți ale corpului pe care i le zărise prin cearșaful găurit. Liniștea a umplut casa dintr-un perete în altul, de la podea în tavan, așa încât parcă nici muștele nu mai bâzâiau și nici țânțarii nu mai zumzăiau înainte să piște. Aceeași liniște le-a potolit și pe gâștele din curtea de păsări. Copiii au vorbit la început în șoaptă, după care au tăcut, în vreme ce în lanul de porumb Rashid, băiatul cu ricșa, și-a slobozit „urletul de ură" pe mutește și a tăcut mai departe, respectându-și jurământul făcut pe părul cărunt al maică-sii.

Într-o seară, această mlaștină a muțeniei a fost tulburată de apariția unui bărbat scund al cărui cap era la fel de teșit ca chipiul de pe el, cu picioare strâmbe ca trestiile în vânt, cu un nas coroiat, care aproape că-i atingea bărbia împinsă în sus, și cu o voce care, în consecință, era subțire și ascuțită – nici nu se putea altfel, strecurându-se prin defileul tubului cu oxigen și al maxilarelor... Un bărbat pe care vederea slabă îl silea să abordeze viața fără grabă, pas cu pas, fapt ce-i adusese renumele de om meticulos și lent și-l făcuse îndrăgit de superiorii cărora le conferea sentimentul că erau bine slujiți fără a fi amenințați. Un bărbat a cărui uniformă scrobită, ca scoasă din cutie, era tipică pentru albii ăia țepeni și în jurul căruia se simțea aroma inconfundabilă a succesului, chit că semăna cu un personaj de la teatrul de păpuși: maiorul Zulfikar, un om de viitor, care venise conform promisiunilor pentru lămurirea anumitor lucruri. Uciderea lui Abdullah și dispariția suspectă a lui Nadir Han îl frământau intens, și cum știa că Aadam Aziz fusese contaminat de microbul optimismului, a confundat liniștea din casă cu doliul și n-a zăbovit. (În pivniță, Nadir era năpădit de gândaci.) Stând tăcut în sufragerie alături de cei cinci copii, cu chipiul și bastonul așezate lângă el, pe radioul cu pick-up Telefunken, și cu fotografiile tinerelor membre ale familiei Aziz privindu-l de pe pereți, maiorul Zulfikar s-a amorezat. Era miop, dar nu orb, și în privirea ireal de adultă a tinerei Emerald, cea mai strălucitoare dintre cele trei lumini, a ghicit că-i intuise viitorul şi că, din acest motiv, îi trecuse cu vederea aspectul. Iar înainte de a pleca s-a decis s-o ia de nevastă după ce se va fi scurs destul timp. („Aia?“ încearcă să ghicească Padma. „Fătuca aia-i maică-ta?“ Însă prin valurile de nelinişte plutesc şi alte mame prezumtive, şi alţi taţi viitori.)

În acel timp mlăştinos şi fără cuvinte se dezvolta şi viaţa sentimentală a sobrei Alia, fata cea mare. Încuiată în cămară sau în bucătărie şi tăcând mâlc, Maica Stareţă nu era în stare – din cauza legământului – să-şi exprime mefienţa faţă de tânărul negustor de muşamale şi pânzeturi care venea să-i vadă fiica. (Aadam Aziz insistase dintotdeauna să li se dea voie fetelor să aibă prieteni.) Ahmed Sinai — „Ahaa!“ strigă Padma în semn de recunoaştere triumfătoare – o cunoscuse pe Alia la Universitate, părând destul de inteligent pentru fata isteaţă şi citită pe al cărei chip nasul moştenit de la bunicul dobândise un aer de înţelepciune supraponderală. Însă Naseem Aziz avea reţineri în privinţa lui, fiindcă divorţase la douăzeci de ani. („Toţi greşim“, îi zisese Aadam, la un pas de-a isca o ditamai gâlceava, întrucât lui Naseem i se păruse o clipă că vocea lui avusese nişte inflexiuni neobişnuit de personale. Dar Aadam avusese grijă să adauge: „Să lăsăm să treacă un an sau doi ca să uităm de divorţ, şi pe urmă o să facem prima nuntă-n casa asta, cu un cort mare în grădină, cu muzicanţi, dulciuri şi toate cele“. O idee care a sedus-o pe Naseem, în ciuda a ceea ce se întâmplase.) Acum, pe când se plimbau prin grădina tăcută şi împrejmuită cu ziduri, Ahmed Sinai şi Alia se simţeau aproape şi se abţineau să vorbească. Deşi toată lumea se aştepta ca Ahmed să-i ceară mâna, se părea că liniştea îl marcase profund şi pe el, iar întrebarea a rămas neformulată. Din clipa aceea chipul Aliei a căpătat o duritate, un fel de pesimism fălcos de care n-a mai izbutit să scape. („Ştii ce“, mă ceartă Padma, „nu aşa se vorbeşte despre stimabila ta mamă.“)

Încă ceva: Alia moştenise tendinţa de îngrăşare a maică-sii. Odată cu trecerea anilor avea să se umfle ca un balon.

Dar Mumtaz, care ieşise din pântecele matern neagră ca miezul nopţii? Mumtaz nu sclipea de isteţime şi nu avea frumuseţea lui Emerald, dar era bună, îndatoritoare şi singură. Dintre cele trei surori, stătea cel mai mult cu tatăl ei, călindu-l împotriva proastei dispoziţii accentuate pe vremea aceea de nasul care-l mânca întruna. Tot ea s-a angajat să aibă grijă şi de Nadir Han, coborând zilnic în infernul lui cu tăvi de mâncare şi mături, şi chiar golindu-i pârţâielniţa personală, pentru ca nici măcar vidanjorii să nu-i ghicească prezenţa. Ori de câte ori fata cobora la el, Nadir își pleca ochii. Cei doi n-au schimbat o vorbă în casa umbroasă și tăcută.

Ce spuseseră țintașii la scuipătoare despre Naseem Aziz? „Fură visele fetelor, ca să afle ce pun la cale." Da, nu există altă explicație. În țara asta a noastră s-au întâmplat o sumedenie de ciudățenii; ajunge să puneți mâna pe orice ziar și-o să dați zi de zi peste tot felul de minuni care se petrec ba în satul ăsta, ba în orașul ăla. Maica Stareță a început să aibă aceleași vise ca ale fetelor. (Padma acceptă lucrul ăsta fără să clipească, dar s-ar putea să refuze bine mersi tocmai lucrurile pe care ceilalți le înghit ca pe semințe. Fiecare auditoriu crede sau nu, în funcție de propriile idiosincrazii.) Prin urmare, dormind noaptea la ea în pat, Maica Stareță a intrat în visele lui Emerald și a dat peste un altul, care nu-i aparținea – reveria secretă a maiorului Zulfikar, care tânjea după o casă mare și modernă, cu o cadă lângă pat. Asta era marea ambiție a maiorului, iar Maica Stareță a descoperit nu doar că fiica ei se întâlnea pe ascuns cu Zulfy, în locuri unde vorbitul era permis, ci și că ambițiile ei erau mai mari decât ale alesului. Pe când (de ce nu?) în visele lui Aadam Aziz ea și-a văzut soțul urcând întristat un munte din Kashmir, cu o gaură cât pumnul în stomac, moment în care a ghicit că n-o mai iubea și totodată i-a prezis moartea. Așa că mai târziu, când i s-a dat vestea, n-a zis decât: „A, da, de fapt știam".

...N-o să treacă mult și Emerald o să-i povestească maiorului despre musafirul din pivniță, și-a zis Maica Stareță. Iar atunci o să pot din nou să vorbesc. Dar pe urmă, într-o altă noapte, a pătruns în visele lui Mumtaz, negresa pe care n-o putuse iubi din cauza pielii tuciurii ca a nevestelor de pescari din sudul Indiei, și au priceput că necazurile nu aveau să se oprească acolo. Fiindcă și Mumtaz era pe punctul de-a se îndrăgosti, ca de altfel și admiratorul ei de sub covoare.

Nu exista nici o dovadă. Nu puteai să acuzi în instanță pe baza pătrunderii în vise – ziceți-i instinct matern, intuiție feminină sau cum vreți –, iar Maica Stareță știa că nu era lucru ușor să învinovățești o fiică de nebunii sub acoperișul tatălui ei. În plus, se oțelise și se decisese să nu facă nimic, să tacă mai departe și să-l lase pe Aadam Aziz să vadă cât de grav îi afectau ideile lui moderne pe copii – să afle singur, după ce o viață întreagă îi spusese să nu-l mai sâcâie cu principiile ei decente și demodate.

— O femeie înverşunată, spune Padma.

Tind să-i dau dreptate.

— Şi? insistă ea. Chiar aşa a fost?

— Mda, într-un fel, aşa a fost.

— Au făcut nebunii? În pivniţă? Fătuca nu ieşea cu însoţitoarea?

Gândiţi-vă la împrejurări – cel mai limpede caz de circumstanţe atenuante. Lucruri care ar părea absurde sau chiar de neconceput la lumina zilei dau impresia că sunt îngăduite la subsol.

— Grăsanul ăla de poet i-a făcut bucata negroteicii? Serios?

Unde mai pui că a stat multă vreme acolo. Suficient de mult ca să înceapă să stea de vorbă cu gândacii zburători, să se teamă că într-o bună zi avea să-i ceară cineva să plece, să viseze câini care urlau sau cuţite cu lame curbate, şi să-şi dorească nespus să-l găsească pe Colibri în viaţă, ca să-i spună ce să facă şi să-l anunţe că era imposibil să scrie poezie sub pământ. Pe urmă venea fata aia cu mâncarea şi nu se dădea în lături nici să-ţi golească oliţa, iar tu îţi plecai ochii, dar tot vedeai străfulgerarea graţioasă a unei glezne, a unei glezne negre ca inima nopţilor petrecute în beci...

— Nu l-aş fi crezut în ruptul capului în stare de aşa ceva, spune Padma cu admiraţie. Un umflat şi-un pierde-vară!

Iar în cele din urmă, în casa aceea unde toată lumea, inclusiv fugarii ascunşi în pivniţe de teama duşmanilor fără chip, îşi simte limba lipindu-i-se uscată de cerul gurii, unde până şi fiii casei trebuie să se pitească în lan, alături de băiatul cu ricşa, ca să spună glume despre curve, să-şi compare lungimea mădularelor şi să viseze pe şoptite la o carieră de regizor de film (e visul lui Hanif, care o îngrozeşte pe mama lui, invadatoarea onirică, ferm convinsă că industria cinematografică e prelungirea firească a reţelelor de bordeluri), unde viaţa a fost strămutată în grotesc de simpla năvală a istoriei, nu mai are încotro şi, înconjurat de mohoreala acelei lumi subterane, îşi dă seama că ochii îi rătăcesc în sus, trecând în revistă sandalele delicate, pijamaua largă, *kurta* desfăcută şi *dupatta*, năframa umilinţei, până când se oglindesc în ceilalţi ochi, iar atunci.

— Şi atunci? Hai, *baba*, şi atunci, ce?

Ea îi surâde sfios. După care întunericul din subteran e luminat de alte zâmbete şi se cheamă că s-a înfiripat ceva.

— Ei, şi ce dacă? Vrei să spui că asta-i tot?

Asta-i tot. Până în ziua când Nadir Han a cerut să stea de vorbă cu bunicul – rostind niște propoziții care aproape că nu se auzeau în negura tăcerii – și i-a cerut mâna fiicei lui.

— Biata de ea, conchide Padma. De obicei, fetele din Kashmir se nasc albe ca zăpada, numai că asta s-a nimerit neagră. Ce să-i faci, pesemne că oricum n-ar fi putut să se mărite bine din cauza pielii. Nadir ăla nu-i prost deloc. Acum n-or să aibă încotro. Or să-l lase să rămână acolo, cu casă și masă, iar el o să trebuiască doar să se ascundă în pământ ca un vierme dolofan. Mda, încep să cred că nu-i prost defel.

Bunicul a încercat din greu să-l convingă pe Nadir Han că nu mai era în pericol, că ucigașii muriseră și că ținta lor fusese de fapt Mian Abdullah, numai că Nadir Han continua să viseze cuțitele alea cântătoare și-l implora:

— Încă nu, dom' doctor sahib. Vă rog, mai lăsați-mă.

Așa se face că, într-o seară de la sfârșitul verii lui 1943, după alte luni bune fără strop de ploaie, bunicul și-a strâns copiii în sufrageria cu pereții împodobiți de portrete, vorbind cu un glas care părea ciudat și ca de pe altă lume în casa aceea unde se rosteau atât de puține cuvinte. La intrarea în încăpere au văzut că mama lor lipsea, preferând să rămână la ea în cameră și să se înconjoare cu vălul liniștii; dar erau de față un avocat și un preot musulman (Aziz îi făcuse pe plac lui Mumtaz, chit că fără tragere de inimă), ambii puși la dispoziție de soția bolnavă a rajahului din Cooch Naheen și „cu desăvârșire discreți". Mumtaz, sora lor, era îmbrăcată într-o minunată rochie de mireasă, iar lângă ea, pe un scaun așezat în fața radioului cu pick-up, stătea Nadir Han, supraponderal, stânjenit și cu părul lung. Prin urmare, prima nuntă din casă a fost una fără corturi, muzicanți sau dulciuri și cu foarte puțini invitați. Iar după ce s-a încheiat slujba, și Nadir Han a ridicat vălul miresei – producându-i un șoc neașteptat lui Aziz, întinerindu-l preț de-o clipă și readucându-l în Kashmir, unde stătea pe o platformă și i se aruncau rupii în poală –, bunicul i-a pus pe toți să jure că nu vor divulga nimănui prezența în pivniță a noului lor cumnat. Emerald a promis ultima și cu jumătate de gură.

După aceea Aadam Aziz și-a îndemnat fiii să-l ajute să coboare tot felul de piese și obiecte – draperii, perne, lămpi și un pat mare confortabil – prin trapa din podeaua sufrageriei. În cele din urmă, Nadir și Mumtaz au dispărut pe-acolo, trapa s-a închis, covorul a fost pus la loc, iar Nadir Han, care își iubea soția cu o gingășie fără seamăn, a dus-o în lumea lui subterană.

Mumtaz Aziz a început o viață dublă. Ziua era o fată singură, care trăia în castitate alături de părinți, se dovedea o studentă mediocră la universitate și-și cultiva darul sârguinței, al nobleței și al toleranței, care aveau s-o definească toată viața, până la (și inclusiv) în momentul când a fost atacată de lada de rufe vorbitoare a propriului trecut și turtită ca o clătită cu orez. Însă noaptea cobora prin trapă și pătrundea într-un dormitor conjugal ascuns, luminat de lămpi, căruia tainicul ei soț se deprinsese să-i spună Taj Mahal, fiindcă Taj Bibi fusese apelativul lui Mumtaz cu ani în urmă – Mumtaz Mahal, soția împăratului Șah Jehan, adică „regele lumii". La moartea ei, soțul i-a construit acel mausoleu imortalizat ulterior pe ilustrate și pe cutiile cu bomboane de ciocolată, ale cărui coridoare externe duhnesc a urină, ale cărui ziduri sunt acoperite de graffiti și ale cărui ecouri sunt testate de ghizi în folosul vizitatorilor, deși există anunțuri trilingve care invită la păstrarea liniștii. La fel ca Șah Jehan și soția sa, Nadir și doamna lui stăteau întinși unul lângă celălalt, vegheați de incrustațiile cu lapislazuli, căci soția bolnavă și muribundă a rajahului din Cooch Naheen le trimisese ca dar de nuntă o scuipătoare de argint modelată cu iscusință, ornată cu lapislazuli și acoperită cu un înveliș din pietre prețioase. În izolarea lui tihnită și vegheată de lămpi aprinse, soțul și soția practicau vestitul joc al bătrânilor.

Mumtaz îi făcea acadele lui Nadir, dar nu-i plăcea ce gust aveau. Scuipa șuvoaie întregi de *nibu-pani*. Jeturile lui erau roșii, ale ei galben-verzui. A fost cea mai fericită perioadă din viața lor. Iar ea chiar a zis după aceea, la sfârșitul vestitei tăceri îndelungate:

— Până la urmă am fi făcut și copii. Doar că la momentul respectiv n-ar fi fost bine, atâta tot.

Între timp, Maica Stareță își ducea apatică zilele de la o lună la alta, pradă unei tăceri care devenise atât de deplină, încât până și servitorilor li se dădeau dispoziții prin semne, iar într-una dintre zile bucătarul Daoud s-a tot uitat la ea, încercând să-i deslușească gesturile frenetice și totodată adormite, fără a mai avea timp să se uite în direcția oalei cu sos puse la fiert, care i-a căzut pe picior și i l-a prăjit ca pe un ou cu cinci degete. A deschis gura și a dat să țipe, dar n-a ieșit nici un sunet, iar după aceea s-a convins că băbătia avea puteri vrăjitorești și s-a speriat atât de tare, încât n-a mai avut curaj să plece din slujba ei. A rămas acolo până la moarte, șonticăind prin curte, atacat mereu de gâște.

N-au fost niște ani ușori. Seceta a dus la raționalizare și din cauza zilelor din ce în ce mai multe fără carne și fără orez, a fost greu de hrănit o gură ascunsă, care nu era trecută la porție. Maica Stareță a fost nevoită să cotrobăie prin toată cămara, ceea ce i-a sporit furia la fel ca sosul sub care se aprinde focul. Din alunițele de pe față au început să-i iasă fire de păr. Mumtaz a observat îngrijorată că mama ei se tot umfla de la o lună la alta. Cuvintele nespuse și acumulate înăuntrul ei o dilatau întruna... Lui Mumtaz i s-a părut că pielea maică-sii se întindea periculos de mult.

Doctorul Aziz pleca de acasă cât era ziua de lungă, departe de liniștea care parcă îl băga în mormânt, așa că în perioada aceea, când își petrecea nopțile sub pământ, Mumtaz și-a văzut foarte puțin tatăl, pe care-l iubea. La rândul ei, Emerald s-a ținut de cuvânt și nu i-a spus nimic maiorului despre secretul lor de familie; dar nici familiei nu i-a pomenit o iotă despre relația cu maiorul, căci așa i s-a părut corect. În fine, în lanul de porumb, Mustapha, Hanif și Rashid, băiatul cu ricșa, s-au contaminat cu apatia vremurilor, în timp ce locuința de pe Cornwallis Road a ajuns la data de 9 august 1945, când lucrurile s-au schimbat.

Cronica de familie are, bineînțeles, legi alimentare precise. Conform uneia dintre ele, ar trebui înghițite și digerate doar părțile îngăduite, porțiunile cu adevărat comestibile, fără suc propriu și fără sânge. Din păcate, în felul ăsta poveștile își pierd din savoare. Așa că sunt pe punctul să devin primul și singurul membru al familiei mele care își bate joc de legile comestibilității. Nevrând să las să se scurgă nici un strop de sânge din corpul istorisirii, ajung la partea de nerostit și – netulburat – continui.

Ce s-a întâmplat în august 1945? Soția rajahului din Cooch Naheen a murit, dar asta nu mă interesează, chit că atunci când s-a stins era atât de albă, încât abia o puteai deosebi de cearșafuri; după ce și-a îndeplinit rostul, cadorisindu-mi povestea cu o scuipătoare de argint, a avut gentilețea să iasă repede din scenă... și tot în 1945 ploile musonice și-au făcut datoria cu prisosință. În jungla birmaneză, Orde Wingate și chindiții lui, precum și armata lui Subhas Chandra Bose, care lupta de partea japonezilor, au fost potopiți de ploile anotimpului. Demonstranții în sprijinul *satyagrahei*[1] din Jullundur, care au blocat pașnic căile ferate, au fost și ei murați până la piele. Crăpăturile din pământul însetat au început să dispară; la tocurile ușilor și ferestrelor casei de pe Cornwallis Road fuseseră înghesuite prosoape care trebuiau scoase și înlocuite în permanență. Țânțarii se adunau în ochiurile de apă de pe marginea drumurilor. Cât despre pivniță –, Taj Mahalul lui Mumtaz a prins igrasie, până când la un moment dat fata s-a îmbolnăvit. Timp de câteva zile, n-a spus nimănui, dar, după ce a început să aibă febră și ochii roșii, Nadir s-a temut să nu facă pneumonie și a implorat-o să-și caute tatăl ca s-o trateze. Apoi și-a petrecut multe săptămâni în patul ei de fată, iar Aadam Aziz i-a stat la căpătâi, punându-i cârpe reci pe frunte în timp ce fata tremura. Pe 6 august boala a dat înapoi. În dimineața zilei de 9, Mumtaz a fost destul de întremată ca să consume puțină hrană solidă.

După aceea bunicul meu a venit cu o tașcă veche din piele pe fundul căreia fusese imprimat cuvântul HEIDELBERG, fiindcă văzuse că fata era foarte slăbită și se hotărâse să-i facă un consult complet. Pe când deschidea tașca, fiica lui a început să plângă.

(Iată-ne ajunși la punctul delicat. Padma, acum e-acum.)

Zece minute mai târziu, liniștea îndelungată a fost destrămată definitiv de bunicul, care a ieșit zbierând din camera bolnavei. A urlat după soție, fete și băieți. Avea plămâni puternici, așa că urletele lui au ajuns până în pivniță, unde se afla Nadir Han, căruia nu i-a fost greu deloc să ghicească pricina agitației.

Familia s-a strâns în sufragerie în jurul radioului cu pick-up, sub fotografiile fără vârstă. Aziz a adus-o pe Mumtaz în cameră și a așezat-o pe o canapea. Avea o expresie cumplită. Vă puteți închipui în ce hal îl mânca nasul? Fiindcă avea de comunicat o veritabilă bombă: după doi ani de căsătorie, fata lui era tot virgină.

Maica Stareță nu mai vorbise de trei ani de zile.

— Fata mea, e adevărat?

Liniștea care atârnase pe la colțurile casei ca o pânză sfâșiată de păianjen era din clipa aceea o amintire. Dar Mumtaz s-a mulțumit să dea din cap: Da. Adevărat.

---

1. Politica de rezistență pasivă inaugurată de Gandhi în 1919.

Pe urmă a vorbit. A spus că-și iubea soțul și că, la momentul oportun, avea să se întâmple și lucrul celălalt. Era un bărbat de ispravă, iar când procrearea avea să fie posibilă, fără îndoială că avea să se comporte în consecință. A adăugat că nu era normal ca mariajul să depindă de un singur lucru, motiv pentru care nu dorise să facă nici un comentariu și-i displăcuse felul cum trâmbițase tatăl ei vestea. Ar mai fi zis multe, dar n-a putut din cauza Maicii Starețe, care a izbucnit.

A curs din ea șuvoiul a trei ani de cuvinte neexprimate (dar trupul nu i s-a micșorat, întins la maximum de efortul de stocare). Bunicul a rămas nemișcat lângă Telefunken, îndurând furtuna abătută asupră-i. A cui fusese ideea ? Cine fusese, cum îi zice, dementul care dăduse drumul în casă lașului ăstuia care nici măcar nu era bărbat ? A stat aici, cum îi zice, liber ca pasărea cerului, cu casă și masă trei ani de zile, ție ce-ți pasă de, cum îi zice, zilele fără carne, ai avut vreodată habar cât costă orezul ? Cine a fost, cum îi zice, pămpălăul, da, pămpălăul, care-a permis căsătoria asta nelegiuită ? Cine și-a vârât fiica în, cum îi zice, *patul* pușlamalei ăsteia ? A cui căpățână e doldora de prostii fără, cum îi zice, noimă, a cui minte se lasă atât de ușor momită de tot ce vine de-afară, și poate accepta ca fiica să i se mărite contra firii ? Cine și-a petrecut toată viața luând numele Domnului în, cum îi zice, deșert și cine a arătat că nu-i întreg la cap ? Cine i-a făcut casa de râs... L-a făcut cu ou și cu oțet pe bunicul o oră și nouăsprezece minute, iar când a terminat, norii rămăseseră fără ploaie și casa era plină de băltoace. Atunci însă, chiar înainte să termine, Emerald, fata cea mică, a făcut un lucru foarte curios.

Și-a ridicat mâinile pe lângă față și și-a încleștat pumnii, dar cu arătătoarele întinse. Acestea din urmă au intrat în urechi și parcă au ridicat-o pe Emerald din scaun până când a luat-o la goană, cu degetele înfipte în urechi, fugind – CÂT O ȚINEAU PICIOARELE ! – fără *dupatta*, în plină stradă, printre ochiurile de apă, pe lângă locul de unde se luau ricșele, prin fața magazinului de delicatese din care bătrânii ieșeau prudenți la aerul curat de după ploaie, iar viteza ei i-a luat prin surprindere pe țâncii aflați deja pe poziții, gata să-și reia slalomurile printre jeturile de betel, căci nimeni nu era obișnuit să vadă o tânără, cu atât mai puțin una dintre Teen Batti, alergând singură și scoasă din minți pe străzile murate de ploaie, cu degetele în urechi și fără *dupatta* în jurul umerilor. În ziua de azi orașele sunt pline de domnișoare moderne, emancipate și care nu poartă dupatta, dar pe-atunci bătrânii au început să țâțâie dezaprobator, căci o femeie fără *dupatta* era o femeie fără cinste, și oare ce făcuse Emerald *bibi* să-și lase cinstea acasă? Bătrânii erau nedumeriți, însă Emerald știa. Și-a dat seama cât se poate de limpede, în aerul curat de după ploaie, că izvorul de necazuri al familiei era grăsanul ăla fricos (da, Padma) care trăia în beci. Dacă ar fi putut să scape de el, toată lumea ar fi fost din nou fericită... Emerald a alergat într-un suflet până la zona unității militare. *Cantt*-ul, locul unde se găseau soldații; unde trebuia să fie și maiorul Zulfikar! Încălcându-și legământul, mătușă-mea a ajuns la el la birou.

Zulfikar e un nume vestit printre musulmani. Așa s-a chemat sabia cu două lame purtată de Ali, nepotul profetului Mahomed. Era o armă cum nu se mai văzuse pe lume.

A, da, se mai întâmpla ceva pe pământ în ziua aceea. O altă armă cum nu se mai văzuse pe lume tocmai era aruncată asupra oamenilor galbeni din Japonia. Însă în Agra Emerald se folosea de o armă secretă doar a ei. Era crăcănată, scundă, cu capul teșit, avea un nas cu care aproape că-și atingea bărbia și visa la o casă mare și modernă, cu o cadă conectată la canalizare lângă pat.

Maiorul Zulfikar nu știuse niciodată precis dacă trebuia să creadă că în spatele uciderii Colibriului se găsea Nadir Han, dar abia aștepta prilejul ca să afle. Când Emerald i-a spus de Taj-ul subteran din Agra, s-a emoționat atât de tare, că a uitat să se înfurie și a pornit în grabă spre Cornwallis Road, cu o trupă de cincisprezece soldați. Au intrat în sufragerie, având-o în frunte pe Emerald. Mătușa mea: trădare cu chip frumos, fără *dupatta* și cu o pijama rozalie și largă.

Aziz s-a uitat inert la soldații care au dat la o parte covorul din sufragerie și au deschis trapa mare din podea, pe când bunica încerca s-o consoleze pe Mumtaz.

— Femeile trebuie să se mărite cu bărbați, a zis ea. Nu cu, cum îi zice, șoareci! Nu-i nici o rușine să-l lași în plata Domnului pe, cum îi zice, viermele ăla.

Însă fiica ei a continuat să plângă.

Absența lui Nadir din lumea lui subterană! Alarmat de primul urlet al lui Aziz și copleșit de stinghereala care-l acoperea mai ușor ca ploile musonice, acesta dispăruse. O ușă-trapă s-a dat în lături dintre toalete – da, chiar aceea în care vorbise cu doctorul Aziz de la adăpostul coșului de rufe murdare, de ce nu? O „pârțâielniță“ de lemn – un „tron“ – stătea într-o parte, iar vasul gol de email s-a rostogolit pe rogojina din fibre de cocos. Toaleta avea o ușă exterioară, care dădea spre podețul de lângă lan; ușa era deschisă. Fusese încuiată pe dinafară, dar numai cu un lacăt de fabricație indiană, așa că fusese ușor de forțat... În singurătatea luminată blând de lămpi a Taj Mahalului se vedeau o scuipătoare care sclipea și un bilet adresat lui Mumtaz, semnat de soțul ei și cuprinzând trei cuvinte lungi, adică șase silabe, și trei semne de exclamație:

Talaaq! Talaaq! Talaaq!

Englezei îi lipsesc sonoritățile tunătoare din urdu, dar oricum știți ce înseamnă acest cuvinte. Divorțez. Divorțez. Divorțez.

Nadir Han făcuse ceea ce se impunea.

O, ce furie cumplită l-a cuprins pe maiorul Zulfy când a văzut că pasărea zburase! O singură culoare îi dansa prin fața ochilor: roșul. Ce mânie, întru totul comparabilă cu aceea a bunicului, deși exprimată prin gesturi mărunte! La început maiorul Zulfy a sărit ca o minge, scos din pepeni și din minți. Într-un târziu, s-a controlat și a trecut valvârtej prin baie, pe lângă tron, prin lanul de porumb și dincolo de poarta grădinii. Nici urmă de vreun poet dolofan, pletos, fără rime și pus pe fugă. Un ochi la stânga: nimic. Și la dreapta: zero. Zulfy cel tulburat s-a hotărât și a luat-o la picior prin dreptul motoricșelor. Moșnegii jucau „punct lovit la scuipătoare“, iar ținta se afla pe stradă. Țâncii se tot fereau din calea șuvoaielor de zeamă de betel. Maiorul Zulfy și-a continuat alergarea. La un moment dat, a ajuns între bătrâni și ținta lor, dar fără a avea dibăcia și mobilitatea țâncilor. Ce clipă nefericită: un jet jos și puternic de lichid roșu l-a țintit drept unde îi e greu voinicului. O pată de forma unei mâini s-a încleștat de partea de jos a uniformei, a strâns și i-a oprit înaintarea. Maiorul Zulfy a rămas pe loc, pradă unei indignări urgisitoare. Dar ghinionul tot nu s-a terminat, căci un al doilea jucător a slobozit un nou jet, mizând pe faptul că militarul ăla nebun avea să fugă mai departe. O a doua mână roșie a strâns-o pe prima și i-a turtit definitiv fesul maiorului Zulfy... Încet și măsurat, acesta s-a apropiat de scuipătoare și i-a tras un șut, dărâmând-o în praf. Apoi a sărit pe ea – o dată! încă o dată! și încă o dată! – făcând-o una cu pământul și refuzând să arate că-l durea piciorul de-i venea să urle. După aceea, cu o oarecare demnitate, s-a îndreptat șchiopătând spre mașina parcată în fața casei bunicului. Moșnegii și-au recuperat receptaculul vandalizat și au început să-l lovească din toate părțile, ca să-l aducă la forma inițială.

— Acum că mă mărit, i-a zis Emerald lui Mumtaz, o să fie foarte urât din partea ta dacă nici n-o să-ncerci să te simți bine. În plus, ar trebui să-mi dai sfaturi și toate alea.

La momentul respectiv, deși îi zâmbise surorii mai mici, lui Mumtaz i se păruse o mare impertinență din partea lui Emerald să spună una ca asta și, poate involuntar, crescuse presiunea penelului cu ajutorul căruia îi trasa contururi de henna pe tălpi.

— Hei, n-are rost să te enervezi! a protestat Emerald. Mă gândeam să fim prietene, atâta tot.

Relațiile dintre surori rămăseseră destul de încordate din ziua dispariției lui Nadir Han; iar lui Mumtaz nu-i plăcuse când maiorul Zulfikar (care preferase să nu-l acuze pe bunicul meu pentru ascunderea unei persoane căutate de autorități și rezolvase problema pe cont propriu cu colonelul Dodson) ceruse și primise permisiunea de a se căsători cu Emerald. „E un fel de șantaj“, își zisese ea. „Și-n orice caz, cum rămâne cu Alia? Fata cea mare n-ar trebui să se mărite ultima, și totuși, uite câtă răbdare are cu negustorul ăla.“

În realitate însă nu a zis nimic, și-a arborat zâmbetul tolerant, și-a pus darul străduinței în slujba pregătirilor de nuntă și a acceptat să încerce să se distreze, în timp ce Alia continua să-l aștepte pe Ahmed Sinai. („O s-aștepte o veșnicie“, ghicește – corect – Padma.)

Ianuarie 1946. Tribune, dulciuri, invitați, cântece, o mireasă care leșină, un mire țeapăn ca o mătură: o nuntă frumoasă... la care negustorul de mușamale și pânzeturi Ahmed Sinai s-a adâncit într-o conversație cu Mumtaz cea recent divorțată.

— Îți plac copiii? Ce coincidență, și mie...

— N-ai avut nici unul, ah, biata de tine? Mă rog, în fond nici nevastă-mea n-a putut...

— O, nu! Ce tristețe pentru tine! Cred că și-a ieșit urât din fire!

— ...A făcut pe dracu'... iartă-mă. Din cauza emoției, m-a luat valul.

— Stai liniștit, nu-ți face probleme. A aruncat farfurii și chestii de-astea?

— Dac-a aruncat? După o lună mâncam pe pagini de ziar!

— Vai de mine, ce gogoși îmi torni!

— Hm, degeaba, ești prea deșteaptă pentru mine. Dar oricum, a aruncat și farfurii.

— Bietul de tine.

— A, nu, nici vorbă. Biata de tine.

Dar iată ce gândeau:
„Ce tip fermecător, cu Alia părea mereu plictisit de moarte... !“
Și:
„...Fata asta, până acum nici nu m-am uitat la ea, dar al naibii să fiu...“
Și:
„...Îți dai seama imediat că-i plac copiii; iar pentru asta aș putea...“
Și:
„...Mă rog, nu contează pielea...“
A fost interesant că, atunci când s-a cântat, Mumtaz a găsit resurse să li se alăture celorlalți la toate melodiile. Însă Alia a tăcut. Fusese lovită mai rău decât tatăl ei în Jallianwala Bagh, și totuși nu avea nici un semn pe piele.
— Așa deci, sora mea ursuză, până la urmă ai reușit să te simți bine.
În luna iunie a aceluiași an, Mumtaz s-a recăsătorit. Inspirându-se din atitudinea mamei lor, sora sa n-a mai vrut să discute cu ea până când, cu puțin timp înainte de moartea amândurora, i s-a ivit prilejul să se răzbune. Aadam Aziz și Maica Stareță au încercat, fără succes, s-o convingă pe Alia că se mai petreceau și lucruri din astea și că era preferabil să afli pe loc decât mai târziu, iar Mumtaz fusese traumatizată și avea nevoie de un bărbat care s-o ajute să-și revină... În plus, Alia cea mintoasă avea s-o scoată și ea la capăt.
— Bine, bine, dar nimeni n-a luat vreodată de nevastă o carte, a obiectat Alia.
— Schimbă-ți numele, a zis Ahmed Sinai. E momentul s-o iei de la capăt. Aruncă-i pe geam pe Mumtaz și pe Nadir al ei, o să-ți aleg alt nume. Amina. Amina Sinai, îți place?
— Cum zici tu, bărbate, a răspuns maică-mea.
„Oricum“, și-a notat isteața de Alia în jurnalul intim, „cui i-o mai trebui și căsătoria asta? Mie nu. În nici un caz. Niciodată.“

Mian Abdullah a reprezentat un start greșit pentru o sumedenie de optimiști, iar asistentul său (căruia nu aveai voie să-i rostești numele în casa lui taică-meu) a fost greșeala de orientare a mamei. Însă așa era viața în anii secetoși: de multe ori se semăna cu spor, dar nu se recolta nimic.
— Și cu grăsanu' ce s-a întâmplat? întreabă Padma supărată. Nu cumva n-ai de gând să povestești?

Un anunț public

A urmat un ianuarie iluzionist. O perioadă atât de calmă la suprafață, încât parcă 1947 nici măcar nu începuse. (Deși în realitate bineînțeles că...) În care delegația guvernamentală – bătrânul Pethick-Lawrence, inteligentul Cripps, cazonul A.V. Alexander – a asistat la eșecul planului de transfer al puterii. (Însă firește că aveau să treacă doar șase luni și...) În care Wavell, viceregele, a înțeles că era terminat, la pământ sau, ca să folosim un cuvânt expresiv de-al nostru, *funtoosh*. (Sigur că asta doar a grăbit lucrurile, fiindcă i s-a dat undă verde ultimului dintre viceregi, care...) În care domnul Attlee a părut prea ocupat să decidă viitorul Burmei împreună cu domnul Aung Sam. (Deși bineînțeles că, în realitate, îl instruia pe ultimul vicerege, înainte de a-i anunța numirea; acesta din urmă se afla în vizită la rege, unde i se confereau puteri plenipotențiare, așa încât în scurt timp, în scurt timp...) În care Adunarea Constituantă s-a suspendat și a rămas așa, fără să fi căzut de acord asupra vreunei Constituții. (Dar normal că, de fapt, lordul Mountbatten, ultimul vicerege, ni se va alătura într-una din zile, cu tic-tac-ul lui inexorabil, cu baioneta cu care tăia subcontinentele în trei și cu soția aceea care mânca piept de pui pe furiș la adăpostul ușii încuiate de la baie.) Iar în mijlocul acestui calm deplin ca oglinda unei ape, dincolo de care era greu să vezi cum măcina uriașa moară a vieții, maică-mea, recentisima Amina Sinai, care părea la rându-i cuminte și neschimbată, cu toate că pe sub piele i se întâmplau lucruri importante, s-a trezit într-o dimineață cu capul greu și cu limba cleioasă de atâta nesomn, întrebând în gura mare, deși n-ar fi vrut câtuși de puțin s-o facă:

— Ce caută soarele aici, Allah? A răsărit unde nu-i e locul.

...Trebuie să mă întrerup. Astăzi nu-mi propusesem așa ceva, fiindcă Padma a început să se enerveze ori de câte ori las să se vadă semne de egocentrism când povestesc, ori de câte ori dau la iveală mâinile care țin sforile, ca un păpușar nepriceput; însă trebuie neapărat să consemnez un protest. Prin urmare, decuplându-mă de la un capitol pe care, ca o coincidență fericită, l-am intitulat „Un anunț public“, formulez (în termeni cât se poate de fermi) următorul avertisment medical general: „Numitul doctor N.Q. Baligga (Îmi vine să strig de pe acoperișuri și în difuzoare minaretelor!) e un șarlatan. Ar trebui închis, bumbăcit și aruncat pe fereastră. Sau mai rău: ar trebui supus propriei escrocherii și umplut de bube ca leproșii din cauza unei pastile prost prescrise. Dobitocul – subliniez cu toată tăria – nu știe nici măcar ce are sub nas!“

După ce m-am descărcat, trebuie s-o mai las nițel pe mama să se minuneze de comportamentul curios al soarelui, ca să explic că Padma noastră, îngrijorată de trimiterile la crăpăturile pe care mi le sesizasem pe trup, i s-a destăinuit lui Baligga ăsta – acestui vraci, acestui *wallah* al leacurilor verzi! – și ca urmare șarlatanul, căruia nu vreau să-i fac hatârul de a-l descrie, a venit în vizită. Complet neștiutor și de dragul Padmei, l-am lăsat să mă examineze. Ar fi trebuit să mă tem de ce era mai rău, căci exact ce era mai rău mi s-a întâmplat. Sunt curios dacă puteți crede așa ceva: cârpaciul a spus că sunt întreg! „Nu văd nici o crăpătură“, a declarat el pe un ton de jelanie, deosebindu-se de Nelson la Copenhaga prin aceea că nu avea nici măcar un ochi sănătos, căci orbirea lui nu era opțiunea unui geniu îndărătnic, ci blestemul inevitabil al propriei nebunii! Orbește, mi-a contestat starea de spirit, aruncând umbra îndoielii asupra acurateței mărturiilor mele și asupra a Dumnezeu știe ce altceva: „Nu văd nici o crăpătură“.

Până la urmă, Padma a fost cea care l-a dat afară.

— Nu-i nimic, domnu’ doctor sahib, o să-l îngrijim cu mâna noastră, a zis ea.

Am văzut pe chipul ei un fel de recunoaștere a propriei vine... Afară cu Baligga și să nu-l mai văd în paginile astea. Dar, Dumnezeule mare! Oare chiar atât s-a degradat profesia medicală, chemarea lui Aadam Aziz? Am ajuns la mâna haznalei ăsteia de Baliggi? La urma urmei, dacă așa stau lucrurile, o să trebuiască să ne lipsim cu toții de doctori... ceea ce mă readuce la motivul pentru care Amina Sinai s-a trezit într-o dimineață cu soarele pe buze.

— A răsărit unde nu-i e locul! a scâncit ea din greșeală, după care, prin zumzetul tot mai stors al somnului agitat din timpul nopții, a înțeles cum căzuse victimă în această lună iluziilor unui simplu artificiu, căci de fapt nu făcuse decât să se trezească la Delhi, în casa noului ei soț, care fusese construită cu fața spre est; așa stând lucrurile, soarele era la locul lui, și doar poziția ei se schimbase... Însă chiar și după ce a asimilat acest gând elementar și l-a depus lângă numeroasele greșeli asemănătoare pe care le comisese de când se stabilise acolo (întrucât deruta ei solară fusese un fapt frecvent, de parcă mintea ei ar fi refuzat să accepte modificarea împrejurărilor și noua poziție a patului, situat la o înălțime mai mare față de de podea), ceva din influența lui nefastă tot s-a mai păstrat, împiedicând-o să se simtă pe deplin în largul ei.

— Până la urmă, se mai descurcă omul și fără tată, i-a zis doctorul Aziz fiicei lui în chip de rămas-bun.

Iar Maica Stareță a adăugat:

— Încă un orfan în, cum îi zice, familie, dar nu contează, și Mahomed a fost tot orfan. Măcar Ahmed Sinai al tău e, cum îi zice, pe jumătate din Kashmir.

Pe urmă doctorul Aziz a cărat un cufăr metalic verde până în compartimentul de tren unde Ahmed Sinai își aștepta soția.

— E o zestre nici prea-prea, nici foarte-foarte, a spus bunicul. Înțelegi, nu suntem *crorepati*[1]. Dar ți-am dat destul. Amina o să-ți dăruiască mai mult.

Ce se găsea în cufăr: samovare de argint, sariuri de brocart, monede de aur făcute cadou doctorului Aziz de unii pacienți recunoscători, un muzeu în care exponatele reprezentau boli lecuite și vieți salvate. Iar acum și-a ridicat fata (pe propriile brațe) și i-a încredințat-o după zestre acestui bărbat care o redenumise și prin urmare o reinventase, devenind într-un fel soțul și în același timp tatăl ei... Apoi s-a deplasat (pe propriile picioare) pe peron când trenul s-a pus în mișcare. Ca un alergător de ștafetă care și-a terminat schimbul, a rămas învăluit în fum, în mijlocul vânzătorilor de reviste de benzi desenate, în forfota evantaielor din pene de păun și a gustărilor calde, în vacarmul letargic al hamalilor ciuciți și al animalelor din ghips duse cu cărucioruI, în timp ce trenul prindea viteză și se îndrepta spre capitală, accelerând la intrarea în noul schimb al cursei. În compartiment, noua Amina Sinai ședea (putred de bogată) cu picioarele pe cufărul metalic verde care era cu doi-trei centimetri prea înalt ca să încapă sub banchetă. Cu sandalele de strajă la muzeul zăvorât al realizărilor tatălui ei, gonea spre o viață nouă, lăsându-l pe Aadam Aziz să se căznească să îmbine tehnicile medicinei occidentale cu cele de tip *hakimi* – o încercare care avea să-l vlăguiască treptat și să-l încredințeze că hegemonia superstițiilor, a fetișurilor și a magiei nu avea să

1. Milionari.

fie întreruptă niciodată în India, fiindcă *hakimii* refuzau să colaboreze. Pe măsură ce îmbătrânea, iar lumea era tot mai puțin reală, a început să se îndoiască de propriile convingeri, așa încât în momentul când l-a văzut pe Dumnezeul față de a cărui existență nu știuse dacă trebuia să fie încredințat sau sceptic, probabil că se așteptase la așa ceva.

Pe când trenul ieșea din gară, Ahmed Sinai a sărit de la locul lui, a încuiat ușa compartimentului și a tras perdelele, spre marea uimire a Aminei. Dar deodată pe coridor s-au auzit câteva bufnituri, mâini nevăzute au încercat să apese pe clanță și mai multe glasuri au spus:

— Lăsați-ne să intrăm, maharajah! Maharajin, sunteți acolo, rugați-l pe soțul dumneavoastră să deschidă.

Absolut de fiecare dată, în toate trenurile din povestea asta, au existat voci, pumni care lovesc în ușă și rugăminți, în acceleratul de Bombay și în toate expresurile acelor ani, menite să te sperie întotdeauna, până când în cele din urmă am ajuns chiar eu să rămân pe dinafară, chinuindu-mă să scap teafăr și implorând: „Hei, maharajah! Lăsați-mă să intru, mărite domn".

— Blatiști, a zis Ahmed Sinai.

Însă erau mai mult decât atât. Erau o profeție. Iar în scurt timp aveau să vină și alții.

...Acum soarele nu era la locul lui. Ea, maică-mea, stătea în pat și nu se simțea în largul ei, dar totodată era emoționată de lucrul care avusese loc înăuntrul ei și care era deocamdată un secret personal. Lângă ea, Ahmed Sinai sforăia vârtos. Nici vorbă de insomnii în cazul lui; nimic, în pofida necazurilor care-l făcuseră să aducă un săculeț gri plin cu bani și să-l ascundă sub pat, unde era convins că Amina nu avea să-l caute. Taică-meu dormea dus, acoperit de vălul mângâietor al celui mai mare dar al mamei, care s-a dovedit a valora incomparabil mai mult decât ceea ce se găsea în cufărul metalic de culoare verde: Amina Sinai i-a dăruit lui Ahmed hărnicia ei inepuizabilă.

Nimeni nu-și dădea silința așa cum o făcea Amina. Cu pielea închisă și ochi strălucitori, maică-mea era de la natură cea mai meticuloasă persoană din lume. A aranjat asiduu florile de pe coridoarele și din camerele casei din Delhi-ul vechi și a ales covoarele cu o grijă fără seamăn. Era în stare să petreacă douăzeci și cinci de minute făcându-și griji în legătură cu locul unui scaun. Când a terminat de aranjat prin casă, adăugând câte ceva ici, făcând o mică schimbare colo, Ahmed Sinai și-a găsit cuibul de orfan preschimbat în ceva cald și iubitor. Amina se trezea înaintea lui, iar hărnicia o împingea să șteargă de praf totul, inclusiv jaluzelele de trestie (până când el a acceptat să plătească pe cineva care să facă asta în locul ei). Dar lucrul pe care Ahmed nu l-a știut niciodată a fost că talentele soției lui nu erau puse cu cea mai mare hotărâre în slujba amănuntelor exterioare ale vieții lor, ci chiar în slujba lui Ahmed Sinai.

De ce se măritase cu el? Pentru alinare, pentru copii. Însă la început insomnia care-i învăluia creierul s-a pus de-a curmezișul primei sale dorințe. În plus, copiii nu se fac așa, cu una, cu două. Drept urmare, Amina începuse să viziteze chipul unui poet de nevisat și să se trezească având pe buze un nume de nerostit. Vă întrebați: și ce-a făcut? Răspund: a strâns din dinți și și-a impus să-și revină. S-a luat singură la rost după cum urmează: „Gâscă dolofană și lipsită de recunoștință, nu vezi cine-i bărbatul tău acum? Nu știi ce i se cuvine unui soț?" Ca să ocolim controversele sterile pe marginea răspunsurilor corecte la aceste întrebări, dați-mi voie să vă spun că, după maică-mea, soțului i se cuvenea o loialitate incontestabilă și o dragoste din toată inima, fără rezerve. Însă exista și o problemă: cu mintea bântuită de Nadir și de insomnii, Amina a descoperit că nu-i putea oferi în mod firesc lucrurile astea lui Ahmed Sinai. Și atunci, făcând apel la darul hărniciei, a început să învețe să-l iubească. Ca s-o poată face, l-a dezasamblat în gând, transformându-l în părți componente, fizice și comportamentale deopotrivă, și compartimentându-l în buze, ticuri verbale, prejudecăți, plăceri... Pe scurt, a căzut victimă vrăjii cearșafului găurit al propriilor părinți, fiindcă s-a decis să se îndrăgostească de soțul ei pe bucățele.

În fiecare zi alegea câte un fragment din Ahmed Sinai și își concentra întreaga ființă asupra lui, până când îi devenea întru totul familiar, făcând-o să simtă cum simpatia i se deșteaptă înăuntru și se transformă în afecțiune, iar în cele din urmă în dragoste. Astfel a ajuns să-i adore vocea bubuitoare, modul cum îi ataca timpanele și-o făcea să tremure, ciudățenia de a fi binedispus în fiecare dimineață până când se bărbierea (după care devenea sever, posac, expeditiv și distant), ochii ascunși ca de vultur, în spatele cărora era sigură că se găsea bunătatea lui lăuntrică, în ciuda privirii cețoase și ambigue, modul cum îi ieșea în evidență buza de jos în comparație cu cea de sus și statura lui scundă, din cauza căreia îi interzisese să poarte vreodată tocuri înalte... „Dumnezeule", și-a zis ea, „mi se pare că sunt un milion de lucruri de iubit la orice om!" Dar nu s-a lăsat copleșită. „La urma urmei", și-a spus, „cine e-n stare să cunoască efectiv și pe de-a-ntregul o altă ființă omenească?“ Așa că a învățat mai departe să-i iubească și să-i admire preferința pentru prăjeli, talentul de a cita din poezia persană, cuta mânioasă dintre sprâncene... „În ritmul ăsta“, și-a spus ea, „o să existe mereu ceva nou de iubit la el, iar căsătoria noastră n-o să lâncezească-n veci.“ Și astfel, cu perseverența ei caracteristică, mama și-a construit încet-încet o nouă viață în vechiul oraș. Cufărul metalic a rămas nedeschis într-un șifonier.

Iar Ahmed, fără să știe sau să bănuiască, și-a văzut propria persoană și viață transformate necontenit de nevastă-sa, până când, puțin câte puțin, a ajuns să semene – și să trăiască într-un loc care semăna – cu un bărbat pe care nu-l cunoștea, dintr-o încăpere subterană pe care n-o mai văzuse niciodată. Sub influența unei magii atât de migăloase și obscure, încât probabil că nici Amina nu-și dădea seama că o practica, Ahmed Sinai a descoperit că i se rărea părul și că firele rămase erau unsuroase și i se lipeau de cap, după care a văzut că voia să și-l lase să crească până îi ieșea pe după urechi. De asemenea, a prins să i se umfle burta, până s-a transformat în burduhanul primitor și moale de care aveam să fiu strivit de atâtea ori și pe care nici unul dintre noi nu l-a comparat – în orice caz, nu conștient – cu pântecele flasc al lui Nadir Han. Zohra, verișoara lui îndepărtată, i-a spus pe un ton cochet: „Trebuie să ții regim, vere, altfel n-o să mai ajungem să te pupăm!“... Dar degeaba... Încet-încet, Amina a construit în Delhi-ul vechi o lume a pernelor moi și a draperiilor trase la ferestre, ca să intre cât mai puțină lumină... A tivit jaluzelele cu pânză neagră și toate aceste schimbări minuțioase au ajutat-o în sarcina ei herculeană, aceea de a accepta, pe bucățele, că trebuia să iubească un alt bărbat. (Însă a rămas sensibilă la oniricele imagini interzise ale... și a fost atrasă mereu de bărbați cu pântecele moale și cu părul lung și lipit de țeastă.)

Din orașul vechi nu se vedea cel nou. În orașul nou, o rasă de cuceritori rozalii construise palate de piatră de aceeași culoare. Dar casele de pe străzile înguste din orașul vechi se înghesuiau, se aplecau, se strângeau laolaltă și-și blocau reciproc perspectiva spre edificiile trandafirii ale puterii. Nu că s-ar fi uitat cineva într-acolo. În cartierele sau în mahalalele musulmane strânse în jurul lui Chandi Chowk, oamenii se mulțumeau să-și întoarcă privirile spre ogrăzile îngrădite ale propriilor vieți și să tragă jaluzelele la geamuri și pe verande. Pe ulicioarele înguste, tinerii plimbăreți se țineau de mână sau de braț, se sărutau când se întâlneau și rămâneau în cerc, șold lângă șold și cu fața spre interior. Nu exista strop de verdeață, iar vacile nu ajungeau până acolo, știind că era o zonă unde nu erau considerate sacre. Soneriile bicicletelor se auzeau întruna, iar pe deasupra zgomotului lor cacofonic răzbăteau strigătele vânzătorilor ambulanți de fructe: *Haideți mai la vale, să vă dăm curmale!*

La toate astea s-au adăugat, în dimineața aceea de ianuarie când mama și tata își ascundeau secrete unul altuia, zgomotul neliniștit al pașilor domnului Mustapha Kemal și ai domnului S.P. Butt, precum și duräitul insistent al tobei indiene a lui Lifafa Das.

Când pașii răsunători s-au auzit pentru prima dată pe podețele din mahala, Lifafa Das cu toba și kinetoscopul lui erau încă la distanță. Picioarele sonore au descins dintr-un taxi și au luat-o la goană pe stradele. Între timp, în casa de pe colț, mama stătea în bucătărie și amesteca niște *khichri* pentru micul dejun, auzind fără să vrea discuția dintre tata și Zohra, verișoara lui îndepărtată. Picioarele au trecut prin dreptul vânzătorilor de fructe și al plimbăreților care se țineau de mână, iar mamei i-a ajuns la ureche:

— Soț și soție, mă frec la ochi și nu-mi vine să cred, șe frumușeșe, n-am cuvinte!

În vreme ce picioarele se apropiau, taică-meu s-a îmbujorat de-a binelea. Era perioada când avea cel mai mult farmec; buza de jos nu ieșea chiar atât de mult în evidență, cuta dintre sprâncene nu apucase să se adâncească... iar Amina a continuat să amestece în *khichri* și a auzit-o pe Zohra mâțâindu-se:

— Ha, uită-te la tine, ești rozaliu! Bine, dar ai o piele atât de albă, vere!...

Iar el o lăsa să asculte programul de la All-India Radio la masă, lucru care Aminei nu-i era permis. Lata Mangeshkar interpreta un cântec de dragoste siropos, iar Zohra a vorbit mai departe:

— Taman ca mine, nu? O să avem niște plozi rozalii de mai mare dragul, vere. Perechea ideală, albi și frumușei.

Zgomotul bocănit al picioarelor se auzea mai departe, amestecatul în oală continua, iar Zohra de asemenea:

— Ce groaznic e să fii negru, vere, să te trezești în fiecare dimineață, să te uiți în oglindă și să ai mereu dovada că ești inferior. A, ei știu, sigur că știu, până și negroteii se prind că albu-i mai frumos, nu?

Pașii se auzeau acum extrem de aproape. Amina era pe punctul să intre decisă în sufragerie, cu oala în mână, concentrându-se din greu să-și păstreze calmul și spunându-și De ce-o fi trebuit să vină chiar azi, când am să-i dau niște vești și-o să fiu silită să-i cer bani de față cu ea? Lui Ahmed Sinai îi plăcea să fie rugat frumos să dea bani, să fie convins cu mângâieri și cuvinte tandre, până când șervetul de masă începea să i se ridice în poală din cauza mișcărilor din pantalonii de la pijama; pe ea n-o deranja, cu strădunța ei obișnuită, a învățat să iubească și asta, iar când avea nevoie de bani, se folosea de mângâieri și de „*Janum*, viața mea, rogu-te..." sau „...Doar cât să am din ce să fac mâncare și să plătesc facturile..." sau „Ești atât de generos, dă-mi cât te lasă inima, sunt sigură c-o să ajungă..." Făcea apel la tehnicile cerșetorilor și trebuia să se producă în fața ăleia cu ochii rotunzi ca două farfurioare, care chicotea întruna și vorbea tare despre negrotei. Picioarele aproape că ajunseseră la ușă, iar după o clipă Amina s-a ivit în sufragerie, cu *khichri*-ul încins la îndemână, foarte aproape de capul prostovancei de Zohra, care a văzut-o și a strigat: „A, persoanele de față sunt excluse, *firește*!", neștiind dacă fusese auzită sau nu, după care a completat: „Ah, vere Ahmed, ce urât din partea ta să crezi că vorbeam de draga noastră Amina, care de fapt nici nu e atât de neagră, ci mai degrabă o albă care stă la umbră!" Pe când Amina, cu oala în mână, se uita la căpșorul ei frumos și se întreba S-o fac? Aș avea curajul?, calmându-se pe urmă cu următoarele cuvinte: „E o zi mare pentru mine, și barem a adus vorba despre copii, așa că de-acum o să-mi vină mai ușor..." Numai că era prea târziu, văicărelile de la radio ale Latei acoperiseră soneria de la ușă și nimeni nu-l auzise pe bătrânul slujitor Musa care se dusese să răspundă. Lata făcuse să se șteargă pașii neliniștiți de pe scări, dar dintr-odată iată că în fața lor s-au oprit domnii Mustapha Kemal și S.P. Butt.

— Nemernicii au înfăptuit o nelegiuire!

Cu această propoziție neobișnuit de arhaică (iscată din pasiunea lui pentru litigii, care-l făcuse să preia cadențele retorice ale tribunalelor), domnul Kemal, care era cel mai slab bărbat pe care îl văzuse Amina Sinai, a declanșat reacția în lanț a unei panici burlești pe care micuțul, scâncitul și umilul S.P. Butt, în ai cărui ochi stăruia o expresie de șagă nestăvilită, ca la maimuțe, a sporit-o considerabil prin simplul fapt că a rostit patru cuvinte:

— Da, gândacii de foc!

În clipa aceea, în virtutea unei ciudate reacții reflexe, Zohra a strâns radioul la piept, strivind-o pe Lata între sâni, și s-a pus pe țipat:

— O, Doamne, o, Doamne, ce gândaci de foc? Unde? Aici în casă? O, Doamne, simt deja pârjolul!

Amina a înlemnit cu oala de *khichri* în mână, uitându-se la cei doi bărbați în costume sobre, în timp ce soțul ei a renunțat să păstreze orice urmă de secret și s-a ridicat – bărbierit, dar fără să arate cum trebuia – ca să întrebe scurt:

— Depozitul?

Depozit, hambar, magazie, spuneți-i cum vreți. Însă nici n-a pus Ahmed Sinai întrebarea, și în cameră a tăcut toată lumea, bineînțeles, cu excepția Latei Mangeshkar, care continua să răzbească din decolteul Zohrei. Fiindcă acești trei bărbați dețineau în comun o clădire mare, situată în zona industrială, undeva la marginea orașului. „Nu depozitul, ferească Dumnezeu!" s-a rugat Amina în gând, fiindcă afacerea cu mușamale și pânzeturi mergea bine – prin maiorul Zulfikar, care între timp ajunsese aghiotant la statul-major al armatei din Delhi. Ahmed Sinai obținuse un contract conform căruia se angaja să livreze armatei jachete de piele și fețe de masă impermeabile –, iar stocurile însemnate de care depindeau viețile lor erau depozitate în magazia cu pricina.

— Dar cine-ar putea face așa ceva? s-a văicărit Zohra la unison cu sânii ei cântători. Ce nebuni cutreieră liberi prin lume?

Acesta a fost momentul când Amina a auzit, pentru prima dată, numele pe care i-l ascunsese soțul ei și care pe vremea aceea semăna teroare într-o puzderie de suflete.

— E Ravana, a spus S.P. Butt.

...Dar Ravana era numele unui monstru cu mai multe capete. Să însemne asta că monștrii coborâseră pe pământ?

— Ce prostie mai e și asta? a întrebat Amina, având în voce aceeași ură față de superstiții pe care o arătase și tatăl ei și cerând un răspuns pe care domnul Kemal i l-a oferit imediat:

— E numele unei cete de mișei, doamnă. O liotă de piromani nemernici. Trăim vremuri tulburi. Vremuri tulburi, zău dacă nu.

În depozit se află sul peste sul de mușama, alături de mărfurile cu care face afaceri domnul Kemal: orez, ceai și linte. Le distribuie pretutindeni în țară în cantități uriașe, ca pe o formă de ocrotire împotriva monstrului lacom cu multe capete și guri care este publicul, adică oamenii ăștia care, dacă ar fi după ei, ar provoca o scădere atât de mare a prețurilor în perioadele de bunăstare, încât negustorii cu frica lui Dumnezeu ar muri de foame, iar monstrul s-ar îngrășa...

— Economia înseamnă insuficiență, e de părere domnul Kemal. Prin urmare, stocurile mele nu numai că mențin prețurile la un nivel decent, dar susțin însăși economia.

În același depozit se găsesc și stocurile domnului Butt, adică o mulțime de cutii de carton pe care scrie AAG. Nu e nevoie să vă spun că *aag* înseamnă foc. S.P. Butt era fabricant de chibrituri.

— Sursele noastre vorbesc de existența unui singur incendiu, spune domnul Kemal. Nu se precizează la care dintre depozite.

— Dar de ce-ar fi al nostru? întreabă Ahmed Sinai. De ce, dacă încă avem când să plătim?

— Să plătim? intervine Amina. Ce să plătim? Iubite soț, *janum*, viața mea, ce se petrece aici...?

Însă S.P. Butt spune: „Trebuie să plecăm", iar Ahmed Sinai își părăsește casa, îmbrăcat cu o pijama mototolită, încălțat cu papuci, încadrat de slăbănog și de molâu și lăsând în urmă o oală de *khichuri* nemâncat, două femei cu ochii mari, vocea înăbușită a Latei și amintirea numelui Ravana... „o adunătură de neisprăviți, doamnă; îți iau gâtul fără să se uite și se țin ca râia de om!"

Peste toate plutesc cele din urmă cuvinte șovăielnice ale lui S.P. Butt:

— Afurisiții ăștia de gândaci de foc hinduși, *begum sahiba*. Dar ce putem face noi, musulmanii?

Ce se cunoștea despre grupul Ravana? Că se dădea drept o mișcare antimusulmană fanatică, lucru deloc neobișnuit în perioada tulburărilor care precedaseră Împărțirea, pe vremea când puteau fi azvârlite capete de porc în cutiile moscheilor fără teamă de represalii. Că trimitea oameni în toiul nopții ca să picteze lozinci – ÎMPĂRȚIREA ÎNSEAMNĂ PIERZANIE! MUSULMANII SUNT EVREII ASIEI! și așa mai departe – pe zidurile orașului, celui vechi și nou deopotrivă. De asemenea, că incendia prăvăliile și depozitele aflate în proprietatea musulmanilor. Existau însă și alte lucruri, îndeobște neștiute: dincolo de această ură rasială aparentă, grupul Ravana era o întreprindere comercială strălucită. Musulmanii primeau telefoane anonime sau scrisori ale căror cuvinte erau formate din litere decupate de prin ziare, având de ales între achitarea unei sume globale în numerar și incendierea tuturor proprietăților. Fapt interesant, grupul avea o etică proprie. Solicitările erau formulate o singură dată, vădind o seriozitate profundă: dacă sacii gri plini cu bani nu apăreau, focul cuprindea metodic magazinele, fabricile și depozitele. Cei mai mulți plăteau, preferând să bage mâna în buzunar decât să riște și să se încreadă în poliție. În 1947, musulmanii nu puteau să se bizuie pe poliţişti. În plus, se spune (deși nu sunt sigur de acest lucru) că scrisorile de șantaj erau însoțite de liste de „clienți satisfăcuți" care cotizaseră și rămăseseră pe baricade. Ca toate structurile profesionale, și grupul Ravana opera pe bază de referințe.

Doi bărbați în costume sobre și un al treilea în pijama alergau pe podețele înguste din mahalaua musulmanilor spre taxiul care aștepta la Chandi Chowk. Atrăgeau priviri curioase nu doar din cauza costumației discordante, ci și fiindcă se căzneau să nu fugă.

— Nu vă trădați panica, arătați-vă calmi, îi sfătuia domnul Kemal.

Dar picioarele nu i-au ascultat și cei trei s-au trezit alergând. Au ieșit din mahala alternând sprinturile cu mersul normal, care dura doar câteva secunde, și au trecut pe lângă un tânăr care ținea în mână o tobă *dugdugee* și avea un kinetoscop metalic negru pe roți: era Lifafa Das, surprins în drum spre scena anunțului important care furnizează titlul acestui capitol. Lifafa Das bătea toba și striga:

— Hai, neamule, să vezi tot, hai, neamule, să vezi tot! Vezi Delhi, vezi India, vezi tot! Hai să vezi, neamule, hai să vezi!

Însă Ahmed Sinai dorea să vadă cu totul altceva.

Copiii din mahala îi porecliseră pe cei mai mulți dintre oamenii din cartier. Exista un grup de trei bărbați cărora li se spunea „cocoșii bătăuși" fiindcă erau un *sindhi* și un bengalez între ale căror locuințe se găsea una dintre puținele case hinduse din mahala. *Sindhi*-ul și bengalezul nu aveau aproape nimic în comun – nici nu vorbeau aceeași limbă, nici nu găteau aceeași mâncare. Dar erau musulmani amândoi și-l detestau pe hindusul care se stabilise între ei. Îi aruncau gunoaie pe casă de la ei de pe acoperiș și-l insultau în fel și chip de la ferestre, în mai multe limbi. Îi azvârleau bucăți de carne în fața ușii... în timp ce, la rândul lui, hindusul îi plătea pe țânci să spargă geamurile cu pietre pe care fuseseră înfășurate diverse mesaje gen „Așteaptă, o să-ți vină și ție rândul". Copiii din mahala nu-i spuneau lui taică-meu pe nume, cunoscându-l drept „omul care nu putea să-și urmeze nasul".

Ahmed Sinai dispunea de un simț al direcției atât de slab, încât era în stare să se rătăcească pe străduțele din cartier dacă-l lăsai singur. De multe ori copiii vagabonzi îl văzuseră mergând fără țintă și primiseră câte o *chavanni* de patru *anna*[1] ca să-l ducă acasă. Spun asta fiindcă sunt convins că obiceiul tatălui meu de a greși direcția nu numai că l-a urmărit toată viața, dar a fost una dintre cauzele atracției față de Amina Sinai (fiindcă, prin grija lui Nadir, arătase și ea că era în stare să greșească direcția); mai mult, neputința lui de a-și urma nasul mi s-a transmis și mie, umbrind întru câtva moștenirea nazală primită din alte părți și punându-mă ani de zile în imposibilitatea de-a adulmeca drumul drept... Dar deocamdată ajunge, fiindcă le-am dat suficient răgaz celor trei oameni de afaceri să ajungă în zona industrială. O să mai adaug că – urmare directă a lipsei simțului direcției, după părerea mea – tata a fost un om în jurul căruia stăruia (chiar și în momentele de triumf) izul neplăcut al unui eșec viitor, mirosul unui drum greșit aflat la doi pași sau după colț, o aromă care nu voia să dispară, cu toate băile dese pe care le făcea. Domnul Kemal, la nările căruia ajungeau aceste izuri, îi spunea între patru ochi lui S.P. Butt: „Despre indivizii ăștia din Kashmir, bătrâne, știe o lume-ntreagă că nu se spală". Iată o ponegrire care-l leagă pe taică-meu de barcagiul Tai, luntrașul bântuit de acea furie sinucigașă care-l făcuse să renunțe la curățenie.

În zona industrială, paznicii de noapte dormeau tihnit, cu tot zgomotul pompelor de incendiu. De ce? Cum? Fiindcă se înțeleseseră cu grupul Ravana, iar când aflaseră de sosirea iminentă a trupei, luaseră somnifere și-și mutaseră paturile ușoare la depărtare de clădirile din zonă. În acest fel banda evita violența, iar paznicii de noapte își rotunjeau lefurile neîndestulătoare. Era o învoială amiabilă și nu lipsită de inteligență.

În mijlocul paznicilor adormiți, domnul Kemal, tata și S.P. Butt priveau norii groși de fum care se ridicau din bicicletele incinerate. Cei trei rămăseseră lângă pompele de incendiu și simțeau o enormă ușurare, fiindcă depozitul care ardea era cel al Bicicletelor Indiene Arjuna, al căror nume, împrumutat din mitologia hindusă, nu reușise să ascundă faptul că proprietarii firmei erau musulmani. Scăldați de valuri de ușurare, tata, Kemal și Butt inspirau aerul de biciclete calcinate,

1. Anna – a șaisprezecea parte dintr-o rupie.

tușind și horcăind, în vreme ce fumul roților arzânde, stafiile vaporizate ale soneriilor, săculețelor de la șa sau ghidoanelor, precum și cadrele transsubstanțiate ale Bicicletelor Indiene Arjuna le intrau în (și le ieșeau din) plămâni. O mască primitivă de carton fusese fixată în cuie pe un stâlp de telegraf din fața depozitului în flăcări, o mască a mai multor chipuri diavolești, cu buze groase și răsfrânte, cu nări de un roșu-aprins. Fețele monstrului cu multe capete, Ravana, regele-demon, uitându-se milos la paznicii de noapte care dormeau atât de adânc, încât nimeni – nici pompierii, nici Kemal, nici Butt și nici tata – n-a îndrăznit să-i deranjeze, în timp ce funinginea pedalelor și bucățelele de tuburi cădeau asupră-le din ceruri.

— Afurisită treabă, a spus domnul Kemal.

Nu manifesta compasiune, ci doar îi critica pe proprietarii de la Arjuna Indiabike Company.

Ia priviți: norul prăpădului (care e întotdeauna o ușurare) se ridică și se adună ca o minge pe cerul decolorat al dimineții. Priviți cum se îndreaptă spre vest, către inima orașului vechi, cum arată – Dumnezeule mare, ca un deget! – în jos spre mahalaua musulmanilor de lângă Chandi Chowk!... Unde chiar acum Lifafa Das strigă în gura mare, chiar pe aleea din fața casei familiei Sinai:

— Hai, neamule, să vezi tot, hai să vezi întreaga lume, hai!

Suntem foarte aproape de clipa anunțului public. N-o să neg că sunt nespus de emoționat: am zăbovit prea mult în zonele de fundal ale poveștii mele și, deși mai e ceva până când o să pot să preiau controlul, tot e bine că putem arunca o privire. Prin urmare, cu sentimentul unor mari speranțe, mă iau după ceea ce-mi arată degetul de pe cer și-mi cobor privirea spre cartierul părinților, spre biciclete, spre vânzătorii ambulanți care fac reclamă la năut prăjit la cornet, spre hoinarii lipiți unul de altul și ținându-se de mână, spre bucățelele de hârtie ce se înalță de pe trotuare și spre roiurile de muște care dau târcoale tarabelor cu dulciuri... iar totul este micșorat din cauza faptului că privesc din înaltul cerului. Tot acolo se află grupuri întregi de copii scoși în stradă de duduitul magic al tobei *dugdugee* a lui Lifafa Das și de pe vocea lui care invită: „*Dunya dekho*", hai să vedeți lumea! Băieți fără șorturi, fete fără veste și țânci în uniforme de școală albe, cu pantalonii scurți legați cu centuri elastice ale căror catarame în formă de S seamănă cu niște șerpi, băiețel grăsuni cu degete butucănoase; se înghesuie cu toții în jurul cutiei negre pe roți, inclusiv fata asta, fata asta cu o sprânceană lungă, stufoasă și neîntreruptă, care-i umbrește ambii ochi, fiica de opt ani a aceluiași *sindhi* nepoliticos care își fixează chiar acum pe acoperiș drapelul țării încă fictive a Pakistanului, care își suduie chiar acum vecinul, în timp ce fata lui dă fuga pe stradă cu *chavanni*-ul în mână, cu expresia unei regine pitice și cu ideea crimei palpitându-i dincolo de buze. Cum o cheamă? Habar n-am; dar sprâncenele alea le cunosc.

Lifafa Das: care printr-o nefericită împrejurare și-a instalat kinetoscopul negru în fața unui zid pe care cineva a mâzgălit o svastică (pe vremea aceea le vedeai peste tot; partidul extremist R.S.S.S. avea grijă să umple zidurile cu ele; nu era svastica naziștilor, care se făcea exact pe dos, ci străvechiul simbol hindus al puterii. *Svasti* înseamnă „bun" în sanscrită)... care rămânea invizibil până când zâmbea, moment în care devenea frumos de-a dreptul, sau până când durăia din tobă, și copiii îl găseau irezistibil. Oamenii cu tobe *dugdugee*: pretutindeni în India, strigau *„Dilli dekho"*, haideți să vedeți Delhi-ul! Dar acesta era Delhi-ul, așa că Lifafa Das își modificase textul în consecință: „Hai să vezi întreaga lume, hai să vezi tot!" După o vreme, această formulă hiperbolică începea să nu-i dea pace; în kinetoscop intrau din ce în ce mai multe ilustrate, în timp ce Lifafa Das încerca disperat să ofere ceea ce promisese, să pună înăuntru absolut tot. (Mi-am amintit deodată de prietenul pictor al lui Nadir Han. Să fie oare dorința asta de-a cuprinde întreaga realitate un fel de boală a indienilor? Sau mai rău: m-oi fi îmbolnăvit și eu?)

În interiorul kinetoscopului se găseau imagini ale Taj Mahalului, ale Templului Meenakshi și ale Gangelui, fluviul sfânt. Dar, pe lângă imaginile celebre, kino-artistul simțise nevoia de a include un număr mai mare de imagini contemporane – Stafford Cripps ieșind din reședința lui Nehru, incoruptibili în curs de corupere, persoane cu educație dormind în grupuri mari pe calea ferată, un instantaneu publicitar al unei actrițe europene pe al cărei cap trona un munte de fructe (Lifafa îi spunea Carmen Verandah), ba chiar o fotografie din ziar, lipită pe un suport de carton, care prezenta un incendiu în zona industrială. Lui Lifafa Das nu-i plăcea să-și ocrotească publicul de imaginile mai puțin plăcute ale vremii... și de multe ori, când apărea în labirintul de ulicioare, atât adulții, cât și copiii dădeau buzna să vadă ultimele noutăți din cutia pe roți, iar printre clienții lui cei mai statornici se număra *begum* Amina Sinai.

Dar astăzi plutește în aer ceva isteric; o atmosferă de arțag și amenințare s-a pogorât asupra mahalalei, pe când norul de biciclete incendiate se răsfiră puțin, în vreme ce fata asta cu o singură sprânceană miorlăie, strecurându-și o falsă inocență în vocea peltică:

— Eu plima! Dafi-vă la o parte... vleau fă văd! N-am cum fă văd!

Asta fiindcă există mai mulți ochi postați în dreptul găurilor din cutie și copii absorbiți de înșiruirea de ilustrate, ceea ce-l face pe Lifafa Das să spună (fără să se oprească din lucru, învârtind mai departe manivela care asigură mișcarea permanentă a imaginilor dinăuntru):

— Câteva minute, *bibi*, vine rândul la toată lumea, așteaptă nițel.

La care regina pitică și monosprâncenată ripostează:

— Nu! Nu! Vleau fă fiu plimba!

Lifafa se oprește din zâmbit, devine invizibil și ridică din umeri. Pe fața reginei pitice se citește o furie neostoită, din care dospește o insultă care face să-i tremure buzele tivite de o mustăcioară fină.

— Da' ftii că ai culaj fă vii aici în mahala?! Te ftiu fi eu, te ftie fi tata. Ftie toată lumea că efti hinduf!!!

Lifafa Das tace mai departe, învârtind mânerele cutiei. Dar acum walkiria cu o singură sprânceană și coadă de cal scandează, arătând cu degetele butucănoase și însoțită de băieții cu haine albe de școală și centuri cu cataramă în formă de șarpe.

— Hindusu'! Hindusu'! Hindusu'!

Jaluzelele de la ferestre se ridică, iar tatăl fetei se apleacă pe geam de la el din cameră și se alătură corului, aruncând vorbe grele la adresa unei ținte noi și văzând mai mulți bengalezi care fac același lucru pe limba lor:

— Violator de mame! Siluitor al fetelor noastre!

Țineți minte că a tot scris prin ziare despre atacurile îndreptate asupra copiilor de musulmani, așa că dintr-odată se aude o voce de femeie, poate chiar a tâmpitei de Zohra:

— Violatoru'! *Arré*! Dumnezeule, l-au găsit pe ticălos! Ia uite-l!

În clipa asta, nebunia norului ca un deget îndreptat în jos și întreaga realitate dezmembrată a timpurilor cuprinde mahalaua, țipetele încep să se audă de la toate geamurile, iar elevii intonează sacadat: „Vi-o-la-to-ru', Vi-o-la-to-ru'!", fără să știe ce spun de fapt. Copiii au luat distanță de Lifafa Das, care s-a mișcat la rându-i, trăgând cutia ambulantă după el și încercând să scape, numai că acum e înconjurat de voci înecate în sânge; hoinarii de pe străzi se apropie, bărbații se dau jos de pe biciclete, iar un ghiveci despică aerul și se sparge de un zid, lângă el. Se sprijină cu spatele de o ușă, în timp ce un individ cu un ciuf de păr slinos îi zâmbește dulce și-i spune:

— Deci tu ești, meștere? Musiu hindusu' care ne necinstește fetele? Musiu idolatru' care se culcă bine mersi cu soră-sa?

Lifafa Das încercă să se apere, zâmbind prostește:

— Nu, pentru numele lui...

... iar pe urmă ușa de care se sprijină se deschide și-l face să se ducă de-a berbeleacul și să aterizeze într-un coridor unde e întuneric și răcoare, chiar lângă Amina Sinai, adică maică-mea.

Stătuse dimineața cu Zohra, care chicotea tot timpul, și cu ecourile numelui Ravana, fără să știe ce se petrece în zona industrială și lăsându-și mintea să reflecteze la felul cum părea să-și iasă din minți întreaga lume. Când au început țipetele cărora li s-a alăturat – înainte de a putea fi oprită – și Zohra, ceva s-a întărit în forul ei lăuntric, un fel de înțelegere a faptului că era fiica tatălui ei, o amintire fulgurantă a lui Nadir Han ascunzându-se de cuțitele curbate într-un lan, o anume iritare simțită în zona nasului, așa că a coborât ca să dea ajutor, cu toate că Zohra începuse să scâncească:

— Ce faci, soro, tocmai pe dementu' ăsta, pentru Dumnezeu, nu-i da drumu' înăuntru, ți-a plecat mintea cu sorcova?

...Mama a deschis ușa, iar Lifafa Das s-a prăbușit în casă.

Închipuiți-v-o în dimineața aceea, o umbră întunecată între gloata dezlănțuită și prada ei, cu pântecele gata să explodeze din pricina secretului său invizibil și nespus.

— Ohoho, ohoho! a aplaudat ea mulțimea. Ce eroi! Eroi în toată legea, zău dacă nu! Doar cincizeci împotriva unui monstru ca ăsta! Allah, îmi dau lacrimile de mândrie când mă uit la voi.

...Hop și Zohra:

— Întoarce-te, soro!

Hop și ciuful slinos:

— De ce-i luați apărarea nemernicului, *begum sahiba*? Nu așa se face.

În fine, Amina:

— Îl știu pe bărbatul ăsta. E un om cumsecade. Hai, afară cu voi, n-aveți altă treabă? Faceți oamenii bucăți într-o mahala musulmană? Gata, cărați-vă.

Însă gloata își revine din mirare și se mișcă din nou înainte... iar acum, acum vine și vestea cea mare.

— *Ascultați!* a țipat maică-mea. *Ascultați-mă bine. Sunt gravidă. Sunt o mamă care o să aibă un copil și-i dau adăpost omului ăstuia la mine-n casă. Și-acum haideți, dacă vă arde de ucis, faceți-i felul și mamei, ca să vadă lumea ce bărbați de ispravă sunteți!*

Iată în ce fel a fost anunțată nașterea mea – ivirea pe lume a lui Saleem Sinai – mulțimii strânse laolaltă, înainte să fi prins de veste taică-meu. Se pare că, încă din momentul conceperii, am fost proprietate publică. Atâta doar că, în clipa când a făcut anunțul oficial, mama a avut dreptate și totodată s-a înșelat. De ce? Fiindcă pruncul pe care-l purta în pântece nu avea să fie până la urmă fiul ei.

Mama a venit la Delhi, l-a iubit din răsputeri pe tata, a fost oprită să-i dea vestea de Zohra, de *khichri* și de tropăitul picioarelor, a auzit țipete și a făcut un anunț public. Figura a ținut. Anunțarea mea a salvat o viață.

După ce s-a împrăștiat mulțimea, bătrânul slujitor Musa a ieșit pe stradă și i-a recuperat kinetoscopul lui Lifafa Das, în timp ce Amina îi oferea tânărului care zâmbea frumos pahar după pahar de ceai de tei. Se părea că experiența prin care trecuse îi consumase nu doar rezervele de lichid, ci și dulceața, fiindcă și-a pus câte patru linguri de zahăr nerafinat în fiecare pahar, pe când Zohra cea cuprinsă de groază stătea ghemuită pe o canapea. Într-un târziu (rehidratat de ceaiul de tei și îndulcit la loc de zahăr), Lifafa Das a rostit:

— *Begum sahiba*, sunteți o mare doamnă. Dacă-mi îngăduiți, binecuvântată să vă fie casa, ca și copilul încă nenăscut. Însă permiteți-mi să mai fac ceva pentru Domnia Voastră.

— Mulțumesc, a spus maică-mea, dar nu trebuie să faci absolut nimic.

Însă el a continuat, cu limba înmuiată în dulceața zahărului:

— Vărul meu, Shri Ramram Seth, e un mare vizionar. Chiromant, astrolog și ghicitor. Vă rog să vă duceți la el și-o să vă dezvăluie viitorul fiului Domniei Voastre.

Am avut un destin profețit... În ianuarie 1947, mamei mele Amina Sinai i s-a oferit darul unei preziceri în schimbul darului unei vieții de om. Și în ciuda Zohrei – „Nu ești întreagă la minte dacă te duci cu ăsta, soră Amina, nici să nu-ți treacă prin minte, omu' trebuie să fie prudent în vremurile astea" –, în pofida faptului că-și amintea de scepticismul tatălui ei și de felul cum îl prinsese de ureche pe un șarlatan cu degetul mare și arătătorul, oferta a atins-o pe mama într-un loc care a făcut-o să accepte. Pradă uimirii nefirești a acestui instinct matern nou-nouț, de care tocmai devenise conștientă, s-a trezit zicând:

— Da, Lifafa Das, o să te rog să mă aștepți peste câteva zile la intrarea în Fortul Roșu. Pe urmă o să mă duci la vărul dumitale.

— O să aștept în fiecare zi, a spus el, după care și-a împreunat palmele și a plecat.

Zohra a fost atât de uluită, încât, când Ahmed Sinai s-a întors acasă, a putut doar să clatine din cap și să spună:

— Voi, însurățeii ăștia, sunteți nebuni de legat. Trebuie să vă las singuri!

La rândul lui, și Musa, bătrânul slujitor, a tăcut chitic. A rămas într-un ungher al vieții noastre, cu două excepții... o dată când ne-a părăsit, a doua oară când s-a întors ca să distrugă lumea din greșeală.

Monştrii cu mai multe capete

Bineînţeles, asta dacă nu pornim de la premisa că nimic nu poate fi fructul hazardului (situaţie în care, în ciuda bătrâneţii şi servilismului său, Musa era în fond o bombă cu explozie întârziată, ticăind cuminte până la momentul fixat; situaţie în care, în varianta optimistă, ar trebui să ne ridicăm şi să izbucnim în ovaţii, căci, dacă totul este programat înseamnă că avem cu toţii un rost şi suntem cruţaţi de teroarea de a ne şti la voia întâmplării, nemaitrebuind să ne întrebăm *de ce*; pe de altă parte, dacă am fi pesimişti, am putea să renunţăm pe loc la toate şi să înţelegem inutilitatea gândurilor, a hotărârilor şi a acţiunilor, dat fiind că oricum nu contează nimic din ceea ce credem), lucrurile îşi urmează cursul. Şi-atunci unde e optimismul? În destin sau în haos? A fost taică-meu opti- sau pesimist când mama i-a dat vestea (după ce-o aflase tot cartierul), iar el a replicat: „Nu ţi-am zis c-o să fie doar o problemă de timp?" Se pare că fusese scris în stele ca mama să rămână grea; în schimb, naşterea mea s-a datorat în mare parte întâmplării.

— Era doar o chestiune de timp, a zis tata, părând cum nu se poate mai satisfăcut.

În ce mă priveşte, însă, timpul nu a reprezentat ceva pe care să mă pot bizui, ci mai degrabă un factor relativ. Mai mult, putea fi împărţit: ceasurile din Pakistan erau cu jumătate de oră înaintea celor din India... Domnul Kemal, care nu voia să audă de Împărţire, spunea cu toată convingerea:

— Abia aici se vede cât de mare e tâmpenia asta! Ştiţi ce vrea Liga? Să bage-n buzunar treizeci de minute, vă spun eu! Un timp întreg, fără nici o Împărţire, asta ne trebuie!

Iar S.P. Butt intervenea şi el:

— Dacă pot să modifice timpul în felul ăsta, ce mai e real? Vă-ntreb pe toţi, ce este adevărat?

Se pare că e ziua marilor întrebări. Într-un arc peste toţi aceşti ani pe care nu ne putem baza, îi răspund lui S.P. Butt, care s-a ales cu gâtul tăiat în ciocnirile provocate de Împărţire, aşa că nu l-a mai interesat timpul:

— Realul și adevărul nu sunt neapărat unul și același lucru. În ce mă privește, *adevărul* la început era ascuns în poveștile pe care mi le îngâna Mary Pereira : Mary, *ayah* mea, care îmi era mai mult și totodată mai puțin decât o mamă și care știa absolut totul despre noi. *Adevărul* era un lucru ascuns dincolo de orizontul spre care arăta degetul pescarului în tabloul pe care-l aveam pe un perete, pe când micul Raleigh îi asculta istorisirile. Acum, când scriu lucrurile astea în lumina piezișă, măsor adevărul în raport cu începuturile : Oare așa ar fi povestit Mary? mă întreb. Astea ar fi fost cuvintele pescarului?

...Potrivit acestor norme, este perfect adevărat că, într-o zi de ianuarie a lui 1947, mamei i s-a spus totul despre mine cu șase luni înainte să apar, în vreme ce tata s-a trezit pus în fața unui rege-demon.

Amina Sinai a tot așteptat momentul favorabil ca să dea curs invitației lui Lifafa Das. Însă timp de două zile după incendierea fabricii de biciclete, Ahmed Sinai a rămas acasă și n-a mai trecut pe la biroul din Connaught Place, ca și cum s-ar fi pregătit sufletește pentru o întâlnire neplăcută. Timp de două zile, sacul gri cu bani a rămas, chipurile, pitulat la locul lui secret de sub patul conjugal. Taică-meu nu a părut dispus să vorbească despre motivele pentru care stătea sacul acolo, așa că Amina și-a zis: „Lasă-l în pace, cui îi pasă?“ fiindcă avea la rândul ei un secret care-o aștepta răbdător lângă intrarea în Fortul Roșu sau pe Chandni Chowk. Țuguindu-și buzele din cauza unei supărări ascunse, mama l-a păstrat pe Lifafa Das pentru sine :

— Dacă și până când nu-mi spune ce-are de gând, eu de ce să-i zic?

Iar apoi, într-o seară friguroasă de ianuarie, Ahmed Sinai a anunțat : „Trebuie să ies“ și, cu toate rugămințile ei – „E ger, o să te-mbolnăvești...“ –, și-a pus costumul sobru și paltonul sub care umflătura misteriosului sac gri era caraghios de vizibilă. În cele din urmă, i-a spus : „Înfofolește-te bine“ și l-a condus la ușă, întrebându-l : „O să întârzii?“ „Da, normal“, a răspuns el. La cinci minute după plecarea lui, Amina Sinai a pornit spre Fortul Roșu în miezul propriei aventuri.

O călătorie începea la un fort; o alta ar fi trebuit să se încheie la un fort, dar nu s-a încheiat. Una prezicea viitorul, cealaltă îi decidea așezarea geografică. Pe durata uneia, maimuțele te binedispuneau cu dansul lor, pe când în cealaltă exista, de asemenea, o maimuță dansatoare, dar cu urmări dezastruoase. În ambele aventuri, vulturii și-au avut rostul lor. Iar monștrii cu mai multe capete au stat la pândă la capătul ambelor drumuri. Să le luăm pe rând, deci... Iat-o pe Amina Sinai lângă zidurile înalte ale Fortului Roșu unde stăpâneau mogulii, de la a căror înălțime avea să fie proclamată noua națiune... Fără a fi nici monarh, nici mesager, mama este întâmpinată călduros (în pofida vremii). În lumina de sfârșit a zilei, Lifafa Das exclamă:

— *Begum sahiba*! O, ce bine că ați venit!

Cu pielea închisă contrastând cu sariul alb, ea îi face semn să se apropie de taxi. Das vrea să deschidă ușa din spate, dar îl aude pe șofer zborșindu-se:

— Ce părere ai? Cine te crezi? Hai, urcă repejor pe locu' din față și las-o pe doamna să stea în spate!

Așa că Amina împarte bancheta din spate cu un kinetoscop negru pe roate, în timp ce Lifafa Das își cere iertare:

— Îmi pare rău, *begum sahiba*, bine? Bunele intenții nu sunt o jignire.

Dar iată un alt taxi care refuză să-și aștepte rândul și se oprește în fața unui al doilea fort, lăsând să coboare trei bărbați în costum, cu câte-un sac gri și voluminos pitit sub paltoane... Unul e lung ca viața și străveziu ca o minciună, al doilea pare molâu și fără șira spinării, iar al treilea are buza inferioară proeminentă, burduhanul strâns de haine, părul tot mai rar, gras și gata să se răsucească după urechi, pe când între sprâncene îi stăruie celebra cută care, cu timpul, o să se transforme în semnul distinctiv al unui om înverșunat și mânios. În pofida frigului, taximetristul se arată exuberant.

— Purana Qila! strigă el. Toată lumea jos, vă rog. Fortul Vechi, am ajuns!

...Au existat multe, nenumărate orașe Delhi, iar ruinele înnegrite care compun Fortul Vechi reprezintă un Delhi atât de vechi, încât, pe lângă el, Orașul Nostru Vechi e un copil de țâță. Aceste ruine ale unei lumi străvechi sunt locul unde Kemal, Butt și Ahmed Sinai au fost chemați printr-un apel telefonic anonim prin care li s-a ordonat: „Diseară. Fortul Vechi. După apus. Dar fără poliție... sau adio depozit!“ Strângând săculeții gri sub paltoane, cei trei intră în lumea aceea de demult, gata să se facă fărâme.

...Cu mâinile încleștate pe poșetă, maică-mea stă lângă un kinetoscop, pe când Lifafa Das se află în față, alături de șoferul irascibil și perplex, și-i arată drumul pe străzile din zona Poștei Mari, chit că intră pe sens interzis ; pe măsură ce pătrunde pe ulicioarele pietruite din care sărăcia mușcă nemilos ca seceta, unde oamenii trăiesc nevăzuți (căci au căzut sub același blestem al invizibilului ca Lifafa Das și nu știu toți să zâmbească frumos), se simte asediată de ceva nou. Sub presiunea acestor străzi mai înguste cu fiecare clipă și mai aglomerate cu fiecare centimetru parcurs, și-a pierdut „ochii citadini". Când ai o privire citadină, nu-i observi pe oamenii invizibili, imaginea bărbaților care suferă de elefantiazis al testiculelor și a cerșetorilor în cărucioare nu te agresează, iar contururile de beton ale viitoarelor conducte de scurgere nu ți se par dormitoare improvizate. Maică-mea își pierduse ochii citadini, iar noutatea a ceea ce vedea o potopea ca o furtună cu grindină, șfichiuindu-i obrajii și făcând-o să roșească. Ia uite, Doamne, copiii ăia frumoși au dinții negri ! Îți vine să crezi... niște fetișcane care-și dezgolesc sfârcurile ! Ce oribil, zău așa ! Și, *Allah-tobah*, Doamne apără și păzește, măturătoare cu – nu ! – ce *grozăvie* ! – spinările încovrigate, cu mănunchiuri de rămurele și fără nici un semn de castă. Paria, Dumnezeule bun și mare !... Schilozi peste tot, mutilați de părinții lor iubitori ca să le asigure o viață îndelungată din cerșit... da, cerșetori în cărucioare, adulți cu picioare subțiri, de copil, în vehicule improvizate, făcute din role aruncate la gunoi și lăzi vechi de mango. Mama strigă : „Lifafa Das, întoarce-te !"... dar el își arborează mai departe zâmbetul fermecător și spune : „De-aici trebuie s-o luăm pe jos". Văzând că nu există cale de întoarcere, îi spune șoferului de taxi să aștepte, iar acesta ripostează enervat : „Da, cred și eu, ce poți să faci pentru o doamnă bine decât s-aștepți, iar când vă-ntoarceți tre' să merg cu spatele pân' la strada mare, fiindcă n-am loc de-ntors !"... Copiii o trag de poalele sariului, o mulțime de capete se răsucesc și se uită la ea, iar mama își spune : Parcă aș fi încolțită de un monstru fioros, o creatură cu o sumedenie de capete. Apoi se corectează : Nu, nu un monstru, nici vorbă, oamenii ăștia amărâți... Dar atunci ce ? Un fel de putere, o forță care nu-și dă seama cât e de mare, care poate că s-a atrofiat tocmai fiindcă n-a fost folosită niciodată... Nu, indiferent ce s-a petrecut, oamenii ăștia nu sunt decăzuți. „Mi-e frică", se trezește ea spunându-și în clipa când simte atingerea unei mâini pe braț. Se întoarce și se trezește față în față cu – imposibil ! – un bărbat alb care întinde o mână zbârcită și spune cu o voce subțire ce amintește de un cântec străin : „Dă ceva, *begum sahiba*..." Repetă cuvintele acelea la nesfârșit, ca un disc cu șanț, în timp ce ea studiază stingherită chipul alb cu gene lungi și un nas coroiat ca de patrician. Stingherită fiindcă omul era alb, și nu se făcea să vezi un alb cerșind.

— Am bătut tot drumul din Calcutta, zice el, plin de funingine, după cum vedeți, *begum sahiba*, de rușine c-am fost acolo când cu Omorurile – în august trecut, *begum sahiba*, dacă țineți minte, când au murit câteva mii, înjunghiați în alea patru zile de urlete...

Lifafa Das rămâne pe loc neputincios, neștiind cum să se comporte cu un alb, fie el și cerșetor.

— ...Ați auzit de european? întreabă albul. Da, printre ucigași, *begum sahiba*, străbătând orașul în toiul nopții, cu cămașa pătată de sânge, un bărbat alb scos din minți de deșertăciunea viitoare a celor de-un neam cu el. Ați auzit?

...Vocea nedumeritoare și cântată se oprește nițel, iar pe urmă rostește:

— Era bărbatul meu.

Abia atunci vede maică-mea sânii storcoșiți sub zdrențe...

— Dați ceva pentru rușinea mea.

O trage de un braț. Lifafa Das o trage de celălalt, șoptindu-i *Hijra*, travestit, haideți, *begum sahiba*. Iar Amina rămâne unde se află, trasă concomitent în două direcții diferite, și vrea să spună: „Așteaptă, femeie albă, stai să termin ce-am de făcut și te iau cu mine acasă, te hrănesc, te îmbrac și te trimit înapoi de unde ai venit. Chiar atunci însă femeia ridică din umeri și o ia din loc cu mâna goală pe strada tot mai îngustă, micșorându-se până când dispare – acum! – în mizeria îndepărtată a uliței. Pe când Lifafa Das declară, cu o expresie curioasă pe chip:

— Sunt terminați! S-a zis cu ei! În curând or să plece, și atunci o să fim liberi să ne ucidem între noi.

Atingându-și pântecele cu o mână, mama se ține după el și intră pe o ușă cufundată în beznă, în timp ce fața i se face roșie ca para focului.

...Între timp, la Fortul Vechi, Ahmed Sinai așteaptă să vină Ravana. Taică-meu în asfințit: rămas în dreptul ușii înnegrite a ceea ce fusese cândva o încăpere delimitată de pereții ruinați ai fortului, cu buza inferioară proeminentă, cu mâinile împreunate la spate și cu mintea ticsită de griji legate de bani. Nu a fost niciodată un om fericit. Degaja mirosul vag al eșecurilor viitoare, se purta urât cu servitorii și poate că-și dorea ca, în loc să-și urmeze defunctul părinte în afacerile cu pânzeturi, să fi avut puterea de a-și îndeplini ambiția inițială, rescrierea Coranului într-o cronologie strictă. (Chiar mi-a spus odată: „Când Mahomed făcea profeții, oamenii îi transcriau vorbele pe frunze de palmier care se păstrau cât era nevoie într-o ladă veche. După moartea lui, Abubakr și ceilalți s-au străduit să-și aducă aminte de ordinea exactă, dar nu prea i-a ajutat memoria". Încă o manevră greșită: în loc să rescrie o carte sfântă, taică-meu stătea la pândă în ploaie, așteptându-i pe demoni. Nu e de mirare că nu era fericit. Și nici nu i-am fost de vreun folos. Când m-am născut, i-am scrântit degetul mare de la picior.)... Nefericitul meu tată, repet, e prost dispus și se gândește la bani. La nevastă-sa, care-l stoarce de rupii și-i cotrobăie noaptea prin buzunare. La fosta lui soție (moartă în cele din urmă într-un accident, fiindcă s-a luat la harță cu vizitiul unei trăsuri trase de o cămilă, iar animalul a mușcat-o de gât), care-i trimite scrisori interminabile în care-i cerșește bani, în ciuda clauzelor divorțului. La îndepărtata lui verișoară Zohra, care are nevoie de bani de zestre de la el, ca să-și poată crește copiii, să-i mărite/însoare cu ai lui și în felul ăsta să-l tapeze de alți bani. Vin apoi promisiunile bănești ale maiorului Zulfikar (la momentul respectiv, Zulfy și taică-meu se înțelegeau foarte bine). Maiorul îi tot trimisese scrisori în care-l îndemna: „Trebuie să te decizi pentru Pakistan când o să vină vremea, și fii sigur c-o să vină. Pentru cei ca noi o să fie o mină de aur. Te rog, dă-mi voie să-ți fac cunoștință cu M.A.J. personal...", numai că Ahmed Sinai nu se încredea în Mahomed Ali Jinnah și nu a primit propunerea lui Zulfy. Prin urmare, la momentul alegerii lui Jinnah ca președinte al Pakistanului, a trebuit marcată o nouă greșeală de orientare. Iar în cele din urmă erau scrisorile primite din Bombay de la ginecologul Narlikar, vechiul prieten al tatălui meu. „Englezii se cărăbănesc, Sinai *bhai*. Proprietățile sunt ieftine ca braga! Vinde tot ce ai, stabilește-te aici, cumpără și du-o ca un împărat toată viața!" Versurile din Coran nu aveau loc într-un cap doldora de numerar... Așa că până la urmă iată-l alături de S.P. Butt, care o să moară într-un tren cu destinația Pakistan, și de Mustapha Kemal, care o să fie ucis de niște huligani în superba lui reședință de pe Flagstaff Road, având scrise pe piept cu propriul sânge cuvintele „curvar nenorocit"... Iată-l alături de acești doi oameni sortiți pieirii, așteptând în întunericul misterios al ruinelor ca să tragă cu ochiul la șantajistul sosit după bani. „Colțul de sud-vest", li se zisese la telefon. „Foişor. Înăuntru, o scară de piatră. Urcaţi. Ultimul nivel. Lăsaţi banii acolo. Plecaţi. Înţeles?" Sfidând dispoziţiile, cei trei se ascund în ruinele încăperii. Undeva deasupra, la ultimul nivel al foişorului, trei saci gri aşteaptă în bezna învăluitoare.

...În bezna învăluitoare a unei scări neaerisite, Amina Sinai urcă spre o profeţie. Lifafa Das o încurajează. Fiindcă acum, că a ajuns cu taxiul în labirintul ăsta şi la mila lui, a simţit că nu mai era aceeaşi şi că regretă hotărârea pe care-o luase. Iată de ce o încurajează în timp ce urcă. Casa întunecoasă a scărilor plină de ochi, de pupile care se uită din spatele uşilor închise la spectacolul doamnei cu pielea închisă care urcă, măsurând-o din cap până-n picioare ca nişte limbi aspre de pisică. Şi, pe măsură ce Lifafa vorbeşte liniştitor, mama simte că nu mai are nici un control asupra propriei voinţe. Ce-o fi, o fi! Forţa minţii şi stăpânirea de sine i se scurg din întreaga fiinţă, absorbite de buretele negru al aerului de pe scară. Picioarele i se ţin cu greutate după ale lui, până în partea de sus a imensului *chawl* mohorât, clădirea dărăpănată şi luată cu chirie unde Lifafa Das şi verii lui au un colţişor la cucurigu... iar aici, sus de tot, Amina vede lumina întunecată care se cerne peste capetele mulţimii de schilozi.

— Vărul numărul doi e tămăduitor de oase, zice Lifafa Das.

Amina urcă pe lângă bărbaţi cu braţele frânte şi femei cu picioarele contorsionate spre interior în unghiuri imposibile, pe lângă spălători de geamuri căzuţi de la înălţime şi zidari cu oase rupte. Această fată de medic intră într-o lume mai veche decât seringile şi spitalele, până când, într-un târziu, Lifafa Das spune „Am ajuns, *begum*" şi-o conduce printr-o încăpere unde tămăduitorul de oase leagă atele improvizate din crengi şi frunze pe tot felul de membre făcute zob sau bandajează capetele sparte cu frunze mari de palmier, până când pacienţii lui încep să semene cu nişte copaci artificiali, din ale căror răni creşte o întreagă floră... Şi iată-i acum ajunşi pe porţiunea orizontală şi cimentată a acoperişului. Îngustându-şi ochii din cauza luminii strălucitoare a felinarelor, Amina desluşeşte forme ireale pe acoperiş: maimuţe care dansează, manguste surprinse în salt, şerpi unduindu-se în coşuri, iar pe parapet siluetele unor păsări mari, ale căror trupuri sunt la fel de încovoiate şi crude ca pliscurile: vulturii.

—*Arré baap*, unde m-aţi adus? strigă ea.

— Nu vă temeţi, vă rog, *begum*, spune Lifafa Das. Uitaţi-i şi pe verişorii mei. Numărul trei şi numărul patru. Cel de colo-i dresorul de maimuţe...

— Repetam, atâta tot, *begum*! se aude o voce. Ia priviţi: maimuţa pleacă la război şi moare pentru ţară!

— ...iar aici, îmblânzitorul de şerpi şi de manguste.

— Ia uitaţi-vă cum sare mangusta, *sahiba*! Ia uitaţi-vă la dansul cobrei!

— ...Şi păsările?...

— Nimic, doamnă. Atâta doar că la mică distanţă se află Turnul Pars al Liniştii. Când acolo nu există nici un mort, vulturii vin aici. Acum dorm cu toţii, dar ziua cred că le place să se uite la verii mei cum repetă.

O cameră mică, în colţul îndepărtat al acoperişului. Lumina se filtrează prin uşă când Amina intră... şi găseşte înăuntru un bărbat de aceeaşi vârstă cu soţul ei, un tip solid şi guşat, îmbrăcat cu nişte pantaloni albi, pătaţi, şi o cămaşă roşie în carouri, fără pantofi, morfolind anason, bând dintr-o sticlă de Vimto şi stând turceşte într-o încăpere pe ai cărei pereţi se găsesc tablouri cu Vişnu în toate întrupările, după care observă două anunţuri: LECŢII DE SCRIS şi SCUIPATUL ÎN TIMPUL VIZITEI E UN OBICEI FOARTE URÂT. Nu există nici un fel de mobilă... iar Shri Ramram Seth stă turceşte la vreo cincisprezece centimetri de sol.

Trebuie să recunosc: spre ruşinea ei, maică-mea a ţipat...

...În timp ce, la Fortul Vechi, maimuţele ţipă la rându-le printre metereze. Părăsit de oameni, oraşul în ruine este acum adăpostul langoorilor. Negre la faţă şi agitându-şi cozile lungi, maimuţele sunt dominate de un implacabil sentiment al misiunii asumate. Se caţără una-două, ajung din câteva salturi în vârful ruinelor, îşi marchează teritoriul, iar pe urmă se pun pe distrus întreaga fortăreaţă, piatră cu piatră. Aşa cum îţi spun, Padma. N-ai fost acolo niciodată, n-ai rămas în lumina apusului să te uiţi la creaturile încordate, decise şi păroase, care împing şi trag, trag şi împing, desprinzând metodic pietrele una după alta... În fiecare zi dau drumul pietrelor, care se rostogolesc pe lângă pereţi, după care sar de pe ţancuri şi se aruncă în şanţurile de dedesubt. Într-o bună zi n-o să mai rămână nimic din Fortul Vechi, eventual o grămadă de moloz pe care or să mişune maimuţele triumfătoare... Iată o maimuţă furişându-se printre metereze – o să-i spun Hanuman, după zeul-maimuță care l-a ajutat pe prințul Rama să-l înfrângă pe cel dintâi Ravana, Hanuman al carelor zburătoare... Ia uitați-vă cum ajunge la foișor, teritoriul lui, și cum se aburcă, sporovăie și fuge dintr-un colț în altul al regatului, frecându-și fundul de pietre. Pe urmă se oprește și adulmecă ceva care n-ar trebui să se afle acolo... Hanuman o zbughește spre alcovul de aici, de la ultimul nivel, unde cei trei bărbați au lăsat niște obiecte moi, gri și bizare. Și pe când maimuțele țopăie pe acoperișul din spatele poștei, maimuța Hanuman dansează cu furie. Se repede asupra obiectelor gri. Mda, sunt prinse destul de slab, n-o să trebuiască să tragă și să împingă, să împingă și să tragă prea mult... Priviți-l din nou pe Hanuman cum târăște după el bolovanii moi și cenușii până la marginea zidului înalt al Fortului. Uitați-vă cum îi sfâșie: hârșt, hârști, harșt! Fiți atenți cu câtă dibăcie scoate hârtiile din obiectele alea gri și cum le dă drumul ca unei ploi iscate din senin ca să scalde pietrele prăvălite în șanț!... Hârtiile cad cu o grație leneșă, reticentă, cufundându-se ca o amintire frumoasă în inima hăului. Iar acum le vine rândul celor trei bolovani moi și gri să zboare de pe zid – vrrr! zbrrrr! și încă o dată vrrr! – undeva în bezna din care se aude la un moment dat un pleoscăit debil și nemângâiat. După ce-și încheie treaba, pe Hanuman nu-l mai preocupă problema: se cațără în viteză pe un turnuleț al împărăției sale, se oprește pe o piatră și începe să se legene.

...Pe când undeva, dedesubt, taică-meu a văzut o siluetă grotescă ieșind din întuneric. Fără să știe de nenorocirea care a avut loc sus, îl observă pe monstru din bezna camerei prefăcute în ruină: o creatură îmbrăcată cu o pijama zdrențuită, cu țeastă acoperită de o podoabă diavolească și de un obiect de mucava, pe ale cărui laturi se află chipuri rânjite... reprezentantul desemnat al bandei Ravana. Colectorul. Cu inimile bătând să le spargă pieptul, cei trei bărbați se uită la acest spectru ivit din coșmarul unui țăran, care dispare în sus pe o scară ce duce pe coridorul de la etaj. Iar după o clipă, în liniștea nopții pustii, le ajung la urechi înjurăturile absolut omenești ale diavolului.

— Târâturi incestuoase! Eunuci ai nimănui!

...Fără să priceapă, cei trei îl văd pe torționarul ciudat arătându-se la față, pierzându-se în beznă și făcându-se nevăzut. Ocările lui – „Sodomiști ordinari! Fii de porci! Mâncători ai propriului rahat!“ – zăbovesc în aer, aduse de vânt. Iar cei trei se ridică, pradă derutei care le întunecă minţile. Butt găseşte un petic de pânză gri, Mustapha Kemal se apleacă deasupra unei rupii mototolite şi poate că – da, de ce nu? – taică-meu surprinde cu coada ochiului furişarea întunecată a unei maimuţe... moment în care ghicesc ce s-a întâmplat.

Acum răsună tânguieli dublate de blestemele aprige ale domnului Butt, ecouri fidele ale sudălmilor diavolului, iar în cap li se învârteşte zarva nerostită a bătăliei: banii sau depozitul, sau depozitul sau banii? Oamenii de afaceri chibzuiesc, cuprinşi de o panică mută, pe marginea acestei şarade – dar chiar dacă lasă banii la discreţia câinilor şi a oamenilor care se hrănesc cu stârvuri, cum îi pot opri pe piromani? – şi până la urmă, fără să fie nevoie nici măcar de un cuvânt, legea inexorabilă a numerarului îi atrage de partea ei. Cei trei coboară scările valvârtej, fug de-a lungul porţiunilor cu iarbă grasă, intră pe porţile părăginite şi ajung – ALANDALA! – în faţa şanţului, unde încep să îngrămădească rupii în buzunare, împingând, înşfăcând, scormonind, nebăgând în seamă bălţile de urină şi fructele putrezite, încredinţaţi că în seara aceea, prin mila... măcar în seara aceea trupa n-o să se răzbune aşa cum promisese. Dar, bineînţeles...

...Dar, bineînţeles, Ramram vizionarul nu plutea de-adevăratelea la cincisprezece centimetri deasupra solului. Ţipătul maică-mii s-a stins, privirea i s-a focalizat şi în acest fel a ajutat-o să vadă policioara care ieşea din perete. „Ieftină şmecherie", şi-a spus ea şi a continuat tot în gând: „Ce-oi căuta în locul ăsta uitat de Dumnezeu, cu vulturi adormiţi şi maimuţe dansatoare, aşteptând să mi se îndruge cine ştie ce bazaconii de către un guru care face levitaţie stând frumos pe o policioară?"

Ceea ce nu ştia Amina Sinai era că, pentru a doua oară în istorie, eram pe punctul să-mi fac simţită prezenţa. (Nu: nu mormolocul ăla cuibărit în pântecele ei, ci eu însumi, în rolul meu istoric, despre care anumiţi primi-miniştri au scris că „este, într-un fel, oglinda noastră, a tuturor". În noaptea aceea se puseseră pe treabă forţe mari, şi toţi cei prezenţi erau pe cale să le încerce tăria şi să se teamă.)

Verii – de la unu la patru –, strângându-se în pragul uşii pe care intrase doamna brună, atraşi ca fluturii de flacăra glasului ei strident... privind-o în linişte cum înainta călăuzită de Lifafa Das spre improbabilul proroc, erau tămăduitorul de oase, îmblânzitorul de cobre şi dresorul de maimuţe. Acum se auzeau șoapte de îmbărbătare (dar nu cumva începuseră și chicotelile la adăpostul mâinilor aspre?): „O, ce-o să mai ghicească, *sahiba*!“ sau „Haide, vere, domnița așteaptă!“... Dar ce hram purta Ramram ăsta? Era un șnapan, un chiromant de două parale, un furnizor de previziuni cuminți pentru femeile sărace cu duhul – sau un vizionar adevărat, un veritabil deținător al cheilor? Cât despre Lifafa Das, oare o considera pe mama o femeie care se mulțumea cu o păcăleală ieftină sau era capabil să privească mai în profunzime, până în inima ascunsă a slăbiciunii ei? Iar în momentul profeției, au fost și verii cuprinși de uimire? Dar spumele la gură? Cu ele cum rămâne? De asemenea, era adevărat că, sub influența alienantă a acelei seri ciudate, maică-mea și-a pierdut obișnuita stăpânire de sine – pe care o simțise părăsind-o absorbită de buretele lacom al aerului lipsit de consistență din casa scărilor – și a căpătat o stare de spirit în virtutea căreia putea crede orice s-ar fi întâmplat? Mai există o posibilitate, care îmi dă fiori de groază și mai reci; dar, înainte de a-mi rosti bănuielile, trebuie să descriu cât mai fidel cu putință ce s-a petrecut de fapt, în pofida acestei nebuloase cortine a ambiguităților: trebuie s-o descriu pe mama, cu palma înclinată și întinsă spre chiromantul care se apropia, cu ochii mari și încremeniți ca ai unui pește, în timp ce verii (chicotind?) îi spuneau: „Măiculiță, ce-o să vă mai ghicească, *sahiba*!“ și „Zi-i, vere, zi-i!“ – dar cortina se lasă din nou, așa că nu pot să fiu sigur – a început cumva ca un circar mărunt, vânzându-i banalitățile cu intersecția dintre linia vieții și linia dragostei, precum și cu copiii care aveau să ajungă milionari, pe când verii îi țineau isonul: „Auzi, auzi!“ și „Un ghicit la marea meserie, *yara*!“ Și pe urmă? S-a schimbat? A înțepenit Ramram ca o coadă de mătură, și-a dat ochii peste cap până când au ajuns ca niște albușuri? A întrebat, cu o voce stranie ca o oglindă: „Îmi dați voie să ating locul ăla, doamnă?“, în timp ce verii lui tăceau ca vulturii ăia adormiți? A răspuns cumva maică-mea, la fel de straniu: „Da, îți dau voie“, în așa fel încât vizionarul să devină al treilea bărbat care-o atingea acolo, în afară de membrii familiei? Să fi fost acela momentul când un scurt șoc electric s-a declanșat la contactul dintre degetele butucănoase și pielea maternă? Dar iată și fața maică-mii, speriată ca un iepure, privindu-l pe profetul cu cămașă în carouri care a început să-i dea târcoale, cu același chip blând și aceiași ochi aidoma unor albușuri.

Deodată, s-a înfiorat și a făcut să se audă încă o dată glasul bizar și strident, ieșindu-i de pe buze (trebuie să descriu și buzele, dar mai târziu, fiindcă acum...) și decretând: „Un fiu".

Pe când maimuțele, în lesele lor, termină de sporovăit, iar cobrele se încolăcesc în coșuri, verii tăcuți și ghicitorul care se învârte în cerc văd că ultimului îi iese istoria de pe buze. (Așa o fi fost?) La început: „Un fiu... ce mai fiu!" În continuare: „Un fiu, *sahiba*, care n-o să fie niciodată mai vârstnic decât patria – nici mai bătrân, dar nici mai tânăr". Abia acum pe îmblânzitorul de cobre și dresorul de manguste, pe tămăduitorul de oase și pe *wallah*-ul care trăiește de pe urma kinetoscopului îi apucă frica de-a binelea, fiindcă nu l-au mai auzit în viața lor pe Ramram vorbind așa, în timp ce acesta din urmă continuă, cu un glas cântat și subțire: „Or să fie două capete, dar o să vedeți doar unul. Or să fie genunchi și un nas, un nas și genunchi". Nas și genunchi, genunchi și nas... ascultă ce-ți spun, Padma, nimic nu i-a scăpat! „Ziarele-l slăvesc, două mame-l cresc! Bicicliștii îl adoră, gloata o să-l prindă-n horă! Surorile-l jelesc, cobrele se târăsc..." Ramram se învârte tot mai repede, pe când cei patru veri murmură: „Ce-i asta, *baba*?" și „Apără-ne, Shiva, de cel rău!" Între timp, Ramram îi dă înainte: „Lada o să-l camufleze, vocile or să-l ghideze. Prietenii îl mutilează, propriul sânge îl trădează!" Se aude și Amina Sinai: „Ce vrea să spună? Nu înțeleg. Lifafa Das, ce l-a apucat?" Însă Ramram continuă inexorabil, rotindu-se cu ochii dați peste cap în jurul siluetei ei nemișcate ca o statuie: „Scuipătoarele-l lovesc, doctorii-l secătuiesc, cei din junglă îl doresc, vrăjitorii îl poftesc! Soldații or să-l călească, tiranii or să-l prăjească..." Amina cerșește explicații, iar verii dau din mâini ca nebunii și cad pradă unei îngrijorări neputincioase, fiindcă lucrurile au intrat sub controlul altcuiva și nimeni nu are curaj să-l atingă pe Ramram Seth, care se învârte mai departe și ajunge la punctul culminant: „O să aibă fii fără să aibă fii! O să-mbătrânească înainte de a fi bătrân! *Și o să moară... înainte de-a fi mort*".

Oare așa o fi fost? Asta l-a făcut pe Ramram Seth, anihilat de trecerea prin el a unei puteri mai mari decât cea proprie, să se prăvălească deodată la pământ, cu spume la gură? I s-a vârât bagheta dresorului de manguste între dinții care-i clănțăneau? A apucat Lifafa Das să spună: „*Begum sahiba*, vă rog, trebuie să plecați: vărul nostru s-a-mbolnăvit"?

În cele din urmă, s-a auzit și vocea *wallah*-ului cu cobrele (dacă n-o fi fost a dresorului de maimuțe sau a tămăduitorului de oase, sau poate chiar a lui Lifafa Das, proprietarul kinetoscopului ambulant):

— Prea multe profeții, nene. Ramram al nostru a cam întrecut măsura cu profețiile în seara asta.

După mulți ani, la vremea senilității ei premature, când din trecut i s-au întrupat tot felul de stafii care au prins să-i joace în fața ochilor, mama l-a văzut din nou pe kino-artistul pe care-l salvase anunțându-și nașterea și care-o recompensase silind-o să asculte acel exces de profeții. I-a vorbit pe un ton neutru, fără ranchiună.

— Te-ai întors, deci, a zis. Ei bine, să-ți spun o treabă: tare-aș vrea să fi priceput ce-a vrut să spună vărul tău cu sângele, genunchii și nasul. Cine știe, poate c-aș fi avut alt băiat.

La fel ca bunicul meu la început, pe coridorul plin de pânze de păianjen din casa aceea de orb (dar și la sfârșit), la fel ca Mary Pereira după ce-l pierduse pe Joseph al ei și la fel ca mine, mama se pricepea de minune să vadă stafii.

...Dar acum, fiindcă au rămas o sumedenie de întrebări și ambiguități, mă văd silit să dau glas anumitor bănuieli. Și bănuiala e tot un monstru cu prea multe capete; dar atunci de ce nu renunț să-l asmut împotriva propriei mele mame?... Mă întreb, cum ar arăta o descriere corectă a burții vizionarului? Iar memoria – memoria mea nouă și atotștiutoare, care cuprinde cea mai mare parte din câte au trăit mama, tata, bunicul, bunica și toată lumea – răspunde: molatică și pufoasă ca o budincă făcută cu făină de porumb. Reticent, mai pun o întrebare: ce fel de buze avea? Răspunsul inevitabil este: pline, cărnoase din cale-afară, poetice. Îmi iau la întrebări amintirile pentru a treia oară: dar părul? Răspuns: rărit, negru, lipit de țeastă, cu vârfurile încolăcindu-se pe după urechi. Iar în clipa asta bănuielile mele nerezonabile pun ultima întrebare: e posibil ca neprihănita Amina să fi fost de fapt... știută fiindu-i slăbiciunea pentru bărbații care semănau cu Nadir Han, n-ar fi putut... dată fiind dispoziția ciudată în care se afla și mișcată de boala vizionarului, n-ar fi fost în stare să...

— Nu! strigă furioasă Padma. Cum îndrăznești să insinuezi una ca asta? Cum să facă așa ceva? Habar n-ai cum a fost, da' vorbești, nu?

Bineînțeles, are dreptate și de data asta. Ca întotdeauna. Dacă ar ști, ar spune că nu fac decât să mă răzbun pentru ceea ce știu precis că a comis mai târziu Amina, căci m-am uitat pe geamul murdar de la Pioneer Café și am văzut-o. Poate că acolo a dospit impresia aceea irațională, care s-a întors ilogic în timp și a ajuns pe deplin matură la aventura asta anterioară și – da, aproape cu siguranță – inocentă. Da, asta trebuie să fie. Numai că monstrul nu vrea să se potolească... „Aha", zice el, „dar cum rămâne cu scandalul, cu tămbălăul pe care l-a făcut în ziua când Ahmed i-a spus că se mută la Bombay?" Poftim, o și maimuțărește: „Tu, întotdeauna tu iei hotărârile. La mine te-ai gândit? Dacă nu vreau... nici n-am terminat bine de aranjat aici și...!" Ia să te văd, Padma, ce-a fost ăsta, zel de gospodină sau mascaradă?

Mda, persistă o îndoială. Monstrul întreabă: „De ce n-a reușit să-i spună cumva lui bărbatu-său de vizită?" Replica acuzatei (exprimată de Padma noastră în lipsa maică-mii): „Dumnezeule, foc s-ar fi făcut, ia gândește-te! Chiar dacă n-ar fi fost povestea aia cu gândacii de foc care să-i dea bătaie de cap! O femeie singură printre necunoscuți – și-ar fi pierdut mințile! Ar fi înnebunit de-a binelea".

Nedemne bănuieli... trebuie să mi le scot din gând. Sunt nevoit să-mi păstrez criticile pentru mai târziu, când – în lipsa ambiguității și fără cortina aceea acoperitoare – mi-a furnizat dovezi concrete, limpezi și irefutabile.

...Firește, când tata s-a întors acasă seara târziu, cu un miros stătut, mai puternic decât izul obișnuit al eșecurilor viitoare, lacrimi cenușii i se prelingeau din ochi; în nări avea miros de sulf, iar pe cap pulberea cenușie a pânzeturilor afumate... Fiindcă bineînțeles că dăduseră foc depozitului.

— Și paznicii de noapte?

Dormeau, Padma, dormeau. Preveniți din vreme să-și ia somniferele, pentru orice eventualitate... Acei viteji dintre viteji, *pathanii*[1] războinici care, născuți în oraș, nu văzuseră niciodată un cuțit tradițional, au deschis pliculețele de hârtie și au turnat praful roșu-cafeniu în oala mare unde fierbea ceaiul. Și-au mutat paturile pliante departe de depozitul lui taică-meu, ca să nu le cadă vreo grindă în cap și să nu-i ajungă flăcările. Pe urmă, tolăniți în paturi, și-au sorbit ceaiul și au început să alunece pe panta dulce-amăruie a drogului. La început și-au folosit vocile răgușite ca să-și laude curvele preferate

1. Afgani stabiliți în India.

din Pushtu; pe urmă i-au apucat niște chicoteli nestăpânite, în vreme ce degetele moi și jucăușe ale drogului îi gâdilau din ambele părți... până când chicotelile au făcut loc viselor, iar ei au trecut punctul de frontieră al drogului, călare pe bidiviii lui, și au nimerit într-un târziu într-o uitare fără vise, din care nu-i mai putea trezi nimic înainte ca drogul să-și fi sfârșit efectul.

Ahmed, Butt și Kemal au sosit cu taxiul. Speriat de cei trei bărbați care strângeau la piept teancuri de bancnote mototolite care miroseau înfiorător din cauza substanțelor neplăcute peste care căzuseră în șanț, șoferul nu i-ar fi așteptat, însă clienții nu au vrut să-l plătească.

— Dați-mi drumul, măriți domni, i-a rugat el. Sunt un amărât, nu mă țineți aici...

Însă cei trei îi întoarseră deja spatele, îndepărtându-se de el și apropiindu-se de foc. I-a văzut cum aleargă strângând în mâini rupiile pătate de sos de roșii și rahat de câine. A căscat gura la depozitul incendiat și la norii de pe cerul nopții, fiind nevoit – ca toți ceilalți de la fața locului – să inspire aerul plin de mirosul mușamalelor, al chibriturilor și al orezului ars. Acoperindu-și fața cu mâinile și uitându-se printre degete, micuțul taximetrist cu un simulacru de mustață l-a văzut pe domnul Kemal, sfrijit ca un creion dement, cum le trage șuturi paznicilor de noapte cufundați în somn. Era gata să renunțe la banii pentru cursă și să o ia din loc îngrozit, când taică-meu a strigat: „Păzea!“, însă fiindcă a rămas, a văzut magazia cedând în fața limbilor roșii de foc care explodau, a văzut cum se revarsă din depozit un nefiresc șuvoi de lavă compus din orez, linte, năut, jachete impermeabile, chibrituri și murături topite, a văzut cum florile încinse ale focului se înalță spre cer, în timp ce lucrurile aflate înăuntru aterizau pe pământul întărit și gălbui, ca o mână neagră și calcinată a disperării. Da, bineînțeles că se dăduse foc depozitului. Acum le cădea în cap din cerul înecat în cenușă și se prăbușea în gurile deschise ale paznicilor de noapte care, deși învinețiți, continuau să sforăie...

— Să ne ferească Dumnezeu, a spus domnul Butt.

Mai pragmatic, domnul Kemal l-a corectat:

— Lăudat fie Dumnezeu, fiindcă avem o asigurare babană.

— În clipa aia, i-a povestit Ahmed Sinai soției lui mai târziu, exact în clipa aia m-am hotărât să ies din afacerile cu pânzeturi și mușamale. Să vând firma cu sediu cu tot și să uit tot ce-am știut vreodată despre lucrurile astea. Tot atunci – nu mai devreme, nu mai târziu – am luat hotărârea să nu mă mai gândesc deloc la brașoavele pe care mi le tot turna pakistanezul ăla de Zulfy al soră-tii Emerald. În plin incendiu, a anunțat taică-meu, provocând tărăboiul făcut de soția lui, m-am decis să plec la Bombay și să intru în afaceri imobiliare. La ora asta trenurile și casele sunt ieftine ca braga, o știe și Narlikar, a adăugat el, înainte ca Amina să aibă timp să protesteze.

(Însă cândva avea să-l facă trădător pe Narlikar.)

La mine în familie, când ni se face vânt, o luăm la picior – singura excepție de la regulă a fost înghețul din '48. Barcagiul Tai l-a izgonit pe bunicul meu din Kashmir, mercurocromul l-a alungat din Amritsar, destrămarea vieții de sub covoare a făcut-o pe mama să plece din Agra, iar monștrii cu mai multe capete l-au trimis pe tata la Bombay, astfel încât să mă pot naște acolo. La sfârșitul acelui ianuarie, istoria izbutise cum-necum să ajungă la faza în care era aproape gata pentru ivirea mea pe lume. Au existat însă și mistere care nu au putut fi elucidate până când mi-am făcut apariția pe scenă... bunăoară, misterul celei mai enigmatice observații a lui Shri Ramram : „Or să fie un nas și genunchi ; genunchi și un nas".

Au venit banii de pe asigurare, ianuarie s-a terminat și în timpul necesar încheierii tuturor afacerilor din Delhi și mutării în orașul unde – așa cum știa doctorul Narlikar, ginecologul – trenurile și casele erau deocamdată ieftine ca braga, mama s-a concentrat asupra deprinderii de a învăța să-și iubească soțul bucată cu bucată. A ajuns să simtă o profundă afecțiune pentru semnele de întrebare ale urechilor lui, pentru moliciunea remarcabilă a pântecelui pe care putea să-l împungă cu degetul ca să ajungă la centura pelviană fără efort, și chiar pentru tremurul șovăielnic al genunchilor. Dar, oricât a încercat (pentru că am anumite rezerve, nu o să ofer nici un motiv posibil), a rămas o parte din el pe care n-a reușit s-o îndrăgească niciodată, deși era singurul lucru care funcționa la parametri normali și de care Nadir Han fusese cu siguranță lipsit. În nopțile când se suia pe ea – și când gâgâlicea din pântece nu era mai mare ca o broască –, nu ajungea la nici un rezultat.

— Nu, nu așa repede, viața mea, încă puțin, te rog, spune ea.

Ca să mai tragă de timp, Ahmed încearcă să se gândească din nou la incendiu, la ultimul lucru care s-a petrecut în noaptea aceea învăpăiată în care, exact când a vrut să plece, a auzit un țipăt strident undeva pe cer și, ridicându-și privirea, a avut timp să observe un vultur – în toiul nopții! –, un vultur din Turnurile Liniștii, care zbura deasupra lor și care dăduse drumul unei mâini de pars aproape neciugulite, o mână dreaptă, aceeași care – acum! – l-a plesnit peste față în cădere. În timp ce Amina, aflată sub el în pat, se muștruluiește singură: De ce n-oi putea să te simți bine, proasto, ia te rog de-acum încolo *să-ncerci* de-adevăratelea.

Pe 4 iunie, nepotriviții mei părinți au plecat la Bombay cu trenul de frontieră. (S-au auzit bătăi în ușă, voci care strigau ca din gură de șarpe, pumni al căror mesaj era: „Maharajah! Deschide doar o clipă! *Ohé*, din laptele bunătății tale, mărite domn, fă-ne un hatâr!" Tot acolo se găsea – pitită sub zestrea din cufărul metalic de culoare verde – o scuipătoare lucrată cu meșteșug în argint, incrustată cu lapislazuli și interzisă.) În aceeași zi, lordul Mountbatten din Birmania a organizat o conferință de presă cu ocazia căreia a anunțat Împărțirea Indiei și s-a atârnat pe perete calendarul numărătorii inverse: șaptezeci de zile până la transferul de putere... șaizeci și nouă... șaizeci și opt... tic, tac.

Methwold

Pescarii au ajuns aici primii. Înainte de tic-tac-ul lui Mountbatten, înaintea monștrilor și a anunțurilor publice, când încă nu se gândise nimeni la căsătorii subterane, iar scuipătorile erau necunoscute, înaintea mercurocromului, cu mult mai devreme decât luptătoarele care țineau cearșafuri găurite și chiar mai înainte, dincolo de Dalhousie și Elphinstone, înainte ca East India Company să-și ridice Fortul, anterior primului William Methwold, la începutul timpului, pe când Bombay-ul era o insulă în formă de halteră care se îngusta spre mijloc, schimbându-se într-o fâșie strălucitoare dincolo de care se zărea cel mai frumos port natural din Asia, pe când Mazagaon și Worli, Matunga și Mahim, Salsette și Colaba erau tot insule – pe scurt, înainte de asanare, înainte ca tetrapozii și mormanele scufundate să transforme cele Șapte Insule într-o peninsulă alungită ca o mână încleștată și întinsă spre vest până la Marea Arabiei, în această lume primordială dinaintea turnurilor cu ceas, pescarii – cărora li se spunea *koli* – navigau la bordul unor *dhow*-uri arăbești și-și întindeau velele roșii pe fundalul aprins de soarele în asfințit. Prindeau pește oceanic și raci, transformându-ne pe toți în mari amatori de pește. (Sau pe cei mai mulți dintre noi. Padma a cedat vrăjilor lor piscicole, dar la noi acasă eram infectați de sângele străin al Kashmirului și de detașarea glacială a cerului său, așa că am rămas carnivori până la unul.)

Se mai găseau pe acolo nuci de cocos și orez. Și, mai presus de toate, influența benignă și tutelară a zeiței Mumbadevi, al cărei nume – Mumbadevi, Mumbabai, Mumbai – se prea poate să fi inspirat numele orașului. Atunci însă, portughezii i-au zis locului Bom Bahia în cinstea portului, nu a zeiței consumatorilor de pește oceanic... Portughezii au fost primii invadatori și au folosit portul ca să-și adăpostească vasele comerciale și războinicii. Numai că pe urmă, într-o bună zi a anului 1633, un ofițer de la East India Company pe nume Methwold a avut o viziune. Visul unui Bombay britanic fortificat, în stare să apere vestul Indiei de toți intrușii, a avut atâta forță, încât a pus timpul în mişcare. Moara istoriei a măcinat mai departe, Methwold a murit, iar în 1660 Carol al II-lea al Angliei s-a logodit cu Ecaterina din familia portugheză Bragança, aceeaşi care avea să fie toată viaţa vioara a doua pe lângă Nell, vânzătoarea de portocale. Totuşi, s-a consolat cu gândul că zestrea ei, strânsă poate într-un cufăr metalic verde, a făcut ca Bombay-ul să intre pe mâinile englezilor şi ca viziunea lui Methwold să se mai apropie cu un pas de realitate. După aceea n-a mai trecut mult până în 21 septembrie 1688, când într-un târziu Compania a pus mâna pe insulă... şi dusă a fost, cu tot cu Fort şi cu revendicările teritoriale, aşa încât, până să te freci la ochi, pe locul respectiv a apărut un oraş, Bombay, despre care un cântec vechi spunea aşa:

Prima in Indis.
Poartă spre India,
Steaua din est
Cu faţa spre vest.

Bombay-ul nostru, Padma! Pe atunci era cu totul altfel, nu aveai cluburi de noapte, fabrici de murături, hoteluri Oberoi-Sheraton sau studiouri cinematografice. Dar oraşul a crescut cu o viteză ameţitoare, ajungând să aibă o catedrală şi o statuie ecvestră a regelui războinic Sivaji din neamul Mahratta, care (cum credeam pe atunci) se trezea la viaţă noaptea şi pornea într-un galop impresionant pe străzile oraşului – chiar de-a lungul lui Marine Drive! Pe plaja Chowpatty! Prin faţa caselor impunătoare de pe Malabar Hill, evitând Kemp's Corner, gonind ameţită pe malul mării până la Scandal Point! Iar de acolo mai departe, da, de ce nu, coborând chiar pe lângă Warden Road unde stăteam eu, razant cu piscinele separate din Breach Candy, până sus la uriaşul templu Mahalaxmi şi la vechiul club Willingdon... În copilărie, ori de câte ori Bombay-ul trecea prin vremuri grele, se găsea câte-un plimbăreţ insomniac care semnala că văzuse statuia mişcându-se; în oraşul tinereţii mele, dezastrele dansau pe muzica ocultă a potcoavelor din piatră gri ale unui cal.

Ei bine, unde sunt acum primii locuitori? Cel mai bine s-au comportat nucile de cocos. Acestea sunt decapitate zilnic pe plaja Chowpatty, în timp ce pe plaja Juhu, sub privirile apatice al vedetelor de film de la hotelul Sun'n'Sand, copiii se caţără mai departe în cocotieri şi culeg fructele acoperite de un păr ca firele din barbă. Există chiar și o sărbătoare anume, Ziua Cocotierilor, care a avut loc cu puțin înainte de nașterea mea sincronistică. Cât despre nucile de cocos, fiți liniștiți. Orezul, în schimb, nu a fost atât de norocos ; orezăriile au fost acoperite de beton, iar blocurile cu apartamente de închiriat se înalță în locul unde culturile acestei plante aproape că se învecinau cu marea. Cu toate acestea, noi, cei din oraș, am rămas niște mâncători de orez. Orezul din Patma, Basmati sau Kashmir ajunge zilnic în metropolă ; prin urmare, străvechiul orez sumerian și-a pus amprenta asupra noastră, a tuturor, și nu se poate spune că s-a jertfit zadarnic. Cât despre Mumbadevi, în prezent nu este foarte populară, iar locul ei în inimile oamenilor a fost luat de Ganesh, zeul cu cap de elefant. Calendarul sărbătorilor îi ilustrează declinul : Ganesh – *Ganpati Baba* – își are ziua lui, Ganesh Charturhi, când se organizează procesiuni uriașe, care parcurg drumul până la Chowpatty ducând efigii din ghips ale zeului, pe care le aruncă în mare. Ziua lui Ganesh era un ceremonial al chemării ploilor, care face posibilă apariția musonului și care se serba și înainte de nașterea mea, la sfârșitul numărătorii inverse a tic-tacului ; dar unde e ziua lui Mumbadevi ? Nu se află în calendar. Unde sunt rugăciunile consumatorilor de pește oceanic sau gesturile de evlavie ale pescarilor de raci ?... Dintre toți primii locuitori, pescarii *koli* au ajuns cel mai rău. Îngrămădiți acum într-un sătuc din degetul mare al peninsulei în formă de mână, aceștia și-au împrumutat, după cum se știe, numele unui cartier – Colaba. Dar, dacă mergeți pe Colaba Causeway până la capăt – pe lângă magazine de haine ieftine, restaurante iraniene și apartamente confort doi pentru profesori, ziariști și funcționari –, o să-i găsiți prinși între baza navală și mare. Iar uneori femeile *koli*, cu mâinile mirosind puternic a lapți sau a raci, se înghesuie mândre în fața cozii pentru autobuzul de Colaba, cu sariuri stacojii (sau purpurii) sumecate ferm între picioare, cu priviri în a căror intensitate licărește amintirea vechilor înfrângeri și exproprieri. Terenurile le-au fost luate mai întâi de un fort, iar pe urmă de un oraș ; cei care băteau pari în pământ le-au furat (așa cum furau și tetrapozii) porțiuni întregi din mare. Totuși, există și azi *dhow*-uri arăbești care își întind pânzele în fiecare seară, vegheați de soarele asfințitului... În august 1947, după ce-au pus capăt dominației năvoadelor, cocotierilor, orezului și a lui Mumbadevi, englezii se pregăteau la rândul lor de plecare. Nici o stăpânire nu e veșnică.

Iar pe 19 iunie, la două săptămâni după ce sosiseră cu trenul de frontieră, părinții mei au început niște negocieri curioase cu unul dintre acești englezi aflați pe picior de plecare. Numele lui era William Methwold.

Drumul spre Moșia Methwold (acum intrăm în regatul meu, în inima copilăriei mele ; mi s-a pus un nod în gât) se desprinde din Warden Road și e delimitat de o stație de autobuz și de un șir de prăvălii. Magazinul de jucării Chilmaker's, Paradisul Cititorilor, magazinul de bijuterii al lui Chiman Grăsanul și, mai presus de toate, cofetăria Bombelli's, cu prăjiturile Marchiz și Metrul de Ciocolată ! Nume de răsunet, dar nu avem timp acum de ele. Prin fața siluetei de carton a băiatului de la curățătoria Bank Box, drumul ne duce acasă. Pe atunci oamenii nici măcar nu se gândiseră la acel zgârie-nori trandafiriu al femeilor Narlikar (ecou oribil al stației radio din Srinagar !) ; drumul urca pe o colină domoală, care nu depășea în înălțime o clădire cu două etaje, după care șerpuia până ajungea în fața mării și dădea spre Clubul de Natație Breach Candy, aflat mai jos, unde oamenii cu pielea rozalie puteau să înoate într-o piscină de forma Indiei britanice fără teama de-a se mai freca de vreo piele negricioasă. Acolo, înălțându-se imperial în jurul unei bucle a drumului, se găseau palatele lui William Methwold, pe care fuseseră atârnate anunțuri care – datorită mie – aveau să reapară mulți ani mai târziu, având două cuvinte : doar două, dar suficiente ca să-i împingă pe naivii mei părinți în capcana jocului ciudat al lui Methwold : DE VÂNZARE.

Moșia Methwold : patru case identice, ridicate într-un stil care li se potrivea ocupanților inițiali (case de cuceritori ! conace romane ! case cu trei nivele ale unor zei aflați într-un Olimp cu două etaje, un Kailash pipernicit !) – căsoaie rezistente, cu acoperișuri mansardate, roșii, și cu foișoare în fiecare colț, cu turnuri albe ca fildeșul, acoperite cu pălării țuguiate din țiglă roșie (numai bune ca să ții prințesele sub zăvor !), case cu verande și cu o aripă a servitorilor la care se ajungea pe o scară metalică în spirală, ascunsă undeva în spate, case pe care William Methwold, proprietarul, le numise maiestuos după vestitele palate din Europa : Vila Versailles, Vila Buckingham, Vila Escorial și Sans Souci. Printre ele creșteau tufe ornamentale, carași aurii înotau în bazine bleu, cactuși se înălțau în grădinile împânzite de pietre, niște plante mici, cărora li se zicea „slăbănogi", se înghesuiau sub tamarini, iar pajiștile erau pline de fluturi, trandafiri și fotolii de trestie. În ziua aceea de la jumătatea lui iunie, domnul Methwold și-a vândut palatele pustii pe o sumă caraghios de mică – dar cu anumite condiții. Așa că dați-mi voie să vi-l prezint fără alte comentarii, așa cum era, cu tot cu cărarea pe mijloc... un titan de peste un metru optzeci, cu o față trandafirie, ca tinerețea veșnică. Ăsta era Methwold. Capul îi era acoperit de un păr negru, des, dat cu briantină și despărțit la mijloc de o cărare. O să mai vorbim de cărarea asta a cărei perfecțiune îl făcea pe Methwold irezistibil în fața femeilor, care nu se puteau abține și voiau mereu s-o strice... Părul despărțit la mijloc al lui Methwold are o mare legătură cu începuturile mele. A fost una dintre granițele imperceptibile de-a lungul cărora au evoluat istoria și sexualitatea. Ca frânghia pe care pășesc acrobații. (Însă în pofida a tot ce s-a întâmplat, nici măcar eu, care nu l-am văzut în viața mea și n-am dat niciodată cu ochii de dinții lui care luceau într-un zâmbet pasiv sau de părul lui fermecător de bine pieptănat, nu sunt capabil să-i port pică.)

Dar nasul? Nasul lui cum arăta? Proeminent? Mai mult ca sigur că da – moștenirea unei bunici franțuzoaice aristocratice – din Bergerac! –, al cărei sânge curgea ultramarin prin vine și-i întuneca farmecul curtenitor cu ceva mai crud, cu umbra blândă și ucigașă a absintului.

Moșia Methwold a fost vândută cu două condiții: casele să fie cumpărate cu absolut tot ce se afla în ele și întregul conținut să fie păstrat de noii proprietari, iar transferul propriu-zis să nu aibă loc înainte de miezul nopții de 15 august.

— Absolut tot? a întrebat Amina Sinai. Nu pot să arunc nici măcar o lingură? Allah, abajurul ăla... Să nu mă descotorosesc de pieptenele ăsta?

— Totul la grămadă, a zis Methwold. Astea-s condițiile. O toană, domnule Sinai, nu-i dai voie unui colonist cu mâna pe clanță să se joace nițel? Nouă, englezilor, nu ne-a mai rămas decât să ne jucăm.

— Ascultă aici, Amina, zice Ahmed mai târziu. Vrei să stai toată viața în camera aia de hotel? E un preț fantastic, nemaipomenit. Și, oricum, ce mai poate să facă după transferul de titlu? N-ai decât să arunci toate abajururile. Durează mai puțin de două luni...

— O să organizați cocteiluri în grădină? întrebă Methwold. În fiecare zi la șase. Asta e ora de cocteil. Nu s-a schimbat niciodată în douăzeci de ani.

— Dar, Dumnezeule, zugrăveala... iar dulapurile sunt pline de haine vechi, *janum*... o să trebuiască să ne ținem boarfele în geamantane, n-ai loc nici măcar pentru un costum!

— Urâtă treabă, domnule Sinai, spune Methwold pe când își bea scotchul în mijlocul cactușilor și al trandafirilor. N-am mai văzut așa ceva. Sute de ani de guvernare cum trebuie și pe urmă, deodată, adio și n-am cuvinte. Trebuie să recunoști că n-am fost o pacoste pe capul vostru. V-am construit drumuri, școli, trenuri, sistem parlamentar, o sumedenie de lucruri importante. Taj Mahalul stătea să cadă până n-a catadicsit un englez să vadă ce-i cu el. Și acum, hodoronc-tronc, independență. Șaptezeci de zile ca să ne cărăm. Eu, unul, sunt total împotrivă, dar ce-i de făcut?

— ...Fii atent la petele de pe covoare, *janum*. Chiar trebuie să trăim două luni ca englezii ăștia? Te-ai uitat în baie? Nu au apă lângă vas. N-am crezut până acum, dar așa e. Dumnezeule, se șterg la fund doar cu hârtie!...

— Spune-mi, domnule Methwold, întreabă Ahmed Sinai cu o voce schimbată, care în prezența englezului a ajuns o imitație oribilă a accentului de Oxford, de ce ții morțiș la amânare? La urma urmei, afacerile bune se fac când vinzi repede. Termini și știi o treabă.

— ...Unde mai pui că sunt tablouri cu englezoaice peste tot, *baba*! Nici n-am loc pe pereți să pun poza tatei!...

— Se pare, domnule Sinai, spune domnul Methwold, turnând în pahare, pe când soarele plonjează spre Marea Arabiei de dincolo de piscina Breach Candy, că în spatele acestei rigide fețe englezești se ascunde o înclinație spre alegorie extrem de indiană.

— Și atâta băutură, *janum*... nu e bine.

— Nu înțeleg... ăă... domnule Methwold... ce vrei să spui cu...

— ...Vezi dumneata, într-un fel procedez și eu la un transfer de putere. Și mi-a trecut prin cap s-o fac în același timp cu rajahul. Cum ziceam, un simplu joc. Fă-mi pe plac, Sinai, bine? În fond, singur ai recunoscut că prețul nu-i rău deloc.

— S-a țicnit de tot, *janum*? Ce părere ai, mai poți să te târguiești cu el dacă-i filează o lampă?

— Uite ce-i, nevastă, răspunde Ahmed Sinai, hai să terminăm cu prostiile. Domnul Methwold e un om de treabă, de familie bună, are simțul onoarei și nu-ți permit să-l... Pe lângă asta, sunt sigur că nici ceilalți cumpărători nu se agită prea tare... Oricum, i-am spus da, și cu asta basta.

— Ia un biscuit, spune domnul Methwold, întinzând o farfurie. Hai, domnule S., te rog. Da, curioasă treabă. N-am mai văzut așa ceva. Foștii mei arendași, indieni cu toții, s-au trezit deodată c-o iau din loc. Urât, nu se face. Le-a pierit curajul pentru India. Peste noapte. Pe-un om simplu ca mine chestia asta l-a nedumerit. Mi s-a părut că se spală pe mâini – n-au vrut să ia nimic cu ei. „Renunțăm la tot“, așa au zis. O luăm de la capăt acasă. Nici unuia nu-i bătea vântul prin buzunare, pricepi, dar oricum, ciudat. M-au lăsat de capul meu. Și-atunci mi-a venit ideea.

— ...Da, hotărăște, hotărăște, spune Amina însuflețită. Stau aici ca un bolovan gravid, ce vrei să fac cu copilul? Mă pui să trăiesc în casa unui străin ca să aștept să nasc, și ce?... Of, ce lucruri mă obligi să fac...

— Nu plânge, o roagă acum Ahmed, plimbându-se de zor prin camera de hotel. E o casă bună. Știi bine că-ți place. Și doar două luni... nici atât... Ce e, a-nceput să lovească? Stai să văd... Unde? Aici?

— Acolo, spune Amina, ștergându-se la nas. Un ditamai șutul.

— Ideea mea, explică domnul Methwold, uitându-se la soarele care apune, este să-mi regizez propriul transfer de bunuri. Să las totul aici, pricepi? Să aleg omul potrivit – ca dumneata, domnule Sinai! – și să predau totul intact și în perfectă stare. Uită-te în jur. Totul e dichisit, ești de acord? La marele fix, cum zicem noi. Sau, cum ziceți voi în urdu, *sabkuch ticktack hai*. Totul e așa cum trebuie.

— Sunt cumsecade oamenii care cumpără casele, o informează Ahmed pe Amina, oferindu-i batista, niște vecini noi și drăguți... Acel domn Homi Catrack din Vila Versailles se trage din parși, dar are cai de curse. Produce filme și-așa mai departe. Cât despre Ibrahimii de la Sans Souci, Nussie Ibrahim stă și ea să nască, puteți să vă-mprieteniți... Unde mai pui că bătrânul Ibrahim are niște ferme babane de sisal în Africa. Familie bună, ce mai.

— ...Și după aceea pot să fac ce vreau cu casa?...

— Da, după aceea, normal, n-o să mai fie aici...

— ...Totul s-a aranjat cum nu se poate mai bine, conchide William Methwold. Știai că tipul căruia i-a venit ideea să construiască orașul ăsta a fost unul dintre strămoșii mei? Un fel de Raffles al Bombay-ului. Ca urmaș al lui, simt – cum să-i zic? – nevoia ca, într-un moment atât de important, să-mi joc și eu rolul. Da, excelent... Când vă mutați? Îmi spui și mă duc la hotelul Taj. Mâine? Splendid. *Sabkuch ticktock hai.*

Aceștia au fost oamenii printre care am copilărit: domnul Homi Catrack, magnat al industriei filmului și proprietar de cai de curse, cu dobitoaca de Toxy, fiică-sa, care trebuia să fie închisă la un loc cu Bi-Appah, doica, femeia cea mai de temut pe care am întâlnit-o; de asemenea, Ibrahimii din Sans Souci, bătrânul Ibrahim Ibrahim, cu țăcălia și sisalul lui, cei doi băieți, Ismail și Ishaq, precum și Nussie, soția minionă, agitată și nefericită, căreia îi spuneam mereu Nussie-rățușca din cauza mersului legănat și în al cărei pântece creștea chiar atunci prietenul meu Sonny, din ce în ce mai aproape de pățania cu forcepsul de la ginecologie... Vila Escorial era împărțită în apartamente. La parter locuia familia Dubash: el, un fizician care avea să devină una dintre somitățile Institutului de Cercetări Nucleare de la Trombay, ea, o nulitate sub a cărei găunoșenie se ascundea un fanatism religios în cel mai adevărat sens al cuvântului – dar nu o să merg mai departe și-o să spun doar că erau părinții lui Cyrus (care avea să fie zămislit abia peste câteva luni), primul meu mentor, care interpreta roluri feminine în piesele de teatru de la școală și era cunoscut drept Cyrus cel Mare. Deasupra lor se găsea doctorul Narlikar, prietenul tatălui meu, care cumpărase la rândul lui un apartament acolo... Era la fel de negru ca mama, reușea să strălucească viu ori de câte ori îl emoționa sau îl stârnea ceva, ura copiii, deși chiar el îi aducea pe lume, iar la moarte avea să slobozească asupra orașului acel trib de femei capabile de orice și în calea cărora nu rezista nici un obstacol. În fine, la ultimul etaj se aflau comandantul Sabarmati și Lila – Sabarmati era unul dintre cei mai extravaganți ofițeri din marină, avea o soție cu gusturi extrem de scumpe și nu-i venea să creadă că-i făcuse rost de o locuință atât de ieftină. Avea doi băieți, unul de un an și jumătate, celălalt de patru luni, care aveau să devină tândăliți și zgomotoși, aveau să fie porecliți Oache și Briantină și nu aveau de unde să știe (cum ar fi putut?) că urma să le distrug viețile... Aleși de William Methwold, acești oameni care aveau să formeze nucleul vieții mele s-au mutat la Moșie și au îngăduit capriciile curioase ale englezului – fiindcă la urma urmei, prețul fusese convenabil.

...Mai sunt treizeci de zile până la transferul de putere, iar Lila Sabarmati vorbește la telefon.

— Cum de mai suporți, Nussie? În fiecare cameră dai peste câte un papagal vorbitor, iar șifonierele sunt pline de rochii mâncate de molii și de sutiene uzate!

Nussie i se plânge la rându-i Aminei:

— Carași aurii! Allah, nu pot să-i sufăr, dar Methwold sahib vine personal să le dea de mâncare... Plus că am găsit niște borcane de Bovril pe jumătate goale pe care cică n-am voie să le-arunc... e o nebunie, soră Amina, ce căutăm aici?

În ceea ce-l privește, bătrânul Ibrahim refuză să dea drumul ventilatorului de tavan pe care-l are în dormitor și bombăne:

— Mașinăria aia o să cadă și-o să-mi zboare capul de pe umeri în toiul nopții, cât poate să reziste ceva atât de greu agățat de tavan?

...La rândul lui, Homi Catrack, care într-un fel e ascet, se vede nevoit să se culce pe o saltea mare și moale. Îl doare spatele, se plânge că nu poate să doarmă, cercurile negre pe care le are din naștere în jurul ochilor sunt înconjurate de spiralele tulburi ale insomniei, iar servitorul îi spune:

— Nu-i de mirare c-au plecat toți sahibii străini, sahib, pesemne că li se scurg ochii după un somn bun.

Însă rezistă vitejește cu toții; situația prezintă avantaje și probleme deopotrivă. Ia ascultați-o pe Lila Sabarmati („Fata asta, hm, prea frumoasă ca să fie adevărată", a decretat mama):

— O pianolă, soră Amina! Și merge! Stau toată ziua în fața ei și cânt Dumnezeu știe ce! „Am iubit două mâini albe lângă Shalimar"... ce mai, distracție-n toată regula, trebuie doar să apeși pe pedale!

...Ahmed Sinai descoperă un minibar în Vila Buckingham (care a fost casa lui Methwold înainte să devină a noastră), se inițiază în deliciile whiskeyului scoțian de calitate, dă paharul pe gât și ridică tonul:

— Și ce? Domnul Methwold e nițeluș excentric, atâta tot. Chiar nu suntem în stare să-i facem pe plac? Cu o civilizație atât de veche în spate, nu putem să fim la fel de civilizați ca el?... după care dă pe gât paharul de scotch.

Avantaje și dezavantaje.

— Trebuie să am grijă de toți câinii ăștia, soră Nussie, se plânge Lila Sabarmati. Îi urăsc de moarte, zău așa. Și pisicuța mea tărcată, o dulțeasă și alta nu, s-a speriat îngrozitor!

Iar doctorul Narlikar e roșu ca sfecla de ciudă:

— Deasupra patului! Poze cu copii, frate Sinai! Grași! Rozalii! Și trei la număr! Vin și te-ntreb, ți se pare corect?

...Însă, între timp, au mai rămas douăzeci de zile, lucrurile se așază, iar contururile precise încep să se estompeze, așa că nu observă nimeni ce se petrece: Moșia, Moșia lui Methwold, îi schimbă. În fiecare după-amiază la șase ies în grădină și cinstesc ora de cocteil, iar când William Methwold vine în vizită, imită cu toții fără efort accentul și ușoara tărăgănare oxfordiană. Învață cuminți despre ventilatoarele de tavan, despre aragaze și despre mâncarea cea mai potrivită pentru papagalii vorbitori, în timp ce Methwold le supraveghează transformarea și-și șoptește în barbă. Ascultați cu atenție. Ce spune? Da, asta e.

— *Sabkuch ticktock hai*, murmură William Methwold. Totul este în regulă.

Când ediția de Bombay a ziarului *Times of India* a anunțat, căutând o modalitate atrăgătoare prin care să întâmpine apropiata sărbătorire a Independenței, că vrea să ofere un premiu oricărei mame din Bombay capabilă să-și programeze nașterea unui copil exact în clipa ivirii pe lume a noii națiuni, Amina Sinai, care tocmai se trezise dintr-un somn în care visase ceva ciudat despre o hârtie de muște, s-a lipit imediat de foaia de ziar. Lui Ahmed Sinai i s-a vârât sub nas ce scria acolo, iar degetul Aminei, care împungea triumfător pagina, i-a subliniat tonul sigur al vocii.

— Vezi, *janum*? a întrebat ea. Eu o să fiu asta.

În fața ochilor lor au defilat câteva titluri cu litere de-o șchioapă, care trâmbițau: „Fermecătoarea poză a pruncului Sinai – copilul acestui ceas măreț!“, însoțite de instantaneele mari ale odorului, plasate pe prima pagină și pe o hârtie de calitate, format A1. Ahmed a dat să comenteze: „Gândește-te cât de mici sunt șansele, *begum*“, până când ea și-a încleștat cu încăpățânare maxilarele și i-a repetat:

— Gata cu îndoielile, eu o să fiu. Știu precis. Nu mă-ntreba cum.

Și chiar dacă Ahmed i-a reprodus profeția soției sale lui William Methwold sub forma unui banc de cocteil, Amina a rămas neclintită, inclusiv când pe Methwold l-a apucat râsul:

— Intuiția feminină – minunată treabă, doamnă S.! Dar sper că nu te-aștepți să credem că...

Până și sub presiunea încărcată de arțag a privirii lui Nussie-rățușca, vecina ei, care era la rându-i gravidă și citise de asemenea *Times of India*, Amina a rămas ferm pe poziție, fiindcă prezicerile lui Ramram i se cuibăriseră adânc în inimă.

La drept vorbind, pe măsură ce sarcina înainta, Amina simțise că vorbele ghicitorului îi apăsau mai greu asupra umerilor, a capului și a pântecelui tot mai umflat, așa încât, pradă păienjenișului de griji legate de posibilitatea nașterii unui copil cu două capete, s-a sustras cumva vrăjii subtile a Moșiei lui Methwold și s-a păstrat neatinsă de orele de cocteil, de papagalii vorbitori, de pianole și de accentele englezești... La început exista ceva echivoc în siguranța cu care credea că vrea să câștige premiul din *Time*, căci se convinsese că, dacă se împlinea partea asta a predicțiilor ghicitorului, atunci și restul avea să se confirme întru totul, indiferent ce-ar fi însemnat acest lucru. Așa că nu s-a simțit nici urmă de anticipație și de mândrie netrucată când mama a zis:

— Nu contează intuiția, domnule Methwold. E un fapt garantat.

După care s-a îmbărbătat în gând: „Și e la fel de cert c-o să fie băiat. Atâta doar c-o să trebuiască să am tot timpul grijă de el".

Am impresia că, intrându-i în sânge chiar mai profund decât credea ea, gărgăunii supranaturali ai lui Naseem Aziz începuseră să-i influențeze gândurile și comportamentul. Năzbâtiile care-o convinseseră pe Maica Stareță că avioanele erau treabă necurată, că aparatele de fotografiat îți furau sufletul, că duhurile erau o parte componentă a realității la fel de evidentă ca Paradisul și că era un mare păcat să prinzi niște urechi sanctificate între degetul mare și arătător prinseseră acum să șoptească în căpșorul negricios al fiică-sii. „Deși stăm în mijlocul tuturor gunoaielor ăstora englezești", începuse să-și spună mama, „ne găsim în India, iar oamenii ca Ramram Seth își cunosc bine meseria." În felul ăsta, scepticismul iubitului ei tată a fost înlocuit de credulitatea bunică-mii; în același timp, fiorul aventurii, pe care Amina îl moștenise de la doctorul Aziz, s-a văzut sufocat de o altă greutate, la fel de mare.

La sfârșitul lui iunie, când s-au pornit ploile, fătul i se formase complet în pântece. Genunchii și nasul erau prezenți, iar capetele – oricâte-ar fi fost – se găseau deja pe poziții. Ceea ce fusese (la început) un simplu punct de dezvoltare și devenise o virgulă, un cuvânt, o propoziție, un paragraf, un capitol, acum era pe drumul unei dezvoltări mai complexe și mai explozive, transformându-se, s-ar putea spune, într-o carte – eventual o enciclopedie – sau chiar într-o limbă... Asta înseamnă că bulgărele dinăuntrul mamei a crescut atât de mult și s-a făcut atât de greu, încât, în vreme ce Warden Road, drumul ce trecea prin fața colinei noastre cât un bloc cu două etaje, fusese acoperit de apa de ploaie galbenă și murdară, autobuzele rămase de izbeliște prinseseră să ruginească, țâncii se puseseră pe înotat vârtos pe strada lichidă, iar ziarele începuseră să se îmbibe de apă și să se scufunde ușor, Amina se găsea într-o cameră circulară, situată la etajul întâi al foișorului, și aproape că nu mai era în stare să se miște sub greutatea acelui balon greu ca plumbul.

O ploaie fără sfârșit. Apa se furișa pe sub ferestrele în ale căror vitralii lalelele dansau de-a lungul cercevelelor cenușii. Fixate în dreptul interstițiilor, prosoapele absorbeau apa până când se îngreunau, devenind buretoase și inutile. La rândul ei, marea era gri, masivă și gata să se întindă ca să atingă norii de ploaie care acopereau orizontul îngustat. Ploaia îi ropotea maică-mii în urechi, adăugându-se la deruta ghicitorului, la credulitatea maternă și la prezența tulburătoare a posesiunilor străine și făcând-o să-și imagineze tot felul de ciudățenii. Prinsă în capcana copilului care-i creștea în pântece, Amina s-a pus în pielea unui ucigaș condamnat pe vremea Mogulilor, când moartea prin zdrobirea sub o lespede de stâncă era o pedeapsă obișnuită... În anii care au urmat, ori de câte ori își amintea de momentul acela care semnala sfârșitul perioadei după care devenise mamă, vremea când ticăitul calendarelor numărătorii inverse îi zorea pe toți spre 15 august, avea obiceiul să spună:

— Habar n-am de chestiile astea. Pentru mine a fost de parcă timpul s-ar fi oprit în loc. Copilașul pe care-l purtam în pântece a oprit ácele ceasurilor. Sunt sigură de asta. Nu râdeți, țineți minte turnul cu ceas de sus din deal? După muson ceasul n-a mai mers deloc, ascultați aici...

...Iar Musa, bătrânul servitor al lui taică-meu, care-i însoțise pe cei doi la Bombay, s-a dus să le dea vestea și celorlalți slujitori din bucătăriile palatelor cu țigle roșii, aflați în aripa de serviciu de la Versailles, Escorial și Sans Souci:

— O să fie un copil pe cinste, zău dacă nu! Un ditamai plodu', mândru și voinic. Așteptați și-o să vedeți!

Servitorii au fost bucuroși, fiindcă nașterea era oricum un lucru de ispravă și nu se putea închipui nimic mai bun decât un băiat zdravăn și arătos...

...În timp ce Amina, a cărei burtă oprise ceasurile în loc, era imobilizată într-o cameră dintr-un foișor și-i spunea soțului ei:

— Pune-ți mâna acolo și simte-l... acolo, ai simțit?... Ce băiat mare și vânjos. Țăndărelul nostru de lună.

Abia după ce ploile au încetat și Amina s-a făcut atât de grea, încât era nevoie de doi servitori care să-și încrucișeze mâinile s-o ridice, s-a întors Wee Willie Winkie ca să cânte în piațeta dintre cele patru case; și abia atunci a priceput Amina că nu avea una, ci două rivale (de care știa) la premiul oferit de *Times of India* și că, indiferent de prorocire, avea să fie o cursă cu finiș la fotografie.

— Wee Willie Winkie mă numesc, doar din cântec mă hrănesc!

Foști scamatori, kino-artiști și cântăreți... tiparul era gata de dinainte să mă nasc. Comedianții aveau să-mi orchestreze viața.

— Ați fost cuminți sau cu minți? Ați pus o prinsoare sau ați pus-o prin soare? Ha, ha, bancul glumei, toamnelor și domnilor, ia să vă văd cum râdeți!

Înaltbrunetarătos, clovnul cu acordeon s-a proțăpit în mijlocul arenei. În grădinile Vilei Buckingham, degetul cel mare de la picior al tatălui meu hoinărea (alături de cei nouă colegi) pe lângă și sub cărarea pe mijloc a lui William Methwold... borcănat și încălțat cu sanda, un deget care nu avea idee ce soartă crudă îl pândea. Iar Wee Willie Winkie (căruia nu i-am aflat niciodată numele adevărat) spunea glume și cânta. Din veranda de la primul etaj, Amina privea și asculta, simțind dinspre veranda învecinată înțepătura invidioasă și competitivă a lui Nussie-rățușca.

...În timp ce simt la rându-mi, așezat la masa de scris, înțepătura de nerăbdare a Padmei. (Uneori îmi doresc un auditoriu cu mai mult discernământ, care să înțeleagă nevoia de ritm sau de frazare, precum și introducerea subtilă a vocilor secundare care se vor ridica mai târziu și se vor amplifica pentru a duce melodia mai departe; care să știe, bunăoară, că, deși greutatea bebelușului și ploile musonice au făcut să tacă orologiul din turnul cu ceas al Moșiei, ticăitul imperturbabil al lui Mountbatten se aude în continuare, blând, dar inexorabil, iar felul cum ne va umple urechile muzica lui metronomică aidoma unui duruit de tobe este doar o chestiune de timp.)

— Nu vreau să știu acum de Winkie ăsta, spune Padma. Aștept de-atâtea zile și nopți, și tot n-ai apucat să te naști!

Dar îi recomand să aibă răbdare. Toate la timpul lor, îl dojenesc pe Lotusul meu de Băligar, fiindcă are și Winkie rostul și locul lui, chiar în clipa asta, de pildă, când le tachinează pe femeile gravide de pe verande, întrerupându-se din cântat ca să li se adreseze:

— Ați auzit de premiu, doamnelor? Și eu. O să-i vină sorocul și Vanitei mele curând, curând, cât de curând. Poate că-n ziare n-o să apară fața Domniilor Voastre, ci a ei!

...Amina se încruntă, Methwold surâde (Să fie oare un zâmbet forțat? De ce?) sub cărarea pe mijloc, iar buza lui taică-meu iese din plin în evidență, pe când degetul mare de la picior i se plimbă mai departe, iar din gură îi ies următoarele cuvinte:

— Obraznic individ. Întinde coarda prea mult.

Însă Methwold adoptă o atitudine foarte asemănătoare cu jena – ba chiar cu vinovăția! – și-l mustră pe Ahmed Sinai:

— Aiurea, bătrâne. Tradiția bufonului, știi doar. Are voie să provoace și să tachineze. E o supapă de siguranță socială foarte importantă.

— Hm, face taică-meu, dând din umeri.

Atâta doar că Winkie ăsta e deștept foc, fiindcă acum liniștește lucrurile, spunând:

— O naștere este o creație, a doua naștere e o recreație! Vă recreați, doamnelor, a fost o glumă, da?

După aceea Winkie își schimbă tonul și introduce o noțiune dramatică, un gând, decisiv, copleșitor:

— Toamnelor și domnilor, cum de vă puteți simți bine aici, în mijlocul trecutului îndelungat al domnului Methwold sahib? V-o spun, trebuie să fie ciudat, nicidecum real. Dar acum avem de-a face cu un loc nou, toamnelor și domnilor, și nici un loc nou nu e real până nu se laudă c-o naștere. Prima naștere o să vă facă să vă simțiți cu adevărat acasă.

Pe urmă se aude un cântec – *Daisy, Daisy* –, iar domnul Methwold i se alătură interpretului, dar tot rămâne ceva care-i umbrește fruntea...

...Asta e: da, e vorba de vinovăție, fiindcă o fi Winkie al nostru isteț și caraghios, dar nu e destul de isteț, și a venit vremea să divulgăm primul secret al cărării pe mijloc a lui

William Methwold, căci i s-a prelins de pe cap și l-a murdărit pe față : într-o bună zi, cu mult înainte de tic-tac și de vânzarea la grămadă, domnul Methwold i-a invitat pe Winkie și pe Vanita să cânte doar pentru el, în camera care este în prezent principalul salon de recepții al părinților mei, iar după un timp a zis :

— Uite ce-i, Wee Willie, fă-mi un hatâr. Am nevoie de rețeta asta, îmi plesnește capul de durere. Du-te la Kemp's Corner și spune-i farmacistului să-ți dea ție pastilele. Toți slujitorii au răcit și sunt la pat.

Om sărac, Willie a spus Da, sahib, imediat, sahib, și a plecat. Vanita a rămas singură cu cărarea pe mijloc, simțind o mâncărime în degete căreia nu putea să-i reziste, și, pe când domnul Methwold stătea nemișcat într-un fotoliu de trestie, îmbrăcat într-un costum ușor de culoare crem, cu un singur trandafir la butonieră, s-a trezit că se apropie de el cu degetele întinse, atingându-i părul, găsind cărarea pe mijloc și grăbindu-se s-o strice.

Așa că acum, nouă luni mai târziu, Wee Willie Winkie a glumit pe seama nașterii iminente a copilului nevesti-sii, iar pe fruntea englezului s-a așternut un nor.

— Și? face Padma. Ce-mi pasă mie de Winkie ăsta și de nevastă-sa, de care nici măcar nu mi-ai spus?

Unii oameni nu sunt mulțumiți niciodată. Dar Padma o să fie, nu peste mult timp.

Iar acum e pe cale să se supere și mai rău ; fiindcă, retrăgându-mă într-o lungă spirală ascendentă din mijlocul evenimentelor de la Moșia Methwold – departe de carași aurii, câini, concursuri de bebeluși, cărări pe mijloc, degete mari și acoperișuri cu țiglă –, străbat în zbor orașul proaspăt și curat după încetarea ploilor. Lăsându-i pe Ahmed și Amina cu cântecele lui Wee Willie Winkie, dau din aripi, mă îndrept spre zona Fortului Vechi, trecând pe lângă Flora Fountain, și ajung la o clădire mare, plină de o lumină slabă, pretențioasă, și de parfumul unor cădelnițe legănate... fiindcă aici, în St. Thomas's Cathedral, domnișoara Mary Pereira învață despre culoarea lui Dumnezeu.

— Albastru, a zis tânărul preot pe un ton sincer. Toate dovezile disponibile, fata mea, sugerează că Domnul Nostru Iisus Hristos a avut cea mai frumoasă și mai cristalină nuanță de albastru-deschis ca un cer senin.

Femeiușca din spatele ferestrei zăbrelite cu margini de lemn a confesionalului a tăcut preț de-o clipă. O tăcere neliniștită, meditativă. Apoi:

— Dar cum așa, părinte? Oamenii nu sunt albaștri. Nimeni din lumea asta mare nu e albastru!

Uimirea femeiuștii, dublată de perplexitatea preotului... fiindcă nu ar fi trebuit să reacționeze așa. Episcopul spusese: „Necazuri cu convertiții de dată recentă... când întreabă de culoare, aproape întotdeauna se apucă să... e important să construim punți, fiule. Ține cont, mai glăsuise el, Dumnezeu este iubire, iar Krishna, zeul hindus al iubirii, e descris mereu ca având pielea albastră. Fixează-te pe albastru, o să fie un fel de punte între credințe. Ia-i cu binișorul, bine? În plus, albastrul e neutru, te scapă de problemele obișnuite legate de culoare, nu mai ai bătăi de cap cu negrul și cu albul. Da, una peste alta, sunt sigur că este cea mai bună alegere".

Chiar și episcopii pot să se înșele, își zice tânărul părinte, care între timp a ajuns într-o situație foarte delicată, fiindcă e limpede că femeiușca s-a înfierbântat și a început să-l muștruluiască zdravăn prin grilajul de lemn:

— Albastru? Ce răspuns e ăsta, părinte, cum să cred așa ceva? Ar trebui să-i scrieți Sfântului papă de la Roma, cu siguranță că v-ar aduce pe calea cea dreaptă. Dar nici nu e nevoie să fii Papă ca să știi că nici un om de pe lumea asta nu e albastru!

Tânărul părinte închide ochii, inspiră profund și contraatacă.

— Au fost și din cei care și-au vopsit pielea în albastru, explică el poticnit. Picții, nomazii arabi albaștri. Prin educație, fata mea, ai vedea...

În confesional răsună acum o pufnitură violentă.

— Cum, părinte? Îl compari pe Domnul Nostru cu sălbaticii din junglă? Dumnezeule mare, trebuie să-mi acopăr urechile de rușine!

...Se mai spun multe, foarte multe, în timp ce tânărul preot sfâșiat de o durere de burtă cumplită are deodată revelația unui lucru incomparabil mai important aflat în spatele poveștii ăsteia cu albastrul și întreabă în consecință. Moment în care tirada face loc lacrimilor, iar tânărul prelat spune cuprins de panică:

— Ei, hai, doar n-o să credem că strălucirea divină a Domnului Nostru e doar o chestiune de pigment.

Iar vocea îi răspunde prin șuvoiul de apă sărată:

— Da, părinte, până la urmă nu sunteți atât de rău. Tot asta i-am zis și eu, cuvânt cu cuvânt, dar el mi-a adresat multe vorbe urâte și n-a vrut să asculte...

Deci asta era; iată-l și pe *el* făcându-și apariția în poveste. Acum iese totul la iveală, iar domnișoara Mary Pereira – micuță, feciorelnică și deznădăjduită – face o mărturisire care ne oferă un indiciu vital despre motivele pentru care, în noaptea când m-am născut, și-a adus ultima și cea mai importantă contribuție la întreaga istorie a Indiei secolului XX, de la căzutul în nas al bunicului meu până la perioada când am ajuns adult.

Confesiunea lui Mary Pereira: ca fiecare Marie, a avut și ea un Iosif. Joseph D'Costa, infirmier la o clinică de pe Pedder Road numită Maternitatea Doctorului Narlikar („Aha!" face Padma, sesizând în fine legătura), unde lucra ca moașă. La început lucrurile merseseră foarte bine; o invitase la câte-o ceașcă de ceai, de *lassi* sau de *falooda* și-i spusese vorbe dulci. Avea niște ochi ficși și sfredelitori, însă glasul îi era blând și știa să vorbească. Micuță, dolofană și virginală, Mary se delectase cu atențiile lui; dar acum totul se schimbase.

— Deodată... deodată începe să adulmece prin aer. Într-un fel curios, cu nasu-n sus. Îl întreb: „Ce-i cu tine, Joe, ai răcit?" Dar el zice nu; nu, adulmec vântul dinspre nord, așa zice. Atunci îi spun, Joe, în Bombay vântul bate dinspre mare, dinspre vest, Joe...

Cu un glas fragil, Mary Pereira descrie furia dezlănțuită ce l-a cuprins pe Joseph D'Costa, care i-a spus:

— Nu știi nimic, Mary, acum aerul vine din nord și e plin de moarte. Independența asta e bună doar pentru bogați. Săracii sunt sortiți să se ucidă între ei ca muștele. Și în Punjab, și în Bengal. Încăierări peste încăierări, săraci împotriva altor săraci. Se simte în vânt.

— Vorbești prostii, Joe, i-a răspuns Mary, la ce ți-o trebui să-ți faci griji pentru lucrurile astea urâte? Încă putem să trăim în tihnă, nu?

— Nu contează, habar n-ai de nimic.

— Dar chiar dacă ai dreptate cu omorurile, Joe, sunt doar hinduși și musulmani. Ce rost are să-i amesteci pe creștinii de ispravă în luptele lor? Ăștia se măcelăresc unii pe alții de când e lumea.

— Tu și Hristosul tău. Nu-ți intră o dată-n cap că asta e religia albilor? Lasă-le zeii albi albilor. Ăștia care mor acum sunt oamenii noștri. Trebuie să ripostăm, să le arătăm cu cine să se bată în loc să se ucidă între ei, pricepi?

Și iarăși Mary:

— De aceea am întrebat de culoare, părinte... și i-am spus lui Joseph, i-am zis întruna, nu e bine să te bați, scoate-ți din cap ideile astea nesăbuite. Dar mă trezesc că nu mai vorbește cu mine, începe să se înhăiteze cu tot felul de inși periculoși și chiar îi ies vorbe, părinte, cum că azvârle cu pietre și cică și cu niște sticle incendiare în mașinile mari, și-a pierdut mințile, părinte, zice lumea că se bagă să dea foc tramvaielor, să arunce autobuze în aer și mai știu eu ce. Iar eu ce să fac, părinte, mă duc și-i spun soră-mii. Soră-mea Alice, o fată bună s-o pui pe rană, părinte. Îi zic: „Joe al meu stă lângă abator, poate că de-acolo vine mirosul ăla care l-a întors pe dos". „Las' că vorbesc eu cu el", promite Alice și se duce să-l caute. Dar pe urmă... o, Doamne, ce se-ntâmplă cu lumea asta... zău dacă nu, părinte... O, *baba*...

Șuvoaiele îi îneacă vorbele, iar secretele i se preling sărate din ochi, fiindcă Alice s-a întors și a spus că, din punctul ei de vedere, Mary era de vină pentru că îi tot ținea discursuri lui Joseph până se sătura de ea, în loc să-l susțină în cauza patriotică a deșteptării poporului. Alice era mai tânără și mai frumoasă decât Mary, așa că, după un timp, au ieșit alte vorbe, legate de Alice și Joseph, iar Mary a simțit că-și iese din fire.

— O fâță, ce știe ea de politica-politică? a întrebat Mary. Ca să pună gheara pe Joseph, e gata să-i repete toate prostiile, ca un papagal tâmpit. Vă jur, părinte...

— Ai grijă, fata mea. Ești la un pas de blasfemie...

— Nu, părinte, jur pe Dumnezeu, aș fi în stare să fac orice ca să vină înapoi. Da, cu toate... nu contează că... ai-ai-ai-aaaai!

Apa sărată spală podeaua confesionalului... și ia să vedem, are de-a face tânărul părinte cu o nouă dilemă? Pune el în balanță, în ciuda durerii de burtă, sfințenia confesionalului și pericolul pentru societate al unui om ca Joseph D'Costa, cu ajutorul unor greutăți nevăzute? De fapt, are de gând să-i ceară lui Mary adresa lui Joseph al ei și apoi să-i dezvăluie...? Pe scurt, ar fi putut sau nu preotul ăsta tânăr, chinuit de pântecăraie și de ambiții episcopale, să-l imite pe Montgomery Clift în *I Confess?* (Am văzut filmul acum câțiva ani la cinematograful New Empire, dar n-am putut să-mi dau seama.) Dar nu, trebuie să-mi suprim din nou bănuielile nefondate. Ceea ce i s-a întâmplat lui Joseph probabil că s-ar fi petrecut oricum. Și se prea poate ca singura relevanță a tânărului părinte pentru povestea mea să se reducă la faptul că a fost primul outsider care a aflat de ura virulentă a lui Joseph D'Costa față de bogați și de suferințele deznădăjduite ale lui Mary Pereira.

Mâine o să fac baie, o să mă bărbieresc și o să-mi pun o *kurta* nou-nouță, strălucitoare și scrobită, precum și o pijama asortată. O să port papuci cu modele simetrice și răsuciți la vârf, o să mă pieptăn cu grijă (dar fără cărare pe mijloc), dinții or să-mi sclipească... bref, o să arăt cât se poate de bine. („Slavă Domnului", mormăie Padma cea ursuză.)

Mâine o să pun în fine punct povestirilor pe care (din cauză că nu am fost de față la nașterea lor) a trebuit să le extrag din tot felul de cotloane nedeslușite ale minții. Asta fiindcă muzica de metronom a calendarului numărătorii inverse pe care îl are Mounbatten nu mai poate fi nesocotită. La Moșia Methwold, bătrânul Musa continuă să ticăie ca o bombă cu explozie întârziată, însă nu poate fi auzit din cauza unui alt sunet din ce în ce mai amplu, asurzitor și insistent: sunetul secundelor care trec, al miezului de noapte care se apropie inevitabil.

Tic, tac

Padma o aude : nimic nu se compară cu o numărătoare inversă dacă vrei să creezi suspans. Astăzi mi-am urmărit floarea de Băligar la lucru, învârtind cu lingura prin oale ca o vijelie, de parcă în felul ăsta ar fi grăbit scurgerea timpului. (Poate chiar asta a făcut ; în experiența mea, timpul s-a dovedit la fel de variabil și inconstant ca aprovizionarea cu energie electrică din Bombay. Dacă nu mă credeți, sunați la robotul care anunță ora exactă – din cauză că depinde de electricitate, are de obicei un decalaj de câteva ore. Asta dacă nu cumva decalajul e al nostru... Nu se poate spune despre nici un popor care are același cuvânt pentru „ieri" și „mâine" că deține un control ferm asupra timpului.)

Dacă astăzi Padma a auzit tic-tac-ul lui Mountbatten... De fabricație englezească, bate cu o precizie inatacabilă. Acum uzina e pustie. Aburii persistă, dar oalele stau nemișcate, iar eu mi-am respectat cuvântul. Tras la patru ace, o întâmpin pe Padma, care năvălește spre biroul meu, se ghemuiește pe podea lângă mine și ordonă : „Începe". Arborez un mic zâmbet satisfăcut, îi simt pe copiii din miez de noapte înghesuindu-mi-se în minte, îmbrâncindu-se și înghiontindu-se ca niște soții de pescari *koli*, le ordon să aștepte, fiindcă nu mai durează mult, îmi dreg vocea, fac o mișcare de dezmorțire cu stiloul în mână și încep.

Cu treizeci și trei de ani înaintea transferului de putere, bunicul meu s-a lovit cu nasul de pământul Kashmirului. Au apărut rubine și diamante. A existat o gheață a viitorului, așteptând sub pielea apei. A existat un legământ: acela al neînchinării la zeu sau la om. Legământul a creat un orificiu care avea să fie umplut temporar de o femeie din spatele unui cearșaf găurit. Un barcagiu care profețise cândva existența unor dinastii aflate la pândă în nasul bunicului meu l-a trecut lacul, negru de supărare. Au existat moșieri orbi și luptătoare. Și a existat un cearșaf într-o cameră întunecoasă. În ziua aceea, moștenirea mea a început să prindă contur – albastrul cerului din Kashmir, scurgându-se în ochii bunicului ;

suferințele îndelungate ale străbunicii mele, care aveau să determine toleranța maică-mii și inflexibilitatea de tristă faimă a lui Naseem Aziz; harul străbunicului de a vorbi cu păsările, care avea să treacă prin sinuoase legături de sânge în vinele surorii mele, Maimuța de Bronz; conflictul dintre scepticismul bunicesc și credulitatea bunicească; și, peste toate, esența fantomatică a acelui cearșaf găurit, care a sortit-o pe mama să învețe să iubească un bărbat pe bucăți și care m-a condamnat la rându-mi să îmi văd propria viață – structurile și sensurile ei – în același mod fragmentar. Așa că, în clipa când am ajuns să înțeleg, a fost mult prea târziu.

Anii trec în ritmul ticăitului, iar moștenirea mea crește, fiindcă acum am, de asemenea, miticii dinți de aur ai barcagiului Tai, precum și sticla lui de rachiu, care i-a prevestit pe djinnii alcoolici ai lui taică-meu; o am pe Ilse Lubin pentru sinucidere și șerpii din saramură pentru virilitate; îl am pe Tai-încremenitul-în-opoziție cu Adam-progresistul; am totodată miasmele luntrașului nespălat, care mi-au gonit bunicii spre sud și au făcut din Bombay o posibilitate.

...Iar acum, îndemnat de Padma și de tic-tac, merg mai departe, înglobându-l pe Mahatma Gandhi cu tot cu zilele de *hartal*, asimilând degetul mare și arătătorul, înghițind momentul când Aadam Aziz nu mai știa dacă era kashmirez sau indian; acum beau mercurocrom și odată cu el pete de forma unor mâini care se vor ivi în zeama de betel scuipată, după care îl dau pe gât pe Dyer și mustața lui; bunicul e salvat de propriul nas, iar pe piept i se ivește o vânătaie care nu o să mai dispară în veci, așa că în pulsiunile ei neîncetate aflăm amândoi – și el, și eu – răspunsul la întrebarea: indian sau kashmirez? Învinețiți de urma cataramei unei genți Heidelberg, ne legăm soarta de cea a Indiei. Dar sentimentul de înstrăinare a ochilor albaștri persistă. Tai moare; și totuși vraja lui se simte în continuare și ne preschimbă în bărbați aparte.

...Dându-i bătaie mai departe, mă opresc asupra jocului pe nume „punct lovit la scuipătoare". Cu cinci minute înainte de nașterea unei națiuni, moștenirea mea crește și ajunge să cuprindă o boală a optimismului care avea să reizbucnească și pe vremea mea, crăpăturile din pământ ce vor fi/au fost sesizate și pe propria piele, fostul scamator Colibri, inițiatorul unei lungi serii de comedianți care mi-au însoțit în permanență viața, alunițele ca niște negi de vrăjitoare și ura față de, cum îi zice, fotografii a bunicii mele, războaiele de înfometare și liniștire, înțelepciunea mătușii Alia, care s-a transformat în toane de fată bătrână și în amărăciune, izbucnind până la urmă sub forma unei răzbunări fatale, dragostea dintre Emerald și Zulfikar, care avea să-mi dea prilejul de a începe o revoluție, cuțitele ca niște semilune, al căror ecou a fost numele selenar de alint pe care mi l-a pus mama, *chand-ka-tukra* ei inocentă, tandrul ei țăndărel de... Crescând acum și plutind în lichidul amniotic al trecutului, mă hrănesc cu un zumzet care a crescut și-a tot crescut până când au sărit câinii în ajutor, cu o evadare într-un lan de porumb și o salvare datorată lui Rashid, băiatul cu ricșa molipsit de trucurile lui Gai-Wallah, care a luat-o la goană – CU TOATĂ VITEZA! – și a scos un strigăt pe mutește, divulgând secretele lacătelor produse în India și ascunzându-l pe Nadir Han într-o toaletă unde se afla și o ladă pentru rufele murdare. Da, mă împlinesc în fiecare clipă, îngrășându-mă pe seama lăzilor de rufe și a dragostei de sub covor dintre Mumtaz și bardul fără rimă, rotunjindu-mă după ce înfulec visul lui Zulfikar de a avea o cadă lângă pat, un Taj Mahal subteran și o scuipătoare cu incrustații de lapislazuli; o căsătorie se destramă, dar mă hrănește; o mătușă fuge ca o trădătoare pe străzile din Agra, fără onoare, însă mă hrănește și ea; acum s-a terminat cu starturile false, Amina a încetat să fie Mumtaz, iar Ahmed Sinai a devenit, într-un fel, atât tatăl, cât și soțul ei... moștenirea include și acest dar de a-mi inventa alți părinți de câte ori e nevoie. Puterea sa de a da naștere mamelor și taților: exact ce și-a dorit Ahmed, fără să aibă parte vreodată.

Prin cordonul meu ombilical, îi înmagazinez pe blatiști, laolaltă cu pericolul de a cumpăra evantaie din pene de păun; hărnicia Aminei mi se scurge în organismul care se umflă și din cauza lucrurilor de rău-augur: zgomotul de pași, obligația mamei de-a cere bani până când șervetul de masă din poala lui taică-meu începea să se miște și lua forma unui minicort, resturile calcinate de la Bicicletele Indiene Arjuna, kinetoscopul în care Lifafa Das încerca să pună tot ce există în lume, mișeii care înfăptuiau nelegiuiri, monștrii cu mai multe capete, mascații din grupul Ravana, fetele de opt ani peltice, cu o singură sprânceană neîntreruptă, și gloatele care strigau „Violatoru'". Anunțurile publice îmi asigură hrana pe măsură ce mă apropii de sorocul de care mă mai despart doar șapte luni.

Cât de multe lucruri, persoane și noțiuni aducem cu noi pe lume, câte posibilități și totodată câte îngrădiri ale posibilităților! Fiindcă toți aceștia au fost părinții copilului născut în acel miez de noapte și pentru fiecare dintre copiii din miez de noapte au existat la fel de mulți. Printre părinții din miez de noapte : eșecul Misiunii Cabinetului și al planului ei, hotărârea lui M.A. Jinnah, care era pe moarte și voia să vadă formarea Pakistanului înainte de a închide ochii (același Jinnah pe care taică-meu, orientându-se greșit, ca de obicei, a refuzat să-l întâlnească), Mountbatten, cu graba lui extraordinară și cu soția mare amatoare de piept de pui, plus atâția alții – Fortul Roșu și Fortul Vechi, maimuțele și vulturii care lăsau să le cadă mâini din ciocuri, travestiții albi, tămăduitori de oase, dresorii de manguste și Shri Ramram Seth, care făcea prea multe profeții. Există și alte lucruri care au rolul lor : visul tatălui meu de a rearanja Coranul, incendierea depozitului, care l-a transformat din negustor de pânzeturi în proprietar și, în fine, acea bucată din Ahmed pe care Amina nu o putea iubi. Ca să înțelegi o singură viață, trebuie să înghiți întreaga lume. V-am spus eu.

Și toate celelalte : pescarii, Ecaterina de Bragança, Mumbadevi, cocotierii și orezul, statuia lui Sivaji și Moșia Methwold, piscina de forma Indiei Britanice și colina cât o clădire cu două etaje, o cărare pe mijloc și un nas împrumutat de la Bergerac, un turn, un ceas nefuncțional și puțintel circ, gustul unui englez pentru alegoriile indiene și seducerea unei soții de acordeonist, papagalii vorbitori, ventilatoarele de tavan și *Times of India* – toate astea fac parte din bagajul cu care am venit pe lume... și atunci, vă mai mirați că am fost un copil greu ? În mine s-a prelins Iisus cel albastru. Iar disperarea lui Mary, sminteala revoluționară a lui Joseph și ușurătatea lui Alice Pereira... tot pe mine m-au plămădit.

Dacă vă par puțin ciudat, țineți cont de belșugul incontrolabil al moștenirii mele... poate că, dacă vrei să-ți păstrezi individualitatea în mijlocul atâtor mulțimi forfotitoare, ești silit să devii grotesc.

— În sfârșit, observă Padma satisfăcută, ai învățat cum să-i dai zor cu povestitul.

13 august 1947 : nemulțumire în ceruri. Lui Jupiter, Saturn și Venus le arde de hartă ; mai mult, cei trei aștri supărați intră în cea mai ostilă combinație din câte există. Astrologii din Benarsi glăsuiesc înfricoșați :

— Karamstan ! Ajung în Karamstan !

Pe când astrologii formulează reprezentări frenetice în fața șefilor din Partidul Congresului, maică-mea se întinde pentru somnul de după-amiază. În timp ce lordul Mountbatten deplânge absența ocultiștilor versați din statul-major, umbrele care se învârt agale ale unui ventilator de tavan mângâie odihna Aminei. În timp ce M.A. Jinnah, sigur de nașterea Pakistanului său peste doar unsprezece ore, cu o zi întreagă înaintea independenței Indii, pentru care au mai rămas treizeci și cinci de ceasuri, își bate joc de protestele specialiștilor în horoscoape, clătinând amuzat din cap, Amina își mișcă și ea capul dintr-o parte în alta.

Numai că ea doarme. În zilele acestea de sarcină grea ca un bolovan, orele de somn îi sunt bântuite de un vis enigmatic despre o hârtie de muște... Iat-o hoinărind, la fel ca înainte, înăuntrul unei sfere de cristal pline de fâșii lipicioase dintr-un material cafeniu, care atârnă la întâmplare, i se lipesc de haine și i le sfâșie, în timp ce ea își croiește drum anevoie prin impenetrabila pădure de hârtie; acum se zbate și rupe hârtia, care însă n-o slăbește până n-o lasă în pielea goală, cu bebelușul lovind-o în pântece, după care cârceii lungi de hârtie de muște se întind s-o prindă de burta care i se leagănă, materialul i se lipește de păr, nas, dinți, sâni și coapse, iar când deschide gura ca să strige, un căluș adeziv și maroniu i se oprește între buzele despărțite...

— Amina *begum*! spune Musa. Treziți-vă! Vis urât, *begum sahiba*!

Incidentele acestor ultime câteva ceasuri – ultimele resturi ale moștenirii mele: când mai rămăseseră treizeci și cinci de ore, mama a visat că se lipea de hârtia maro ca o muscă. La ora de cocteil (rămăseseră treizeci), William Methwold i-a făcut o vizită lui tata în grădina Vilei Buckingham. Cu cărarea pe mijloc, plimbându-se alături și deasupra degetului mare, domnul Methwold a depănat amintiri. Poveștile despre primul Methwold, care împlinise visul existenței orașului, au umplut aerul serii din acel penultim asfințit. Iar tata – imitând accentul de Oxford și dornic să-l epateze pe englezul aflat pe picior de plecare – i-a răspuns:

— Să știi, bătrâne, că și noi ne tragem dintr-o familie distinsă.

Methwold l-a ascultat cu capul înclinat într-o parte, cu un trandafir roșu la butoniera crem, cu o pălărie cu boruri largi, care îi ascundea cărarea pe mijloc și cu o veselie camuflată în priviri... Cu limba dezlegată de whisky și plin de sine, Ahmed Sinai s-a simțit atras de temă:

— Sânge mogul, de fapt.

La care Methwold:

— Nu se poate! Vorbești serios? Hai că-ți bați joc de mine.

Pornit pe un drum fără întoarcere, Ahmed a fost obligat să insiste:

— Pe cealaltă parte a păturii, bineînțeles, dar în mod sigur mogul.

Așa a ajuns tata să demonstreze, cu treizeci de ore înainte să mă ivesc pe lume, că și el tânjea după niște înaintași fictivi... Așa a ajuns să inventeze un arbore genealogic care mai târziu, după ce whiskyul îi estompase marginile memoriei și sticlele de *djinn* îl buimăciseră, avea să desființeze orice urmă de realitate... Și tot așa a ajuns să introducă ideea unui blestem de familie în viața noastră, pentru a se face înțeles mai bine.

— O, cum să nu, a spus tata, în timp ce Methwold îl privea cu capul înclinat, grav și fără să zâmbească, multe familii vechi sunt urmărite de blesteme din astea. La noi, blestemul li se transmite fiilor mai mari, și doar în scris fiindcă, vezi dumneata, cum l-ai rostit, cum i-ai dezlănțuit puterea.

— Uimitor! a exclamat Methwold. Și știi cuvintele?

Taică-meu a dat din cap, cu buza protuberantă și cu degetul mare nemișcate, pe când își lovea ușor fruntea ca să-și sublinieze ideea.

— Am totul aici, memorat. N-a mai fost folosit de când s-a certat un strămoș cu împăratul Babar și l-a blestemat pe Humayun, fiul împăratului... o poveste cumplită, o știu toți elevii.

Avea să vină și vremea când, desprins complet de realitate, tata avea să se încuie într-o cameră albastră și să încerce să-și amintească un blestem pe care-l născocise într-o seară, în grădina propriei case, în timp ce-și ciocănea tâmpla cu degetul, lângă urmașul lui William Methwold.

Împovărat acum cu vise despre hârtii de muște și strămoși imaginari, tot mi-a rămas mai bine de o zi până mă nasc.. dar iată că tic-tac-ul nemilos își face din nou simțită prezența: încă douăzeci și nouă de ore, douăzeci și opt, douăzeci și șapte...

Ce alte vise și-au mai făcut apariția în acea ultimă noapte? Nu atunci – da, de ce nu? – i s-a întâmplat doctorului Narlikar, care nu știa ce dramă avea să i se petreacă în maternitate, să viseze pentru prima dată tetrapozii? Nu tot în acea ultimă noapte – pe când Pakistanul se năștea la nord și la vest de Bombay – a inventat unchiul Hanif, cel care venise (la fel ca soră-sa) la Bombay și se îndrăgostise de o actriță, divina Pia („Averea ei e chipul!" afirmase cândva *Illustrated Weekly*), dispozitivul cinematografic care avea să-i aducă în scurtă vreme primul dintre cele trei mari succese de public?... Așa se pare;

în aer pluteau mituri, coșmaruri și fantezii. Un lucru e cert: în acea ultimă noapte, bunicul meu Aadam Aziz, singur acum în casa mare și veche din Cornwallis Road – în afară de o soție a cărei încăpățânare părea să crească pe măsură ce Aziz era doborât de vârstă, și de o fiică, Alia, a cărei virginitate urgisită avea să dureze până când o bombă avea s-o sfârtece în două, după mai bine de optsprezece ani –, a fost deodată fixat în loc de niște mari cercuri metalice ale nostalgiei și a rămas treaz, în timp ce acestea îi prindeau pieptul în strânsoare; până când în cele din urmă, la ora cinci din dimineața zilei de 14 august – mai rămăseseră nouăsprezece ceasuri – a fost împins din pat de o forță invizibilă și atras de un cufăr metalic vechi. Deschizându-l, a găsit mai multe numere vechi din niște reviste germane, un exemplar din *Ce-i de făcut?* de Lenin, un covoraș de rugăciune făcut sul; într-un târziu, a dat și peste obiectul pe care simțise nevoia irezistibilă să-l mai vadă o dată – alb, împăturit și lucind stins în lumina zorilor. A scos din cufărul metalic al propriului trecut un cearșaf pătat și găurit și a descoperit că orificiul din mijloc se lărgise, că în jur apăruseră o puzderie de găuri mai mici și, mânat de o furie nostalgică nestăvilită, și-a trezit soția din somn și a consternat-o prin urletele scoase pe când îi flutura istoria personală pe sub nas:

— Mâncat de molii! Fii atentă, *begum*, l-au năpădit moliile! Ai uitat să pui naftalină!

Dar acum numărătoarea inversă nu mai poate fi contestată... optsprezece ore, șaptesprezece, șaisprezece... iar la maternitatea doctorului Narlikar se aud deja țipetele unei femei în travaliu. Wee Willie Winkie se află aici, alături de Vanita, soția lui, care se chinuie fără rost să nască de opt ore. Primele dureri le-a simțit tocmai când, la sute de kilometri distanță, M.A. Jinnah anunța nașterea unei națiuni musulmane la miezul nopții... dar continuă să se zvârcolească în patul din „pavilionul comunitar“ al maternității Narlikar (rezervat pentru sugarii săracilor)... Mai are puțin și îi ies ochii din cap, iar trupul îi lucește de sudoare, dar nici bebelușul nu dă semne că ar vrea să iasă, și nici tatăl nu a binevoit să fie de față; e opt dimineața, dar există în continuare posibilitatea ca, date fiind împrejurările, plodul să aștepte miezul nopții.

Zvonuri prin oraș: „Azi-noapte statuia a luat-o la galop!“... „Și stelele sunt potrivnice!“... Însă cu toate aceste semne de rău-augur, orașul și-a menținut echilibrul, iar în ochi i-a apărut licărul unui mit nou. August în Bombay; o lună a sărbătorilor, luna în care se aniversau ziua de naștere a lui Krishna și Ziua Cocotierilor ; în acest an – mai rămăseseră paisprezece ore, treisprezece, douăsprezece – în calendar se ivise o sărbătoare în plus, un nou mit care se cerea sărbătorit, căci o națiune care nu mai existase până atunci era pe punctul de a-și câștiga libertatea, catapultându-ne într-o lume care, chiar dacă avea cinci mii de ani de istorie, inventase șahul și făcuse comerț cu Imperiul Mijlociu al Egiptului, rămăsese imaginară ; într-un ținut mitic, o țară care avea să existe doar grație eforturilor unei voințe colective fenomenale, doar într-un vis pe care conveniserăm cu toții să-l avem ; era o fantezie în masă, împărtășită la diferite niveluri de oamenii din Bengal, Punjab, Madras și Jat, care aveau să reclame periodic sanctificări și înnoiri pe care le puteau oferi doar ritualurile sângeroase. India, noul mit – o ficțiune colectivă în care totul era posibil, un basm ai cărui singuri rivali erau celelalte două fantezii puternice : banii și Dumnezeu.

La vremea mea, am fost dovada vie a naturii fabuloase a acestui vis colectiv. Dar deocamdată o să mă despart de noțiunile astea macrocosmice și generalizate ca să mă concentrez asupra unui ritual mai personal. Nu o să descriu vărsarea masivă de sânge care tocmai are loc la granițele Punjabului divizat (unde fiecare dintre națiunile împărțite se scaldă în sângele celeilalte, iar un anume Zulfikar, cu o față de marionetă grotescă, cumpără terenuri și case de la refugiați la un preț ridicol de mic, punând temelia unei averi care va rivaliza cu aceea a lui Nizam din Hyderabad) ; o să mă fac că nu văd violențele din Bengal și lungul marș pacificator al lui Mahatma Gandhi. Egoist? Obtuz? Mă rog, se poate, însă măcar am o scuză, după părerea mea. În fond, nu te naști în fiecare zi.

Mai sunt douăsprezece ore. Trezită din coșmarul cu hârtia de muște, Amina Sinai o să mai doarmă abia după... Ramram Seth îi invadează mintea, iar ea plutește în derivă pe o mare agitată, unde valurile emoției alternează cu hăurile adânci, întunecoase, amețitoare și lichide ale fricii. Dar tot atunci se mai întâmplă ceva. Priviți-i mâinile care, fără nici o indicație conștientă, apasă din greu pe pântece ; priviți-i buzele, care îngaimă fără știrea ei :

— Hai odată, putoare, doar nu vrei să iasă ziarele fără tine !

Mai sunt opt ore... La ora patru în după-amiaza aceleiași zile, William Methwold urcă dealul înalt cât o clădire cu două etaje, la volanul Rover-ului negru personal, fabricat în 1946. Parchează în piațeta dintre cele patru vile aristocratice, dar azi nu se duce să vadă nici carașii aurii, nici grădina de cactuși ;

nu-i adresează salutul tradițional Lilei Sabarmati – „Cum merge pianola? E totul la marele fix?“ – și nu-i dă bună ziua nici bătrânului Ibrahim, retras la umbră pe veranda de la parter, legănându-se într-un balansoar și gândindu-se la sisal; având grijă să nu se uite nici la Catrack, nici la Sinai, ia poziție în centrul geometric al piațetei. Cu trandafirul la butonieră, cu pălăria crem ținută sobru la piept și cu cărarea pe mijloc lucind în lumina după-amiezii, William Methwold privește drept înainte, pe lângă turnul cu ceas și Warden Road, dincolo de piscina în formă de hartă de la Breach Candy, peste valurile aurii de la ora patru, și salută. Pe când în depărtare, deasupra liniei orizontului, soarele își începe lungul drum spre apele mării.

Mai sunt șase ore. Vremea cocteilului. Succesorii lui William Methwold sunt în grădină – atâta doar că Amina rămâne în camera ei din foișor, evitând privirile vag concurențiale pe care i le aruncă de alături Nussie, care poate că-l încurajează la rândul ei pe Sonny să i se ivească mai curând dintre picioare. Toți îl privesc curioși pe englezul care stă nemișcat și țeapăn ca vergeaua cu care i-am comparat mai demult cărarea pe mijloc, până când atenția le e distrasă de un nou-venit. Un bărbat înalt și slăbănog, cu trei rânduri de mătănii la gât și un brâu din oase de pui care îi înconjoară mijlocul; cu pielea tuciurie și murdară de cenușă, cu părul lung și neîngrijit, fără să aibă nimic pe el în afară de mătănii și cenușă, *sadhu*-ul se apropie printre conacele cu țiglă roșie. Musa, bătrânul servitor, vrea să se repeadă la el și să-l alunge, dar ezită, fiindcă nu știe cum să-i dea dispoziție unui sfânt. Despicând vălurile indeciziei lui Musa, *sadhu*-ul intră în grădina Vilei Buckingham, trece pe lângă tatăl meu uluit și se așază turcește sub robinetul care picură al grădinii.

— Ce căutați aici, *sadhuji*? întreabă Musa, incapabil să renunțe la deferență.

Sadhu-ul îi răspunde, calm ca un lac:

— Am venit să aștept ivirea Celui Unic. Mubarak, Cel Binecuvântat. O să se întâmple foarte curând.

Mă credeți sau nu, am fost profețit de două ori! În ziua aceea, când totul a fost atât de bine pus la punct, darul sincronismului n-a trădat-o pe mama; nici nu scosese bine *sadhu*-ul ultimul cuvânt, că din camera de la etajul întâi al foișorului, cu lalelele care dansau în vitraliile din ferestre, s-a și auzit un urlet pătrunzător, un cocteil cu doze egale de panică, emoție și triumf.

— *Arré* Ahmed! a strigat Amina Sinai. *Janum*, bebelușul! Iese – bang! – exact când trebuie!

Emoția trece prin Moșia Methwold ca un șoc electric... și iată-l pe Homi Catrack, apărând cu un pas vioi, dar totodată vlăguit, uitându-se cu ochii adânciți în orbite și făcând oferta:

— Studebaker-ul meu îți stă la dispoziție, Sinai sahib. Ia-l și duceți-vă amândoi – plecați imediat!

...Când mai sunt cinci ore și treizeci de minute, soții Sinai coboară dealul înalt cât o clădire cu două etaje la volanul mașinii împrumutate; degetul mare de la picior al lui taică-meu apasă pe accelerație, mâinile maică-mii presează pe burta rotofeie ca o lună, iar Studebaker-ul părăsește câmpul vizual al celorlalți, cotește pe lângă curățătoria Bank Box și Paradisul Cititorului, pe lângă bijuteriile Fatbhoy și jucăriile Chimalker, pe lângă Metrul de Ciocolată și porțile de la Breach Candy, îndreptându-se spre maternitatea doctorului Narlikar, unde, într-un pavilion al săracilor, Vanita lui Wee Willie continuă să icnească și să se screamă, cu șira spinării curbată și cu ochii gata să-i iasă din cap, pe când o moașă pe nume Mary Pereira își așteaptă la rândul ei sorocul... așa că nici Ahmed cel cu buza de jos proeminentă, cu pântecele pufos și cu strămoși fictivi, nici Amina cea cu pielea negricioasă și bântuită de profeții nu au fost de față când soarele a asfințit până la urmă peste moșia Methwold și când, exact în clipa ultimei lui dispariții – între timp, rămăseseră cinci ore și două minute –, William Methwold a ridicat un braț lung și alb deasupra capului. Mâna albă i s-a bălăbănit deasupra părului negru și dat cu briantină, degetele lungi, albe și îngustate spre vârf au zvâcnit spre cărarea pe mijloc, și în felul ăsta a fost dezvăluit al doilea și cel din urmă secret, căci degetele s-au îndoit, au prins părul și s-au depărtat de cap, însă fără să dea drumul prăzii, iar în momentul imediat următor dispariției soarelui domnul Methwold a rămas în amurgul propriei moșii cu peruca în mână.

— Un chelios! exclamă Padma. Podoaba aia dată cu ulei... eram sigură! Prea frumos ca să fie adevărat!

Chel, lună, bec! Iat-o: înșelătoria care o păcălise pe soția unui acordeonist. Samsonic, William Methwold își ascunsese puterea în păr. Acum însă, cu craniul pleșuv lucind în asfințit, își azvârle ciuful pe fereastra mașinii personale, împarte titlurile de proprietate ale palatelor cu o atitudine care sugerează indiferență, se suie la volan și o ia din loc. Nimeni de la Moșia

Methwold nu l-a mai zărit vreodată; însă eu, care n-am dat niciodată ochii cu el, nu pot să-l uit cu nici un chip.

Deodată, totul devine verde și de culoarea șofranului. Amina Sinai se află într-o încăpere cu pereți șofran și lemnărie verde. Într-o cameră alăturată, Vanita lui Wee Willie Winkie, cu pielea verde și cu albul ochilor injectat cu șofran, simte cum bebelușul își începe în fine coborârea prin locuri secrete care au, fără îndoială, aceleași culori. Minutele de șofran și secundele verzi trec însoțite de ticăitul ceasurilor de perete. În exteriorul maternității doctorului Narlikar forfotesc mulțimi și țâșnesc focuri de artificii care se conformează și ele culorilor nopții – rachete de șofran, o ploaie de scântei verzi; bărbați în cămăși de zafaran, femeile în sariuri de culoarea frunzelor de tei. Pe o mochetă verde cu șofran, doctorul Narlikar discută cu Ahmed Sinai.

— O să mă ocup personal de *beguma* dumitale, spune el pe un ton blând ca nuanțele serii. N-ai de ce să-ți faci griji. Așteaptă aici, ai loc să te plimbi berechet.

Doctorul Narlikar e un ginecolog foarte priceput, chit că-i displac copiii. În timpul liber își bombardează nația cu prelegeri, articole, pamflete și mustrări legate de contracepție.

— Controlul nașterilor, zice el, este Prioritatea Publică Numărul Unu. O să vină și ziua când o să vâr chestia asta în capetele seci ale oamenilor, iar atunci o să rămân fără serviciu.

Ahmed Sinai zâmbește stingher și neliniștit.

— Măcar în seara asta lasă predicile și adu-mi copilul pe lume, zice taică-meu.

Mai sunt douăzeci și nouă de minute până la miezul nopții. La maternitatea doctorului Narlikar lucrează un număr mic de angajați. Lipsesc destul de mulți, care au preferat să sărbătorească nașterea iminentă a națiunii și nu vor asista la nașterile de copii. Purtând cămăși de șofran și fuste verzi, se înghesuie pe străzile iluminate, sub balcoanele nesfârșite ale orașului, pe care au fost așezate o mulțime de mici lămpi de ceramică pline cu uleiuri misterioase; în lămpile așezate pe balcoane și pe acoperișuri plutesc fitiluri care se conformează schemei noastre cromatice din două tonuri: jumătate din lămpi ard în culoarea șofranului, din celelalte se ridică flăcări verzui.

Prin monstrul cu multe capete ale gloatei își croiește drum o mașină a poliției, iar uniformele galben-albastre ale ocupanților ei sunt transformate de lumina nepământeană în șofran și verde. (Preț de câteva secunde, ne găsim pe Colaba Causeway, ca să anunțăm că, la douăzeci și șapte de minute distanță de miezul nopții, autoritățile urmăresc un criminal periculos. Numele lui : Joseph D'Costa. Infirmierul nu e de găsit, lipsește de câteva zile de la maternitatea unde lucrează, din camera de lângă abator și din viața feciorelnicei și deznădăjduitei Mary.)

Trec douăzeci de minute în care gemetele Aminei Sinai devin tot mai frecvente și mai puternice de la o clipă la alta, pe când cele ale Vanitei, aflată în camera alăturată, slăbesc și sunt tot mai obosite. Monstrul de pe străzi a început deja să sărbătorească ; noul mit îi curge prin vine, înlocuindu-i sângele cu corpusculi șofran și verzi. Iar la Delhi un bărbat serios și slab se află în Sala Adunării și se pregătește să țină un discurs. La Moșia Methwold, carașilor aurii le e lene să înoate în heleșteie, pe când locatarii merg dintr-o casă în alta cu farfurii de fistic și dulciuri, îmbrățișându-se și sărutându-se – se consumă fistic verde și prăjiturele de culoarea șofranului. Doi copii străbat niște locuri tainice, în vreme ce la Agra un doctor bătrâior stă cu soția care are pe față două alunițe ca niște negi de vrăjitoare, iar în mijlocul gâștelor adormite și al amintirilor mâncate de molii tac amândoi chitic și nu găsesc ce să spună. În toate orașele, comunele și satele lămpile mici luminează de pe pervazul ferestrelor, din pridvoare și de pe verande, pe când trenurile ard în Punjab, cu flăcările verzi ale vopselii scorojite și cu șofranul orbitor al combustibilului incendiat, de parcă ar fi cele mai mari torțe din lume.

La rândul lui, și orașul Lahore arde.

Bărbatul slab și serios se ridică în picioare. Miruit cu apă sfințită din râul Tanjore, se scoală. Având fruntea mânjită de cenușa sacră, își drege glasul. Fără vreun discurs scris și fără să fi memorat cuvinte pregătite din timp, Jawaharlal Nehru începe :

— Cu mulți ani în urmă, ne-am dat întâlnire cu destinul. Și iată acum vine vremea să ne ținem făgăduiala – nu întru totul și nici cu asupra de măsură, dar substanțial...

E douăsprezece fără două minute. La maternitatea doctorului Narlikar, medicul brunet și surescitat, însoțit de o moașă pe nume Flory, o femeie slabă, cumsecade și neglijată, o îmbărbătează pe Amina Sinai :

— Împinge ! Mai tare ! I se vede capul !

În timp ce, în camera alăturată, un oarecare doctor Bose – asistat de domnișoara Mary Pereira – participă la ultima fază a travaliului de douăzeci și patru de ore al Vanitei :

— Da ! Acum ! Încă o dată, hai ! O ultimă încercare și gata !

Femeile se vaită și țipă, pe când într-o altă încăpere bărbații tac. Wee Willie Winkie – incapabil să mai cânte – se ghemuiește într-un colț, legănându-se întruna înainte și înapoi... iar Ahmed Sinai se uită după un scaun. Numai că în încăperea respectivă nu există așa ceva. Camera a fost amenajată pentru plimbatul dintr-un colț în altul. Așa că Ahmed Sinai deschide o ușă, găsește un scaun la recepția unde nu mai e nimeni, îl ia pe sus, îl aduce în camera de plimbat, unde Wee Willie Winkie se leagănă de mama focului, cu ochii la fel de goi ca ai unui orb – o să trăiască? n-o să trăiască? – ...și iată că în sfârșit se face miezul nopții.

Monstrul de pe străzi a început să urle, în vreme ce la Delhi se aude glasul bărbatului uscățiv:

— Când bate de miezul nopții, în timp ce lumea doarme, India se trezește la viață și libertate...

Dincolo de răgetele monstrului se mai aud două urlete, zbierete, țipete și strigăte – cele ale copiilor care vin pe lume și ale căror proteste zadarnice se combină cu hărmălaia independenței care atârnă verde-șofran din cerul nopții.

— Vine o clipă, și rareori se întâmplă așa ceva în istorie, când ieșim din ce e vechi și pășim spre ce e nou, când o epocă se încheie și când sufletul îndelung reprimat al unei națiuni își găsește vocea.

Între timp, într-o încăpere cu mochetă verde-șofran, Ahmed Sinai încă își ține mâinile încleștate pe un scaun, când doctorul Narlikar intră să-i dea vestea:

— Când a bătut miezul nopții, frate Sinai, *begum sahiba* ta a născut un bebeluș voinic și sănătos. Ai un fiu!

Acum tata a început să se gândească la mine (neștiind...). Din cauză că imaginile chipului meu i s-au învălmășit în minte, a uitat de scaun; cotropit de dragostea pentru mine (cu toate că...), mustind de ea din creștet până în tălpi, a dat drumul scaunului.

Da, eu am fost de vină (în ciuda a toate cele)... Puterea chipului meu, al meu și nu al altcuiva, a fost cea care l-a făcut pe Ahmed Sinai să scape scaunul din mâini și să-l lase să cadă, cu o accelerație de 9,8 metri pe secundă, așa că exact în clipele când Jawaharlal Nehru rostea în Sala Adunării: „Punem capăt astăzi unei perioade nefaste", iar în megafoane răsuna vocea libertății, a început să strige și tata, fiindcă scaunul aflat în cădere i-a zdrobit degetul mare de la picior.

Și iată-ne ajunși la miezul problemei: tămbălăul i-a făcut pe toți să dea fuga. Taică-meu și accidentul lui au smuls un mic moment de atenție în detrimentul celor două mame chinuite și al celor două nașteri simultane de la miezul nopții – asta întrucât până la urmă Vanita dăduse viață unui bebeluș de dimensiuni remarcabile.

— Nu ți-ar fi venit să crezi, a zis doctorul Bose. Ieșea și nu se mai oprea, e o mândrețe de băiat, zău dacă nu!

— Și al meu la fel, a spus la rândul lui doctorul Narlikar, în timp ce se spăla.

Dar asta a avut loc mai târziu; într-o primă fază Narlikar și Bose s-au ocupat de degetul lui Ahmed Sinai. Moașelor li se spusese să-i spele și să-i înfeșe pe cei doi nou-născuți. Acesta a fost momentul în care a intrat în joc domnișoara Mary Pereira.

— Du-te, du-te și vezi dacă poți să-i ajuți, a îmboldit-o ea pe biata Flory. Mă descurc fără probleme.

Iar când a rămas singură – cu doi bebeluși pe mână, cu două vieți în puterea ei –, a făcut-o pentru Joseph (propriul ei gest revoluționar) și și-a zis: Cu siguranță c-o să mă iubească pentru asta, schimbând între ele etichetele celor doi nou-născuți uriași, dăruindu-i bebelușului sărac o viață de privilegii și condamnându-l pe cel provenit dintr-o familie bogată la acordeoane și mizerie... „Iubește-mă, Joseph!" a strigat Mary Pereira în gând, după care a trecut la treabă. De glezna plodului dolofan cu ochi albaștri ca văzduhul Kashmirului (dar și la fel de albaștri ca ai lui Methwold) și cu un nas la fel de spectaculos ca al unui străbunic din Kashmir (dar și ca al unei bunici din Franța), ea a atârnat numele *Sinai*.

Am fost înfășat în șofran fiindcă, din cauza nelegiuirii lui Mary Pereira, am devenit copilul ales din miez de noapte ai cărui părinți nu erau ai lui și al cărui fiu nu avea să-i aparțină... Mary l-a luat din pântecele maică-mii pe nou-născutul care nu avea să fie al ei, tot un prunc rotofei și sănătos, dar ai cărui ochi băteau deja spre căprui și ai cărui genunchi erau la fel de ciolănoși ca ai lui Ahmed Sinai, l-a învelit în verde și i l-a adus lui Wee Willie Winkie, care tocmai s-a uitat la ea fără să o vadă, fără să-și vadă fiul cel nou, fără să știe secretul cărării pe mijloc – aflase că Vanita nu supraviețuise nașterii. La trei minute după miezul nopții, în timp ce medicii se aferau pentru un deget scrântit, ea suferise o hemoragie și murise.

Așa că am fost adus în fața mamei, care nu mi-a pus autenticitatea la îndoială nici o secundă. Ahmed Sinai, cu degetul mare imobilizat, s-a așezat pe patul ei și a auzit-o spunând:

— Ia te uită, *janum*, amărâtul a moștenit nasul lui bunicu-său.

Ahmed s-a uitat nedumerit, în vreme ce ea se încredința că exista un singur cap. Abia după aceea mama s-a destins complet, pricepând că până și ghicitorii hărăziți aveau limitele lor.

— *Janum*, trebuie să anunți ziarele, a zis ea înfierbântată. Sună-i pe cei de la *Times of India*. Ce-ți spuneam? Am câștigat.

— ...Nu e momentul criticilor mărunte sau distructive, a declarat Jawaharlal Nehru în fața Adunării. Nu e momentul relelor intenții. Trebuie să construim conacul nobil al Indiei libere, unde să poată locui toți copiii ei.

Se desfășoară un drapel ale cărui culori sunt șofran, alb și verde.

— Englezit? întreabă Padma oripilată. Asta încerci să-mi spui? Că ești anglo-indian? Că ai un nume care nu-i al tău?

— Sunt Saleem Sinai, îi răspund. Mucea, Pocilă, Smârcâici, Cheliosul, Țăndărel-de-lună. Și cum adică, nu-i al meu?

— M-ai păcălit întruna, se tânguiește Padma supărată. Ai tot vorbit de maică-ta, de taică-tău, de străbunicu-tău și de mătuși. Ce fel de om ești, dacă nu catadicsești să spui adevărul nici despre cine ți-au fost părinții? Chiar nu-ți pasă că maică-ta a murit ca să te naști? Că taică-tău poate că trăiește și la ora asta, amărât și fără un chior în pungă? Ești ființă omenească sau monstru?

Nu, nu sunt un monstru. Și nu sunt vinovat de înșelătorie. Am furnizat niște indicii... dar există ceva și mai important. Iată ce : când am descoperit într-un târziu nelegiuirea lui Mary Pereira, ne-am dat seama cu toții că *era totuna* ! Eram în continuare fiul lor, iar ei rămâneau părinții mei. Într-un fel de eșec colectiv al imaginației, am descoperit că pur și simplu nu putem scăpa de trecut prin forța gândurilor... Dacă l-ați fi întrebat pe taică-meu (da, chiar pe el, în pofida tuturor celor întâmplate!) cine era fiul lui, nimic nu l-ar fi făcut să arate spre băiatul nespălat și cu genunchii ciolănoși al acordeonistului. Cu toate că, până la urmă, și acest Shiva avea să ajungă un fel de erou.

Prin urmare, au existat genunchi și un nas, un nas și genunchi. De fapt, pretutindeni în India cea nouă, visul nostru, al tuturor, se nășteau copii care erau doar parțial vlăstarele propriilor părinți – copiii din miez de noapte erau, de asemenea, copiii *timpului lor*, zămisliți, se înțelege, de istorie. Se mai întâmplă. Mai ales într-o țară care este ea însăși un fel de vis.

— Ajunge, bombănește Padma. Nu mai am chef să ascult. Așteptându-se la un anumit tip de copil cu două capete, enervată de faptul că i s-a oferit un altul. Totuși, indiferent dacă ascultă sau nu, mai am de consemnat câteva lucruri.

La trei zile după nașterea mea, Mary Pereira a fost cuprinsă de remușcări. Era limpede să Joseph D'Costa, care se ascundea de mașinile de poliție plecate în căutarea lui, o părăsise nu doar pe Mary, ci și pe Alice, sora ei. Așa că femeia minionă și plinuță – incapabilă să-și recunoască nelegiuirea de frică – s-a convins că fusese o proastă. „Tâmpita de mine!" s-a certat ea, preferând totuși să păstreze secretul. Oricum, s-a hotărât să îndrepte într-un fel lucrurile. A plecat de la maternitate și a abordat-o pe Amina Sinai, spunându-i:

— Doamnă, mi-a ajuns să vă văd o dată bebelușul și mi-a căzut cu tronc. Nu aveți nevoie de-o *ayah*?

— Ba da, a răspuns Amina, cu ochii debordând de bucuria de-a fi mamă.

Din clipa aceea, Mary Pereira („Poți să spui la fel de bine că *ea* e mama ta", intervine Padma, dovedind că o interesează în continuare povestea. „Doar ea te-a făcut.") și-a dedicat întreaga viață creșterii mele, legându-și astfel restul zilelor de amintirea nelegiuirii înfăptuite.

Pe 20 august, Nussie Ibrahim i-a urmat mamei la clinica din Padder Road, iar micul Sonny mi-a urmat mie în lume. Atâta doar că nu prea i-a venit să iasă. A fost nevoie de folosirea forcepsului ca să fie scos la lumină. Sub presiunea momentului, doctorul Bose a apăsat puțin prea tare, iar Sonny a venit pe lume cu niște mici scobituri lângă tâmple, semne lăsate de forceps, care aveau să-l facă atrăgător și irezistibil, la fel cum îl făcuse peruca lui William Methwold pe posesor. Fetele (Evie, Maimuța de Bronz și altele) s-au întins să-i pipăie văioagele minuscule... fapt care avea să provoace tensiuni în relația dintre noi.

Însă am păstrat cea mai gustoasă bucățică pentru la urmă. Așadar, permiteți-mi să vă spun că, în ziua când m-am născut, mama și cu mine am fost vizitați în salonul verde-șofran de două persoane de la *Times of India* (ediția de Bombay). Din pătuțul verde unde stăteam înfășat în șofran, mi-am ridicat privirea spre cei doi musafiri. Unul era un reporter care i-a luat un interviu mamei, celălalt, un fotograf înalt și acvilin, care s-a concentrat asupra mea. A doua zi, atât cuvintele, cât și imaginile au apărut în ziar...

Cu puțin timp în urmă, am vizitat o grădină de cactuși unde cândva, cu mulți ani în urmă, îngropasem un glob metalic de jucărie, zgâriat, lovit și lipit cu bandă adezivă. Am scos din el lucrurile pe care le ținusem dosite atâta amar de vreme. Având-le în mâna stângă chiar acum, în timp ce scriu, îmi dau seama – în ciuda îngălbenirii și mucegaiului – că unul din ele este o scrisoare, o scrisoare adresată mie personal și semnată de prim-ministrul Indiei, iar celălalt este o tăietură dintr-un ziar.

Are un titlu: COPILUL DIN MIEZ DE NOAPTE.

Și un text: „O poză încântătoare a Bebelușului Saleem Sinai, care s-a născut azi-noapte exact în clipa independenței Națiunii noastre – fericitul Copil al acestei mărețe Ore!"

Precum și o fotografie mare: un instantaneu imens, pus pe prima pagină, pe o hârtie de calitate, format A1, în care încă poate fi identificat un copil cu obrajii însemnați din naștere și cu un nas lucios, care-i curge mereu. (Sub poză stă scris: *Foto de Kalidas Gupta.*)

În ciuda titlului, a textului și a fotografiei, trebuie să-mi acuz vizitatorii de delictul de trivializare. Simpli ziariști interesați doar de foaia din ziua următoare, ei nu și-au dat seama de importanța evenimentului de care se ocupau. Pentru ei a fost vorba doar de o întâmplare capabilă să trezească interesul oamenilor.

De unde știu? De la fotograful care, la sfârșitul interviului, i-a înmânat maică-mii un cec. De o sută de rupii.

O sută de rupii! Vă puteți închipui o sumă mai deplasată și mai derizorie? E genul de sumă la primirea căreia, dacă îți pui în gând, ai dreptul să te simți jignit! Cu toate acestea, o să le mulțumesc pentru că mi-au sărbătorit venirea pe lume și o să le trec cu vederea lipsa unui simț adevărat al istoriei.

— Nu umbla cu nasul pe sus, spune Padma țâfnoasă. O sută de rupii tot e ceva. La urma urmei, toți ne naștem, ce mare scofală?

Cartea a doua

Degetul întins al pescarului

E cu putință să fii gelos pe cuvintele scrise? Să te simți jignit de niște mâzgăleli noptatice, de parcă ar fi întruparea unui rival în ale sexului? Nu mă pot gândi la nici o altă cauză a comportamentului bizar al Padmei; iar explicația asta are cel puțin meritul de-a fi la fel de bizară ca mânia care a cuprins-o în noaptea asta, când am comis eroarea de a scrie (și citi cu voce tare) un cuvânt pe care s-ar fi cuvenit să nu-l rostesc... De când cu vizita medicului șarlatan, adulmec mai mereu o stranie nemulțumire a Padmei, care își secretă dâra tainică prin glandele ecrine (sau apocrine). Necăjită, poate, de zădărnicia încercărilor făcute în miez de noapte pentru a-mi trezi la viață „pixu' ălălalt", inutilul castravete pitit în pantaloni, s-a îmbufnat de-a binelea. (Unde mai pui izbucnirea de aseară, când i-am împărtășit taina nașterii mele, precum și supărarea iscată de părerea proastă pe care am avut-o despre suma de o sută de rupii.) Eu sunt de vină: adâncit în această întreprindere autobiografică, i-am neglijat sentimentele și am început în seara asta pe o notă falsă cât se poate de nefericită.

— Condamnat de un cearșaf găurit la o viață fragmentară, am scris și am citit cu voce tare, m-am descurcat oricum mai bine ca bunicul. Căci, pe câtă vreme Aadam Aziz a rămas victima cearșafului, eu i-am devenit stăpân – iar acum cea care se află sub vraja lui e Padma. Așezat în mijlocul umbrelor mele fermecate, mă arăt zilnic pe bucățele, în timp ce ea, spioana mea ghemuită într-un ungher, este captivată, neputincioasă ca o mangusta paralizată de ochii ficși, care nu clipesc, ai unui șarpe ascuns, pironită locului – ei, bine, da! – de iubire.

Asta a fost cuvântul: iubire. Scris și rostit, a făcut-o să ridice vocea până când a ajuns neobișnuit de stridentă. Zăgazul buzelor s-a spart și a dat drumul unei violențe care m-ar fi rănit dacă m-aș mai fi dovedit vulnerabil în fața cuvintelor. „Să te iubesc?" a pufnit batjocoritoare Padma noastră. „Pentru ce, Dumnezeule? La ce crezi că ești bun, prințișorule" – iar acum a venit și încercarea unui *coup de grâce* – „ca *iubit*?" Cu brațul întins și cu părul lucind în lumina lămpii, mi-a țintuit cu un arătător vibrând de dispreț vintrele declarat nefuncționale – un deget lung, gros, țeapăn de gelozie, care din nefericire nu a făcut decât să-mi aducă aminte de un alt deget, pierdut în negura vremurilor... Iar ea, văzând că săgeata nu nimerise ținta, a spumegat: „Nebun de aiurea! A avut dreptate doctoru'!" și a zbughit-o din cameră cu mintea rătăcită. I-am auzit pașii coborând cu zgomot scările metalice până pe podeaua fabricii, strecurându-se printre borcanele cu murături acoperite cu învelitori închise la culoare, apoi o ușă la început descuiată, iar pe urmă trântită.

Abandonat în felul ăsta și neavând încotro, m-am întors la lucru.

Degetul întins al pescarului: centrul de neuitat al tabloului atârnat pe peretele de culoarea cerului din Vila Buckingham, exact deasupra pătuțului de aceeași culoare în care mi-am petrecut primele zile în calitate de Bebe Saleem, copilul din miez de noapte. Tânărul Raleigh – și mai cine? – se găsea în rama de tec la picioarele unui marinar bătrân și noduros, care trăia din reparatul năvoadelor – oare avea mustață pe oală? – și al cărui braț, întins la maximum, se îndrepta spre un orizont al apelor, pe când poveștile lui lichide se încrețeau ca vălurelele din jurul urechilor fascinate ale lui Raleigh – și ale cui altcuiva? Căci mai exista cu siguranță un băiat în tablou, care ședea turcește, îmbrăcat cu o tunică încheiată până jos și cu gulerul boțit... și iată că în fine îmi amintesc de o petrecere de ziua de naștere în care o mamă mândră și o *ayah* așijderea l-au îmbrăcat pe un băiat cu un nas gargantuesc cu o tunică și un guler aidoma. Un croitor stătea într-o cameră albastră ca văzduhul, sub degetul întins, și croia haine aidoma celor ale milorzilor englezi... „Ia uite, ce frumușeșe!" a exclamat Lila Sabarmati, întru veșnica mea umilire. „Zici c-a ieșit din tablou și mai multe nu!"

Într-un tablou atârnat pe un perete în dormitor, mă găseam lângă Walter Raleigh și urmăream din priviri degetul întins al unui pescar; îmi îngustam ochii spre orizontul dincolo de care se afla – ce să fi fost? – poate chiar viitorul meu; blestemul meu aparte, de care am fost conștient din capul locului, ca o prezență cenușie și imprecisă în camera de culoarea cerului, mai întâi nedeslușită, apoi cu neputință de ignorat... fiindcă degetul arăta chiar mai departe de linia tremurată a orizontului, dincolo de rama de tec și de o porțiune mică din peretele albastru, silindu-mă să-mi îndrept privirea spre un alt cadru, în care destinul meu inconturnabil fusese imortalizat și fixat pentru totdeauna sub sticlă: iată aici un instantaneu cu un ditamai bebelușul însoțit de titluri profetice, iar dincoace, chiar alături, o scrisoare pe foaie velină și cu stema statului – leii din Sarnath stăteau deasupra *dharmei-chakra* în misiva prim-ministrului, adusă de poștașul Vishwanath la o săptămână după ce mi-a apărut poza pe prima pagină din *Times of India*.

Ziarele m-au sărbătorit, iar politicienii mi-au ratificat poziția. Jawaharlal Nehru mi-a scris: „Dragă Bebe Saleem, felicitări întârziate pentru fericitul accident al clipei când te-ai născut! Ești cel mai nou purtător al acestui chip străvechi al Indiei, care este totodată veșnic tânăr. Vom veghea asupra vieții tale cu cea mai mare atenție; într-un fel, ea va fi oglinda propriei noastre existențe".

Iar Mary Pereira a bâiguit speriată:

— Guvernul, doamnă? O să fie cu ochii pe băiat? Dar de ce, doamnă? Ce-a pățit?

Fără să observe panica din vocea *ayahei*, Amina a lămurit-o:

— E doar un fel de-a spune, Mary. N-or s-o facă de-adevăratelea.

Dar uite că Mary nu se potolește. Și de câte ori intră în camera bebelușului, ochii i se îndreaptă necontrolat spre scrisoarea înrămată. Se uită în jur, străduindu-se să vadă dacă nu cumva guvernul veghează. Doi ochi care se întreabă: Oare cât de mult știu? A văzut cineva?... Cât despre mine, pe măsură ce creșteam, am început să nu mai accept nici eu explicațiile maică-mii. Atâta doar că mi-au indus sentimentul unei false securități. Așa stând lucrurile, deși o parte din bănuielile lui Mary mă năpădiseră și pe mine, tot am fost surprins când...

Poate că degetul întins al pescarului nu era îndreptat spre scrisoarea înrămată; fiindcă, dacă îl urmăreai mai departe, arăta undeva dincolo de fereastră, în josul colinei cât o casă cu două etaje, pe trotuarul îndepărtat al lui Warden Road, dincolo de ștrandul Breach Candy, spre o mare care nu era cea din tablou; o mare pe ale cărei ape pânzele de la *dhow*-urile pescarilor *koli* scânteiau stacojiu în apus... un deget acuzator, așadar, care ne silea să ne uităm la dezmoșteniții orașului.

Sau poate că – și ideea asta mă face să tremur, în pofida căldurii – era un deget prevenitor, care își propusese să atragă atenția asupra *lui însuși*; da, ar fi putut fi – de ce nu? – profeția unui alt deget, unul relativ asemănător, a cărui pătrundere în povestea mea avea să dezlănțuie logica teribilă a lui Alfa și Omega... Dumnezeule, ce noțiune! Cât din viitorul meu atârna deasupra pătuțului, așteptându-mă pur și simplu să-l înțeleg!? Câte avertismente mi s-au dat – și câte am nesocotit?... Dar nu. Nu o să fiu „un nebun de aiurea“, ca să folosesc elocventa formulă a Padmei. Nu o să cedez în fața digresiunilor fragmentare, în nici un caz atâta timp cât o să am tăria să rezist în fața fisurilor.

Când Amina Sinai și Bebe Saleem au ajuns acasă într-un Studebaker împrumutat, Ahmed Sinai a adus la rându-i un plic voluminos din plastic. Înăuntru se găsea un borcan de murături golit de *kasaundy*-ul de chitre, spălat, pus la fiert, purificat – iar acum umplut la loc. Un borcan strâns legat la gură, cu o bucată de elastic petrecută de jur împrejurul capacului metalic și ținută în loc de un alt elastic răsucit. Ce fusese sigilat sub capac, conservat la borcan și ascuns într-un plic mare de plastic? Iată ce: alături de tata, mama și copilul, se întorcea acasă o cantitate din apa sărată în care plutea încet un cordon ombilical. (Dar oare era al meu sau al Celuilalt? Lucrul ăsta nu pot să vi-l divulg.) În timp ce Mary Pereira, nou-angajata *ayah*, se ducea la Moșia Methwold cu autobuzul, cordonul ombilical a călătorit în stil mare în torpedoul Studebaker-ului împrumutat al unui magnat al filmului. Pe câtă vreme Bebe Saleem creștea și se făcea bărbat, țesutul ombilical a rămas mai departe în apa sărată din borcanul plasat în fundul unui șifonier din lemn de tec. Iar după un număr de ani, pe când familia noastră își începea exilul pe Tărâmul Neprihăniților, iar eu mă străduiam să ating puritatea, cordoanele ombilicale și-au trăit momentul de vârf.

Nu s-a aruncat nimic. Au fost păstrați și bebelușul, și placenta. Amândoi au ajuns la Moșia Methwold, amândoi au așteptat să le vină rândul.

Nu am fost un bebeluș frumos. Instantaneele vremii arată că fața mea lătăreață ca luna era prea mare și prea rotundă. Îi lipsea ceva în zona bărbiei. Pielea deschisă îmi îmblânzea trăsăturile, însă semnele din naștere mă desfigurau. Lângă cărarea occidentală îmi apăruseră pete negricioase, iar urechea orientală îmi era colorată de o pată maronie. Bașca tâmplele: prea ieșite, ca două bolți bizantine umflate peste măsură. (Sonny Ibrahim și cu mine ne născuserăm ca să fim prieteni – când ne-am dat cap în cap, urmele de forceps ale lui Sonny au fost exact pe măsura tâmplelor mele, iar îmbucarea lor a fost la fel de meșteșugită ca lucrul unui dulgher destoinic.) Amina Sinai, nespus de ușurată de faptul că aveam doar un cap, l-a privit cu o dragoste maternă îndoită, văzându-l printr-o peliculă care îl făcea mai frumos și nebăgând în seamă excentricitatea glacială a ochilor albaștri ca văzduhul, tâmplele ca două cornițe debile și nici măcar nasul ca un castravete agresiv.

Nasul lui Bebe Saleem: era monstruos și curgea.

O trăsătură interesantă a primelor mele zile: indiferent cât eram de mare și neatrăgător, se pare că tot nu-mi convenea. Chiar din primele zile de viață, m-am angajat într-un program eroic de autoextindere. (De parcă aș fi știut că, pentru a duce în spate toate poverile vieții viitoare, trebuia să fiu mare, nu glumă.) La jumătatea lui septembrie supsesem tot laptele din sânii deloc neglijabili ai maică-mii. Pentru scurtă vreme a fost angajată o doică, dar n-au trecut două săptămâni și s-a retras și ea, secată ca deșertul și acuzându-l pe Bebe Saleem că încercase să-i smulgă sfârcurile cu gingiile lui fără dinți. Am trecut la sticlă și am dat pe gât mari cantități de lapte praf: au avut de suferit și sfârcurile sticlei, ca o răzbunare împotriva doicii care se plânsese. S-a păstrat o evidență pedantă a performanțelor mele din copilărie; ea arată că m-am lărgit aproape vizibil, crescând de la o zi la alta. Din păcate, nu s-au făcut nici un fel de măsurători nazale, ca să-mi dau seama dacă aparatul respirator mi s-a dezvoltat direct proporțional cu (sau mai repede decât) restul. Trebuie să spun că am avut un metabolism sănătos. Reziduurile erau evacuate copios prin orificiile de profil; din nas îmi curgea o cascadă strălucitoare și vâscoasă. Armate de batiste și regimente de șervețele își croiau drum spre coșul de rufe încăpător din baia maică-mii... Eliminând mizerii prin toate deschizăturile, mi-am păstrat ochii uscați. „Ce copil cuminte, doamnă“, zicea Mary Pereira. „Nu varsă o lacrimă.“

Preabunul bebeluș Saleem a fost un copil liniștit. Râdeam des, dar pe mutește. (La fel ca fiu-meu, înainte să încep să gâlgâi, am tăcut zdravăn și abia după aceea am scos primele cuvinte.) Câtva timp Aminei și lui Mary le-a fost frică să nu cumva să fiu mut; dar chiar când se pregăteau să-i spună lui taică-său (căruia îi ascundeau temerile personale – nici un tată nu-și dorește un copil handicapat), micuțul a dat glas și a devenit, cel puțin în privința aceea, perfect normal. „Parcă s-ar fi hotărât să nu ne mai fiarbă“, i-a șoptit Amina lui Mary.

A mai existat o problemă serioasă. Aminei și lui Mary le-au trebuit câteva zile s-o depisteze. Prinse în procesul puternic și complex al transformării într-o mamă bicefală și cu vederea încețoșată de duhoarea scutecelor, cele două n-au observat că nu mi se mișcau pleoapele. Amintindu-și că în perioada sarcinii greutatea copilului nenăscut ținuse timpul în loc ca pe un heleșteu verde și inert, Amina a început să se întrebe dacă de data asta nu se întâmpla exact pe dos – dacă nu cumva bebelușul avea puteri magice asupra întregului timp din imediata lui apropiere și dacă nu cumva îi accelera trecerea, în așa fel încât mama-și-*ayah* nu avea niciodată timp să facă tot ce era nevoie, iar pruncul putea crește într-un ritm care părea fantastic. Visând cu ochii deschiși la asemenea tertipuri cronologice, nu a observat ce problemă aveam. Abia când și-a alungat gândul ăsta din minte și și-a zis că eram un copil solid, mâncăcios și precoce, valurile dragostei de mamă s-au dat în lături suficient de mult ca să le facă – pe ea și pe Mary – să urle într-un glas:

— Uitați-vă, *baap-re-baap* ! Ia priviți, doamnă ! Vezi, Mary ? ! Micuțul nu clipește !

Ochii erau de un albastru pur : albastrul Kashmirului, albastrul copilului înlocuit, albastru din pricina greutății lacrimilor nevărsate ; niște ochi prea albaștri ca să clipească. Când mi se dădea de mâncare, nu clipeam ; când feciorelnica Mary mă aburca pe umăr și se văicărea – „Of, greu mai e, Dumnezeule mare !“ –, regurgitam și nu mi se mișcau pleoapele. Când Ahmed Sinai se apropia de pătuț, șchiopătând din cauza degetului mare, mă lăsam pupat de buzele lui proeminente și țuguiate cu o privire atentă și fixă...

— Poate că-i o greșeală, doamnă, a sugerat Mary. Poate că micul sahib ne imită și clipește odată cu noi.

— Clipim pe rând și ne dăm seama, a răspuns Amina.

Deschizându-și și închizându-și pleoapele în contratimp, mi-au pândit albastrul de gheață al ochilor, dar nu au observat nici cel mai mic tremur, până când Amina nu a luat taurul de coarne și nu s-a întins spre leagăn ca să-mi coboare pleoapele cu mâna. Pleoapele s-au închis și respirația mi s-a schimbat instantaneu, pliindu-se pe ritmurile satisfăcute ale somnului. Timp de câteva luni după aceea, mama și *ayah* mi-au închis și mi-au deschis pleoapele cu rândul.

— O să învețe, doamnă, a liniștit-o Mary pe Amina. E un băiat bun și ascultător, sunt sigură c-o să prindă mișcarea.

Am învățat prima lecție a vieții: nimeni nu poate înfrunta lumea ținându-și tot timpul ochii deschiși.

Acum, uitându-mă în urmă cu ochii aceia de copil, văd totul perfect – e uimitor cât de mult îți amintești, dacă îți dai silința. Și ce văd? Orașul prăjindu-se ca o șopârlă sangvinară în arșița verii. Bombay-ul nostru: seamănă cu o mână, dar de fapt e o gură deschisă tot timpul și flămândă mereu, care înghite hrană și talente de pretutindeni din India. O lipitoare plină de strălucire, care nu produce nimic în afară de filme, sahariene și pește... După Împărțire, îl văd pe Vishwanath, poștașul, cum gonește cu bicicleta spre colina noastră cât o casă cu două etaje, cu plicul velurat pus bine în buzunarul de sub șa, trecând cu vechea lui bicicletă Arjuna pe lângă un autobuz ros de rugină – părăsit, cu toate că nu a început sezonul musonilor, fiindcă șoferul s-a decis brusc să plece în Pakistan, a oprit motorul și a luat-o din loc, lăsând o mulțime de pasageri cu ochii în soare, ițiți pe la geamuri, ținându-se de bare și îmbulzindu-se la ușă... Le aud ocările – pui de porc, frate de măgar –, dar vor rămâne două ore pe locurile obținute atât de greu înainte de-a lăsa autobuzul în voia sorții. Și, și: iată-l pe primul indian care a trecut înot Canalul Mânecii, domnul Pushpa Roy, ajungând la ștrandul Breach Candy. Cu casca de baie galbenă ca șofranul pe cap și cu costumul de baie verde împachetat într-un prosop în culorile drapelului, acest domn Pushpa a declarat război politicii exclusiviste a acestui ștrand unde erau primiți doar albii. Are în mână un săpun Mysore cu aromă de santal, se îndreaptă din șale, intră țanțoș pe poartă... iar în clipa aceea pathanii angajați îl înșfacă, indienii îi scutesc pe europeni de o revoltă indiană ca de obicei, iar domnul Pushpa face cale întoarsă, luptându-se voinicește cu paznicii care îl duc ca pe un deținut până pe Warden Road și dau cu el de pământ. Eroul nautic al Canalului aterizează în plină stradă, scăpând ca prin minune de cămile taxiuri biciclete (Vishwanath cotește brusc ca să evite bucata de săpun)... dar nu se lasă. Se ridică, se șterge frumușel de praf și promite să se întoarcă a doua zi. În toți anii copilăriei, zilele mi-au fost marcate de imaginea lui Pushpa înotătorul, cu casca de culoarea șofranului și prosopul care imită drapelul, plonjând spre Warden Road împotriva propriei voințe. În cele din urmă, această campanie susținută s-a soldat cu o victorie, fiindcă în ziua de azi administrația ștrandului le permite anumitor indieni – „cei mai răsăriți“ – să intre în piscinele în formă de hărți. Însă Pushpa nu face parte dintre cei răsăriți; bătrân și uitat de lume, privește acum ștrandul de la distanță... iar în clipa asta năvălesc în mine mulțimi tot mai mari – cum ar fi Bano Devi, vestita luptătoare de pe vremea aceea, care se întrecea doar cu bărbații și amenința că avea să se mărite cu cel care reușea s-o învingă, motiv pentru care nu a pierdut nici un meci în carieră; și (mai aproape de casă) *sadhu*-ul de sub robinetul din grădină, pe care îl chema Purushottam și căruia noi (Sonny, Oache, Briantină, Cyrus și cu mine) îi spuneam Puru-Guru – considerându-mă Mubarak, Cel Binecuvântat, și-a pus toată viața în slujba vegherii mele și și-a petrecut timpul învățându-l chiromanție pe tata și făcând să dispară ca prin farmec bătăturile maică-mii; unde mai pui rivalitatea dintre bătrânul servitor Musa și noua *ayah* Mary, care urma să se amplifice până când avea să facă explozie; pe scurt, la sfârșitul anului 1947, viața la Bombay era la fel de febrilă, variată și iremediabil amorfă ca întotdeauna... atâta doar că apărusem și eu. Începeam deja să-mi ocup locul din centrul universului, știind că la momentul final voi fi conferit sensuri tuturor lucrurilor din jur. Nu mă credeți? Ia ascultați. Mary Pereira stă lângă leagăn și îngână un cântecel:

Poți să fii tot ce dorești,
Orice vrei, vei ști s-ajungi.

Când am fost circumcis de un bărbier cu bot de lup de la Royal Barber House, situată pe Gowalia Tank Road (abia împlinisem două luni), eram deja foarte solicitat la Moșia Methwold. (Că tot veni vorba de circumcizie: jur și în ziua de azi că țin minte figura surâzătoare a bărbierului care m-a ținut de prepuț, în timp ce mădularul mi se bălăbănea întruna, ca un șarpe care se târăște spre pradă; țin minte totodată lama care cobora și durerea, dar mi s-a spus că, la momentul respectiv, nici n-am clipit.)

Da, eram foarte simpatizat: cele două mame, Amina și Mary, nu se mai săturau de mine. Erau cele mai strânse aliate în toate chestiunile practice. După ce-am fost circumcis, mi-au făcut baie împreună; și tot împreună au chicotit, în timp ce mădularul meu mutilat se bâțâia furios în apa din cadă. „Ar trebui să fim cu ochii pe micuț, doamnă“, zicea nesuferita Mary. „Jucăria aia e plină de viață!“ „Țț, țț, zău așa, Mary, ești groaznică“, răspundea Amina. Însă pe urmă începeau hohotele de râs nestăvilit și o auzeam din nou pe Mary: „Ia uitați-vă, doamnă, săraca jucărioară!“ Fiindcă începea iar să se miște și să se zbată, ca un pui cu gâtul tăiat... Împreună, s-au ocupat de mine cum nu se poate mai frumos. Numai că, în materie de emoții, erau rivale de moarte. Odată, când m-au scos la plimbare în cărucior prin Grădinile Suspendate de pe Malabar Hill, Amina a auzit-o pe Mary spunându-le celorlalte *ayahe*: „Ia uitați ce fiu voinic am“ și a simțit o amenințare ciudată. După acest episod, bebelușul Saleem a devenit câmpul de luptă al celor două iubiri rivale. Se căzneau să se depășească una pe alta în manifestările afectuoase, pe când micuțul, care începuse să clipească și scotea tot felul de gâlgâituri, se hrănea cu emoțiile lor, folosindu-le ca să-și accelereze creșterea, mărindu-se și absorbind nenumărate îmbrățișări-pupicuri mângâieri-sub-bărbie, gonind spre clipa când avea să dobândească trăsăturile de bază ale ființelor omenești; în fiecare zi, și doar în rarele momente când eram lăsat singur cu degetul întins al pescarului, încercam să mă ridic în picioare în mijlocul țarcului.

(Pe când făceam eforturi neprecupețite să mă ridic, și Amina cădea pradă unei fermități inutile – încerca să-și alunge din minte visul soțului ei nevrednic de nume, care îl înlocuise pe cel cu hârtia de muște din noaptea în care mă născusem; un vis de o autenticitate atât de copleșitoare, încât îi rămăsese pe scoarță și după ce se trezise. În visul acela, Nadir Han intra în patul ei și o lăsa grea; a fost un vis atât de pervers, încât a nedumerit-o pe Amina cu privire la identitatea micuțului și m-a înzestrat pe mine, copilul din miez de noapte, cu un al patrulea tată, alături de Winkie, Methwold și Ahmed Sinai. Agitată, dar neputincioasă în ghearele visului, maică-mea Amina a început de atunci să țeasă o perdea încețoșată a vinovăției, care mai târziu avea să-i înconjoare capul sub forma unei cununi negre ca tăciunele.)

Nu l-am auzit niciodată pe Wee Willie Winkie în anii de glorie. După necazul cu ochii, vederea i-a revenit treptat, dar în glas i s-a furișat o notă aspră și amară. Ne-a spus că era din cauza astmei și a continuat să vină săptămânal la Moșia

Methwold ca să interpreteze melodii care erau, ca și el, de altfel, relicve ale erei Methwold. Cânta „Noapte bună, doamnelor“, după care – semn că își actualizase repertoriul – trecea la „Norii se vor risipi curând“, iar ceva mai târziu la „Cât costă cățelușul din fereastră?“ După ce așeza pe un covoraș din mijlocul piațetei un copil măricuț, cu genunchii periculos de aproape unul de celălalt, interpreta niște șlagăre pline de nostalgie și nu-i venea nimănui să-i facă vânt. Winkie și degetul pescarului au fost doi dintre puținii supraviețuitori ai perioadei lui William Methwold, căci, după dispariția englezului, succesorii lui îi goliseră palatele de tot ce găsiseră părăsit înăuntrul lor. Lila Sabarmati și-a păstrat pianola, Ahmed Sinai nu a renunțat la bărulețul cu whisky, iar bătrânul Ibrahim a ajuns să se împace cu ventilatoarele de tavan; în schimb, carașii aurii au murit, unii de foame, alții fiindcă li s-a dat atât de mult de mâncare, încât au explodat, stârnind nori miniaturali de solzi și hrană pentru pești nedigerată, câinii au luat-o care încotro și până la urmă au încetat să se plimbe pe moșie, iar hainele decolorate din șifonierele vechi au fost împărțite între măturătoare și ceilalți servitori de la Moșie, așa că ani buni după aceea moștenitorii lui William Methwold au fost îngrijiți de bărbați și femei îmbrăcați cu cămășile și rochiile înflorate, din ce în ce mai ponosite, ale stăpânilor de odinioară. Dar Winkie și tabloul de pe perete au supraviețuit; cântărețul și pescarul au devenit instituții ale vieții noastre, ca de altfel și ora cocteilului, care ajunsese deja un obicei prea puternic pentru a renunța la el. „Necazul și lacrima tristă aproape de mine te-aduc“, cânta Winkie, cu o voce tot mai gâjâită, care la un moment dat a ajuns să semene cu trilul unui sitar[1] a cărui cutie de rezonanță făcută din dovleac lăcuit fusese ronțăită de șoareci. „E astmă“, a insistat el căpos. Înainte de-a muri, a rămas complet fără glas; medicii și-au revizuit diagnosticul, optând pentru cancerul la gât, dar s-au înșelat și ei, fiindcă Winkie nu se stinsese din cauza vreunei boli, ci de amărăciune fiindcă pierduse o soție despre care nu bănuise că îl înșela. Fiul lui, numit Shiva, după zeul procreației și al distrugerii, stătea cuminte la picioarele lui în zilele acelea, purtând tăcut povara de-a fi (după cum singur credea) motivul decăderii lente a tatălui său. Treptat, de-a lungul anilor, vedeam cum ochii i

1. Lăută indiană cu gâtul lung, a cărei cutie de rezonanță are forma unei pere.

se umplu cu o furie care nu putea fi exprimată în cuvinte; ne uitam cum strângea pietricele în pumni și le arunca spre pustietatea din jur – la început fără efect, dar din ce în ce mai periculos pe măsură ce creștea. Când fiul mai mare al Lilei Sabarmati avea opt ani, n-a avut de lucru și a început să-l bâzâie pe micul Shiva și să-i spună întruna că era ursuz, că i se ciocneau genunchii și că avea pantalonii nescrobiți; la care băiatul condamnat la sărăcie și acordeoane de nelegiuirea lui Mary a aruncat o piatră teșită și în colțuri, cu o margine ca lama de ras, și și-a lăsat torționarul orb de ochiul drept. După accidentul lui Oache, Wee Willie Winkie a venit singur la Moșia Methwold, lăsându-și fiul să intre în labirinturile întunecate din care avea să-l scape doar războiul.

De ce a continuat Moșia Methwold să-l tolereze pe Wee Willie Winkie, în pofida decăderii propriei voci și a violenței fiului său: furnizase cândva un indiciu important pentru viețile celor de acolo. „Prima naștere o să vă facă adevărați", spusese el.

Ca urmare directă a pontului vândut de Winkie, în primii ani ai vieții am fost extrem de solicitat. Amina și Mary se luptau să-mi capteze atenția. Dar existau oameni care voiau să mă cunoască în fiecare casă de pe moșie. În cele din urmă, Amina, în sufletul căreia mândria pentru popularitatea mea a ajuns mai puternică decât reticența la gândul că m-ar fi putut pierde din vedere, a acceptat să mă împrumute printr-un fel de rotație diverselor familii de pe colină. Instalat într-un cărucior albastru ca cerul și împins de Mary Pereira, am pornit într-o călătorie triumfală în jurul palatelor cu țiglă roșie, onorându-le pe rând cu prezența și făcând să li se pară adevărate proprietarilor. Prin urmare, privind acum înapoi cu ochii bebelușului Saleem, pot dezvălui majoritatea secretelor din vecini, fiindcă adulții și-au dus viața în prezența mea fără să se teamă că erau observați, neștiind că, după ani și ani, cineva avea să se uite în urmă cu ochii din copilărie și să hotărască să dea totul în vileag.

Prin urmare, iată-l pe bătrânul Ibrahim îngrijorat nevoie mare din cauză că în Africa guvernele îi naționalizau plantațiile de sisal; iată-l pe Ishaq, fiul lui cel mare, preocupat de afacerile hoteliere care au acumulat datorii și l-au făcut să se împrumute de la gangsterii locali; iată ochii lui Ishaq, care tânjesc după soția fratelui său, deși îmi scapă motivele pentru care ar putea Nussie-rățușca să stârnească apetitul sexual al cuiva; și iată-l pe soțul lui Nussie, avocatul Ismail, care a învățat o lecție importantă de pe urma nașterii cu forcepsul a fiului său. „Nimic nu iese bine pe lume dacă n-o faci cu forța“, îi spune el rățuștei de nevastă-sa. Aplicând această filozofie propriului viitor juridic, acesta face carieră din mituirea judecătorilor și coruperea juraților; toți copiii își pot schimba părinții, iar Sonny și-a transformat tatăl într-un escroc de mare succes. Apoi, mutându-ne la Vila Versailles, iat-o pe doamna Dubash cu altarul închinat zeului Ganesh, împins în colțul unui apartament unde tronează o mizerie atât de crâncenă, încât la noi acasă cuvântul „dubash“ s-a transformat într-un verb care înseamnă „a face dezordine“... „Aoleu, Saleem, iar ți-ai dubășit camera, răule!“ striga Mary. Și iată acum și cauza vraiștei, aplecându-se peste cărucior ca să mă mângâie sub bărbie: Adi Dubash, fizicianul, geniul atomilor și al neorânduielii. Soția lui, care îl purta deja în pântece pe Cyrus cel Mare, se ține deoparte, crescându-și copilul, având ceva fanatic în colțul interior al ochilor și așteptând momentul oportun; nașterea va avea loc abia după ce domnul Dubash, care își petrecea fiecare zi din viață lucrând cu cele mai primejdioase substanțe din lume, va muri înecându-se din cauza unei portocale din care nevastă-sa uitase să scoată sâmburii. Nu am fost invitat niciodată în apartamentul doctorului Narlikar, ginecologul care ura copiii, dar în casa Lilei Sabarmati și în cea a lui Homi Catrack am devenit voyeurist, o mică parte din cele o mie una de infidelități ale Lilei și în cele din urmă un martor al începutului legăturii dintre soția ofițerului de marină și acel magnat-al-filmului-și-posesor-de-cai de curse; toate acestea aveau să-mi prindă bine după cum mă voi fi decis să împlinesc o anume răzbunare.

Până și bebelușii au de rezolvat problema autodefinirii; și mă văd nevoit să spun că popularitatea mea timpurie a avut unele aspecte ingrate, fiindcă am fost bombardat cu o mulțime deconcertantă de păreri asupra subiectului, fiind Cel Binecuvântat pentru un guru aflat sub robinet, un voyeurist pentru Lila Sabarmati, un rival în ochii lui Nussie-rățușca și în plus un rival care îl întrecea pe propriul ei fiu, Sonny (deși, spre lauda ei, nu și-a manifestat niciodată resentimentele și m-a cerut cu împrumut, cum au făcut ceilalți); în fine, pentru mama mea cu două capete reprezentam o grămadă de lucruri copilărești – ambele guri îmi spuneau copilaș drăgălaș, miți-piți și țăndărel-de-lună.

Însă în fond și la urma urmei, ce-i rămânea de făcut bebelușului decât să înghită totul și să spere să pună ordine în lucruri mai târziu? Răbdător și cu ochii uscați, am asimilat scrisoarea lui Nehru și profeția lui Winkie; dar impresia cea mai profundă s-a format în ziua când fiica idioată a lui Homi Catrack și-a trimis gândurile spre piațeta dintre case și în căpșorul meu de copil.

Toxy Catrack, băloasa cu capul mare; Toxy care se proțăpea în dreptul ferestrei zăbrelite de la etaj, goală pușcă, și se masturba cu mișcări care indicau un desăvârșit dezgust de sine; care scuipa vârtos și des printre zăbrele și câteodată ne nimerea în cap... Avea douăzeci și unu de ani și era proastă rău, ca urmare a multor ani de căsătorii între rude de sânge, dar mi se părea frumoasă fiindcă nu își pierduse darurile cu care se naște fiecare copil și pe care viața i le macină treptat. Nu mai țin minte nimic din ce mi-a zis Toxy când și-a trimis gândurile șoptite spre mine, probabil au fost doar gâlgâieli și mormăieli îngălate, dar a împins ușor o ușă pe care o aveam în minte, așa că, în clipa în care a avut loc un anumit accident în coșul de rufe murdare, probabil că ea însăși l-a făcut posibil.

Deocamdată cam atât despre primele zile ale bebelușului Saleem – simpla mea prezență are deja efect asupra istoriei; bebelușul Saleem a și început să-i schimbe pe cei din jur; iar în cazul lui taică-meu sunt convins că eu însumi l-am împins la excesele care au dus, poate inevitabil, la perioada înspăimântătoare a înghețului.

Ahmed Sinai nu și-a iertat niciodată fiul din cauza căruia își scrântise degetul. A rămas cu un șchiopătat mic chiar și după ce și-a scos atelele. Tata mi s-a aplecat deasupra pătuțului și a zis:

— Așa carevasăzică, fiule; ai început la fel cum ai de gând să continui. Deja te-ai apucat să-ți nenorocești tatăl!

După mine, a fost doar pe jumătate o glumă. Întrucât, odată cu nașterea mea, totul s-a schimbat pentru Ahmed Sinai. Poziția lui în casă a fost subminată de ivirea mea pe lume. Sârguința Aminei a început deodată să aibă alte scopuri. Nu i-a mai cerșit bani, iar șervețelul pe care îl avea în poală la micul dejun simțea fiorii triști ai nostalgiei pentru vremurile de odinioară. Noile formule erau „Fiul tău are nevoie de asta și asta" sau „*Janum*, trebuie să dai bani pentru cutare și cutare". Urâtă poveste, și-a zis Ahmed Sinai. Taică-meu știa cum să trăiască numai pentru el.

Prin urmare, eu am fost de vină că Ahmed Sinai a căzut pradă, în zilele care au urmat nașterii mele, fanteziilor gemene care aveau să-l piardă, lumii ireale a *djinni*-lor și a pământului de sub ocean.

O amintire a tatălui meu, stând la mine pe pat (aveam șapte ani) într-o seară a anotimpului răcoros, și spunându-mi, cu o voce ușor îngroșată, povestea pescarului care a găsit *djinn*-ul într-o sticlă adusă de ape la țărm... „Să nu care cumva să crezi în promisiunile unui *djinn*, băiete! Cum îi dai drumul din sticlă, cum te-nfulecă!" La care eu, timid, fiindcă simțeam primejdia și din răsuflarea lui taică-meu: „Bine, *baba*, dar chiar poate un *djinn* să trăiască într-o sticlă?" În clipa aceea tata și-a schimbat brusc starea de spirit, a izbucnit într-un râs năvalnic și a ieșit din cameră, întorcându-se cu o sticlă verde-închis cu o etichetă albă. „Poftim", a spus el decis. „Vrei să vezi *djinn*-ul dinăuntru?" „Nu!" am chelălăit speriat. „Da!" a urlat soră-mea, Maimuța de Bronz, din patul de alături... Strângându-ne unul în altul, incitați și îngroziți, ne-am uitat la tata, care a scos dopul sticlei și, cu un gest teatral, i-a acoperit gura cu podul palmei. Între timp, în mâna cealaltă a apărut o brichetă. „Așa să piară toți *djinn*-ii răi!" a strigat tata și, îndepărtându-și palma, a aprins bricheta lângă gura sticlei. Uimiți, Maimuța și cu mine am văzut o flacără circulară verde-galbenă coborând lent în interiorul sticlei și ajungând pe fund, unde s-a sumețit o clipă și apoi s-a stins. A doua zi, am provocat hohote de râs când le-am spus lui Sonny, Oache și Briantină: „Tata se bate cu *djinn*-ii și-i răpune. E-adevărat!" Și chiar era. Nemaiavând parte de rugăminți lingușitoare și de atenție, Ahmed Sinai a început, la scurt timp după nașterea mea, o luptă prelungă cu sticlele de *djinn*. M-am înșelat în legătură cu un singur lucru: nu a ieșit învingător.

Dulăpioarele cu băuturi îi treziseră deja apetitul, dar lucrul care l-a împins pe panta asta a fost nașterea mea... Pe atunci, băuturile erau interzise în Bombay. Singurul fel în care puteai face rost de ele era să aduci un certificat medical care atesta că erai alcoolic. Așa a apărut o nouă categorie medicală, doctorii *djinn*, dintre care unul, doctorul Sharabi, i-a fost prezentat tatălui meu de vecinul Homi Catrack. După aceea, pe data de întâi a fiecărei luni, tata, domnul Catrack și mulți alți oameni cât se poate de respectabili din oraș stăteau la coadă în fața ușii din sticlă marmorată a cabinetului doctorului Sharabi, intrând și ieșind cu niște rețete mici și rozalii, care certificau alcoolismul. Însă rația permisă era neîndestulătoare pentru nevoile lui taică-meu, care a început să-și trimită servitorii, iar grădinarii, îngrijitorii și șoferii (acum aveam mașină, un Rover model 1946 cu trepte, exact ca al lui William Methwold), ba chiar și bătrânul Musa sau Mary Pereira îi făceau rost de tot mai multe rețete rozalii pe care le ducea la Vijay Stores, vizavi de spițeria unde se făceau circumcizii de pe Gowalia Tank Road, și în locul cărora căpăta pungile cafenii ale alcoolismului, în care se aflau niște sticle verzi, zornăitoare, pline cu *djinn*. Și cu whisky : Ahmed Sinai își estompa limitele propriei identități bând sticlele verzi și etichetele roșii ale servitorilor. Neavând altceva, săracii își vindeau identitatea pe bucățele de hârtie roz pe care taică-meu le preschimba în lichid și le bea pe nerăsuflate.

În fiecare seară la șase, Ahmed Sinai intra în lumea *djinn*-ilor ; în fiecare dimineață, cu capul zvâcnindu-i de oboseala luptei care durase toată noaptea, se așeza nebărbierit la masă pentru micul dejun ; iar cu trecerea anilor, buna dispoziție a perioadei care preceda bărbieritul a fost înlocuită de vlăguirea iritată a războiului cu duhurile închise în sticlă.

După micul dejun se ducea jos. Își amenajase biroul în două camere de la parter, fiindcă era la fel de lipsit de simțul orientării ca întotdeauna și nu-i convenea să știe că s-ar fi putut rătăci prin Bombay în drum spre serviciu, pe când coborâtul unei scări era o treabă pe care până și el putea s-o facă. Cu limitele estompate, tata își vedea de afacerile imobiliare ; iar mânia tot mai densă pe care o simțea față de atenția pe care i-o acorda maică-mea copilului ei a găsit un nou debușeu în spatele ușii de intrare în birou – Ahmed Sinai a început să flirteze cu secretarele. După nopți întregi în care cearta lui cu sticlele devia uneori spre anumite stridențe de limbaj – „Peste ce nevastă am dat ! Ar fi trebuit să-mi cumpăr un fiu și să-mi angajez o soră medicală, care-ar fi fost diferența ?“ Iar apoi lacrimi urmate de cuvintele Aminei : „Ah, *janum*, nu mă chinui !“ și de replica lui promptă : „Te chinui pe dracu' ! Nu crezi că bărbatu-i chinuit când se roagă de nevastă să-i dea atenție ? Ferește-mă, Doamne, de femeile proaste !“ – taică-meu cobora scările șontâcăind ca să le facă ochi dulci fetelor Colaba. După o vreme Amina a început să observe că secretarele nu rezistau cine știe ce pe post și plecau brusc, luând-o la sănătoasa pe aleea de la intrare fără să spună o vorbă nimănui ; trebuie să judecați singuri dacă a preferat să fie oarbă sau a interpretat-o ca pe o pedeapsă, dar nu a făcut absolut nimic, continuând să-și pună tot timpul la dispoziția mea. Singurul ei act de recunoaștere a fost să le dea fetelor un nume generic.

— Spanglezoaicele alea, i-a zis ea lui Mary, trădându-și mica doză de snobism, cu numele ciudate, Fernanda, Alonso și-așa mai departe, iar numele de familie, Dumnezeule mare!, Sulaca și Colaco, auzi tu! De ce să-mi fac griji? Niște femeiuști de două parale. Fetele Coca-Cola, exact așa arată.

În timp ce Ahmed le ciupea de fund pe fete, Amina a căzut pradă unei lungi suferințe; însă el ar fi fost bucuros dacă ar fi dat impresia că-i pasă.

— Nu sunt niște nume chiar atât de ciudate, doamnă, a zis Mary Pereira. Fac parte tot din vocabularul creștinilor.

Amina și-a amintit de Zohra, verișoara lui Ahmed, care își bătea joc de cei cu pielea măslinie și, arzând de nerăbdare să-și ceară scuze, a comis aceeași greșeală ca ea:

— A, nici vorbă, Mary, cum ai putut să crezi că râdeam de tine?

Cu tâmplele ca două cornițe și nasul ca un castravete, am stat cuminte în pătuț și am ascultat; iar tot ce s-a întâmplat a fost din cauza mea... Într-o bună zi, în ianuarie 1948, la cinci după-amiaza, tata a primit vizita doctorului Narlikar. Cei doi s-au îmbrățișat ca de obicei și s-au bătut amical pe spate. „Te fac un șah?" a întrebat (ritual) taică-meu, fiindcă și vizitele începuseră să devină o obișnuință. Jucau de fapt străvechea variantă indiană numită *shatranj*, iar Ahmed, pe care mutările simple de pe tabla de șah îl făceau să uite de întortocheatele drumuri ale vieții, visa cu ochii deschiși cam o oră la rescrierea Coranului. Pe urmă se făcea șase, venea vremea cocteilului și a luptei cu *djinn*-ii... dar în seara asta Narlikar a zis: „Nu". „Cum adică, nu?" a întrebat Ahmed. Ce-nseamnă asta? Hai, așază-te, să jucăm și să bârfim..." Narlikar l-a întrerupt: „În seara asta, frate Sinai, trebuie să-ți arăt ceva". Acum se află într-un Rover 1946, iar Narlikar dă la manivelă și sare înăuntru; o ia spre nord pe Warden Road, pe lângă Templul Mahalaxmi din stânga și terenul de golf al Clubului Willingdon, aflat pe dreapta, lăsând hipodromul în urmă și mergând în paralel cu Hornby Vellard, foarte aproape de dig. În fața ochilor li se ivește Stadionul Vallabhbhai Patel, cu uriașele lui afișe cartonate care le prezintă pe luptătoare: Bano Devi, Femeia Invincibilă, și Dara Singh, cea mai puternică dintre toate... Se văd de asemenea vânzători ambulanți de *channa* și oameni care își plimbă câinii pe malul mării. „Stop", ordonă Narlikar şi coboară amândoi din maşină. Rămân cu faţa spre mare; briza le răcoreşte chipurile, iar la o oarecare distanţă, la capătul unei alei înguste de ciment care despică valurile, se găseşte insula pe care se află mormântul misticului Haji Ali. Pelerinii se plimbă între Vellard şi monumentul funerar.

— Uite, arată Narlikar. Ce vezi?

— Nimic, răspunde Ahmed nedumerit. Mormântul. Oamenii. Care-i baiul, bătrâne?

— Nu, nu. *Acolo!*

Iar acum Ahmed vede că degetul întins al lui Narlikar arată spre aleea de ciment...

— Promenada? întreabă el. Ce ţi s-a năzărit? În câteva minute o să înceapă refluxul şi o s-o acopere. Ştie toată lumea...

Cu pielea lucindu-i ca un semnal luminos, Narlikar devine filozofic.

— Întocmai, frate Sinai, întocmai. Uscatul şi marea; marea şi uscatul; eterna luptă, nu?

Perplex, Ahmed tace mai departe.

— Odată aici erau şapte insule, îi aminteşte Narlikar. Worli, Mahim, Salsette, Matunga, Colaba, Mazagaon şi Bombay. Englezii le-au unit între ele. Marea, frate Ahmed, a devenit uscat. Iar pământul s-a ridicat şi nu s-a mai scufundat sub apele fluxului!

Ahmed arde de nerăbdare să-şi bea whiskyul; buza inferioară începe să-i iasă în evidenţă, pe când pelerinii mişună pe aleea din ce în ce mai îngustă.

— Rostul, cere el.

Radiind victorios, Narlikar se conformează:

— Rostul, Ahmed *bhai*, e *ăsta*!

Iar apoi scoate ceva din buzunar: un model de alabastru înalt de vreo şase-şapte centimetri: tetrapodul! Ca o emblemă tridimensională de la Mercedes-Benz, cu trei picioare sprijinindu-se în palmă şi un al patrulea întins ca un *lingam*[1] în aerul serii, obiectul îl pironeşte locului pe taică-meu.

— Ce-i asta? întreabă el.

E momentul ca Narlikar să-l lămurească:

— Ăsta e lucruşorul care-o să ne facă mai bogaţi ca Hyderabad, *bhai*! Jucărioara datorită căreia tu, tu şi cu mine, o să stăpânim *asta*!

---

1. Falus.

Arată spre locul unde marea se grăbește să acopere aleea de ciment pustie...

— Pământul de sub ocean, prietene! Trebuie să producem chestii din astea cu miile, cu zecile de mii! E nevoie să încheiem contracte de reamenajare; ne așteaptă o adevărată avere. Nu da greș, frate, șansa asta ți se arată o dată în viață!

De ce-o fi acceptat tata să împărtășească visul de întreprinzător al unui ginecolog? De ce, încetul cu încetul, viziunea tetrapozilor în mărime naturală, din beton, mărșăluind pe diguri ca niște cuceritori cu patru picioare care au triumfat în fața mării, l-a înrobit la fel de sigur ca pe medicul radios? De ce s-a dedicat Ahmed în anii care au urmat fanteziei fiecărui insular – mitul cuceririi valurilor? Poate fiindcă se temea să nu se orienteze greșit și de data asta; poate pentru camaraderia partidelor de *shatraj*; sau poate datorită plauzibilității lui Narlikar: „Cu banii tăi și relațiile mele, Ahmed *bhai*, ce ne-ar putea sta în cale? Fiecare om însemnat din oraș are un copil pe care eu i l-am adus pe lume. Tu produci, eu fac rost de contract! Jumi-juma, să nu se supere nimeni!"

După părerea mea însă, există o explicație mai simplă. Rămas fără atenția soției, uzurpat de propriul fiu, vârât în ceață de whisky și *djinn*, tatăl meu încerca să-și recâștige poziția în lume, iar visul tetrapozilor îi oferea această ocazie. S-a aruncat cu tot sufletul în nebunia aceea uriașă. S-au scris scrisori, s-a bătut la tot felul de uși, s-au tranzacționat bani negri. Toate astea au făcut din Ahmed Sinai un nume cunoscut pe coridoarele de la Sachivalaya, iar la Secretariatul de Stat se dusese deja buhul despre un musulman care azvârlea cu rupii în stânga și în dreapta. Pe când Ahmed Sinai, care bea până îl apuca somnul, habar n-avea în ce bucluc intrase.

În perioada asta, viețile noastre se modelau sub semnul scrisorilor. Prim-ministrul mi-a scris când aveam doar șapte zile; înainte să învăț să mă șterg singur la nas, primeam scrisori de admirație de la cititorii lui *Times of India*, iar într-o dimineață de ianuarie Ahmed Sinai s-a trezit la rândul lui cu o epistolă pe care nu avea s-o uite până la sfârșitul vieții.

Ochilor roșii de la micul dejun le-a urmat bărbia rasă a zilei de lucru, pașii în jos pe scări, chicotele alarmante ale fetelor Coca-Cola. Scârțâitul unui scaun tras spre biroul acoperit cu mușama verde. Sunetul metalic al unui coupe-papier ridicat, care s-a ciocnit preț de o clipă cu telefonul. Zgomotul scurt și ca de rașpel al obiectului metalic care a deschis plicul. Iar după un minut Ahmed a luat-o la fugă în sus pe scări, urlând după mama și strigând:

— Amina! Fă-te-ncoa', nevastă! Ticăloșii m-au băgat cu coaiele-n gheață!

În zilele de după primirea de către Ahmed a scrisorii oficiale în care era informat că îi fuseseră înghețate toate bunurile, toată lumea vorbea în același timp... „Pentru Dumnezeu, *janum*, ce limbaj e ăsta?" îi spune Amina – și mi se pare mie sau bebelușul din pătuțul albastru ca văzduhul se îmbujorează?

Iată-l și pe Narlikar, care sosește lac de sudoare:

— Numai eu sunt de vină, am atras atenția prea mult. Grele vremuri trăim, Sinai *bhai*. Îngheață-i bunurile unui musulman și-l faci să plece în Pakistan și să-și lase toată averea, așa umblă vorba. Prinzi șopârla de coadă și rămâi cu ea în mână! De groază ce idei crețe îi vin statului ăstuia care-și zice secular.

— Totul, spune Ahmed Sinai. Contul din bancă, obligațiunile, rentele proprietăților din Kurla – toate au fost blocate, înghețate. Prin ordin, așa zice scrisoarea. Prin ordin, n-or să mă lase să am nici patru *anne*, nevastă – n-o să-mi mai rămână nici măcar un *chavanni* pentru kinetoscop!

— Din cauza pozelor ălora din ziare, decide Amina. Altfel de unde-ar ști isteții ăia pe cine să bage în anchetă? Doamne, *janum*, e vina mea...

— Nici măcar zece bani pentru o bucățică de *channa*, adaugă Ahmed Sinai. Nici o *anna* ca să dau de pomană. Înghețate – ca-n frigider!

— Eu sunt de vină, rostește Ismail Ibrahim. Ar fi trebuit să te previn, Sinai *bhai*. Am auzit de înghețurile astea – sunt aleși doar musulmanii bogați, normal. Trebuie să lupți...

— ...Pe viață și pe moarte! insistă Homi Catrack. Ca un leu! Ca Aurangzeb – strămoșul tău, nu? –, ca soția rajahului din Jhansi! Și-abia pe urmă să vedem cum arată țara asta în care trăim!

— Statul are și tribunale, completează Ismail Ibrahim.

Nussie-rățușca arborează un zâmbet bovin, în timp ce-i dă să sugă lui Sonny. Își mișcă întruna degetele și-i mângâie absent tâmplele concave, fără să schimbe ritmul, de sus în jos și de la stânga la dreapta...

— Trebuie să-mi accepți serviciile ca avocat, îi zice Ismail lui Ahmed. Nu te costă nimic, bunul meu prieten. Nu, nu, nici nu vreau s-aud. Se poate așa ceva? Doar suntem vecini.

— Lefter, zice Ahmed. Înghețat ca apa.

— Ei, hai, îl întrerupe Amina, al cărei devotament, ajuns pe noi culmi, o face să-l ducă în dormitor... Trebuie să stai întins și să te liniștești, *janum*.

— Ce-i asta, nevastă? face Ahmed. În situația asta, când sunt fără un ban în pungă, terminat și zdrobit ca gheața, ție îți arde de...

Dar ea a închis ușa, papucii au fost zvârliți cât colo, brațele se întind spre el, iar după câteva clipe mâinile îi coboară și iar coboară, până când sare ca arsă:

— Aoleu, *janum*, am crezut că vorbeai urât, dar așa e! Ce reci sunt, Allah, atât de reeeeci, ca niște cubulețe rotunjite de gheață!

Se întâmplă și lucruri din astea; după ce statul i-a înghețat bunurile lui taică-meu, mama a început să le simtă din ce în ce mai reci. În prima zi a fost zămislită Maimuța de Bronz – la țanc, fiindcă după aceea, deși mama se întindea în fiecare noapte alături se soțul ei ca să-l încălzească, lipindu-se strâns de el de câte ori îl simțea că tremură din cauza degetelor de gheață ale furiei și neputinței care i se împrăștiau dinspre vintre, la un moment dat nu a mai suportat să-l atingă cu mâna, întrucât cubulețele de gheață deveniseră prea frigide ca să le mai țină.

Ar (cam) fi trebuit să știe (știm) că avea să se întâmple ceva urât. În acel ianuarie, plajele Chowpatty, Juhu și Trombay au fost năpădite de cadavrele de rău-augur ale peștilor morți care pluteau spre țărm cu burta în sus, fără nici o explicație, ca niște degete solzoase.

Șerpi și scări

Au existat și alte semne prevestitoare: au fost zărite comete explodând peste Back Bay; s-a remarcat că din unele flori cursese sânge adevărat, iar în februarie șerpii au evadat din Institutul Schaapsteker. A început să circule zvonul că un îmblânzitor de șerpi bengalez care înnebunise, un *tubriwallah*, străbătea țara de la un capăt la altul și fermeca reptilele captive, scoțându-le din crescătoriile de șerpi (printre care și Schaapsteker, unde se studiau funcțiile medicinale ale veninului și erau puse la punct antidoturi) prin simpla vrajă a fluierului, drept pedeapsă pentru împărțirea mult iubitului său Bengal de Aur. După un timp zvonul a adăugat că *tubriwallah*-ul avea peste doi metri și pielea de un albastru-deschis. Era Krishna venit să-și dojenească poporul, Iisusul cu pielea asemenea cerului al misionarilor.

Se pare că după nașterea și schimbarea mea, în timp ce creșteam iute ca gândul, tot ce putea să meargă rău a început să meargă. În iarna șerpească de la începutul lui 1948, precum și în anotimpurile toride și ploioase care au urmat, evenimentele au curs cu nemiluita, așa că în septembrie, când s-a născut Maimuța de Bronz, eram cu toții vlăguiți și dornici de câțiva ani de odihnă.

Cobrele evadate au dispărut prin canalele orașului, iar prin autobuze au început să circule niște șerpi vărgați, veninoși din cale-afară. Liderii religioși au văzut în evadarea reptilelor un avertisment – zeul Naga și-a dat frâu liber mâniei, psalmodiau ei, ca să pedepsească renunțarea oficială a națiunii la propriile divinități. („Suntem un stat secular“, declarase Nehru, iar Morarji, Patel și Menon fuseseră de acord; cu toate acestea, Ahmed Sinai dârdâia mai departe din cauza înghețului.) Iar într-o bună zi, după ce Mary tot întrebase: „Cum o să trăim de-acum încolo, doamnă?“, Homi Catrack ne-a făcut cunoștință cu doctorul Schaapsteker în persoană. Avea optzeci și unu de ani, limba îi țâșnea mereu dintre buzele pergamentoase și era dispus să închirieze cu bani gheață un apartament la ultimul etaj, cu vedere spre Marea Arabiei. Pe vremea aceea, Ahmed

Sinai căzuse la pat: răceala cumplită a îngheţului intrase în cearşafuri. Dădea pe gât mari cantităţi de whisky în scopuri medicale, însă tot nu se încălzea... Aşa că Amina a fost cea care s-a învoit să-i închirieze ultimul etaj de la Vila Buckingham bătrânului doctor de şerpi. La sfârşitul lui februarie, veninul reptilelor s-a strecurat în vieţile noastre.

Doctorul Schaapsteker era un om pe seama căruia circulau o mulţime de grozăvii. Îngrijitorii mai superstiţioşi de la Institut jurau că era în stare să viseze în fiecare noapte că era muşcat de şerpi, imunizându-se în acest fel la eventualele lor atacuri. Alţii şopteau că, de fapt, era pe jumătate şarpe, rod al împreunării nefireşti dintre o femeie şi o cobră. Obsesia lui pentru veninul şarpelui tigrat – *bungarus fasciatus* – începuse să devină legendară. Nu există nici un antidot cunoscut împotriva muşcăturii unui *bungarus*; dar Schaapsteker îşi dedicase întreaga viaţă descoperirii acestuia. Cumpăra cai loviţi din grajdurile lui Catrack (printre alţii) şi le injecta mici doze de otravă; însă caii nu-l ajutau defel, începeau să spumege, mureau de-a-n picioarelea şi trebuiau transformaţi în clei. Se spunea că doctorul Schaapsteker – „Sharpsticker sahib“ – dobândise acum puterea de a ucide caii prin simpla apropiere cu o seringă hipodermică... Însă Amina nu a dat importanţă acestor bazaconii.

— E un gentleman în vârstă, i-a zis ea lui Mary Pereira. Ce rost are să ne luăm după cei care scornesc vrute şi nevrute pe seama lui? Îşi plăteşte chiria şi ne ajută să trăim.

Amina îi era recunoscătoare doctorului de şerpi european, îndeosebi în zilele acelea ale îngheţului când Ahmed nu părea să aibă destul curaj să lupte.

„Dragă mamă şi tată“, le-a scris Amina părinţilor, „jur pe capul şi pe ochii mei că nu ştiu de ce ni se întâmplă lucrurile astea... Ahmed e un om bun, dar povestea asta l-a doborât. Dacă aţi avea un sfat pentru fiica voastră, i-ar prinde tare bine.“

La trei zile după ce-au primit scrisoarea, Aadam Aziz şi Maica Stareţă au coborât din tren în Gara Centrală din Bombay. Amina i-a dus acasă cu Rover-ul din 1946, s-a uitat la un moment dat pe geam, a văzut Hipodromul Mahalaxmi şi i-a încolţit acea idee nesăbuită.

— Stilul ăsta modern o fi bun pentru voi, cum îi zice, tinerii, a spus Maica Stareţă. Dar eu tot pe bătrânul *takht* stau cel mai comod. Banchetele astea sunt atât de, cum îi zice, moi că parc-aş cădea de pe ele.

— E bolnav? a întrebat Aadam Aziz. Trebuie să-l examinez și să-i prescriu medicamente?

— Nu e momentul să se-ascundă în pat, a decis Maica Stareță. Trebuie să fie, cum îi zice, bărbat și să procedeze bărbătește.

— Ce bine arătați amândoi, părinții mei! a exclamat Amina, spunându-și în gând că tatăl ei se transforma într-un bătrân care se împuțina cu trecerea timpului, pe când Maica Stareță se lățise atât de mult, încât fotoliile gemeau sub greutatea ei, oricât erau de moi...

Iar uneori, printr-o iluzie optică provocată de lumină, i se părea că vede, în centrul corpului tatălui ei, o umbră întunecată de forma unei găuri.

— Ce-a mai rămas din India asta? a întrebat Maica Stareță, despicând aerul cu mâna. Plecați, lăsați totul baltă, duceți-vă în Pakistan. Ia uitați-vă ce bine-o duce Zulfikar ăla – o să v-ajute și pe voi. Fii bărbat, fiule – ridică-te și ia-o de la capăt!

— Nu e bine să vorbească acum, a spus Amina. Trebuie să se odihnească.

— Să se odihnească? a tunat Aadam Aziz. Omul ăsta tremură ca piftia!

— Până și, cum îi zice, Alia, a continuat Maica Stareță, a plecat de una singură în Pakistan, iar acum o duce bine și predă într-o școală cumsecade. Cică acuși or s-o pună directoare.

— Ssst, mamă, trebuie să doarmă... hai în camera de alături...

— Mai doarme omul, dar se mai și, cum îi zice, trezește! Ascultă aici: Mustapha câștigă nu știu câte sute de rupii pe lună ca funcționar, cum îi zice, public. Bărbatu-tău ce are? Îi cad galoanele dacă muncește?

— Mamă, e la pământ. Are o temperatură foarte mică...

— Ce-i dai să mănânce? De azi, cum îi zice, încolo mă ocup eu de bucătărie. Tinerii din ziua de azi – ca niște, cum îi zice, plozi!

— Cum vrei, mamă.

— Ascultă-mă pe mine, e din cauza pozelor ălora din, cum îi zice, ziar. Am dat scris – nu-i așa? – că n-o să se-aleagă nimic bun. Fotografiile îți iau bucăți din tine. Dumnezeule, când ți-am, cum îi zice, văzut poza, te făcuseși atât de transparentă, că se vedea cum îți juca scrisul de pe verso pe față!

— Dar asta e doar...

— Mai scutește-mă de, cum i zice, povești! Îi mulțumesc lui Dumnezeu că te-ai făcut bine după poza aia!

Din ziua aceea, Amina a fost degrevată de sarcina de a se ocupa de casă. Maica Stareță stătea în capul mesei din sufragerie și împărțea mâncarea (iar Amina îi ducea farfuriile lui Ahmed, care rămăsese în pat și gemea din când în când: „Făcut zob, nevastă! Rupt în două, ca un țurțure!“), în timp ce la bucătărie Mary Pereira se străduia să pregătească, pentru cei doi musafiri, cele mai gustoase și mai fine compoturi de mango, prăjituri cu lămâie și *kasaundy*-uri cu castraveți din lume. Recăpătându-și statutul de fată în casa maică-sii, Amina a prins să simtă cum absoarbe emoțiile din mâncarea celorlalți – fiindcă Maica Stareță distribuia curry-uri și chiftele ale intransigenței, mâncăruri impregnate de personalitatea celei care le crease, iar Amina se hrănea cu rasolurile de pește ale încăpățânării și cu *biriani*-urile fermității. Și chiar dacă murăturile și compoturile lui Mary au avut parțial un efect neutralizator – dat fiind că amestecase în ele vinovăția propriei inimi și frica de a fi descoperită, așa că, indiferent cât erau de gustoase, aveau puterea de a-i înrobi pe cei care le consumau unor incertitudini fără nume și viselor unor degete acuzatoare –, regimul oferit de Maica Stareță a umplut-o pe Amina cu un soi de mânie și chiar a produs ușoare îmbunătățiri în comportamentul soțului ei înfrânt. Prin urmare, a venit și ziua când Amina, care se uitase cum mă jucam neîndemânatic în baie cu niște căluți de santal, inhalând miresmele dulci care se degajau din apa de baie, și-a redescoperit brusc spiritul de aventură, pe care îl moștenise de la tot mai firavul ei tată și care îl făcuse pe Aadam Aziz să coboare din valea lui muntoasă, s-a întors spre Mary Pereira și a declarat:

— M-am săturat. Dacă nimeni din casa asta n-are de gând să îndrepte lucrurile, atunci o să fie cum zic eu!

Căluții de jucărie galopau în spatele ochilor Aminei, care a lăsat-o pe Mary să mă usuce, iar pe urmă s-a dus la ea în dormitor. Diverse porțiuni ale Hipodromului Mahalaxmi îi apăreau pe scoarță, în timp ce dădea în lături tot felul de sariuri și combinezoane. Febra unui gând nechibzuit i-a învăpăiat obrajii când a ridicat capacul unui cufăr metalic vechi... Umplându-și poșeta cu monede și rupii în bancnote primite de la pacienți recunoscători și invitați la nuntă, maică-mea a plecat la curse.

Cu Maimuța de Bronz crescându-i în pântece, a dat târcoale hipodromului și padocurilor numite după zeița belșugului;

sfidând greţurile de dis-de-dimineaţă şi varicele, a stat la rând la casă şi a pariat pe nişte gloabe răpciugoase şi pe outsideri cu şanse minime. Nepricepându-se la cai, a mizat pe o serie de iepe despre care se ştia că nu aveau destulă rezistenţă ca să câştige cursele pe distanţe mari, precum şi pe câţiva jochei la care o atrăseseră zâmbetele. Ţinând strâns poşeta plină cu zestrea care rămăsese neatinsă în cufăr de când o pusese bine maică-sa, a mers orbeşte pe nişte armăsari sortiţi Institutului Schaapsteker... şi nu s-a mai oprit din câştig.

— Veşti bune, spune Ismail Ibrahim. Am zis dintotdeauna că trebuie să te iei de piept cu ticăloşii. O să încep demersurile imediat... dar o să fie nevoie de bani, Amina. Dispui de bani gheaţă?

— O să-i ai.

— Nu pentru mine, explică Ismail. Cum am spus, serviciile mele sunt gratuite, nu costă absolut nimic. Dar, iartă-mă, probabil că ştii care-i treaba, e nevoie să mai faci câte-un cadou ici şi colo ca să-ţi netezeşti drumul...

— Ţine, îl întrerupe Amina, înmânându-i un plic. Ajung deocamdată?

— Dumnezeule, îngaimă Ismail.

Surpriza îl face să scape plicul, din care rupiile în bancnote de valoare ridicată se împrăştie pe podeaua camerei de zi.

— Cum de-ai pus mâna pe...

— E mai bine să nu întrebi – şi n-o să te-ntreb nici eu cum îi cheltuieşti, spune Amina.

Cu banii lui Schaapsteker ne-am cumpărat de-ale gurii, însă războiul l-am dus cu ajutorul cailor. Norocul maică-mii la curse a fost atât de îndelungat şi de mare, încât dacă ne-ar fi povestit alţii, nu i-am fi crezut... În fiecare lună paria în funcţie de freza modernă şi îngrijită a jocheului sau de aspectul bălţat al calului, plecând întotdeauna de la hipodrom cu un ditamai plicul ticsit de bancnote.

— Lucrurile merg bine, i-a zis Ismail Ibrahim. Dar, surioară Amina, Dumnezeu ştie ce treburi învârţi. Nu e ceva ruşinos? E legal?

— Nu-ţi bate capul, i-a răspuns Amina. Ce nu se vindecă se suportă. Fac ce trebuie făcut.

Maică-mea nu s-a bucurat nici măcar o dată de victoriile acelea impresionante, fiindcă nu avea de îndurat doar povara pruncului din pântece – mâncând curry-urile mustind de prejudecăţi străvechi ale Maicii Stareţe, se convinsese că jocurile de noroc erau cel mai rău lucru din lume după alcool, așa încât, chit că nu era o delincventă, se simțea devorată de păcat.

Îi apăreau întruna negi pe picioare, deși *sadhu*-ul Purushottam, care rămăsese sub robinetul de la noi din grădină până când apa care se prelingea din el îi pleșuvise un petic din moalele capului acoperit cu un păr bogat și încâlcit, se pricepea de minune să-i facă invizibili; însă, cât au ținut iarna șerpească și vara fierbinte, mama a luptat în locul soțului ei.

Vă întrebați: dar cum se poate? Cum a fost posibil ca o gospodină, oricât de harnică și hotărâtă, să câștige averi din cursele de cai, zi de zi și lună de lună? Parcă vă aud spunându-vă: aha, păi mulți cai sunt ai lui Homi Catrack, și doar știe toată lumea că majoritatea curselor sunt aranjate; Amina își ruga vecinul să-i vândă ponturi! O variantă plauzibilă, numai că domnul Catrack însuși pierdea și câștiga la fel de des; o vedea pe maică-mea la curse și se arăta uimit de succesul ei. („Te rog, Catrack sahib, să fie secretul nostru", i-a cerut Amina. „Pariurile sunt un lucru cumplit și mi-ar crăpa obrazul de rușine dacă-ar afla mama." Iar Catrack, dând uimit din cap, a spus: „Cum vrei".) Așa că nu parsul a fost minunea din umbră – dar poate reușesc să vă dau o altă explicație. Iat-o instalată într-un pătuț albastru ca cerul dintr-o cameră de aceeași culoare, având pe un perete degetul întins al unui pescar; iată-l, de câte ori maică-sa pleacă de acasă strângând la piept o poșetă plină de secrete, pe bebelușul Saleem, pe chipul căruia e întipărită expresia celei mai intense concentrări, ai cărui ochi sunt însuflețiți de o hotărâre atât de puternică, încât au devenit aproape bleumarin, și care strâmbă ciudat și convulsiv din nas, părând să privească un eveniment îndepărtat și să-l dirijeze de la distanță, aidoma lunii care controlează mareele.

— În scurt timp ne prezentăm în instanță, a zis Ismail Ibrahim. Cred că poți să ai toată încrederea... Dumnezeule, Amina, ai descoperit minele regelui Solomon?

Din clipa când am fost destul de mare ca să trec la jocurile de planșe, m-am îndrăgostit de Șerpi și Scări[1]. O, echilibru perfect între recompense și sancțiuni! O, alegeri aparent fortuite, decise de rostogolirea zarului! Cocoțându-mă pe scări și lunecând în jos cu șerpii, mi-am petrecut câteva dintre cele

1. „Snakes and Ladders", joc cu pioni și zaruri, asemănător celui numit „Nu te supăra, frate" și foarte popular în Anglia.

mai fericite zile din viață. Când, văzându-mă cum cresc, taică-meu m-a îmboldit să învăț să joc *shatraj*, l-am înfuriat preferând să-l invit, în schimb, să-și încerce norocul printre scări și printre șerpii gata să te ciugulească.

Fiecare joc are o morală a lui; cel pe nume Șerpi și Scări exprimă ca nici o altă activitate adevărul etern potrivit căruia pentru fiecare treaptă urcată te așteaptă câte un șarpe după colț, iar pentru fiecare șarpe există în compensație câte o scară. Dar nu e doar atât, nu vorbim doar de momeli și amenințări, căci jocul în sine implică dublete imuabile în care se dispun lucrurile, dualitatea susului împotriva josului, a binelui împotriva răului; raționalitatea solidă a scărilor contrabalansează sinuozitățile oculte ale șerpilor; în opoziția dintre trepte și cobre vedem, la modul metaforic, toate opozițiile imaginabile: Alfa împotriva lui Omega, tatăl împotriva mamei; tot aici intră războiul dintre Mary și Musa, precum și polaritățile dintre genunchi și nas... Dar am descoperit, de la o vârstă extrem de fragedă, că jocului îi lipsea o dimensiune crucială, aceea a ambiguității – întrucât, așa cum sunt pe cale să demonstreze evenimentele, e de asemena cu putință să te târăști în jos pe o scară și să te cațeri triumfător pe veninul unui șarpe... Totuși, ca să nu complic deocamdată lucrurile, consemnez că nici n-a descoperit bine maică-mea scara spre victorie reprezentată de norocul la cursele de cai, că i s-a și adus aminte că prin canalele țării mișunau în continuare șerpi.

Hanif, fratele Aminei, nu se dusese în Pakistan. Urmându-și visul din copilărie pe care i-l șoptise la ureche lui Rashid, băiatul cu ricșa, într-un lan de porumb din Angra, sosise în Bombay și căutase de lucru pe la marile studiouri cinematografice. Animat de o încredere precoce, nu numai că reușise să devină cel mai tânăr om din istoria cinematografului indian căruia i se încredințase regia unui film, dar în plus o pețise și o luase de nevastă pe una dintre cele mai strălucitoare stele ale paradisului de celuloid, divina Pia, care își datora averea chipului și ale cărei sariuri fuseseră croite din materiale prin care producătorii își propuseseră evident să demonstreze că încorporarea într-un singur model a tuturor culorilor cunoscute ochiului omenesc era posibilă. Maica Stareță nu a privit-o cu ochi buni pe divina Pia, dar, din toată familia, Hanif era singurul scăpat de sub influența ei restrictivă; un bărbat jovial și mătăhălos, cu un râs sonor ca al barcagiului Tai și cu accese de mânie inocente și explozive ca ale lui Aadam Aziz, tatăl lui, a luat-o și i-a oferit o viață simplă, într-un apartament mic și nespectaculos de pe Marine Drive spunându-i: „O s-avem destul timp s-o ducem împărătește după ce-mi fac și eu un nume". Pia a acceptat; a debutat într-un film de lungmetraj finanțat parțial de Homi Catrack și parțial de D.W. Rama Studios (Pvt) Ltd. al cărui titlu era *Îndrăgostiții din Cașmir*, iar într-o seară, în plină perioadă de succese hipice, Amina Sinai s-a dus la premieră. Părinții ei nu au venit, din cauza urii nutrite de Maica Stareță la adresa cinematografiei, împotriva căreia Aadam Aziz nu mai avea destulă putere să lupte – la fel cum, deși se bătuse cu Mian Abdullah împotriva Pakistanului, nici el nu se mai certa cu ea când o auzea cum laudă țara asta, păstrându-și doar energia de care avea nevoie ca să se proptească bine pe picioare și să refuze emigrarea; în schimb, Ahmed Sinai, revigorat de gătitul soacră-sii, dar deranjat de prezența ei neîntreruptă, s-a ridicat din pat și s-a dus cu soția. Și-au ocupat locurile alături de Hanif, Pia și vedeta masculină a filmului, unul dintre cei mai la modă „juni primi" ai Indiei, I.S. Nayar. Și chiar dacă nu aveau de unde să știe, un șarpe îi pândea din culise... Dar între timp hai să-i dăm voie lu Hanif Aziz să-și trăiască ora astrală, fiindcă în *Îndrăgostiții din Cașmir* există ceva care avea să-i asigure unchiului meu un triumf spectaculos, deși fugitiv. Pe vremea aceea junilor primi și aleselor lor nu li se permitea să se atingă pe ecran, de teamă ca aceste osculații să nu corupă tineretul nației... Numai că, la treizeci și trei de minute de la începutul *Îndrăgostiților* publicul prezent al premieră a început să zumzăie ușor, pradă șocului, căci Pia și Nyyar începuseră să sărute nu partenerul, ci diverse *lucruri*.

Pia cea senzuală a sărutat un măr cu buzele ei cărnoase și rujate, după care i l-a dat lui Nayyar, care și-a lipit gura pasională și virilă de cealaltă parte a fructului. Așa s-a născut ceea ce avea să se cheme sărutul indirect – cât rafinament la această noțiune, prin comparație cu tot ce ne oferă cinematografia actuală ; ce belșug de dorință și erotism ! Publicul din sală (care astăzi fluieră mitocănește la vederea unui cuplu care se face nevăzut în spatele unui tufiș cuprins brusc de un tremurici ridicol – ce mult am decăzut în materie de arta sugestiei) și-a lipit ochii de ecran, în timp ce dragostea Piei și a lui Nayaar, având în fundal lacul Dal și cerul albăstrui ca gheața din Kashmir, se exprima prin sărutările aplicate cupelor pline cu ceaiul rozaliu al Kashmirului, iar mai târziu, lângă fântânile din Shalimar, prin apăsarea buzelor pe lama unei săbii... Dar chiar acum, la apogeul triumfului lui Hanif Aziz, șarpele nu a mai vrut să aștepte, iar sub influența lui, în sală s-au aprins luminile. Profilându-se pe siluetele gigantice ale Piei și Nayyar, care sărutau niște fructe de mango în ritmul coloanei sonore, a apărut un bărbat timorat, cu o barbă nepotrivită momentului, care s-a apropiat de scena de sub ecran, cu un microfon în mână. Șarpele poate lua cele mai neașteptate forme; acum, de pildă, și-a împrăștiat veninul deghizat în acest neînsemnat director de sală. Pia și Nayar au dispărut și au murit, iar vocea amplificată a bărbosului a spus:

— Doamnelor și domnilor, iertare, dar am aflat o veste cumplită.

Glasul a amuțit – o șfichiuire a limbii Șarpelui, ca să dea putere colților! – și apoi a continuat:

— Azi după-masă, la Casa Birla din Delhi, mult iubitul nostru Mahatma a fost ucis. L-a împușcat un nebun în stomac, doamnelor și domnilor – dragul nostru *bapu* nu mai este!

Publicul începuse deja să țipe înainte de încheierea anunțului; otrava cuvintelor lui le-a pătruns în vine – bărbați în toată firea se tăvăleau pe jos și se țineau cu mâinile de burtă, dar nu râdeau, ci strigau *Hai Ram! Hai Ram!*, pe când femeile își smulgeau părul din cap, astfel încât cele mai pretențioase coafuri din oraș se prăbușeau peste urechile doamnelor otrăvite. Vedetele de film zbierau ca nevestele de pescari, în aer plutea un miros oribil, iar Hanif a șoptit:

— Pleacă de-aici, surioară, dacă e mână de musulman, o să fie iadul pe pământ.

Pentru fiecare scară există un șarpe... Timp de patruzeci și opt de ore după întreruperea bruscă a *Îndrăgostiților din Kashmir*, familia noastră a rămas între pereții Vilei Buckingham („Proptiți mobila de, cum îi zice, ușă!“ a ordonat Maica Stareță, „dacă aveți servitori hinduși, dați-le drumul acasă!“), iar Amina Sinai nu a mai îndrăznit să se ducă la hipodrom.

Însă și pentru fiecare șarpe există o scară, iar în cele din urmă radioul ne-a dat un nume. Nathuram Godse.

— Slavă Domnului, nu-i un nume musulman! a izbucnit Amina.

La care Aadam Aziz, pe care vestea morții lui Gandhi îl împovărase cu o mânie sporită, a răspuns:

— Godse ăsta e-o pacoste fără pereche!

Totuși Amina a fost din calea-afară de ușurată și s-a repezit năucă în sus pe lunga scară a liniștirii:

— De ce nu, la urma urmei? Prin simplul fapt că a fost Godse, ne-a salvat viața!

După ce s-a ridicat din așa-zisul pat de suferință, Ahmed Sinai a continuat să se comporte ca un invalid. Cu glas lugubru, i-a spus Aminei:

— Și zici c-ai vorbit cu Ismail să acționezi în instanță? Foarte bine, dar o să pierdem. Trebuie să-i cumperi pe judecători...

Amina a dat fuga la Ismail:

— Să nu cumva să-i spui lui Ahmed de bani. Nici în ruptul capului. Bărbații au mândria lor.

Iar mai târziu:

— Nu, *janum*, nu mă duc nicăieri. Nu, copilul nu-i deloc obositor. Odihnește-te, eu trebuie să plec la cumpărături. Poate trec și pe la Hanif. Știi cum e: noi, femeile, trebuie să ne găsim mereu ceva de făcut!

S-a întors iar cu plicuri doldora de rupii în bancnote...

— Ține-aici, Ismail, acum că nu mai stă în pat, trebuie să fim rapizi și cu băgare de seamă!

Seara, stătea cuminte lângă maică-sa:

— Da, bineînțeles că ai dreptate. Dar n-o să treacă mult și Ahmed o să se-mbogățească, o să vezi!

Amânări interminabile în instanță, plicuri golite unele după altele, copilul crescând din ce în ce mai mult, aproape de ziua când Amina nu avea să mai fie în stare să se instaleze la volanul Rover-ului 1946; norocul despre care nimeni nu știa cât avea s-o mai țină, iar Musa și Mary certându-se ca niște tigri îmbaboiați.

Ce anume declanșează conflictele?

Ce rămășițe de vinovăție, frică și rușine, conservate de timp în intestinele lui Mary, au făcut-o – cu bună știință? involuntar? – să-l provoace pe bătrânul servitor în atâtea și atâtea feluri – strâmbând din nas ca să-și arate statutul superior, numărând agresiv mărgelele mătăniilor sub ochii lui de musulman fervent, acceptând titlul de *mausi* (măicuță) pe care i-l atribuiseră ceilalți servitori de pe Moșie și pe care Musa îl considera o amenințare la adresa propriei poziții, afișând o familiaritate excesivă față de *begum sahiba* – mici șoapte și chicoteli pe la colțuri, suficient de sonore pentru ca Musa cel ceremonios, țeapăn și corect să audă și să se simtă păcălit?

Ce fir minuscul de nisip din marea bătrâneții care se revărsa acum peste vârstnicul servitor i s-a fixat între buze și a făcut să crească perla întunecată a urii – căror amorțeli neobișnuite le-a căzut victimă Musa, ajungând să aibă mâinile și picioarele ca de plumb, așa încât spărgea vaze, vărsa scrumiere, iar aluziile voalate la iminenta lui concediere – rostite de buzele conștiente sau inconștiente ale lui Mary? – creșteau într-o frică obsedantă, care ricoșa asupra persoanei care declanșase totul?

Și (ca să nu uităm factorul social) care a fost efectul abrutizant al statutului de servitor, al unei camere a servitorilor aflate în spatele bucătăriei cu soba neagră, în care Musa era obligat să doarmă la un loc cu grădinarul, băiatul bun la toate și hamalul, pe când Mary se lăfăia pe o saltea de trestie lângă un nou-născut?

Și fiindcă tot am ajuns la Mary, era sau nu fără pată? O acrise propria neputință de a merge la biserică – fiindcă în biserici se găseau confesionale, iar în confesionale nu se puteau păstra secretele – atât de mult încât s-o facă nițel mai tăioasă și jignitoare?

Trebuie să mergem oare dincolo de psihologie – căutând răspunsuri în afirmații cum ar fi: pe Mary o pândea un șarpe, iar Musa era sortit să afle despre ambiguitatea scărilor? Sau e cazul să avansăm dincolo de șerpi-și-scări, să vedem Mâna Destinului în toată cearta asta și să conchidem: pentru ca Musa să se întoarcă sub forma unei stafii explozive, ca să adopte rolul Bombei-din-Bombay, era necesar să regizeze o plecare... sau, coborând dintr-un asemenea tărâm sublim în ridicol, să fi fost oare cu putință ca Ahmed Sinai – pe care whiskyul îl provoca, iar *djinn*-ul îl mâna spre bădărănii excesive – să-l fi înfuriat atât de tare pe bătrânul servitor, încât crima lui, prin care a egalat palmaresul lui Mary, a fost comisă din cauza mândriei rănite a unui bătrân slujitor maltratat și nu a avut de fapt nici o legătură cu Mary?

Punând punct întrebărilor, mă limitez la fapte: Musa și Mary erau în permanență la cuțite. Adevărat: Ahmed îl insultase și se poate ca eforturile pacificatoare ale Aminei să nu fi avut succes; adevărat: umbrele tremurătoare ale bătrâneții îl convinseseră că avea să fie dat afară dintr-o clipă în alta, fără înștiințări prealabile. Și așa se face că, într-o dimineață de august, Amina a descoperit că li se spărsese casa.

A venit poliția. Amina a semnalat ce dispăruse: o scuipătoare de argint incrustată cu lapislazuli, niște monede de aur, câteva servicii de ceai și samovare împodobite cu pietre prețioase; conținutul unui cufăr metalic verde. Servitorii au fost aliniați în vestibul și supuși amenințărilor inspectorului Johnny Vakeel.

— Haideți, dați pe goarnă, a spus el, lovindu-și piciorul cu bastonul, altminteri o să vedeți ce n-ați văzut. Vreți să stați într-un picior zi și noapte? Vreți să aruncăm pe voi ba apă fiartă, ba apă rece sloi? Avem o grămadă de metode la poliție...

A urmat instantaneu corul cacofonic al servitorilor: Nu eu, dom' inspector sahib, sunt băiat cuminte; pentru numele lui Dumnezeu, căutați-mi prin lucruri, sahib! Iar la un moment dat s-a auzit vocea Aminei:

— Asta-i prea de tot, domnule, ați întrecut măsura. Știu în orice caz că Mary a mea e nevinovată. N-o să permit s-o luați la întrebări.

Iritarea suprimată a polițistului. Se instituie o percheziționare a bunurilor – „Pentru orice eventualitate, doamnă. Indivizii ăștia au o inteligență mărginită – și poate că ați descoperit prea repede furtul, iar făptașul n-a avut timp să-și ascundă prada!“

Începe percheziția. În patul pliant al lui Musa, bătrânul servitor: o scuipătoare de argint. Ascunse în bocceluța cu haine: câteva monede de aur și un samovar de argint. Pitit sub patul ușor din trestie: un serviciu de ceai care lipsea. Iar acum Musa se aruncă la picioarele lui Ahmed Sinai și-l imploră:

— Iertare, sahib! Am fost nebun, am crezut c-o să mă aruncați în stradă!

Dar Ahmed nu vrea să audă; cade pradă din nou înghețului.

— Mă simt foarte slăbit, șoptește el și iese din cameră.

Nevenindu-i să creadă, Amina întreabă:

— Bine, Musa, dar de ce-ai făcut jurământul ăla cumplit?

...Căci, în răgazul dintre alinierea în vestibul și descoperirile din camera servitorilor, Musa îi spusese stăpânului său:

— N-am fost eu, sahib. Să mă-mbolnăvesc de lepră dacă v-am furat! Să mi se umple pielea de bube!

Cu oroarea întipărită pe chip, Amina așteaptă răspunsul lui Musa. Servitorul își schimonosește fața îmbătrânită într-o mască a furiei și scuipă cuvintele:

— *Begum sahiba*, nu v-am luat decât câteva bunuri de preț, dar dumneavoastră, sahib-ul dumneavoastră și tatăl lui mi-au luat toată viața, iar acum, la bătrânețe, m-ați umilit aducând *ayahe* creștine.

În Vila Buckingham se lasă liniștea. Amina a refuzat să facă plângere, dar Musa pleacă. Cu patul pliant în spinare, coboară scara metalică în spirală, descoperind că treptele te pot duce atât în sus, cât și în jos. Se îndepărtează de casa de pe colină, lăsând-o sub povara unui blestem.

Iar Mary Pereira e pe punctul să descopere (să fie oare din cauza blestemului?) că nu poți evita șarpele nici măcar când câștigi o bătălie și când scările îți fac jocul.

Amina zice:

— Nu pot să-ți mai aduc bani, Ismail. Ți-au ajuns?

Ismail răspunde:

— Sper, dar nu poți să știi, crezi c-ar mai fi vreo șansă...?

Dar Amina îl întrerupe:

— Problema e că am crescut atât de mult, că nu mai pot nici să urc în mașină. Trebuie să te mulțumești cu ce-ai primit până acum.

...Timpul își încetinește din nou scurgerea pentru Amina; ochii ei fixează pentru a doua oară sticla marmorată pe care lalele roșii cu tulpini verzi dansează la unison; privirea i se oprește încă o dată asupra unui turn al cărui ceas nu a mai mers de la ploile din 1947. Ploaia a reînceput. Sezonul curselor a luat sfârșit.

Un turn cu ceas zugrăvit în bleu: masiv, scorojit, nefuncțional. Se înalță pe asfaltul smolit de la capătul piațetei – acoperișul plat al ultimului etaj al clădirilor de pe Warden Road se sprijinea de colina noastră cât un bloc cu două etaje, așa că, dacă escaladai zidul despărțitor al Vilei Buckingham, aterizai pe bitum. Ceva mai jos se găseau Grădinița și Școala Breach Candy, de unde se auzea, în fiecare după-amiază a trimestrului, muzica veselă a pianului domnișoarei Harrison, care interpreta aceleași cântece pentru copii. Și mai jos se aflau magazinele – Paradisul Cititorului, prăvălia de bijuterii Fatbhoy Jewellery, magazinul de jucării Chimalker's și Bombelli's, cu vitrinele pline de Metri de Ciocolată. Ușa care ducea spre turnul cu ceas era închisă în mod normal, dar avea un lacăt de genul celor pe care Nadir Han le-ar fi recunoscut imediat: fabricat în India. Și trei seri la rând, chiar înainte de prima aniversare, Mary Pereira, rămasă noaptea la fereastra mea, a observat o siluetă ca o umbră furişându-se pe acoperiş, cu mâinile pline de obiecte fără formă, iar în suflet i s-a cuibărit o groază cu neputinţă de identificat. După cea de-a treia noapte, i-a spus maică-mii; a fost chemată poliţia, iar inspectorul Vakeel a revenit la Moşia Methwold, însoţit de membrii unui regiment de intervenţii speciale – „Ţintaşi unul şi unul, *begum sahiba*, lăsaţi pe noi!" – care, deghizaţi în măturători şi cu pistoalele ascunse sub zdrenţe, au ţinut sub supraveghere turnul cu ceas, stârnind praful în piaţetă.

S-a lăsat noaptea. În spatele perdelelor şi al jaluzelelor, locuitorii de pe Moşia Methwold se uitau cu teamă spre turnul cu ceas. În mod absurd, măturătorii şi-au văzut de treabă şi pe întuneric. Johnny Vakeel a luat poziţie la noi pe verandă, cu puşca ascunsă vederii... Iar la miezul nopţii o umbră s-a apropiat de peretele lateral al Şcolii Breach Candy şi s-a îndreptat spre turn, cu un sac azvârlit pe umăr...

— Trebuie să intre, îi spusese Vakeel Aminei. Trebuie să fim siguri că punem mâna pe făptaş, şi nu pe altcineva.

Făptaşul a străbătut porţiunea cu bitum, a ajuns la turn şi a intrat.

— Ce aşteptaţi, inspector sahib?

— Ssst, *begum*, poliţia are metodele ei. Vă rog, faceţi cumva şi intraţi. O să-l înhăţăm când iese, ascultaţi ce vă spun. O să-l prindem ca pe-un şobolan în cursă, a rostit Vakeel cu satisfacţie.

— Dar cine e?

— Cine ştie? a spus Vakeel, ridicând din umeri. Un pungaş, normal. E vremea lor, mişună peste tot.

...Iar pe urmă liniştea nopţii e sfâşiată ca o pânză de un ţipăt strident şi întrerupt brusc; cineva se furişează în pragul uşii de la turnul cu ceas, care se deschide; se aude o bufnitură şi ceva aterizează pe caldarâmul negru. Inspectorul Vakeel intră brusc în acţiune, punând mâna pe puşcă şi trăgând de la şold, ca John Wayne; măturătorii îşi scot armele din mături şi fac prăpăd... ţipetele femeilor agitate, urletele servitorilor... linişte.

Ce zace-acolo, maroniu şi negru, vărgat şi reptilian, pe asfaltul negru? Din ce se prelinge sângele acela negru care-l face pe doctorul Schaapsteker să urle, de la punctul lui de observaţie situat la ultimul etaj:

— Idioţi fără pereche! Fraţi ai gândacilor! Fii de travestiţi!

Ce stă să moară jos, cu limba despicată, în timp ce Vakeel dă fuga pe acoperișul gudronat?

Dar dincolo de ușa turnului cu ceas? Ce greutate a căzut cu un bubuit atât de puternic? A cui a fost mâna care a forțat ușa? În al cui călcâi se văd două găuri roșii, pline cu un venin căruia nu i se cunoaște antidotul, o otravă care a ucis grajduri întregi de cai îmbătrâniți și inutili? Al cui este cadavrul scos din turn de oamenii în haine obișnuite, într-un marș funebru din care lipsește sicriul care, dacă ar fi existat, ar fi fost cărat de falșii măturători? De ce, în clipa când o rază de lună scaldă în lumină chipul mortului, Mary Pereira se prăbușește ca un sac de cartofi, dând ochii peste cap și leșinând neașteptat și teatral?

Și ce sunt mecanismele plasate înăuntru, chiar lângă pereții turnului cu ceas, și legate de cronometrele acelea ieftine; de ce sunt atâtea sticle înfundate cu tot felul de cârpe?

— Mare noroc ați avut că i-ați chemat pe băieți, *begum sahiba*, spune inspectorul Vekeel. Ăsta e Joseph D'Costa, îl avem cap de listă la urmăriți. Umblăm după el de mai bine de-un an. Un bandit negru la suflet ca fundul ceaunului! Ar trebui să vedeți pereții din turn! Rafturi întregi, de sus până jos, pline de bombe artizanale. Avea destul explozibil să ne-arunce în mare, cu deal cu tot!

Melodramele s-au consumat una după alta, viața a împrumutat coloritul unui film sonor din Bombay, șerpii le-au urmat scărilor, așa cum și scările le-au urmat șerpilor, iar în mijlocul acestui exces de incidente bebelușul Saleem s-a îmbolnăvit. De parcă ar fi fost incapabil să asimileze atâtea întâmplări, a închis ochii, s-a făcut roșu la fată și i-a crescut temperatura. În vreme ce Amina aștepta rezultatul procesului intentat de Ismail statului, iar Maimuța de Bronz îi creștea în pântece, pe când Mary intra într-o stare de șoc din care avea să iasă de tot abia când stafia lui Joseph se va fi întors ca s-o bântuie, pe câtă vreme cordonul ombilical plutea într-un borcan de murături, iar *chutney*-ul lui Mary ne umplea visele de degete întinse, în fine, în timp ce Maica Stareță se ocupa de bucătărie, bunicul m-a examinat și a spus:

— Mă tem că nu încape îndoială. Bietul băiat are febră tifoidă.

— Dumnezeule mare și bun! a strigat Maica Stareță. Ce diavol de smoală s-a făcut, cum îi zice, stăpân pe casa asta?

Așa mi-a ajuns la urechi povestea unei boli care a fost cât pe-aci să-mi pună capăt înainte de-a începe: zi și noapte, la sfârșitul lui august 1948, mama și bunicul au avut grijă de mine, Mary a scăpat din capcana propriei vinovății și mi-a pus comprese reci pe frunte. Maica Stareță mi-a îngânat cântece de leagăn și m-a hrănit cu lingura, și chiar și taică-meu a uitat pe moment de necazurile lui și a rămas în pragul ușii, aferându-se neputincios. Însă într-o seară doctorul Aziz, arătând dărâmat ca un cal bătrân, a decretat:

— N-am ce să-i mai fac. O să moară până dimineață.

În toiul văicărelilor femeiești și al travaliului incipient al maică-mii, provocat de jale și de imaginea lui Mary Pereira smulgându-și părul din cap, s-a auzit o bătaie la ușă și un servitor l-a anunțat pe doctorul Schaapsteker, care i-a dat bunicului o sticlă și i-a zis:

— Ți-o spun pe șleau: ori omoară, ori vindecă. Două picături, nici mai mult, nici mai puțin, iar pe urmă stai și așteaptă.

Bunicul, care stătea cu capul în mâini în molozul propriilor cunoștințe medicale, a întrebat:

— Ce-i asta?

Bătrânul doctor Schaapsteker, în vârstă de optzeci și doi de ani, a răspuns cu limba ițindu-i-se pe la colțurile gurii:

— Venin diluat de cobră regală. A dat rezultate.

Șerpii pot duce la triumf, la fel cum scările pot merge în jos: știind că aveam să mor oricum, bunicul mi-a administrat otrava de cobră. Familia s-a pus pe așteptat, în timp ce veninul se împrăștia în corpul copilului... iar după șase ore temperatura mi-a revenit la normal. Ulterior, rata mea de creștere și-a pierdut aspectele fenomenale, însă pentru tot ce s-a pierdut s-a oferit ceva în schimb: viața, plus conștientizarea timpurie a ambiguității șerpilor.

Pe când mie îmi scădea febra, soră-mea se ivea pe lume la Maternitatea Narlikar. Era 1 septembrie, iar nașterea a fost atât de normală și simplă, încât practic a trecut neobservată pe Moșia Methwold, fiindcă în aceeași zi Ismail Ibrahim i-a vizitat pe părinții mei la clinică și i-a anunțat că obținuse câștig de cauză... În vreme ce Ismail sărbătorea, m-am prins cu mâinile de barele pătuțului; în timp ce el striga: „Adio îngheț! V-ați recăpătat bunurile! Prin dispoziția Înaltei Curți!“, m-am înroșit la față și am sfidat gravitația; iar pe când el anunța, cu o expresie solemnă: „Sinai *bhai*, statul de drept a obținut o victorie de răsunet“, evitând ochii încântați și triumfători ai maică-mii, eu, Bebe Saleem, în vârstă de exact un an, două săptămâni şi o zi, m-am ridicat în picioare în pătuţ.

Efectele întâmplărilor din acea zi au fost două la număr: am crescut cu nişte picioare iremediabil strâmbe, fiindcă mă ridicasem prea devreme, iar Maimuţa de Bronz (poreclită aşa din cauza clăii dese de păr arămiu care avea să se închidă abia la nouă ani) a aflat că, dacă voia să se bucure de atenţie în viaţă, trebuia să facă tărăboi, nu glumă.

Accidentul din lada de rufe

Au trecut două zile pline de când Padma a plecat din viața mea ca o furtună. De două zile, locul ei lângă oala cu *kasaundy* de mango a fost luat de o altă femeie – tot împlinită la mijloc și cu brațele la fel de păroase, dar care în ochii mei nu o poate înlocui defel! – în timp ce lotusul meu de Băligar a dispărut cine știe unde. S-a pierdut un echilibru ; simt cum crăpăturile mi se lărgesc pe trup în jos, fiindcă am rămas deodată singur, fără urechea atât de necesară, și știu că nu mă descurc. Mă cuprinde un acces brusc de mânie : de ce am fost tratat atât de nerezonabil de singurul meu discipol ? Au spus și alții povești înaintea mea și nu au fost părăsiți cu atâta hotărâre. Când Valmiki, cel care a scris *Ramayana*, și-a dictat capodopera lui Ganesh cel cu cap de elefant, credeți că zeul l-a lăsat baltă la jumătatea drumului ? Nici pomeneală. (Observați că, în ciuda originilor mele musulmane, m-am integrat suficient de bine în Bombay ca să fiu familiarizat cu povestirile hinduse și chiar îmi place imaginea lui Ganesh cel cu trompă și urechi mari scriind solemn după dictare !)

Cum să mă lipsesc de Padma ? Cum să renunț la ignoranța și superstițiile ei, contragreutăți necesare ale omniscienței mele crescute din miracole ? Cum să mă descurc fără paradoxalul ei spirit teluric, care mă ajută – mă ajuta ! – să rămân cu picioarele pe pământ ? Am impresia că am devenit vârful unui triunghi isoscel susținut în mod egal de două zeități gemene, zeul sălbatic al memoriei și zeița de lotus a prezentului... dar trebuie oare să mă împac acum cu îngustimea unidimensională a unei linii drepte ?

Poate că de fapt mă ascund în spatele întrebărilor ăstora. Da, așa o fi. Ar trebui să vorbesc limpede, fără volutele semnelor de întrebare : Padma noastră a plecat și îmi e dor de ea. Da, asta e.

Dar tot mai e de lucru din belșug. De pildă :

În vara anului 1956, pe când majoritatea lucrurilor existente încă erau mai mari ca mine, sora mea, Maimuța de Bronz, a deprins ciudatul obicei de a da foc pantofilor. În vreme ce Nasser scufunda nave în Suez și încetinea astfel mersul lumii, obligând-o să dea ocol Capului Bunei Speranțe, soră-mea încerca la rându-i să ne încurce în mișcări. Silită să lupte pentru atenție, înrobită nevoii de a se plasa în centrul evenimentelor, chiar și al celor neplăcute (în fond, era sora mea, dar n-a primit scrisori de la nici un prim-ministru, nu a vegheat-o nici un *sadhu* de sub robinetul din grădină, iar viața ei a fost de la bun început o luptă, fiindcă nu i s-au făcut nici profeții, nici poze), și-a dus războiul în lumea încălțămintei, sperând – poate – că, arzându-ne pantofii, o să ne facă să rămânem locului suficient de mult ca să observăm că e acolo... Nu a încercat deloc să-și ascundă crimele. Când taică-meu s-a dus la el în cameră și a găsit o pereche de pantofi Oxford negri puși pe foc, Maimuța de Bronz era aplecată asupra lor, cu chibritul în mână. În nări i-a năvălit mirosul fără precedent al pielii încinse, amestecat cu cremă de ghete Cherry Blossom și cu nițel lac Three-In-One...

— Ia privește, *abba*! a spus Maimuța cu un aer cochet. Uite ce frumos – exact culoarea părului meu!

În ciuda tuturor precauțiilor, veselele flori roșii ale obsesiei soră-mii au îmbobocit în vara aceea pretutindeni pe întinsul moșiei, ivindu-se în sandalele lui Nussie-rățușca și în pantofii magnatului de film Homi Catrack; flăcările de culoarea părului au lins încălțările din piele cu talpă joasă ale domnului Dubash și tocurile cui ale Lilei Sabarmati. Chiar dacă au fost ascunse chibriturile și s-a întețit vigilența servitorilor, Maimuța de Bronz a găsit în continuare breșe, netulburată de pedepse sau de amenințări. Când și când, un an de zile, Moșia Methwold a fost asaltată de mirosul și fumul pantofilor incendiați, până când părul Maimuței s-a întunecat și s-a colorat într-un castaniu anonim, făcând-o să nu mai pară interesată de chibrituri.

Detestând ideea de a-și bate copiii și funciarmente incapabilă să ridice vocea, Amina Sinai a ajuns aproape de capătul puterilor, iar Maimuța a fost condamnată zi după zi la tăcere. Asta era metoda disciplinară pe care-o alesese mama: neputând să ne lovească, ne dădea dispoziție să ne ținem gura. Fără îndoială că avea și acum în urechi ecoul liniștii depline cu care propria ei mamă îl chinuise pe Aadam Aziz – căci are și liniștea un ecou, mai gol și mai lung decât reverberațiile tuturor sunetelor –, așa că scotea un *Ssst!* scurt, ducea degetul la buze și ne făcea semn să tăcem chitic. Era o pedeapsă care mă punea întotdeauna cu botul pe labe; în schimb, Maimuța de Bronz era incomparabil mai puțin flexibilă. Fără nici un sunet, în spatele buzelor ferecate ca ale bunică-sii, a pus la cale incinerarea pielii – la fel ca o altă maimuță dintr-un alt oraș, care înfăptuise cândva demult actul care dusese inevitabil la arderea unui depozit de mușama...

Pe cât de urât eram eu, pe atât de frumoasă (deși nițeluș costelivă) era ea; numai că s-a dovedit de la bun început rea ca o vijelie și gălăgioasă ca o gloată. Puneți la socoteală geamurile și vazele sparte intenționat-din-greșeală; numărați, dacă puteți, mâncărurile care au zburat, nu se știe cum, din farfuriile ei perfide și au murdărit neprețuitele covoare persane! Tăcerea a fost într-adevăr cea mai aspră pedeapsă care i s-ar fi putut da; însă a îndurat-o cu veselie, stând nevinovată printre scaune rupte și podoabe distruse.

— Maimuța aia! Ar fi trebuit să aibă patru labe! a spus Mary Pereira.

Dar Amina, în mintea căreia amintirea felului cum fusese cât pe-aci să dea naștere unui fiu cu două capete refuzase cu încăpățânare să se estompeze, a strigat:

— Mary! Ce tot vorbești! Nici prin cap să nu-ți treacă!

...În ciuda protestelor maică-mii, Maimuța de Bronz era într-adevăr om și animal deopotrivă și, așa cum știau toți servitorii și copiii de la Moșia Methwold, avea darul vorbitului cu păsările și cu pisicile. Ce-i drept, cunoștea și limba câinilor, dar, după ce a fost mușcată de un patruped zice-se turbat pe când avea șase ani și a trebuit să fie târâtă cu forța la spitalul Candy Breach în fiecare după-amiază timp de trei săptămâni, ca să i se facă injecții în burtă, se pare că fie le-a uitat limbajul, fie a refuzat să mai aibă de-a face cu ei. De la păsări a învățat să cânte, iar de la pisici a deprins o formă de independență periculoasă. Maimuța de Bronz nu era niciodată atât de furioasă ca atunci când i se adresau cuvinte tandre; tânjind cu disperare după afecțiunea de care fusese deposedată din cauza umbrei mele omniprezente, avea tendința să reacționeze violent față de oricine i-ar fi dat ce-și dorea, ca și cum și-ar fi luat măsuri de precauție în eventualitatea că ar fi fost trasă pe sfoară.

...Ca atunci când Sonny Ibrahim și-a luat inima în dinți și i-a declarat:

— Hei, ascultă, sora lui Saleem – ești o fată voinică. Cum să-ți zic, al naibii ce-mi place de tine...

Maimuța s-a dus glonț la taică-său și la maică-sa, care sorbeau *lassi* în grădinile de la Sans Souci, și le-a spus:

— Tanti Nussie, habar n-am după ce umblă Sonny al dumitale. Adineauri l-am văzut cum s-a pitit cu Cyrus după o tufă și cum tot și-au frecat jucărelele!

Maimuța de Bronz nu știa să stea la masă, călca în picioare straturile de flori și își atrăsese renumele de copil-problemă, dar am fost foarte apropiați, cu toate scrisorile înrămate de la Delhi și *sadhu*-ul de sub robinet. Din capul locului m-am decis s-o privesc ca pe un aliat, nu ca pe un concurent; prin urmare, nu m-a acuzat niciodată că eram mai important ca ea în cadrul familiei, spunând:

— Care-i problema? E vina ta că te cred atât de tare?

(Atâta doar că, ani de zile după aceea, când am comis aceeași greșeală ca Sonny, m-a tratat exact la fel.)

Și tot Maimuța, ridicând receptorul când se formase un număr greșit, a declanșat lanțul de evenimente care au dus la accidentul pe care l-am avut într-o ladă albă de rufe din plăci de lemn.

La vârsta de aproape nouă ani, aveam deja o certitudine: toată lumea mă aștepta. Miezul de noapte, instantaneele de nou-născut, profeții și prim-miniștrii creaseră în jurul meu pâcla incendiară și inevitabilă a expectativei... în care taică-meu m-a atras, lipindu-mă de pântecele lui flasc în răcoarea orei cocteilului, ca să-mi spună:

— Lucruri mărețe! Dar de ce n-o să ai parte? Fapte ilustre și o viață pe măsură!

La care eu, zvârcolindu-mă între buza lui proeminentă și degetul mare și udându-i cămașa din cauza nasului care îmi curgea neîntrerupt, m-am făcut stacojiu la față și am scheunat:

— Dă-mi drumul, *abba*! Or să vadă toți!

— N-au decât! Să vadă toată lumea cum îmi iubesc băiatul! a urlat el, provocându-mi o jenă incredibilă.

Am primit un sfat și de la bunică-mea, care ne-a făcut o vizită într-una dintre ierni:

— Să nu uiți să-ți ridici, cum îi zice, ciorapii, și o s-o duci cel mai bine dintre toți!

...Plutind la întâmplare în acest abur anticipativ, simțisem deja în mine primele mișcări ale acelui animal inform care și în ziua de azi, în nopțile fără Padma, mă ronțăie și mă zgârie în măruntaie; blestemat de o mulțime de speranțe și de porecle (mă alesesem deja cu două: Smârcâici și Mucea), am început să mă tem că toată lumea se înșela – că era posibil ca mult trâmbițata mea existență să fie complet inutilă, goală și fără nici un fel de rost. Și tocmai ca să scap de fiara asta, mi-am luat obiceiul să mă ascund, de foarte mic, în lada de rufe mare și albă a maică-mii; căci, deși creatura se afla înăuntrul meu, prezența liniștitoare a rufelor murdare din jur părea s-o adoarmă.

În afara lăzii de rufe, înconjurat de oameni care îmi făceau impresia unui simț al direcției extrem de bine conturat, mă îngropam în basme. Hatim Tai și Batman, Superman și Sindbad m-au ajutat cu toții să trec de pragul celor aproape nouă ani. Când mergeam la cumpărături cu Mary Pereira – complexat de capacitatea ei de-a ghici vârsta unui pui doar privindu-i gâtul și de hotărârea cu care își fixa privirile asupra ochilor peștilor morți – mă transformam în Aladin și ajungeam într-o peșteră fabuloasă; pe când mă uitam la servitorii care ștergeau vazele de praf cu un devotament pe cât de maiestuos, pe atât de anonim, mi-i închipuiam pe cei patruzeci de hoți ai lui Ali Baba pitindu-se în urnele sau samovarele lustruite; în grădină, pe când priveam cum îl macină apa pe *sadhu*-ul Purushottam, mă preschimbam în duhul din sticlă și astfel mă descotoroseam într-o măsură de ideea cumplită că eram singurul din univers care nu știa ce să fie și cum să se poarte. Rostul: mi s-a ivit în spate, pe când stăteam la fereastră și mă uitam la fetele europene care se zbenguiau în piscina în formă de hartă de lângă ocean.

— De unde-l luați? am strigat în gura mare.

Maimuța de Bronz, cu care împărțeam camera de culoarea cerului, a sărit doi coți în sus. Pe atunci aveam aproape opt ani, iar ea aproape șapte. Era o vârstă foarte fragedă pentru perplexitățile provocate de sensuri.

Dar servitorii sunt excluși din lăzile de rufe și nici autobuzele școlare nu sunt de față. În cel de-al aproape nouălea an începusem să merg la catedrală și la liceul de băieți John Connon de pe Outram Road, din cartierul Fortului Vechi; spălat și pieptănat în fiecare dimineață, stăteam la poalele colinei cât un bloc cu două etaje, cu pantaloni scurți de culoare albă, cu o centură cu dungi albastre și o cataramă în formă de șarpe, cu geanta pe umăr și nasul mare ca un castravete curgându-mi ca de obicei; Oache, Briantină, Sonny Ibrahim și precocele

Cyrus cel Mare așteptau și ei. Iar în autobuz, printre zăngănitul banchetelor și scârțâitul nostalgic al geamurilor, câte certitudini ! Ce viitor sigur pentru cineva de aproape nouă ani ! O răbufnire lăudăroasă din partea lui Sonny : „O să mă fac toreador ; Spania ! Chiquita ! Hei, toro, toro !“ Cu geanta ținută în față ca muleta lui Manolete, își mima viitorul, în timp ce autobuzul se hurduca pe după Kemp's Corner, prin dreptul lui Thomas Kemp and Co. (farmaciști), pe sub panoul cu rajahul care făcea reclamă la Air-India („La revedere, pe curând ! Zbor la Londra cu Air-India iute ca un gând !“) și sub celălalt panou de afișaj pe care, cât timp fusesem mic, Puștiul Kolynos, un spiriduș cu dinți scânteietori și cu o pălărie de clorofilă verde ca a unui elf, proclamase virtuțile pastei de dinți Kolynos : „Dinți curați și-un zâmbet mai frumos/ Doar cu pasta *super*-albă Kolynos !“ Puștiul la el pe panou, copiii în autobuz : unidimensionali, aplatizați de certitudini, știau foarte bine ce aveau să facă. Iată-l pe Keith Colaco Umflatul, un copil ca un balon tiroidian, căruia îi apar deja smocuri de păr deasupra buzelor : „O să mă ocup de cinematografele lu' tata ; dacă aveți chef de filme, nenorociților, o să trebuiască să dați pe la mine și să-mi cereți locuri !“... Iată-l și pe Perce Fishwala Grăsanul, a cărui obezitate se datorează exclusiv exceselor alimentare și care, împreună cu Keith Umflatul, ocupă pozițiile privilegiate de bătăuși ai clasei : „Bah ! Astea-s fleacuri ! Eu o să am diamante, smaralde și pietre de lună ! Bașca perle cât coaiele de mari !“ Tatăl lui Perce Grăsanul deține unul din cele două magazine de bijuterii din oraș ; marele lui dușman este fiul domnului Fatbhoy, care, fiind mic și intelectual, iese destul de șifonat din războiul copiilor testiculoperlați... Iată-l și pe Oache, proclamându-se viitor component al naționalei de cricket și reușind de minune să facă abstracție de orbita goală ; sau pe Briantină, cu părul lins și îngrijit, spre deosebire de hălăciuga încâlcită și creață a fratelui său, care declară : „Sunteți niște ticăloși egoiști ! Eu o să intru la marină, ca tata ! O să-mi apăr țara !“ Moment în care este bombardat cu rigle, compasuri sau cocoloașe de hârtie pătate cu cerneală... În ce mă privește, pe când autobuzul școlii se hurduca pe lângă plaja Chowpatty, cotea la stânga pe Marine Drive, prin fața apartamentului lui Hanif, unchiul meu preferat, și gonea prin dreptul lui Victoria Terminus spre Flora Fountain, lăsând în urmă Gara Churchgate și Crawford Market, am stat cuminte ; eram Clark Kent cel manierat și îmi protejam identitatea secretă ; dar ce Dumnezeu a mai fost și asta ? „Hei, Pocilă !“ a urlat Keith Umflatul.

„Hei, ce credeți c-o să ajungă Smârcâici al nostru?" „Pinocchio!" a urlat drept răspuns Perce Fishwala Grăsanul. Ceilalți încep imediat să le țină isonul și să cânte în cor „Nu mă ține nici o sfoară!"... Pe când Cyrus cel Mare tace mâlc ca un geniu și pune la cale viitorul celui mai mare laborator de cercetări nucleare din țară.

Iar acasă iat-o pe Maimuța de Bronz, care începuse să dea foc pantofilor, și pe taică-meu, care se ridicase de pe fundul prăpastiei ca să se prăbușească din nou, de data asta pradă nebuniei tetrapozilor... „De unde-l luați?" am întrebat rugător de la fereastră, iar degetul pescarului a arătat greșit spre ocean.

Alungat din lăzile de rufe: strigăte de „Pinocchio! Nastravete! Mucea!" Pitit în ascunzătoare, eram ferit de amintirea domnișoarei Kapadia, învățătoarea de la Grădinița Breach Candy, care, în prima zi de școală, se întorsese cu spatele la tablă ca să-mi spună bun-venit, îmi văzuse nasul, scăpase buretele din mână, îngrijorată, și își rupsese unghia degetului mare de la picior, ca un ecou strident, dar minor, al celebrului accident al lui taică-meu; îngropat printre batiste murdare și pijamale boțite, uitam pentru o vreme cât de urât eram.

Febra tifoidă m-a atacat, veninul șarpelui vărgat m-a lecuit, iar ritmul de creștere rapid și timpuriu a devenit mai lent. Când aveam aproape nouă ani, Sonny Ibrahim era cu patru centimetri mai înalt ca mine. Însă exista o parte din bebelușul Saleem care părea imună la boli și la extractul de șerpi. Între cei doi ochi, partea asta se lățea ca o ciupercă în jos și lateral, ca și cum forțele mele expansioniste, izgonite din restul corpului, se hotărâseră să se concentreze asupra acestui impuls unic și incomparabil... Între ochi și deasupra buzelor, nasul meu înflorea ca un dovleac dintr-o recoltă specială. (Ce-i drept, fusesem scutit de măsele de minte; e bine să nu crezi că ți se cuvine totul.)

Ce se află într-un nas? Răspunsul obișnuit: „Păi, simplu. Un aparat respirator, organe olfactive și fire de păr". În cazul meu, răspunsul era și mai ușor, deși – trebuie să recunosc – oarecum scârbos: în nasul meu se aflau muci. Cu scuzele de rigoare, trebuie să insist din păcate asupra detaliilor: congestiile nazale m-au obligat să respir pe gură, ca un caras auriu pe uscat; blocajele permanente m-au condamnat la o copilărie fără parfumuri, la zile care ignorau existența aromelor de mosc, *chambeli*, *kasaundy* de mango și înghețată de casă. Și a duhorii rufelor murdare. Ceea ce reprezintă un handicap în lumea din afara lăzilor de rufe poate fi un mare avantaj după ce te-ai instalat înăuntru. Dar asta doar pe durata șederii.

Având obsesia rostului, îmi făceam griji pentru nas. Îmbrăcat cu hainele amărăciunii care veneau periodic de la mătușă-mea Alia, directoarea de școală, mă duceam la ore, jucam cricket franțuzesc, mă băteam, mă cufundam în basme... și mă neliniștéam. (Pe vremea aceea, mătușa Alia începuse să ne expedieze cantități interminabile de haine pentru copii, în ale căror tivuri își cususe fierea de fată bătrână; Maimuța de Bronz și cu mine eram costumați în darurile ei, purtând la început hăinuțele amărăciunii, iar apoi șorțulețele resentimentelor; eu, unul, am crescut în pantaloni albi și scrobiți cu amidonul geloziei, în timp ce Maimuța purta frumoasele rochii înflorate ale invidiei nepotolite a Aliei... Nedându-ne seama că aveam o garderobă care ne prindea în ițele răzbunării ei, am trăit bine îmbrăcați.) Nasul meu: elefantin ca trompa lui Ganesh, l-am considerat inițial un respirator superlativ, un adulmecător fără rival, cum se zice; în loc de asta, m-am trezit că era înfundat întruna și inutil ca un proțap fără carne.

Gata. Am rămas în lada de rufe și nu m-am mai gândit la nas; am uitat de escaladarea Everestului din 1953 – când slinosul de Oache a spus chicotind: „Ce ziceți, putea Tenzing[1] ăla să se suie pe moaca lu' Smârcâici?" – și de certurile dintre părinți pe seama nasului meu, pentru care Ahmed Sinai n-a încetat să dea vina pe tatăl Aminei: „La mine-n familie n-a existat niciodată asemenea nas! Avem nasuri minunate; nasuri mândre; nasuri regești, nevastă!" La momentul respectiv, Ahmed Sinai începuse deja să creadă în obârșia fictivă pe care o crease pentru William Methwold; înecat în *djinn*, vedea cum îi curge sângele Mogulilor prin vine... Am uitat și noaptea când aveam opt ani și jumătate, iar taică-meu a dat buzna la mine în dormitor, a tras cearșaful de pe mine și m-a întrebat duhnind a *djinn*: „La ce-ți umblă mintea! Porcule! Ești vreun porc de pe coclauri?" Aveam o figură somnoroasă, nevinovată și buimacă. El a zbierat mai departe. „Pfui! Jegosule! Doamne-Doamne îi pedepsește pe băieții care fac așa ceva! Deja ți-a dat un nas cât plopu'. O să-ți oprească creșterea și-o să ajungi să ți se smochinească daravera!" Pe urmă am auzit-o pe mama, care a venit în cămașă de noapte în camera

---

1. Tenzing Norkay, șerpașul nepalez al lui Sir Edmund P. Hillary.

ai cărei pereți respirau uimire: „*Janum*, pentru Dumnezeu, băiatul dormea și-atâta tot". *Djinn*-ul a țâșnit urlând dintre buzele lui taică-meu, luându-l complet în stăpânire: „Uită-te la mutra lui! Cui i-a mai crescut un năsoi ca ăsta de la somn?"

În lăzile de rufe nu există oglinzi; nu își fac loc nici glumele de prost-gust, nici degetele întinse. Furia taților e înăbușită de cearșafuri murdare și de sutiene aruncate. O ladă de rufe e o gaură în lume, un loc unde civilizația s-a delimitat de ea însăși, ostracizându-se, ceea ce o transformă în cel mai bun ascunziș. În lada de rufe eram aidoma lui Nadir Han în lumea lui subterană, scăpat de toate presiunile, ascuns de cerințele părinților și ale istoriei...

...Taică-meu, lipindu-mă de burduhanul lui moale, vorbind cu glasul înăbușit de o emoție bruscă: „Bine, bine, gata, gata, ești un copil cuminte; poți să fii tot ce vrei; trebuie doar să aștepți cu răbdare! Acum dormi..." Și Mary Pereira, ca un ecou cântat: „Poți să fii orice dorești; orice vrei, vei ști s-ajungi!" Îmi trecuse deja prin minte că familia noastră credea implicit în principiile afacerilor rentabile; așteptau un profit gras pentru investiția făcută în mine. Copiii au parte de casă, masă, bani de buzunar, vacanțe lungi și dragoste, totul aparent pe gratis, și majoritatea micilor neghiobi consideră că e un fel de răsplată fiindcă s-au născut. Se apucă să cânte „Nu mă ține nici o sfoară!", dar eu, Pinocchio, am văzut sforile. Părinții sunt motivați de argumentul profitului – nimic mai mult, nimic mai puțin. Pentru atențiile lor, au așteptat de la mine imensul dividend al măreției. Nu mă înțelegeți greșit. Nu am nimic împotrivă. Pe vremea aceea, eram un copil ascultător. Tânjeam să le ofer ce-și doreau, ce le promiseseră ghicitoarele și scrisorile înrămate; însă pur și simplu nu știam cum. De unde venea măreția? În cel fel ți-o procurai? *Când*?... Când aveam șapte ani, Aadam Aziz și Maica Stareță ne-au făcut o vizită. La cea de-a șaptea aniversare a zilei de naștere, îndatoritor din fire, mi-am permis să mă îmbrac ca băieții din tabloul cu pescarul; încins și incomodat de veșmintele acelea bizare, am zâmbit întruna. „Ia uite-l pe țăndărelul meu de lună!" a strigat Amina, tăind o prăjitură glazurată cu tot felul de animale de zahăr. Atât de dulșe! Nu varsă o lacrimă!" Înăbușindu-mi șuvoaiele de lacrimi înghesuite pe furiș sub pleoape, plânsul provocat de căldură, de disconfort și de absența Metrului de Ciocolată din grămada de cadouri, i-am dus o bucată de prăjitură Maicii Starețe, care era bolnavă și stătea în pat. Mi se dăduse un stetoscop pe care mi-l atârnasem de gât. Mi-a dat voie s-o examinez, iar eu i-am prescris mai multă mişcare.

— Trebuie să străbați camera dintr-un cap în altul, până la şifonier şi înapoi, o dată pe zi. Ai încredere în mine, doar sunt doctor.

Milordul englez cu stetoscop a ajutat-o pe bunica năpădită de negi să traverseze camera. Şonticăind şi scârţâind din toate cele, Maica Stareță m-a ascultat. După ce am tratat-o în felul ăsta trei luni, şi-a revenit complet.

Vecinii au venit să sărbătorească, aducând *rasgulle*, *gulab-jamane* şi alte dulciuri. Aşezată împărăteşte pe un *takht* în camera de zi, Maica Stareţă a dat de ştire:

— Îl vedeţi pe nepotu-meu? M-a, cum îi zice, vindecat. Geniu! Are geniu, e un, cum îi zice, dar divin.

Înseamnă că asta a fost? Ar fi oare cazul să nu-mi mai fac griji? Să fie geniul total independent de dorinţă, învăţare, cunoaştere sau putinţă? Să fie ceva care, la ora fixată, mi se aşterne pe umeri ca un şal din lână tibetană, imaculat şi lucrat cu o minuţie infinită? Măreţia ca o mantie ce pică din cer; care nu trebuie trimisă niciodată la *dhobi*. Geniul nu se bate pe piatră... Acest indiciu unic, prima propoziţie rostită la întâmplare de bunică-mea, era singura mea speranţă; şi, după cum avea să vadă, nu a fost foarte departe de adevăr. (Mai am un pic până la accident, iar copiii din miez de noapte aşteaptă.)

După ani de zile, în Pakistan, chiar în noaptea când acoperişul urma să-i cadă în cap şi s-o facă mai subţire ca o clătită cu orez, Amina Sinai a avut o viziune a vechii lăzi de rufe. Când obiectul i s-a ivit sub pleoape, l-a întâmpinat ca pe un văr nu tocmai binevenit.

— Iar ai apărut, i-a spus ea. Mă rog, de ce nu? De la o vreme îmi aduc aminte de tot felul de lucruri. Se pare că e imposibil să laşi ceva în urmă.

Îmbătrânise prematur, ca toate femeile din familia noastră; lada îi evoca anul când bătrâneţea îi dăduse târcoale pentru prima dată. Marea arşiţă din 1956 – despre care Mary Pereira mi-a spus că fusese iscată de roiuri de insecte mici şi invizibile care luaseră foc – i-a zumzăit din nou în urechi. „Atunci au început să mă omoare bătăturile", a spus ea cu voce tare, iar reprezentantul Apărării Civile care se înfiinţase ca să asigure stingerea luminii pe durata alarmei a surâs trist şi şi-a zis: Pe timp de război, bătrânii se învelesc cu propriul trecut; în felul ăsta sunt gata să moară oricând e nevoie. S-a furişat pe lângă munţii de prosoape de pluş deteriorate de care era plină cea mai mare parte a casei şi a lăsat-o pe Amina să vorbească de una singură despre rufele murdare... Nussie Ibrahim – Nussie-răţuşca – o tot admirase pe Amina: „Ce *ţinută* ai, draga mea! Şi ce *ton*! Zău că n-am habar cum faci: pluteşti de parc-ai fi pe un *cărucior* invizibil!“ Dar în vara insectelor de foc, eleganta mea mamă a pierdut în cele din urmă bătălia împotriva bătăturilor, fiindcă *sadhu*-ul Purushottam a rămas brusc fără puterile magice. Apa îi pleşuvise un petic din moalele capului; scurgerea egală a anilor îl uzase iremediabil. Era oare decepţionat de copilul lui binecuvântat, de Mubarak-ul lui? Eu eram de vină că mantrele sale îşi pierduseră forţa? Cu un aer foarte tulburat, i-a spus maică-mii:

— Nu contează. Aşteaptă numai, o să am grijă de picioarele tale.

Dar bătăturile mamei au crescut şi mai mult; s-a dus la doctori care le-au îngheţat cu bioxid de carbon la zero absolut, însă efectul a fost că au revenit şi mai puternice, făcând-o să şchiopăteze şi să-şi ia adio de la zilele când plutea, moment în care a recunoscut prezenţa inconfundabilă a bătrâneţii. (Debordând de fantezie, am preschimbat-o într-un duh al apelor – „*Amma*, poate că de fapt eşti o sirenă care ia chip de om din dragoste pentru un bărbat – aşa că e ca şi cum ai călca pe lame de bărbierit!“ Mama a zâmbit, dar nu a râs.)

1956. Ahmed Sinai şi doctorul Narlikar jucau şah şi se certau – taică-meu era un adversar înverşunat al lui Nasser, în vreme ce Narlikar îl admira pe faţă.

— Individul e-o pacoste pentru afaceri, a spus Ahmed.

— Dar are stil, i-a răspuns Narlikar, cu o lucire pătimaşă în priviri. Nu-l învârte nimeni pe degete.

În acelaşi timp, Jawaharlal Nehru se consulta cu astrologii în privinţa Planului Cincinal al ţării, ca să evite un nou Karamstan; şi pe când lumea îmbina agresiunea cu ocultul, eu stăteam ascuns într-o ladă de rufe care nu mai era destul de mare ca să mă simt în largul meu; iar pe Amina Sinai o copleşea vinovăţia.

Încerca să-şi alunge din minte aventura de la hipodrom; dar simţul vinovăţiei inculcat de mâncarea maică-sii nu putea fi evitat, aşa că nu i-a fost greu să se gândească la bătături ca la un fel de pedeapsă... nu doar pentru escapada la Mahalaxmi care avusese loc cu ani în urmă, şi fiindcă nu izbutise să-și salveze soțul de rețetele roz ale alcoolismului, pentru comportamentul neîmblânzit și lipsit de feminitate al Maimuței de Bronz și pentru nasul coroiat al singurului ei fiu. Întorcându-mi acum privirile spre ea, mi se pare că în jurul capului începuse să i se țeasă o perdea de ceață a vinovăției – poate de la pielea neagră din care ieșise o pâclă de aceeași culoare, care i se așternuse în fața ochilor. (Padma m-ar crede; Padma ar ști ce vreau să spun!) Și pe măsură ce vinovăția ei creștea, ceața se făcea tot mai deasă – da, de ce nu? – erau zile când nu i se mai vedea nimic deasupra gâtului!... Amina devenise unul dintre acei oameni, puțini la număr, care iau asupră-le toate poverile lumii; a început să degaje magnetismul celor vinovați de bunăvoie, iar din clipa aceea toți cei care au intrat în contact cu ea au simțit un imbold fără egal de a-și mărturisi vinovățiile personale. După ce depuneau armele în fața puterilor maică-mii, ea le adresa un surâs blând, trist și cețos, iar ei pluteau ușurați, lăsându-și poverile pe umerii săi, după care pâcla vinovăției devenea și mai deasă. Amina a auzit de servitori bătuți și funcționari mituiți; când au venit în vizită unchiul Hanif, soția lui, divina Pia, și-au povestit certurile în cele mai mici amănunte; Lila Sabarmati și-a încredințat infidelitățile urechii grațioase, aplecată și de mult suferindă a mamei, iar Mary Pereira a trebuit să-și combată constant tendința aproape irezistibilă de a-și mărturisi crima.

Pusă în fața vinovățiilor lumii, mama zâmbea cețos și își ținea ochii bine închiși; la ora când a căzut acoperișul peste ea, vederea i se deteriorase grav, dar deslușea în continuare lada de rufe.

Ce se afla de fapt la baza vinovăției maică-mii? Ce se găsea de-adevăratelea dincolo de bătături, *djinn*-i și mărturisiri? Era o indispoziție de nedescris, o afecțiune căreia nici măcar nu i se putea rosti numele și care nu se mai mărginea la visele despre un soț subteran... Maică-mea căzuse pradă (așa cum avea să cadă și taică-meu în curând) vrăjii telefonului.

În după-amiezile din vara aceea – niște după-amiezi fierbinți ca ștergarele – telefonul suna întruna. Când Ahmed Sinai dormea la el în cameră, cu cheile sub pernă și cordoanele ombilicale în șifonier, zbârnâitul strident al aparatului pătrundea prin zumzetul insectelor de foc, iar maică-mea ajungea în hol șonticăind din cauza bătăturilor ca să răspundă. Dar oare ce expresie e asta, care face ca figura ei să capete culoarea sângelui coagulat? Ce-i cu mimica asta de om strangulat, de pește pe uscat, pe care o afișează fără să știe că e observată?... Și de ce, după ce ascultă cam cinci minute, spune cu un glas ca o sticlă spartă: „Îmi pare rău, greșeală"? De ce-i sclipesc diamantele pe pleoape?

— Când mai sună, hai să aflăm, mi-a șoptit Maimuța de Bronz.

Cinci zile mai târziu. Se face din nou după-masă; dar astăzi Amina e plecată în vizită la Nussie-rățușca atunci când sună telefonul.

— Repede! Repede, până nu se trezește!

Agilă după cum o arată numele, Maimuța ridică receptorul înainte ca Ahmed Sinai să-și schimbe felul de a sforăi...

— Alo? Daa? Ați sunat la șapte zero cinci șase unu; alo?

Ascultăm amândoi, cu nervii întinși la maximum, dar deocamdată nu se aude nimic. Pe urmă, tocmai când suntem pe punctul să renunțăm, vocea se face auzită.

— ...A... da... alo? Din nou liniște; vocea care nu s-a putut abține și a vorbit se gândește ce să răspundă, după care rostește: ...Alo... sunteți Compania de Închiriat Camioane Shanti Prasad, vă rog?

Maimuța reacționează fulgerător:

— Da, ce doriți?

Încă o pauză; parcă jenată, aproape umil-conciliantă, vocea spune:

— Vreau să închiriez un camion.

O, pretext șubred al vocii telefonice! O, pălăvrăgeală transparentă a stafiilor! Glasul de la telefon nu semăna cu al cuiva care închiriază camioane; era blând și destul de plin, un glas de poet... Însă după aceea telefonul a sunat cu regularitate; câteodată mama răspundea, asculta în tăcere, mișcându-și gura ca peștii pe uscat, iar în cele din urmă, mult prea târziu, spunea: „Îmi pare rău, greșeală"; alteori Maimuța și cu mine ne strângeam în jurul telefonului – două urechi la un singur receptor – iar ea primea comenzi pentru camioane. La un moment dat am întrebat:

— Hei, Maimuțo, ce crezi? Individul nu se miră niciodată de ce nu *ajung* camioanele.

Ea mi-a răspuns cu ochii mari și cu o voce abia auzită:

— Auzi, nu cumva... poate că *ajung*!?

Dar nu-mi dădeam seama cum; iar în suflet mi-a încolțit o mică bănuială că se putea ca mama noastră să aibă un secret –

tocmai *amma* noastră! Care spunea mereu: „Păstrați secretele și-or să vi se strice înăuntru; nu le spuneți și-or să vă dea dureri de burtă!" – o scânteie minusculă, pe care experiența mea din lada de rufe avea s-o transforme într-un incendiu de pădure. (Fiindcă de data asta, vedeți voi, mi-a dovedit-o.)

Iar acum, în fine, e momentul rufelor murdare. Lui Mary Pereira îi plăcea tare mult să-mi spună: „Dacă vrei să fii om mare, *baba*, trebuie să fii foarte curat. Schimbă-ți hainele", mă sfătuia ea, „și fă baie des. Du-te, baba, sau te trimit la spălător și-or să te pună la zvântat pe pietre". Câteodată, mă mai amenința și cu insectele: „N-ai decât să fii murdar, or să se bată muștele pe tine. Or să te năpădească în somn și-or să-și lase ouăle sub pielea ta!" Alegerea ascunzișului a fost în parte un gest teribilist. Sfidând *dhobi*-urile și muștele de casă, m-am pitit într-un loc soios, am găsit forță și alinare în cearșafuri și prosoape, mi-am lăsat nasul să curgă în voie printre pânzeturile pe care le aștepta bătutul pe pietre și, de fiecare dată când ieșeam în lume din pântecele acestei balene de lemn, înțelepciunea tristă și matură a rufelor murdare mă însoțea, dându-mi lecții despre filozofia detașării, despre demnitatea-cu-orice-preț și despre cumplita inevitabilitate a săpunului.

Într-o după-amiază de iunie, am coborât tiptil pe coridoarele casei adormite spre refugiul ales, m-am strecurat pe lângă mama, care ațipise în liniștea de faianță albă a băii, am ridicat capacul obiectului care îmi devenise scop în viață și m-am cufundat în masa moale de textile (predominant albe) ale căror singure amintiri se legau doar de vizitele mele percedente. Cu un oftat ușor, am coborât capacul la loc și le-am îngăduit chiloților și maiourilor să-mi înlăture prin masajul lor blând durerea de a fi în viață, de a nu avea nici un rost și de a mă apropia de vârsta de nouă ani.

Aerul încărcat de electricitate. Căldura zumzăind ca albinele. O mantie care atârna de undeva din cer așteaptă să-mi cadă ușor pe umeri... Undeva un deget se întinde spre cadranul care se învârte de câteva ore, trimițând impulsurile electrice prin cablu: șapte, zero, cinci, șase, unu. Sună telefonul. Zbârnâitul lui înfundat pătrunde în lada de rufe în care un băiat de aproape nouă ani stă ascuns într-o poziție incomodă... Eu, Saleem, am înțepenit de teama de a fi descoperit, fiindcă în ladă au început să intre și alte sunete: scârțâitul arcurilor de la pat, târșâitul papucilor pe coridor, întreruperea la jumătate a zbârnâitului și – să fi fost doar imaginația mea? A fost vocea ei prea înceată pentru a fi auzită? – cuvintele rostite prea târziu, ca de obicei: „Îmi pare rău, greșeală".

Acum pașii șonticăiți fac cale întoarsă spre dormitor, iar temerile cele mai negre ale băiatului ascuns se confirmă. Clanțele apăsate îl avertizează, după care alți pași, de data asta deciși, îi trec prin suflet ca un sfredel în timp ce se deplasează pe gresia rece a băii. Rămâne imobil și țeapăn ca o coadă de mătură; nasul îi curge discret pe rufele murdare. Un șnur de la pijama ca un mesager șerpesc al prăpădului i se vâră în nara stângă. Strănutul i-ar fi fatal; nici nu vrea să se gândească.

...Strâns voinicește în menghina terorii, se trezește cu un ochi în dreptul unei fisuri în armura rufelor nespălate... și vede o femeie care plânge în baie. Ploaia cade dintr-un nor negru și gros. Iar acum sunetele și mișcările se înmulțesc: vocea maică-sii a început să rostească și să repete aceleași două silabe, iar mâinile au început să i se miște. Urechile astupate de articole de lenjerie se căznesc să distingă sunetele – primul: *dir? Bir? Dil?* – iar celălalt: *Ha? Ra?* Ba nu – Na. Ha și Ra ies din calcule; Dil și Bir dispar pentru totdeauna; iar în urechile băiatului răsună un nume care nu a mai fost pronunțat de când Mumtaz Aziz a devenit Amina Sinai: Nadir. Nadir. Na. Dir. Na.

Iar mâinile femeii se mișcă. Pierdute în amintirea zilelor de odinioară, a ceea ce s-a întâmplat după ce într-o pivniță din Agra s-a jucat „punct lovit la scuipătoare", ele îi mângâie bucuroase obrajii, îi țin pieptul mai strâns ca orice sutien, iar acum i se plimbă tandru pe pântece, rătăcind în zone intime... Da, asta făceam, dragostea mea, era destul, îmi era de-ajuns, chiar dacă ne-a convins tata, iar tu ai fugit, și-acum telefonul. Nadirnadirnadirnadirnadirnadir... Mâinile care au ținut telefonul cuprind acum carnea, în timp ce, într-un alt loc, ce face o altă mână? La ce se dedă cealaltă mână după ce pune receptorul în furcă?... Nu contează, fiindcă aici, în intimitatea ei spionată, Amina Sinai repetă de câteva ori un nume străvechi, până când într-un târziu explodează:

—*Arré*, Nadir Han, de unde-ai venit?

Secrete. Un nume de bărbat. Mișcări nemaivăzute până acum ale mâinilor. O minte de băiat plină de gânduri fără formă, chinuită de idei ce refuză să se întrupeze în cuvinte; iar într-o nară stângă, un șnur de pijama șerpuiește în sus întruna, refuzând să nu fie băgat în seamă...

În clipa următoare – O, mamă neruşinată! Revelatoare a duplicităţii, a emoţiilor care nu au ce căuta în viaţa de familie; ba chiar mai mult: O, dezvăluitoare impertinentă a Mangoului Negru! – Amina Sinai se şterge la ochi şi trebuie să rezolve o nevoie mult mai meschină; pe când fiul ei se uită cu ochiul drept printre plăcile de lemn din partea de sus a lăzii de rufe, maică-mea îşi desface sariul! O implor în gând, ascuns printre cearşafuri: „N-o face, n-o face, n-o face!...", dar nu sunt în stare să închid ochiul. Elevul care nu clipeşte are parte de imaginea inversată a sariului care cade pe gresie – o imagine răsturnată, ca de obicei, prin intermediul minţii; ochii mei albaştri ca gheaţa văd un furou care ia drumul sariului; iar pe urmă – O, ce oribil! – maică-mea se apleacă să-şi ridice hainele, încadrată de rufe murdare şi de plăci de lemn! Şi iată cum pe retină mi se întipăreşte priveliştea şocantă a fundului maică-mii, negru ca noaptea, rotund şi arcuit, care seamănă izbitor şi exclusiv cu un uriaş mango negru Alfonso! Ascuns în lada de rufe şi speriat de acest spectacol, mă lupt cu mine însumi... autocontrolul devine obligatoriu şi totodată imposibil... Sub influenţa cutremurătoare a Mangoului Negru, nervii îmi cedează; şnurul de la pijama iese învingător, iar în timp ce Amina Sinai se aşază pe closet, eu... ce? Nu, n-am strănutat, nu a fost un strănut propriu-zis. Dar nici o simplă strâmbare din nas, ceva mai mult. E momentul să vorbim pe şleau: distrus de glasul bisilabic şi de mâinile tremurătoare, răvăşit de Mangoul Negru, reacţionând în faţa dovezilor de duplicitate maternă şi tremurând la vederea popoului mamei, nasul lui Saleem Sinai a cedat în faţa şnurului de pijama şi a fost cuprins de un *smârcâit* cataclismic şi ireversibil, menit să schimbe lumea. Şnurul de la pijama avansează cu încă un centimetru în sus pe nară. Dar iată că se ridică şi alte lucruri: stârnite de acea inhalare febrilă, lichidele nazale îşi schimbă cursul şi urcă fără încetare, iar mucii curg la rândul lor în sus împotriva gravitaţiei şi a naturii. Sinusurile sunt supuse unei presiuni insuportabile... până când, în capul băiatului de aproape nouă ani, ceva explodează. Mucii străpung barajul şubrezit şi se împrăştie în noi canale întunecoase. Secreţiile membranei mucoase ajung unde n-au mai ajuns de când sunt. Lichidul rezidual se întinde, poate, până la graniţele creierului... se produce un şoc. Umezeala a atins ceva electric.

Durere.

Iar pe urmă un tărăboi infernal, asurzitor şi polifonic, *la el în cap!*... Înăuntrul unei lăzi de rufe din lemn alb, în sala de concerte cufundată în beznă a propriului craniu, nasul meu a început să cânte.

Dar în clipa asta nu mai e timp pentru audiţii, fiindcă una dintre voci a ajuns foarte aproape. Amina Sinai a deschis uşa de jos a lăzii; mă rostogolesc afară cu rufele înfăşurate în jurul capului ca un turban. Şnurul de pijama îmi sare din nas; acum norii plumburii din jurul maică-mii sunt brăzdaţi de fulgere orbitoare, iar refugiul a fost pierdut definitiv.

— Nu m-am uitat! am scheunat printre ciorapi şi cearşafuri. N-am văzut nimic, *ammi*, îţi jur!

Ani buni după aceea, aşezată într-un fotoliu de trestie, între prosoape deteriorate şi un radio care exagera victoriile din război, Amina avea să-şi aducă aminte cum şi-a folosit degetul mare şi arătătorul ca să-şi prindă fiul mincinos de ureche şi să i-l ducă lui Mary Pereira, care dormea ca de obicei pe o saltea de trestie într-o cameră de culoarea cerului, şi cum a decretat: „Puiul ăsta de catâr, pierde-vară ăsta de nicăieri n-are voie să vorbească o zi întreagă“... Dar chiar înainte să cadă acoperişul peste ea, Amina a spus cu voce tare: „E vina mea. N-am ştiut să-l cresc“. În timp ce explozia bombei sfâşia aerul, ea a adăugat cu blândeţe dar ferm, îndreptându-şi ultimele cuvinte spre stafia lăzii de rufe: „Acum du-te, mi-a ajuns cât te-am văzut“.

Pe muntele Sinai, profetul Musa sau Moise a auzit nişte porunci ale unei voci despărţite de trup; pe muntele Hira, profetul Muhamad (alias Mohamed, Mahomet, Cel Penultim şi Mahund) i-a vorbit arhanghelului (Gabriel sau Jibreel, cum preferaţi). Iar pe scena catedralei şi a liceului de băieţi John Connon, care funcţiona „sub auspiciile“ Societăţii de Învăţământ Anglo-Scoţiene, prietenul meu Cyrus cel Mare, care interpreta un rol feminin, ca de obicei, a auzit vocile Ioanei d'Arc rostind fraze din Bernard Shaw. Iar aici tocmai Cyrus e cel care nu se încadrează în tablou: spre deosebire de Ioana, ale cărei voci au fost auzite pe o câmpie, dar la fel ca Musa sau Moise, la fel ca Muhamad Penultimul, eu, unul, am desluşit glasuri pe un deal.

Muhamad (pacea coboară-se asupra-i, fie-mi permis să adaug; nu vreau să supăr pe nimeni) a auzit un glas care i-a spus „Recită!“ şi a crezut că înnebunise; în ce mă priveşte, la început mi-a bubuit capul de atâtea voci întretăiate, ca la un radio nefixat pe post, şi cum aveam buzele pecetluite din porunca mamei, n-am putut să cer mângâiere. La patruzeci de ani,

Muhamad a căutat și a primit îmbărbătări din partea soției și a prietenilor: „Adevăr grăim, ești trimisul lui Dumnezeu", i-au spus ei. Eu, în schimb, pentru că eram pedepsit la aproape nouă ani, n-am putut nici s-o rog pe Maimuța de Bronz să mă ajute, nici să smulg cuvinte de alinare de la Mary Pereira. Mut cu desăvârșire timp de o seară, o noapte și o dimineață, m-am chinuit singur să pricep ce mi se întâmplase, până când, în cele din urmă, am văzut șalul geniului pogorând ca un fluture brodat și mantia măreției așternându-mi-se pe umeri.

În arșița acelei nopți amuțite (tăceam chitic; în jurul meu, oceanul foșnea ca niște hârtii îndepărtate; ciorile croncăneau pradă unor coșmaruri cu pene; torsul taxiurilor târzii se ridica dinspre Warden Road; înainte de a adormi, cu fața împietrită într-o mască a curiozității, Maimuța de Bronz m-a implorat: „Hai, Saleem, nu ne aude nimeni; ce-ai făcut? Spune, spune, spune!"... în timp ce, în forul meu lăuntric, vocile îmi ricoșau în pereții craniului), am fost înhățat de degetele fierbinți ale incitării – iar insectele agitate ale emoției mi-au dansat în burtă – fiindcă în cele din urmă, într-un fel pe care nu-l înțelegeam pe deplin, ușa pe care mi-o ițise cândva în cap Toxi Catrack fusese deschisă cu forța, iar dincolo de ea am deslușit – încă în umbră, nedefinit și enigmatic – rostul venirii mele pe lume.

Gabriel sau Jibreel i-a spus lui Muhamad: „Recită!" Iar apoi a început Recitarea, care în arabă se numește Al-Quran: „Recită: În numele Domnului și Creatorului tău, care l-a zămislit pe Om din cheaguri de sânge..." asta se întâmpla pe muntele Hira, în apropiere de Mecca Sharif; pe dealul cât un bloc cu două etaje situat vizavi de ștrandul Breach Candy, și eu am auzit voci care mi-au poruncit să recit: „Mâine", mi-am spus nerăbdător. „Mâine!"

Înainte de răsăritul soarelui, descoperisem că vocile puteau fi controlate – eram un receptor radio și aveam posibilitatea să dau volumul mai tare sau mai încet, să aleg una sau alta dintre voci și chiar să-mi deconectez, printr-un efort de voință, recent descoperita ureche internă. Am fost uimit văzând ce repede am scăpat de frică; dimineață chiar îmi spuneam: „Frăție, e mai ceva ca Radio All-India, mai ceva ca Radio Ceylon!"

Spre a se demonstra loialitatea surorilor: exact în clipa când au luat sfârșit cele douăzeci și patru de ore, Maimuța de Bronz a dat buzna în dormitorul maică-mii. (Cred că era duminică și nu mergeam la școală. Sau poate că nu – era în vara marşurilor în favoarea limbii, când şcolile se închideau frecvent, din cauza pericolului unor manifestări violente pe traseele autobuzelor.)

— A trecut timpul! a exclamat ea, zgâlţâind-o pe mama şi întrerupându-i somnul. *Amma*, trezeşte-te, a trecut timpul: poate să vorbească?

— În regulă, a spus maică-mea, intrând într-o cameră de culoarea cerului ca să mă strângă în braţe. Te-am iertat. Dar să nu te mai ascunzi niciodată acolo...

— *Amma*, te rog, ascultă-mă, dragă *ammi*, am întrerupt-o nerăbdător. Trebuie să-ţi spun ceva. Ceva important. Dar te rog, mai întâi trezeşte-l pe *abba*.

După un interval în care a tot zis „Ce?", „De ce?" şi „Nici să nu te gândeşti", maică-mea a văzut ceva extraordinar stăruindu-mi în priviri, a cuprins-o neliniştea şi s-a dus să-l trezească pe Ahmed Sinai, spunându-i:

— *Janum*, vino, te rog. Nu ştiu ce l-a apucat pe Saleem.

Familia şi *ayah* s-au strâns în camera de zi. Înconjurat de vaze de sticlă şlefuită şi perne moi, stând pe un covor persan sub umbrele mişcătoare ale ventilatorului din tavan, am zâmbit oglindit în ochii lor nerăbdători şi mi-am pregătit dezvăluirea. Asta era; începutul recuperării investiţiei; primul meu dividend – primul dintre foarte multe, eram convins... Maică-mea cea tuciurie, taică-meu cu buza răsfrântă, Maimuţa soră şi *ayah* care îşi ascundea crima se perpeleau aşteptând. Dă-i drumul. Direct, fără înflorituri.

— Trebuie să aflaţi primii, am spus, încercând să imit felul de-a vorbi al adulţilor.

Şi pe urmă le-am dat vestea.

— Ieri am auzit voci. Glasuri care mi se adresează şi pe care le aud în cap. Cred – zău aşa, *ammi*, *abboo* – că arhanghelii au început să-mi vorbească.

Asta e! mi-am zis. Gata! Am zis-o! Acum or să urmeze bătăi pe spate, dulciuri şi anunţuri publice, eventual încă un rând de fotografii, iar piepturile or să li se umfle de mândrie. O, inocenţă oarbă a copilăriei! Pentru sinceritate – şi pentru că am ţinut morţiş să le fac pe plac – am fost atacat din toate părţile. Chiar şi de Maimuţă:

— *Dumnezeule*, Saleem, tot circul ăsta şi-atâta tam-tam pentru nişte *aiureli* tâmpite?

Mai rea decât Maimuţa s-a dovedit Mary Pereira:

— Iisuse Hristoase! Mântuieşte-ne, Doamne! Sfinte Părinte de la Roma, ce blasfemie mi-a fost dat să aud!

Încă și mai rea ca Mary Pereira a fost mama mea, Amina Sinai. Cu Mangoul Negru ascuns și având încă pe buze propriile nume de nerostit, a început să strige:

— Doamne apără și păzește! Din cauza copilului ăstuia o să ne cadă acoperișu-n cap! (Tot eu am fost de vină și-aici?) Om fără suflet ce ești! *Goonda!* Ah, Saleem, chiar ți-ai pierdut mințile? Ce s-a întâmplat cu băiețelul meu scump? Ești pe punctul să înnebunești, să devii *torționar*?

Mult mai rea decât văicărelile Aminei a fost liniștea lui taică-meu; mai sălbatică decât frica ei a fost mânia care i-a brăzdat lui fruntea; iar răul cel mai mare dintre toate s-a găsit în mâna lui cu degete groase, încheietură puternică și forță bovină, pe care și-a repezit-o spre mine ca să-mi ardă una peste scăfârlie dintr-o parte, așa că din ziua aia n-am mai auzit bine cu stânga; așa că m-am dus de-a berbeleacul prin aerul scandalizat din camera uimită și am făcut țăndări o măsuță de sticlă mată; așa că, după ce-am fost sigur pe mine pentru prima dată în viață, am fost expediat într-o lume a norilor verzi de sticlă, plină de tăișuri, în care nu le-am mai putut spune oamenilor care contau cel mai mult ce se petrece la mine în cap; așchiile verzi mi s-au înfipt în mâini pe când intram în acel univers rotitor și unde aveau să mă bântuie, până când avea să fie prea târziu, permanente îndoieli asupra *rostului* pentru care venisem pe lume.

Într-o baie cu gresie albă, lângă o ladă de rufe, maică-mea mi-a dat cu mercurocrom, iar leucoplastul mi-a vegheat tăieturile, în timp ce prin ușă s-a auzit vocea poruncitoare a lui taică-meu:

— Nevastă, azi să nu-i dea nimeni de mâncare. Ai auzit? Să-și guste bancurile cu burta goală!

În noaptea aceea, Amina Sinai avea să-l viseze pe Ramram Seth, care plutea la cincisprezece centimetri de sol, cu orbitele pline de albuș de ou și îngânând: „Lada o să-l camufleze... vocile or să-l ghideze“... Dar când, după câteva zile, și-a luat inima în dinți și i-a cerut fiului ei căzut în dizgrație să-i spună mai multe despre pretenția lui ridicolă, acesta a replicat pe un ton la fel de rezervat ca lacrimile nevărsate ale copilăriei:

— M-am prostit și eu nițel, *amma*. Un banc tâmpit, cum bine-ai zis.

Amina Sinai a murit nouă ani mai târziu, fără să fi aflat adevărul.

Radio All-India

Realitatea e o problemă de perspectivă; cu cât te îndepărtezi de trecut, cu atât ți se pare mai concret și mai plauzibil – în schimb, pe măsură ce te apropii de prezent, îl consideri inevitabil tot mai puțin vrednic de crezare. Închipuiți-vă că sunteți într-o sală de cinematograf, că la început vă aflați în ultimul rând și că după aceea vă mutați treptat mai în față, rând cu rând, până când aproape că ajungeți să stați cu nasul lipit de ecran. Încetul cu încetul, figurile vedetelor se descompun în puncte mișcătoare, micile amănunte dobândesc proporții uriașe, iar iluzia se dizolvă – mai bine zis, devine limpede că iluzia însăși *este* realitate... Am avansat de la 1915 la 1956, așa că ne-am apropiat destul de mult de ecran... Prin urmare, renunțând la metaforă, dau glas din nou, fără umbră de rușine, incredibilei mele afirmații: după accidentul curios pe care l-am suferit într-o ladă de rufe, m-am transformat într-un soi de radio.

...Numai că azi mă simt derutat. Padma nu s-a întors – să sun la poliție? Să o dau dispărută? – iar în lipsa ei se alege praful de certitudinile mele. Până și nasul îmi joacă feste – am descoperit că ziua, în timp ce mă plimb printre borcanele cu murături mânuite de armata noastră de femei puternice, păroase și extraordinar de competente, nu mai sunt în stare să fac diferența dintre mirosul de lămâie și cel de chitre. Forța de muncă chicotește cu mâna la gură: bietul sahib a avut o dezamăgire... de care? Doar nu amoroasă, ce Dumnezeu!... Padma, crăpăturile îmi cuprind tot corpul, radiind ca un păienjeniș din zona buricului; și căldura... sper că îmi este îngăduită puțină confuzie, date fiind împrejurările. Recitindu-mi opera, am descoperit o eroare de cronologie. În aceste pagini, asasinarea lui Mahatma Gandhi are loc la o dată incorectă. Dar acum îmi e cu putință să spun în ce ordine au avut loc de fapt evenimentele; în India mea, Gandhi va continua să moară într-un moment nepotrivit.

Anulează o singură greșeală întregul material? M-am hazardat chiar atât de mult, în nevoia mea disperată de a găsi sensuri, încât sunt gata să distorsionez totul, să rescriu întreaga istorie a timpului meu doar ca să-mi atribui un rol principal? Astăzi, în deruta care m-a cuprins, nu pot să stabilesc adevărul. Mă văd silit să-i las pe alții. Pentru mine nu mai există drum de întoarcere; trebuie să termin ce am început, chiar dacă, inevitabil, ceea ce termin se dovedește a fi altceva decât ceea ce a început.

Yé Akashvani hai. Aici Radio All-India.

După ce-am ieșit pe străzile încinse ca să mănânc repede la un restaurant iranian din apropiere, m-am întors și mi-am reocupat locul din conul nocturn de lumină, având un tranzistor ieftin care să-mi țină de urât. O noapte fierbinte, un aer clocotitor, plin de aromele rămase pe fundurile borcanelor cu murături reduse la tăcere: voci în întuneric. Aburii murăturilor, făcând căldura și mai apăsătoare, stimulează sucurile memoriei, accentuând asemănările și deosebirile dintre acum și atunci... atunci era cald; acum e (nepotrivit de) cald. Atunci ca și acum, cineva zăcea treaz în întuneric, ascultând voci desprinse de trupuri. Atunci ca și acum, o ureche surdă. Și frica, palpitând în beznă... nu vocile (atunci sau acum) erau înspăimântătoare. El, tânărul-Saleem-de-atunci, se temea de o idee – aceea că era posibil ca supărarea părinților să ducă la o retragere a dragostei lor; aceea că, și dacă începeau să-l creadă, aveau să vadă în darul acela un fel de diformitate rușinoasă... în timp ce eu, rămas acum fără Padma, trimit aceste cuvinte în întuneric și mă tem că nu voi fi crezut. El și eu, eu și el... Eu nu mai am darul lui; el nu l-a avut niciodată pe al meu. Există perioade când pare un străin aproape... Nu avea crăpături. Pe corpul lui nu se întindea nici un păienjeniș în arșiță.

Padma m-ar crede, dar ia-o de unde nu-i. Atunci ca și acum, există foame. Dar de un alt fel: acum nu mai încerc foamea pe care o trăiam atunci fiindcă nu mi se dădea să mănânc, ci pe aceea de a-mi fi pierdut bucătăreasa.

Încă o diferență, și mai ușor de sesizat: atunci, vocile nu soseau prin lămpile tremurătoare ale unui tranzistor (care în partea noastră de lume nu va înceta să simbolizeze impotența – de când cu vestita mită pentru sterilizare concretizată în achiziționarea de tranzistoare pe gratis, acest aparat care cârâie a arătat ce puteau face bărbații înainte să intre în acțiune foarfecele și să se lege nodurile)... Atunci, băiatul de aproape nouă ani, vârât în patul lui din miez de noapte, nu avea nevoie de mașinării.

Diferiți și asemănători, ni se alătură căldura. Un abur tremurător al arșiței face din când în când ca timpul lui de atunci să se amestece cu al meu... Deruta mea, care străbate valurile de căldură, e și a lui.

Ce se dezvoltă cel mai bine la cald: trestia de zahăr, cocotierii, anumite varietăți ale meiului, ca de pildă *bajra*, *ragi* și *jowar*, sămânța de in și (dacă există apă) ceaiul și orezul. Pământul nostru încins este totodată al doilea producător de bumbac din lume – sau cel puțin era, pe vremea când învățam geografie sub ochiul de om nebun al domnului Emil Zagallo și sub privirea mai oțelită a unui conchistador spaniol înrămat. Însă vara tropicală favorizează și creșterea unor fructe mai ciudate: atunci înfloresc florile exotice ale imaginației, ca să umple nopțile înăbușitoare cu mirosuri grele ca moscul, care îi fac pe oameni să aibă vise întunecate, născătoare de nemulțumiri... atunci ca și acum, tulburările pluteau în aer. Participanții la marșurile limbii cereau împărțirea statului Bombay pe criterii lingvistice – visul lui Maharashtra se afla în fruntea unora dintre procesiuni, în timp ce mirajul Gujarat-ului le însuflețea pe celelalte. Căldura care destrăma granița dintre fantezie și realitate din mintea oamenilor făcea să pară posibil absolut orice; haosul semiadormit al siestelor de după-masă încețoșa mințile, iar aerul era plin de lipiciul dorințelor stârnite.

Ce se dezvoltă cel mai bine la cald: fantezia; iraționalitatea; poftele.

În 1956, așadar, limbile mărșăluiau hotărât pe străzi în timpul zilei; noaptea, își continuau revolta în capul meu. *O să-ți privim viața cu cea mai mare atenție; într-un fel, o să fie o oglindă a propriei noastre existențe.*

E momentul să vorbim despre voci.

Măcar de-aș avea-o pe Padma alături...

M-am înșelat cu privire la arhangheli, bineînțeles. Mâna tatălui meu, care m-a lovit peste ureche, imitând (cu bună știință? involuntar?) o altă mână, fără corp, care îl pocnise cândva drept în față, a avut cel puțin un efect salutar: m-a obligat să-mi reconsider și în cele din urmă să-mi abandonez poziția inițială, de maimuțăreală a Profetului. Stând în pat chiar în seara căderii în dizgrație, m-am retras în mine cât am putut de adânc, în ciuda Maimuței de Bronz, ale cărei cicăleli se auzeau în toată camera: „Dar *de ce* ai făcut-o, Saleem?

Tocmai tu, care ești întotdeauna cel mai bun și așa mai departe?“... până când a căzut într-un somn nemulțumit, continuând să facă mărunțel din buze; iar eu am rămas singur cu ecourile violenței lui taică-meu care mi-au zumzăit în urechea stângă și mi-au șoptit: „Nici Mihail, nici Anael și nici Gabriel; uită-i pe Cassiel, Sachiel și Samael! Arhanghelii nu mai vorbesc cu muritorii; recitarea s-a încheiat în Arabia de mult de tot; ultimul profet o să vină doar ca să vestească Sfârșitul“. În seara aceea, după ce-am înțeles că vocile pe care le auzeam în cap depășeau cu mult numărul arhanghelilor, am hotărât, nu fără ușurare, că de fapt nu fusesem ales să tutelez cu prezența sfârșitul lumii. Departe de a fi speriate, vocile mele s-au dovedit la fel de profane și de diverse ca praful.

Prin urmare, telepatie; genul de lucruri despre care citim mereu în reviste de senzație. Dar eu, unul, cer răbdare – așteptați. Nu vă pripiți. A fost telepatie, dar și altceva. Nu mă expediați atât de ușor.

Prin urmare, telepatie: monologurile interioare ale tuturor așa-ziselor furnicare de milioane, mase și clase deopotrivă, s-au înghesuit să-și facă loc la mine în cap. La început, când mă mulțumeam să joc rolul auditoriului – înainte de a începe să *acționez* – a existat o problemă de limbă. Vocile bodogăneau în toate graiurile posibile, de la dialectul malayalam la cel naga, de la puritatea limbii urdu din Lucknow la tărăgănelile tamile din sud. Înțelegeam o parte infimă din lucrurile rostite între pereții craniului meu. Abia mai târziu, când am început să sondez mai atent, am aflat că sunt transmisiile de suprafață – lucrurile de fațadă pe care le asimilasem inițial – limbajul se estompa, fiind înlocuit de forme de gândire unanim inteligibile, care transcendeau cu mult cuvintele... Dar asta a fost după ce am auzit, în spatele freneziei poliglote din capul meu, celelalte semnale prețioase, complet diferite de orice altceva, majoritatea slabe și distante, ca niște tobe de departe al căror zvâcnet străpunsese într-un târziu cacofonia vocilor mele, care semănau cu larma dintr-o hală de pește... Chemările acelea secrete și nocturne, ca și cum ai striga... Semnalele luminoase inconștiente ale copiilor din miez de noapte, dând de știre doar despre propria existență și transmițând simplu „eu“. De departe înspre nord, „eu“. Și spre sud, est și vest: „eu“. „Eu“. „Și eu.“

Dar nu am voie să mă grăbesc. La început, înainte de a ajunge și la altceva decât la telepatie, m-am mărginit să ascult; și în scurt timp am fost în stare să-mi „acordez“ urechea internă pentru vocile pe care le înţelegeam; de asemenea, n-a trecut mult şi am reuşit să identific, în balamucul general, glasurile celor din familia mea, vocea lui Mary Pereira şi pe cele ale prietenilor, colegilor şi profesorilor. Am învăţat să identific fluxul mental al străinilor pe lângă care treceam – legile efectului Doppler au continuat să opereze pe aceste tărâmuri paranormale, unde vocile creşteau şi scădeau în paralel cu trecerea străinilor.

Într-un fel, am păstrat toate lucrurile astea pentru mine. Din cauză că mi se amintea zilnic (prin zumzetul din urechea stângă, cea beteagă) de furia tatălui meu, şi ţinând morţiş să nu păţesc nimic la dreapta, am rămas cu buzele ferecate. Pentru un băiat de aproape nouă ani, dificultăţile legate de camuflarea cunoştinţelor sunt cvasiinsurmontabile; din fericire însă, rudele mele cele mai apropiate erau la fel de nerăbdătoare să-mi dea uitării izbucnirea cum eram eu să ascund adevărul.

— Ah, Saleem! Ce grozăvii ai spus ieri! Ruşine să-ţi fie, băiete. Du-te şi clăteşte-ţi gura cu săpun.

În dimineaţa care a urmat căderii mele în dizgraţie, Mary Pereira, tremurând de indignare ca unul dintre aspicurile pe care le gătea, mi-a sugerat metoda ideală de reabilitare. Plecându-mi capul spăsit, am intrat fără un cuvânt în baie, unde, sub privirile uluite ale *ayahei* şi ale Maimuţei, mi-am frecat dinţii limba cerul gurii gingiile cu o periuţă de dinţi plină cu spuma scârboasă şi înţepătoare de la Coal Tar Soap. Vestea spectaculoasei mele ispăşiri a făcut repede ocolul casei, purtată de Mary şi de Maimuţă; maică-mea m-a luat în braţe: „Bravo, ai fost băiat cuminte, n-o să mai vorbim despre asta", în timp ce taică-meu a încuviinţat morocănos din cap la micul dejun: „Măcar a avut bunul-simţ să-şi dea seama c-a sărit peste cal".

Pe măsură ce mi se vindecau tăieturile provocate de cioburi, aveam sentimentul că se ştergea şi anunţul pe care-l făcusem, iar la cea de-a noua aniversare nu-şi mai amintea nimeni (în afară de mine) de ziua când luasem numele arhanghelului în deşert. Gustul de săpun mi-a rămas pe limbă săptămâni la rând, evocându-mi nevoia de discreţie.

Până şi Maimuţa de Bronz a fost mulţumită de gestul meu de căinţă – în ochii ei, revenisem pe piedestal şi eram din nou mândria familiei. Ca să-şi demonstreze disponibilitatea pentru restabilirea vechii ordini, a pus pe foc papucii preferaţi ai mamei, recâştigându-şi astfel locul cuvenit în coteţul familiei. Mai mult, dovedind un conservatorism pe care nu l-ai fi bănuit la o fată atât de băieţoasă, printre outsideri a făcut corp comun cu părinții mei și nu le-a spus nici prietenilor ei, nici alor mei de rătăcirea pe care o avusesem.

Într-o țară unde orice particularitate fizică sau mentală a copilului este o sursă de profundă rușine pentru toată familia, părinții mei, obișnuiți între timp cu semnele din naștere de pe față, nasul ca un castravete și picioarele strâmbe, au refuzat pur și simplu să observe că aș mai fi avut și alte trăsături jenante; în ce mă privește, nu am pomenit de zumzetul din ureche, de perioadele de surzenie sau de durerile intermitente. Descoperisem că secretele nu erau întotdeauna un lucru rău.

Dar imaginați-vă confuzia din capul meu! Unde, în spatele feței hidoase, deasupra limbii cu gust de săpun, rigidizată de timpanul perforat, stătea la pândă o minte nu foarte ordonată, plină de mărunțișuri ca buzunarele unui copil de aproape nouă ani... închipuiți-vă că ați pătruns cumva înăuntrul meu, privind cu ochii mei, auzind zgomotul, vocile, iar acum obligația de a nu-i lăsa pe oameni să afle; partea cea mai grea era să mă arăt surprins, ca atunci când maică-mea a spus Hei Saleem să vedem dacă ghicești mergem la picnic la Aarey Milk Colony și a trebuit să exclam Ooo, ce palpitant! deși știam de o groază de vreme fiindcă îi auzisem vocea interioară. Și de ziua mea, când am văzut toate cadourile în mintea celor care mi le înmânau înainte să fie scoase din ambalaj. Și ratarea goanei după comoară fiindcă în mintea lui taică-meu se găseau toate premiile și fiecare indiciu. Și lucruri mult mai dure, cum ar fi cel al întâlnirii cu taică-meu în biroul lui de la parter, iată-ne, și chiar din clipa în care intru, prin cap îmi umblă Dumnezeu știe ce porcării fiindcă se gândește la secretară, Alice sau Fernanda, ultima lui fată Coca-Cola, o dezbracă încet în minte, iar acum se află și în capul meu, stă goală pușcă pe un scaun cu fundul de trestie și acum se ridică, având urmele de la împletitură pe fund, iată-l și pe taică-meu gândindu-se, TAICĂ-MEU, acum îmi aruncă o privire ciudată Ce se întâmplă fiule nu ți-e bine Ba da *abba* minunat acum trebuie să plec TREBUIE S-O ȘTERG am atâtea teme de făcut, *abba*, și pe ușă afară, tai-o până nu-ți ghicește indiciul de pe figură (tata spunea mereu că ori de câte ori mințeam mi se aprindea o lumină roșie pe frunte)... Vedeți cât e de greu, unchiul Hanif vine să mă ducă la lupte, dar chiar înainte să ajungem la Stadionul Vallabhbhai Patel, pe Hornby Vellard mă cuprinde tristețea. Ne amestecăm în mulțime, trecem pe lângă afișele uriașe cu Dara Singh, Tagra Baba și ceilalți, iar tristețea lui, tristețea unchiului meu preferat, se prelinge în mine, trăiește ca o șopârlă dincolo de crusta subțire a jovialității, ascunsă de râsul sonor care a fost cândva râsul barcagiului Tai, ne așezăm pe niște locuri excelente în timp ce luminile dansează pe spinările luptătorilor încleștați și sunt prins în menghina indestructibilă a supărării unchiului Hanif, supărarea ratării carierei lui cinematografice, eșec după eșec, probabil că n-o să mai facă în viața lui un alt film. Dar nu am voie să las tristețea să mi se reverse din ochi. Iar el îmi dă buzna în gânduri, hei șmechere, hei pui de luptător, de ce ai mutra asta plouată, ai o față mai lungă ca un film prost, vrei *channa*, *pakore* sau ce? Eu clatin din cap, Nu, nimic, Hanif *mamu*, așa că se destinde, se întoarce, începe să urle *Ohé* Dara, hai Dara, așa, vezi, mătură pe jos cu el, Dara *yara* ! Iar acasă maică-mea șonticăie pe coridor cu tava de înghețată, spunând cu vocea ei reală de exterior, Ar fi bine să-mi dai o mână de ajutor, fiule, e aroma ta preferată de fistic, iar eu o ajut, însă vocea ei interioară se ciocnește de interiorul capului meu, văd cum se căznește să-și umple toate cotloanele gândurilor cu lucruri de zi cu zi, prețul peștelui oceanic, lista activităților gospodărești, trebuie chemat electricianul să repare ventilatorul de tavan din sufragerie, cum se concentrează disperată asupra unor părți din soțul ei ca să-l iubească, dar cuvântul de nerostit își croiește drum întruna, cele două silabe care i-au ieșit din gură în baie în ziua aceea, Na Dir Na Dir Na, îi vine tot mai greu să închidă telefonul când se face atingere MAICĂ-MEA ascultați ce vă spun când un copil pătrunde în gândurile adulților, acestea pot să-l zăpăcească de tot Nu-i rost de răgaz nici măcar noaptea, mă trezesc când bate douăsprezece având în cap visele lui Mary Pereira Noapte de noapte Întotdeauna în timpul orei mele de vrăji, care înseamnă ceva și pentru ea Visele ei sunt bântuite de imaginea unui bărbat mort de ani de zile, Joseph D'Costa, visul îmi spune cum îl cheamă, este acoperit de o vină pe care n-o pricep, aceeași vină pe care o simțim scurgându-se în noi ori de câte ori îi mâncăm *chutney*-ul, există aici un mister, dar fiindcă secretul nu se află în partea din față a minții ei, nu pot să-l descopăr, iar între timp Joseph se găsește aici, în fiecare noapte, luând câteodată, dar nu întotdeauna, o formă omenească, uneori e lup, alteori e melc, ba chiar mătură, numai că noi (ea visând, eu trăgând cu ochiul) știm că e el, posomorât implacabil acuzator, blestemând-o pe limba propriilor încarnări, urlând la ea când e Joseph-lupul, umplând-o de balele lui

Joseph-melcul, altoind-o cu coada măturii în care s-a întrupat... iar dimineaţa, când îmi spune să mă spăl şi să mă pregătesc de şcoală, îmi muşc limba ca să n-o iau la întrebări, am nouă ani şi m-am rătăcit în deruta vieţilor celorlalţi, care se amestecă între ele în toiul arşiţei.

Ca să termin povestea primelor zile din viaţa mea transformată, trebuie să adaug o confesiune dureroasă: mi-a trecut prin cap că puteam să-mi fac părinţii să aibă o părere mai bună despre mine folosindu-mă de această nouă calitate la făcutul temelor – pe scurt, am început să trişez în clasă. Cu alte cuvinte, intram pe lungimea de undă a vocilor interne ale profesorilor şi de asemenea ale colegilor mai isteţi şi luam de acolo tot felul de informaţii. Am descoperit că foarte puţini profesori puteau să elaboreze un test fără să-şi repete răspunsurile ideale în minte; în acelaşi timp, mi-am dat seama că, în rarele ocazii când profesorul se gândea la alte lucruri, viaţa amoroasă sau greutăţile financiare, soluţiile puteau fi găsite întotdeauna în mintea precoce şi prodigioasă a geniului clasei, Cyrus cel Mare. Notele au început să mi se îmbunătăţească spectaculos, dar fără exagerări suspecte, fiindcă am avut grijă să fac schimbări faţă de originalele şterpelite; chiar şi când am sustras prin telepatie o întreagă lucrare la engleză de la Cyrus, am adăugat câteva idei mediocre care îmi aparţineau. Scopul meu a fost să evit bănuielile; nu am reuşit, dar cel puţin nu am fost prins. Sub ochii furioşi şi întrebători ai lui Emil Zagallo, mi-am păstrat inocenţa serafică; în faţa perplexităţii netrucate şi totale a domnului Tandon, profesorul de engleză, mi-am continuat înşelătoria în tăcere – ştiind că nu le-ar fi venit să creadă nici dacă, din întâmplare sau din nesăbuinţă, m-aş fi dat de gol.

Daţi-mi voie să sintetizez: într-un moment crucial din istoria fragedei noastre naţiuni, pe vremea când se întocmeau Planuri Cincinale, în timp ce alegerile se apropiau şi mărşăluitorii în sprijinul împărţirii lingvistice îşi disputau Bombay-ul, un băiat de nouă ani pe nume Saleem Sinai a dobândit un dar miraculos. În ciuda multiplelor întrebuinţări pe care le-ar fi putut avea calităţile lui în folosul propriei ţări sărăcite şi subdezvoltate, a preferat să-şi ascundă talentele, risipindu-le în acte nesemnificative de voyeurism şi păcăleli mărunte. Acest comportament – care, recunosc, nu avea nimic eroic – a fost rezultatul unei confuzii din mintea lui, unde moralitatea – dorinţa de a face bine – se amesteca invariabil cu popularitatea – impulsul oarecum dubios de a întreprinde lucruri aprobate de ceilalți. Temându-se de ostracizarea părintească, băiatul a refuzat să dezvăluie transformarea suferită; tânjind după felicitări parentale, a abuzat de aceste însușiri la școală. Aceste minusuri de caracter pot fi explicate parțial prin vârsta lui fragedă; dar numai parțial. Gândirea încâlcită avea să-i influențeze în mod diabolic o mare parte din carieră.

Pot să mă autoevaluez destul de dur când vreau.

Ce se găsea pe acoperișul orizontal de la Grădinița Breach Candy – un acoperiș la care, țineți minte, se putea ajunge din grădina Vilei Buckingham prin simpla escaladare a unui zid despărțitor? Care era obiectul care, incapabil să-și îndeplinească rolul pentru care fusese creat, ne veghea în acel an chiar și atunci când iarna uita să se domolească – ce îi observa pe Sonny Ibrahim, pe Oache, pe Briantină și pe mine, în timp ce jucam *kabaddi*, cricket franțuzesc și nouă pietre, cu participarea ocazională a lui Cyrus cel Mare și a celorlalți prieteni veniți în vizită: Perce Fishwala Grăsanul și Keith Colaco Umflatul? Ce anume era de față în numeroasele ocazii când Bi-Appah, doica lui Toxy Catrack, urla de la ultimul etaj al casei lui Homi: „Mormolocilor! Scandalagii neisprăviți! Mai tacă-vă fleanca!“... iar noi o luam cu toții la sănătoasa, întorcându-ne (după ce n-o mai vedeam) ca să ne strâmbăm la fereastra unde stătuse? Pe scurt, care era acel lucru înalt, albastru și scorojit, care ne supraveghea viețile și părea să marcheze trecerea timpului, așteptând nu doar momentul apropiat când aveam să purtăm pantaloni lungi, ci, eventual, și apariția lui Evie Burns? Poate că aveți nevoie de indicații ajutătoare: ce anume adăpostise cândva o grămadă de bombe? În interiorul a ce murise Joseph D'Costa mușcat de un șarpe?... Când, după câteva luni de chinuri lăuntrice, am căutat în sfârșit un loc unde să fiu adăpostit de vocile adulților, l-am găsit într-un vechi turn cu ceas pe care nu se ostenise nimeni să-l încuie; iar aici, în singurătatea paraginii, am făcut – paradoxal – primii pași șovăielnici spre acea implicare în evenimentele importante și în viețile publice de care nu aveam să mai scap... niciodată, până la Văduvă...

Alungat din lăzile de rufe, am început, ori de câte ori se putea, să mă strecor nevăzut de nimeni în turnul orelor schilodite. Când piațeta se golea din cauza căldurii sau din întâmplare și nu mai existau ochi iscoditori, când Ahmed Sinai și Amina se duceau la Clubul Willingdon pentru serile de canastă, când Maimuța de Bronz pleca de acasă, petrecându-și timpul în prezența recent descoperitelor ei eroine, echipa de natație și sărituri la trambulină a Școlii de Fete Walshingam... altfel spus, când îmi permiteau împrejurările, intram în ascunzișul meu secret, mă întindeam pe salteaua de trestie pe care o furasem din camera servitorilor, închideam ochii și îmi lăsam urechea internă de-abia trezită (conectată, ca toate urechile, la nasul meu) să hoinărească în voie prin oraș și în afara lui – spre nord și sud, spre est și vest – și să cuprindă tot felul de lucruri. Ca să scap de insuportabila presiune a trasului cu urechea pe lângă cunoscuți, am început să-mi exersez talentele asupra străinilor. În felul ăsta amestecul meu în chestiunile de interes public ale Indiei a avut loc din motive cu totul nedemne – copleșit de atâta intimitate, m-am folosit de lumea din afara delușorului nostru ca să găsesc o formă superficială de ușurare.

Lumea așa cum se prezenta dintr-un turn cu ceas lăsat în paragină: la început am fost doar un turist, un copil cu ochiul lipit de vizeta miraculoasă a unei mașinării „*Dilli-dekho*“ private. Tobele *dugdugee* îmi duruiau în urechea stângă (și beteagă) pe când zăream pentru prima oară Taj Mahal-ul prin ochii unei englezoaice grăsane pe care o apucase pântecăraia; după aceea, ca să restabilesc echilibrul dintre sud și nord, am țopăit până la templul Meenakshi al lui Madurai și m-am cuibărit printre percepțiile cețoase și mistice ale unui preot care îngâna o cântare. Am străbătut Connaught Place din New Delhi deghizat în șofer de autoricșă, plângându-mă de zor clienților că se scumpise benzina, iar în Calcutta am dormit ca vai de mine într-o conductă de evacuare. Contaminat între timp de microbul călătoriilor, am dat o fugă la Capul Comorin și m-am preschimbat într-o nevastă de pescar cu un sari atât de strâns pe cât de largi îi erau principiile morale... Stând pe nisipurile roșii spălate de trei mări, am flirtat cu dravidienii care curățau plaja într-o limbă pe care nu o înțelegeam; pe urmă am urcat în Himalaya, la coliba neandertalică și acoperită de mușchi a unui membru al tribului goojar, sub măreția unui curcubeu perfect circular și sub morenele ghețarului Kolahoi, care o luau la vale. În fortăreața de aur Jaisalmer am sondat viața lăuntrică a unei femei care croia rochii la oglindă, pe când la Khajuraho am fost un țăran adolescent profund stingherit de basoreliefurile tantrice de pe templele Chandela presărate pe câmpii, dar incapabil să-mi iau ochii de la ele...

În simplitatea exotică a călătoriilor am reușit să găsesc un strop de pace. Dar în cele din urmă turismul a încetat să-mi dea satisfacții, iar curiozitatea a început să mă împingă de la spate. „Ia să vedem ce se petrece de fapt aici?“ mi-am spus în gând.

Îmboldit de spiritul eclectic al celor nouă ani, am sărit direct în capetele vedetelor de film și ale jucătorilor de cricket – am aflat adevărul despre dansatoarea Vyjayantimala, dincolo de bârfele din *Filmfare* și m-am insinuat lângă Polly Umrigar pe Stadionul Brabourne; am fost Lata Mangeshkar, cântăreața care făcea playback, precum și Bubu, clovnul de la circul din spatele Liniilor Civile... Și inevitabil, prin prelucrarea aleatorie a salturilor minții mele, am descoperit politica.

La un moment dat eram proprietar în Uttar Pradesh, iar burta mi se revărsa peste șnurul de la pijama, în timp ce le porunceam sclavilor să dea foc surplusului de grâne... altă dată muream de foame în Orissa, unde era criză de alimente ca de obicei: aveam două luni, iar mama nu mai putea să mă alăpteze. Pentru o scurtă perioadă de timp am ocupat mintea unui muncitor din Partidul Congresului, mituind un învățător de țară ca să sprijine partidul lui Gandhi și Nehru în campania electorală care se apropia, dar și gândurile unui țăran din Keralan care se hotărâse să-i voteze pe comuniști. Îndrăzneala mi-a crescut: într-o după-amiază am năvălit cu bună știință în mintea viceprim-ministrului și astfel am descoperit, cu peste douăzeci de ani înainte ca faptul să se transforme în glumă națională, că Morarji Desai „își bea propria udeală“ zilnic... Mă găseam înăuntrul lui și simțeam căldura lichidului, în vreme ce el dădea pe gât un pahar în care urina făcuse guler. Iar în cele din urmă am ajuns la apogeu: am devenit Jawaharlal Nehru, prim-ministru și autor de scrisori înrămate: am stat laolaltă cu ilustrul bărbat în mijlocul unui grup de astrologi știrbi și cu bărbi neîngrijite, adaptând Planul Cincinal pentru a-l armoniza cu muzica sferelor... Viața în înalta societate îți dă amețeli. „Ia priviți-mă!“ am exultat în gând. „Pot să mă duc oriunde am chef!“ În turnul acela ticsit cândva de dispozitivele explozive ale urii lui Joseph D'Costa, fraza asta (însoțită de efectul sonor aferent al tic-tac-ului) mi-a aterizat în formă finală printre gânduri: „Eu sunt bomba din Bombay... ia uitați-vă cum sar în aer!“

Asta fiindcă începusem să am sentimentul că într-un fel cream o lume, că ideile în care pătrundeam erau *ale mele*, că trupurile pe care le ocupam acționau la ordinul meu, că activitățile curente de genul artelor și sporturilor, întreaga gamă a unui post de radio clasa întâi se scurgeau cumva în mine, iar eu *le făceam să aibă loc*... Cu alte cuvinte, mă legănam cu iluzia că eram artist și priveam puzderia de realități ale pământului ca pe materia primă neșlefuită a harului meu. „Pot să fiu absolut orice!“ strigam triumfător. „Nu există lucru pe care să nu-l pot afla!“

Astăzi, înțepenit de anii trecuți și risipiți, pot să spun că spiritul cumulativ care mă cuprinsese atunci era un reflex născut din instinctul de conservare. Dacă nu m-aș fi crezut stăpân pe toate acele mulțimi de lucruri, identitățile lor comasate m-ar fi anihilat... Însă acolo, în turnul cu ceas, debordând de această bucurie țanțoșă, am devenit Sin, străvechiul zeu-lună (nu, nu era indian, l-am importat din Hadhramaut-ul de altădată), capabil să acționeze de la distanță și să modifice fluxurile lumii.

Când însă moartea a vizitat Moșia Methwold, tot a reușit să mă ia prin surprindere.

Deși înghețarea bunurilor lui Ahmed Sinai luase sfârșit cu mulți ani în urmă, porțiunea de sub talie îi rămăsese rece ca gheața. Din ziua când strigase: „Ticăloșii îmi vâră coaiele într-o găleată cu gheață!“, iar Amina le luase în mână ca să le încălzească, dar nu reușise decât să rămână cu degetele lipite de ele din cauza senzației de frig, sexul lui dormise întruna, ca acel elefant blănos descoperit într-un aisberg în Rusia anului 1956. Maică-mea, Amina, care se măritase ca să aibă copii, a simțit că viețile acelea necreate îi putrezesc în pântece și s-a autoînvinovățit fiindcă nu mai izbutea să-l atragă, din cauza bătăturilor și a celorlalte metehne. Și-a discutat nefericirea cu Mary Pereira, dar *ayah* i-a spus că bărbații nu erau în stare să ofere nici un fel de fericire; cele două găteau împreună în timp ce stăteau de vorbă, iar Amina își amestecă dezamăgirile într-un *chutney* fierbinte de chitre care făcea lumea să plângă de fiecare dată.

Deși programul de lucru al lui Ahmed Sinai era plin de fantezii în care secretarele lui scriau după dictare în pielea goală și de imagini ale Fernandelor sau ale celorlalte plimbându-se prin birou în costumul Evei, cu fundurile brăzdate de urmele împletiturii de trestie, aparatul refuza să răspundă la comenzi; într-o bună zi, după ce Fernanda sau Poppy cea adevărată plecase acasă, în timpul unei partide de șah cu doctorul Narlikar, cu limba dezlegată (și jocul dezlânat) din cauza *djinn*-ului, i-a mărturisit acestuia cu stinghereală în glas:

— Narlikar, se pare că mi-am pierdut interesul pentru știi-tu-ce.

Dinspre ginecologul cu fața lucioasă a radiat o undă de mulțumire. Fanaticul adept al controlului nașterilor a simțit cum i se însuflețesc ochii și a rostit următorul discurs:

— Bravo! Excelent lucrat, frate Sinai! Tu – și, fie-mi permis să adaug, eu – da, tu și cu mine, Sinai *bhai*, suntem ființe cu o înzestrare spirituală rară! Umilințele gâfâite ale trupului nu-s de noi. Vin și te-ntreb, nu e mai frumos să te sustragi procreării – adică să eviți să adaugi încă o existență nefericită puzderiei care umblă cu miloaga prin țară – și în loc de asta să-ți dedici energiile misiunii de a le da acestor oameni *mai mult pământ pe care să-l bată cu pasul*? Fii atent la ce-ți spun, prietene; tu, eu și tetrapozii o să smulgem pământul din stăpânirea oceanelor!

În semn de binecuvântare a discursului, Ahmed Sinai a turnat de băut; doctorul Narlikar și taică-meu au ciocnit în cinstea visului lor de beton cu patru picioare.

— Pământ, da! Dragoste, nu! a decretat medicul, clătinându-se nițel, iar tata i-a umplut din nou paharul.

Pe la sfârșitul lui 1956, visul de a recupera pământul acoperit de ape cu ajutorul a mii și mii de tetrapozi mari de beton – același vis care provocase înghețul și care între timp se transformase pentru taică-meu într-un fel de surogat pentru zbenguielile sexuale de care nu mai era în stare ca urmare a înghețului – a părut efectiv la un pas de a da rezultate. Oricum, de data asta Ahmed Sinai a fost precaut când a cheltuit banii; a rămas undeva în fundal, iar numele nu i-a apărut pe nici un document; trăsese învățămintele de rigoare din lecția înghețului și era hotărât să atragă atenția asupra sa cât mai puțin cu putință; așa că, în momentul când doctorul Narlikar l-a trădat încetând din viață și nelăsând în urmă nici un act care să certifice implicarea tatălui meu în proiectul tetrapozilor, Ahmed Sinai (care, așa cum am văzut, avea tendința să reacționeze urât în fața dezastrului) a pornit la vale pe un tobogan lung și șerpuit, din care avea să scape abia în ultimele zile ale vieții, când s-a îndrăgostit în fine de soția lui.

Iată povestea care a circulat pe Moșia Methwold: doctorul Narlikar fusese în vizită la niște prieteni de lângă Marine Drive; la sfârșitul vizitei, se hotărâse să se plimbe de-a lungul plajei Chowpatty și să-și cumpere niște *bhel-puri* și lapte de cocos. Pe când mergea cu pas vioi pe faleza de lângă dig, a ajuns din urmă coloana de militanți care participau la un marș al limbilor, deplasându-se încet și cântând pașnic. Doctorul Narlikar s-a apropiat de locul unde, cu permisiunea municipalității, aranjase ridicarea unui tetrapod simbolic chiar lângă dig, ca un fel de semn iconic menit să arate calea spre viitor, și a văzut un lucru care l-a făcut să-și iasă din minți. Câteva cerșetoare se strânseseră în jurul tetrapodului și se apucaseră să îndeplinească ritualul puja[1]. Aprinseseră candele la baza obiectului, una dintre femei desenase simbolul OM[2] pe vârful lui înălțat, iar celelalte intonau rugăciuni și supuneau tetrapodul unei spălări idolatre. Miracolul tehnologic fusese transformat în falusul lui Shiva; dușman înverșunat al fertilității, doctorul Narlikar a înnebunit în fața acestei viziuni care i se părea că strânsese laolaltă forțele vechi, întunecate și priapice ale Indiei procreatoare de altădată, ca să le asmută împotriva frumuseții sterile a betonului din secolul XX... Luând-o la fugă spre grupul de adoratoare, a început să le strige vrute și nevrute, în timp ce furia îl făcea să strălucească și mai tare; după ce a ajuns lângă ele, le-a răsturnat candelele cu piciorul și chiar se spune că a încercat să le împingă. Moment în care a fost văzut de ochii mărșăluitorilor pentru cauza limbii.

Urechile mărșăluitorilor au captat cuvintele urâte, picioarele li s-au oprit și vocile li s-au ridicat a dojană. Membrii convoiului și-au agitat pumnii și au slobozit vorbe de ocară. În clipa aceea preabunul doctor, pe care mânia îl împinsese la imprudențe, s-a întors spre gloată și s-a apucat să-i ia în răspăr cauza, rasa și surorile. S-a lăsat o liniște care și-a exercitat toate puterile, călăuzind picioarele mărșăluitorilor spre ginecologul radios, care rămăsese între tetrapod și femeile care se văicăreau. În liniște, mâinile mărșăluitorilor s-au întins spre Nalikar care, în calmul general, s-a agățat de tetrapod, în timp ce oamenii din convoi încercau să-l tragă spre ei. Într-o muțenie

1. În hinduism, închinarea în fața unui zeu anume.
2. Om sau Aum – cuvântul mantric considerat expresia deplină a brahmanismului, despre care se crede că are trei sunete: Brahma sau creația, Vishnu sau păstrarea și Shiva sau distrugerea.

deplină, frica i-a dat lui Narlikar puterea moluștelor; brațele lui s-au lipit de tetrapod și n-au mai vrut să se desprindă. Mărșăluitorii s-au rezemat de tetrapod... și au început să-l zgâlțâie în liniște; pe mutește, forța lor conjugată a venit de hac greutății blocului de beton. În seara năpădită de o tăcere demonică tetrapodul s-a înclinat, pregătindu-se să fie primul care se prăbușește în apă și începe măreața operă de recuperare a uscatului. Deschizând gura într-un A nerostit, doctorul Suresh Narlikar a rămas agățat de tetrapod ca o moluscă fosforescentă... după care bărbatul și bucata de beton cu patru picioare s-au prăvălit fără un cuvânt. Plescăitul apelor a destrămat vraja.

S-a spus că, după ce doctorul Narlikar a căzut și a fost strivit de greutatea obsesiei lui îndrăgite, nimănui nu i-a fost greu să localizeze cadavrul, fiindcă răspândea o lumină care se vedea prin ape aidoma unui foc.

„Ai auzit ce s-a întâmplat?“ „Hei, tipule, care-i treaba? – copiii, printre care și eu, s-au strâns lângă gardul viu al Vilei Escorial în care se afla apartamentul de burlac al doctorului Narlikar; iar unul dintre hamalii Lilei Sabarmati ne-a informat, cu o demnitate cât se poate de gravă:

— I-au adus rămășițele pământești învelite în mătase.

Nu mi s-a dat voie să văd corpul neînsuflețit al doctorului Narlikar, cât timp a rămas pe patul lui tare, de o persoană, acoperit cu flori de șofran, dar tot am aflat ce se petrecuse, fiindcă veștile au depășit cu mult cadrul apartamentului personal. Cel mai mult mi-au povestit servitorii de la Moșie, cărora li se părea firesc să vorbească pe față despre moarte, dar făceau foarte puține trimiteri la viață, căci în viață totul era de domeniul evidenței. De la servitorul lui Narlikar am aflat că, înghițind multă apă, cadavrul preluase o parte din proprietățile oceanului: devenise fluid și părea fericit, trist sau indiferent, în funcție de cum cădea lumina pe el. Grădinarul lui Homi Catrack a avut o obiecție:

— E periculos să te uiți prea mult la moarte. Te trezești că o părticică din ea a trecut în tine și tragi ponoasele.

Ponoase? Ce ponoase? Care ponoase? Cum adică? am întrebat. *Sadhu*-ul Purushottam, care își părăsise locul de sub robinetul din grădina Vilei Buckingham pentru prima dată în atâția ani, a spus:

— Moartea îi face pe cei vii să se vadă prea limpede. După ce s-au aflat în prezența ei, devin mai mari decât e cazul.

Această afirmaţie extraordinară a fost de fapt provocată de evenimente, fiindcă după aceea Bi-Appah, doica lui Toxy Catrack, care ajutase la spălarea mortului, a devenit mai stridentă, mai afurisită şi mai înfricoşătoare ca oricând; se părea că toată lumea care văzuse corpul neînsufleţit al doctorului Narlikar avusese de suferit. Nussie Ibrahim s-a prostit şi mai rău şi a început să semene şi mai mult cu o raţă, iar Lila Sabarmati, care locuia deasupra defunctului şi dăduse o mână de ajutor la aranjarea camerei, a cedat apoi unei promiscuităţi al cărei sâmbure existase dintotdeauna undeva în fiinţa ei şi a pornit pe un drum la capătul căruia aveau s-o aştepte gloanţele, în timp ce soţul ei, comandantul Sabarmati, dirija circulaţia din Colaba cu un baston cu totul neobişnuit...

Cu toate acestea, familia noastră s-a ţinut departe de trupul neînsufleţit. Taică-meu a refuzat să-i aducă un ultim omagiu doctorului, iar din ziua aceea nu a mai pomenit numele defunctului său prieten, spunându-i simplu: „trădătorul ăla".

Două zile mai târziu, după ce vestea morţii lui a fost dată publicităţii, doctorul Narlikar s-a trezit brusc cu o ditamai familia de femei. Deşi fusese toată viaţa burlac şi un misogin convins, după ce-a murit, a fost înfulecat de o mare de femei gigantice, gălăgioase şi atotştiutoare, care au ieşit la iveală din cele mai ciudate colţuri ale oraşului, din grajdurile unde se mulgeau vacile şi din casele de bilete ale cinematografelor, din cişmele cu apă minerală aflate pe străzi şi căsătorii nefericite; într-un an de procesiuni, femeile Narlikar şi-au format un alai propriu, un flux enorm de feminitate masivă, afluind spre colina noastră cât un bloc cu două etaje, ca să umple până la refuz apartamentul doctorului Narlikar, aşa încât de pe drumul care şerpuia la vale li se vedeau coatele sprijinite pe pervazuri şi dosurile care abia mai încăpeau pe verandă. Timp de-o săptămână nu a dormit nimeni, fiindcă tânguielile femeilor Narlikar s-au auzit pretutindeni, însă dincolo de jeluiri muieretul era la fel de competent pe cât părea. Au preluat conducerea maternităţii, au investigat toate afacerile lui Narlikar şi l-au scos pe taică-meu din proiectul tetrapozilor cu cel mai firesc aer din lume. După toţi acei ani, tata s-a ales doar cu o gaură în buzunar; între timp, femeile l-au transportat pe Narlikar la Benares ca să-l incinereze, iar servitorii de la Moşie mi-au şoptit că auziseră cum fusese risipită cenuşa doctorului pe apele sfântului Gange la Manikarnika-ghat în amurg, numai că nu se dusese la fund, ci plutise la suprafață ca o puzderie de licurici, vărsându-se apoi în ocean, unde strania lor luminozitate îi speriase, probabil, pe comandanții de navă.

Cât despre Ahmed Sinai: vă jur că după moartea lui Narlikar și sosirea femeilor a început literalmente să se decoloreze... Treptat pielea i s-a deschis, iar părul și-a pierdut culoarea, așa că, după doar câteva luni, albise aproape complet, cu excepția ochilor negri. (Mary Pereira i-a zis Aminei: „Omul ăsta are sânge rece, așa că pielea lui a produs gheață, o gheață albă ca aia din frigider".) Cinstit vorbind, ar trebui să spun că, deși s-a prefăcut îngrijorat de albire și a consultat o mulțime de medici, în sinea lui a fost mulțumit că nu a reușit nici unul să explice fenomenul sau să prescrie o rețetă, căci de ani buni era invidios pe europeni pentru pigmentul lor deschis. Într-o bună zi, când glumele au fost permise din nou (se convenise asupra unei perioade rezonabile de sobrietate după moartea lui Narlikar), el i-a spus Lilei Sabarmati în timpul unui cocteil:

— Toți oamenii cumsecade sunt albi sub piele; am încetat să mă mai prefac și-atâta tot.

Vecinii, care erau cu toții mai închiși la piele decât el, au râs din politețe și au încercat un curios sentiment de rușine.

Dovezile indirecte arată că din cauza șocului morții lui Narlikar m-am pricopsit cu un tată alb ca zăpada, lângă o mamă neagră ca abanosul; dar (chit că nu știu cât sunteți dispuși să înghițiți așa ceva) o să risc o explicație alternativă, o teorie elaborată în intimitatea abstractă a turnului meu cu ceas... fiindcă în timpul deselor mele călătorii psihice am descoperit un lucru destul de ciudat: pe durata primilor nouă ani de după Independență, o depigmentare similară (a cărei primă victimă consemnată oficial se prea poate să fi fost soția rajahului din Cooch Nareen) a afectat o mare parte a comunității oamenilor de afaceri ai nației. Pretutindeni în India am dat peste indieni care știau să facă afaceri, ale căror averi înfloreau mulțumită Planului Cincinal și care se concentraseră pe dezvoltarea comerțului... Oameni de afaceri care deveniseră sau erau pe punctul de a deveni extrem de deschiși la piele! Se pare că eforturile gargantuești (și chiar eroice) reclamate de preluarea controlului de la englezi și de croirea propriilor destine le alungaseră sângele din obraji... situație în care era posibil ca taică-meu să fi fost o victimă târzie a acestui fenomen răspândit, deși în general neobservat. Oamenilor de afaceri din India li se albea pielea.

Pentru o singură zi, eu zic că ajunge. Dar Evelyn Lilith Burns se îndreaptă spre mine, Pioneer Café se apropie dureros de mult și – mult mai important – ceilalți copii din miez de noapte, inclusiv Shiva, alter ego-ul meu cu genunchi fatali, exercită o presiune formidabilă. În curând crăpăturile or să fie destul de mari ca să evadeze...

Apropo: după toate probabilitățile, cam pe la sfârșitul lui 1956 a murit și cântărețul încornorat Wee Willie Winkie.

Dragostea în Bombay

În timpul Ramadanului, luna în care se ține post, ne duceam la film ori de câte ori puteam. După ce eram treziți la cinci dimineața de mâinile harnice ale maică-mii, după micul dejun luat înainte de ivirea zorilor și compus din pepene și ceai de tei îndulcit, și îndeosebi duminica, Maimuța de Bronz și cu mine procedam prin rotație (iar câteodată ne uneam vocile!) ca să-i amintim Aminei: „Spectacolul de la zece jumătate dimineața! E ziua de Metro Cub Club, *amma*, te roooog!" Pe urmă mersul cu Rover-ul la cinematograf, unde nu puneam gura pe Coca-Cola, fulgi de cartofi, înghețată Kwality sau *samose* în hârtie unsuroasă; dar cel puțin sala avea aer condiționat, la care se adăugau insignele Cub Club prinse de haine, concursurile și anunțurile onomastice făcute de un comper cu o mustață nepotrivită; și în cele din urmă filmul, după secvențele din peliculele următoare, cu titlurile lor introductive, „Următoarea atracție" și „În curând", precum și desenul animat („Peste puțin timp, marele film; dar mai întâi... !"): *Quentin Durward*, poate, sau *Scaramouche*. „Ce fanfaroni!" ne spuneam unul altuia după aceea, dându-ne drept critici de film și adăugând: „O zbenguială gălăgioasă și obscenă!", deși nu aveam nici cea mai mică idee despre fanfaronade și obscenități. În familia noastră nu se spuneau multe rugăciuni (cu excepția Eid-ul-Fitr-ului, când tata mă ducea la moscheea Vineri ca să cinstim sărbătoarea, înfășurându-mi o batistă în jurul capului și apăsându-mi fruntea de pământ)... dar eram dispuși să postim la orice oră, fiindcă ne plăcea cinematograful.

Evie Burns și cu mine am picat de acord: cea mai mare vedetă de film din lume era Robert Taylor. Mie îmi plăcea și Jay Silverheels în rolul lui Tonto, dar amicul lui, Clayton Moore, mi se părea prea gras pentru Călărețul Singuratic.

Evelyn Lilith Burns a sosit în noaptea de Anul Nou a lui 1957 și a ocupat împreună cu tatăl ei văduv un apartament dintr-unul din cele două blocuri urâte de beton care se înălțaseră, aproape fără să ne dăm seama, în partea de jos a dealului nostru și care constituiau o formă ciudată de segregare: americanii și ceilalți străini (ca Evie) locuiau în Vila Noor, în timp ce marii arivişti indieni populau Vilele Laxmi. De la înălțimea Moșiei Methwold, îi priveam de sus pe toți, albi și ciocolatii deopotrivă; dar nimeni nu s-a uitat de sus la Evie Burns – cu o excepție. O singură dată a ajuns cineva deasupra ei.

Înainte de a-mi pune prima pereche de pantaloni lungi din viață, m-am îndrăgostit de Evie Burns; numai că în anul acela dragostea a fost ceva ciudat, asemănător unei reacții în lanț. Ca să câștig timp, hai să zic că suntem cu toții în același timp la cinematograful Metro; Robert Taylor se oglindește în ochii noștri, în timp ce ne aflăm într-o transă pâlpâitoare și de asemenea într-o ordine simbolică: Saleem Sinai stă alături (și e îndrăgostit) de Evie Burns, care stă alături (și e îndrăgostită) de Sonny Ibrahim, care stă alături (și e îndrăgostit) de Maimuța de Bronz, care stă lângă interval și e moartă de foame... Cred că am iubit-o pe Evie cam șase luni din viață; doi ani mai târziu, s-a întors în America, unde a înjunghiat o femeie și a fost trimisă la școala de corecție.

E momentul să-mi exprim succint recunoștința: dacă Evie nu ar fi venit să stea lângă noi, poate că povestea mea nu ar fi trecut niciodată de turismul-în-turnul-cu-ceas și de copiatul-în-clasă... iar atunci nu ar fi existat nici punctul culminant din Pensiunea Văduvelor, nici dovada clară a rostului meu pe lume, nici finalul din fabrica deasupra căreia tronează silueta colorată în verde și șofran, care dansează și dispare intermitent, a zeiței de neon Mumbadevi. Dar Evie Burns (oare a fost șarpe sau scară? Răspunsul e evident: *ambele*) și-a făcut apariția pedalând pe o bicicletă argintie care mi-a dat ocazia nu doar să-i descopăr pe copiii din miez de noapte, ci și să provoc împărțirea statului Bombay.

Să încep cu începutul: avea părul ca paiele de sperietori, pielea plină de pistrui și dinții vârâți într-o cușcă metalică. Aceștia din urmă erau, din câte se părea, singurele lucruri de pe pământ asupra cărora nu avea nici o putere – creșteau alandala, se încălecau cu răutate între ei și o dureau îngrozitor când mânca înghețată. (Îmi permit o singură generalizare: americanii au ajuns să domine universul, dar nu-și pot controla propriile guri, pe câtă vreme India e neputincioasă, dar copiii ei tind să aibă o dantură superbă.)

Chinuită din cauza dinților, draga mea Evie se ridica maiestuos deasupra durerii. Refuzând să fie la discreția oaselor și gingiilor, mânca prăjituri și bea Coca-Cola oriunde se ducea, fără să se plângă vreodată. O puștoaică dintr-o bucată, Evie Burns: felul cum și-a supus suferința a confirmat că era suverana noastră. S-a observat că toți americanii au nevoie de o frontieră: a ei era durerea, pe care era hotărâtă s-o pulverizeze.

Odată i-am dăruit o ghirlandă de flori (regina-nopții pentru lăcrămioara mea) cumpărată din banii mei de buzunar de la o florăreasă de la Scandal Point. „Eu nu port flori", a spus Evie Burns și a aruncat ghirlanda nedorită în sus, ciuruind-o înainte de a ateriza cu o rafală a infailibilului ei pistol cu aer comprimat marca Daisy[1]. Distrugând florile printr-o floare, a dat de înțeles că nu putea fi strunită nici măcar cu ajutorul ghirlandelor: era lăcrămioara noastră capricioasă și învolburată. În același timp, era Eva. Lumina ochilor mei adamici.

Cum a apărut: Sonny Ibrahim, Oache și Briantină Sabarmati, Cyrus Dubash, Maimuța și cu mine jucam cricket franțuzesc în piațeta dintre cele patru palate ale lui Methwold. Un joc ca pentru Anul Nou: Toxy bătea din palme la fereastra ei zăbrelită; până și Bi-Appah era în toane bune, renunțând în premieră să ne ocărască. Cricketul – chiar și cel franțuzesc, chiar și atunci când e practicat de copii – e un joc liniștit: pace miruită cu ulei de in. Sărutul pielii și al bastoanelor, câteva aplauze răzlețe, din când un când un strigăt – „Bună! A fost bună, domnu'!" sau „Aud?" Numai că Evie, care gonea pe bicicletă, nu avea chef de așa ceva.

— Hei! Hei, n-auziți? Care-i treaba? Ați surzit cu toții?

Îmi continuam seria de lovituri (elegant ca Ranji, cu forță ca Vinoo Mankad) când a gonit cu bicicleta în sus pe deal, cu părul din paie fluturându-i în vânt, cu pistruii gata să-i ia foc și cu gura metalizată semnalizând ca un far în lumina soarelui – o sperietoare călare pe un glonț de argint...

— Hei, tu ăla de-ți curge nasu'! Mai lasă prostia aia de minge, pămpălăule! Stai că-ți arăt la ce să te uiți!

Era imposibil să ți-o imaginezi pe Evie Burns fără să te gândești la o bicicletă; și nu la una oarecare, ci la unul dintre ultimele modele grozave de pe timpuri, o Arjuna ca scoasă din cutie, cu mânerele ghidonului acoperite cu bandă adezivă, cinci viteze și șaua din blană de leopard tăbăcită. Bașca un cadru argintiu (inutil să adaug, culoarea pe care o avea bidiviul

1. Margaretă.

Călărețului Singuratic)... Oache șleampătul și Briantină cel îngrijit, geniul pe nume Cyrus și Maimuța, Sonny Ibrahim și cu mine – cei mai buni prieteni, fiii adevărați ai Moșiei, moștenitorii ei de drept – Sonny cu inocența molcomă pe care o dobândise când forcepsul îi atinsese creierul, eu cu periculoasele mele cunoștințe secrete – da, absolut toți – viitorii comandanți de navă, toreadori sau ce mai urma să ajungem, am încremenit și am rămas cu gura căscată, în timp ce Evie a început să accelereze din ce în ce mai mult, dând ocol după ocol piațetei pe bicicletă.

— Ia priviți-mă acum. Uitați-vă ce viteză, tolomacilor!

Ridicându-se și așezându-se la loc pe șaua din blană de ghepard, Evie dădea un recital. Cu un picior pe șa și celălalt întins în spate, se învârtea în jurul nostru; acumula viteză și apoi stătea în cap pe șa! Putea să încalece roata din față, să stea cu fața spre spate și să pedaleze în sens invers... Sclava ei era gravitația, elementul ei era viteza, iar noi am înțeles că dădusem peste cineva mai puternic, o vrăjitoare pe roți, la fel cum florile din gardul viu și-au jertfit petalele și praful din piațetă s-a ridicat în veritabili nori ai ovațiilor, căci și locul respectiv își găsise stăpâna: era pânza pe care picta penelul roților ei amețitoare.

Acum am observat că eroina noastră avea un pistol Daisy cu aer comprimat la șoldul drept...

— Programul continuă, nulităților! a urlat ea și a scos arma.

Rafalele ei dădeau pietrelor darul de a zbura; aruncam *anne* în aer, iar ea le găurea cât ai clipi din ochi.

— Ținte! Mai vreau ținte!

Oache și-a sacrificat pachetul de cărți de rummy fără să crâcnească, pentru ca trăgătoarea să le poată zbura popilor capetele de pe umeri. Annie Oakley cu aparat dentar – nimeni nu a îndrăznit să-i conteste precizia tirului, cu o excepție care avea să aducă sfârșitul domniei, în timpul marii invazii a pisicilor; însă au existat circumstanțe atenuante.

Roșie la față și transpirată, Evie Burns s-a dat jos și a anunțat:

— Din clipa asta, s-a schimbat șeful mare. Priceput, indienilor? Cârâie careva?

Nu a cârâit nimeni; în clipa aceea mi-am dat seama că mă îndrăgostisem.

Pe plaja Juhu cu Evie: câștiga întrecerile pe cămile, bea mai mult lapte de cocos decât oricare dintre noi și putea să stea cu ochii deschiși pe sub apa sărată a Mării Arabiei.

Să fi contat atât de mult șase luni? (Evie era cu o jumătate de an mai mare decât mine.) Avea poate dreptul să li se adreseze adulților de la egal la egal? Evie era văzută stând la taclale cu bătrânul Ibrahim, susținea că Lila Sabarmati o învăța să se machieze și îl vizita pe Homi Catrack ca să discute despre arme. (Ironia tragică a vieții lui Homi Catrack a fost că tocmai spre el, un adevărat *aficionado* al armelor de foc, avea să se îndrepte într-o bună zi țeava unui pistol... În Evie a descoperit un aproape, o copilă fără mamă care, spre deosebire de Toxy a lui, era tăioasă ca o lamă de cuțit și isteață nevoie mare. Întâmplător, lui Evie nu-i era câtuși de puțin milă de Toxy Catrack, „O țăcănită“, ne spunea într-o doară tuturor. „Ar trebui stârpită ca șobolanii.“ Dar, Evie, șobolanii nu sunt slabi! Dacă e s-o luăm așa, mai degrabă seamănă fața ta cu a unei rozătoare decât tot corpul disprețuitei tale Toxy.)

Asta era Evelyn Lilith; iar la câteva săptămâni după sosirea ei, am declanșat reacția în lanț de ale cărei efecte nu aveam să mă vindec niciodată în întregime.

Totul a început cu Sonny Ibrahim, Sonny-celde-alături, Sonny-ul urmelor de forceps, care stă cuminte de atâta timp într-un ungher al povestirii mele, așteptându-și rândul. Pe vremea aceea soarta îl încercase zdravăn: nu avusese de suferit numai de pe urma forcepsului. Nici s-o iubești pe Maimuța de Bronz (chiar și din perspectiva unui băiat de nouă ani) nu era floare la ureche.

Cum am spus, soră-mea, născută a doua și nevestită, începuse să reacționeze violent la orice declarație de afecțiune. Deși se credea despre ea că vorbea limba păsărilor și a pisicilor, cădea pradă unei furii aproape animalice la auzul cuvintelor dulci ale iubiților; dar Sonny era un copil prea simpluț ca să poată fi prevenit. Trecuseră deja luni de zile de când o tot pisa cu declarații gen: „Sora lui Saleem, zău că ești solidă!“ sau „Auzi, nu vrei să fii prietena mea? Poate că mergem la vreun film cu *ayah* ta...“ Și de tot atâtea luni ea îl făcea să sufere în fel și chip pentru dragostea lui – îi spunea povești maică-sii, îl împingea, chipurile din greșeală, în băltoace, iar odată l-a atacat de-a dreptul, lăsându-i pe față urmele lungi ale unghiilor ei ca niște gheare și o expresie de câine bătut; dar tot degeaba! Băiatul nu se învăța minte. Așa că, în cele din urmă, a pus la cale o răzbunare cumplită.

Maimuța mergea la Școala de Fete Walsingham de pe Nepean Sea Road, o școală plină de europence înalte, cu o musculatură superbă, care înotau ca peştii şi se scufundau ca submarinele. În timpul liber puteau fi văzute de la fereastra dormitorului nostru, zbenguindu-se în piscina în formă de hartă a clubului Breach Candy, unde bineînţeles că noi nu aveam voie... Iar când am descoperit că Maimuţa se lipise cumva de înotătoarele astea segregate, ca un fel de mascotă, m-am supărat rău pe ea, poate pentru prima dată... dar nu puteai s-o convingi, mergea neabătut pe drumul ei. Fetele albe şi vânjoase de cincisprezece ani o luau cu ele în autobuzul şcolii Walsingham. Trei dintre ele o însoţeau în fiecare dimineaţă în staţie, în acelaşi loc unde Sonny, Oache, Briantină, Cyrus cel Mare şi cu mine aşteptam autobuzul de la Cathedral School.

Într-o dimineaţă, nu mai ţin minte din ce cauză, Sonny şi cu mine eram singurii băieţi din staţie. Poate că izbucnise vreo gripă sau cine ştie. Maimuţa a aşteptat până când Mary Pereira ne-a lăsat singuri, în grija înotătoarelor voinice; în clipa aceea mi-am dat seama brusc ce pune la cale, fiindcă – fără vreun motiv anume – am intrat pe lungimea de undă a gândurilor ei. Am urlat „Hei!“ Dar prea târziu. Maimuţa a şuierat „Nu te băga!“, după care a tăbărât cu cele trei înotătoare asupra lui Sonny Ibrahim, în timp ce vagabonzii, cerşetorii şi slujbaşii aflaţi în trecere cu bicicleta se uitau vădit amuzaţi, fiindcă agresoarele făceau bucăţi toate hainele de pe el... „Ce dracu' faci, băi, stai şi te uiţi?“ a întrebat Sonny, zbierând după ajutor. Numai că eu rămăsesem pironit locului: cum puteam să iau partea cuiva când cei care se înfruntau erau soră-mea şi cel mai bun prieten? „O să te zic lu' tata!“ a miorlăit el, la care Maimuţa a răspuns: „Te-nvăţ eu să spui porcării, acuşica te-nvăţ!“ Sonny s-a trezit fără pantofi, dezbrăcat de cămaşă şi deposedat de maioul de care trăgea o săritoare la trambulină. „Să-ţi iasă pe nas scrisorile alea de dragoste tâmpite.“ Gata şi cu şosetele, lacrimi şiroind din belşug şi, deodată, strigătul Maimuţei: „Uite-l!“ Autobuzul de Walsingham a sosit, iar agresoarele şi soră-mea s-au suit şi au plecat în trombă. „Pa şi pusi, iubiţel“, au urlat toate patru, în timp ce Sonny a rămas în plină stradă, pe trotuarul de vizavi de Chimalker's şi Paradisul Cititorului, gol ca în ziua când s-a ivit pe lume; urmele de forceps luceau ca nişte ochiuri de apă miniaturale, fiindcă vaselina i se prelinsese din păr; privirile îi erau înlăcrimate, în vreme ce întreba nedumerit:

— De ce-a făcut-o, dom'le? De ce, i-am zis doar că-mi place...

— Habar n-am, am răspuns, neştiind unde să mă uit. O mai apucă, atâta tot.

De unde era să știu că într-o bună zi avea să-mi provoace chiar mie un rău și mai mare?

Dar asta s-a întâmplat după nouă ani... între timp, la începutul lui 1957, se porniseră campaniile electorale: Jan Sangh milita în favoarea azilurilor pentru vacile sfinte și vârstnice, în Kerala, E.M.S. Namboodiripad le promitea tuturor alimente și locuri de muncă din partea comuniștilor; în Madras, partidul Anna-D.M.K. al lui C.N. Annadurai ațâța văpaia regionalizării; congresul replica prin reforme de genul Actului Succesorului Hindus, care conferea drepturi egale de moștenire femeilor hinduse... Pe scurt, fiecare era ocupat să-și pledeze cauza; numai eu m-am trezit că nu puteam să deschid gura când mă aflam în fața lui Evie Burns, așa că l-am abordat pe Sonny Ibrahim și l-am rugat să mă reprezinte.

În India, am fost dintotdeauna vulnerabili în fața europenilor... Evie ni se alăturase doar de câteva săptămâni, dar mă vedeam deja târât în vârtejul unei maimuțăreli grotești a literaturii europene. (Parcurseserăm versiunea prescurtată din *Cyrano* la școală, iar eu citisem și benzile desenate din *Classics Illustrated.*) Poate că ar fi corect să spun că, în India, Europa se autorepetă sub forma farsei... Evie era americancă. Totuna.

— Da' nu-i cinstit, nene, de ce n-o faci tu?

— Uite ce-i, Sonny, ești prietenul meu, da?

— Oi fi, da' tu nu m-ai ajutat nici să...

— Era soră-mea, Sonny, cum aș fi putut?

— Păi, în cazu' ăsta, fă bine și ocupă-te singur de porcă...

— Hai, Sonny, frate, gândește-te bine. Pe fetele astea tre' să știi să le iei, tipule. Doar ai văzut-o pe Maimuță cum se fofilează. Ai deja experiență, *yaar*, ai trecut prin asta. De-acum încolo, s-o iei cu duhul blândeții. Eu de unde să știu, omule? Poate că nici nu-i place de mine. Vrei să mă aleg și eu cu hainele făcute ferfeniță? Te simți mai bine dac-o pățesc și eu?

— Mă rog, n-aș vrea... a răspuns Sonny cel bun la suflet și nevinovat.

— Foarte bine. Atunci dă-i bice. Laudă-mă nițel. Zi că nu nasul contează, ci caracterul. Poți s-o faci?

— Păăăi... mda, bine... da' vorbești și tu cu soră-ta, priceput?

— O să vorbesc. Dar pot să promit ceva? Știi bine cum e. Oricum, o să stau de vorbă cu ea.

Indiferent cât de atent îți pui în practică strategiile, femeia ți le face praf dintr-o lovitură. Pentru fiecare campanie electorală, numărul învinșilor e dublu decât cel al învingătorilor...

De pe veranda Vilei Buckingham, printre jaluzele, l-am spionat pe Sonny Ibrahim în timp ce ducea muncă de lămurire în circumscripția aleasă... și am auzit vocea electoratului, nazalitatea stridentă a lui Evie Burns despicând aerul cu dispreț:

— Cine? *Ăla?* Ce-ar fi să te duci și să-i spui să-și sufle nasu'? Smârcâitu' ăla? Nu știe nici măcar să meargă pe bicicletă!

Lucru perfect adevărat.

Dar ce era mai rău s-a întâmplat mai târziu; căci oare nu am văzut acum (deși structura jaluzelelor împărțea scena în fâșii înguste) că expresia de pe chipul lui Evie începe să se îmblânzească și să se schimbe? – nu s-a întins mâna ei (brăzdată orizontal de storuri) spre agentul meu electoral? – nu ale lui Evie erau degetele (cu unghiile mereu mușcate până la sânge) care atingeau scobiturile de la tâmple ale lui Sonny, cu vârfurile înmuiate în vaselina scursă din păr? – și a spus sau nu Evie: „Tu, în schimb, știi că ești drăguț?" Dați-mi voie să afirm cu toată tristețea că răspunsurile sunt: da, da, da și da.

Saleem Sinai o iubește pe Evie Burns; Evie Burns îl iubește pe Sonny Ibrahim: Sonny e căzut în cap după Maimuța de Bronz; dar ia să vedem, Maimuța ce spune?

— Mă faci să vărs, Allah, a zis ea când am încercat – cu multă noblețe, dat fiind felul în care fusesem trădat – să pledez cauza lui Sonny.

Alegătorii ne puseseră cruce amândurora.

Încă nu eram dispus să cedez. Ademenirile de sirenă ale lui Evie Burns – căreia nu i-a păsat de mine nici cât negru sub unghie, trebuie să recunosc – îmi grăbeau inexorabil prăbușirea. (Dar nu-i port pică, întrucât căderea a tras după sine ascensiunea.)

Singur în intimitatea turnului meu cu ceas, îmi întrerupeam peregrinările transsubcontinentale ca să mă gândesc la pețirea pistruiatei mele Evie. „Lasă-i încolo de mijlocitori", mă sfătuiam. „Trebuie să te implici personal." În cele din urmă, am pus la punct un plan: trebuia să-i împărtășesc preocupările, să-mi însușesc pasiunile ei... Dar armele nu m-au atras niciodată. Așa că m-am hotărât să învăț să merg pe bicicletă.

Pe vremea aceea, Evie cedase în fața numeroaselor cereri din partea copiilor de pe vârful dealului, care o tot rugaseră să le dea lecții de arta ciclismului: prin urmare, nu mi-a fost greu să mă așez la coadă și să-mi aștept rândul la lecție. Eram adunați cu toții în piațetă; Evie, stăpână incontestabilă a locului, era înconjurată de cinci începători poticniți, care se concentrau furibund... în timp ce eu stăteam lângă ea, fără bicicletă. Până la venirea lui Evie roțile nu mă interesaseră deloc, așa că nici nu mi se cumpărase ceva de genul ăsta... Am îndurat umil șfichiul limbii lui Evie.

— Pe ce lume trăiești, borcănatule? Bag seama că vrei s-o împrumuți pe-a mea, așa-i?

— Nu, am mințit plin de căință, reușind s-o îmbunez.

— Bine, bine, a zis ea, dând din umeri. Hopa sus și hai să văd din ce ești croit.

Dați-mi voie să spun chiar acum că, în clipa când am urcat pe acea Arjuna argintie, am fost cuprins de cea mai pură exaltare și că, în timp ce Evie se plimba întruna în jurul meu, apucând bicicleta de ghidon și aruncându-mi grăbită: „Ai reușit să te echilibrezi? *Nu?* Dumnezeule, ne-apucă Revelionu'!", pe măsură ce Evie și cu mine ne dădeam reciproc târcoale, m-am simțit... cum să zic?... fericit.

De jur împrejur, de jur împrejur... Într-un târziu, ca să-i fac plăcere, am bâiguit: „În regulă... cred că m-am... lasă-mă singur". Din secunda aceea a trebuit să mă descurc pe cont propriu, după ce Evie mă împinsese de la spate în semn de rămas-bun, iar creatura argintie a pornit să străbată piațeta ca o săgeată scânteietoare... Am auzit-o strigând: „Frâna! Pune dracu' frâna, tolomacule!" Dar nu-mi puteam mișca mâinile, eram țeapăn ca o scândură, și iată că undeva în față – PĂZEA – mi-a apărut bicicleta albastră a lui Sonny Ibrahim, traiectorie de coliziune, DĂ-TE LA O PARTE, DEMENTULE. Sonny în șa, încercând să cotească și dând greș, dar cu albastrul pornit în continuare spre argintiu, moment în care Sonny a făcut dreapta, aceeași direcție în care am luat-o și eu. AAAAH, BICICLETA MEA, roata argintie a atins-o pe cea albastră, cadrele s-au pupat, iar eu am zburat peste ghidon spre Sonny, care tocmai descria o parabolă asemănătoare spre mine. TROSC, bicicletele s-au prăbușit sub noi, pe când ne încleștam într-o îmbrățișare intimă, BUF, suspendați în aer, Sonny și cu mine ne-am întâlnit, iar capul lui l-a întâmpinat pe al meu... Cu peste nouă ani în urmă venisem pe lume cu tâmplele bombate, în timp ce ale lui Sonny fuseseră scobite cu forcepsul; se pare că fiecare lucru are rostul lui, fiindcă acum tâmplele mele umflate au găsit concavitățile lui Sonny. O îmbucare perfectă. Cu capetele lipite, ne-am început coborârea pe pământ, căzând din fericire la distanță de biciclete – ZDRANG – și preț de-o clipă lumea s-a dezintegrat.

Apoi am auzit-o pe Evie, căreia îi luaseră foc pistruii:
— Dobitoc prăpădit, morman de muci ambulant ce ești, mi-ai paradit...
Însă nici n-o mai ascultam, căci accidentul din piațetă încheiase ceea ce fusese declanșat de calamitatea din lada de rufe, iar ei mi se aflau în cap, instalați acum chiar în spatele frunții, fără să se mai complacă în sunetele acelea înăbușite pe care nu le observasem, ci emițând semnale prin care își făceau cunoscută prezența, de la nord, sud, est și vest... Erau ceilalți copii născuți în ora miezului de noapte, care strigau „Eu“, „Eu“, „Eu“ și „Eu“.
— Hai! Hei, pocilă! Ai pățit ceva?... Hei, unde-i mă-sa?!

Întreruperi, nimic altceva decât întreruperi! Diversele părți ale vieții mele relativ complicate refuză, cu o încăpățânare total nerezonabilă, să rămână cuminți în compartimentele lor separate. Vocile se revarsă din turnul cu ceas ca să invadeze piațeta presupusă a fi fieful lui Evie... iar acum, chiar în clipa când ar trebui să-i descriu pe fabuloșii copii ai tic-tac-ului, sunt transportat cu un tren de frontieră și călăuzit spre lumea părăginită a bunicilor mei, așa încât Aadam Aziz se pune de-a curmezișul desfășurării firești a povestirii mele. Mă rog. *Ce nu se vindecă se suportă.*
În luna ianuarie a acelui an, în timpul convalescenței care a urmat loviturii puternice suferite în accidentul de bicicletă, părinții ne-au dus la Agra pentru o întrunire de familie care s-a dovedit a fi mai rea decât celebra (și, zice-se, fictiva) Gaură Neagră din Calcutta. Timp de două săptămâni am fost siliți să-i ascultăm pe Emerald și Zulfikar (care ajunsese general-maior și insista să i se spună „dom' general“), care lăsau să le scape nume și aluzii legate de averea lor fabuloasă, care devenise între timp a șaptea ca mărime din întregul Pakistan, iar Zofar, fiul lor, a încercat (însă doar o dată!) s-o tragă pe Maimuța de părul roșcat strâns în coadă de cal. Am fost obligați să asistăm cuprinși de o groază mută la felul cum unchiul Mustapha, din serviciul public, și Sonia, soția lui pe jumătate iraniancă, și-au azvârlit puzderia de progenituri asexuate într-un anonimat deplin; izul amar, de fată bătrână, al Aliei a cotropit aerul și ne-a stricat mâncarea, iar taică-meu s-a retras devreme ca să-și înceapă războiul secret din fiecare seară împotriva *djinn*-ilor și totul a mers din rău în mai rău și mai rău.

Într-o noapte m-am trezit când bătea de douăsprezece și mi-am dat seama că-l visasem pe bunicul și că nu puteam să nu-l văd așa cum se vedea el însuși – un bătrân ca vai de el, în a cărui zonă abdominală puteai desluși, în lumina potrivită, o umbră uriașă. Pe când convingerile care-l susținuseră în tinerețe dispăreau sub influența conjugată a vârstei înaintate, a Maicii Starețe și a lipsei unor prieteni cu concepții similare, vechea gaură i se ivea din nou în centrul trupului, transformându-l într-un bătrân stafidit și neputincios ca atâția alții, asupra căruia divinitatea (și alte superstiții) cu care se răfuise atât de mult începea să-și reafirme stăpânirea... Între timp, Maica Stareță a petrecut două săptămâni încheiate descoperind mici metode prin care s-o jignească pe disprețuita actriță de film care se măritase cu unchiul Hanif. În aceeași perioadă am fost distribuit în rolul stafiei dintr-o piesă pentru copii și am descoperit, într-un vechi geamantan de piele aflat pe șifonier, un cearșaf mâncat de molii, dar care avea o gaură – cea mai mare – făcută de mâna omului: pentru descoperirea asta am fost răsplătit (după cum vă amintiți) cu urletele furiei bunicești.

A existat însă și o împlinire. M-am împrietenit cu Rashid, *wallah*-ul cu autorișca (același care, în tinerețe, țipase pe mutește într-un lan de porumb și-l ajutase pe Nadir Han să se strecoare în toaleta lui Aadam Aziz): luându-mă sub aripa lui – și fără să-mi anunțe părinții, care nu mi-ar fi dat voie la atât de puțin timp după accident –, m-a învățat să merg pe bicicletă. Când am plecat, am mai pitit un secret alături de celelalte; numai că pe acesta nu aveam de gând să-l păstrez cine știe cât.

...Iar în trenul care ne-a adus acasă, am auzit voci dând târcoale compartimentului: „*Ohé*, maharajah! Deschide, mărite domn!“ – glasurile blatiștilor, luptându-se cu acelea pe care voiam să le ascult, vocile noi care îmi umblau prin cap. Au urmat descinderea în Gara Centrală din Bombay și mersul cu mașina pe lângă hipodrom și templu, iar acum Evelyn Lilith Burns mă somează să-i termin rolul înainte să mă concentrez asupra altor lucruri mai înalte.

— Din nou acasă! strigă Maimuța. Uraaa! Hei, hei, hei, iarăși în Bombay!

(Se afla în plină dizgrație. În Agra, a incinerat cizmele generalului.)

Conform arhivelor naționale, Comitetul pentru Reorganizarea Statului își supusese raportul atenției domnului Nehru încă din octombrie 1955: după un an, recomandarea fusese transpusă în fapt. India fusese împărțită din nou, în paisprezece state și șase „teritorii“ administrate de la centru. Însă granițele acestor state nu erau formate din râuri, munți sau alte delimitări geografice; erau, în schimb, ziduri de cuvinte. Limba era cea care ne diviza: Kerala era pentru vorbitorii de malayam singura limbă palindromică de pe pământ, în Karnataka trebuia să vorbești dialectul kanarez, iar statul amputat al Madrasului – cunoscut astăzi drept Tamil Nadu – îi cuprindea pe adepții limbii tamile. Totuși, în urma unor scăpări, cu statul Bombay nu s-a făcut nimic: în orașul lui Mumbadevi marșurile limbii au devenit tot mai lungi și mai gălăgioase, metamorfozându-se în cele din urmă în partide politice: Samyukta Maharashtra Samiti (Partidul Unit Maharashtra), care sprijinea limba marathi și solicita crearea statului Maharashtra în peninsula Deccan, și Maha Gujarat Parishad (Marele Partid Gujarat), care mărșăluia sub stindardul limbii gujarati și visa la un stat situat la nord de Bombay, întinzându-se până la peninsula Kathiawar și până la *Rann*-ul Kutch... Mă înfierbânt pe marginea acestei istorii reci, a acestor lupte vechi și încheiate dintre marathi-ul coțuros și arid, care prinsese viață în Deccan-ul toropit de arșiță și tonurile blânde și aproape fluide al gujarati-ului ivit în Kathiawar, ca să explic de ce, imediat după ce ne-am întors din Agra în aceeași zi de februarie 1957, Moșia Methwold a fost izolată de oraș de un puhoi de oameni care intonau cântece și care au năvălit pe Warden Road mai rău ca apele aduse de musoni, într-o paradă atât de lungă, încât se spune că defilarea a ținut două zile și a fost înnobilată de prezența în fruntea coloanei a statuii resuscitate a lui Shiva. Demonstranții purtau drapele negre; mulți dintre ei erau proprietari de magazine aflați în doliu sau textiliști intrați în grevă din Mazagaon și Matunga; însă la noi pe deal nu știam nimic despre slujbele lor – pentru noi, copiii, nesfârșitul furnicar al limbii care invadase Warden Road exercita o fascinație magnetică, la fel ca becul aprins care atrage fluturii. Era o demonstrație atât de mare și ale cărei pasiuni erau atât de intense, încât ștergea celelalte marșuri din mințile oamenilor, ca și cum nici n-ar fi existat – iar nouă ni se interzisese să coborâm de pe deal și să aruncăm fie și o privire. Dar cine a avut cea mai mare îndrăzneală dintre toți? Cine ne-a îndemnat să ne târâm măcar până la jumătatea drumului, în locul unde strada șerpuitoare de pe deal cotea și ajungea în dreptul lui Warden Road printr-o curbă foarte strânsă? Cine a spus: „De ce să ne speriem? Mergem juma' de drum ca s-aruncăm o privire, atâta tot"?... Cu ochii mari, indienii neascultători și-au urmat căpetenia americancă pistruiată. („Mărșăluitorii ăștia l-au omorât pe Narlikar", ne-a prevenit Briantină cu un tremur în voce, însă Evie i-a scuipat pe pantofi.)

Dar eu, Saleem Sinai, aveam alte treburi mai importante de făcut.

— Evie, am spus dezinvolt, vrei să vezi cum merg pe bicicletă?

Nici un răspuns. Evie era absorbită de spectacol... Dar amprenta din scobitura stângă provocată de forceps nu era a degetului ei înmuiat în vaselină, ca să vadă toată lumea? A doua oară am vorbit pe un ton nițeluș mai ridicat:

— Să știi că pot s-o fac, Evie. O să iau bicicleta Maimuței. Vrei să te uiți?

De data asta Evie mi-a răspuns cu cruzime:

— Mă uit la chestia asta și-mi place. Ce să văd la tine?

Iarăși eu, ceva mai smiorcăit:

— Dar *am învățat*, Evie, *trebuie* să...

Vuietul de jos, de pe Warden Road, îmi acoperă cuvintele. Îmi întorc spatele cu toții: Evie, Sonny, Oache, Briantină și chiar și intelectualul de Cyrus cel Mare... Soră-mea, care a văzut la rându-i urma degetului și nu e câtuși de puțin încântată, mă îmboldește:

— Haide. Hai odată, arată-i. Cine se crede?

Mă sui pe bicicleta ei...

— Am reușit, Evie, uită-te!

Mă învârt în cerc, dând ocol după ocol micului grup de copii.

— Vezi? *Ai văzut?*

Am un moment în care exult, iar apoi o aud pe Evie, rece, oarecum enervată și fără să dea două cepe degerate pe mine:

— Ai de gând să te dai naibii la o parte? Vreau să mă uit la chestia aia!

Degetul cu unghia mușcată până în carne se întinde poruncitor în direcția marșului limbii: mi se face vânt pentru parada celor din Samyukta Maharashtra Samiti! Și în ciuda Maimuței, care îmi e loială și strigă: „Nu-i cinstit! Zău că se descurcă foarte bine!", în ciuda exaltării pe care mi-o produce activitatea în sine, ceva dinăuntrul meu o ia razna și mă face să mă rotesc tot mai repede în jurul lui Evie, până când îmi pierd cumpătul; și strig cu vocea sugrumată de plâns:

— Ce-o fi în capul ăla al tău? Ce mai trebuie să fac ca să...

Însă imediat după aceea lucrurile iau o altă turnură, căci îmi dau seama că nu trebuie s-o întreb; pot să intru bine mersi în căpățâna aia pistruiată, cu metal în gură, și să aflu; am și eu o dată prilejul să văd exact ce se petrece... Pedalând mai departe, pătrund înăuntru; partea din față a minții e plină ochi de mărșăluitori pentru cauza limbii marathi, prin cotloanele gândurilor zac tot soiul de cântece pop americane, nimic interesant; și acum, abia acum, pentru prima oară, îmboldit de lacrimile dragostei nedorite, încep să sondez... mă trezesc că împing, plonjez și îmi croiesc drum prin liniile ei de apărare... în locul tainic unde există o poză a maică-sii care poartă o bluză roz și ține de coadă un peștișor... Sfredelesc tot mai adâncadâncadânc, ia să văd, unde e resortul intim, de ce se poartă așa, când deodată tresare spasmodic și se întoarce să se uite la mine, în timp ce mă învârt cu bicicleta dejurîmprejurdejurîmprejurdejurîmprejur...

— Ieși! zbiară Evie Burns.

Își duce mâinile la frunte. Eu mă învârt mai departe pe bicicletă, cu ochii umezi și gata să sondez din ce în ce mai adânc, până ajung la Evie, care stă în ușa unui dormitor cu un pat de scânduri și ține un... ține ceva ascuțit și lucios de pe care se prelinge un lichid roșu, în pragul unui... o, Doamne, iar pe pat se află o femeie care... într-o bluză roz... Dumnezeule, Evie ține în mână... roșul pătează trandafiriul bluzei, iar pe urmă apare un bărbat, Iisuse, și nu nu nu nu nu...

— IEȘI! IEȘI! IEȘI!

Copiii se holbează uluiți, în timp ce Evie urlă, uitând pentru o clipă de marșul limbii, dar aducându-și aminte imediat, căci a și pus mâna pe partea din spate a bicicletei Maimuței, CE FACI EVIE iar acum o împinge cu toată forța NA IEȘI, CARĂ-TE DRACULUI AFARĂ! M-a împins cât a putut de tare, iar acum scap lucrurile de sub control și o iau la vale, urmând drumul care șerpuiește, jos, jos, tot mai jos, DUMNEZEULE MARȘUL, trec pe lângă curățătoria Bank Box, prin fața Vilei Noor și a Vilelor Laxmi, AAAAA, și iată-mă ajuns în fruntea coloanei de mărșăluitori, printre capete, picioare și trupuri care se dau în lături când mă văd cum vin ca o vijelie, urlând ca din gură de șarpe și dând buzna în istorie pe bicicleta unei fete fugite de-acasă.

Mai multe mâini se prind de ghidon, ajutându-mă să încetinesc în mijlocul gloatei inflamate. Sunt înconjurat de danturi frumoase, care-mi zâmbesc. Nu sunt niște surâsuri prietenoase: „Ia uitați, avem un mic *laad-sahib* care-a venit de sus de pe dealul bogătanilor să ni se alăture!“ Se vorbește în marathi-ul pe care nu-l înțeleg aproape deloc, e cea mai grea materie de la școală, iar zâmbetele întreabă: „Vrei să intri în S.M.S., prințișorule?“ După ce îmi dau seama cum-necum de sensul întrebării, țin morțiș să spun adevărul și clatin din cap: Nu. Alte zâmbete: „Ohoho! Tânărului *nawab* nu-i place limba noastră! Dar ce-i place?“ Și încă un surâs: „Poate gujarati! Vorbești gujarati, stăpâne?“ Însă și în gujarati mă descurcam la fel de prost ca în marathi. Știam un singur lucru în limba mlăștinoasă din Kathiawar, pe care zâmbetele largi și degetele care mă împungeau în coaste m-au îndemnat să-l rostesc: „Vorbește, do'nșorule! Zi ceva în gujarati!“ Așa că le-am spus ce știam, o rimă pe care-o învățasem la școală de la Keith Colaco Umflatul, la care apela când se lua de băieții gujarati și care lua în râs ritmurile limbii respective:

Soo ché? Saru ché!
Danda lé ké maru ché!

Ce faci? – Bine, mulțumesc! – Iau un băț și te snopesc! O aiureală, un nimic; nouă cuvinte goale... Dar, după ce le-am recitat, zâmbetele s-au preschimbat în râsete; pe urmă vocile de lângă mine și altele din ce în ce mai îndepărtate au început să-mi preia refrenul: CE FACI? BINE, MULȚUMESC! și n-au mai avut timp de mine: „Vezi-ți de drum cu bicicleta, conașule“, au spus cu dispreț, IAU UN BĂȚ ȘI TE SNOPESC!, moment în care am luat-o la goană în sus pe deal, pe când distihul meu o zbughea înainte și înapoi, până în primele și ultimele rânduri ale alaiului lung de două zile, devenind, cum s-ar zice, un cântec de luptă.

În după-amiaza acelei zile, partea din față a procesiunii celor din Samyukta Maharashtra Samiti s-a ciocnit la Kemp's Corner de demonstranții din primele rânduri ale unui marș organizat de Maha Gujarat Parishad: vocile S.M.S. au cântat: *„Soo ché? Saru ché!“* provocând furia gâtlejurilor deschise ale celor din M.G.P.; sub panourile pe care se găseau afișele cu

Puştiul Kolynos şi rajahul de la Air-India, cele două partide s-au năpustit unul asupra celuilalt cu tot zelul de care erau în stare, iar în ritmul micii mele rime s-a declanşat prima încăierare pe criterii lingvistice, soldată cu cincisprezece morţi şi trei sute de răniţi.

În acest fel am purtat răspunderea directă a începerii violenţelor care s-au încheiat prin împărţirea statului Bombay, în urma căreia oraşul a ajuns capitala Maharashtrei, aşa că măcar am fost în tabăra învingătoare.

Ce-o fi fost în capul lui Evie? O crimă sau un vis? Nu am aflat niciodată. În schimb, descoperisem altceva: când intri adânc în capul cuiva, *celălalt te simte.*

După ziua aceea Evelyn Lilith Burns nu a mai vrut să aibă de-a face cu mine; atâta doar că, oricât ar părea de ciudat, la rândul meu mă vindecasem de ea. (Întotdeauna femeile au fost cele care mi-au schimbat viaţa: Mary Pereira, Evie Burns, Jamila Cântăreaţa şi Parvati-vrăjitoarea trebuie să răspundă pentru soarta mea; lor li se adaugă Văduva, pe care o păstrez pentru final, şi în cele din urmă Padma, zeiţa mea de Băligar. E drept că femeile mi-au făcut bucata, dar poate că poziţia lor nu a fost centrală – poate că locul pe care ar fi trebuit să-l ocupe, gaura din centru pe care o moştenisem de la bunicul Aadam Aziz, a fost umplut prea mult timp de voci. Sau – e bine să luăm în calcul toate posibilităţile – poate că mi-au produs întotdeauna o anumită frică.)

A zecea mea aniversare

— Ah, domnu', ce să zic? Toate-s din cauza amărâtei de mine! Padma s-a întors. Și dat fiind că mi-am revenit de pe urma otravei, întorcându-mă la masa de lucru, e prea surescitată ca să tacă. Lotusul meu reîntors se pedepsește fără încetare, bătându-se cu palmele peste sânii grei și tânguindu-se cât o ține gura. (În halul în care sunt, acest lucru mă deranjează destul de mult, dar n-o acuz de nimic.)

— Da' să mă crezi, domnu', că numai la sănătatea ta mă gândesc! Așa am fost lăsate noi, femeile. N-avem un minuțel de tihnă când bărbații ne cad bolnavi la pat... Nici nu știi ce bine-mi pare că te-ai însănătoșit!

Iată povestea Padmei (redată cu propriile ei cuvinte și ulterior recitită de față cu ea, ca să poată confirma dându-și ochii peste cap, văicărindu-se de mama focului și îndesându-și pumnii în țâțe):

— Din mândrie și orgoliu prostesc am fugit de tine, Saleem *baba*, chit că munca de-aici e bună și ai mare nevoie de cineva care să-ți poarte de grijă! Da' n-a trecut mult și ardeam să mă-ntorc.

Și-atunci mi-am zis, cum să vin înapoi la omu' ăsta care n-o să mă iubească și-o să se țină doar de niște mâzgăleli aiurite? (Iertare, Saleem *baba*, dar trebuie s-o spun pe-a dreaptă. Iar pentru noi, femeile, dragostea e cel mai frumos lucru din câte știu.)

Așa că m-am dus la un om sfânt, care m-a învățat ce să fac. Pe urmă, cu bănuții pe care-i aveam la mine, am luat autobuzul și-am mers la țară ca să caut ierburile alea care pot să-ți trezească bărbăția din somn... Ia gândește-te, domnu', vraja a fost gata din câteva vorbe: „Ierburi ce fost-ați smulse de tauri!“ După aceea am pisat ierburile în apă și lapte și am zis: „Ierburi forțoase și pătimașe! Plante aduse de Gandharva pentru binele lui Varuna! Dați-i puterea voastră lu' domnu' Saleem al meu. Dăruiți-i căldură ca aceea a Focului Indrei. Ca masculul de antilopă, la fel și voi, o, ierburi, aveți toată snaga de pe lume, laolaltă cu puterile Indrei și tăria lacomă a fiarelor“.

După pregătirile astea, m-am întors ca să te găsesc singur ca întotdeauna și cu nasu-n hârtii. Dar îți jur că gelozia am dat-o deoparte ; ți se așterne pe față și te-mbătrânește. Iartă-mă, Doamne, căci fără să spun nimic ți-am strecurat amestecul în mâncare!... Și pe urmă, hai-hai, să fiu iertată, da' sunt femeie simplă, cum aș putea să mă-mpotrivesc oamenilor sfinți?... Dar măcar te simți mai bine, slavă Domnului, și poate că n-o să te superi.

Sub influența poțiunii Padmei, am delirat o săptămână. Lotusul meu de Băligar se jură (printre dinții care îi scrâșnesc nevoie mare) că eram țeapăn ca scândura și făceam spume la gură. În plus, aveam febră. În delirul în care mă cufundasem bolboroseam ceva despre șerpi, dar știu că Padma nu e șarpe și nu a vrut niciodată să-mi facă rău.

— Dragostea asta, domnu', le scoate din minți pe femei, se vaită Padma.

Repet, n-o învinovățesc deloc. La poalele munților din vest, a căutat ierburile virilității, niște *mucuna pruritus* și rădăcini de *feronia elephantum* ; cine știe ce-o fi găsit? Cine știe ce-a pisat și tratat cu lapte și amestecat în mâncare ca să-mi facă stomacul să lucreze la fel ca al lui Indra, care, așa cum știu toți cei care studiază cosmologia hindusă, a creat materia din supa primordială aflată în propriile măruntaie? Nu contează. A fost o încercare nobilă, dar nu mai pot fi regenerat – a avut grijă Văduva. Nici chiar o *mucuna* adevărată n-ar fi putut să-mi vindece neputința, iar *feronia* n-ar fi fost în stare să dezlănțuie în mine „tăria lacomă a fiarelor".

Totuși mă aflu din nou la masă, iar Padma îmi stă iarăși la picioare, îmboldindu-mă ca și până acum. Mi-am regăsit echilibrul – baza triunghiului meu isoscel e în siguranță. Orbitez la vârf, deasupra prezentului și trecutului, simțind cum condeiul îmi revine sprinten.

Prin urmare, tot a avut loc un fel de vrajă, iar călătoria Padmei în căutarea poțiunilor amoroase m-a conectat pentru scurt timp la acea lume a învățăturilor și magiilor străvechi pe care cei mai mulți dintre noi le disprețuiesc atât de mult în ziua de azi ; dar (în ciuda crampelor stomacale și a spumelor la gură) îmi pare bine că mi-a umplut viața în aceste ultime zile, căci admirând-o, recâștigi câte ceva din simțul pierdut al proporțiilor.

Ia gândiți-vă : în versiunea mea, istoria a intrat într-o nouă fază pe data de 15 august 1947, pe când într-o altă versiune, acest reper inevitabil e doar o clipă fulgurantă din Epoca Tenebrelor, Kali-Yuga, în care vaca moralității a ajuns să se clatine în echilibru precar într-un singur picior! Kali-Yuga – aruncarea perdantă în jocul nostru național de zaruri; tot ce poate fi mai rău; perioada când rangul omului e dat de proprietăți, când bogăția e totuna cu virtutea, când pasiunea devine singura legătură dintre bărbați și femei, când falsitatea este aducătoare de izbânzi (mai e oare de mirare că, în asemenea vremuri, și eu sunt derutat în ceea ce privește binele și răul?)... a început vineri, 18 februarie 3102 î.Hr. și avea să dureze un fleac de 432 000 de ani! Simțindu-mă deja pitic, trebuie totuși să adaug că această Epocă a Tenebrelor e doar a patra fază din actualul ciclu Maha-Yuga, a cărui durată totală este de zece ori mai lungă. Și dacă vă gândiți că e nevoie de o mie de Maha-Yuga pentru o singură Zi a lui Brahma, o să înțelegeți de ce vorbeam de simțul proporțiilor.

Mă gândesc că puțină umilință (când tremur de nerăbdare să-i aduc în discuție pe Copii) nu are cum să strice.

Padma se mută jenată de pe un picior pe altul.

— Ce tot îndrugi? întrebă ea, îmbujorându-se ușor. Așa vorbesc brahmanii. Ce legătură au toate astea cu mine?

...Născut și crescut în tradiția musulmană, mă trezesc copleșit dintr-odată de o învățătură mai veche, în timp ce alături se află Padma mea, după a cărei întoarcere am tânjit atât de mult; Padma mea! Zeița Lotus, Stăpâna Băligarului, Cea Aidoma Mierii, Plămădită din Aur, ai cărei copii sunt Umezeală și Noroi...

— Cred că tot nu ți-a trecut febra, mă dojenește ea, chicotind. Cum adică plămădită din aur, domnu'? Și știi bine că nu am nici un co...

...Padma, care alături de duhurile *yaska* reprezentând comorile sacre ale pământului, apele sfinte, Ganga Yamuna Sarasvati, și zeița copacilor, este unul dintre paznicii Vieții, ademenindu-i și mângâindu-i pe muritorii care străbat vălul țesut din vise al Mayei... Padma, caliciul de lotus, care s-a ivit din pântecele lui Vishnu și din care s-a născut Brahma însuși; Padma-Izvorul, mama Timpului!...

— Hei, ia stai să-ți pun mâna pe frunte! spune ea cu o voce îngrijorată.

...Dar unde-i locul meu în toată această urzeală? Sunt oare (ademenit și mângâiat de înapoierea ei) un simplu muritor sau ceva mai mult? Cum ar fi – da, de ce nu, cu trompa mea de mamut, cu nasul ăsta de Ganesh – poate chiar Elefantul. Care, aidoma lui Sin, luna, controlează apele, aducând darul ploii... a cărui mamă a fost Ira, consoarta regală a lui Kashyap, Bătrânul Om-Țestoasă, stăpân și strămoș al tuturor creaturilor de pe pământ... același Elefant care e totodată curcubeu și fulger, și a cărui valoare simbolică, trebuie adăugat, este extrem de problematică și neclară.

Mă rog. Evaziv ca un curcubeu, imprevizibil ca fulgerul și limbut ca Ganesh, se pare că, până la urmă, am locul meu în înțelepciunea străveche.

— Doamne, îți arde fruntea! exclamă Padma, grăbindu-se să ude un prosop cu apă rece. Ar fi bine să te-ntinzi; ai luat-o prea devreme cu scrisu'! Nu vorbești tu, ci boala din tine.

Dar am pierdut deja o săptămână; prin urmare, cu sau fără febră, trebuie să dau zor, căci, epuizând (deocamdată) domeniul fabulosului de altădată, mă apropii de miezul fantastic al poveștii și trebuie să scriu pe șleau, simplu și fără ambiguități, despre copiii din miez de noapte.

Să fiu bine înțeles: în timpul primei ore a zilei de 15 august 1947 – între miezul nopții și unu – s-au născut nici mai mult, nici mai puțin decât o mie și unu de copii între granițele nou-născutului stat suveran al Indiei. Faptul în sine nu e neobișnuit (deși cifra are o rezonanță ciudat de literară) – pe vremea aceea, numărul nașterilor din partea noastră de lume îl depășea pe cel al deceselor cu șase sute optzeci și șapte pe oră. Elementul demn de atenție al evenimentelor („demn de atenție", ăsta da termen impersonal!) era caracterul acestor copii care, printr-un capriciu biologic, eventual datorită unor puteri supranaturale ale momentului sau printr-o simplă coincidență (cu toate că un asemenea sincronism l-ar stupefia până și pe C.G. Jung), erau înzestrați fără excepție cu trăsături, talente sau proprietăți care nu pot fi descrise decât ca miraculoase. A fost ca și cum – dacă îmi permiteți un mic deraiaj al fanteziei în ceea ce promit că va fi, în rest, cea mai sobră relatare de care sunt capabil – ca și cum, ajunsă într-un punct de maximă importanță și perspectivă, istoria se hotărâse să planteze în acea clipă semințele unui viitor care avea să difere în cel mai adevărat sens al cuvântului de tot ce văzuse lumea până atunci.

Dacă a avut loc un miracol asemănător și dincolo de graniță, în recent scindatul Pakistan, eu, unul, nu am cunoștință; atâta cât le-am avut, percepțiile mele au fost mărginite de Marea Arabiei, Golful Bengal și Munții Himalaya, dar și de frontierele artificiale care au pătruns în Punjab și în Bengal.

Inevitabil, o parte dintre acești copii nu au supraviețuit. Malnutriția, bolile și calamitățile au fost răspunzătoare de moartea a patru sute douăzeci dintre ei la ora când am devenit conștient de existența lor ; deși poate fi luată în calcul și ipoteza că au avut și morțile astea rostul lor, dat fiind că 420 reprezintă, din cele mai vechi timpuri, numărul șarlataniei, al înșelăciunii și al păcălelilor. Să înțelegem atunci că acești nou-născuți au fost eliminați fiindcă se dovediseră sub o formă sau alta nepotriviți și nu erau adevărații copii din acel miez de noapte ? Ei bine, în primul rând, asta e o nouă invitație la fantazări ; în al doilea rând, e vorba de o concepție excesiv de teologică și totodată de o cruzime barbară. În plus, avem de-a face cu o întrebare la care nu se poate răspunde, așa încât insistențele în această direcție sunt nerentabile.

În 1957, cei cinci sute optzeci și unu de copii care supraviețuiseră se apropiau de a zecea aniversare, iar cei mai mulți nu aveau habar de existența celorlalți – deși bineînțeles că existau și excepții. În orașul Baud, pe râul Mahanadi din Orissa, trăiau două surori gemene care ajunseseră deja legendare în regiune, căci, în ciuda urâțeniei lor frapante, amândouă aveau puterea de a-i face pe toți bărbații care le vedeau să se îndrăgostească de ele iremediabil și adeseori sinucigaș, așa încât părinții lor perplecși erau în permanență sâcâiți de pețitori care voiau să se însoare cu una dintre uimitoarele lor copile sau chiar cu ambele ; bătrâni care nesocoteau înțelepciunea propriilor bărbi concurau cu tineri cărora ar fi fost normal să le cadă cu tronc actrițele din filmele care rulau la Baud o dată pe lună ; pe lângă ei, exista și o procesiune mai tulburătoare a familiilor îndurerate care le blestemau pe gemene fiindcă le vrăjiseră fiii, făcându-i să recurgă la acte de violență îndreptate împotriva propriilor persoane, la flagelări și mutilări fatale, și chiar (într-un caz) la sinucidere sacrificială. Totuși, cu excepția acestor întâmplări destul de rare, copiii din miez de noapte crescuseră fără să știe de existența fraților lor adevărați, a semenilor risipiți de-a lungul și de-a latul rombului aproximativ și disproporționat care e India.

Iar apoi, ca urmare a unui brânci primit într-un accident de bicicletă, eu, Saleem Sinai, am devenit conștient de existența tuturor.

Celor a căror gândire este prea puțin flexibilă ca să accepte aceste fapte, trebuie să le spun următoarele: Exact așa s-a întâmplat; nu ne puteam ascunde din fața adevărului. Atâta doar că o să fiu silit să port pe umeri și povara mefienței celor sceptici. Însă nici un om alfabetizat din India noastră nu poate fi cu desăvârșire imun la tipul de informație pe care sunt pe cale să o dezvălui – e imposibil să existe cititori ai presei centrale care să nu fi dat peste o serie (ce-i drept, tot mai mică) de copii fermecați și de mici monștri cât se poate de bizari. Nu mai departe de săptămâna trecută s-a făcut vâlvă pe seama micului bengalez care s-a prezentat drept reîncarnarea lui Rabindranath Tagore și a început să improvizeze versuri de o calitate remarcabilă, spre uluirea părinților; iar eu, personal, îmi aduc aminte de diverși copii cu două capete (câteodată unul de om și celălalt de animal) și cu alte trăsături curioase, ca de pildă coarnele de taur.

S-ar cuveni să spun imediat că nu toate darurile copiilor au fost dezirabile sau dorite de posesori; pe de altă parte, în unele cazuri, copiii supraviețuiseră, dar rămăseseră fără calitățile hărăzite în miez de noapte. De exemplu (în complementaritate cu povestea gemenelor din Baud), dați-mi voie să amintesc de o cerșetoare din Delhi pe nume Sundari, care se născuse pe o stradă din spatele Poștei Mari, nu departe de acoperișul pe care Amina Sinai îl ascultase pe Ramram Seth, și a cărei frumusețe fusese atât de intensă, încât chiar de la naștere izbutise s-o orbească pe mama ei și pe femeile care asistaseră la venirea ei pe lume; dând buzna în încăpere la auzul țipetelor, tatăl ei avusese norocul de a fi fost prevenit din timp, dar privirea de-o clipă pe care i-o aruncase fetei lui îi deteriorase atât de mult vederea, încât după aceea îi venise foarte greu să-i deosebească pe turiștii indieni de cei străini, handicap de natură să-i afecteze grav randamentul de cerșetor. Câtva timp după aceea Sundari fusese obligată să-și țină chipul acoperit cu o zdreanță, până când o soră bătrână și nemiloasă a bunică-sii o prinsese în brațele ei osoase și-i făcuse nouă cicatrice pe față cu un cuțit de bucătărie. La vremea când am devenit conștient de existența ei, Sundari o ducea destul de bine, fiindcă toți cei care se uitau la ea o compătimeau pentru cât de frumoasă fusese și pentru cruzimea desfigurării, motiv pentru care primea de pomană mai mult decât toți ceilalți membri ai familiei.

Fiindcă nici unul dintre copii nu bănuia că data nașterii lor avea vreo legătură cu ceea ce erau, am avut nevoie de timp ca să mă edific. La început, după accidentul de bicicletă (și mai cu seamă odată ce marșurile lingvistice mă vindecaseră de Evie Burns), m-am mulțumit să descopăr, una câte una, tainele ființelor fabuloase care îmi intraseră brusc în câmpul vizual al minții, strângându-le cu înfrigurare, așa cum unii băieți colecționează insecte, iar alții, numere de locomotive; pierzându-mi interesul pentru cărțile cu autograf și pentru toate celelalte manifestări ale instinctului de hârciog, am plonjat de câte ori s-a putut în realitatea aparte și mult mai luminoasă a celor cinci sute optzeci și unu. (Două sute șaizeci și șase dintre noi erau băieți, ceea ce înseamnă că ne aflam în inferioritate numerică în fața omoloagelor noastre femeiești, care erau trei sute cincisprezece, cu tot cu Parvati, Parvati-vrăjitoarea.)

Copiii din miez de noapte!... Din Kerala, un băiat care putea să treacă dincolo de oglinzi și să reapară prin orice suprafață reflectorizantă din ținut, prin apa lacurilor și (cu eforturi mai mari) prin tabla vopsită și metalizată a mașinilor... la fel, o fată din Goa, care avea darul înmulțirii peștilor... de asemenea, copii care puteau să se transforme: un vârcolac de pe dealurile Nilgiri, iar de lângă marele lac de acumulare Vindhya un băiat capabil să se facă mai mare sau mai mic după cum poftea, care provocase deja (pentru că era un ștrengar) o panică nebună și zvonul întoarcerii Uriașilor... Din Kashmir venea un copil cu ochii albaștri despre al cărui sex nu am fost niciodată sigur, căci era în stare să și-l schimbe cum voia printr-o simplă cufundare în apă. Unii îi spuneau Narada, alții Markandaya, în funcție de oricare dintre cele două vechi basme cu schimbări de sex care ne ajunseseră la urechi... Lângă Jalna, în inima aridei peninsule Deccan, am descoperit un tânăr priceput la ghicitul în apă, iar la Budge-Budge, lângă Calcutta, am dat peste o fată cu limba ascuțită, ale cărei cuvinte aveau deja puterea de a răni la propriu, motiv pentru care, după ce se treziseră sângerând din belșug ca urmare a vreunei ironii rostite în treacăt, câțiva adulți se hotărâseră s-o închidă într-o cușcă de bambus și să-i dea drumul pe Gange în jos, până la jungla din Sundarban (care era teritoriul oficial al monștrilor și al nălucilor); dar nimeni nu a avut curajul să se apropie de ea, așa că s-a plimbat prin oraș înconjurată de un vid provocat de frică, fără să îndrăznească cineva să nu-i dea de mâncare. Mai era un băiat care putea să înghită bucăți de metal și o fată cu un asemenea dar al grădinăritului, încât putea crește vinete de expoziție în deșertul Thar; și alții, și alții, și alții... Copleșit de numărul mare și de diversitatea exotică a darurilor pe care le aveau, nu am mai fost atent, în acele prime zile, la eurile lor obișnuite; însă, ori de câte ori apăreau, problemele noastre erau inevitabil omenești, de zi cu zi și determinate de firea fiecăruia și de mediu; când ne certam, eram o ceată de copii, și-atât.

Un fapt remarcabil: cu cât clipa nașterii era mai aproape de miezul nopții, cu atât ne creșteau darurile. Copiii iviți pe lume în ultimele secunde ale orei semănau mai degrabă (la drept vorbind) cu ființele ciudate de la circ: câteva fete cu barbă, un băiat cu branhii ca de păstrăv indian, în perfectă stare de funcționare, o pereche de siamezi cu două trupuri care porneau dintr-un singur cap, care la rândul lui putea să vorbească pe două voci, una masculină, cealaltă feminină, cunoscând în plus toate limbile și dialectele subcontinentului. Dar, cu toate aceste minunății, era vorba de niște nefericiți – victimele scăpate cu viață ale acelei ore misterioase. Pe la jumătatea orei apăreau facultățile mai interesante și utile – în pădurea Gir trăia un pui de vrăjitoare care te vindeca doar punând mâna pe tine, pe când în Shillong își ducea zilele un fiu de plantator de ceai foarte bogat, înzestrat cu binecuvântarea (sau poate blestemul) de a nu putea să uite nimic din ceea ce vedea sau auzea. Însă pentru copiii născuți chiar în primul minut... pentru ei ora rezervase cele mai frumoase însușiri la care visaseră vreodată oamenii. Dacă tu, Padma, ai avea întâmplător un registru al nașterilor în care să fie consemnate datele exacte, la secundă, ai ști la rându-ți care dintre odraslele marii familii Lucknow (născută la douăzeci și una de secunde după miezul nopții) deprinsese la perfecțiune, înainte de a împlini zece ani, arta uitată a alchimiei, cu ajutorul căreia a recâștigat averile vechii sale familii decăzute; care dintre fetele *dhobi*-ului din Maderas (la și șaisprezece secunde) putea să zboare mai sus decât toate păsările închizând pur și simplu ochii; și căruia dintre fiii argintarului din Benares (la și douăsprezece secunde) i se încredințase darul de a călători în timp, ceea ce însemna prezicerea viitorului și lămurirea trecutului deopotrivă... un dar în care noi, așa copii cum eram, aveam o încredere implicită când se ocupa de lucruri trecute și uitate, dar care râdeam când ne prevenea și ne spunea cum o să sfârșim fiecare... Din nefericire, nu există asemenea registre; iar în ce mă privește, nu o să divulg (iar dacă o să dau impresia că aș face-o, fiți siguri că datele vor fi false) nici cum îi cheamă pe acești copii, nici unde trăiesc. Fiindcă, deși informațiile astea ar demonstra că știu ce spun, copiii din miez de noapte merită măcar acum, după tot ce s-a întâmplat, să fie lăsați în pace, eventual să li se permită să uite. Cât despre mine, sper (cu șanse minime) să țin minte...

Parvati-vrăjitoarea s-a născut în vechiul Delhi, într-o mahala strânsă în jurul treptelor de la moscheea Vineri. Nu era o mahala obișnuită, chit că maghernițele construite din ambalaje vechi, tablă ondulată și pânză de sac din iută, înghesuite alandala în umbra moscheii, păreau la fel ca toate locuințele improvizate... căci aici se găsea ghetoul magicienilor, da, exact locul unde văzuse lumina zilei Colibriul pe care cuțitele îl străpunseseră, și câinii vagabonzi nu reușiseră să-l salveze... cocioaba scamatorilor, spre care se îndreptau mereu cei mai mari fachiri, prestidigitatori și iluzioniști din ținut, veniți să-și încerce norocul în capitală, dar găsind în schimb niște case prăpădite, polițiști gata întotdeauna să le facă viața grea și șobolani... Tatăl lui Parvati fusese cândva cel mai mare scamator din Oudh; fata crescuse printre ventriloci care făceau pietrele să spună glume, contorsioniști care puteau să-și înghită propriile picioare, mâncători de jar care scoteau flăcări pe gaura curului și clovni tragici din ai căror ochi se prelingeau lacrimi de sticlă; rămăsese cuminte în mijlocul mulțimii înfiorate în timp ce tatăl ei îi înfigea piroane în gât, și în tot acest timp își păstrase secretul, care era mai mare decât toate bazaconiile iluzioniste din jurul ei; fiindcă Parvati-vrăjitoarea, născută pe 15 august, la doar șapte secunde după miezul nopții, primise puterile adevăratului magician, celui iluminat, adică darurile netrucate ale exorcismului și vrăjitoriei, ale artei pentru care nu era nevoie de nici un artificiu.

Așadar, copiii din miez de noapte erau nou-născuți care puteau să se preschimbe, să zboare, să profețească și să facă vrăji... dar doi dintre noi s-au ivit pe lume exact când a bătut de douăsprezece. Saleem și Shiva, Shiva și Saleem, nas și genunchi, genunchi și nas... Lui Shiva ora îi încredințase darul războiului (al lui Rama, singurul în stare să îndoaie arcul de piatră, al lui Arjuna și Bhima; străvechea vitejie a celor din Kuru și Pandava, strânsă implacabil în ființa lui!)... iar mie, cel mai mare talent dintre câte există – puterea de a privi în inimile și în mințile oamenilor.

Dar ne aflăm în Kali-Yuga; copiii din ora tenebrelor mă tem că au venit pe lume în plină epocă a întunericului, așa că, deși ni se părea ușor să fim sclipitori, eram derutați de fiecare dată când se punea problema să fim buni.

Așa; măcar știu c-am zis-o. Asta eram – și eu, și ceilalți.

Padma se uită de parcă i-ar fi murit mama – chipul ei, cu gura care se deschide și se închide întruna, seamănă cu al unui pește pe care oceanul l-a aruncat pe plajă. „O, *baba*“, spune ea într-un târziu. „O, *baba*! Nu-ți e bine; ce ți-a ieșit din gură?“

Nu, ar fi prea simplu. Refuz să-mi caut refugiu în boală. Nu faceți greșeala să desconsiderați ceea ce am dezvăluit, punând totul pe seama delirului sau a fanteziei deplasate și maladive a unui copil urât și singuratic. Am spus ceva mai înainte că nu vorbesc în metafore; ceea ce am scris adineauri (și i-am citit cu voce tare Padmei mele uluite) este adevărul gol-goluț, jur-pe-ce-am-mai-scump.

Realitatea poate avea un conținut metaforic, dar asta nu o face mai puțin reală. S-au născut o mie unu copii, au existat o mie una posibilități care nu se mai iviseră niciodată împreună și simultan, și au fost observate o mie una fundături. Copiii din miez de noapte pot reprezenta multe lucruri, în funcție de punctul de vedere îmbrățișat; pot fi văzuți drept ultima convulsie a tot ce era învechit și retrograd în viața noastră dominată de mituri, a cărei înfrângere era necesară în contextul economiei în curs de modernizare a secolului XX; sau drept adevărata speranță a libertății, care acum a dispărut pentru totdeauna. Ceea ce nu au voie să devină este scorneala bizară a unei minți tulburate, care bate câmpii. Nu, boala iese categoric din discuție.

— Bine, *baba*, bine, încearcă Padma să mă îmbuneze. Ce te-ai supărat așa? Gata, hai, odihnește-te puțin, atâta-ți cer și nimic mai mult.

Firește că zilele care au precedat a zecea mea aniversare au fost trăite sub semnul halucinațiilor, dar acestea nu s-au aflat în capul meu. Impulsionat de moartea trădătoare a doctorului Narlikar și sub efectul tot mai puternic al *djinn* tonicurilor, Ahmed Sinai, tatăl meu, se instalase într-o lume onirică de o irealitate tulburătoare, iar aspectul cel mai perfid al declinului său lent a fost că, multă vreme, oamenii au confundat această stare cu însuși contrariul ei... Iat-o pe mama lui Sonny, Nussie-rățușca, adresându-i-se Aminei într-o seară, la noi în grădină: „Ce zile mărețe pentru voi, soră Amina, acum Ahmed al tău a ajuns sus de tot! Ce bărbat de ispravă și ce frumos prosperă pentru binele familiei!“ Vorbește destul de tare ca să se facă auzită inclusiv de el; și chiar dacă se preface că-i spune grădinarului cum să se ocupe de tufa de *bougainvillaea* care se usucă, abordând o expresie de umilință autocritică, Ahmed Sinai nu e deloc convingător, întrucât corpul lui a început să se umfle în pene și să meargă țanțoș, fără să-l poată controla. Până și Purushottam, *sadhu*-ul deznădăjduit de sub robinetul din grădină, are un aer stânjenit.

Tatăl meu din ce în ce mai șters... timp de aproape zece ani fusese binedispus la micul dejun, înainte de a se bărbieri; dar, pe măsură ce țepii de pe față îi albeau, iar pielea i se zbârcea, acest punct fix al fericirii a încetat să mai fie o certitudine, așa că s-a ajuns și la ziua când și-a ieșit din fire pentru prima dată la micul dejun. A fost ziua când taxele au crescut și pragul de impozitare a scăzut în același timp; taică-meu a azvârlit *Times of India* cu un gest violent și s-a uitat în jur cu niște ochi injectați, pe care îi observasem doar când se enerva. „E ca mersul la budă!“ a explodat el criptic, făcând să tremure ouăle, pâinea prăjită și ceaiul. „Îți ridici cămașa și-ți dai jos pantalonii! Nevastă, guvernul ăsta se duce la veceu călcându-ne-n picioare!“ „*Janum*, copiii, te rog“, a rostit mama, roșind atât cât putea s-o facă un om cu pielea tuciurie, dar el plecase deja, după ce îmi dăduse de înțeles foarte clar ce voiau să spună oamenii când erau de părere că întreaga nație era în budă.

În săptămânile următoare bărbia de dimineață a tatălui meu a continuat să dispară treptat, iar uneori se mai pierdea și altceva în afara păcii de la micul dejun: Ahmed Sinai a început să uite ce fel de om fusese pe vremuri, înainte de trădarea lui Narlikar. Ritualurile vieții noastre de familie au prins să se destrame. Ahmed a început să evite masa unde se lua micul dejun, așa că Amina nu a mai avut cum să-l tapeze de bani; în compensație, a devenit tot mai neglijent cu banii lichizi, iar în hainele lui vechi au apărut din ce în ce mai multe rupii (bancnote și monede), culese atent de Amina, care-i scotocea prin buzunare ca să se descurce de pe-o zi pe alta. Însă indiciul și mai deprimant al retragerii lui din viața de familie a fost refuzul tot mai frecvent de a ne spune povești înainte de culcare, iar în rarele ocazii când se îndura să ni le spună, nu ne mai plăceau, fiindcă deveniseră dezlânate și neconvingătoare. Distribuția lor era aceeași: prinți spiriduși cai înaripați aventurieri ajunși în ținuturi fermecate, însă din vocea lui fără chef răzbăteau scârțâielile și opintelile unei imaginații ruginite și lăsate în paragină.

Taică-meu căzuse în patima delimitării. Se părea că moartea lui Narlikar și sfârșitul visului său tetrapodic îi dezvăluise caracterul nevrednic de încredere al relațiilor umane, făcându-l să ia decizia întreruperii tuturor acestor legături. S-a obișnuit să se trezească înaintea zorilor și să se încuie cu Flory sau Fernanda momentului în biroul de la parter, ale cărui ferestre erau străjuite de doi brazi pe care-i plantase ca să marcheze nașterea mea și a Maimuței și care crescuseră suficient ca să oprească aproape toată lumina zilei. Cum nu îndrăzneam să-l deranjăm mai deloc, tata s-a abandonat unei singurătăți profunde, care în țara noastră supraaglomerată era un lucru atât de neobișnuit, încât friza patologicul; a început să refuze mâncarea trimisă de la bucătărie și să consume porcării aduse de fătuca aia într-un sufertaș plin cu *parathe* călduțe, *samose* de legume îmbibate în ulei și băuturi acidulate. Pe sub ușa biroului a început să iasă un parfum ciudat; Amina l-a confundat cu izul de aer stătut și de mâncare proastă; totuși, eu sunt convins că era de fapt vechiul miros al eșecului, pe care îl degajase din primele zile și care nu făcuse decât să revină sub o formă mai puternică.

Și-a vândut toate proprietățile cumpărate ieftin la sosirea în Bombay, de care depinsese bunăstarea întregii familii. Debarasându-se de toate relațiile de afaceri cu ființe omenești – inclusiv de chiriașii anonimi din Kurla, Worli, Matunga, Mazagaon și Mahim –, și-a transformat bunurile în lichidități și a pătruns în zona rarefiată și abstractă a speculațiilor financiare. Încuiat pe vremea aceea la el în birou, a păstrat ca unică formă de contact cu lumea exterioară (în afară de Fernanda) un simplu telefon. Își petrecea zilele vorbind întruna la acest aparat, cumpărând acțiuni colo și efecte dincolo, investind în obligațiuni sau fonduri cu dobândă variabilă, vânzând pe termen lung sau scurt... și obținând invariabil cel mai bun preț al zilei. Beneficiind de un noroc de durată, comparabil doar cu succesele maică-mii la curse cu câțiva ani în urmă, taică-meu și telefonul au cucerit pur și simplu bursa, lucru cu atât mai remarcabil cu cât tendințele etilice ale lui Ahmed Sinai erau tot mai puternice. Îmbibat în *djinn*, reușea totuși să se mențină pe creasta abstractă a valului pieței de capital, reacționând la evoluțiile ei emoționale și imprevizibile ca un amant care vibrează la cel mai mic capriciu al alesei... Simțea cursul ascendent al acțiunilor, intuia momentele de vârf și izbutea de fiecare dată să se retragă înaintea primului simptom regresiv. Iată cum se deghiza plonjonul lui în singurătatea abstractă a atâtor zile petrecute la telefon, iată cum reușeau loviturile lui financiare să pună în umbră divorțul tot mai pronunțat de realitate; numai că, dincolo de averile din ce în ce mai mari, starea lui personală se agrava constant.

Într-un târziu, a plecat și ultima dintre secretarele cu fuste de stambă, incapabilă să mai trăiască într-o atmosferă atât de rarefiată și abstractă, încât până și respiratul devenise o dificultate. Așa că taică-meu a trimis după Mary Pereira și a început s-o lingușească: „Noi doi suntem prieteni, Mary, nu?", la care biata femeie a răspuns: „Da, sahib, știu; o să aveți grijă de mine la bătrânețe" și i-a promis că o să-i găsească pe altcineva în loc. A doua zi, i-a adus-o pe soră-sa, Alice Pereira, care lucrase pentru tot felul de șefi și avea o toleranță aproape infinită față de bărbați. Alice și Mary se împăcaseră de mult, după cearta pricinuită de Joe D'Costa; de multe ori femeia mai tânără urca la noi la sfârșitul zilei, folosindu-și inteligența și tupeul ca să mai deschidă aerul destul de apăsător din casă. Îmi era foarte simpatică și chiar de la ea am aflat de cele mai mari excese ale lui taică-meu, cărora le căzuseră victimă un papagal pitic și un câine corcit.

În iulie, euforiile bahice ale lui Ahmed Sinai deveniseră cvasipermanente. Într-o bună zi, mi-a povestit Alice, plecase brusc să se plimbe cu mașina, făcând-o să se teamă pentru viața lui, și se întorsese numai el știa cum, cu o colivie acoperită în care se găsea, spusese el, noua lui achiziție, un bulbul sau, altfel spus, o privighetoare indiană.

— Am și uitat de când mă tot bate la cap cu bulbulii ăștia, mi-a mărturisit Alice. Mi-a spus toate poveștile din lume despre cum cântă cât e ziua de lungă, despre cum l-au vrăjit trilurile astea pe calif și despre sunetele pe care le scot și care pot să prelungească frumusețea nopții. Dumnezeu știe ce îndruga bietul om, erau niște citate din persană și arabă din care n-am priceput o iotă. Dar după aia a scos învelitoarea, iar în cușcă era doar o piticanie de papagal vorbitor căruia cine știe ce escroc din Bazarul Chor îi vopsise penele! Ei bine, cum să-i spun amărâtului când îl văd cum stă întruna lângă colivie, topit după pasărea aia și strigându-i: „Cântă! Hai, micule bulbul, cântă!"... Și ciudățenia e că, înainte să moară din cauza vopselei, i-a repetat exact cuvintele astea, pur și simplu, dar nu pițigăiat și strident ca păsările, ci cu un glas care ai fi jurat că era al lui: *Cântă! Hai, micule bulbul, cântă!*

Dar se pregăteau altele și mai și. După câteva zile, stăteam cu Alice pe scara metalică în spirală a servitorilor, când ea a spus:

— *Baba*, habar n-am ce l-a apucat iar pe taică-tău. Stă toată ziulica și blestemă un câine!

Cățeaua corcită căreia îi spusesem Sherri urcase pe dealul cât un bloc cu două etaje pe la începutul anului și se aciuase pe lângă noi, neștiind că pentru animale viața era plină de pericole la Moșia Methwold; iar alcoolicul de Ahmed Sinai a transformat-o în cobai pentru experimentele lui cu blestemul familiei.

Era același blestem fictiv pe care îl scornise ca să-l impresioneze pe William Methwold, dar acum, în ungherele lichefiabile ale minții lui, *djinn*-ii l-au convins că nu era vorba de o ficțiune și că doar uitase cuvintele; așa că și-a petrecut o mulțime de ore în biroul lui nesănătos de izolat, testând diverse formule...

— Îl blestemă atât de urât pe bietul animal, că mă mir că nu-și dă duhul de-a binelea, a comentat Alice.

Însă Sherri se mulțumea să stea într-un colț și să rânjească prostește în direcția lui, refuzând să se facă stacojie sau să se umple de bube, până când într-o seară Ahmed Sinai a ieșit valvârtej din birou și i-a poruncit Aminei să ne ducă pe toți cu mașina la Hornby Vellard. Am luat-o și pe Sherri. Am coborât și ne-am tot plimbat aproape de Vellard, de la un capăt la altul, cu expresii nedumerite, după care el ne-a spus: „Urcați-vă toți în mașină“. Numai că pe Sherri nu a vrut s-o lase înăuntru... Pe când Rover-ul se îndepărta, cu tata la volan, ea a început să gonească după noi, în timp ce Maimuța țipa Tatitati, Amina implora *Janum*terog, iar eu rămăsesem mut de groază, și a trebuit să mergem kilometri buni, aproape până la aeroportul din Santa Cruz, până când Ahmed Sinai s-a răzbunat în fine pe cățea fiindcă refuzase s-o mierlească din cauza vrăjilor lui... i-a plesnit o arteră în timpul goanei și a murit împroșcând sânge pe gură și pe la spate, sub privirea unei vaci flămânde.

Maimuța de Bronz (căreia nici măcar nu-i plăceau câinii) a plâns o săptămână; maică-mea s-a temut să nu se deshidrateze și a obligat-o să bea zeci de litri de apă, turnând cu nemiluita ca pe un câmp care trebuia irigat, conform expresiei lui Mary; însă mie mi-a plăcut cățelușa pe care mi-a cumpărat-o tata, poate și sub impulsul remușcărilor, când am împlinit zece ani: o chema Baroneasa Simki von der Heiden și avea un pedigriu burdușit de alsacieni campioni, deși cu timpul mama a descoperit că era la fel de fals ca surogatul de bulbul, la fel de imaginar ca blestemul uitat și ascendența mogulă cu care se lăuda taică-meu. Au trecut șase luni și a murit din cauza unei boli venerice. De atunci n-am mai avut animale de casă.

Tata nu a fost singurul care a întâmpinat a zecea mea aniversare cu capul pierdut în norii propriilor visuri; fiindcă iat-o pe Mary Pereira, abandonându-se plăcerii de a pregăti *chutney*-uri, *kasaundi*-uri și compoturi de toate felurile și, în ciuda prezenței vesele a surorii ei, Alice, pe chip i se citește o încordare sumbră.

— Oho, bună, Mary! intervine Padma, căreia pare să-i fi căzut cu tronc *ayah* mea criminală, căreia îi salută revenirea în prim-plan. Ia zi, *pe ea* ce-o roade?

Uite ce, Padma: bântuită de coșmarurile în care era atacată de Joseph D'Costa, Mary adormea din ce în ce mai greu. Știind ce-i rezervau visele, se silea să rămână trează. Cearcăne negre i s-au ivit sub ochii acoperiți cu o peliculă subțire și cețoasă, iar imprecizia percepțiilor a dus la topirea perioadelor de veghe și a celor de vis în ceva care semăna cu ambele... o stare plină de primejdii, Padma. Pe lângă că nu mai muncești cum trebuie, din vise încep să-ți scape tot felul de lucruri; Joseph D'Costa reușise de fapt să treacă granița aceea imprecisă, apărând acum la Vila Buckingham nu sub forma unui coșmar, ci ca o stafie în toată regula. Vizibil (de data asta) doar pentru Mary Pereira, a început s-o urmărească prin toate camerele din casa pe care, spre groaza și rușinea ei, o trata ca și cum ar fi fost a lui. Îl zărea în sufragerie, pe lângă vasele de sticlă șlefuită și porțelanurile de Dresda, brăzdat de umbrele rotitoare ale ventilatorului din tavan sau tolănit în fotolii moi, cu picioarele lungi și murdare atârnându-i neglijent peste brațele lor; ochii i se umpluseră de albuș de ou, iar pe labele picioarelor i se vedeau mușcăturile de șarpe. Într-o după-amiază, Mary l-a zărit în patul Aminei *begum*, întins cuminte ca un prunc lângă maică-mea, și a început să strige: „Hei! Dă-te jos și marș de-acolo! Cine te crezi, stăpânu' ăl mare?", dar n-a reușit decât s-o trezească și s-o buimăcească pe mama. Stafia lui Joseph o lăsa fără grai pe Mary; însă partea cea mai rea era că se obişnuia treptat cu el, redescoperind în ea imbolduri afectuoase de a căror existenţă uitase, şi chiar dacă îşi spunea că e o nebunie, începea să simtă un fel de dragoste nostalgică tot mai intensă pentru spiritul îngrijitorului mort de la spital.

Numai că dragostea ei nu era împărtăşită; ochii ca albuşul de ou ai lui Joseph rămâneau inexpresivi, iar buzele, strânse într-un rânjet sardonic şi acuzator. În cele din urmă, Mary şi-a dat seama că noua lui întrupare nu diferea de acel Joseph din vechiul ei vis (deşi nu o atacase niciodată) şi că, dacă voia să scape vreodată de el, trebuia să aleagă varianta de neconceput a recunoaşterii crimei înfăptuite în faţa lumii întregi. Dar nu a mărturisit, ceea ce probabil că a fost din vina mea – căci Mary mă iubea ca pe propriul ei copil neconceput şi inconceptibil, iar dacă ar fi recunoscut, mi-ar fi făcut mult rău, aşa încât, de dragul meu, şi-a lăsat conştiinţa în seama acelei stafii obsedante şi, bântuită cum era, a rămas la bucătărie (taică-meu o dăduse afară pe bucătăreasă într-o seară înmuiată în *djinn*), pregătindu-ne masa şi devenind întâmplător imaginea vie a primului rând din manualul meu de latină: *Ora maritima*: „Pe malul mării, *ayah* făcea de mâncare". *Ora maritima, ancilla cenam parat.* Uitaţi-vă în ochii unei *ayah* care găteşte şi o să vedeţi mai mult decât o să scrie vreodată în manuale.

La a zecea mea aniversare, mulţi pui s-au întors în cuibar.

La a zecea mea aniversare, era limpede că vremea capricioasă – furtunile, inundaţiile, grindina pornită dintr-un cer fără scamă de nor – care urmase căldurii insuportabile din 1956 izbutise să compromită al doilea Plan Cincinal. Guvernul fusese nevoit – deşi alegerile băteau la uşă – să anunţe comunitatea internaţională că nu prea putea să accepte alte împrumuturi de dezvoltare decât în cazul în care creditorii erau dispuşi să aştepte rambursarea la nesfârşit. (Dar n-aş vrea să întrec măsura: deşi producţia de oţeluri a fost de doar 2,4 milioane de tone în anul 1961, ultimul an al Planului, şi deşi – pe durata acestor cinci ani – numărul oamenilor fără pământ şi fără loc de muncă a crescut, depăşind toate recordurile înregistrate sub stăpânirea britanică, au existat şi câştiguri substanţiale. Producţia de minereu de fier s-a dublat; producţia de cărbune a sărit de la treizeci şi opt la cincizeci şi patru de milioane de tone. Cinci miliarde de metri de textile din bumbac au fost produse în fiecare an. Alături de ele s-au fabricat cantităţi importante de biciclete, maşini-unelte, motoare diesel, motopompe şi ventilatoare de tavan. Dar nu pot să nu închei cu o constatare negativă: analfabetismul a rămas la aceleași cote, iar populația a continuat să se înmulțească necontrolat.)

La a zecea mea aniversare, am fost vizitat de unchiul Hanif, care și-a atras antipatia generală la Moșia Methwold, tunând cu voioșie:

— Acuși vin alegerile! Păzea la comuniști!

La a zecea mea aniversare, când unchiul Hanif a gafat în felul ăsta, maică-mea (care începuse să plece în misterioase „plimbări la cumpărături") a roșit violent și inexplicabil.

La a zecea mea aniversare, am primit cadou un pui de alsacian cu pedigriu fals, care avea să moară în scurt timp de sifilis.

La a zecea mea aniversare, cei de la Moșia Methwold au încercat din greu să pară veseli, dar sub pojghița aceea subțire toți se gândeau la același lucru: „Zece ani, Dumnezeule! Unde s-au dus? Ce-am făcut cu ei?"

La a zecea mea aniversare, bătrânul Ibrahim și-a anunțat sprijinul pentru Maha Gujarat Parishad; din punctul de vedere al stăpânirii orașului Bombay, a nimerit în tabăra învinșilor.

La a zecea mea aniversare, cu bănuielile trezite de o îmbujorare, am spionat gândurile maică-mii, iar ceea ce am văzut acolo m-a făcut s-o urmăresc, m-a transformat într-un detectiv particular la fel de curajos ca legendarul Dom Minto din Bombay și a dus la importante descoperiri atât în apropiere de Pioneer Café, cât și înăuntru.

La a zecea mea aniversare s-a dat o petrecere la care au participat membrii familiei, care uitaseră cum era să te bucuri, niște colegi de la Cathedral School, care fuseseră trimiși de părinți, și câteva înotătoare vag plictisite de la ștrandul Breach Candy, care i-au permis Maimuței de Bronz să le dea târcoale și să le pipăie mușchii; din rândul adulților au fost prezenți Mary și Alice Pereira, familia Ibrahim, Homi Catrack, unchiul Hanif și mătușa Pia, alături de Lila Sabarmati, asupra căreia s-au ațintit privirile tuturor elevilor (precum și a lui Homi Catrack), spre iritarea considerabilă a Piei. Dar singurul membru al găștii din vârful dealului care a răspuns invitației a fost loialul Sonny Ibrahim, care sfidase embargoul instituit asupra sărbătorii de o Evie Burns înverșunată și resentimentară. Sonny mi-a trimis un mesaj: „Mi-a zis Evie să-ți spun că nu mai faci parte din gașcă".

La a zecea mea aniversare, Evie, Oache, Briantină și chiar și Cyrus cel Mare mi-au invadat ascunzătoarea: au ocupat turnul cu ceas și mi-au răpit dreptul de a mă adăposti acolo.

La a zecea mea aniversare, Sonny a părut necăjit, iar Maimuța de Bronz s-a desprins de înotătoare și s-a înfuriat cumplit pe Evie Burns.

— O-nvăț eu minte, mi-a spus ea. Nu-ți face probleme, frate mai mare. Am ac de cojocul ei.

La a zecea mea aniversare, părăsit de un grup de copii, am aflat că alți cinci sute optzeci și unu își sărbătoreau la rândul lor ziua de naștere; așa am pătruns secretul orei la care venisem pe lume și, eliminat dintr-o gașcă, m-am hotărât să formez o alta a mea, o bandă risipită de-a lungul și de-a latul țării, al cărei cartier general să se afle în spatele propriilor mele sprâncene.

Și tot la a zecea mea aniversare, am furat inițialele de la Metro Cub Club – aceleași cu cele ale naționalei engleze de cricket aflate în turneu – și le-am transferat la Midnight Children's Conference[1], M.C.C.-ul meu, și numai al meu.

Așa stăteau lucrurile când am împlinit zece ani: numai probleme în exterior, numai minuni în interiorul minții mele.

1. Conferința Copiilor din Miez de Noapte.

La Pioneer Café

Nici o culoare în afară de verde şi negru pereţii sunt verzi, cerul e negru (nu există acoperiş) stelele sunt verzi Văduva e verde dar are părul negru ca smoala. Văduva stă pe un scaun foarte înalt scaunul e verde cu şezutul negru părul Văduvei are cărare pe mijloc e verde pe stânga negru pe dreapta. Înalt ca cerul scaunul e verde cu şezutul negru braţul Văduvei e lung ca moartea pielea lui e verde unghiile sunt lungi ascuţite şi negre. Între ziduri copii verzi zidurile sunt tot verzi braţul Văduvei se încolăceşte ameninţător şarpele e verde copiii ţipă unghiile sunt negre braţul Văduvei vânează iată-i pe copii cum strigă şi o iau la goană mâna Văduvei îi cuprinde verde şi neagră. Acum unul câte unul copiii mmff sunt făcuţi să tacă mâna Văduvei îi ridică unul câte unul pe copiii verzi sângele lor e negru făcut să curgă de unghiile tăioase împroaşcă negru pe pereţii verzi în timp ce mâna încolăcită îi ridică pe rând pe copii în înaltul cerului care acolo e negru şi fără stele Văduva râde are limba verde dar dinţii negri. Iar copiii rupţi în două în mâinile Văduvei sunt rostogoliţi întruna jumătăţi de copii transformate în mingiuţe verzi în noaptea neagră. Mingiuţele îşi iau zborul în noapte între pereţi copiii ţipă ridicaţi pe rând de mâna Văduvei. Iar într-un colţ Maimuţa şi cu mine (pereţii sunt verzi umbrele negre) ne târâm şi ne furişăm pereţii laţi înalţi şi verzui bătând în negru nu există acoperiş şi mâna Văduvei vine să-i ia pe rând copiii ţipă mmff şi petele negre împroaşcă peretele. Acum suntem doar ea cu mine nu se mai ţipă mâna Văduvei pleacă la vânătoare pe când noi ne strângem mai mult unul în altul într-un colţ avem pielea verde ne e o frică neagră iar acum Mâna se apropie pe bâjbâite şi soră-mea mă împinge din cotlon rămânând mai departe ghemuită acolo şi uitându-se în sus unghiile sunt curbate ţipete mmff petele negre împroaşcă pereţii şi apoi sus în ceruri râzând Văduva sfâşie sunt preschimbat în mingiuţe verzi cărora li se dă drumul în noaptea neagră...

Azi febra a început să scadă. De două zile (aşa mi s-a spus) Padma stă lângă mine fără să închidă un ochi, punându-mi comprese reci pe frunte, ținându-mă în brațe și domolindu-mi tremurul din timpul viselor despre mâinile Văduvei; de două zile se tot învinovățește pentru poțiunea aceea de ierburi necunoscute. „Dar de data asta n-a avut nimic de-a face cu fiertura", o liniștesc. Recunosc această febră; a venit de undeva dinăuntrul meu și de nicăieri altundeva, ieșindu-mi la suprafață prin crăpăturile din corp ca un miros urât. Am făcut febră în felul ăsta când am împlinit zece ani și am stat în pat două zile; acum, pe când amintirile se preling din mine, a găsit de cuviință să revină și febra de atunci. „Nu-ți face griji, microbii ăștia i-am luat acum douăzeci și unu de ani", îi spun Padmei.

Nu suntem singuri. La fabrica de conserve e dimineață și mi-au adus fiul în vizită. Cineva (nu contează cine) stă lângă Padma la căpătâiul patului meu și îl ține în brațe.

— *Baba*, slavă Domnului că ți-ai revenit, habar n-ai ce-ai spus cât ai fost bolnav.

Cineva vorbește neliniștit, încercând să pătrundă cu de-a sila în poveste înainte să-i vină vremea; dar n-o să-i meargă... Cineva care a înființat fabrica asta de conserve cu tot cu dispozitivele de îmbuteliere, care a avut grijă de misteriosul meu copil, la fel cum cândva... Ia stai! A fost cât pe-aci să-mi scoată cuvintele cu forța, noroc că rămăsesem cu mintea întreagă, indiferent dacă aveam sau nu febră! Cineva-ul ăsta o să trebuiască să se retragă în anonimat până o să-i vină rândul, iar asta o să se întâmple abia la sfârșit. Îmi mut privirile de la ea și mă uit la Padma.

— Nu cumva crezi că lucrurile pe care ți le-am spus au fost cu totul neadevărate doar fiindcă am avut febră, o dojenesc. Totul s-a petrecut așa cum ți-am descris.

— Aoleu, tu și poveștile astea care nu se mai termină. Singur te-ai îmbolnăvit! Da' mai oprește-te odată, na, crezi că o să-ți strice?

Rămân cu buzele ferecate, în semn de încăpățânare, pe când ea își schimbă brusc dispoziția și mă întreabă:

— Ia zi, do'nșorule, ce-ți poftește inima?

— *Chutney* verde, îi răspund. Verde-aprins, verde ca greierii.

Cineva care nu poate fi numit își aduce aminte și-i spune Padmei (coborându-și glasul ca la căpătâiul bolnavilor sau la înmormântări): „Știu ce vrea să spună".

...De ce, tocmai în acest moment crucial, când așteptau să fie descrise tot soiul de lucruri – când Pioneer Café era atât de aproape, alături de rivalitatea dintre genunchi și nas – m-am apucat să introduc un simplu condiment în conversație? (Ce mi-a venit să pierd timpul cu un modest conservant, când puteam să descriu alegerile din 1957, momentul din urmă cu douăzeci și unu de ani, când toată India aștepta să voteze?) Am făcut-o fiindcă am adulmecat cu nasul în vânt și am dibuit, dincolo de expresiile pline de solicitudine ale celor veniți în vizită, izul pătrunzător al primejdiei. Aveam de gând să mă supăr, însă pentru asta îmi trebuia *chutney*-ul...

Până acum nu v-am arătat fabrica pe timp de zi. Iată ce a rămas nedescris: datorită ferestrelor cu geamuri verzui, camera mea dă spre o pasarelă metalică, iar apoi spre bucătăria propriu-zisă, unde cazanele de aramă clocotesc și debordează și unde câteva femei cu brațe vânjoase stau pe niște scări de lemn, învârtind polonice cu coada lungă în aburul gros să-l tai cu cuțitul, în timp ce (uitându-mă în partea cealaltă, pe o fereastră cu geamuri verzui deschisă spre lume) șinele de cale ferată lucesc slab în soarele dimineții, acoperite din loc în loc, la distanțe egale, de păienjenișul complicat al rețelei electrice. La lumina zilei, zeița noastră de neon verde și șofran nu dansează deasupra ușilor de la fabrică; o scoatem din priză ca să facem economie de curent. Însă trenurile electrice circulă tot pe bază de electricitate. E vorba de personalele galben-maronii care se hurducă spre gara Churchgate dinspre Dadar și Borivli, dinspre Kurla și Bassein Road. Oamenii se înghesuie ca muștele, ca niște ciorchini cu pantaloni albi pe la ușile trenurilor; nu contest că puteți vedea muște și între zidurile fabricii. Numai că aici există în compensație și șopârle nemișcate, spânzurate din tavan cu capul în jos și cu niște guri care seamănă cu peninsula Kathiawar... Plus sumedenia de sunete care așteaptă să se facă auzite: bolborositul cazanelor, cântecele în gura mare, înjurăturile spurcate, umorul frust al femeilor cu brațe păroase, admonestările scurte și din vârful buzelor rostite de supraveghetori, zgomotul omniprezent al borcanelor din secția de îmbuteliere, vâjâitul fulgerător al trenurilor și bâzâitul rar, dar inevitabil, al muștelor... pe când *chutney*-ul verde ca greierii e scos din cazan pentru a fi adus pe o farfurie curată ca lacrima și împodobită pe margini cu fâșii verzi și șofran, împreună cu un platou plin cu gustări de la prăvălia iranianului din colț. În timp ce universul vizibil își continuă existența, iar cel audibil umple aerul (mă abțin să vorbesc despre cel odorific), eu stau singur în patul din birou și îmi dau seama cu un început de neliniște că mi se sugerează diverse ieșiri.

— ...După ce prinzi puteri, spune o persoană pe care nu pot s-o numesc, o zi la Elephanta, de ce nu, o plimbare frumoasă cu barcazul, peșterile alea sunt săpate atât de frumos, o minunăție ; sau la plaja Juhu, o repriză de înot, niște lapte de cocos și două-trei curse de cămile ; ba chiar la Aarey Milk Colony... !

În clipa aceea Padma își dă cu părerea :

— Mda, aer curat, da' o să vrea și micuțu' să fie cu taică-său.

După care se aude vocea altcuiva, care îmi mângâie fiul pe cap :

— Păi sigur, mergem cu toții. Un picnic pe cinste, o zi în aer liber. O să-ți facă bine, *baba*...

Mă grăbesc să pun capăt acestor sugestii chiar când mi se aduce la pat farfuria cu *chutney*.

— Nu, refuz. Am de lucru.

Observ un schimb de priviri între Padma și cineva și constat că am toate motivele să intru la bănuieli. Fiindcă am mai fost ademenit și în alte rânduri cu propuneri de ieșit la iarbă verde ! A mai existat o zi când ofertele și zâmbetele prefăcute de la Aarey Milk Colony m-au păcălit și m-au făcut să ies din casă și să accept o plimbare cu mașina ; iar pe urmă, înainte să pot reacționa, m-am trezit înșfăcat de niște mâini voinice, am străbătut câteva coridoare de spital, doctorii și asistentele m-au mobilizat, cineva cu o mască pe față mi-a făcut o anestezie, iar o voce mi-a spus : Numără până la zece, numără până la zece... M-am prins ce pun la cale.

— Uite ce-i, n-am nevoie de doctori, le spun.

— Doctori ? se miră Padma. Cine-a zis că...

Dar nu mai prostește pe nimeni, așa că îi invit pe toți, cu un zâmbet subțire :

— Haideți, luați niște *chutney*. Trebuie să vă spun niște chestii importante.

Și, în timp ce *chutney*-ul – același *chutney* pe care Mary Pereira, *ayah* mea, îl pregătea atât de bine în 1957, *chutney*-ul verde ca greierii, legat pentru totdeauna de zilele acelea – îi readucea în lumea trecutului meu, îmbunându-i și făcându-i receptivi, le-am vorbit blând și convingător și am reușit, printr-un amestec de condimente și iscusință oratorică, să mă țin departe de mâinile acelor doctori periculoși care mă îndopau cu pilule verzi. Le-am spus așa :

— Fiul meu o să mă înțeleagă. Îmi depăn povestea pentru el, ca și pentru toți ceilalți, așa că mai târziu, după ce-o să pierd lupta cu crăpăturile, o să știe. Moralitatea, judecata, caracterul... totul pleacă de la memorie... iar eu rețin carbonații.

Chutney verde pe *pakore* cu chilli, înfulecate cu poftă ; substanța verde ca greierii, pe *chapati*-uri călduțe, dispărând între buzele Padmei. Îmi dau seama că musafirii slăbesc rezistența și insist.

— V-am spus adevărul, le repet. Adevărul memoriei, care e ceva special. Selectează, elimină, modifică, exagerează, minimalizează, glorifică și discreditează deopotrivă. Dar în cele din urmă își creează o realitate a lui, o versiune eterogenă, dar de obicei coerentă, a evenimentelor ; și nici un om în toate mințile nu crede în versiunea celorlalți mai mult decât în a lui.

Da, așa am spus, „în toate mințile". Știu ce și-au zis : „O mulțime de copii scornesc prieteni imaginari, dar o mie unu ! Asta-i nebunie curată". Copiii din miez de noapte au clătinat până și încrederea Padmei în povestirea mea, dar am reușit s-o conving, iar acum problema ieșirilor nu se mai pune.

Cum i-am convins ? Vorbindu-le de fiul meu, care trebuia să-mi afle povestea, aruncând lumină asupra felului cum funcționează memoria și prin alte procedee, unele de o cinste de-a dreptul naivă, altele perfide ca zâmbetul unei vulpi.

— La început chiar și Mohamed s-a crezut nebun, le-am spus. Credeți că nu m-am gândit niciodată la asta ? Dar Profetul a făcut apel la Khadija și la Abu-Bakr ca să-l liniștească în legătură cu autenticitatea Chemării lui. Nimeni nu l-a trădat și nu l-a dat pe mâna doctorilor de la azil.

Între timp, *chutney*-ul începuse să-i umple cu gânduri de odinioară. Le-am citit expresiile de vinovăție și rușine întipărte pe chipuri.

— Care e adevărul ? m-am burzuluit retoric. Ce înseamnă să fii în toate mințile ? S-a ridicat Iisus din mormânt ? Nu acceptă hindușii, Padma, că lumea e un fel de vis ? Că Brahma a visat sau, mă rog, visează universul ? Că vedem ca prin ceață dincolo de acel văl oniric care e Maya ? Ei bine, Maya, am continuat, adoptând un ton superior și profesoral, poate fi definită drept ceea ce este iluzoriu : înșelăciuni, șiretlicuri și păcăleli. Arătări, fantasme, miraje, scamatorii, forma aparentă a lucrurilor. Toate astea fac parte din Maya. Dacă îți spun că s-au petrecut anumite lucruri pe care, pierdută în visul lui Brahma, îți vine greu să le crezi, care dintre noi are dreptate ? Mai ia niște *chutney*, am adăugat politicos, servindu-mă cu o porție copioasă. Are un gust nemaipomenit.

Padma a început să plângă.

— N-am zis că nu cred, s-a tânguit ea. Sigur, fiecare trebuie să-și spună povestea cum îi cade bine, dar...

— Dar, am întrerupt-o conclusiv, vrei în același timp să afli ce s-a întâmplat? Vrei să ți se povestească despre mâinile care dansau, fără să atingă nimic, și genunchi? Iar mai târziu, despre ciudatul baston al comandantului Sabarmati și, bineînțeles, despre Văduvă? Unde mai pui Copiii – de ei ce s-o fi ales?

Padma a încuviințat din cap. Adio doctori și aziluri; am fost lăsat să scriu. (Singur, doar cu Padma așezată la picioarele mele.) *Chutney*-ul și oratoria, teologia și curiozitatea: iată lucrurile care m-au salvat. Și încă unul – spuneți-i educație sau origine socială; Mary Pereira i-ar fi zis „bună creștere". Prin demonstrația de erudiție și prin puritatea accentelor, i-am făcut să se rușineze și să se simtă nevrednici să mă judece. N-o fi fost o faptă prea nobilă, dar când știi că te așteaptă duba după colț, merge orice. (Și chiar a mers: am mirosit-o.) Totuși, am învățat un lucru prețios. E periculos să încerci să le impui altora propria concepție despre lume.

Padma, dacă tot nu crezi că sunt demn de încredere, ce să zic? Poate nu strică un pic de nesiguranță. Bărbații prea siguri pe ei fac lucruri cumplite. Femeile, la fel.

Între timp, iată-mă la zece ani, străduindu-mă cum pot să mă ascund în portbagajul de la mașina maică-mii.

A fost luna când *sadhu*-ul Purushottam (căruia nu-i vorbisem niciodată despre viața mea interioară) s-a săturat în fine de existența lui staționară și a contractat sughițurile sinucigașe care nu i-au dat pace un an întreg, ridicându-l frecvent din locul unde stătea cu câțiva centimetri buni, făcându-l să se dea cu capul chelit din cauza apei de robinetul din grădină și să-l crape îngrijorător, iar în cele din urmă omorându-l, așa încât într-o seară, la ora cocteilurilor, s-a prăvălit pe-o parte, cu picioarele rămase în poziția lotusului, și a curmat orice speranță a maică-mii de a scăpa de bătături. Luna când am stat de multe ori seara în grădina Vilei Buckingham, uitându-mă la Sputnik-urile care brăzdau cerul și simțindu-mă la fel de exaltat și totodată izolat ca micuța Laika, primul și deocamdată singurul câine lansat în spațiu (Baroneasa Simki von der Heiden, care în scurt timp avea să ia sifilis, stătea lângă mine și urmărea din priviri punctele luminoase ale Sputnik-urilor cu ochii ei alsacieni – era o perioadă de mare interes canin în cursa spațială). Luna când Evie Burns și gașca ei mi-au ocupat turnul cu ceas, iar în lăzile de rufe nu mai aveam nici voie, nici loc, așa că, pentru a-mi păstra secretul și mințile, am fost silit să-i vizitez pe copiii din miez de noapte doar în ora noastră intimă și tăcută – am fost alături de ei noapte de noapte, doar la miezul nopții, în timpul orei rezervate miracolelor, care nu mai aparținea timpului real. În fine, ca să ajung la subiect, luna când m-am hotărât să scot la lumină, prin probe obținute cu ochii mei, lucrul teribil pe care-l văzusem instalat atât de bine între gândurile maică-mii. Din clipa când m-am ascuns în lada de rufe și am auzit două silabe scandaloase, am bănuit-o că are secrete. Incursiunile mele printre gândurile ei mi-au confirmat suspiciunile, așa că într-o bună zi mi-am luat inima în dinți și, cu o privire hotărâtă, m-am dus la Sonny Ibrahim după orele de școală ca să-i cer ajutorul.

L-am găsit la el în cameră, înconjurat de niște afișe de la coridele spaniole și jucând morocănos cricket de unul singur. Când m-a văzut, a strigat nefericit:

— Nene îmi pare nespus de rău de Evie nene n-a vrut s-asculte de nimeni nene ce dracu' i-oi fi făcut?...

...Am ridicat demn o mână, cerându-i să tacă și făcându-l să-mi respecte dorința.

— Acum n-avem vreme de asta, frate, i-am spus. Trebuie neapărat să-nvăț cum se descuie lacătele fără chei.

Un mic adevăr despre Sonny Ibrahim : cu toate coridele la care visa, era genial în materie de mecanică. De câtva timp, se angajase să repare toate bicicletele de pe Moșia Methwold în schimbul unor reviste cu benzi desenate și a accesului nelimitat la băuturile acidulate. Până și Evelyn Burns și-a lăsat mult îndrăgita Indiabike în grija lui. Se părea că toate mașinăriile se îmblânzeau ca prin farmec grație încântării nevinovate cu care le mângâia părțile mobile. Nici un dispozitiv nu rezista îngrijirilor lui. Altfel spus, Sonny Ibrahim se specializase (din pură curiozitate) în deschiderea încuietorilor.

În fața unei asemenea ocazii de a-și demonstra loialitatea față de mine, ochii i s-au luminat.

— Arată-mi încuietoarea, nene! S-o văd, și-a mea e!

Când am fost siguri că nu ne vede nimeni, ne-am furișat de-a lungul aleii dintre Vila Buckingham și Sans Souci-ul lui Sonny, ne-am oprit în spatele vechiului Rover al familiei mele și am arătat spre portbagaj.

— Uite-o, i-am spus lui Sonny. Trebuie să știu s-o deschid și de-afară, și dinăuntru.

Sonny a făcut ochii mari.

— Hei, ce pui la cale, tipule? Ai de gând să te cari de-acasă fără să știe nimeni?

Cu un deget la buze, am adoptat o expresie misterioasă.

— Nu pot să-ți explic, Sonny, am rostit solemn. E o informație strict confidențială.

— Măiculiță, s-a mirat Sonny și mi-a arătat în treizeci de secunde cum să deschid portbagajul cu ajutorul unei fâșii subțiri de plastic roz.

— Ia-o, nene, a spus Sonny Ibrahim. Ai mai mare nevoie de ea decât mine.

A fost odată ca niciodată o mamă care, ca să ajungă așa ceva, s-a învoit să-și schimbe numele, care și-a propus să se îndrăgostească de soțul ei pe bucățele, fără a reuși vreodată să iubească singura parte din el care, ironia sorții, o putea face să devină mamă, ale cărei picioare erau pline de bătături, ai cărei umeri se cocârjaseră sub povara vinilor adunate ale lumii, al cărei bărbat avea un organ neiubibil ce nu și-a revenit de pe urma unui îngheț; și care, la fel ca soțul ei, a cedat într-un târziu tentațiilor misterioase ale telefonului, petrecându-și minute bune cu urechile ciulite la cuvintele unor oameni care greșiseră numărul... La puțin timp după a zecea mea aniversare (vindecat de febra care tocmai s-a întors să mă chinuie după aproape douăzeci și unu de ani), Amina Sinai și-a reluat recentul obicei de a pleca, pe nepusă masă și aproape imediat după ce telefonul făcea atingere, la niște cumpărături care nu suportau amânare. Acum însă, în portbagajul Rover-ului se găsea un pasager clandestin care o însoțea în călătorie, ascuns și ocrotit de câteva perne furate, ținând strâns în mână o bucățică subțire de plastic roz.

O, ce suferințe trebuie să înduri în numele dreptății! Vânătăile și cucuiele! Aerul cu miros de cauciuc pe care-l tragi în piept printre dinții încleștați! Și frica permanentă că vei fi descoperit... „Și dacă merge într-adevăr la cumpărături? O să se deschidă brusc portbagajul? Or să fie aruncați înăuntru pui vii, cu picioarele legate și aripile tăiate, care-or să dea buzna la mine în ascunzătoare cu ciocurile lor neastâmpărate? O să mă vadă... Dumnezeule, n-o să-mi dea voie să vorbesc o săptămână!“ Cu genunchii adunați sub bărbia pe care mi-o apăram cu o pernă de contactul brusc cu rotulele, am călătorit în necunoscut, în acest vehicul al perfidiei materne. Maică-mea era un șofer prudent. Conducea încet și lua curbele cu mare grijă, dar după aceea m-am trezit învinețit de-a binelea, iar Mary Pereira m-a făcut cu ou și cu oțet fiindcă mă băteam cu băieții:

— *Arré* Dumnezeule ce-ai pățit bine că nu te-au ferfenițit de tot Doamne păzește ce-o să se-aleagă de tine băiat rău și negricios *haddi-phaelwan* ce ești bătăuș slăbănog de ți se văd oasele!

Ca să nu mai văd întunericul în care mă zbuciumam, am intrat cu cea mai mare precauție în acea parte a minții maică-mii care se ocupa de condusul mașinii și drept urmare am reușit să văd pe unde mergeam. (Am putut totodată să sesizez o dezordine îngrijorătoare în mintea ei atât de bine organizată de obicei. Pe vremea aceea, începusem deja să-i împart pe oameni în funcție de gradul de ordine interioară și să descopăr că-i preferam pe cei neglijenți, ale căror gânduri, amestecându-se tot timpul între ele, în așa fel încât imaginile anticipative ale mâncărurilor se împleteau cu problema serioasă a existenței zilnice, iar fanteziile sexuale se întretăiau cu diverse meditații politice, semănau mult mai bine cu talmeș-balmeșul din capul meu, unde toate gândurile se izbeau unele de altele, în timp ce punctul alb al conștiinței sărea ca un purice nebun de la unul la altul... Amina Sinai, a cărei hărnicie și ordine instinctivă o făcuseră să aibă o minte aproape anormal de ordonată, îngroșa acum în mod ciudat rândul derutaților.)

Ne-am îndreptat spre nord, pe lângă spitalul Breach Candy și templul Mahalaxmi, de-a lungul lui Hornby Vellard, lăsând în urmă stadionul Vallabhbhai și mormântul de pe insulă al lui Haji Ali, la nord de ceea ce fusese cândva (înainte ca visul lui William Methwold întâiul să devină realitate) insula Bombay. Mergeam spre masa anonimă de blocuri de închiriat, sate de pescari, fabrici de textile și studiouri cinematografice la care se reducea orașul în cartierele astea din nord (nu departe de aici! Foarte aproape de locul unde stau și mă uit la trenurile personale!)... o zonă pe care n-o cunoșteam absolut deloc pe-atunci. N-a trecut mult și m-am simțit dezorientat, după care a trebuit să recunosc că mă rătăcisem. Într-un târziu, ne-am oprit pe o străduță neatrăgătoare, plină de vagabonzi care dormeau pe unde apucau, ateliere de reparat biciclete, băieți și bărbați zdrențăroși. Când s-a dat jos, maică-mea a fost asaltată de o droaie de copii. Cum nu era în stare să alunge nici măcar o muscă, a împărțit monede în stânga și în dreapta, așa că numărul copiilor a crescut periculos. În cele din urmă, s-a smuls cu greu din mijlocul lor și a luat-o la picior pe stradă. Un băiat s-a rugat de ea: „Șterg mașina, *begum*? Dau un luciu prima-ntâi, *begum*? Păzesc mașina până veniți, *begum*? Mă pricep la pază, întrebați pe cine vreți!..." Cuprins de o oarecare panică, am ciulit urechile, ca să văd ce răspunde. Cum puteam să ies din portbagaj sub ochii unui paznic copil? Era mai mare jena; în plus, apariția mea ar fi produs senzație pe stradă... „Nu", a spus mama. Se pregătea să dispară în tumultul străzii; ipoteticul spălător și paznic de mașini a renunțat până la urmă; a existat un moment când toți ochii s-au întors să asiste la trecerea unei a doua mașini, în eventualitatea că și din ea ar fi coborât tot o doamnă care împărțea banii ca pe alune, iar în clipa aceea (privisem cu ajutorul câtorva perechi de ochi pentru a decide când să acționez) am recurs la șmecheria cu bucata de plastic roz și am ajuns pe stradă într-o clipită, lângă portbagajul închis. Cu buzele strânse într-o expresie sumbră și nebăgând în seamă puzderia de mâini întinse, am pornit în direcția în care plecase maică-mea, ca un detectiv de buzunar cu un nas de copoi și cu o tobă care duruia puternic în locul unde ar fi trebuit să mi se afle inima... iar după câteva minute am ajuns la Pioneer Café.

Și geamurile localului, și paharele de pe mese erau murdare – Pioneer Café nu se compara cu Gaylord, Kwality sau alte restaurante șic din oraș. Era o speluncă ordinară, cu niște scânduri vopsite care făceau reclamă la MINUNATUL *LASSI*, NEMAIGUSTATA *FALOODA* și *BHEL-PURI À LA* BOMBAY, cu o muzică de film revărsată dintr-un radio ieftin postat lângă casa de bani, o încăpere lungă, îngustă, verzuie și luminată intermitent de câteva tuburi de neon, o lume respingătoare, unde bărbați cu dinți stricați stăteau la mese acoperite cu mușama, ținând în mâini cărți de joc boțite, cu priviri golite de orice expresie. Însă, în ciuda decrepitudinii sale soioase, Pioneer Café era depozitarul multor visuri. La prima oră a fiecărei dimineți, localul era ticsit de cei mai arătoși trântori din oraș, toți acei *goonda*, șoferii de taxi, micii borfași și vânzătorii de pronosticuri care sosiseră cândva demult în oraș visând să ajungă vedete de film, să aibă case de o vulgaritate grotescă și să fie plătiți cu bani grei. Fiindcă în fiecare dimineață la șase, principalele studiouri își trimiteau câte un funcționar mărunt la Pioneer Café care să atragă figuranți pentru filmările de peste zi. Timp de o jumătate de oră în fiecare dimineață, în timp ce D.W. Rama Studios, Filmistan Talkies și R.K. Films operau selecția, Pioneer era centrul tuturor ambițiilor și speranțelor din oraș. Pe urmă recrutorii plecau, însoțiți de norocoșii zilei, iar localul se golea, cufundându-se în toropeala lui obișnuită, scăldată în lumina tuburilor de neon. Pe la prânz, în restaurant intrau alte visuri, ale căror subiecte își petreceau după-amiaza aplecați deasupra cărților de joc, asupra Minunatului *Lassi* și a mahorcilor aspre – oameni diferiți, cu speranțe diferite. Pe atunci n-o știam, dar Pioneer Café era una dintre bombele unde-și făceau veacul adepții Partidului Comunist.

Era după-amiază; am văzut-o pe mama intrând la Pioneer Café. Neîndrăznind s-o urmăresc, am rămas pe stradă, lipindu-mi nasul de un colț plin de pânze de păianjen al cercevelei murdare. Fără să țin cont de privirile intrigate pe care le atrăsesem – căci pantalonii mei albi, deși pătați în portbagaj, erau apretați, părul, deși ciufulit, era dat masiv cu briantină, iar pantofii, deși uzați, lăsau să se vadă că veneam dintr-o familie prosperă –, am urmărit-o cu privirile, în timp ce picioarele ei bolnave o făceau să treacă șovăielnic printre mesele șubrede și bărbații cu priviri grele. Am văzut-o așezându-se la o masă ferită și cufundată în penumbră, în fundul tavernei înguste, iar apoi am dat cu ochii de bărbatul care s-a ridicat s-o întâmpine.

Pielea de pe fața acestuia atârna în cute care sugerau că în trecut avusese multe kilograme în plus, iar dinții îi erau pătați de nicotină. Purta o *kurta* albă și curată, cu însemnele Lucknow la manșete. Părul îi era lung, ca de poet, lipit de țeastă și încolăcit pe după urechi, dar creștetul îi era pleșuv și lucios. În urechi mi-au răsunat două silabe interzise: Na. Dir. Mi-am dat seama că îmi doream cu disperare să nu mă fi hotărât să vin.

A fost odată ca niciodată un soț subteran care a fugit, lăsând mesaje iubitoare de divorț, un poet ale cărui versuri nici măcar nu rimau și a cărui viață a fost salvată de câinii vagabonzi. După un deceniu irosit a ieșit la iveală Dumnezeu știe de unde, cu pielea atârnându-i în falduri în amintirea bărbatului dolofan de odinioară. În plus, la fel ca soția lui de mai an, și-a schimbat numele... Nadir Han era acum Qasim Han, candidatul oficial al formațiunii oficiale cunoscute drept Partidul

Comunist din India, Lal Qasim, Qasim cel Roșu. Toate pe lume au rostul lor, și de aceea jena se manifestă prin îmbujorări. Unchiul Hanif a strigat cândva „Păzea de comuniști!", iar maică-mea s-a făcut stacojie, lăsând politica și emoțiile să i se amestece în obraji... Pe ecranul jegos, murdar și neted care era fereastra de la Pioneer Café, i-am văzut pe Amina Sinai și pe fostul Nadir interpretându-și scena amoroasă. Jucau amândoi cu stângăcia amatorilor autentici.

Pe masa acoperită cu mușama se afla un pachet de țigări State Express 555. Au și cifrele semnificația lor: 420, eticheta aplicată fraudelor; 1001, numărul realităților nocturne, magice și alternative – un număr îndrăgit de poeți și detestat de politicieni, pentru care toate versiunile alternative ale lumii constituie amenințări; lor li se adaugă 555, despre care am crezut ani în șir că era cel mai sinistru dintre toate, cifrul Diavolului, Marea Fiară, Shaitan în persoană! (Așa îmi spusese Cyrus cel Mare și nu mi-a trecut prin cap că s-ar fi putut înșela. Dar s-a înșelat; adevăratul număr demonic nu 555, ci 666: totuși, în mintea mea, cei trei de cinci sunt înconjurați și în ziua de azi de o aură întunecată)... Dar m-am luat cu vorba. Trebuie spus doar că marca preferată a lui Nadir-Qasim era mai sus-amintita State Express, că cifra cinci se repeta de trei ori pe ambalaj și că era produsă de W.D.&H.O.Willis. Incapabil să mă uit la fața maică-mii, m-am concentrat pe pachetul de țigări, deplasându-mă de la cadrul parțial al celor doi amanți la prim-planul extrem al nicotinei.

Acum însă în cadru intră mâinile – mai întâi cele ale lui Nadir, a căror moliciune poetică nu mai e aceeași, furișându-se ca flacăra unei lumânări, întinzându-se pe deasupra mușamalei, iar pe urmă retrăgându-se brusc; apoi mâinile unei femei negre ca smoala, avansând asemenea unor păianjeni eleganți. Mâinile se ridică de pe mușama, se rotesc deasupra celor trei cinciuri, încep cel mai straniu dintre dansuri, se înalță, coboară, își dau târcoale, se mlădiază în tot felul de mișcări, tânjind să se atingă, întinse, încordate și nerăbdătoare, dar dând de fiecare dată înapoi în ultima clipă, cu vârfurile degetelor evitându-se reciproc, fiindcă spectacolul pe care-l privesc acum pe ecranul cinematografic murdar al ferestrei localului este, în fond, un film indian în care contactele fizice sunt interzise ca nu cumva să corupă floarea cinefilă a tineretului țării; dedesubtul mesei se află două perechi de picioare, deasupra ei două chipuri, picioarele înaintează unele spre altele, chipurile se apropie cu încetinitorul, dar se retrag dintr-odată la ordinul unui cenzor sever... Doi străini, fiecare cu un pseudonim care nu are nici o legătură cu numele inițial, își joacă rolurile pe jumătate nedorite. Am plecat înainte de sfârșitul filmului, ca să mă furișez la loc în portbagajul Rover-ului neșters și nepăzit, dorindu-mi să nu mă fi dus să-l văd, dar neputând să nu vreau să-l privesc din nou.

Iată ce am văzut la sfârșit: mâinile maică-mii ridicând un pahar cu Minunatul *Lassi* pe jumătate gol, buzele ei lipindu-se încet și nostalgic de sticla mânjită, și din nou mâinile ei oferindu-i paharul lui Nadir-Qasim, care și-a depus la rându-i sărutul poetic pe cealaltă parte a paharului. Iată cum a ajuns viața să imite arta îndoielnică și cum a reușit sora unchiului Hanif să introducă erotismul sărutului indirect în mizeria luminată de neoane verzui de la Pioneer Café.

Ca să rezum: în toiul verii lui 1957, în plină campanie electorală, Amina Sinai a roșit inexplicabil la pomenirea întâmplătoare a Partidului Comunist din India. Fiul ei – în ale cărui gânduri turbulente e încă destul loc pentru încă o obsesie, căci mintea unui copil de zece ani poate adăposti nenumărate fixații – s-a ținut după ea în nordul orașului și a tras cu ochiul la o scenă de dragoste neputincioasă, debordând de durere. (Acum că Ahmed Sinai înghețase, Nadir-Qasim nici măcar nu mai avea vreun handicap sexual; împărțită între un soț care se încuia în birou și înjura corciturile și un fost soț care practica cândva cu dragoste jocul numit „punct lovit la scuipătoare“, Amina Sinai s-a văzut redusă la sărutările pe sticlă și la baletul mâinilor.)

Întrebări: după episodul acela, m-am mai folosit vreodată de bucățelele de plastic roz? Am revenit la localul figuranților și al marxiștilor? Am descusut-o pe mama cu privire la hidoșenia faptei comise – căci ce mamă iubitoare și-ar fi permis... dați-l încolo de a-fost-odată – sub ochii larg deschiși ai fiului ei, cum a putut cum a putut cum a putut? Răspunsuri: Nu, nu și iarăși nu.

Ce am făcut? Când s-a mai dus la cumpărături, m-am instalat în gândurile ei. Fără să mai țin morțiș să mă lămuresc cu ochii mei, am călătorit în capul maică-mii până în nordul orașului. La adăpostul acestui incognito improbabil, am stat în Pioneer Café și am asistat la discuții despre perspectivele electorale ale lui Qasim cel Roșu. Neîntrupat, dar cât se poate de prezent, m-am ținut după mama în timp ce-l însoțea pe Qasim în vizitele la blocurile din zonă (să fi fost chiar cele pe care le vânduse recent taică-meu, lăsându-i pe chiriași în plata Domnului?), îl ajuta să cheme instalatori ca să repare robinetele și îl asista când îi pisa pe proprietari să înceapă lucrările de întreținere și igienizare. Amina Sinai se afișa printre cei bătuți de soartă în numele Partidului Comunist, fapt care nu a încetat s-o uluiască. Poate că o făcea din cauza vieții ei tot mai sărace, însă la zece ani nu eram predispus la compasiune, așa că am început, în felul meu, să visez la ziua răzbunării.

Se spune că legendarul calif Harun al-Rașid se plimba incognito printre oamenii din Bagdad; aidoma lui, eu, Saleem Sinai, am bătut cu pasul în secret ulicioarele orașului natal, dar nu pot să zic că m-am distrat.

Am deprins – sau poate că am absorbit – descrierile prozaice ale lucrurilor excentrice și bizare, precum și opusul lor, adică versiunile stilizate ale imediatului cotidian – tehnici și atitudini deopotrivă – de la cel mai impresionant dintre copiii din miez de noapte, rivalul și partenerul meu de rocadă, presupusul fiu al lui Wee Willie Winkie: Shiva-genuncheosul. În cazul lui, erau tehnici care se aplicau fără urmă de gând conștient și aveau ca efect crearea imaginii unei lumi uimitor de uniforme, în care puteai evoca lejer, în trecere, îngrozitoarele ucideri ale prostituatelor, care începuseră să umple ziarele de scandal (așa cum cadavrele lor umpleau gurile de canal), insistând totodată pătimaș asupra amănuntelor unui joc de cărți. Moartea și înfrângerea la rummy erau totuna pentru Shiva, de unde și violența lui înspăimântătoare, nonșalantă, care a sfârșit prin... dar hai să încep cu începutul.

Deși recunosc că e vina mea, trebuie să spun că, dacă o să mă considerați un aparat de radio și nimic mai mult, o să surprindeți adevărul doar pe jumătate. Gândurile sunt în egală măsură picturale (sau pur emblematice) și vizuale; și oricum, ca să comunic cu colegii mei de la Conferința Copiilor din Miez de Noapte și să-i înțeleg, trebuia să trec repede la stadiul verbal. Ajungând în mințile lor infinit de variate, eram obligat să străpung luciul de suprafață al unor gânduri de prim-plan, formulate în limbi de neînțeles, iar consecința evidentă (și deja demonstrată) era că mi se conștientiza prezența. Amintindu-mi de efectul spectaculos produs de o asemenea conștientizare asupra lui Evie Burns, am făcut eforturi considerabile de atenuare a șocului impactului. În toate cazurile, prima mea transmisie standard a fost o imagine a propriului chip – dominat de un zâmbet pe care-l doream liniştitor, prietenos, dătător de încredere şi specific liderilor – şi a unei mâini întinse amical. Cu toate acestea, au existat probleme estetice. Mi-a luat destul timp să-mi dau seama că imaginea pe care o aveam despre mine era grav deformată de însuşi modul cum îmi percepeam înfăţişarea; aşa că portretul transmis undelor telepatice ale naţiei, în care aveam un zâmbet literalmente stupid, era cum nu se poate mai pocit şi oferea privitorilor un nas anormal de mare, o bărbie complet inexistentă şi câte o pată în dreptul fiecărei tâmple. Nu e de mirare că în mintea multora dintre cei care mă vedeau se auzea un semnal de alarmă. La rândul meu, mă speriam frecvent de autopercepţia ortacilor mei de zece ani. Când am descoperit ce se întâmpla, i-am îndemnat rând pe rând pe membrii Conferinţei să se uite în oglindă sau într-un ochi liniştit de apă, şi abia după aceea am izbutit să vedem cum arătam de fapt. Singurele probleme au fost că membrul nostru din Keralan (care, ţineţi minte, trecea prin oglinzi) a zburat din greşeală prin oglinda unui restaurant din zona şic a New Delhi-ului, fiind nevoit să recurgă la o retragere rapidă, iar reprezentantul cu ochi albaştri al Kashmirului a căzut într-un lac şi a suferit o schimbare fortuită de sex, intrând fată şi ieşind o mândreţe de băiat.

Când m-am prezentat pentru prima oară în faţa lui Shiva, i-am citit pe faţa minţii imaginea înfricoşătoare a unui tânăr scund, cu o faţă de coţcar, dinţii înşiraţi ca mărgelele şi doi dintre cei mai mari genunchi văzuţi vreodată.

În faţa unei imagini atât de grotesc proporţionate, am permis surâsului de pe propriul chip radios să se ofilească niţel, iar mâna mea întinsă a început să ezite şi să se mişte convulsiv. Simţindu-mi prezenţa, Shiva a reacţionat la început cu o mânie dezlănţuită, care i-a opărit capul cu uriaşele ei valuri succesive, dar pe urmă a spus:

— Hei, ia stai, te cunosc! Eşti puştiul cu parale de la Moşia Methwold, nu?

I-am răspuns, la fel de uluit:

— Băiatul lui Winkie, ăl de l-a chiorât pe Oache!

S-a umflat în pene de mândru ce era.

— Da, *yaar*, chiar eu. Nu se pune nimeni cu mine, meştere!

Recunoaşterea m-a redus la ipoteza celui care debitează banalităţi:

— Ia zi, ce face taică-tău? N-a mai venit pe la...

— Taică-meu, meştere? m-a întrerupt el, aparent uşurat. Păi, a murit.

Preț de câteva secunde, s-a lăsat tăcerea, urmată nu de supărare, ci de nedumerire, iar Shiva a continuat:

— Uite ce-i, *yaar*, e-o minunăție, n-am ce zice, da' cum faci?

M-am lansat în explicația standard, însă, după câteva secunde, m-a întrerupt:

— Aha, auzi, taică-meu a zis că și eu m-am născut tot la douășpe noaptea fix. Te-ai prins? Înseamnă că amândoi suntem la fel de șefi peste gașca aia a ta! La miezu' nopții e cel mai bine, nu? Păi e clar, ăilalți puștani tre' să joace cum le cântăm!

În fața ochilor mi s-a ivit imaginea unei a doua Evelyn Lilith Burns, mai puternică... Dar mi-am alungat din minte ideea asta nesuferită și i-am explicat lui Shiva:

— Nu prea seamănă cu felul cum văd eu Conferința. Mă gândeam mai degrabă la... cum să-ți zic... un soi de federație improvizată a egalilor, unde să poată fiecare să spună liber ce crede...

Între pereții capului meu s-a auzit ceva ce a semănat cu o pufnitură violentă.

— Astea-s tâmpenii, meștere. Ce-am putea să facem cu o gașcă de-asta? Găștile tre' să aibă șefi. Uite, eu de pildă (încă o umflare în pene) am doi ani de când sunt șef peste o gașcă aici în Matunga. De când aveam opt ani. Am și băieți mai mari. Ce zici de asta?

Fără să mă gândesc bine, am aruncat o întrebare:

— Și, mă rog, gașca asta a ta are reguli ca lumea?

Râsul lui Shiva mi-a răsunat în urechi.

— Da, pui de bogătan, are. Una și bună. Fac cu toții ce le spun eu sau îi prind între genunchi și-i storc ca pe cârpe!

Disperat, am încercat în continuare să-l atrag de partea mea:

— Chestia e că tre' să ne fi născut cu un *scop* anume, nu crezi? Cum să-ți spun, trebuie să existe un *motiv*, de acord? Și-atunci mi-am zis să descoperim motivul și după aia... mă rog, să ne punem viețile în slujba...

— Habar n-ai pe ce lume ești, puștiule! a urlat Shiva. Ce *scop*, meștere? De unde și până unde *motive* în lumea asta curviștină, *yara*? Care-i motivu' pentru care tu ești bogat și eu sărac? Ce motiv are omu' să moară de foame, meștere? Dumnezeu știe câte milioane de proști trăiesc în țara asta și tu vorbești de motive! Ascultă aici, meștere: pui mâna pe ce poți, faci ce știi și pe urmă mori. Asta da motiv, pui de bogătan. Restul e doar un vânt afurisit!

Și iată cum am început să tremur, în patul meu din miez de noapte...

— Dar cum rămâne cu istoria? l-am întrebat. Prim-ministrul mi-a trimis o scrisoare... iar tu nici măcar nu crezi în... cine știe ce-am putea să...

Însă el, Shiva, alter ego-ul meu, mi-a tăiat-o scurt:

— Uite ce-i, puștiule, vorbește gura fără tine și parcă văd c-o să trebuiască să preiau comanda. Dă-le de veste și celorlalți ciudați!

Nasul și genunchii, genunchii și nasul... Rivalitatea începută în noaptea aceea urma să se termine abia când două cuțite aveau să se abată de mai multe ori de sus în jos... Nu îmi dau seama dacă duhurile lui Mian Abdullah, ucis de cuțite cu ani în urmă, se furișaseră în mine, inculcându-mi ideea federalismului fără constrângeri și făcându-mă vulnerabil în fața unor asemenea instrumente. Însă în clipa aia mi-am redobândit parțial curajul și i-am spus lui Shiva:

— Nu poți să conduci Conferința! Fără mine, nici măcar n-or să te-asculte!

El mi-a răspuns, confirmând declarația de război:

— Pui de bogătan, or să fie siliți să mă cunoască. Atâta-ți trebuie, să mă oprești!

— O să încerc, i-am spus.

Shiva, zeul distrugerii și cea mai puternică divinitate, același Shiva care era cel mai iscusit dansator, gata să încalece pe tauri și să învingă toate forțele din lume... ei bine, copilul Shiva trebuise, după cum singur ne-a spus, să lupte pentru supraviețuire din primele zile. Cam cu un an în urmă, când tatălui său îi fusese cu desăvârșire imposibil să mai cânte, fusese nevoit să se apere de zelul părintesc al lui Wee Willie Winkie.

— M-a legat la ochi, meștere! Mi-a legat o cârpă peste felinare și mi-a dat-o jos când eram sus pe acoperiș! Și știi ce-avea în mână? Un nenorocit de ciocan, meștere! Un ciocan! Ticălosu' voia să-mi frângă oasele. Se-ntâmplă, copilu' banilor, ăi mici o pățesc câteodată, ca să câștige din cerșit. Cică dacă ești zob te-alegi cu mai mult! Și fii atent, m-a tot împins până m-am întins pe acoperiș, meștere. Iar pe urmă...

Pe urmă ciocanul s-a abătut asupra genunchilor mai mari și mai noduroși decât ai tuturor polițiștilor, o treabă simplă, numai că genunchii au intrat în acțiune, despărțindu-se mai iute ca fulgerul, simțind curentul iscat de mişcarea ciocanului şi dându-se larg în lături. După aceea ciocanul, rămas mai departe în mâna tatălui, s-a prăvălit între genunchii care s-au împreunat la loc ca nişte pumni. Scula a aterizat pe asfalt fără să rănească pe nimeni. Încheietura lui Wee Willie Winkie a rămas prinsă între genunchii fiului său legat la ochi. Dintre buzele tatălui ieşeau gemete crispate, în timp ce genunchii băiatului se strângeau mai mult, tot mai mult, până s-a auzit un trosnet.

— I-am frânt încheietura, să dea dracii! I-am arătat care-i treaba. La marea meserie, nu? Ba da, pe legea mea că da!

Shiva şi cu mine ne-am născut sub semnul Capricornului. Constelaţia m-a lăsat în pace, însă i-a transferat darul lui Shiva. Aşa cum vă poate spune orice astrolog, Capricornul reprezintă corpul ceresc care are putere asupra genunchilor.

În 1957, de ziua alegerilor, Congresul Naţional Indian a suferit un şoc extrem de neplăcut. Deşi formaţiunea a câştigat alegerile, douăsprezece milioane de voturi i-au transformat pe comunişti în cel mai mare partid de opoziţie şi de fapt singurul. Între timp, la Bombay, în ciuda eforturilor lui Boss Patil, un mare număr de votanţi nu au mai bifat simbolul Congresului, vaca şi viţelul sfânt, preferând pictogramele mai puţin emoţionale propuse de Samyukta Maharashtra Samiti şi Maha Gujurat Parishad. Când pericolul comunist a fost pus în discuţie la noi pe colină, maică-mea a continuat să roşească, iar noi ne-am resemnat în faţa împărţirii statului Bombay.

Unul dintre membrii Conferinţei Copiilor din Miez de Noapte a jucat un rol minor în alegeri. Shiva, presupusul fiu al lui Winkie, a fost recrutat de... mă rog, poate n-o să numesc partidul, dar a existat o singură formaţiune care şi-a permis să cheltuiască masiv... În ziua alegerilor, el şi gaşca lui, aşa-numiţii Cowboy, au fost văzuţi în faţa unei secţii de votare din nordul oraşului, unii ţinând în mâini nişte bâte zdravene, alţii jonglând cu pietre, iar alţii scobindu-se în dinţi cu cuţitele, dar încurajându-i cu toţii pe alegători să voteze cu grijă şi înţelepciune... Şi ce ziceţi, au fost desigilate urnele de vot după închiderea secţiilor? S-a umblat la buletine? În orice caz, după numărul voturilor s-a constatat că lui Qasim cel Roşu i-au lipsit câteva buletine ca să-şi asigure locul în Parlament, în timp ce finanţatorii au fost foarte mulţumiţi.

...Însă acum Padma întreabă cu blândețe:

— Ce dată era?

Fără să mă gândesc, îi răspund:

— Cândva primăvara.

Abia după aceea îmi dau seama că am făcut o greșeală – alegerile din 1957 au avut loc înainte, nu după ce am împlinit zece ani. Însă chiar dacă mi-am stors creierii, mintea mea refuză cu încăpățânare să schimbe ordinea evenimentelor. Mă neliniștește lucrul ăsta. Nu pricep ce n-a mers.

Padma îi dă înainte, străduindu-se zadarnic să mă consoleze:

— De ce ai mutra asta de curcă plouată? Toată lumea uită una-alta, se-ntâmplă tot timpul!

Dacă lucrurile mărunte trec și se duc, nu cumva imediat în spatele lor se află cele importante?

Alfa și Omega

În Bombay au avut loc tulburări în luna de după alegeri, dar și mintea mea e tulburată când îmi aduc aminte de zilele acelea. Am comis o greșeală care m-a întors pe dos. Iar ca să-mi redobândesc echilibrul, o să mă situez acum cu fermitate în mediul familiar de la Moșia Methwold. Lăsând deoparte istoria Conferinței Copiilor din Miez de Noapte, cât și durerea de la Pioneer Café, o să vă povestesc despre căderea lui Evie Burns.

I-am dat acestui capitol un titlu destul de ciudat. „Alfa și Omega“ se uită la mine de pe pagină, cerând să fie explicate – un generic bizar pentru ceea ce va fi semiconcluzia poveștii mele, care miroase a începuturi și sfârșituri, când ați putea spune că ar trebui să o preocupe miezurile; dar, fără regrete, nu am de gând să-l schimb, chit că există o mulțime de variante de titlu, ca de pildă „De la Maimuță la Rhesus“, „Finger redux“ sau – într-un stil ceva mai aluziv – „Gâscanul“, o trimitere evidentă la pasărea mitică, *hamsa* sau *parahamsa*, simbolul capacității de a trăi în două lumi, una a uscatului și a apelor, cealaltă a aerului și a zborului. Dar dacă m-am decis pentru „Alfa și Omega“, așa rămâne. Fiindcă există în episodul ăsta o serie de începuturi și tot felul de sfârșituri. O să vedeți imediat ce-am vrut să spun.

Padma scoate un țâțâit exasperat.

— Iar vorbești în dodii, mă critică ea. Ai de gând să povestești despre Evie sau nu?

...După alegerile generale, guvernul central a continuat să ezite cu privire la viitorul Bombay-ului. Statul urma să fie împărțit, pe urmă se renunța la idee, însă nu după mult timp problema împărțirii se punea din nou. Cât despre orașul în sine, ba urma să devină capitala Maharashtrei, ba a Maharashtrei și a Gujaratului deopotrivă, ba un stat de sine stătător... În timp ce guvernul încerca să vadă ce Dumnezeu putea să facă, locuitorii orașului s-au decis să-l încurajeze să acționeze rapid. Tulburările de stradă au proliferat (încă se mai putea auzi vechiul cântec de luptă al celor din Mahratta – *Ce faci? Bine, mulțumesc! Iau un băț și te snopesc!* – ridicându-se deasupra larmei); și pentru ca lucrurile să stea și mai prost, la toate astea s-a adăugat și vremea. A fost o perioadă de secetă în care drumurile au crăpat, țăranii din sate au fost siliți să-și omoare vacile, iar în ziua de Crăciun (a cărei semnificație era aprofundată de toți copiii din școlile de pe lângă misiuni, îngrijiți de *ayahe* catolice) s-a auzit o serie de explozii zgomotoase la Barajul Walkeshwar, când principalele conducte de apă proaspătă în care stătea salvarea orașului au început să împroaște trâmbe înalte, ca niște balene uriașe de oțel. Ziarele s-au umplut de articole despre sabotori, în care speculațiile despre identitatea și afilierea politică a făptașilor își disputau spațiul tipografic cu relatările despre valul continuu de asasinate ale prostituatelor. (Am aflat cu un interes aparte că asasinul avea o „semnătură" absolut specială. Cadavrele femeilor nopții indicau ipoteza strangulării. Pe gâturile lor existau urme prea mari ca să fie ale degetelor de la mâini, dar aproape identice cu semnele pe care le-ar fi lăsat o pereche de genunchi uriași, înzestrați cu o forță supranaturală.)

Dar mă abat de la subiect. Ce legătură au toate astea cu Evelyn Lilith Burns? pare să întrebe căutătura încruntată a Padmei. Iau imediat poziție de drepți, cum s-ar zice, și răspund: în zilele care au urmat distrugerii rezervoarelor cu apă potabilă ale orașului, pisicile vagaboande din Bombay au început să se adune în cartierele unde apa încă nu reprezenta o problemă, adică în zonele selecte, unde fiecare casă avea un rezervor propriu, supra- sau subteran. Ca urmare, colina cât un bloc cu două etaje pe care se afla Moșia Methwold a fost invadată de o armată de feline însetate. Pisicile fojgăiau pretutindeni în piațetă, se cățărau pe plante târâtoare și săreau în mijlocul camerelor de zi, dărâmau ghivecele ca să bea apa stătută din ele, se instalau în băi și leorpăiau din closete sau luau cu asalt bucătăriile din palatele lui William Methwold. Servitorii de la Moșie au fost înfrânți în strădaniile de a respinge marea invazie pisicească, iar doamnelor nu le-a rămas decât să scoată exclamații neputincioase și îngrozite. Căcărezele întărite ca niște viermi uriași ale felinelor se găseau peste tot, grădinile erau distruse de simpla prezență numerică a animalelor, în timp ce somnul de noapte devenea o utopie din cauză că armata își recăpăta vocea și își cânta setea sub razele lunii. (Baroneasa Simki von der Heiden a refuzat să se lupte cu pisicile, prezentând deja unele semne ale bolii care avea s-o răpună în scurt timp.)

Nussie Ibrahim a sunat-o pe maică-mea ca s-o anunțe:

— Soră Amina, e sfârșitul lumii.

Nussie s-a înșelat, fiindcă nu au trecut decât trei zile de la marea invazie a pisicilor și Evelyn Lilith Burns a făcut turul vilelor și s-a oferit, ținând degajat într-o mână pistolul Daisy cu aer comprimat, să pună capăt cât ai clipi din ochi – dar pe bani frumoși – blestemului mâțelor.

Toată ziua pe Moșia Methwold au răsunat pocnetele pistolului lui Evie și miorlăiturile disperate ale felinelor, căci fata a pornit pe rând pe urmele fiecărui soldat din armata de animale și s-a îmbogățit. Dar (așa cum demonstrează de atâtea ori istoria) momentul triumfului suprem poartă în el sâmburele prăbușirii finale. Așa se face că, din punctul de vedere al Maimuței de Bronz, persecuția organizată de Evie împotriva pisicilor a fost efectiv picătura care a umplut paharul.

— Frățioare, ți-am zis c-o să am grijă de fătuca asta, mi-a spus Maimuța pe un ton sumbru. Ei bine, uite c-a venit momentul.

Întrebări la care nu se poate răspunde: era adevărat că soră-mea deprinsese și limba pisicilor, nu doar pe a păsărilor? Fusese oare provocată izbucnirea ei de dragostea pentru viața felinelor?... La momentul marii invazii, părul Maimuței devenise castaniu. Fata renunțase la obiceiul de a da foc la pantofi; cu toate acestea, avea o înverșunare greu de explicat și de care toți ceilalți eram străini. Așa stând lucrurile, a coborât în piațetă și a strigat din toate puterile:

— Evie! Evie Burns! Fă-te imediat încoa', oriunde-ai fi!

Înconjurată de pisici puse pe fugă, Maimuța a așteptat-o pe Evelyn Burns. Am ieșit pe veranda de la etajul întâi ca să mă uit, în timp ce Sonny, Oache, Briantină și Cyrus se aflau deja pe verandele caselor unde locuiau, gata de spectacol. Am văzut-o pe Evie Burns apărând din bucătăria Vilei Versailles; sufla în fumul care ieșea pe țeava pistolului.

— Puteți să mulțumiți cerului c-am fost aici, indienilor, altfel v-ar fi ronțăit mâțele astea până' la măduvă! a declarat.

Am observat că Evie tace brusc la vederea ochilor ficși ai Maimuței, care s-a repezit apoi iute ca gândul asupra celeilalte, dând startul unei încăierări care, ni s-a părut nouă, a durat ore întregi (deși poate că a fost vorba doar de câteva minute). Acoperite de praful din piațetă, cele două s-au rostogolit au lovit au zgâriat s-au mușcat, lăsând să se vadă ba câte un smoc zburând prin norul de colb, ba un picior cu o șosetă albă murdară, ba un genunchi, ba o bucată de rochie ferfeniță, aruncată undeva la întâmplare. Adulții și-au făcut apariția în goană, servitorii nu au reușit să le despartă, iar până la urmă a fost nevoie de grădinarul lui Homi Catrack, care a pus furtunul pe ele... Maimuța de Bronz s-a ridicat nițeluș otângită și și-a scuturat tivul îmbibat al rochiei, fără să acorde atenție amenințărilor punitive ieșite de pe buzele Aminei Sinai și ale lui Mary Pereira; căci acolo, în praful stropit de furtunul grădinarului, în mijlocul piațetei, zăcea Evie Burns cu aparatul dentar stricat, cu părul murdar și năclăit, cu spiritul supus și fără nici o șansă de a ne mai stăpâni vreodată.

După câteva săptămâni, tatăl ei a trimis-o acasă definitiv, „Ca să crească așa cum trebuie, departe de sălbaticii ăștia", conform propriilor cuvinte. O singură dată am mai primit vești de la ea, șase luni mai târziu, când m-am trezit din senin cu o scrisoare prin care mă informa că înjunghiase o bătrână care se împotrivise atacului declanșat împotriva unei pisici. „A căutat-o cu lumânarea", s-a fălit Evie. „Spune-i soră-tii c-a avut noroc." O salut acum pe bătrâna necunoscută care a achitat nota de plată a Maimuței.

Și mai interesant decât ultimul mesaj al lui Evie este un gând care îmi trece prin minte chiar în clipa asta, pe când privesc înapoi prin tunelul timpului. Având în fața ochilor imaginea Maimuței și a lui Evie în praful din piațetă, mi se pare că descifrez impulsul din spatele luptei lor pe viață și pe moarte, care ascunde un motiv mult mai profund decât simpla persecutare a pisicilor: cele două se bătuseră pentru mine. Evie și soră-mea (care în multe privințe semănau destul de bine) s-au lovit și s-au zgâriat, chipurile, pentru soarta câtorva mâțe însetate. Dar poate că loviturile lui Evie îmi erau adresate mie, poate că violența lor arăta cât fusese de furioasă pentru că-i invadasem mintea; pe de altă parte, poate că forța Maimuței era cea a loialității fraterne, iar actul ei de război era de fapt un act de iubire.

Așadar, în piațetă a curs sânge. Un alt titlu respins pentru paginile astea – e bine să știți – a fost „Sângele și apa". În zilele crizei de apă, pe obrajii lui Evie Burns s-a prelins un lichid mai gros decât aceasta, vocea sângelui a motivat-o pe Maimuța de Bronz, iar pe străzile din oraș cei care se încăierau își risipeau lichidul vital unii altora. Au existat crime cu vărsare de sânge și poate că nu se cade să închei acest catalog sangvin amintind din nou de obrajii înroșiți violent ai maică-mii. În anul acela au existat douăsprezece milioane de voturi roșii, iar roșul e culoarea sângelui. În scurt timp va curge alt sânge: trebuie reținute grupele de sânge A și O, Alfa și Omega, precum și o nouă posibilitate, a treia. Dar și alți factori: zigozitatea, anticorpii Kell și cel mai misterios dintre atributele sangvine, cunoscut și drept rhesus, care e totodată un tip de maimuță.

Totul are o formă, dacă știi s-o cauți. Nu există scăpare din fața formelor.

Însă, înainte să dau sângelui tot ce-i aparține, o să-mi deschid aripile (aidoma gâscanului *parahamsa* care se poate plimba dintr-un element în altul) și o să revin succint la problemele lumii mele interioare. Căci, deși după prăbușirea lui Evie Burns nu am mai fost ostracizat de copiii de pe colină, tot mi-a venit greu să-i iert; și pentru un timp am rămas deoparte, singur și distant, cufundându-mă în evenimentele care aveau loc în capul meu, în primele zile ale asocierii copiilor din miez de noapte.

Sincer să fiu, nu-mi plăcea Shiva. Mă enervau vocabularul lui grosolan și ideile primitive. Începusem să-l bănuiesc de o serie de crime cumplite – deși nu puteam găsi nici o dovadă în gândurile lui, fiindcă era singurul copil din miez de noapte care putea să-mi refuze accesul la toate gândurile pe care nu le dorea împărtășite – iar asta mi l-a făcut și mai antipatic și suspect pe băiatul cu față de coțcar. Totuși, am avut o atitudine corectă; și n-ar fi fost cinstit să-l țin la distanță de ceilalți membri ai Conferinței.

Ar trebui să explic că, pe măsură ce mi s-au dezvoltat capacitățile mentale, mi-am dat seama că puteam nu doar să interceptez transmisiile copiilor și să-mi difuzez propriile mesaje, ci și (dat fiind că tot m-am împotmolit în metafore radiofonice) să funcționez ca un fel de rețea națională, în așa fel încât, deschizându-mi mintea transformată în fața tuturor copiilor, să fac din ea un forum în care aceștia să poată vorbi între ei prin intermediul meu. Prin urmare, în primele zile ale lui 1958, cei cinci sute optzeci și unu de copii s-au întrunit timp de o oră, între douăsprezece și unu noaptea, în *lok sabha* sau Parlamentul propriului meu creier.

Eram amestecați, răgușiți și indisciplinați, ca orice adunătură de cinci sute optzeci și unu de țânci de zece ani, iar exuberanța noastră naturală era dublată de emoția prilejului de a ne descoperi unii pe alții. După o oră de urlete bombăneli certuri chicoteli gălăgioase, m-am cufundat secătuit într-un somn prea profund pentru coșmaruri, dar tot m-am trezit cu o durere de cap căreia, ce-i drept, nu i-am dat importanță. Treaz, eram obligat să fac față numeroaselor deznădejdi legate de perfidia mamelor sau decăderea taților, de capriciile prietenilor și diversele tiranii ale școlii; dormind, mă aflam în centrul celei mai atrăgătoare lumi descoperite vreodată de un copil. În ciuda lui Shiva, era mai bine să dormi.

Convingerea lui Shiva că grupul îl avea ca lider natural pe el (sau pe el și pe mine) în virtutea nașterii lui (noastre) exact când bătuse miezul nopții avea, trebuie să recunosc, un puternic argument pro. Mi se părea pe atunci – așa cum mi se pare și acum – că miracolul din miez de noapte avusese un caracter remarcabil de ierarhic și că însușirile copiilor descreșteau spectaculos pe măsură ce clipa nașterii lor se îndepărta de miezul nopții. Însă chiar și acesta era un punct de vedere aprig contestat... „Cumadicăcevreisăspui", îngânau în cor băiatul din pădurea Gir a cărui față era complet inexpresivă și lipsită de trăsături (cu excepția ochilor, a nărilor și a locului gurii), ceea ce îl ajuta să împrumute orice fizionomie, și Harilal, care putea să alerge cu viteza vântului, și Dumnezeu știe câți alții... „De unde până unde asta-i bine și asta nu?" „Poți să zbori? Eu pot!" „Să te văd, poți să preschimbi un pește în cincizeci?" „Azi am fost să văd cum e mâine. Poți s-o faci și tu? Păi atunci..." – în fața unei asemenea furtuni de proteste, până și Shiva și-a modificat discursul. Însă avea să descopere un altul, mult mai periculos nu doar pentru copii, ci și pentru mine.

Iar asta fiindcă îmi dădusem seama că nu eram imun la cântecul de sirenă al funcției de lider. În fond, cine-i găsise pe Copii? Cine înființase Conferința? Cine le oferise un loc de întâlnire? Nu eram unul dintre cei doi veterani? Nu meritam respect și supunere conform vechimii? Proprietarii sediilor de cluburi nu erau totodată și patronii lor?... Răspunsul lui Shiva: „Las-o baltă, meștere. Chestiile astea cu cluburile prind la voi, ăștia cu parale!" Atâta doar că a trebuit – cel puțin pe moment – să se recunoască învins. Parvati-vrăjitoarea, fiica scamatorului din Delhi, mi-a ținut partea (așa cum mai târziu avea să-mi salveze viața) și a declarat: „Stați, ascultați aici: fără Saleem nu ajungem nicăieri. Nu putem vorbi, nu putem face nimic; are dreptate. Să fie el șeful!" La care eu: „Nu, nu-i vorba de *şef*, priviţi-mă doar ca pe... un frate mai mare, eventual". Moment în care Shiva a spus dispreţuitor, dar incapabil să opună rezistenţă: „Bine, frate mai mare, ia zi, ce facem?"

Aceasta a fost clipa când am prezentat în plenul Conferinţei noţiunile care îmi dăduseră atâta bătaie de cap: scopul şi sensul. „Trebuie să ne gândim care-i rostul nostru", le-am spus.

Consemnez fidel vederile unui grup reprezentativ de membri ai Conferinţei (cu excepţia circarilor şi a celor care, aidoma cerşetoarei Sundari cu trupul plin de urme de cuţit, îşi pierduseră puterile şi tăceau în timpul dezbaterilor, ca neamurile sărace la praznic): printre filosofiile şi scopurile sugerate s-au numărat colectivismul – „Ar trebui să ne strângem laolaltă şi să trăim undeva, nu? Ce ne-ar mai trebui de la ceilalţi?" – şi individualismul – „Spuneţi mereu «ne» şi «noi», dar nu însemnăm nimic de-a valma; lucrul important e că fiecare are un dar al lui sau al ei, pe care şi-l poate folosi pentru binele personal" – devotamentul filial – „Felurile în care ne putem ajuta mamele şi taţii, asta ne revine de făcut" – şi revoluţia infantilă – „A venit în fine vremea să le-arătăm tuturor puştilor că pot să scape de părinţi !" – capitalismul – „Ia gândiţi-vă ce afaceri am putea să facem! Cum ne-am mai îmbogăţi, lăudat fie Allah!" – şi altruismul – „Ţara are nevoie de oameni dotaţi; trebuie să-i întrebăm pe cei din guvern cum vor să ne folosească harurile" – ştiinţa – „Trebuie să permitem să fim studiaţi!" – şi religia – „Să ne înfăţişăm în faţa lumii, ca să-l poată proslăvi cu toţii pe Dumnezeu!" – curajul – „Ar trebui să invadăm Pakistanul!" – laşitatea – „O, ceruri, trebuie să stăm cu capul la cutie, gândiţi-vă ce-or să ne facă, or să ne omoare cu pietre ca pe vrăjitoare sau cine poate şti!" Au existat declaraţii pentru drepturile femeii şi demersuri de îmbunătăţire a condiţiilor de viaţă pentru cei fără castă. Copiii fără pământ visau proprietăţi, membrii tribului de pe colină erau cu gândul la jeepuri. În plus, au apărut fantezii despre putere. „N-au cum să ne oprească, meştere. Vrăjim, zburăm, citim gânduri, facem din oameni broaşte, scoatem aur şi peşti din nimic, îi facem pe ceilalţi să se îndrăgostească de noi, dispărem prin oglinzi şi ne schimbăm sexul... Cum crezi c-or să se poată împotrivi?"

Nu o să neg că am fost dezamăgit. N-ar fi trebuit; copiii aceia nu aveau nimic anormal, în afara darurilor native. Prin minte le treceau toate lucrurile obişnuite: taţi mame bani mâncare pământ bunuri faimă putere Dumnezeu. Nicăieri în gândurile Conferinţei nu am găsit ceva la fel de nou ca propriile noastre persoane... dar şi eu pornisem pe o pistă greșită. Vedeam la fel de tulbure ca și ceilalți. Chiar și în clipa când Soumitra, călătorul prin timp, ne-a spus: „Ascultați-mă bine, n-are nici o noimă, or să ne termine înainte să facem un pas!", l-am ignorat cu toții. Din cauza optimismului copilăriei – o formă mai virulentă a aceleiași boli căreia îi căzuse victimă la un moment dat bunicul meu, Aadam Aziz – am refuzat să ținem cont de lucrurile neplăcute și nu s-a găsit nimeni care să sugereze că era posibil ca rostul Copiilor din Miez de Noapte să fie anihilarea, că urma să avem un sens anume abia după ce vom fi fost distruși.

De dragul discreției, dar și din alte motive, refuz să deosebesc o voce de alta. În primul rând, povestirea mea n-ar putea să se plieze pe cinci sute optzeci și una de personalități bine conturate. În al doilea, în ciuda darurilor lor minunat de bine distribuite și variate, copiii rămâneau în mintea mea un fel de monstru cu multe capete, vorbind în puzderia de limbi a Turnului Babel. Erau însăși esența multiplicității și nu văd de ce i-aș diferenția acum. (Dar au existat și excepții. Îndeosebi Shiva, precum și Parvati-vrăjitoarea.)

...Destinul, rolul istoric, numenul: niște înghițituri prea mari pentru gâtlejurile unor copii de zece ani. Poate chiar și pentru al meu; în pofida avertismentelor lansate de degetul întins al pescarului și de scrisoarea prim-ministrului, am fost mereu distras de la minunile olfactive din pricina întâmplărilor mărunte din viața de zi cu zi: foamea, somnul, maimuțărelile în compania Maimuței, mersul la cinema ca să vedem *Femeia-cobră* sau *Vera Cruz*, pasiunea mea tot mai mare pentru pantalonii lungi și inexplicabila căldură-de-sub-curea produsă de apropiata serbare școlară la care nouă, băieților de la Liceul John Connon, avea să ni se permită să dansăm step și Dansul Mexican al Pălăriilor cu fetele din instituția-soră – cum ar fi Masha Miovic, campioana de la bras („Hee hee", făcea Keith Colaco Umflatul), Elisabeth Purkiss și Jeney Jackson – fete europene, Dumnezeule, cu fuste largi și săruturi versate! – pe scurt, atenția îmi era confiscată permanent de chinul teribil și acaparator al maturizării.

În cele din urmă, și păsările simbolice trebuie să se întoarcă pe pământ; așa că nu mi se pare deloc suficient (cum nu mi se părea nici atunci) să vorbesc doar despre aspectele miraculoase. Trebuie să mă întorc (cum o făceam și pe vremea aceea) la faptul cotidian; trebuie să las să curgă sânge.

Prima mutilare a lui Saleem Sinai, urmată rapid de o a doua, a avut loc într-o zi de miercuri de la începutul lui 1958 – miercurea atât de așteptatei serbări desfășurate sub auspiciile Societății Anglo-Scoțiene de Învățământ. Altfel spus, s-a întâmplat la școală.

Agresorul lui Saleem: chipeș, frenetic, cu o mustață stufoasă de barbar: îl prezint pe agitatul și dinamicul domn Emil Zagallo, care făcea cu noi geografie și educație fizică și care mi-a provocat fără să vrea, în dimineața aceea, nici mai mult nici mai puțin decât cea mai importantă criză din viața mea. Zagallo se dădea peruvian și îi plăcea să ne facă indieni din junglă, morți după mărgele. Avea obiceiul să atârne de tablă o imagine a unui soldat solemn și transpirat, cu un coif ascuțit de tinichea și pantaloni metalici strâmți, pe care îl împungea cu degetul când se enerva, strigând ca să-l audă toți: „Îl vedeți, sălbaticilor? Omul ăsta reprezintă civilizația! Arătați-i respect: are *sabie*!“, iar pe urmă gesticula cu bastonul prin aerul dintre zidurile de piatră. Îi spuneam Pagal-Zagal, Zagallo nebunul, fiindcă, oricât ar fi vorbit de lame, de conchistadori și de Oceanul Pacific, știam – grație certitudinii absolute a zvonurilor – că se născuse într-o casă de raport din Mazagaon și că mama lui, originară din Goa, fusese părăsită de un agent comercial căruia i se ordonase să ridice tabăra. Așadar, nu numai că nu era „englezoi“, dar probabil că adevăratul lui statut era cel de bastard. Știind asta, ne dădeam seama de ce vorbea Zagallo cu accent latino-american, de ce se enerva întruna și de ce bătea cu pumnii în pereții de piatră ai clasei. Cu toate acestea, ne era frică în continuare. Iar în dimineața asta de miercuri știam că urma să avem necazuri, fiindcă se desființaseră cursurile opționale de religie.

În fiecare dimineață de miercuri Zagallo avea două ore de geografie, la care însă participau doar idioții și elevii cu părinți bigoți, fiindcă tot atunci puteam alege să ne îndreptăm spre catedrala St. Thomas în coloană – un lung alai compus din băieți de toate confesiunile posibile, care scăpau de școală refugiindu-se la sânul Dumnezeului facultativ al creștinilor. Zagallo își ieșea din fire, dar nu avea ce face. Totuși, astăzi în ochii lui se citea o lucire de rău-augur, întrucât Croncănilă (adică domnul Crusoe, directorul) anunțase la apelul de dimineață că se renunțase la catedrală. Cu o voce goală și răgușită, ieșită din gura lui de broscoi anesteziat, acesta ne-a condamnat la două ore de geografie și Pagal-Zagal, surprinzându-ne pe toți, fiindcă nu înțeleseserăm că și lui Dumnezeu i se dădea voie să aibă opțiuni. Cu un aer mohorât, am intrat în bârlogul lui Zagallo; unul dintre idioții prăpădiți ai căror părinți nu le permiteau niciodată să meargă la catedrală mi-a șoptit cu o mulțumire mârșavă:

— Stai să vezi, azi chiar vă pune pielea pe băț.

Și crede-mă, Padma, asta a și făcut.

Ursuzi și așezați la locurile noastre din clasă: Keith Colaco Umflatul, Perce Fishwala Grăsanul, Jimmy Kapadia, bursierul al cărui tată era taximetrist, Briantină Sabarmati, Sonnny Ibrahim, Cyrus cel Mare și cu mine. Au mai fost și alții, dar acum nu mai am timp de ei, fiindcă nebunul de Zagallo își îngustează ochii în culmea încântării și ne ia la întrebări.

— Geografie umană, anunță el. Ce e asta? Kapadia?

— Vă rog domnule nu știu domnule.

Câteva mâini se înalță în aer – cinci sunt ale unor idioți alungați din biserică, a șasea îi aparține inevitabil lui Cyrus cel Mare. Numai că azi Zagallo vrea sânge: cucernicii or să sufere.

— Excrement din junglă, îl înghiontește el pe Kapadia, după care începe să-i răsucească degajat o ureche. Mai stai prin clasă și-o să afli!

— Au au au da domnule iertați-mă domnule...

Cele șase mâini flutură mai departe, dar urechea lui Jimmy e în pericol să se desprindă de cap. Eroismul mă face să acționez...

— Domnule vă rog opriți-vă domnule e bolnav de inimă domnule!

Lucru perfect adevărat; însă adevărul e periculos, fiindcă acum Zagallo mă ia pe mine în colimator:

— Aha, ne-mpotrivim, da?

Sunt luat de ciuf și dus în fața clasei. Sub ochii ușurați ai colegilor de clasă – *slavă Domnului că nu suntem în locul lui* – mă zvârcolesc de durere, prins în continuare de moț.

— Păi, răspunde la întrebare. Știi ce este geografia umană?

Durerea îmi năvălește în cap, anulând-mi orice posibilitate de șmecherie telepatică:

— Văleu domnule nu domnule au!

...Iar acum se poate vedea umbra unei glume pogorându-se asupra lui Zagallo și schimonosindu-i fața într-un simulacru de zâmbet; se poate vedea cum întinde mâna, cu degetul mare și arătătorul pregătite, după care cele două degete mi se închid în jurul nasului pe care îl trag în jos... Unde merge nasul trebuie să meargă și capul, așa că în cele din urmă nasul mi se îndreaptă spre podea, iar ochii sunt obligați să se uite cu dezgust la picioarele cu unghii murdare, încălțate în sandale, ale profesorului, în timp ce Zagallo dă drumul vorbei de duh.

— Ia uitați-vă, băieți. Vedeți ce-avem aici? Priviți, vă rog, fața hidoasă a acestei creaturi primitive. Vă aduce aminte de...?

Răspunsurile se aud imediat: „Domnule de diavol domnule". „Vă rog domnule de un văr de-al meu." „Nu domnule de o legumă domnule dar nu știu care." Până când Zagallo strigă, acoperind hărmălaia:

— Gura! Pui de babuini! Obiectul ăsta de-aici – mă trage de nas – ei bine, *asta* e geografia umană!

— Cum domnule unde domnule ce domnule?

Acum Zagallo râde.

— N-ați observat? chicotește el. N-ați văzut pe fața maimuței ăsteia pocite întreaga hartă a *Indiei*?

— Da domnule nu domnule arătați-ne domnule!

— Uitați, aici atârnă Peninsula Deccan!

Și mă mai trage o dată de nas.

— Domnule domnule dacă asta-i harta Indiei ce sunt petele domnule?

Ăsta e Keith Colaco Umflatul, care a prins curaj. Colegii mei ricanează și râd pe înfundate. Iar Zagallo răspunde serios la întrebare:

— Petele astea sunt Pakistanul! strigă el. Semnul din naștere de pe urechea dreaptă e Aripa de Est și obrazul ăsta stâng oribil și plin de pete e cea de Vest! Țineți minte, prostovanilor: Pakistanul e o pată pe fața Indiei!

— Ha ha! râde clasa. Un banc de nota zece, domnule!

Dar acum nasul meu s-a cam săturat. Regizându-și propria revoltă spontană împotriva degetului mare și a arătătorului care îl strângeau ca într-o menghină, lansează o armă numai a lui... Din nara stângă se prelinge o ditamai picătura strălucitoare și mucilaginoasă, care aterizează în palma domnului Zagallo.

— Ia uitați-vă, domnule! Îi curge nasul, domnule! Oare ăla o fi *Ceylonul*?

Văzându-și mâna mânjită de muci, lui Zagallo îi piere cheful de glumă.

— Animalule, mă boscorodește el. Vezi ce-ai făcut?

Îmi dă drumul la nas, dar mâna i se încleștează din nou la mine în păr. Secrețiile nazale mi se șterg de buclele îngrijite. Sunt prins din nou și tras de păr, însă de data asta în sus. Îmi simt capul împins undeva deasupra, abia mai ating pământul cu vârfurile picioarelor, iar Zagallo mă întreabă:

— Ce ești? Spune-mi ce ești!

— Domnule un animal domnule!

Mâna lui mă trage și mai mult în sus.

— Încă o dată.

Stând pe vârfuri, încep să chelălăi:

— Auuu domnule un animal un animal vă rog domnule auuu!

Sunt tras în continuare, tot mai sus...

— Repetă!

Dar deodată se termină. Stau din nou cu toată talpa pe pământ, în timp ce peste clasă s-a lăsat o tăcere de moarte.

— Domnule, i-ați smuls părul din cap, spune Sonny Ibrahim.

După care vacarmul se dezlănțuie din nou: „Uitați, domnule, sânge". „Sângerează, domnule." „Vă rog, domnule, pot să-l duc la cabinetul medical?"

Domnul Zagallo rămăsese ca o statuie, ținând în pumn un smoc din părul meu. În vreme ce eu – prea șocat ca să mai simt durerea – mi-am pipăit peticul din creștet unde profesorul imitase tonsura unui călugăr, un cerc unde părul nu avea să mai crească niciodată, și mi-am dat seama că blestemul nașterii mele, care mă lega de țara de origine, izbutise să găsească încă o modalitate neașteptată de a se exprima.

Două zile mai târziu, Crusoe Croncănilă ne-a anunțat că, din păcate, domnul Emil Zagallo părăsea școala din motive personale. Însă eu, unul, am știut imediat care erau motivele. Părul meu smuls i se lipise de mâini, ca sângele care nu iese la spălat, și nimeni nu vrea să aibă de-a face cu un profesor cu păr în palme. „Primul semn al nebuniei", cum îi plăcea să spună lui Keith Umflatul. „Al doilea e să-l cauți."

Moștenirea lui Zagallo: o tonsură de călugăr și – mult mai rău – o mulțime de vorbe noi pe care mi le aruncau colegii, în timp ce așteptam autobuzele care aveau să ne ducă acasă, unde trebuia să ne îmbrăcăm pentru serbare: „Pocilă-i chelios!" și „Smârcâici are mutra ca o hartă!" Când Cyrus s-a alăturat cozii la autobuz, am încercat să-i fac pe ceilalți să se ocupe de el, cântând „Cyrus cel Mare/ născut pe farfurioare/ în '48, oroare!", dar n-a dat nimeni curs invitației.

Și iată-ne ajunși la evenimentele de la serbarea de la catedrală. Unde bătăușii au devenit unelte ale destinului, degetele s-au preschimbat în fântâni, iar Masha Miovic, legendara înotătoare de bras, a căzut într-un leșin de moarte... Am ajuns la serbare având în continuare pe cap bandajul făcut la cabinetul medical. Întârziasem, fiindcă nu-mi fusese ușor s-o conving pe mama să mă lase, așa că, în clipa când am intrat în sala de festivități, pe sub mulțimea de panglici, baloane și priviri bănuitoare prin natura meseriei, aparținând unor însoțitoare ciolănoase, toate fetele râvnite dansau deja step și Dansul Mexican al Pălăriilor cu niște parteneri peste măsură de spilcuiți. Bineînțeles că monitorii fuseseră lăsați să aleagă primii. M-am uitat la ei cu o invidie pasionată : Guzder, Joshi, Stevenson, Rushdie, Talyarkhan, Tayabali, Jussawalla, Waglé și King. Am încercat să preiau dansul cerându-mi scuze, dar când mi-au văzut bandajul, nasul cât un castravete și petele de pe față, au pufnit în râs și mi-au întors frumușel spatele... Cu ura dospindu-mi în suflet, am mâncat chipsuri, am băut Bubble-Up și Vimto și mi-am spus : „Jigodiile, dac-ar afla cine sunt, n-ar ști cum să dispară mai repede din fața mea !“ Însă teama de a-mi divulga adevărata fire era în continuare mai puternică decât dorința oarecum abstractă pe care o nutream pentru europencele care dansau.

— Hei, ești Saleem, nu? Dumnezeule, băiete, ce-ai pățit?

Am fost smuls din reveria mea amară și însingurată (până și Sonny găsise cu cine să danseze ; dar mă rog, avea tâmplele scobite și nu purta chiloți, lucruri care îl făceau atrăgător) de o voce de undeva de după umărul meu stâng, un glas jos, ieșit din fundul gâtului, plin de promisiuni, dar și de amenințări. O voce de fată. M-am întors aproape sărind și m-am trezit în fața unei vedenii blonde, cu un piept proeminent și celebru... Doamne, avea paișpe ani, de ce stătea de vorbă cu mine?...

— Mă cheamă Masha Miovic, a spus arătarea. Am cunoscut-o pe sora ta.

Bineînțeles ! Eroinele Maimuței, înotătoarele de la școala Walsingham, o cunoșteau indiscutabil pe campioana școlară la bras !...

— Știu... am bâiguit. Îți cunosc numele.

— Și eu pe-al tău, așa că suntem chit, a zis ea, îndreptându-mi cravata.

Peste umărul ei, i-am văzut pe Keith Umflatul și pe Perce Grăsanul privindu-ne cu o invidie al cărei paroxism îi făcuse deja să saliveze. Am adoptat o poziţie milităroasă şi mi-am îndreptat umerii. Masha Miovic m-a întrebat din nou de bandaj.

— A, nimic, am răspuns cu un glas pe care mi l-am dorit profund. Un accident la meci. Vrei să... dansăm? am întrebat apoi, chinuindu-mă să nu îmi tremure vocea.

— Bine, a răspuns Masha Miovic. Dar să nu-ncerci vreo prostie.

Saleem se avântă la dans cu Masha Miovic, jurând să nu încerce nici o prostie. Saleem şi Masha, la Dansul Pălăriilor; Masha şi Saleem alături de cei mai buni dansatori de step! Îi îngădui propriei figuri să adopte o expresie superioară; vedeţi, nu trebuie să fii neapărat monitor ca să faci rost de o fată!... Dansul a luat sfârşit, iar eu am întrebat-o, în culmea exuberanţei:

— Vrei să ne plimbăm, ştii tu, prin curte?

Masha Miovic a arborat un zâmbet tainic.

— Mda, bine, hai să ieşim puţin. Dar îţi ţii mâinile acasă, da?

Cu mâinile acasă, se jură Saleem. Saleem şi Masha ies la aer... Doamne, ce bine e. Asta da, viaţă. Adio, Evie, salut, brasule... Keith Colaco Umflatul şi Perce Fishwala Grăsanul ies din penumbra curţii şi chicotesc: „Hi hi hi“. Masha Miovic e nedumerită când îi vede că ne ţin calea. „Ho ho“, spune Perce Grăsanul, „grozav partener ţi-ai găsit, Masha. Ho ho.“ „Ia mai ţine-ţi gura“, îi răspund. La care Keith Umflatul: „Vrei să afli în ce război a fost rănit, Mashy?“ „He ho ha“, îi ţine isonul Perce Grăsanul. „Nu fiţi răi“, zice Masha. „S-a lovit în timpul meciului!“ Perce Grăsanul şi Keith Umflatul mai au puţin şi dau în primire de râs, după care primul divulgă totul. „I-a smuls Zagallo părul la oră. He ho!“ „Pocilă-i chelios!“ adaugă Keith, pentru a rosti apoi ca într-un glas: „Smârcâici are mutra ca o hartă!“ Pe chipul Mashei Miovic se citeşte deruta, precum şi altceva, un prim semn al răutăţii celor de sex opus... „Saleem, sunt atât de mojici cu tine!“

„Da, nu-i băga în seamă“, îi spun şi încerc s-o duc de acolo. Dar ea continuă: „Doar n-o să-i laşi nepedepsiţi!“ Buza de sus îi e perlată de emoţie, limba i-a ajuns în colţul gurii, ochii par să mă întrebe: *Ce eşti, bărbat sau şoarece?...* iar sub vraja campioanei la bras, în mintea mea îşi face lor încă un lucru: imaginea a doi genunchi irezistibili. Mă reped imediat la Colaco şi Fishwala; în timp ce ei hohotesc neatenţi, îi ard un genunchi Umflatului unde îi e greu voinicului. Nici nu apucă bine să cadă, că-l pun jos și pe Perce Grăsanul prin același procedeu. Mă întorc spre iubita mea care aplaudă încet: „Bravo, bine lucrat".

Însă clipa de glorie a trecut; Perce Grăsanul se ridică anevoie, iar Keith Umflatul se apropie deja de mine... Renunțând să mimez bărbăția, mă întorc pe călcâie și o iau la goană. Cele două matahale se țin după mine, urmate de Masha Miovic, care strigă: „Unde fugi, micul meu erou?" Dar acum nu mai am timp de ea, n-am voie să-i las să pună mâna pe mine, fuga în prima clasă și încerc să închid ușa, numai că Perce Grăsanul a apucat să pună piciorul, acum au intrat amândoi, o zbughesc spre ușă, o apuc cu mâna dreaptă, încerc s-o dau în lături, *ieși dacă poți*, cei doi închid ușa cu forța, trag la rândul meu cu toată puterea pe care mi-o dă frica, o deschid puțin, câțiva centimetri, mâna mi se încleștează pe ea, dar Perce Grăsanul se avântă cu toată greutatea, ușa se mișcă prea repede ca să am timp să-mi retrag mâna și se închide. Un zgomot surd. De partea cealaltă, Masha Miovic sosește, se uită pe podea și vede partea de sus a mijlociului meu abandonată acolo ca o lamă de gumă mestecată vârtos. În momentul ăla am leșinat.

Nici o durere. Totul se întâmplă foarte departe. Perce Grăsanul și Keith Umflatul dau fuga după ajutor sau să se ascundă. Îmi privesc mâna din pură curiozitate. Degetul meu s-a transformat în fântână: lichidul roșu țâșnește în ritmul în care îmi bate inima. Habar n-aveam că există atâta sânge într-un deget. Frumos. Uite-o și pe asistenta medicală, ușor, nu te speria, soră. E doar o zgârietură. *Li se dă telefon părinților tăi; domnul Crusoe își ia cheile de la mașină.* Asistenta aplică un tampon mare de vată deasupra ciotului. Vata se înroșește imediat. Apare Crusoe. Suie-te în mașină, Saleem, te duce mama direct la spital. Da domnule. Dar bucățica, a luat cineva bucățica? Da domnule director uitați-o. Mulțumesc soră. Probabil că nu mai e bună de nimic dar nu se știe. Ține-o tu, Saleem, cât conduc eu... Ducând vârful retezat al degetului în mâna stângă nemutilată, sunt transportat la spitalul Breach Candy pe străzile pline de ecouri nocturne.

La spital: pereți albi, tărgi și oameni care vorbesc toți odată. Cuvintele curg în jurul meu ca din fântână. „Doamne, apără-ne, ce ți-au făcut, țăndărelul meu?" La care bătrânul Crusoe: „Hm hm. Se mai întâmplă. Doamnă Sinai. Știți cum sunt băieții". Însă maică-mea se înfurie: „Ce școală-i asta, domnu' Caruso? Țin în mână o bucată din degetul băiatului meu și-mi spuneți povești. N-ajunge. Nu, domnule“. Iar pe urmă, în timp ce Crusoe o corectează – „Mă cheamă… știți dumneavoastră, ca pe Robinson, hm hm“ – apare medicul și pune o întrebare al cărei răspuns o să schimbe întreaga lume.

„Doamnă Sinai, ce grupă sanguină aveți, vă rog? Băiatul a pierdut sânge. S-ar putea să fie nevoie de transfuzie.“ „Eu am A“, spune Amina. „Iar soțul O.“ Pe urmă începe să plângă, cedează nervos, în timp ce doctorul continuă: „Aha. În cazul ăsta vă dați seama că fiul dumneavoastră…“ Însă ea, fiică de doctor, trebuie să admită ca nu poate răspunde la întrebare: Alfa sau Omega? „Ei bine, în cazul ăsta, un test rapid. Despre rhesus ce-mi puteți spune? Mama spune printre lacrimi: „Rhesus pozitiv și la mine, și la soțul meu“. „Tot e bine“, conchide medicul.

Însă când mă aflu pe masa de operație – „Stai aici, băiete, îți fac o anestezie locală, nu, doamnă, e-n stare de șoc, anestezia completă e imposibilă, gata, băiete, ridică degetul și ține-l nemișcat, ajută-l, soră, se termină imediat“ – în timp ce chirurgul îmi coase ciotul și împlinește miracolul transplantului până în vârful unghiilor, se aude dintr-odată un freamăt undeva în spate, la un milion de kilometri: „Aveți un minuțel, doamnă Sinai?“… Nu aud cum trebuie… cuvintele plutesc deasupra întinderii nemărginite… Doamnă Sinai, sunteți sigură? O și A? A și O? Rhesus negativ la amândoi? Heterozigot sau homozigot? Nu, trebuie să fie o greșeală, cum poate să… Iertați-mă, e limpede… pozitiv… și nici A, nici… scuzați-ne, doamnă, dar e într-adevăr… nu l-ați adoptat sau… Sora medicală se interpune între mine și zvonul de vorbe din fundal, dar degeaba, fiindcă maică-mea țipă: „Dar trebuie să mă credeți, domnu' doctor. Dumnezeule, *bineînțeles că e fiul nostru*!“

Nici A, nici O. Cât despre factorul rhesus, imposibil, dar adevărat: negativ. Zigoții nu oferă indicii. Iar în sânge s-a descoperit ceva rar: anticorpi Kell. Suficient ca maică-mea să nu se mai oprească din plâns… „Nu înțeleg. Sunt fată de doctor și tot nu pricep.“

Au reușit Alfa și Omega să mă demaște? Arată rhesus cu degetul acela în fața căruia nu ai ce să răspunzi? O să fie forțată Mary Pereira să… Mă trezesc într-o cameră albă, răcoroasă, cu jaluzele și un radio fixat pe postul All-India. Tony Brent cântă chiar acum „Pânze roșii în asfințit“.

Cu fața distrusă de whisky, iar acum de ceva și mai rău, Ahmed Sinai stă lângă fereastra cu jaluzele. Amina vorbește șoptit. Cuvintele se aud din nou ca și cum ar străbate un milion de kilometri. *Janum*terog. Te implor. Nu, ce tot spui? Sigur că da. Bineînțeles că tu ești. Păi cine altcineva... O, Doamne, nu mai sta acolo cu ochii ăia. Jur. Jurpecapulmameimele. Gata, ssst, vrea să se...

Un nou cântec din partea lui Tony Brent, al cărui repertoriu de azi seamănă neliniștitor de mult cu cel al lui Wee Willie Winkie: „Cât costă cățelușul din fereastră?" plutește în aer și pe undele radio. Taică-meu se apropie de pat și se apleacă asupra mea. Nu l-am mai văzut niciodată în halul ăsta. „*Abba*..." „Ar fi trebuit să-mi dau seama", spune el. „Mă uit la fața asta și nu mă regăsesc. Cu nasul ăla. Trebuia..." Se răsucește pe călcâie și pleacă din cameră. Mama se ține după el, prea amărâtă ca să mai șoptească: „Nu, *janum*, n-o să te las să crezi așa ceva despre mine! O să mă omor! O să...", iar ușa se închide în urma lor. De afară se aude un sunet ca un pocnet sau un plesnet. Cele mai multe lucruri importante din viață se petrec când nu ești de față.

Tony Brent începe să-și gângurească cel mai recent succes în urechea mea bună și mă asigură melodios că „Norii se vor risipi curând".

...Iar acum eu, Saleem Sinai, am de gând să pun pe scurt foloasele înțelepciunii tardive în slujba eului de atunci. Distrugând unitatea și convențiile scrisului frumos, îi aduc la cunoștință ce avea să urmeze doar ca să i se permită să nutrească următoarele gânduri: „O, eternă opoziție între înăuntru și afară! Căci ființa omenească în efortul ei lăuntric este oricum, numai întreagă și omogenă nu; în ea se adună tot felul de lucruri, acum e cineva, iar peste o clipă cu desăvârșire altul. Corpul, de pe altă parte, e omogen prin excelență. Indivizibil; ca un anteriu sau ca un templu sfânt, dacă vreți. E important să păstrăm această plenitudine. Însă pierderea degetului (prevestită clar de arătătorul întins al pescarului lui Raleigh), ca să nu mai pomenesc de smulgerea smocului de păr, a distrus unitatea. Iată-ne astfel intrând într-o stare de fapt revoluționară de-a dreptul, al cărei efect istoric o să-i lase cu siguranță pe mulți cu gura căscată. Scoate dopul corpului și Dumnezeu știe ce poate să iasă la iveală. Dintr-odată nu mai ești cel dinainte, iar lumea se transformă în așa fel încât părinții încetează să fie părinți și dragostea se poate preschimba în ură. Și fiți atenți, astea sunt doar consecințele asupra vieții particulare. Cele din sfera domeniului public sunt – erau – la fel de profunde, așa cum se va arăta".

La final, retrăgându-mi darul previziunii, va rămâne imaginea unui băiat de zece ani cu degetul bandajat, întins pe un pat de spital și cu gândul la sânge, la zgomotele care seamănă cu pălmuielile și la expresia de pe chipul tatălui său. Efectuând un zoom lent și lărgind cadrul, las coloana sonoră să-mi acopere cuvintele, fiindcă Tony Brent ajunge la sfârșitul unui recital unde până și ultima piesă e aceeași ca a lui Winkie: „Noapte bună, doamnelor" se cheamă, se aude fără teamă, fără teamă, fără teamă...

(*Fade-out.*)

Puştiul Kolynos

De la *ayah* la Văduvă, am fost genul de persoană *căreia i-au fost făcute diverse lucruri*; dar Saleem Sinai, victima perenă, se consideră cu încăpăţânare protagonist. În ciuda crimei lui Mary, lăsând deoparte febra tifoidă şi veninul de şarpe, nesocotind două accidente, în lada de rufe şi în piaţetă (când Sonny Ibrahim, maestrul şperaclier, a dat voie tâmplelor mele ca nişte cornițe abia răsărite să-i invadeze scobiturile, deschizând prin această combinaţie uşa dinspre copiii din miez de noapte), minimalizând efectele brânciului lui Evie şi pe ale infidelităţii maică-mii, în pofida faptului că îmi pierdusem părul în faţa violenţei aprige a lui Emil Zagallo şi degetul din cauza matahalelor care umblau după Masha Miovic, îndreptându-mi chipul şi sfidând tot ceea ce-ar fi putut demonstra contrariul, o să amplific acum, în maniera şi cu solemnitatea cuvenită unui om de ştiinţă, revendicarea unui loc în centrul lumii.

„...Viaţa ta, care va fi, într-un fel, oglinda vieţii noastre", scrisese prim-ministrul, obligându-mă să abordez ştiinţific întrebarea: *În ce fel?* Cum, în ce condiţii, poate afecta cariera unui individ soarta unei întregii naţiuni? Trebuie să răspund prin adverbe şi cratime: am fost legat de istorie atât literal, cât şi metaforic, atât activ, cât şi pasiv, cu un termen definit de savanţii noştri (admirabil de moderni) drept „moduri de conectare" compuse din configurări şi combinaţii din două dintre perechile de adverbe opuse amintite anterior. Iată de ce e nevoie de cratime: literal-activ, metaforic-pasiv, metaforic-activ şi literal-pasiv, m-am văzut legat indisolubil de lumea din care făceam parte.

Simţind stupoarea neştiinţifică a Padmei, mă întorc la impreciziile limbajului comun: Prin combinaţia dintre „literal" şi „activ" mă refer, fireşte, la toate acţiunile mele care au modificat sau au afectat direct – *literal* – cursul unor evenimente istorice sau seminale, de pildă felul cum le-am furnizat strigătul de luptă mărşăluitorilor pe criterii lingvistice. Unirea dintre „metaforic" şi „pasiv" înglobează toate direcţiile şi evenimentele socio-politice care, prin simpla lor existenţă, m-au afectat metaforic – de exemplu, dacă veți citi printre rânduri episodul „Degetul întins al pescarului", veți percepe legătura inevitabilă dintre încercările bebelușului de a atinge proporții adulte și propria mea explozie timpurie pe drumul maturizării... Pe urmă, când „literal" și „pasiv" sunt despărțite de cratimă, se acoperă toate momentele în care evenimente naționale au avut un impact direct asupra vieții mele și a familiei – aici ar trebui să treceți înghețarea bunurilor lui taică-meu, dar și explozia de la barajul Walkeshwar, care a declanșat marea invazie a pisicilor. În fine, a mai rămas modul „metaforic-activ", care strânge laolaltă ocaziile când lucrurile pe care le-am făcut sau le-am pățit au fost oglindite în microcosmul chestiunilor publice, iar existența mea personală a fost prezentată simbolic ca fiind esența istoriei înseși. Mutilarea degetului meu mijlociu a fost un exemplu foarte nimerit, căci, în clipa când am rămas fără vârful degetului, iar sângele (nici Alfa, nici Omega) a început să curgă, un lucru asemănător s-a întâmplat în istorie, și asupra noastră a tuturor au prins să se reverse tot felul de lucruri ; dar cum istoria operează la o scară mult mai mare decât cea a oricărui individ, a fost nevoie de incomparabil mai mult timp pentru pansarea rănilor și îndreptarea mizeriei.

„Metaforic-pasiv", „literal-pasiv", „metaforic-activ" : Conferința Copiilor din Miez de Noapte a avut parte de toate trei atributele, dar nu a devenit niciodată ceea ce am fi ținut morțiș să fie. Nu am operat la nivelul primului „mod de concentrare", care era cel mai semnificativ. Tipul „literal-activ" a trecut pe lângă noi.

O transformare fără sfârșit : Saleem cel cu nouă degete a fost adus la intrarea în spitalul Breach Candy de o soră blondă și bondoacă, al cărei chip e împietrit într-un zâmbet de o înspăimântătoare lipsă de sinceritate. Băiatul își mijește ochii în strălucirea puternică a lumii exterioare, încercând să se concentreze asupra a două umbre care parcă înoată spre el din inima soarelui. „Vezi ?" gângurește sora. „Vezi cine-a venit după tine ?" Iar Saleem își dă seama că lumea a pățit un lucru cumplit, fiindcă mama și tata, care ar fi trebuit să vină să-l ia, par să se fi transformat *en route* în *ayah* Mary Pereira și în unchiul Hanif.

Hanif Aziz avea o voce tunătoare ca sirena unei nave gata să intre în port și mirosea ca o fabrică de tutun de pe timpuri.

Îl iubeam din tot sufletul pentru felul cum râdea, pentru bărbia nerasă, pentru impresia de mecanism asamblat cu neglijență pe care o degaja persoana lui și pentru lipsa de coordonare care făcea din fiecare mișcare o întreprindere plină de riscuri. (Când venea în vizita la Vila Buckingham, mama ascundea vazele din sticlă șlefuită.) Adulții îl știau ca pe un cal breaz în materie de bune maniere (el striga „Păzea la comuniști!", iar ei roșeau), îndrăgindu-l, în schimb, toți copiii – cei din alte familii, fiindcă el și Pia nu aveau. Acesta era unchiul Hanif, care într-o bună zi avea să se arunce de pe acoperișul casei, fără să sufle nimănui vreo vorbă.

...Mă bate pe spate și mă expediază în brațele lui Mary. „Hei, luptătorule! Arăți grozav!" Mary intervine imediat: „Dar atât de jigărit, Dumnezeule! Nu ți-au dat de mâncare cum trebuie? Vrei niște budincă? Sau banane pasate cu lapte? Ți-au adus cartofi prăjiți?"... în timp ce Saleem se uită în jur la lumea asta nouă, în care i se pare că totul se întâmplă prea repede. Când deschide gura, vocea lui e pițigăiată, ca și cum ar fi umblat cineva la turație: „*Amma-abba*? întreabă el. Maimuța?" Iar Hanif tună: „Da, la fix! Băiatul e-n mare formă! Hai, *phaelwan*, te duc cu Packard-ul, bine?" Mary Pereira dă din gură în același timp. „Prăjitură cu ciocolată, *laddoo*, fistic, *samose* cu carne, *kulfi*", promite ea. „Ești atât de slab, *baba*, că te suflă vântul." Packard-ul se pune în mișcare; nu iese de pe Warden Road, ca să urce dealul cât un bloc cu două etaje, iar Saleem întreabă: „Hanif *mamu*, unde...?" Nu e timp de răspunsuri; Hanif urlă: „Mătușica Pia ne așteaptă! Măiculiță, să vezi ce-o să ne distrăm de data asta!" Vocea lui devine conspirativă: „Distracție cât cuprinde", adaugă el misterios. Iar Mary: „*Arré baba*, da! Ce mai fripturi! Și *chutney* verde!"...

„Nu din ăla verde-verde", spun eu, dându-mă în fine bătut. Pe fețele răpitorilor mei se citește ușurarea. „Nu, nu, nici vorbă, bolborosește Mary. Verde-deschis, *baba*. Cum îți place ție. Verde *pal*!" „Dumnezeule, verde ca greierii!" bubuie Hanif.

Totul prea rapid... am ajuns la Kemp's Corner, mașinile trec pe lângă noi cu viteza glonțului... dar există un lucru neschimbat. Pe panoul unde stă de obicei, Puștiul Kolynos are același zâmbet de spiriduș cu scufie verde de clorofilă, surâsul lunatic al Puștiului uitat de timp, care stoarce la nesfârșit un interminabil tub de pastă de dinți pe o periuță verde aprins: *Dinți curați și-un zâmbet mai frumos/ Doar cu pasta superalbă Kolynos!*... și poate vă vine să mă considerați și pe mine tot un fel de Puşti Kolynos involuntar, care stoarce crize şi metamorfozări dintr-un tub fără fund, întinzând timpul pe o periuţă de dinţi metaforică ; un timp curat şi alb, cu dungi verzi de clorofilă.

Iată, deci, cum a arătat începutul primului meu exil. (Va mai exista un al doilea, precum şi un al treilea.) L-am suportat fără să mă plâng. Ghicisem, fireşte, că era o întrebare pe care nu aveam voie s-o pun, că fusesem împrumutat ca o revistă de benzi desenate de la Biblioteca din Scandal Point pentru o perioadă nedeterminată şi că, în clipa când părinţii vor dori să mă întorc, aveau să trimită după mine. În clipa când sau dacă ; asta fiindcă mă învinovăţeam puternic pentru acest surghiun. Nu-mi provocasem singur încă o diformitate, pe lângă picioarele strâmbe, nasul ca un castravete, tâmplele ca nişte corniţe şi obrajii pătaţi ? Nu era posibil ca degetul meu mutilat să fi fost (la fel ca faptul că-i anunţasem că auzeam voci) picătura care umpluse paharul pentru părinţii mei atât de suferinzi ? Nu se putea să fi încetat să reprezint un risc asumabil şi să nu mai merit investiţia lor de dragoste şi ocrotire ?... M-am hotărât să-mi recompensez unchiul şi mătuşa pentru că erau cumsecade şi aveau grijă de o zdreanţă ca mine, să joc rolul nepotului model şi să aştept mersul lucrurilor. Existau momente când îmi doream să treacă Maimuţa pe la mine sau măcar să-mi dea un telefon. Însă, insistând asupra unor asemenea amănunte, nu făceam decât să sparg balonul propriei cumpătări, aşa că am încercat din răsputeri să mi le scot din minte. În plus, viaţa alături de Hanif şi Pia Aziz s-a dovedit a fi exact ce îmi promisese unchiul meu : o distracţie pe cinste.

Se aferau în jurul meu, ca toţi adulţii fără copii, iar eu răspundeam amabil, cum ar fi făcut oricine la vârsta mea. Apartamentul lor care dădea spre Marine Drive nu era mare, dar avea un balcon de unde puteam să arunc coji de nucă în capul trecătorilor. Nu exista o cameră de oaspeţi, însă mi s-a oferit o canapea încântător de moale, albă cu dungi verzi (o dovadă timpurie a transformării mele în Puştiul Kolynos) ; *ayah* Mary, care părea să mă fi urmat în exil, dormea pe jos lângă mine. Ziua îmi umplea burta cu prăjituri şi celelalte dulciuri promise (pe care acum încep să cred că le plătea maică-mea) ; ar fi trebuit să mă îngraş peste măsură, numai că începusem din nou să cresc în alte direcţii, iar la sfârşitul anului de istorie accelerată (când aveam doar unsprezece ani şi jumătate) îmi atinsesem efectiv înălţimea de adult, ca şi cum m-ar fi prins cineva de cutele de grăsime și m-ar fi stors mai tare decât pe orice tub de pastă de dinți, ca să mă mai lungesc cu cine știe câți centimetri din cauza presiunii. Salvat de la obezitate de efectul Kolynos, am împărtășit bucuria unchiului și a mătușii mele de a avea un copil în casă. Când vărsam 7-Up pe covor sau strănutam în mâncarea din farfurie, cel mai rău lucru care se putea întâmpla era ca unchiul meu să spună „Ho-ho, negroteiule!“ cu vocea aceea ca o sirenă de navă, stricând însă efectul prin zâmbetul larg de pe figură. Între timp, mătușa Pia completa lunga listă de femei care m-au vrăjit și până la urmă m-au dezlegat de farmece în adevăratul sens al cuvântului.

(Ar trebui să menționez că, în perioada petrecută în apartamentul de pe Marine Drive, testiculele mele au renunțat la protecția osului pelvian, decizându-se prematur și pe neanunțate să cadă în săculețele lor. Și acest eveniment a avut rolul lui în ceea ce a urmat.)

Mumani – mătușica – divina Pia Aziz: să trăiești cu ea însemna să exiști în inima fierbinte a unui film vorbit siropos din Bombay. Pe vremea aceea, cariera cinematografică a unchiului meu intrase într-un declin năucitor, iar steaua Piei – căci asta e legea firii – apusese la rându-i. Totuși, ideea eșecului era de nerostit în prezența ei. Rămasă fără roluri cinematografice, Pia își transformase propria viață într-un film artistic în care primeam și eu pe rând tot felul de roluri episodice. Eram, de pildă, Cameristul Devotat: îmbrăcată cu un furou, unduindu-și șoldurile pline și rotunde în fața ochilor pe care nu mai știam cum să mi-i feresc și chicotind de zor, Pia cea cu ochi strălucitori poruncea cu gesturi auguste: „Hai, băiete, ține-mi sariul până mi-l aranjez“. Eram totodată Confidentul de Nădejde. În timp ce unchiul ședea pe canapeaua cu dungi de culoarea clorofilei și compunea scenarii pe care nu avea să le filmeze nimeni, ascultam solilocviile nostalgice ale mătușii, încercând să nu mă uit la cele două globuri imposibile, sferice ca pepenii și aurii ca două fructe mango: mă refer, cum sunt sigur că ați ghicit, la sânii adorabili ai Piei *mumani*. În vremea asta ea stătea pe pat, cu un braț petrecut peste frunte, și declama: „Să știi, băiete, că sunt o mare actriță și am interpretat destule roluri principale la viața mea! Cândva, băiete, Dumnezeu știe câți se înghesuiau și cerșeau permisiunea să intre în apartamentul ăsta. A fost o vreme când reporterii de la *Filmfare* și *Screen Goddess* plăteau bani negri ca să vină aici! Bașca dansul, mă cunoștea toată lumea de la restaurantul Veneția – toți marii cântăreți de jaz veneau și mi se așezau la picioare, da, inclusiv Braz. Cine crezi c-a fost cea mai mare vedetă după *Îndrăgostiții din Kashmir*, băiete? Nu Poppy și nici Vyjayantimala; nimeni din ăștia!" Eu încuviințam hotărât din cap, bineînțeles că nimeni, în timp ce minunații ei pepeni înveliți în piele săltau și... Cu un strigăt teatral, Pia continua: „Dar chiar și atunci, când eram amândoi celebri în toată lumea și fiecare film dobora recordul la încasări, unchiul ăsta al tău voia să stea în două camere, ca un funcționar! Așa că nu fac nazuri, nu sunt ca actrițele astea de doi bani; trăiesc simplu, fără să cer Cadillac-uri, aer condiționat, paturi Dunlopillo din Anglia sau piscine în formă de bikini cum are gâsca aia de Roxy Vishwanatham! Ca o nevastă din popor, am rămas aici; și tot aici simt că putrezesc de vie! Cum te văd și cum mă vezi. Dar știu un lucru: averea mea stă în figură; după asta, ce bogății îmi mai trebuie?" Mă grăbesc să-i țin hangul: „Nici una, *mumani*, chiar nici una". A început să țipe ca din gaură de șarpe, trezindu-mi la viață și urechea cu care nu mai auzeam de când fusesem plesnit. „Păi știu eu, și tu vrei să fiu săracă! Toată lumea își dorește ca biata Pia să umble-n zdrențe! Până și unchiu-tău ăla, care scrie niște scenarii de-ți vine să mori de plictiseală! O, Doamne, îi tot spun, bagă niscai locuri sau dansuri exotice! Fă-i pe răi bandiți de-adevăratelea, fă-i pe eroi bărbați adevărați! El, nu și nu, că cică astea-s prostii, acum își dă seama, chit că pe vremuri se umfla tot în pene! S-a găsit să scrie despre oamenii obișnuiți și despre problemele sociale! Iar eu îi zic: sigur, Hanif, bravo, da' mai pune și-un strop de comedie, să danseze și Pia ta nițel, sau ceva tragedie, dramă, mă rog, asta vrea Publicul!" Lacrimile îi jucau în ochi. „Ei bine, știi despre ce scrie acum? Despre..." – arăta de parcă i s-ar fi rupt inima – „Viața de Zi cu Zi a Unei Fabrici de Conserve!"

— Sst, te rog, *mumani*, o implor. O să audă Hanif *mamu*!

— S-audă! s-a aprins ea, începând să plângă zdravăn. Să audă și mă-sa din Agra. O să mor de rușine din cauza lor!

Maicii Starețe nu-i plăcuse niciodată nora ei actriță. Odată chiar am auzit-o spunându-i maică-mii: „Să iei de nevastă o, cum îi zice, actriță, auzi tu, fiul ăsta al meu și-a găsit culcuș în, cum îi zice, canal, n-o să treacă mult și-o să-l facă să bea spirtoase și să mănânce porc". În cele din urmă, a acceptat inevitabilul legăturii cu o totală lipsă de eleganță, dar a început să-i trimită Piei scrisori în care îi arăta cum să se perfecționeze. „Ascultă, fata mea“, îi scria ea, „mai lasă fițele astea de actriță. Ce rost are purtarea asta lipsită de rușine? Munca mai treacă-meargă, aveți tot soiul de idei moderne, dar să dansezi goală pe ecran! Când pentru o sumă mică ai putea să concesionezi o stație de benzină. Ți-aș da de la mine din buzunar în două minute. Ai sta frumușel într-un birou și ai angaja oameni pentru deservire. Asta zic și eu muncă.“ Nici unul dintre noi nu a aflat dacă Maica Stareță și-a împlinit la urmă visul legat de stațiile de benzină, obsesia ei tot mai puternică la bătrânețe, dar a pisat-o întruna pe Pia, spre dezgustul actriței.

— De ce nu mi-o fi spunând femeia aia să mă fac secretară-dactilografă? ni se plângea Pia – lui Hanif, lui Mary și mie – la micul dejun. De ce nu taximetristă sau țesătoare manuală? Știi ceva, chestia asta cu pompa-trompa mă scoate din sărite.

Unchiul meu începea să tremure (erau singurele dăți când făcea așa ceva), pe punctul să se enerveze.

— E copilul ăsta de față și, oricum, e maică-ta. Arată-i respectul cuvenit, spunea el.

— Din partea mea, are tot respectul, numai că ei îi trebuie *combustibil*, răspundea Pia și ieșea grăbită din cameră.

...Însă cel mai îndrăgit rol episodic era în timpul jocurilor de cărți ale Piei și Hanif cu prietenii, când eram avansat pe locul sfânt al fiului de care nu avusese parte niciodată. (Copil al unei legături necunoscute, am avut o medie a mamelor mai mare decât media copiilor pe care-i avea fiecare mamă; să dau naștere părinților a fost una dintre calitățile mele cele mai bizare – o formă de fertilitate inversă dincolo de controlul contraceptiv și chiar dincolo de Văduvă.) Când aveam musafiri, Pia Aziz striga: „Uitați-vă la urmașul meu la tron, prieteni! Giuvaierul încrustat pe inel! Perla din colier!“ Pe urmă mă trăgea spre ea, ținându-mi capul în așa fel încât nasul mi se freca de pieptul ei și se cuibărea cuminte între pernele moi ale indescriptibililor ei... Incapabil să fac față unei asemenea încântări, îmi retrăgeam capul. Dar eram sclavul ei, iar acum știu de ce își permitea să se poarte atât de familiar cu mine. În ciuda testiculelor prematur dezvoltate și a creșterii rapide, continuam să port (fraudulos) pecetea inocenței sexuale: cât timp a stat în casa unchiului său, Saleem Sinai a continuat să umble în pantaloni scurți. Genunchii dezgoliți îmi probau copilăria în fața Piei; păcălită de șosetele până la glezne, îmi ținea fața lipită de sâni, în timp ce vocea ei ca o alăută îmi șoptea în urechea bună: „Copile, copile, nu te teme, norii ți se vor risipi curând".

Pentru unchiu-meu, dar și pentru mătușa mea cea histrionică, interpretam (cu tot mai mult talent) rolul fiului-surogat. În timpul zilei, Hanif Aziz stătea pe canapeaua vărgată, cu caietul și creionul în mână, lucrând de zor la epopeea conservelor. Purta un *lungi* obișnuit, legat destul de larg în talie și prins cu o agrafă uriașă, iar picioarele păroase i se vedeau fără efort. Unghiile de la mâini purtau amprenta unei vieți în care fumase Gold Flakes, dar chiar și cele de la picioare păreau la fel de decolorate. Mi-l imaginam fumând cu degetele de la picioare. Extrem de impresionat de această imagine, l-am întrebat cândva dacă era în stare de o asemenea ispravă; fără un cuvânt, și-a fixat un Gold Flake între degetul mare și cel de lângă el și s-a lansat în niște numere ambițioase de contorsionism. Am aplaudat frenetic, dar mi s-a părut că a avut dureri tot restul zilei.

Am avut grijă de el ca un fiu îndatoritor, golind scrumierele, ascuțindu-i creioanele și aducându-i apă de băut, în timp ce el, care își amintise după începuturile de fantezist că era fiul tatălui său și se ridicase împotriva a tot ce avea un iz cât de mic de ireal, își mâzgălea scenariul ghinionist.

— Jim, băiete, mă informa el, țara asta afurisită visează de cinci mii de ani. Ar fi cazul să-nceapă să se trezească.

Lui Hanif îi plăcea foarte mult să bombăne împotriva prinților și demonilor, a zeilor și eroilor, de fapt împotriva întregii iconografii a filmului din Bombay; în templul iluziilor devenise marele preot al realității, pe când eu, conștient de natura mea miraculoasă, care mă făcea să fiu implicat inevitabil în miturile fondatoare (disprețuite de Hanif) ale Indiei, îmi mușcam buzele și nu știam unde să mă uit.

Hanif Aziz, singurul scriitor realist din industria cinematografică din Bombay, lucra la povestea unei fabrici de conserve înființate, conduse și populate exclusiv de femei. Existau scene lungi în care se prezenta formarea unui sindicat, precum și descrieri amănunțite ale procesului de conservare. O întreba pe Mary Pereira de diverse rețete, discutând ore în șir cu ea despre combinația perfectă de lămâie, tei și garam masala. E o ironie a sorții că acest arhidiscipol al naturalismului a profețit atât de bine (deși inconștient) soarta propriei familii. În *Îndrăgostiții din Kashmir*, el a prezis întâlnirile dintre maică-mea și Nadir-Qasim de la Pioneer Café, dar iată că și în acest scenariu nefilmat despre *chutney* se ascundea o profeție de o acuratețe mortală.

Îl asalta pe Homi Catrak cu scenarii, dar acesta nu băga nici unul în producție. Scenariile împânzeau apartamentul mic de pe Marine Drive, acoperind toate suprafețele disponibile, așa că, dacă voiai să ridici capacul de la veceu, trebuia mai întâi să iei teancurile de hârtii; cu toate acestea (de milă? sau dintr-un alt motiv, care urmează să fie dezvăluit în scurt timp?), Catrack îi plătea unchiului meu un salariu de scenarist. Așa supraviețuiau Hanif și Pia, prin generozitatea omului care avea să devină cu timpul a doua ființă omenească ucisă de Saleem, culegătorul de ciuperci.

„Măcar o scenă de dragoste", îl implora Homi Catrack pe Hanif, susținut imediat de Pia: „Crezi cumva că țăranii or să-și cheltuiască rupiile ca să vadă cum culeg niște femei fructe Alfonso?" Însă Hanif rămânea ferm pe poziție: „E un film despre muncă, nu despre pupături. Și nu culege nimeni fructe Alfonso, trebuie să folosim niște mango cu sâmburi mai mari".

Din câte știu, stafia lui Joe D'Costa nu a urmat-o pe Mary Pereira în exil; totuși absența lui n-a făcut decât să-i sporească neliniștea. În zilele petrecute pe Marine Drive, a început să se teamă că Joe avea să devină vizibil și în fața altora, nu doar pentru ea, și că avea să divulge, în absența ei, îngrozitoarele secrete legate de ceea ce se întâmplase la maternitatea doctorului Narlikar în noaptea Independenței. Prin urmare, în fiecare dimineață pleca din apartament tremurând de îngrijorare și ajungea la Vila Buckingham gata să cadă din picioare; s-a calmat abia după ce a prins de veste că Joe rămăsese invizibil și totodată mut. Dar, după ce se întorcea pe Marine Drive, încărcată cu *samose*, prăjituri și *chutney*, neliniștea încolțea la loc... Cum însă decisesem să nu mai pătrund în nici un cap, în afară de ale Copiilor (căci aveam și așa destule necazuri), nu am înțeles de ce.

Panica stârnește panică; când mergea cu autobuzele aglomerate (tramvaiele fuseseră scoase din circulație), Mary auzea tot felul de zvonuri și bârfe pe care mi le reproducea ca pe tot atâtea certitudini absolute. După ea, țara căzuse pradă unui soi de invazie supranaturală. „Da, *baba*, cică în Kurukshetra o bătrână sikh s-a trezit la ea în colibă, s-a uitat pe geam și a văzut războiul de demult dintre neamurile kuru și pandava! A scris la ziar, femeia a arătat locul unde a dat cu ochii de carele lui Arjun și Karna, și zău dacă nu erau urme de roți în praf! *Baap-re-baap*, se petrec lucruri rele de tot: la Gwalior s-a ivit duhul soției rajahului din Jhansi; au fost văzute *rakshase* cu multe capete ca Ravana, care le chinuiau pe femei și doborau copacii la pământ cu un deget. Sunt o creștină cu frica lui Dumnezeu, *baba*, dar mă-ngrozesc când aud că mormântul Domnului Iisus se află în Kashmir. Pe pietrele funerare au fost sculptate două picioare străpunse, iar o nevastă de pescar de-acolo s-a jurat că le-a văzut cum sângerează – de-adevăratelea, Doamne apără-ne! – în Vinerea Mare... Ce se întâmplă, *baba*, de ce nu pot lucrurile astea vechi să rămână cum au fost și să nu-i mai chinuie pe oamenii cinstiți?“ O ascultam cu ochii mari și, deși unchiul Hanif râdea în hohote, chiar și astăzi mi se pare că, în perioada aceea de evenimente accelerate și ore lovite de boli, trecutul Indiei se ridica pentru a-i răvăși prezentul. Nou-născutului stat secular i se oferea un memento redutabil al vechimii lui fabuloase, în care democrația și dreptul de vot pentru femei nu contau... Așa că oamenii erau cuprinși de dorințe atavice și, dând uitării recentul mit al libertății, reveneau la vechile orânduieli, la loialitățile și prejudecățile regionaliste de altădată, în timp ce organismul politic începea să se fisureze. Cum am spus: retează vârful unui deget și nici nu știi câtă confuzie va țâșni pe acolo.

— Iar vacile dispar din senin, *baba*. Uite-le, nu-s! Lumea de prin sate moare de foame.

Cam tot atunci am fost, la rândul meu, luat în stăpânire de un demon ciudat. Dar ca să mă înțelegeți cum se cuvine, trebuie să încep relatarea unui episod petrecut într-o seară nevinovată, când Hanif și Pia Azizi au invitat un grup de prieteni ca să joace cărți.

Mătușica mea avea obiceiul să exagereze, căci, deși nu mai venea nimeni de la *Filmfare* și *Screen Goddess*, casa unchiului meu era un loc plin de viață. În serile de cărți apartamentul era ticsit de interpreți de jaz care bârfeau despre diverse certuri și despre recenziile din revistele americane, de cântărețe care aveau spray-uri de gură în poșete și de câțiva membri ai trupei de dans Uday Shankar, care încerca să lanseze un nou gen de dans, îmbinând baletul occidental cu elemente de *bharatanatyam*. Tot acolo veneau muzicieni care semnaseră contracte de participare la festivalul organizat de Radio All-India, așa-numitul Sangeet Sammelan, și pictori care se certau violent între ei. Atmosfera era dominată de discuțiile politice, și nu numai. „De fapt, sunt singurul artist din India care pictează sub semnul angajării ideologice limpezi!" – „O, păcat de Ferdy, după asta n-o să mai găsească altă formație" – „Menon? Să nu te-aud cu Krishna. L-am cunoscut pe vremea când avea principii. Eu, unul, nu am abandonat niciodată..." „*Ohé*, Hanif *yaar*, de ce nu l-am mai văzut pe Lal Qasim pe-aici în ultimul timp?" La care unchiul, uitându-se îngrijorat la mine: „Ssst... care Qasim? Nu cunosc pe nimeni cu numele ăsta".

...Hărmălaia din apartament se împletea cu gălăgia și culorile de seară de pe Marine Drive: oameni care își scoseseră câinii la plimbare, cumpărând chambeli și channa de la negustorii ambulanți, strigătele vânzătorilor de *bhel-puri* și luminile care se iveau într-o uriașă salbă arcuită, urcând spre Colina Malabar... Stăteam pe balcon cu Mary Pereira, încercând să-i aud zvonurile șoptite la urechea bolnavă, având în spate orașul, iar în fața ochilor pe jucătorii de cărți care se înghesuiau și pălăvrăgeau întruna. Și într-o bună zi am recunoscut silueta ascetică și ochii înfundați în orbite ai domnului Homi Catrack, care m-a salutat cu o însuflețire oarecum jenată: „Bună, tinere! Cum o duci? Splendid, nu mă-ndoiesc!"

Unchiul Hanif juca rummy cu îndârjire, dar căzuse pradă unei obsesii curioase – era hotărât să nu mizeze până nu trăgea treisprezece cupe la rând. Erau întotdeauna cupe, *toate* cupele, și nu-l putea mulțumi nimic altceva. În căutarea acestei perfecțiuni inaccesibile, unchiul meu renunța la câte un ful servit sau la serii întregi de pici, trefle sau carouri, spre amuzamentul gălăgios al prietenilor. L-am auzit odată pe renumitul jucător de *shehnai* Ustad Changez Han (care își vopsea părul, așa încât în serile foarte călduroase vârfurile urechilor îi erau colorate de lichidul negru prelins de pe freză) spunându-i lui Hanif: „Haide, domnule, mai lasă cupele astea și joacă la fel ca noi". Unchiul meu s-a aflat câteva clipe în fața tentației, dar pe urmă a tunat pe deasupra vacarmului: „Nu, fir-ar să fie, du-te naibii și lasă-mă-n pace!" Juca prostește, ce-i drept, însă mie îmi venea să aplaud, fiindcă nu mai văzusem în viața mea atâta hotărâre.

Unul dintre invitații obișnuiți la legendarele seri de cărți de la Hanif era un fotograf de la *Times of India* care știa o groază de povești picante și vulgare. Unchiul mi-a făcut cunoștință cu el:

— Iată-l pe omul care te-a pus pe prima pagină, Saleem. Ți-l prezint pe Kalidas Gupta. Un fotograf teribil, rău de gură cum n-ai văzut. Nu vorbi prea mult cu el, o să-ți împuie capul cu scandaluri!

Kalidas avea o coamă de păr cărunt-argintiu și nasul ca un cioc de vultur. Mi s-a părut minunat.

— Chiar aveți idee de scandaluri? l-am întrebat.

Mi-a spus doar atât:

— Fiule, dac-aș începe să vorbesc, ți-ar lua foc urechile.

Atâta doar că nu a aflat niciodată că geniul malefic și eminența cenușie din spatele celui mai mare scandal la care asistase orașul fusese nimeni altul decât Saleem Smârcâici... Ușurel, toate la timpul lor. Afacerea ciudatului baston al comandantului Sabarmati trebuie relatată la locul și momentul potrivite. Efectelor nu trebuie să li se dea voie (în ciuda naturii discutabile a timpului în 1958) să preceadă cauzele.

Rămăsesem singur pe balcon. Mary Pereira se dusese în bucătărie, ca s-o ajute pe Pia la pregătitul sandvișurilor și al *pakorelor* cu brânză, iar unchiul Hanif se cufundase din nou în căutarea celor treisprezece cupe. La un moment dat, m-am trezit cu domnul Homi Catrack alături.

— O gură de aer, a spus el.

— Da, domnule, am răspuns.

— Așa, a continuat el, expirând profund. Așa, carevasăzică. Îți merge bine? Excelent, micuțule. Dă-mi voie să-ți strâng mâna.

Mânuța băiatului de zece ani e înghițită de pumnul magnatului (e vorba de cea stângă, dreapta mutilată îmi atârnă pe lângă corp)... moment în care am un șoc. Palma stângă simte apăsarea unei hârtii vârâte cu forța – o hârtie sinistră, introdusă de pumnul acela abil! Catrack strânge mai tare, în timp ce vocea îi coboară, dar se aude șuierător ca sâsâitul unei cobre. Cu neputință de deslușit în camera unde se află canapeaua cu dungi verzi, cuvintele îmi pătrund în urechea bună:

— Dă-i asta mătușii tale. În cel mai mare secret. Poți? Și nu sufla o vorbă, altminteri trimit poliția să-ți taie limba.

După care rostește vesel și răspicat:

— Splendid! Mă bucur că ești în toane atât de bune!

Homi Catrack mă mângâie prieteneşte pe cap, după care se întoarce la jocul de cărţi.

Sub ameninţarea poliţiştilor, am tăcut vreme de două decenii, dar s-a terminat. Acum trebuie să iasă totul la iveală.

Seara de cărţi s-a încheiat devreme. „Băiatul trebuie să doarmă, mâine se duce la şcoală“, le-a şoptit Pia musafirilor. Nu am găsit nici un moment în care să rămân singur cu mătuşa mea; mi s-a pregătit patul şi m-am întins pe canapea, ţinând mai departe biletul în pumnul stâng. Mary adormise pe podea... aşa că m-am decis să simulez un coşmar. (Îmi venea foarte greu să fiu viclean.) Oricum, eram atât de obosit, încât din păcate am adormit şi până la urmă nu a mai fost nevoie să mă prefac, fiindcă am visat că-l ucisesem pe colegul meu Jimmy Kapadia.

...Jucăm fotbal pe scara principală a şcolii, pe gresia roşie pe care alunecăm şi ne furişăm unul pe lângă altul. O cruce neagră e încrustată în gresia sângerie. Domnul Crusoe apare în capul scărilor: „Să nu vă daţi de-a berbeleacul pe lângă balustrade, băieţi, unde e crucea aceea a căzut un copil“. Jimmy joacă fotbal pe cruce. „Chestia asta cu crucea e o minciună“, spune el. „Îţi toarnă gogoşi ca să-ţi strice cheful.“ Mama lui sună la telefon. „Nu juca, Jimmy, stai prost cu inima.“ Soneria. Telefonul a fost închis, iar acum soneria... Jeturile de cerneală mânjesc aerul din clasă. Perce Grăsanul şi Keith Umflatul se distrează. Jimmy vrea un creion şi îmi arde un ghiont „Ai un creion, tipule? Dă-l încoa' două secunde.“ I-l dau. Zagallo intră în clasă. Ridică mâna ca să facă linişte: mă uit la părul meu care-i creşte în palmă! Zagallo cu coiful ascuţit al soldatului de tinichea... trebuie să-mi recapăt creionul. Întind un deget şi-l împung pe Jimmy. „Domnule, vă rog, uitaţi-vă, domnule, Jimmy a căzut!“ „Domnule, am văzut, domnule, Smârcâici l-a împuşcat pe Kapadia, domnule!“ „Nu juca, Jimmy, stai prost cu inima!“ „Tăceţi din gură, gunoaie ale junglei!“ strigă Zagallo.

Jimmy a căzut grămadă pe podea. „Domnule, domnule, vă rog, or să ridice o cruce?“ A împrumutat un creion, l-am împuns, a căzut. Taică-său e taximetrist. Acum taxiul intră în clasă; un dhobi este aşezat pe bancheta din spate, după care Jimmy îşi face ieşirea. Ding, un clopoţel. Tatăl lui Jimmy coboară steguleţul de pe taxi şi se uită la mine: „Smârcâici, trebuie să plăteşti cursa“. „Dar, domnule, nu am bani, domnule.“ La care Zagallo: „Ţi-o trecem în cont“. Îmi văd părul în mâna lui Zagallo. Din ochi se revarsă flăcări. „Cinci sute de milioane, ce mai contează un mort?“ Jimmy a murit; cinci sute de milioane continuă să trăiască. Încep să număr: unu, doi, trei. Numerele mărşăluiesc pe mormântul lui Jimmy. Un milion, două milioane, trei milioane, patru. Cui îi pasă dacă moare cineva, indiferent cine? O sută de milioane şi unu, doi, trei. Acum numerele îşi continuă marşul prin clasă. Strivind şi duduind, două sute de milioane trei, patru, cinci. Cinci sute de milioane încă în viaţă. Şi un singur eu...

...În întunericul nopţii, mă trezesc din visul morţii lui Jimmy Kapadia, care a devenit cel al anihilării numerice, urlând, strigând şi zbierând, dar ţinând mai departe biletul în mână. O uşă s-a deschis, iar în cadrul ei au apărut unchiul Hanif şi mătuşa Pia. Mary Pereira a încercat sa mă liniştească, dar n-a avut loc de Pia care, într-un vârtej divin al combinezoanelor şi al *dupattei*, s-a repezit să mă ia în braţe: „Gata, gata! S-a terminat, diamantul meu, gata!“ Unchiul Hanif a adăugat somnoros: „Hei, *phaelwan*! E-n regulă, nu s-a întâmplat nimic. Hai, vino cu noi; ia-l cu tine pe băiat, Pia!“ Acum sunt în siguranţă în braţele Piei. „În noaptea asta poţi să dormi cu noi, perla mea!“ – şi iată-mă cuibărit între unchiul şi mătuşa mea, făcut ghem şi lipit de contururile parfumate ale lui *mumani*.

Închipuiţi-vă, dacă puteţi, bucuria mea neaşteptată; gândiţi-vă cât de repede mi-am alungat coşmarul din minte în timp ce-mi făceam loc lângă furoul extraordinar al mătuşii! În timp ce îşi găsea şi ea o poziţie mai bună, mângâindu-mi obrazul cu unul din pepenii ei aurii! În timp ce mâna Piei o căuta pe a mea ca s-o strângă puternic... iată că puteam în fine să-mi îndeplinesc misiunea. În clipa când mâna mătuşii a cuprins-o pe a mea, peticul de hârtie a trecut dintr-o palmă în alta. Am simţit cum se încordează în tăcere, iar apoi, deşi m-am ghemuit tot mai aproape de ea, am pierdut-o; începuse să citească pe întuneric, iar trupul îi devenea din ce în ce mai rigid. Şi brusc mi-am dat seama că fusesem păcălit, că Homi Catrack era duşmanul meu şi că nu spusesem adevărul doar din cauză că fusesem ameninţat cu poliţia.

(A doua zi la şcoală am aflat de moartea tragică a lui Jimmy Kapadia, care făcuse un atac de cord. E posibil să ucizi o fiinţă omenească visându-i moartea? Maică-mea a susţinut dintotdeauna că se poate. În cazul ăsta, Jimmy Kapadia a fost prima victimă pe care am omorât-o. Următoarea avea să fie Homi Catrack.)

După ce s-a terminat prima zi din noul trimestru și m-am întors acasă, măgulit de sfioșenia neașteptată a lui Perce Grăsanul și Keith Umflatul („Ascultă, *yaar*, de unde să știm că degetul tău era în... auzi, am primit în dar niște bilete la film pentru mâine, vrei să vii?"), precum și de popularitatea la fel de surprinzătoare de care ajunsesem să mă bucur („S-a zis cu Zagallo! Bravo, tipule! Zău că ți-ai pierdut părul pentru o cauză nobilă!"), am constatat că mătușica Pia plecase. Am stat cuminte cu unchiul Hanif, în timp ce Mary Pereira pregătea masa în bucătărie. Era un tablou liniștit de familie, însă pacea momentului a fost distrusă brusc de zgomotul unei uși trântite. Hanif a scăpat creionul din mână când Pia a deschis ușa camerei de zi cu aceeași forță cu care o închisese în urma ei pe cea de la intrare. Pe urmă unchiul a bubuit vesel:

— Ia zi, nevastă, ce s-a mai întâmplat?

...Dar Pia nu era atât de ușor de deturnat.

— Mâzgălește mai departe, a spus ea, despicând aerul cu mâna. Pentru numele lui Allah, nu te opri din cauza mea. Atâta talent, nici la budă nu poți să mergi în casa asta fără să dai peste geniul tău. Ești fericit, bărbate? Câștigăm bani cu lopata? Îți ajută Dumnezeu?

Cu toate acestea, Hanif nu și-a pierdut buna dispoziție.

— Hai, Pia, uite-l și pe micul nostru musafir. Stai jos, bea un ceai...

Actrița Pia a încremenit într-o atitudine mefientă.

— O, doamne! Ce familie am ajuns să am! Mi-am distrus viața și tu îmi zici de ceai; iar maică-ta de benzină! E o nebunie generală...

De data asta unchiul Hanif s-a încruntat:

— Pia, băiatul...

A urmat un țipăt strident.

— Ahaaa! Băiatul – dar băiatul a suferit; suferă și acum. Știe ce înseamnă să pierzi, să te simți părăsit! Dar și eu am fost abandonată! Sunt ditamai actrița și uite-mă înconjurată de povești cu poștași pe bicicletă și căruțe trase de măgari! Ce știi tu ce-nseamnă durerea unei femei? Stai, stai acolo și-așteaptă să i se facă milă vreunui producător pars plin de bani, ce contează că nevastă-sa a ajuns să poarte imitații de perle și nu și-a mai cumpărat un sari de doi ani? Femeia suportă multe, numai că tu, dragul meu soț, mi-ai transformat fiecare zi într-un pustiu! Hai, nu mă mai băga în seamă și lasă-mă să mă arunc pe geam! Acum mă duc în dormitor, a conchis ea, iar dacă n-o să mai dau nici un semn de viață e din cauză că mi s-a frânt inima și am murit.

S-au mai trântit câteva uși, în cadrul unei ieșiri din scenă înfricoșătoare.

Fără să-și dea seama, unchiul Hanif a rupt un creion în două. A clătinat din cap a mirare: „Ce-o fi apucat-o?“ Eu însă știam. În calitate de păstrător al secretelor și amenințat cu poliția, știam și îmi mușcam buzele. Fiindcă, surprins în această criză conjugală a unchiului și a mătușii, îmi încălcasem regula recent stabilită și pătrunsesem în capul Piei; văzusem vizita făcută lui Homi Catrack și îmi dădusem seama că era iubita lui de ani de zile; îl auzisem pe Catrack spunându-i că se săturase de farmecele ei și că își găsise pe altcineva. Și chiar dacă l-aș fi urât de moarte fiindcă o sedusese pe mult iubita mea mătușă, mă trezisem detestându-l de două ori mai mult din cauză că o dezonorase și se descotorosise de ea.

— Du-te la ea, l-am auzit pe unchiul Hanif. Poate reușești s-o binedispui.

Băiatul Saleem trece de ușile trântite în mod repetat și ajunge la sanctuarul tragicei sale mătuși. Intră și găsește acel trup minunat întins într-un abandon deplin pe patul conjugal unde nu mai departe decât noaptea trecută trupurile se înghesuiseră unul în celălalt, iar biletul trecuse dintr-o mână în alta... Își duce o mână la inimă, își umflă pieptul, iar băiatul Saleem murmură:

— O, mătușă, iartă-mă, te rog.

Dinspre pat se ridică un vaier de ursitoare macabră, iar actrița de dramă își întinde brațele spre mine. „Vai, vai! Vai de mine și de mine!“ Fără să am nevoie de altă invitație, mă arunc spre brațele acelea, aterizez între ele și mă trezesc deasupra mătușii mele care se tânguiește. Brațele ei mă cuprind tot mai strâns, iar unghiile îmi împung cămașa albă de școală, dar nu-mi pasă! Fiindcă sub cureaua mea cu cataramă în formă de S a început să se miște ceva. Mătușica Pia se zvârcolește disperată sub mine, iar eu îi țin isonul, aducându-mi aminte să nu fac nimic cu mâna dreaptă, pe care o țin țeapănă la distanță de tot ceea ce se petrece. Încep s-o mângâi cu o singură mână, fără să-mi dau seama ce fac, am doar zece ani și port mai departe pantaloni scurți, dar plâng fiindcă plânge și ea, iar camera e plină de zgomote – în timp ce pe pat, zbătându-se întruna, cele două corpuri încep să intre într-un fel de ritm de negândit și de neconceput, dictat de șoldurile ei care se împing spre mine și de strigătele ei: „Ah! O, Doamne! O, Doamne! Ah!“ Poate că strig și eu, nu-mi dau seama, din supărarea asta se naște altceva, pe când unchiul rupe creioane pe canapea, simt că se întărește ceva, ea se zbate și se agită sub mine, iar în cele din urmă, pradă unei forțe căreia nu pot să mă opun, îmi cobor mâna dreaptă, căci am uitat de deget, și când îi ating sânul, când rana apasă pe piele...

— Auuuuu! țip de durere.

Smulsă din vraja macabră a acelor câteva clipe, mătușa mă împinge de pe ea și-mi trage o palmă de răsună camera. Din fericire, o încasez pe obrazul stâng și nu sunt în pericol să rămân și fără urechea bună.

— Spurcatule! țipă ea. O familie de nebuni și de perverși, asta sunteți. Vai mie, care femeie a mai suferit atât?

Din pragul ușii se aude o tuse. Mă ridic în picioare, tremurând de durere. Pia face același lucru, iar părul ud i se revarsă pe umeri ca niște râuri de lacrimi. Mary Pereira stă în ușă tușind, roșie ca focul de jenă, și ține în mâini un pachet ambalat în hârtie maro.

— Vezi, *baba*, asta uitasem, reușește ea să spună într-un târziu. Acum ești bărbat în toată firea. Ia privește, ți-a trimis mama două perechi de pantaloni lungi albi, o frumusețe.

După ce m-a luat valul atât de urât, pe când încercam să-mi binedispun mătușa, mi-a venit greu să mai rămân în apartamentul de pe Marine Drive. Pe durata următoarelor câteva zile s-a vorbit mult la telefon: Hanif se chinuia să convingă pe cineva, în timp ce Pia gesticula și spunea că poate că n-ar fi rău ca acum, după cinci săptămâni... Într-una dintre seri, după ce m-am întors de la școală, maică-mea a venit să mă ducă acasă cu vechiul nostru Rover, iar primul meu exil a luat sfârșit.

Nici în drum spre casă, nici cu o altă ocazie nu mi s-a dat vreo explicație pentru surghiunul acela. Prin urmare, mi-am zis că era mai bine să nu pun întrebări. Începusem să port pantaloni lungi; asta însemna că acum eram bărbat și trebuia să fac față necazurilor în consecință. I-am spus maică-mii:

— Degetul nu mă doare foarte rău. Hanif *mamu* m-a învățat să țin stiloul altfel, așa că pot să scriu.

Mama părea foarte atentă la drum.

— A fost o vacanță frumoasă, am adăugat politicos. Mulțumesc că m-ați trimis.

— Of, copile cu fața ca un răsărit de soare, ce pot să-ți spun? a izbucnit ea. Poartă-te frumos cu tatăl tău. De la un timp e foarte supărat.

Am răspuns că o să încerc să fiu cuminte. Maică-mea a fost cât pe-aci să piardă controlul volanului și am trecut periculos de aproape de un autobuz.

— Ce lume, a spus ea după o vreme. Se întâmplă lucruri oribile și nici nu știi cum.

— Știu, mi-a spus *ayah*, am încuviințat.

Mama mi-a aruncat o privire îngrozită, iar pe urmă a luat-o în primire pe Mary, aflată pe bancheta din spate.

— Ce ți-a mai ieșit pe gură, negreso? a strigat ea.

I-am pomenit de poveștile lui Mary despre întâmplări miraculoase, iar zvonurile acelea tulburi au părut s-o calmeze pe maică-mea.

— Ce știi tu, a suspinat ea. Ești doar un copil.

Ce știu, *amma*? Păi, știu de Pioneer Café! Deodată, în timp ce ne îndreptam spre casă, m-am simțit copleșit din nou de dorința recentă de a mă răzbuna pe mama mea cea perfidă, o dorință care se domolise în lumina strălucitoare a exilului meu, dar care între timp revenise, împletită acum cu ura de ultim moment pe care o nutream față de Homi Catrack. Patima asta cu două capete era demonul care mă luase în stăpânire și din cauza căruia aveam să fac cel mai urât lucru din viața mea...

— O să fie totul bine, a spus mama de câteva ori. Așteaptă și-o să vezi.

Da, mamă.

Acum îmi dau seama că n-am spus nimic în tot capitolul despre Conferința Copiilor din Miez de Noapte. Sincer să fiu însă, prezența copiilor nu mi s-a părut foarte importantă pe vremea aceea. Mă gândeam la alte lucruri.

Bastonul comandantului Sabarmati

Câteva luni mai târziu, după ce Mary Pereira și-a recunoscut în fine crima și a dezvăluit secretele prezenței obsesive a stafiei lui Joseph D'Costa timp de unsprezece ani în mintea ei, am aflat că, odată revenită din exil, a fost profund șocată de felul cum decăzuse spectrul în absența ei. Începuse să se dezintegreze, așa că la ora aceea lipseau bucăți întregi: o ureche, câteva degete de la fiecare picior, plus un gol de mărimea unui ou în zona burții. Întristată de această fantomă gata să se facă praf, Mary l-a întrebat (după ce se asigurase că n-o auzea nimeni): „Dumnezeule, Joe, ce-ai pățit?“ El i-a răspuns că, până în clipa mărturisirii, răspunderea crimei săvârșite apăsase din greu pe umerii lui și îl distrusese. Din acel moment, mărturisirea devenise inevitabilă, dar, de fiecare dată când se uita la mine, vedea ceva care nu-i dădea voie s-o rostească. Totuși, era doar o problemă de timp.

În vremea asta, fără să am idee cât de puțin lipsise să fiu dat în vileag ca impostor, încercam să mă acomodez cu o Moșie Methwold unde avuseseră loc, de asemenea, o mulțime de transformări. În primul rând, taică-meu nu părea să vrea să mai aibă de-a face cu mine, atitudine pe care am considerat-o jignitoare, dar (ținând cont de corpul meu mutilat) absolut de înțeles. În al doilea rând, se petrecuse o schimbare remarcabilă în soarta Maimuței de Bronz. „Poziția mea în cadrul familiei a fost uzurpată“, am fost obligat să recunosc în gând. Fiindcă acum Maimuța era cea căreia îi dădea voie taică-meu în sanctuarul abstract al propriului birou; tot ea era cea pe care o strivea afectuos de burduhan și care trebuia să poarte răspunderea visurilor lui de viitor. Ba chiar am auzit-o pe Mary Pereira cântându-i cântecelul care fusese tema mea muzicală de când mă știam: „Poți să fii tot ce dorești, tot ce vrei poți să ajungi“, îi îngâna Mary. Până și maică-mea părea să se fi molipsit; iar acum soră-mea primea întotdeauna cea mai mare porție de cartofi prăjiți la masă, suplimentul de *nargisi kofta* și cea mai bună *pasanda*. În timp ce, ori de câte ori se uita cineva întâmplător la mine, eram conștient de o cută tot mai adâncă între sprâncene, precum și de o atmosferă de confuzie și neîncredere. Dar cum aș fi putut să mă plâng? Maimuța îmi tolerase poziția privilegiată ani în șir. Cu posibila excepție a episodului când am căzut din copacul din grădina noastră după ce mi-a dat brânci (care, în fond, ar fi putut fi un accident), îmi acceptase întâietatea cu o grație și chiar loialitate deplină. Acum era rândul meu: având pantaloni lungi, mi se cerea să-mi privesc retrogradarea cu ochi de adult. „Maturizarea asta e mai grea decât credeam“, mi-am zis.

Trebuie spus că Maimuța s-a mirat la fel de mult ca mine când s-a văzut ridicată la rangul de copil preferat. A făcut tot posibilul să cadă în dizgrație, dar se părea că degeaba. Erau zilele flirtului ei cu creștinismul, care se datora, pe de-o parte, influenței prietenelor ei europence de la școală și, pe de alta, prezenței lui Mary Pereira (care, incapabilă să se ducă la biserică din cauza fricii de confesional, ne delecta, în schimb, cu povestiri biblice) și a mătăniilor ei; totuși cred că era în primul rând o încercare a Maimuței de a-și recâștiga poziția confortabilă de odinioară, din cotețul familiei (și, apropo de coteț, Baroneasa Simki încetase din viață cât timp lipsisem, ucisă de promiscuitate).

Soră-mea vorbea de Iisus cel blând și milostiv; mama surâdea vag și o mângâia pe cap. Se plimba de colo-colo prin casă și îngâna imnuri religioase; mama prindea melodia din zbor și cânta și ea. La un moment dat, a cerut un veșmânt călugăresc în locul rochiei favorite a doicii; i s-a dat. Înșira boabe de năut pe sfoară și le folosea ca mătănii, murmurând Ave Maria, iar părinții noștri o lăudau pentru îndemânare. Torturată de faptul că nu era pedepsită, a început să urce pe culmile fervorii religioase, spunând Tatăl Nostru zi și noapte, postind în Postul Mare în loc de Ramadan și dând la iveală un fanatism nebănuit, care mai târziu avea să-i domine personalitatea; cu toate acestea, părea tolerată în continuare. În cele din urmă, a discutat problema cu mine.

— Ei bine, frate, am impresia că de-acum încolo o să trebuiască să fiu copil cuminte și să-ți las ție toată distracția, a spus ea.

Probabil că avea dreptate; aparenta lipsă de interes a părinților față de persoana mea ar fi trebuit să-mi confere o libertate mai mare. Însă eram năucit de transformările care aveau loc în toate aspectele vieții mele, situație în care îți venea greu să te distrezi. Mă schimbam fizic ; pe bărbie începea să-mi apară – prea devreme – un fel de puf moale, iar vocea îmi era tot mai greu de controlat, oscilând brusc între cele două capete ale registrului vocal. Aveam un puternic sentiment al absurdului ; membrele tot mai lungi mă făceau greoi și probabil că arătam ca un bufon, fiindcă pantalonii și cămășile îmi rămâneau mici și stăteau să crape când le îmbrăcam. Întru câtva mă simțeam victima unei conspirații a acestor haine care îmi fluturau caraghios pe la glezne și încheieturi : chiar și când m-am întors lăuntric spre tainicii mei Copii, am descoperit o schimbare și nu pot spune că mi-a plăcut.

Dezintegrarea treptată a Conferinței Copiilor din Miez de Noapte – desăvârșită în ziua când armatele chineze au coborât versanții Himalayei ca să-l umilească pe *fauj*-ul indian – avansase deja destul de mult. Când noutatea se uzează, apar inevitabil plictiseala și la scurt timp disensiunile. Sau (altfel spus) când un deget e mutilat și țâșnesc fântâni de sânge, toate ticăloșiile devin posibile... Indiferent dacă au fost sau nu rezultatul metaforic-activ al pierderii degetului, fisurile Conferinței se lărgeau cu siguranță. Sus în Kashmir, Narada-Markandaya plonja în visele solipsiste ale adevăraților narcisiști, interesându-se doar de plăcerile erotice ale schimbărilor constante de sex, pe când călătorul în timp Soumitra, jignit de refuzul nostru de a-i asculta descrierea unui viitor în care (zicea el) țara avea să fie guvernată de un ramolit care bea urină și nu voia să moară, oamenii aveau să uite tot ce învățaseră, Pakistanul avea să fie împărțit ca o amibă, iar prim-miniștrii din fiecare jumătate aveau să fie asasinați de niște succesori care – s-a jurat el ca să ne risipească neîncrederea – aveau să aibă același nume... Soumitra cel rănit în amorul propriu a devenit un absent obișnuit de la întâlnirile noastre nocturne, dispărând vreme îndelungată în labirinturile încâlcite ale Timpului. Iar surorile din Baud au fost mulțumite de iscusința cu care-i vrăjeau pe naivi, tineri și bătrîni deopotrivă. „Cum poate să ne-ajute Conferința ?“ au întrebat ele. „Avem și-așa prea mulți iubiți.“ Cât despre alchimistul nostru, acesta își făcea de lucru într-un laborator pe care i-l construise taică-său (căruia îi dezvăluise secretul) ; preocupat de piatra filosofală, avea foarte puțin timp pentru noi. Tentația aurului ni-l răpise.

Mai existau și alți factori care acționau. Oricât ar fi de fermecați, copiii nu sunt imuni în fața părinților ; și, pe măsură ce prejudecățile și concepțiile despre lume ale adulților începeau să se instaleze în mintea lor, am descoperit copii din Maharashtra urându-i pe cei din Gujarat și nordici cu pielea deschisă insultându-i pe „negroteii“ dravidieni. Au apărut rivalitățile religioase, iar în consilii au scos capul primele diferențe de clasă. Copiii bogați strâmbau din nas fiindcă trebuiau să se afle într-o companie atât de înjositoare, brahmanii începeau să nu se simtă în largul lor nici măcar lăsându-și gândurile să se atingă de cele ale copiilor fără castă, pe când presiunile sărăciei și ale comunismului deveneau evidente în rândurile celor de origine modestă... Pe lângă toate astea, existau conflicte de personalitate, precum și sute de certuri zgomotoase, inevitabile într-un parlament compus exclusiv din țânci cu caș la gură.

În acest fel – Conferința Copiilor din Miez de Noapte a împlinit profeția prim-ministrului și a devenit, la drept vorbind, o oglindă a națiunii; modul literal-pasiv intrase în acțiune, chiar dacă am luptat împotriva lui cu o disperare crescândă, iar în cele din urmă cu o blazare tot mai puternică... „Frați și surori!“ am emis, cu o voce a gândului la fel de necontrolabilă ca omoloaga ei fizică. „Nu permiteți să se întâmple așa ceva! Nu vă lăsați dezbinați de dualitatea nesfârșită a maselor și a claselor, a capitalului și a muncii, a diferenței dintre noi și ei! Trebuie să fim un al treilea principiu!“ am strigat pătimaș. „Trebuie să fim forța capabilă să se miște între două focuri. Căci numai dacă suntem alții, numai înnoindu-ne putem să ne împlinim promisiunea din clipa nașterii!“ Aveam simpatizanți, iar cea mai ferventă era Parvati-vrăjitoarea; dar simțeam că-i pierd, distrași cu toții de viețile lor... la fel cum, sincer vorbind, eram distras la rându-mi de propria-mi existență. Era ca și cum măreţul nostru congres devenea altceva decât o nouă jucărie pentru copii, ca și cum pantalonii lungi distrugeau ceea ce crease miezul nopții... „Trebuie să ne decidem asupra unui program, am pledat. Propriul nostru Plan Cincinal, de ce nu?“ Însă dincolo de emisia mea neliniștită am auzit râsul amuzat al celui mai mare rival al meu; și iată-l pe Shiva pătrunzând în mințile tuturor și rostind cu dispreț: „Nu, puiule de bogătan, al treilea principiu nu există. Există doar bani și sărăcie, belșug și lipsuri, stânga și dreapta; există doar eul meu împotriva lumii! Lumea nu e compusă din idei, puiule de bogătan; în ea nu e loc nici pentru visători, nici pentru visurile lor; lumea, micule Smârcâici, e alcătuită din lucruri. Lucrurile și cei care le creează conduc lumea; uită-te la Birla, la Tata și la toți cei puternici : ei fac să existe lucrurile. Pentru lucrurile astea e condusă țara, nu pentru oameni. Și tot pentru lucruri trimit ajutor America și Rusia ; dar cinci milioane tot rămân flămînzi. Abia când ai lucruri, abia atunci poți să visezi ; dacă n-ai, trebuie să lupți". Copiii ascultau fascinați în timp ce ne duelam... sau poate nu, poate că nici măcar dialogul nostru nu a reușit să le capteze interesul. A fost din nou rândul meu : „Dar oamenii nu sunt lucruri ; dacă strângem rândurile, dacă ne iubim unii pe alții, dacă arătăm că ăștia de-aici, masa asta de oameni, Conferința, puzderia de copii uniți la bine și la rău, pot să reprezinte acea a treia cale..." Shiva m-a întrerupt pufnind : „Astea-s vorbe-n vânt, puiule de bogătan. Toată importanța asta a individului, la fel ca posibilitatea de-a fi mai buni. Astăzi oamenii sunt un alt fel de lucruri și-atâta tot". La care eu, Saleem, prăbușindu-mă : „Dar... libera voință... speranța... marele suflet al omenirii sau, altfel spus, *mahatma*... și cum rămâne cu poezia, arta și..." Moment în care Shiva și-a asigurat victoria : „Vezi ? Știam că o s-ajungi așa. Bleg și moale ca orezul lăsat prea mult în oală. Sentimental ca o bunică. Du-te, cine crezi că are chef de prostiile tale ? Avem fiecare o viață de trăit. La naiba, nastravete, zău dacă nu m-am săturat de Conferința ta. Nu are nici o treabă cu realitatea".

Întrebați : ăștia sunt copii de zece ani ? Răspund : da, dar. Spuneți mai departe : au discutat copiii ăia de zece sau aproape unsprezece ani despre rolul individului în societate ? Despre rivalitatea dintre capital și muncă ? Au fost lămurite problemele interne ale zonelor agrare și ale celor industrializate ? Dar conflictele legate de moștenirea socio-culturală ? Au vorbit copiii ăia care nu împliniseră patru mii de zile despre identitate și despre conflictele intrinseci ale capitalismului ? După ce-au trăit mai puțin de o sută de mii de ore, i-au pus în antiteză pe Gandhi și Marxlenin, puterea și neputința ? S-a opus colectivitatea singularității ? A fost Dumnezeu ucis de copii ? Chiar acceptând adevărul presupuselor miracole, să credem oare că niște ținci au putut vorbi la fel ca bătrânii sfătoși cu barbă ?

Răspund : poate nu cu cuvintele astea ; poate fără nici un fel de cuvinte, ci folosind limbajul mai pur al gândului ; exact, asta era de fapt ideea de bază. Căci copiii sunt vasele în care își toarnă adulții otrava, și tocmai otrava asta a adulților ne-a venit de hac. Otrava și, după o pauză de mulți ani, o Văduvă cu un cuțit.

Pe scurt: după ce m-am întors la Vila Buckingham, chiar și cei mai buni dintre copiii din miez de noapte și-au pierdut savoarea: au existat nopți, în perioada asta, când nici măcar nu m-am sinchisit să-mi pun în funcțiune rețeaua națională, așa că demonul care pândea înăuntrul meu (și care avea două capete) a putut să-și vadă de ciudățeniile lui. (N-am știut niciodată dacă Shiva avusese sau nu vreo vină legată de uciderea prostituatelor, dar influența lui Kali-Yuga era atât de mare, încât eu însumi, băiatul bun și victima naturală, am fost răspunzător în mod sigur de două morți. Mai întâi de a lui Jimmy Kapadia, apoi de a lui Homi Catrack.)

Dacă există un al treilea principiu, el se cheamă copilărie. Numai că el moare sau, mai bine zis, e ucis.

Cu toții aveam probleme pe vremea aceea. Homi Catrack o avea pe idioata de Toxy, pe când grijile familiei Ibrahim erau altele: după ani de zile în care mituise judecători și jurați, Ismail, tatăl lui Sonny, era în pericol de a fi cercetat de către Comisia de Disciplină a Baroului, în timp ce Ishaq, unchiul lui Sonny, care conducea hotelul de mâna a doua Embassy de lângă Flora Fountain, era dator vândut mafiei locale, permanent îngrijorat că s-ar putea să fie „ras“ (era o perioadă când asasinatele începuseră să devină la ordinea zilei, ca arșița)... Și atunci poate că nu e de mirare că uitaserăm cu toții de existența profesorului Schaapsteker. (Indienii se îngrașă și prind puteri pe măsură ce îmbătrânesc; numai că Schaapsteker era european, iar rasa lui avea nefericita tendință de a se ofili odată cu trecerea anilor și, adeseori, de a dispărea complet.)

Dar acum, puse poate în mișcare de demon, picioarele m-au purtat pe scări în sus, la ultimul etaj al Vilei Buckingham, unde am găsit un bătrân nebun, incredibil de mic și de sfrijit, a cărui limbă țâșnea constant dintre buze, șfichiuind și lingând: era fostul căutător de leacuri împotriva veninurilor, fostul ucigaș de cai, Sharpsticker sahib, acum în vârstă de nouăzeci și doi de ani, retras de la institutul eponim într-un apartament de la ultimul etaj, plin cu vegetație tropicală și șerpi conservați în saramură. Deși nu izbutise să-și scoată dinții și săculețele cu otravă, vârsta îl transformase, în schimb, într-o veritabilă încarnare a șerpismului; ca și în cazul altor europeni care stătuseră prea mult aici, nebuniile străvechi ale Indiei îi dereglaseră mintea, așa că ajunsese să creadă în superstițiile infirmierelor de la Institut, potrivit cărora era ultimul descendent al unui neam apărut când o cobră regală se împerecheasе cu o femeie care dăduse naștere unui pui (șerpesc) de om... Se pare că toată viața n-a trebuit decât să cotesc după colț ca să mă cufund într-o lume nouă, metamorfozată într-un mod fabulos. Cum urci o scară (mobilă sau fixă), cum dai peste un șarpe care te așteaptă.

Draperiile erau trase în permanență: în camerele lui Schaapsteker soarele nici nu răsărea, nici nu apunea, și nu bătea nici un fel de ceas. Oare ce ne apropiase unul de celălalt, demonul sau sentimentul împărtășit al izolării?... Căci în zilele acelea de ascensiune a Maimuței și de declin al Conferinței, am început să urc scările ori de câte ori am avut ocazia și să ascult aiurelile delirante ale bătrânului nebun care nu se mai oprea din sâsâit.

Primul salut pe care mi l-a adresat când am pătruns în bârlogul lui neîncuiat a fost: „Așa deci, copile, te-ai vindecat de febra tifoidă". Propoziția a urnit timpul ca un nor leneș de praf și m-a adus laolaltă cu cel care eram la vârsta de un an: mi-am adus aminte de felul cum îmi salvase Schaapsteker viața cu ajutorul veninului de șarpe. Iar după aceea, timp de câteva săptămâni, am rămas la picioarele lui, iar el mi-a arătat cobra care se încolăcise în forul meu lăuntric.

Cine m-a ajutat enumerându-mi puterile oculte ale șerpilor? (Umbrele lor ucid vacile; dacă pătrund în visele unui bărbat, soția lui naște; dacă sunt omorâți, familia ucigașului nu are parte de urmași de sex bărbătesc timp de douăzeci de generații.) Și cine mi-a descris – cu ajutorul cărților și al animalelor împăiate – dușmanii permanenți ai cobrei? „Studiază-ți inamicii, copile, sau or să te ucidă în mod sigur", avea obiceiul să șuiere... La picioarele lui Schaapsteker, am examinat mangusta și vierul, barza gușată cu pliscul ca un pumnal și căprioara *barasinha* care strivește capetele șerpilor sub copite, ihneumonul egiptean și ibisul, pasărea-secretar de peste un metru înălțime, neînfricată și cu ciocul încovoiat, al cărei aspect și nume m-au făcut să nutresc gânduri bănuitoare cu privire la Alice Pereira, cea de la taică-meu din birou, uliul șopârlelor, pisica-dihor, bursucul melivor din zonele de deal, cucul-drumar, pecarul și formidabila pasăre *cangamba*. Din adâncurile senilității lui, Schaapsteker se hotărâse să mă îndrume în viață. „Fii isteț, copile. Imită acțiunile șarpelui. Stai ascuns și lovește de la adăpostul tufelor."

Odată mi-a zis: „Trebuie să mă priveşti ca pe un al doilea tată. Nu eu ţi-am redat viaţa când ţi-ai pierdut-o?" Prin vorbele astea a demonstrat că era sub vraja mea la fel de mult cum mă aflam la rându-mi sub a lui; acceptase şi el că făcea parte din interminabila serie de părinţi cărora eu singur aveam puterea să le dau naştere. Şi chiar dacă după un timp aerul de la el din cameră mi s-a părut prea înăbuşitor şi l-am abandonat unei solitudini din care nu avea să mai fie deranjat vreodată, cel puţin îmi arătase cum să procedez. Devorat de monstrul cu două capete al răzbunării, mi-am folosit (pentru prima oară) puterile telepatice pe post de armă, descoperind în acest fel amănuntele relaţiei dintre Homi Catrack şi Lila Sabarmati. Lila şi Pia fuseseră dintotdeauna rivale în ale frumuseţii; şi nimeni alta decât soţia moştenitorului prezumtiv al titlului de Amiral Suprem devenise noua iubită a magnatului din industria filmului. În timp ce comandantul Sabarmati efectua manevre în larg, Lila şi Homi se ocupau şi ei de anumite manevre. Pe când leul mărilor aştepta moartea amiralului titular, Homi şi Lila fixau la rândul lor o întâlnire cu Doamna cu Coasa. (Prin intermediul meu.)

„Stai ascuns", îmi spusese Sharpsticker sahib. I-am spionat pe furiş pe duşmanul meu Homi şi pe mama cea promiscuă a lui Oache şi Briantină (care erau foarte plini de ei în ultima vreme, de fapt din clipa când scrisese în ziare că avansarea comandantului Sabarmati era o simplă formalitate. *Doar o problemă de timp*...). „Femeie uşuratică", îmi şoptea demonul lăuntric. „Făptaşă a celor mai rele viclenii materne! O să te preschimbăm într-un exemplu oribil; prin tine o să arătăm ce-i aşteaptă pe desfrânaţi. Ah, adulterină nesocotită! N-ai văzut ce-a păţit Baroneasa Simki von der Heiden, care s-a culcat cu cine nu trebuia şi care a fost, vorbind pe şleau, o căţea ca şi tine?"

În ce-o priveşte pe Lila Sabarmati, m-am îmbunat odată cu trecerea anilor; în fond, eu şi ea aveam un lucru în comun – nasul ei, ca şi al meu, avea puteri excepţionale. Totuşi, al ei exercita o vrajă pur lumească: o încreţitură cât de mică îl fermeca pe cel mai aspru dintre amirali, iar o dilatare abia observată a nărilor aprindea focuri ciudate în inimile magnaţilor din industria cinematografică. Încă trăiesc mici regrete fiindcă trădez nasul acela; mă simt ca şi cum mi-aş înjunghia un văr pe la spate.

Ce-am descoperit? În fiecare duminică dimineață la zece, Lila Sabarmati îi ducea pe Oache și Briantină cu mașina la cinematograful Metro pentru întâlnirile săptămânale ținute sub egida Metro Cub Club. (S-a oferit să-i ia și pe ceilalți, așa că Sonny, Cyrus, Maimuța și cu mine ne-am înghesuit în automobilul Hindustan de fabricație indiană.) În timp ce mergeam cu mașina spre Lana Turner, Robert Taylor sau Sandra Dee, domnul Homi Catrack se pregătea și el pentru rendez-vous-urile lui săptămânale. Pe când Hindustan-ul Lilei se hurduca de-a lungul șinelor de cale ferată, Homi își înnoda la gât eșarfa de mătase crem; în timp ce oprea la barieră, el își punea o sahariană tehnicoloră; pe când ea ne conducea prin întunericul sălii de spectacole, el își fixa pe nas ochelarii de soare cu rame aurite; și în vreme ce ea ne lăsa să ne vedem filmul, și el abandona un copil. De fiecare dată când pleca, Toxy Catrack reacționa tânguindu-se și dând din picioare ca un om nebun; știa ce se petrecea, și nici măcar Bi-Appah nu putea s-o potolească.

Au fost odată ca niciodată Radha și Krishna, Rama și Sita, Laila și Majnu; tot atunci au apărut (fiindcă Occidentul și-a pus amprenta asupră-ne) Romeo și Julieta, Spencer Tracy și Katharine Hepburn. Lumea e plină de povești de iubire, iar îndrăgostiții sunt într-un fel întrupările predecesorilor. Când mergea la volanul Hindustan-ului spre o adresă din zona Colaba Causeway, Lila era de fapt Julieta ieșită pe balcon; când Homi cel cu eșarfă crem și ochelari auriți se grăbea la întâlnire (cu același Studebaker cu care fusese transportată de urgență mama la maternitatea doctorului Narlikar), era Leandru străbătând înot Hellespontul ca să ajungă la lumânarea aprinsă a lui Hero. Cât despre rolul meu în toată povestea, mă abțin să-l numesc.

Recunosc: ceea ce am făcut nu a fost un act de eroism. Nu m-am duelat cu Homi călare, cu ochii în flăcări și săbiile lucind în soare. În schimb, imitând acțiunile șarpelui, am început să decupez diverse bucăți de prin ziare. Din COMISIA PENTRU ELIBERAREA GOA LANSEAZĂ CAMPANIA SATYAGRAHA am extras literele „COM"; VORBITORUL DE LA TRIBUNA ADUNĂRII PAKISTANULUI DE EST A FOST DECLARAT MANIAC a fost un titlu care mi-a furnizat literele „AN". Pe „DANT" l-am găsit ascuns în PERDANTUL NEHRU SE GÂNDEȘTE SĂ DEMISIONEZE CU OCAZIA ADUNĂRII CONGRESULUI. Trecând acum la al doilea cuvânt, am scos „SAB" din TULBURĂRI ȘI ARESTĂRI ÎN MASĂ ÎN KERALA DOMINATĂ DE ROȘII: SABOTORII O IAU RAZNA: GHOSH ÎI ACUZĂ PE TURBULENȚII DIN CONGRES, după care am făcut rost de „ARM“ de la ACTIVITĂȚILE FRONTALIERE ALE ARMATEI CHINEZE ÎNCALCĂ PRINCIPIILE BANDUNG. Ca să completez numele, am șterpelit literele „ATI“ de la POLITICA EXTERNĂ A LUI DULLES ESTE INCONSECVENTĂ ȘI ERATICĂ, DECLARĂ AVERS. Ciopârțind istoria ca să-mi îndeplinesc scopurile mârșave, am trecut la DE CE A AJUNS INDIRA GANDHI PREȘEDINTELE CONGRESULUI și am păstrat primele două cuvinte. Dar am refuzat să mă cantonez în politică, așa că mi-am îndreptat atenția asupra reclamelor și l-am sustras pe OARE din ÎȘI PIERDE OARE GUSTUL GUMA? PĂSTRAȚI-L CU P.K. MEREU ȘI-ACUMA! Un articol monden-sportiv intitulat CENTRUL ATACANT MOHUN BAGAN ÎȘI PREZINTĂ SOȚIA mi-a furnizat ultimul cuvânt, în timp ce pe SE DUCE LA le-am luat din tragicul anunț O MARE DE OAMENI SE DUCE LA ÎNMORMÂNTAREA LUI ABUL KALAM AZAD. Pe urmă am fost silit din nou să-mi compun cuvintele din bucățele: MOARTEA LOVEȘTE LA SOUTH COL: PRĂBUȘIREA LUI SHERPA mi-au adus mult doritul „COL“, chit că „ABA“ a fost foarte greu de găsit, apărând într-un târziu într-o reclamă cinematografică: ALI-BABA, ȘAPTESPREZECE SĂPTĂMÂNI DE VIS – SĂLILE SE UMPLU CÂT AI CLIPI DIN OCHI!... Pe vremea aceea șeicul Abdulah, Leul din Kashmir, începuse o campanie în favoarea unui plebiscit la nivelul statului său ca să i se decidă viitorul; curajul lui mi-a oferit particula „CAUSE“, fiindcă a dus la următorul titlu: AGITAȚIA DECLANȘATĂ DE CAUSEURUL ABDULLAH ÎL DUCE ÎN AREST, DECLARĂ PURTĂTORUL DE CUVÂNT AL GUVERNULUI. Tot atunci Acharya Vinobha Bhave, care timp de zece ani îi convinsese pe proprietarii de pământuri să doneze mici loturi săracilor în cadrul campaniei *bhoodan*, a anunțat că donațiile trecuseră de pragul de un milion de pogoane și a inițiat alte două campanii, solicitând dăruirea unor sate întregi („*gramdan*“) și a cât mai multor vieți omenești („*jivandan*“). Când J.P. Narayan a anunțat că își dedică viața operei lui Bhave, titlul NARAYAN WALKS IN BHAVE'S WAY[1] m-a ajutat să procur mult râvnitul „WAY“. Aproape că terminasem; ciupind pe „ÎN FIECARE“ din

1. Narayan pășește pe urmele lui Bahve (engl.).

PAKISTANUL ÎN CURSA DE FIECARE ZI PENTRU HAOSUL POLITIC: LUPTELE DINTRE FACȚIUNI AFECTEAZĂ TREBURILE OBȘTEȘTI și pe „DUMINICĂ“ de pe manșeta ziarului *Bliț duminical*, am văzut că îmi mai lipsea doar un cuvânt. Evenimentele din Pakistanul de Est mi-au asigurat finalul. O MOBILĂ PRĂBUȘITĂ L-A ACCIDENTAT MORTAL PE VICEPREȘEDINTELE PARLAMENTULUI DIN PAKISTANUL DE EST. DE MÂINE DIMINEAȚĂ SE INSTITUIE DOLIU NAȚIONAL a fost titlul care mi-a dăruit cuvântul „DIMINEAȚA“. Mai aveam nevoie de un semn de întrebare pe care l-am găsit la sfârșitul unei întrebări pe care ne-o puneam neîncetat cu toții în zilele acelea ciudate: DUPĂ NEHRU, CINE?

În intimitatea unei toalete, am lipit bucățele decupate pe o coală de hârtie, într-o primă tentativă de reordonare a istoriei; cu mișcări șerpești, mi-am strecurat documentul în buzunar, aidoma otrăvii din săculeț. Am aranjat subtil să petrec o seară cu Oache și Briantină și să ne jucăm împreună de-a „ucigașii beznei“... În timpul jocului, m-am furișat în șifonierul comandantului Sabarmati și am introdus epistola letală în buzunarul interior al uniformei lui de rezervă. În clipa aceea (nu are rost s-o ascund) am simțit încântarea șarpelui care își doboară prada, înfigându-i colții în călcâi...

COMANDANT SABARMATI (stătea scris în misivă)
DE CE OARE SE DUCE SOȚIA LA COLABA CAUSEWAY
ÎN FIECARE DUMINICĂ DIMINEAȚĂ?

Nu, nu mai sunt mândru de ceea ce am făcut; dar țineți cont că monstrul răzbunării avea două capete. Demascând perfidia Lilei Sabarmati, speram totodată să produc un șoc salvator propriei mele mame. Doi iepuri dintr-o lovitură; aveau să fie pedepsite două femei, fiecare străpunsă de câte un vârf al limbii mele bifurcate de șarpe. Se poate spune, în fond, că așa-numita afacere Sabarmati a început efectiv într-un restaurant sordid din nordul orașului, când un client clandestin a urmărit baletul unor mâini care își dădeau ocol.

Am stat ascuns: am lovit de la adăpostul tufelor. Ce m-a făcut să acționez? Mâinile de la Pioneer Café, telefoanele care sunau în altă parte, biletele primite pe furiș pe balcoane și strecurate destinatarei sub protecția păturilor, ipocrizia maică-mii și durerea neconsolatei Pia: „Vai de mine! Vai de mine și de mine! Vai de capul meu!"... Pusesem mâna pe o otravă lentă, care însă și-a făcut efectul după trei săptămâni.

S-a dovedit apoi că, după ce a primit biletul anonim, comandantul Sabarmati a apelat la serviciile celebrului Dom Minto, cel mai cunoscut detectiv particular din Bombay. (Între timp, Minto, bătrân și aproape șchiop, începuse să ceară onorarii mai mici.) A așteptat până când a primit raportul lui Minto. Iar pe urmă:

În dimineața aceea de duminică, șase copii stăteau unul lângă altul la Metro Cub Club și se uitau la *Francis catârul vorbitor și casa bântuită.* După cum vedeți, aveam și alibi; mă aflam departe de locul crimei. Ca și Sin, semiluna, am acționat de la distanță asupra fluxurilor lumii... În timp ce un catâr vorbea pe ecran, comandantul Sabarmati a făcut o vizită la arsenalul marinei. A semnat de primire pentru un revolver bun, cu țeava lungă, și pentru muniție. A luat arma fără toc cu mâna dreaptă, având stânga ocupată de un petic de hârtie pe care detectivul particular îi trecuse o adresă cu scrisul lui îngrijit. S-a urcat într-un taxi și a ajuns pe Colaba Causeway. A plătit taxiul, a pornit cu pistolul în mână pe o pasarelă îngustă care făcea legătura între niște prăvălii unde se vindeau cămăși și câteva magazine de jucării și a urcat scările unui bloc de apartamente ceva mai retras, situat în fundul unei curți asfaltate. A sunat la ușa apartamentului 18C, iar soneria s-a auzit și la 18B, unde un profesor anglo-indian dădea lecții particulare de latină. Când Lila, soția comandantului Sabarmati, a răspuns la ușă, acesta a împușcat-o de două ori în burtă de la mică distanță. Lila a căzut pe spate; comandantul a trecut pe lângă ea și l-a găsit pe domnul Homi Catrack, care tocmai se ridica de pe closet, fără să fi apucat să se șteargă la fund și trăgându-și disperat pantalonii. Comandantul Vinoo Sabarmati l-a împușcat o dată în organele genitale, o dată în inimă și o dată în ochiul drept. Pistolul nu avea amortizor, dar, după ce și-a terminat treaba, în apartament s-a lăsat o liniște copleșitoare. Domnul Catrack a căzut la loc pe closet după ce a fost împușcat și a dat impresia că zâmbește.

Comandantul Sabarmati a ieșit din bloc cu pistolul fumegând în mână (după ce a fost văzut printr-o ușă întredeschisă cu grijă de un profesor de latină înspăimântat); a pornit pe jos pe Colaba Causeway până când a văzut un agent de circulație cocoțat pe un podium mic. S-a apropiat de polițist și i-a spus:

— Adineauri i-am ucis pe nevastă-mea și pe amantul ei. Vreau să mă predau...

Atâta doar că, în tot acest timp, agitase pistolul pe sub nasul polițistului, care s-a speriat atât de rău, încât a scăpat din mână bastonul cu care dirija circulația și a luat-o la sănătoasa. Rămas singur pe podium în mijlocul traficului care căzuse brusc pradă confuziei, comandantul Sabarmati a început să joace rolul agentului, folosindu-și pistolul fumegând pe post de baston. Așa a fost găsit de echipajul de doisprezece polițiști care au ajuns la fața locului zece minute mai târziu, l-au înconjurat curajos, l-au imobilizat și l-au deposedat de neobișnuitul baston de care se folosise timp de zece minute pentru a dirija traficul cu o mână de expert.

Un ziar a spus despre afacerea Sabarmati: „Este o dramă din care India va descoperi cine a fost, cum a ajuns și ce ar putea să devină", însă comandantul Sabarmati a fost doar o marionetă. Păpușarul am fost eu, iar națiunea mi-a respectat indicațiile – numai că nu asta îmi propusesem! Nu credeam că o să... am vrut doar... da, un scandal, dar nu asta, nu, nici în ruptul capului.

Înfricoșat de rezultatul propriilor acțiuni, am început să captez undele telepatice ale orașului... La Spitalul Municipal Pars un medic a declarat: „*Begum* Sabarmati o să scape, dar va trebui să-și supravegheze alimentația". Dar Homi Catrack murise... Și cine credeți că a fost angajat ca avocat al apărării? Cine a spus: „O să-l reprezint pe gratis, fără nici un ban"? Cine a fost cel care, câștigând în trecut Cazul Înghețului, a devenit acum apărătorul comandantului? „Dacă poate cineva să-l scape, ăla e taică-meu", a spus Sonny Ibrahim.

Comandantul Sabarmati a fost cel mai popular criminal din istoria jurisprudenței indiene. Soții au aprobat întru totul felul cum își pedepsise nevasta rătăcitoare, iar femeile credincioase și-au legitimat fidelitatea. Chiar și în mintea copiilor Lilei am găsit următoarele gânduri: „Știam că o căuta cu lumânarea. Și eram siguri că nici un marinar n-ar fi acceptat așa ceva". Alături de o caricatură în culori a comandantului, destinată rubricii „personalitatea săptămânii", un editorialist de la *Illustrated Weekly of India* a scris: „În cazul Sabarmati, sentimentele nobile ale Ramayanei se combină cu melodrama ieftină a filmelor din Bombay; cât despre protagonist, toată lumea e de acord în privința verticalității lui. În plus, e incontestabil un personaj atrăgător".

Răzbunarea pe care o plănuisem împotriva maică-mii și a lui Homi Catrack provocase o criză națională... căci regulamentul de ordine interioară a marinei stipula că deținuții din închisori civile nu puteau îndeplini funcția de Amiral Suprem. Așa că restul amiralilor, politicienii din oraș și, firește, Ismail Ibrahim au solicitat la unison următoarele: „Comandantul Sabarmati trebuie ținut într-o închisoare a marinei. Până când i se dovedește vinovăția e inocent. În măsura posibilului, cariera lui nu are voie să fie distrusă“. Răspunsul autorităților: „Da“. Iar comandantul Sabarmati, pus bine în centrul de detenție al marinei, a descoperit pedepsele celebrității: bombardat cu telegrame de încurajare, a început să-și aștepte procesul. Și, deși a cerut să fie trecut la un regim ascetic și să i se dea doar orez și apă, oamenii de bine l-au copleșit cu mic dejunuri debordând de biriani, fistic și alte produse consistente. În plus, sărind peste coada formată la tribunal, procesul a început imediat... Acuzarea a spus:

— Acuzația este de crimă cu premeditare.

Cu o privire hotărâtă și fără să i se clintească un mușchi pe figură, comandantul Sabarmati a răspuns:

— Nevinovat.

— O, Doamne, bietul de el, ce trist, nu-i așa? a oftat maică-mea.

— O soție necredincioasă e un lucru oribil, *amma*, am spus și am văzut-o cum se uită în altă parte.

— Avem de-a face cu un caz limpede ca lumina zilei. Există motive, ocazia favorabilă, mărturia inculpatului, cadavrul și elementul de premeditare: semnătura de primire pentru pistol, copiii trimiși la film, raportul detectivului. Ce-ar mai fi de zis? Acuzarea nu are nimic de adăugat.

— Allah, ce om de treabă! a decis opinia publică.

— E vorba de o tentativă de sinucidere, a declarat Ismail Ibrahim.

— ????????? a făcut opinia publică.

Ismail Ibrahim a dat lămuriri:

— Când a primit raportul lui Dom Minto, comandantul a vrut să se convingă personal că așa stăteau lucrurile și, dacă era adevărat, să se sinucidă. A semnat de primire pentru pistol, dar voia să-l folosească împotriva lui însuși. S-a dus la Colaba cuprins de disperare nu ca ucigaș, ci ca un om mort! Dar acolo – găsindu-și soția, domnilor jurați, pe jumătate dezbrăcată și în compania amantului ei nerușinat! – acest om cumsecade, ba chiar măreț, a văzut roșu în fața ochilor. O perdea roșie i-a întunecat judecata și abia atunci a făcut ce-a făcut. Așa că nu există premeditare. Și prin urmare nici crimă de gradul unu. Ucidere, da, însă nu cu sânge rece. Domnilor jurați, trebuie să-l găsiți nevinovat, în ciuda acuzațiilor.

Prin oraș a început să se audă: „Nu, prea de tot... De data asta Ismail Ibrahim a întrecut măsura... dar, dar... a avut parte de un juriu compus în majoritate din femei... deloc înstărite... care puteau cădea de două ori victimă: farmecului comandantului și portofelului avocatului... cine știe? Cine poate spune?"

— Nevinovat, a stabilit juriul.

— Ah, minunat! a strigat mama. Dar... dar chiar s-a făcut *dreptate*?

I-a răspuns judecătorul în persoană:

— Folosindu-mă de prerogativele pe care le am conform legii, invalidez acest verdict absurd. Vinovat conform acuzațiilor!

O, ce nebunie a cuprins orașul în zilele acelea! Zile în care demnitarii din marină, episcopii și politicienii au cerut: „Sabarmati trebuie să rămână în închisoarea marinei în așteptarea deciziei Înaltei Curți. Intoleranța unui judecător nu are voie să-l distrugă pe acest om de ispravă!" Zile în care autoritățile polițienești au capitulat: „Foarte bine". Cazul Sabarmati își urmează repede cursul, îndreptându-se cu o viteză fără precedent spre audierile de la Înalta Curte... iar comandantul îi spune avocatului:

— Simt că am scăpat destinul de sub control, ca și cum ar fi apărut altceva... să-i spunem Soartă.

Eu însă zic:

— Spuneți-i Saleem, Mucea, Smârcâici sau Pocilă. Eventual, spuneți-i Țăndărel-de-lună.

Verdictul Înaltei Curți: „Vinovat conform acuzațiilor". Titlurile din ziare: ÎN FINE, SABARMATI ÎN DETENȚIE CIVILĂ? Declarația lui Ismail Ibrahim: „Mergem până la capăt! La Curtea Supremă!" Iar acum, lovitura de teatru. Punctul de vedere al însuși viceprim-ministrului guvernului: „Este foarte greu să te abați de la litera legii. Dar, ținând cont de serviciile aduse de comandantul Sabarmati țării sale, îi permit să rămână la centrul de detenție al marinei în așteptarea deciziei Curții Supreme".

Alte titluri în ziare, înțepătoare ca țânțarii: GUVERNUL TRECE PESTE LEGE! SCANDALUL SABARMATI A DEVENIT O RUȘINE PUBLICĂ!... Când mi-am dat seama că presa se întorsese împotriva comandantului, am știut că i se înfundase.

Verdictul Curții Supreme: „Vinovat".

Ismail Ibrahim a spus:

— Grațiere! Solicităm grațierea de către președintele Indiei!

Iar acum se cântăresc lucruri grele la Rashtrapati Bhavan – în spatele ușilor reședinței prezidențiale, un bărbat trebuie să decidă dacă i se permite cuiva să se situeze mai presus de lege și dacă asasinarea amantului unei femei poate fi trecută cu vederea de dragul unei cariere în marină. Chestiunea e chiar mai delicată – ce drum alege India, al respectului pentru lege sau al principiului străvechi al întâietății copleșitoare a eroilor? Dacă ar mai trăi Rama, l-am trimite la închisoare fiindcă l-a ucis pe răpitorul Sitei? Lucruri importante; intervenția mea vindicativă în istoria timpului meu nu a fost defel o chestiune oarecare.

— Nu îl voi grația pe acest om, a spus președintele Indiei.

Nussie Ibrahim (al cărei soț pierduse cel mai însemnat proces din carieră) s-a tânguit – „Vai de capul nostru!" – și a repetat o observație anterioară:

— Soră Amina, omul ăsta cumsecade merge la pușcărie – ascultă ce-ți spun, e sfârșitul lumii!

O mărturisire îmi tremură pe buze, gata să-și ia zborul: „Totul a fost din cauza mea, *amma*; am vrut să-ți dau o lecție. Nu te mai duce la întâlniri cu alți bărbați care au însemnele Lucknow brodate pe cămăși, *amma*. Gata cu sărutatul ceștilor de ceai, ajunge! Acum port pantaloni lungi și pot să-ți vorbesc ca un bărbat". Dar n-am reușit să dau glas acestor gânduri; n-a fost nevoie, fiindcă am auzit-o pe mama răspunzând la telefon, dându-și seama că se greșise numărul și rostind cu o voce supusă în receptor:

— Nu, nu e nimeni cu numele ăsta aici. Vă rog să mă credeți și să nu mai sunați.

Da, îi dădusem o lecție maică-mii care, după afacerea Sabarmati, nu l-a mai văzut câte zile a avut pe Nadir-Qasim în carne și oase. Însă, rămasă fără el, a ajuns să aibă soarta tuturor femeilor de la noi din familie, căzând victimă blestemului îmbătrânirii premature. A început să se micșoreze, șchiopătatul i s-a accentuat, iar în ochi i s-a putut citi pustiirea vârstei înaintate.

Răzbunarea mea a avut o sumedenie de consecințe neprevizate. Poate că cea mai spectaculoasă dintre ele a fost apariția în grădinile de pe Moșia Methwold a unor flori curioase, din lemn și tinichea, pe care se găseau niște litere roșu aprins scrise de mână... Anunțurile fatale au apărut în toate grădinile, în afară de a noastră, semn că aveam niște puteri care îmi depășeau până și propria capacitate de înțelegere și că, exilat cândva de pe colina cât un bloc cu două etaje, izbutisem de data asta să-i fac să plece pe toți ceilalți.

Anunțuri pe plăci de lemn în grădinile de la Vila Versailles, Vila Escorial și Sans Souci; anunțuri care se salutau reciproc în briza marină de la ora cocteilului. Pe fiecare anunț se deslușeau aceleași nouă litere stacojii și înalte de treizeci de centimetri: DE VÂNZARE. Acesta era mesajul anunțurilor.

DE VÂNZARE – Vila Versailles, al cărei proprietar murise pe closet; vânzarea a fost condusă de ferocea doică Bi-Appah în numele amărâtei de Toxy: după încheierea formalităților, doica și obiectul atenției sale au dispărut pentru totdeauna, iar Bi-Appah a ținut în poală o valiză ticsită de bancnote... Habar n-am ce s-a întâmplat cu Toxy, dar, știind cât de zgârcită era doica, sunt sigur că n-a avut o soartă fericită... DE VÂNZARE, apartamentul familiei Sabarmati din Vila Escorial; Lilei Sabarmati i s-a refuzat dreptul de creștere și întreținere a copiilor, așa că a dispărut din viața lor, în timp ce Oache și Briantină și-au făcut bagajele și au intrat pe mâna marinei indiene, care se situase *in loco parentis* până când tatăl lor își va fi efectuat cei treizeci de ani de închisoare... DE VÂNZARE, de asemenea, Sans Souci-ul familiei Ibrahim, din cauză că hotelul Embassy al lui Ishaq Ibrahim fusese incendiat de gangsteri în ziua înfrângerii finale a comandantului Sabarmati, ca și cum marii baroni ai crimei din oraș ar fi pedepsit familia avocatului pentru eșecul ofițerului de marină; pe urmă, lui Ismail Ibrahim i s-a ridicat permisul de liberă practică, *avându-se în vedere anumite dovezi de încălcare a deontologiei* (conform raportului Comisiei de Disciplină a Baroului); „strâmtorată" financiar, și familia Ibrahim a dispărut din viața noastră. În fine, DE VÂNZARE apartamentul lui Cyrus Dubash și al mamei lui, fiindcă, în toiul afacerii Sabarmati – și aproape complet neobservat –, savantul expert în fizică nucleară murise asfixiat din cauza unor sâmburi de portocală, făcând astfel să se abată asupra lui Cyrus fanatismul religios al maică-sii și punând în mișcare roțile perioadei de revelații care vor fi subiectul capitolașului următor.

Anunțurile de vânzare se salutau în grădinile care începuseră să uite de carașii aurii, orele de cocteil și pisicile invadatoare. Dar cine le-a luat de colo? Cine au fost moștenitorii moștenitorilor lui William Methwold?... Au ieșit roind din ceea ce fusese cândva reședința doctorului Narlikar: femei pântecoase și extrem de competente, din ce în ce mai grase și mai pricepute și extrem de bogate de pe urma tetrapozilor (fiindcă fusese o perioadă propice marilor revendicări funciare). Femeile Narlikar: de la marină au cumpărat apartamentul comandantului Sabarmati, iar de la doamna Dubash, care se pregătea să plece, casa fiului ei Cyrus; au plătit-o pe Bi-Appah cu bancnote uzate, și creditorii familiei Ibrahim au fost îmbunați cu ajutorul banilor lichizi ai lui Narlikar.

Taică-meu a fost singurul rezident care a refuzat să vândă; i-au oferit sume impresionante, dar a clătinat din cap. I-au explicat ce vis voiau să împlinească: aveau de gând să demoleze clădirile acelea și să ridice în locul lor, pe colina cât un bloc cu două etaje, un conac cu treizeci de etaje care avea să se înalțe spre cer, un obelisc rozaliu al triumfului, un reper al propriului lor viitor. Adâncit în abstracții, Ahmed nici n-a vrut să audă. I-au spus: „Când o să fii înconjurat de moloz, o să vinzi pe doi bani". El însă (aducându-și aminte de perfidia lor tetrapodală) a rămas neclintit.

Înainte să plece, Nussie-rățușca a spus: „Ți-am zis eu, soră Amina – sfârșitul! Sfârșitul lumii!" De data asta a avut dreptate și s-a înșelat în același timp; după august 1958 pământul a continuat să se învârtească, dar lumea copilăriei mele luase într-adevăr sfârșit.

Oare tu, Padma, ai avut o lume numai a ta când ai fost mică? Un glob de tablă pe care să fie trecute continentele, oceanele și ghețurile polare? Două emisfere ieftine de metal, fixate una de alta printr-un suport de plastic? Nu, bineînțeles că nu; dar eu am avut. Era o lume plină de etichete: *Oceanul Atlantic*, *Amazonul* și *Tropicul Capricornului*. Iar la Polul Nord purta legenda: FABRICAT CA ÎN ANGLIA. În acea lună august a anunțurilor de vânzare care se salutau și a lacomelor femei Narlikar, lumea asta de tablă își pierduse suportul; am găsit niște bandă adezivă, am lipit pământul la ecuator, iar după aceea, din cauză că dorința de a mă juca a fost mai mare decât respectul, am început s-o folosesc ca minge de fotbal. După deznodământul afacerii Sabarmati, când în aer se ridicau penitențele maică-mii și tragediile personale ale moștenitorilor lui Methwold, am tot șutat în sfera de tablă pe Moșie, ferm convins că lumea nu se dezintegrase (deși fusese lipită cu bandă adezivă) și că era la picioarele mele... până când, în ziua ultimei lamentări escatologice a lui Nussie-rățușca – în aceeași zi când Sonny Ibrahim încetase să mai fie Sonny-cel-de-alături – Maimuța de Bronz și-a descărcat inexplicabila furie asupră-mi, urlând:

— Dumnezeule, frate, mai termină cu șuturile. Nu te simți *rău* nici măcar un pic azi?

După care, sărind cât a putut de sus, a aterizat cu ambele picioare pe Polul Nord și a strivit lumea în praful de pe alee, sub călcâiele ei furioase.

Se pare că plecarea lui Sonny Ibrahim, adoratorul ei ocărât, pe care-l dezbrăcase la piele în mijlocul străzii, o afectase totuși pe Maimuța de Bronz, chiar dacă o viață întreagă negase cu îndârjire posibilitatea de a iubi pe cineva.

Dezvăluiri

Om Hare Khusro Hare Khusrovand Om

Aflați, o, necredincioșilor, că în bezna Miezurilor de Noapte ale SPAȚIULUI CELEST, într-un timp de dinaintea Timpului, se găsea sfera Binecuvântatului KHUSROVAND!!! Chiar și SAVANȚII MODERNI afirmă acum că vreme de generații au MINȚIT ca să ascundă de Oamenii care *au dreptul să știe* existența Incontestabilă și REALĂ a acestei SFINTE CASE A ADEVĂRULUI!!! Intelectualii de Frunte de Pretutindeni, chiar și din America, vorbesc de CONSPIRAȚIA ANTIRELIGIOASĂ a roșilor, EVREILOR etc., pentru a ascunde aceste VEȘTI VITALE! Acum Vălul se ridică. Binecuvântatul STĂPÂN KHUSRO vine cu Dovezi Irefutabile. Citiți și credeți!

Aflați că pe tărâmul AIEVEA Khusrovand au trăit Sfinți a căror Puritate-Evoluție Spirituală a fost atât de mare încât, prin MEDITAȚII &C., au dobândit puteri PENTRU BINELE TUTUROR, puteri Dincolo de Închipuire! VEDEAU PRIN OȚEL și ÎNDOIAU GRINZILE CU DINȚII!!!

* * * ACUM! * * *
Pentru prima Oară, aceste puteri
pot fi folosite În Slujba Voastră!
STĂPÂNUL KHUSRO este
* * * AICI! * * *

Ascultați cum s-a produs Prăbușirea Khusrovand-ului: cum a pornit DIAVOLUL ROȘU *Bhimutha* (NEGRU să-i fie numele) o înfricoșătoare Ploaie de Meteoriți (care a fost bine relatată de OBSERVATOARELE LUMII, dar nu și Explicată)... o GRINDINĂ atât de crâncenă, încât Frumosul Khusrovand a fost RUINAT & Sfinții săi DISTRUȘI.

Dar nobilul *Juraell* și preafrumoasa *Khalila* au fost înțelepți, SACRIFICÂNDU-SE într-un extaz de Artă Kundalini, au salvat SUFLETUL nenăscutului lor fiu, STĂPÂNUL KHUSRO.

Intrând în Adevărata Unitate printr-o Transă Yoghină Supremă (ale cărei puteri sunt ACCEPTATE acum în ÎNTREAGA LUME !), și-au transformat Nobilele Spirite într-o *Rază* Luminoasă de VIAȚĂ, FORȚĂ, ENERGIE ȘI LUMINĂ KUNDALINI, pe care binecunoscutul LASER de azi nu face decât să-l imite & să-l *copieze*.

De-a lungul acestei RAZE, Sufletul nenăscutului Khusro a zburat, străbătând ABISURILE FĂRĂ FUND ale Spațiului-Eternității Celeste, până când, SPRE NOROCUL NOSTRU !, a ajuns la noi în Duniya (Lume) & s-a oprit în Pântecele unei mame umile de Familie Bună din neamul parșilor.

Așadar, Copilul s-a născut & a avut o Bunătate adevărată & o MINTE fără pereche (făcând de râs MINCIUNA că ne naștem cu toții Egali ! E oare Pungașul egalul Sfântului ? FIREȘTE CĂ NU !) dar firea lui adevărată a rămas Ascunsă o vreme, până când, în timp ce zugrăvea un Sfânt Pământean într-o producție TEATRALĂ (despre care CEI MAI IMPORTANȚI CRITICI au spus : Puritatea Jocului a Sfidat Tracul), și-a DAT SEAMA & a știut CINE ERA. Abia acum și-a luat Numele Adevărat,

STĂPÂNUL
KHUSRO
KHUSROVANI
* BHAGWAN *

& a Pornit umil cu frunze de Frasin pe Fruntea lui de Ascet ca să vindece bolile, să Pună Capăt Secetei & SĂ SE BATĂ cu legiunile lui *Bhimutha*, oriunde ar fi dat peste ele. Căci TEMEȚI-VĂ ! GRINDINA lui *Bhimutha* se va abate ȘI asupra noastră ! Nu vă luați după MINCIUNILE politicienilor, poeților, Roșilor & caetera. ÎNCREDEȚI-VĂ într-un Singur Stăpân Adevărat.

KHUSROKHUSROKHUSRO
KHUSROKHUSROKHUSRO

& trimiteți Donații la Căsuța Poștală 555,
Poșta Centrală, Bombay-1.
BINECUVÂNTĂRI ! FRUMUSEȚE !! ADEVĂR !!!

Om Hare Khusro Hare Khusrovand Om

Tatăl lui Cyrus cel Mare era savant, specialist în fizică nucleară, iar mama lui, o fanatică religioasă care își pierduse credința ca urmare a atâtor ani de oprimare exercitată de raționalismul dominant al Dubash-ului ei; din clipa când tatăl lui Cyrus s-a înecat cu o portocală din care soția lui uitase să scoată sâmburii, doamna Dubash s-a dedicat misiunii de a face să dispară orice urmă a răposatului ei soț din personalitatea fiului, de a-l recompune pe Cyrus conform propriei sale imagini stranii, *Cyrus cel Mare, născut pe farfurioare, În '48, oroare* – Cyrus, mândria școlii, un Cyrus care să semene cu Ioana D'Arc din piesa lui Shaw – toți acești Cyruși cu care ne obișnuiserăm și alături de care crescuserăm au dispărut acum, iar în locul lor s-a ivit figura supradimensionată și de o placiditate cvasibovină a Stăpânului Khusro Khusrovand. La zece ani, Cyrus a dispărut de la școală, moment în care a început ascensiunea meteorică a celui mai bogat guru din India. (Numărul versiunilor Indiei e egal cu numărul indienilor, iar versiunea mea, pusă alături de India lui Cyrus, pare aproape trivială.)

De ce a permis să se întâmple așa ceva? De ce a fost împânzit orașul cu afișe și de ce a plouat cu anunțuri în ziare fără un semn de împotrivire din partea acestui copil genial?... Fiindcă Cyrus era pur și simplu cel mai maleabil băiat din lume (chiar dacă ne ținea lecții, nu fără malițiozitate, despre Părțile Corpului Feminin) și nici prin cap nu i-ar fi trecut să-și supere mama. De dragul ei, și-a pus un fel de fustă de brocart și un turban; în virtutea aceleiași îndatoriri filiale, a permis câtorva milioane de credincioși să-i sărute degetul mic. În numele iubirii de mamă, a devenit cu adevărat Stăpânul Khusro, cel mai reușit copil sfânt din istorie; n-a trecut mult și a început să fie ovaționat de mulțimi de câte o jumătate de milion de oameni și să fie creditat cu înfăptuirea miracolelor. Mai mulți chitariști americani au venit să i se așeze la picioare, având cu toții carnetele de cecuri asupra lor. Stăpânul Khusrovand a angajat contabili, a plătit impozite și a achiziționat un transatlantic de lux, *Nava Stelară Khusrovand*, și un aparat de zbor, *Avionul Astral al Stăpânului Khusro*. Iar undeva înlăuntrul acelui băiat care zâmbea vag și împărțea binecuvântări... într-un loc ascuns pentru totdeauna de umbra înspăimântător de eficientă a maică-sii (la urma urmelor, trăise sub același acoperiș cu femeile Narlikar; cât de bine le cunoștea? Cât din competența lor impresionantă i se transmisese și ei?), pândea fantoma unui băiețel care îmi fusese prieten.

— De Khusro ăla e vorba? întreabă Padma uluită. Unu' și-același cu mahagurul care s-a înecat anu' trecut în ocean?

Da, Padma. Nu putea să meargă pe apă. În plus, foarte puțini oameni care au intrat în contact cu mine au murit de moarte bună... Dați-mi voie să recunosc că eram întru câtva invidios pe apoteoza lui Cyrus. „Ar fi trebuit să fiu eu“, am ajuns să-mi spun. „Eu sunt copilul fermecat. Mi s-a sustras nu doar dreptul primului născut, ci și adevărata fire lăuntrică.“

N-am ajuns niciodată un „mahaguru“, Padma. La picioarele mele nu s-au așezat nicicând milioane de oameni. Iar vina a fost a mea, fiindcă într-o bună zi, cu mulți ani în urmă, asistasem la prelegerea lui Cyrus despre Părțile Corpului Feminin.

— Cum? face Padma și clatină din cap nedumerită. Asta ce mai e?

Fizicianul nuclear Dubash avea o frumoasă statuetă de marmură – un nud de femeie – cu ajutorul căreia fiul lui ținea prelegeri de anatomie feminină în fața unui auditoriu compus din băieți care râdeau pe ascuns. Dar nu pe gratis; Cyrus cel Mare avea tariful lui. În schimbul lecțiilor de anatomie, pretindea reviste cu benzi desenate – iar eu, de bună credință, i-am dat un exemplar din cea mai valoroasă serie *Superman*, cea care conținea povestea-pilot despre explozia planetei Krypton și despre racheta la bordul căreia Jor-El, tatăl lui Superman, l-a trimis în spațiu ca să aterizeze pe Pământ și să fie adoptat de oamenii buni și blânzi din neamul Kent... n-a mai văzut-o nimeni? În toți acei ani, chiar n-a înțeles nimeni că doamna Dubash nu făcuse decât să prelucreze și să reinventeze cel mai puternic mit modern – legenda sosirii supraomului? Am văzut panourile de afișaj care anunțau venirea Stăpânului Khusro Khusrovand Bhagwan și m-am simțit obligat încă o dată să îmi asum răspunderea pentru evenimentele din lumea mea tulburătoare și fabuloasă.

Ce mult admir mușchii de la picioare ai îndatoritoarei mele Padma! Iat-o ciucindu-se la un metru de masa mea, cu sariul prins după obiceiul nevestelor de pescari. Mușchii gambelor nu arată nici un semn de încordare; cei ai coapselor se ghicesc sub unduirea sariului, afișându-și lăudabila soliditate. Suficient de puternică pentru a sta ciucită o veșnicie, sfidând simultan gravitatea și crampele, Padma îmi urmărește netulburată firul lung al poveștii. O, voinică femeie a conservelor!

Ce masivitate liniştitoare, ce aer reconfortant al permanenţei în bicepşii şi tricepşii ei... căci admiraţia mi se extinde şi asupra braţelor ei, care mă pot pune jos într-o clipită şi din care nu există scăpare ori de câte ori mă cuprind în futile îmbrăţişări nocturne. Odată depăşită criza, coexistăm într-o armonie deplină : eu povestesc, ei i se povesteşte ; ea îngrijeşte, eu îi accept cuviincios îngrijirile. De fapt, sunt cu totul satisfăcut de tendoanele şi cartilajele cuminţi ale Padmei Mangroli, pe care, fără să-mi explice de ce, o interesează mai mult persoana mea decât ceea ce povestesc.

De ce am insistat asupra musculaturii Padmei : în aceste zile îmi spun povestea pentru muşchii ăştia mai mult decât pentru oricine şi orice (de pildă, mai mult decât pentru fiul meu, care încă nu ştie să citească). Un motiv ar fi viteza ameţitoare cu care mă grăbesc să trec mai departe. Sunt posibile greşeli, exagerări şi modificări stridente ale tonului. Încerc să acopăr în goană fisurile, dar îmi dau seama că am comis deja erori şi că, pe măsură ce declinul meu se accelerează (îmi vine greu să păstrez acelaşi ritm alert al scrisului), riscul de a nu fi vrednic de crezare creşte... În aceste condiţii, învăţ cum să mă folosesc de muşchii Padmei ca de nişte călăuze. Când se plictiseşte, sesizez în fibrele ei undele discrete ale lipsei de interes. Când nu e convinsă, are un tic care i se observă pe obraz. Dansul musculaturii ei mă ajută să nu mă abat de la subiect ; căci şi în autobiografii, ca în toată literatura, contează mai puţin ce s-a întâmplat efectiv decât ce crede auditoriul, convins de autor... După ce a acceptat povestea lui Cyrus cel Mare, Padma îmi dă curaj să trec repede la cea mai rea perioadă a celor unsprezece ani de viaţă (deşi întotdeauna poate urma ceva şi mai urât) – e vorba de lunile august şi septembrie, când dezvăluirile au curs mai repede decât sângele dintr-o rană.

Nici nu fuseseră smulse bine anunţurile de vânzare care se salutau, că muncitorii de la demolări aduşi de femeile Narlikar s-au şi înfiinţat ; Vila Buckingham a fost învăluită în praful stârnit de palatele muribunde ale lui William Methwold. Ascunşi privirilor celor care treceau pe dedesubt, pe Warden Road, din cauza prafului, rămăseserăm totuşi vulnerabili în faţa telefoanelor. Şi chiar la telefon am aflat, prin intermediul vocii tremurătoare a mătuşii Pia, de sinuciderea iubitului meu unchi Hanif. Rămas fără banii de la Homi Catrack, însoţit de vocea lui bubuitoare şi de obsesia cupelor şi a realităţii, unchiul meu se suise pe acoperişul blocului de pe Marine Drive unde locuia: îşi dăduse drumul în aerul nocturn înviorat de briza mării, speriindu-i atât de tare pe cerşetori (în momentul impactului), încât aceştia renunţaseră să mai facă pe orbii şi o luaseră la fugă urlând ca din gură de şarpe... În moarte, ca şi în viaţă, Hanif Aziz se logodise cu adevărul şi lăsase să zboare iluziile. Avea aproape treizeci şi patru de ani. Crima naşte moarte; ucigându-l pe Homi Catrack, îmi omorâsem şi unchiul. Era vina mea, iar seria morţilor încă nu se terminase.

Familia s-a strâns la Vila Buckingham: de la Agra, Aadam Aziz şi Maica Stareţă: de la Delhi, unchiul Mustafa, funcţionarul public care ridicase arta aprobării superiorilor la un nivel al rafinamentului din cauza căruia aceştia încetaseră să-l mai asculte, motiv pentru care nu avusese parte de nici o avansare; de asemenea, Sonia, soţia lui pe jumătate iraniancă, şi copiii care fuseseră bătuţi atât de des de câte ori doriseră să spună ceva, încât nu mai ţin minte nici măcar câţi erau; în fine, din Pakistan, Alia cea ursuză, ba chiar şi generalul Zulfikar cu mătuşa Emerald, care au adus cu ei douăzeci şi şapte de cufere şi doi servitori, şi care s-au uitat întruna la ceas, întrebând zor nevoie ce dată era. A venit şi fiul lor, Zafar. Pentru închiderea cercului, maică-mea a adus-o pe Pia să stea la noi „măcar patruzeci de zile cât ţine doliul, surioară".

Timp de patruzeci de zile am fost asediaţi de praf; se strecura pe sub prosoapele ude pe care le puneam la toate ferestrele, se insinua pe după fiecare nou-sosit la priveghi, se cernea pe lângă pereţi, rămânând atârnat ca un spectru inform în camere, atenua zumzetul condoleanţelor exprimate protocolar şi stridenţele bulversate ale bocitoarelor; pelicula de praf a ruinelor Moşiei Methwold s-a aşternut pe bunică-mea şi a făcut-o să-şi iasă din minţi de furie, iritând totodată nările înguste de pe chipul de ţăndărică al generalului Zulfikar şi făcându-l să strănute şi să-şi stropească bărbia. Prin perdeaua spectrală de praf ni se părea uneori că desluşim forme ale trecutului, mirajul pianolei făcute ţăndări a Lilei Sabarmati sau zăbrelele de la fereastra celulei în care stătea Toxy Catrack; statueta lui Dubash care reprezenta un nud de femeie dansa prin încăperi sub forma particulelor de praf, iar afişele de coridă ale lui Sonny Ibrahim ne vizitau luând înfăţişarea unor nori. Femeile Narlikar plecaseră, lăsând buldozerele să-şi facă treaba; eram singuri în mijlocul furtunii de praf, iar asta ne făcea pe toţi să arătăm ca nişte piese de mobilier neîngrijite, ca scaunele şi mesele abandonate de zeci de ani fără să fie acoperite cu nimic. Ajunseserăm se semănăm cu propriile noastre fantome. Alcătuiam o dinastie născută dintr-un nas, din monstrul acvilin de pe fața lui Aadam Aziz, iar praful care ne pătrundea în nări în vremurile acelea de jale ne-a distrus stăpânirea de sine și a erodat barierele care permit familiilor să supraviețuiască. În furtuna de praf a palatelor muribunde s-au spus, s-au văzut și s-au făcut lucruri de pe urma cărora nici unul dintre noi nu și-a mai revenit vreodată.

Totul a început de la Maica Stareță, poate din cauză că se îngrășase zdravăn odată cu trecerea anilor și ajunsese să semene cu muntele Sankara Acharya din Srinagar-ul natal, așa că oferea prafului cea mai mare suprafață de atac. Dinăuntrul corpului ei masiv s-a auzit un zgomot ca o avalanșă, care, transpus în cuvinte, a devenit un atac dur la adresa mătușii Pia, văduva cernită. Observaserăm cu toții că *mumani* se comporta ciudat. Exista printre noi sentimentul neexprimat că o actriță de talia ei ar fi trebuit să răspundă în stil mare la provocarea văduviei ; fără să ne dăm seama, așteptaserăm cu nerăbdare s-o vedem jelind și regizându-și propria nenorocire cu priceperea unei tragediene desăvârșite. Anticipaserăm o jelanie de patruzeci de zile, în care curajul și blândețea, durerea cruntă și deznădejdea blazată să se împletească după toate regulile artei. Cu toate acestea, Pia era potolită, nu vărsa o lacrimă și părea cât se poate de stăpână pe sine. Amina Sinai și Emerald Zulfikar au plâns și și-au smuls părul din cap, încercând s-o facă pe actriță să-și pună în valoare talentele. Însă până la urmă, când se părea că nimic nu avea s-o înduioșeze pe Pia, Maica Stareță și-a pierdut răbdarea. Praful a pătruns în furia ei decepționată și i-a ascuțit obida.

— Femeia asta, ce ți-am, cum îi zice, spus eu de ea? a huruit bătrâna. Fiul meu, Allah, ar fi putut fi, cum îi zice, orice, dar nu, a trebuit să vină ea și să-i distrugă viața. A ajuns să sară de pe un, cum îi zice, acoperiș ca să scape de ea.

Cuvintele au fost rostite, și nimeni nu le mai putea retrage ; am simțit că mă surp pe dinăuntru ca o budincă nereușită. Maica Stareță i-a dat înainte și s-a jurat pe părul de pe capul fiului ei mort.

— Până când femeia asta nu-și arată, cum îi zice, respectul față de amintirea băiatului meu, până nu varsă niște lacrimi adevărate de nevastă, nu mai pun nimic în gură. E o rușine și un, cum îi zice, scandal cum stă aici boită pe față în loc să aibă lacrimi în ochi !

În casă a răsunat ecoul certurilor ei de odinioară cu Aadam Aziz. Iar până în a douăzecea zi a celor patruzeci ne-am temut cu toții că bunica avea să moară de foame și că aveam s-o luăm de la capăt cu alte patruzeci de zile. Ea stătea în pat, acoperită de praf; noi așteptam și ne temeam.

Eu am fost cel care a dejucat șahul etern dintre bunică și mătușă; prin urmare, pot să susțin pe bună dreptate că am salvat cel puțin o viață. În cea de-a douăzecea zi, m-am dus la Pia Aziz, care stătea în camera de la parter ca o femeie oarbă. Ca să am un pretext pentru vizită, mi-am cerut jenat iertare pentru necuviințele din apartamentul de pe Marine Drive. După o tăcere distantă, Pia a găsit cu cale să vorbească.

— Melodrame peste tot, a spus ea cu o voce albă. La neamuri, la lucru, pretutindeni. A murit din cauză că nu putea să sufere melodramele. De-aia nu vreau să plâng.

Pe vremea aceea nu am înțeles; acum sunt sigur că Pia Aziz a avut întru totul dreptate. Nemulțumit de existența câștigată din exploatarea emoțiilor ieftine ale cinematografelor din Bombay, unchiul meu s-a aruncat de pe un bloc; melodrama i-a inspirat (și poate chiar i-a mânjit) aterizarea finală. Refuzul Piei de a plânge era un omagiu adus memoriei lui... dar efortul depus ca să recunoască acest lucru i-a fisurat zidurile până atunci solide ale stăpânirii de sine. Praful a făcut-o să strănute; strănutul i-a adus lacrimi în ochi; iar acum lacrimile nu s-au mai oprit, oferindu-ne până la urmă spectacolul mult așteptat, căci odată pornite, șuvoaie de lacrimi au curs mai ceva ca apa de la Flora Fountain și Pia nu s-a putut abține în fața propriului talent. Și-a controlat debitul ca o adevărată actriță, introducând teme principale și motive subsidiare, maltratându-și sânii incredibili într-un fel la care îți venea greu să te uiți, ba strângându-i, ba izbindu-i cu pumnii... iar pe urmă sfâșiindu-și hainele de pe ea și smulgându-și părul din cap. A fost o exaltare a lacrimilor care a convins-o pe Maica Stareță să mănânce. Fisticul și celelalte bunătăți au început să se reverse cu duiumul în stomacul bunică-mii, în timp ce apa sărată se prelingea din ochii mătușii. Acum Naseem Aziz s-a apropiat de Pia, îmbrățișând-o, transformând soloul în duet și amestecând muzica împăcării cu melodiile insuportabil de frumoase ale suferinței. Ne mâncau palmele de atâtea aplauze reprimate. Iar partea cea mai gustoasă abia urma, fiindcă artista Pia și-a pus strădaniile epice în slujba unui final la superlativ.

Culcându-și capul în poala soacrei sale, ea a rostit pe o voce plină de supunere și acceptare:

— Mamă, dă-i voie nevrednicei tale fiice să te asculte în sfârșit. Spune-mi ce vrei să fac și-o să fac.

Maica Stareță i-a răspuns cu lacrimi în ochi:

— Fata mea, taică-tău Aziz și cu mine o să mergem peste puțin timp la Rawalpindi. La bătrânețe vrem să stăm cu fiica noastră mai mică Emerald. Vino cu noi și-o să cumpărăm o stație de benzină.

Și astfel visul Maicii Starețe a început să se transforme în realitate, iar Pia Aziz a fost de acord să renunțe la lumea filmului în favoarea celei a combustibilului. Probabil că unchiul Hanif ar fi fost de acord, mi-am spus.

Praful ne-a afectat pe toți pe durata celor patruzeci de zile. Din cauza lui, Ahmed Sinai a devenit vulgar și grobian, refuzând să mai stea în compania rudelor, iar Alice Pereira a început sa trimită diverse mesaje jeluitorilor, confirmate și de urletele lui din birou: „Mai terminați cu gălăgia! Am de lucru și e hărmălaia de pe lume!" Tot din cauza lui, generalul Zulfikar și Emerald s-au uitat mereu la calendare și la programul zborurilor, în timp ce fiul lor Zafar a început să se laude în fața Maimuței de Bronz că avea să-l pună pe taică-său să le fixeze căsătoria. „Să știi că ai noroc", i-a spus vărul ăsta înfipt surorii mele. „Tata e mare grangur în Pakistan." Însă, deși Zafar semăna la figură cu taică-meu, Maimuța nu a mai avut chef să se ia la harță cu el, din pricina prafului care îi domolise agerimea. În acest timp, mătușa Alia își împrăștia dezamăgirea prăfuită în aer, pe când neamurile mele cele mai absurde, cei din familia unchiului Mustafa, rămăseseră posomorâte pe la colțuri, fără să le bage nimeni în seamă, ca de obicei. Mustața lui Mustafa Aziz, aranjată mândru și cu vârfurile în sus la sosire, se pleoștise de mult sub influența deprimantă a prafului.

Iar pe urmă, în cea de-a douăzeci și doua zi de doliu, bunicul meu Aadam Aziz l-a văzut pe Dumnezeu.

Pe atunci avea șaizeci și opt de ani – tot era cu un deceniu mai bătrân decât secolul nostru. Însă cei șaisprezece ani fără un strop de optimism îl marcaseră profund. Ochii îi rămăseseră albaștri, dar se gârbovise. Târșâindu-și picioarele prin Vila Buckingham, îmbrăcat cu o haină lungă și cu o bonetă brodată – toate acoperite de o peliculă fină de praf –, molfăia fără noimă nişte morcovi cruzi şi îşi lăsa firişoarele de salivă să i se prelingă în jos pe bărbia pe care începuse să crească o barbă sură. Pe măsură ce el se ofilea, Maica Stareţă se îngrăşa şi prindea puteri; tocmai ea, care se tânguise cândva de mai mare jalea la vederea mercurocromului, părea acum să crească din însăşi lipsa lui de vlagă, de parcă mariajul lor ar fi fost una dintre acele uniuni mitice în care diverşi monştri le apar bărbaţilor deghizaţi în tinere nevinovate, îi ademenesc în patul conjugal, iar acolo îşi recapătă înfăţişarea fioroasă şi încep să le devoreze sufletele... Pe vremea aceea, bunicii mele îi crescuse o mustaţă aproape la fel de stufoasă ca smocul de păr copleşit de praf pe care-l purta deasupra buzei superioare fiul ei care supravieţuise. Stătea turceşte pe pat şi îşi ungea buza cu un lichid misterios care se întărea în jurul firelor de păr, smulse apoi cu un gest decis şi brusc; numai că aparentul remediu nu făcea decât să mărească suferinţa.

— A ajuns iar ca un, cum îi zice, ţânc, iar Hanif l-a pus pe butuci, le-a spus ea copiilor bunicului meu, după care ne-a prevenit că începuse să aibă vedenii. Vorbeşte cu oameni care nu sunt de faţă, a şoptit ea intens, în timp ce el se plimba prin cameră şi scotea tot felul de sunete. Să vedeţi ce mai, cum îi zice, strigă! În toiul nopţii!

După care a început să-l maimuţărească: „Hei, Tai! Tu eşti?“ Ne-a povestit tuturor copiilor despre barcagiu, despre Colibri şi despre soţia rajahului din Cooch Naheen.

— Bietul de el a, cum îi zice, trăit prea mult. Nu se cade să vadă tatăl cum îi moare fiul...

Ascultând-o, Amina a clătinat din cap în semn de compasiune, fără să ştie că Aadam Aziz avea să-i lase tocmai ei această moştenire din cauza căreia avea să fie vizitată la rându-i, în ultimele zile ale vieţii, de lucruri a căror întoarcere era fără noimă.

Nu puteam folosi ventilatoarele din tavan împotriva prafului; transpiraţia se prelingea pe chipul bunicului meu suferind şi îi lăsa dâre pe obraji. Uneori, înşfăca pe cine se găsea prin preajmă şi spunea cât se poate de lucid: „Ăştia din neamul Nehru n-or să fie mulţumiţi până n-or să se facă regi ereditari!“ Alteori, ajungând anevoie în faţa agitatului general Zulfikar, i se adresa acestuia: „Ah, Pakistan nefericit! Ce rău te-au slujit conducătorii!“ Existau însă şi situaţii când avea impresia că se găsea într-un magazin de pietre preţioase şi bombănea: „...Da, au fost smaralde şi rubine...“ La un moment dat, Maimuţa m-a întrebat în şoaptă: „O să moară bunicul?“

Ce am preluat de la Aadam Aziz : o anumită vulnerabilitate în fața femeilor, precum și motivul acestei stări, acea gaură din mijloc produsă de eșecul lui (care este și al meu) de a crede în Dumnezeu sau de a se îndoi de el. Și încă ceva – un lucru pe care, la vârsta de unsprezece ani, l-am observat înaintea tuturor celorlalți. Bunicul începuse să cedeze.

— La cap? întreabă Padma. La mansardă, asta vrei să spui?

Barcagiul Tai a zis : „Gheața așteaptă întotdeauna, Aadam baba, *chiar sub oglinda apei“.* I-am văzut micile crăpături de la ochi – o rețea fină de linii incolore care brăzdau pupilele albastre. Am deslușit un păienjeniș de fisuri apărute sub pielea lucioasă și am răspuns la întrebarea Maimuței : „Cred că da“. Înainte de sfârșitul doliului de patruzeci de zile, pielea bunicului începuse să crape, să se desfacă și să se cojească. Aproape că nu mai putea deschide gura din cauza tăieturilor de la colțurile buzelor, iar dinții îi cădeau ca niște muște doborâte cu Flit, însă moartea din cauza crăpăturilor poate fi lentă ; abia după mult timp am aflat de celelalte fisuri, de boala care îi măcina oasele și de felul cum i s-a dezintegrat în cele din urmă scheletul la adăpostul pielii lui bătute de vânturi.

Padma intră brusc în panică.

— Ce vrei să spui? Ia ascultă, domnu' : să-nțeleg că tot tu... ce grozăvie fără nume poată să roadă oasele cuiva? E cumva...

Acum nu mai am timp să mă opresc ; nu e timp pentru înțelegere sau panică ; am mers deja mai departe decât s-ar fi cuvenit întorcându-mă puțin în timp, trebuie să spun că mai preluasem ceva de la Aadam Aziz ; căci în cea de-a douăzeci și treia zi de doliu a cerut întregii familii să se adune în aceeași cameră unde se găseau vazele de sticlă (acum nu mai trebuiau ascunse de unchiul meu), pernele și ventilatoarele încremenite, în aceeași cameră unde îmi anunțasem viziunile propriilor... „A ajuns iar ca un copil“, spusese Maica Stareță ; la fel ca un copil, bunicul a anunțat că la trei săptămâni după ce aflase de moartea unui fiu pe care-l știa sănătos voinic, îl văzuse cu ochii lui pe Dumnezeu în a cărui moarte încercase să creadă toată viața. Și – tot ca un copil – nu a fost crezut de nimeni. În afară de o persoană... „Da, ascultați“, a spus bunicul, cu o voce slabă, care încerca zadarnic să fie stentorială ca pe vremuri. „Da, Rani. Ești aici? Și Abdullah? Hai, Nadir, vino, asta chiar e ceva... unde-i Ahmed? Alia o să vrea să-l aibă lângă ea... Dumnezeu, copii ; Dumnezeul cu care m-am luptat toată viața. Oskar? Ilse? Nu, bineînțeles că știu c-au murit. Credeți că sunt bătrân și că m-oi fi ramolit, dar l-am văzut pe Dumnezeu." Și, în ciuda divagațiilor și a momentelor de delir, povestea e spusă încetul cu încetul: la miezul nopții, bunicul s-a trezit în camera lui cufundată în beznă. Mai era cineva acolo – altcineva decât soția. Maica Stareță sforăia în patul ei. Altcineva. Cineva scăldat într-o pulbere strălucitoare, luminat de razele calme ale lunii. Aadam Aziz: „Hei? Tai, tu ești?" La care Maica Stareță, mormăind în somn: „Hai, bărbate, dormi și lasă astea..." Însă acel cineva sau ceva țipă cu o voce stridentă și surprinzătoare (oare nu cumva și surprinsă?): „Hristoase Atotputernic!" (printre vazele de sticlă șlefuită, bunicul râde – he he – de parcă ar vrea să-și ceară scuze pentru că a pomenit numele necredinciosului). „Hristoase Atotputernic!" Bunicul se uită și – da – îi vede găurile din palme și picioarele străpunse, la fel cum fuseseră cândva pe... dar se freacă la ochi, clatină din cap și spune: „Cine? Cum te cheamă? Ce-ai zis?" Arătarea răspunde surprinzătoare-surprinsă: „Dumnezeu din Ceruri!" Și, după o pauză: „Nu credeam că m-ai văzut".

„Dar l-am văzut", spune bunicul sub ventilatorul nemișcat. „Da, n-am cum să neg, chiar l-am văzut"... La care arătarea: „Tu ești cel căruia i-a murit băiatul". Iar bunicul, cu un junghi în piept: „De ce? De ce s-a întâmplat una ca asta?" Din nou creatura, vizibilă doar datorită pulberii: „Are și Dumnezeu motivele lui, bătrâne; așa e viața, nu?"

Maica Stareță ne-a trimis pe toți la plimbare.

— Moșul habar n-are pe ce, cum îi zice, lume e. Auzi tu, să ai părul alb și să te-apuci să iei numele Domnului în deșert!

Însă Mary Pereira a plecat albă la față ca varul; știa pe cine văzuse Aadam Aziz. Știa cine era cel care, ruinat de apăsarea crimei săvârșite, avea mîinile și picioarele străpunse; cel al cărui călcâi fusese mușcat de un șarpe; cel care murise în turnul cu ceas din apropiere și fusese confundat cu Dumnezeu.

Ar fi bine să pun punct poveștii bunicului chiar în clipa asta; am avansat destul de mult și s-ar putea ca mai târziu să nu mai am ocazia... în străfundul senilității lui, care îmi evoca inevitabil nebunia profesorului Schaapsteker de la etaj, s-a înfiripat ideea amară că, prin acea atitudine detașată față de sinuciderea lui Hanif, Dumnezeu își dovedise vinovăția. Aadam l-a înșfăcat pe generalul Zulfikar de reverul vestonului militar și i-a șoptit: „Fiindcă n-am crezut niciodată, mi-a furat băiatul!" La care Zulfikar: „Nu, nu, domnu' doctor sahib, nu trebuie să vă necăjiți cu asemenea..." Însă Aadam Aziz nu și-a dat uitării viziunea niciodată; deși amănuntele legate de zeitatea pe care o văzuse i s-au estompat în minte, lăsând în urmă doar dorința savuroasă a răzbunării (patimă pe care i-o împărtășeam de asemenea)... la sfârșitul celor patruzeci de zile de doliu, a refuzat să plece în Pakistan (așa cum plănuise Maica Stareță) din cauză că era o țară întemeiată special pentru Dumnezeu; iar în ultimii ani ai vieții s-a făcut adeseori de râs, orbecăind cu bastonul prin moschei și temple, rostind ocări grele și zborșindu-se la toți credincioșii și oamenii sfinți din preajmă. În Agra era tolerat pentru ceea ce reprezentase odinioară; bătrânii din fața magazinului de delicatese de pe Cornwallis Road jucau „punct lovit la scuipătoare" și își aminteau de trecutul doctorului sahib plini de compasiune. Maica Stareță a trebuit să cedeze, măcar pentru bunul motiv că sensibilitatea lui iconoclastă ar fi stârnit un ditamai scandalul într-o țară unde nu era cunoscut.

Dincolo de nebunia și de crizele bunicului, fisurile evoluau în continuare: boala îi rodea oasele încet, dar sigur, în timp ce ura devora ce mai rămăsese din el. Totuși, a murit abia în 1964. Iată cum s-a întâmplat: miercuri, 25 decembrie 1963 – în ziua de Crăciun! – Maica Stareță s-a trezit din somn și a văzut că bărbatul ei plecase. Ieșind în curtea casei, printre gâștele care sâsâiau și umbrele difuze din zori, a chemat un servitor și a aflat că doctor sahib se suise în ricșă și se dusese la gară. Când a ajuns la rândul ei acolo, trenul plecase; iar în acest fel, urmând un impuls numai de el știut, bunicul a pornit în călătoria de pe urmă, în așa fel încât să-și poată încheia povestea în locul unde începuse (la fel ca a mea), într-un oraș înconjurat de munți și situat pe malul unui lac.

Valea era ascunsă sub o pojghiță de gheață; munții o împresuraseră, *ca niște fălci flămânde, gata să înfulece orașul de pe lac...* iarna în Srinagar; iarna în Kashmir. Vineri, 27 decembrie, un bărbat ale cărui semnalmente corespundeau cu ale bunicului, îmbrăcat cu un palton lung și salivând, a fost văzut în apropierea Moscheii Hazratbal. Sâmbătă dimineața la cinci fără un sfert, hagiul Mohamed Khalil Ghanai a sesizat că din moschee fusese furată cea mai prețioasă relicvă a întregii văi: sfântul păr al profetului Mahomed.

A fost sau n-a fost el? Dacă da, de ce nu a intrat în moschee, cu bățul în mână, ca să se ia de credincioși, așa cum obișnuia în ultimul timp? Dacă nu, care a fost motivul? Au apărut zvonuri despre o manevră a Guvernului Central menită „să-i demoralizeze pe musulmanii din Kashmir“ furându-le părul sfânt, dar și contrazvonuri despre agenți provocatori pakistanezi, care furaseră relicva ca să provoace tulburări... Așa să fi fost? Sau nu? A fost vorba de un incident cu adevărat politic sau de penultima tentativă de răzbunare pe Dumnezeu a unui tată care își pierduse fiul? Timp de zece zile, nu s-a gătit în nici o locuință musulmană; au avut loc ciocniri de stradă și incendieri de mașini; însă acum bunicul era deasupra politicii și, din cât se știe, nu s-a alăturat nici unei manifestații. Misiunea lui era una singură. Tot ce se cunoaște este că pe 1 ianuarie 1964 (tot într-o miercuri, la o săptămână după plecarea din Agra), s-a îndreptat cu fața spre dealul pe care musulmanii l-au botezat greșit Takht-e-Sulaiman, Tronul lui Solomon, în vârful căruia se găseau un releu radio și pata neagră a templului Sankara Acharya. Nesocotind tulburările din oraș, bunicul a pornit să urce, în timp ce boala care îl fisurase iremediabil îi distrugea fără grabă oasele. Nu l-a recunoscut nimeni.

Doctorul Aadam Aziz (*întors de la Heidelberg*) a murit cu cinci zile înainte ca guvernul să anunțe că vasta operațiune de căutare a părului fără pereche de pe capul profetului fusese încununată de succes. Când cei mai sfinți oameni din stat s-au întrunit ca să confirme autenticitatea firelor, bunicul nu a mai putut să le spună adevărul. (Dacă s-ar fi înșelat... dar nu pot să răspund la întrebările pe care tot eu le-am pus.) Cel arestat pentru acest delict – și eliberat ulterior din motive de sănătate – a fost un oarecare Abdul Rahim Bande, dar poate că bunicul ar fi reușit, dacă ar mai fi fost în viață, să arunce o lumină mai ciudată asupra întregii afaceri... În miezul zilei de 1 ianuarie, Aadam Aziz a ajuns la intrarea în templul Sankara Acharya. A fost văzut ridicându-și bastonul; în templu, femeile care îndeplineau un ritual idolatru în fața unui falus care-l reprezenta pe Shiva s-au dat înapoi, exact cum făcuseră cândva alte femei confruntate cu mânia dezlănțuită a unui alt medic, obsedat de tetrapozi. Pe urmă însă crăpăturile i-au venit de hac, bătrânului i-a fugit pământul de sub picioare, oasele i s-au dezintegrat și, ca urmare a căderii, scheletul i s-a făcut țăndări, fără a mai putea fi reconstituit. A fost identificat după ce se găsea în buzunarul paltonului lung: o fotografie a fiului său și o jumătate de scrisoare pentru soție (pe care, din fericire, adresa fusese trecută corect). Prea fragil pentru a fi transportat, corpul neînsuflețit a fost înmormântat în valea natală.

Mă uit la Padma; mușchii au început să-i zvâcnească necontrolat.

— Ia gândește-te, îi spun. E chiar atât de ciudat ce-a pățit bunicul? Fă o comparație cu simplul fapt al sfintei harababuri produse de furtul câtorva fire de păr. Fiindcă amănuntele sunt întru totul adevărate și bineînțeles că, prin comparație, moartea unui bătrân e perfect normală.

Padma se destinde, iar mușchii ei îmi semnalează că pot să continui. Căci am zăbovit prea mult asupra lui Aadam Aziz. Poate că mă tem de ceea ce urmează să spun, dar e un lucru pe care nu am cum să nu-l dezvălui.

Un ultim fapt: după moartea bunicului meu, prim-ministrul Jawaharlal Nehru s-a îmbolnăvit, fără să-și mai revină vreodată. Boala fatală l-a răpus pe 27 mai 1964.

Dacă n-aș fi vrut să fiu erou, domnul Zagallo nu m-ar fi tras de păr. Dacă aș fi scăpat cu părul neatins, Keith Umflatul și Perce Grăsanul nu m-ar fi luat în bâză, iar Masha Miovic nu m-ar fi făcut să-mi pierd degetul. Din deget mi-a curs sânge care n-a fost nici Alfa, nici Omega și din cauza căruia am fost exilat; iar în exil am strâns în mine dorința de răzbunare care a dus la uciderea lui Homi Catrack. Dacă Homi nu ar fi murit, poate că unchiul meu nu și-ar fi dat drumul de pe acoperiș în briza noptatică a mării, iar pe urmă bunicul nu s-ar fi dus la Kashmir și nu ar fi fost distrus de efortul urcușului pe dealul Sankara Acharya. Bunicul a fost întemeietorul familiei, soarta mea a fost legată prin naștere de cea a națiunii, iar părintele națiunii a fost Nehru. Cât despre moartea acestuia, mai pot acum să evit concluzia că și ea a avut loc tot din cauza mea?

Însă acum ne-am întors în 1958; căci în cea de-a treizeci și șaptea zi de doliu, adevărul care o bântuise pe Mary Pereira – și prin urmare și pe mine – timp de unsprezece ani a ieșit în cele din urmă la iveală, luând înfățișarea unui om foarte bătrân, a cărui duhoare de iad mi-a pătruns în nările înfundate, care rămăsese fără degetele de la mâini și de la picioare și care era plin de bube și de găuri, acest adevăr a urcat pe colina noastră cât un bloc cu două etaje și s-a ivit dintr-un nor de praf pentru a fi văzut de Mary Pereira, care ștergea jaluzelele de pe verandă.

Iată deci coșmarul lui Mary întrupat; iată stafia lui Joe D'Costa, vizibilă prin perdeaua de praf și apropiindu-se de biroul de la parter al lui Ahmed Sinai! De parcă n-ar fi fost de-ajuns să i se arate lui Aadam Aziz.

— *Arré*, Joseph! a țipat Mary, scăpând cârpa de praf din mână. Du-te, dispari imediat! Nu mai veni aici! Nu-i mai enerva pe sahibi cu necazurile tale! O, Doamne, pleacă, Joseph, na na, o să mă bagi în groapă!

Însă stafia a coborât pe aleea din fața casei.

Lăsând jaluzelele să atârne strîmb, Mary Pereira dă fuga în mijlocul vilei ca să se arunce la picioarele maică-mii, cu mâinile mici și grase împreunate ca pentru rugăciune.

— *Begum sahiba! Begum sahiba*, iertați-mă!

La care mama rostește uluită:

— Ce s-a întâmplat, Mary? Ce te-a apucat?

Dar nu se mai poate discuta cu Mary, care plânge fără să se poată stăpâni și strigă:

— O, Doamne, mi-a sunat ceasul, domniță dragă, dar dați-mi drumul și nu-mi faceți nimic, nu mă trimiteți la închisoare!

Precum și:

— De unsprezece ani, domniță, vă slujesc și vă iubesc pe toți, domniță, și pe băiatul cu fața ca o lună. Dar acum s-a zis cu mine, nu mai sunt bună de nimic și o să ard în focurile iadului! *Funtoosh!* S-a terminat; *funtoosh!*

Și tot n-am ghicit ce avea să urmeze; nici măcar când Mary s-a năpustit asupra mea (acum eram mai înalt decât ea, iar lacrimile ei mi-au udat gâtul): „O, *baba*, *baba*, azi trebuie să afli ceva, să vezi ce grozăvie am făcut; hai, vino..." sau după ce s-a ridicat și s-a îndreptat de șale cu o imensă demnitate: „O să vă spun tuturor înaintea lui Joseph. *Begum*, copii, stimați domni și cinstite doamne, haideți la sahib în birou și o să spun tot".

Anunțurile publice mi-au jalonat viața; Amina într-un șanț din Delhi, Mary într-un birou unde soarele nu pătrundea... cu toată familia înșirată în urmă și pradă uimirii, am coborât cu Mary Pereira, care mă ținea de mână și nu voia să-mi dea drumul.

Ce se afla în cameră cu Ahmed Sinai? Ce anume schimbase chipul tatălui meu, alungând *djinn*-ii și banii pentru a-i înlocui cu o expresie de totală dezolare? Ce se ghemuise într-un colț al camerei, împrăștiind o duhoare sulfuroasă în toată încăperea? Ce era arătarea aceea care avea contururi omenești, era lipsită de degetele de la mâini și de la picioare și prezenta o față care părea să bolborosească aidoma izvoarelor calde din Noua Zeelandă (pe care le văzusem în *Wonder Book of Wonders*)?... Nu era timp de explicații, fiindcă Mary Pereira a și început să vorbească, scoţând la iveală un secret ascuns mai bine de unsprezece ani, smulgându-ne pe toţi din lumea de vis pe care o născocise când schimbase etichetele cu numele, silindu-ne să acceptăm oroarea adevărului. În tot acest timp, s-a ţinut strâns de mine; ca o mamă care îşi apără copilul, m-a protejat de propria familie. (Ai cărei membri tocmai aflau... ca şi mine... că nu ei erau...)

...Abia trecuse de miezul nopţii, pe stradă erau focuri de artificii şi o mulţime de oameni, monstrul cu multe capete începuse să ragă, am făcut-o pentru Joseph al meu, sahib, dar, vă rog, nu mă trimiteţi la închisoare, uitaţi-vă, e un băiat bun, sahib, sunt femeie săracă, o singură greşeală, un minut, atâta tot, în unsprezece ani, nu la puşcărie, sahib, o să plec, mi-am dat unşpe ani din viaţă, acum o să mă duc, sahib, dar să ştiţi că băiatul e cuminte, să nu-l alungaţi, după unsprezece ani e fiul dumneavoastră... O, copile cu faţa ca răsăritul de soare, ah, Saleem, ţăndărelul meu de lună, trebuie să afli că tatăl tău a fost Winkie şi că nici mama ta nu mai e în viaţă...

Mary Pereira a ieşit în goană din cameră.

Ahmed Sinai a spus, cu un glăscior stins ca al unei păsări:

— Cel din colţ e bătrânul meu servitor Musa, care a încercat cândva să mă jefuiască.

(Poate vreo povestire să îndure atât de multe atât de repede? Mă uit la Padma, pare să fi rămas cu gura căscată, ca un peşte.)

A fost odată ca niciodată un servitor care l-a jefuit pe taică-meu, care s-a jurat că e nevinovat, care s-a învoit să atragă asupră-i blestemul leprei dacă se va fi dovedit mincinos şi care a fost prins până la urmă cu cioara vopsită. Plecase căzut în dizgraţie, dar v-am spus încă de atunci că era o bombă cu acţiune întârziată, şi iată că se întorsese ca să explodeze. Musa se îmbolnăvise într-adevăr de lepră şi se înapoiase, prin linişte atâtor ani, să-i cerşească iertarea tatălui meu şi în felul ăsta să scape de blestemul pe care singur îl rostise.

...I s-a spus Dumnezeu cuiva care nu era Dumnezeu; a fost luat drept stafie cineva care nu era stafie;. iar o a treia persoană a descoperit că, deşi se numea Saleem Sinai, nu era fiul părinţilor lui...

— Te-am iertat, i-a spus Ahmed Sinai leprosului, după care s-a vindecat de una dintre vechile lui obsesii şi nu a mai încercat niciodată să-şi descopere blestemul de familie cu totul imaginar.

— E singurul mod în care am putut s-o recunosc, îi spun Padmei. Prea dureros. Oricât de aiurea ar fi sunat, trebuia s-o zic odată și să termin.

— O, domnu', bâiguie Padma neputincioasă. O, domnu', domnu'!

— Ei, hai, e o poveste veche, o consolez.

Dar lacrimile ei nu mie îmi sunt destinate. Deocamdată a uitat complet de ceea-ce-macină-oasele-pe-sub-piele; plânge pentru Mary Pereira, de care, cum am spus deja, ajunsese să-i placă foarte mult.

— Ce s-a întâmplat cu ea? Cu Mary? întreabă ea cu ochii roșii.

Sunt cuprins de o mânie irațională și strig la ea:

— Întreab-o!

Întreab-o cum a plecat la ea acasă, în Panjim-ul natal din Goa, și cum i-a spus batrânei ei mame povestea rușinii pe care o pățise! Întreab-o cum și-a ieșit maică-sa din fire din cauza scandalului (excelentă sincronizare: mulți oameni în vârstă își pierdeau mințile pe atunci)! Întreabă: au ieșit mama și fiica împreună pe străzi să caute iertarea? Nu era oare exact acea perioadă – o dată la zece ani – când corpul mumificat al Sfântului Francisc Xavier (o relicvă la fel de prețioasă ca părul profetului) era scos de sub bolta din interiorul Catedralei Bom Jesus și plimbat prin oraș? S-a trezit Mary împreună cu vârstnica și amărâta doamnă Pereira cu trupurile lipite de catafalc? A fost bătrâna distrusă de durerea provocată de crima fiicei sale? S-a urcat ea pe năsălie ca să sărute piciorul Celui Sfânt, jelind de mama focului? A cuprins-o o frenezie sfântă pe doamna Pereira în mijlocul mulțimii nesfârșite? Întreabă! Și-a lipit sau nu buzele, pradă acelei stări de spirit nebunești, de degetul mare de la piciorul stâng al Sfântului Francisc? Întreabă-te: *a mușcat mama lui Mary degetul cu totul?*

— Cum? se tânguiește Padma, speriată de furia mea. Cum adică, *întreabă*?

...Dar ce urmează e adevărat? Au mințit sau nu ziarele când au scris că bătrâna fusese pedepsită în mod miraculos și când au citat surse ale Bisericii și martori oculari, conform cărora făptașa fusese transformată în stană de piatră? Da sau nu? Întreab-o dacă e adevărat că Biserica a trimis silueta de piatră a unei bătrâne prin orașele și satele din Goa, ca să arate ce pățeau cei care nu știau să se poarte cu sfinții? Întreabă și asta: n-a fost văzută statuia simultan în mai multe sate? Și ce avem aici, o escrocherie sau un nou miracol?

— Știi că nu pot să-ntreb pe nimeni, se vaită Padma.

Iar eu, simțind cum mi se domolește furia, nu mai fac nici o dezvăluire în seara asta.

Bref, așadar: Mary Pereira ne-a părăsit și s-a dus la mama ei în Goa. Dar Alice Pereira a rămas; a stat mai departe în biroul lui Ahmed Sinai, unde a bătut la mașină și a adus sandvișuri și băuturi acidulate.

Cât despre mine, la sfârșitul perioadei de doliu pentru unchiul Hanif, mi-am început cel de-al doilea exil.

Mişcări efectuate de piperniţe

Am fost silit să trag concluzia că Shiva, rivalul, fratele şi partenerul meu de rocadă, nu mai putea fi primit în forumul minţii mele, din motive care au fost – recunosc – nedemne. Mă temeam să nu descopere ceea ce ştiam precis că nu puteam ascunde de el – secretele naşterii noastre. Shiva, pentru care lumea era compusă din lucruri şi pentru care istoria era explicabilă doar prin lupta cuiva împotriva restului, avea cu siguranţă să-şi revendice insistent dreptul de primogenitură; iar eu, îngrozit la gândul că adversarul meu cu picioarele în formă de X mi-ar fi putut lua locul în camera albastră a copilăriei mele şi m-ar obliga să plec cu coada între picioare de pe colina cît un bloc cu două etaje şi să mă mut în maghernița din nord, refuzând să accept că profeţia lui Ramram Seth îl vizase pe băiatul lui Winkie, că prim-ministrul îi scrisese de fapt lui Shiva, iar pescarul arătase cu degetul spre mare tot pentru el... pe scurt, conferind o valoare mult mai mare celor unsprezece ani în care jucasem rolul fiului natural decît vocii sângelui, am decis ca alter ego-ul meu distructiv şi violent să nu mai ia parte niciodată la lucrările din ce în ce mai scindate ale Conferinţei Copiilor din Miez de Noapte; am decis totodată să-mi păstrez cu propria viaţă secretul care fusese cândva al lui Mary.

În perioada aceea au existat nopţi când am evitat însăşi convocarea Conferinţei – nu din cauza turnurii nesatisfăcătoare pe care o luaseră lucrurile, ci pur şi simplu fiindcă ştiam să era nevoie de timp şi de sânge rece pentru a-mi înconjura noile cunoştinţe cu bariere capabile să intereseze accesul Copiilor; în cele din urmă, m-am încredinţat că aveam să reuşesc... dar mă temeam de Shiva. Fiind cel mai feroce şi mai puternic dintre toţi copiii, pătrundea acolo unde ceilalţi nu ajungeau... În orice caz, am început să-mi evit confraţii-Copii; iar pe urmă a fost dintr-odată prea târziu, fiindcă, exilându-l pe Shiva, m-am trezit la rândul meu victima unui surghiun din care mi-a fost cu neputinţă să iau legătura cu cei peste cinci sute de colegi; am fost expediat în Pakistan, dincolo de granița creată în urma Împărțirii.

La sfârșitul lui septembrie 1958, doliul pentru unchiul Hanif s-a încheiat și, ca prin minune, norul de praf care ne înghițise pe toți a fost spulberat de o ploaie binecuvântată. După ce ne-am spălat, ne-am îmbrăcat cu haine noi și am dat drumul ventilatoarelor din tavan, am ieșit din baie animați pentru scurt timp de optimismul iluzoriu al curățeniei proaspete a săpunului, dar am dat peste un Ahmed Sinai plin de praf și nespălat, cu sticla de whisky în mână, cu ochii roșii, urcând împleticit de la el din birou, prins în menghina puternică a *djinn*-ilor. În lumea privată a propriilor abstracții, se luptase cu incredibilele realități pe care le născuseră dezvăluirile lui Mary și, din cauză că alcoolul nu-și îndeplinise rolul așa cum trebuia, fusese cuprins de o furie de nedescris, îndreptată nu în direcția spatelui întors al lui Mary, nici contra fiului impostor din apropiere, ci împotriva maică-mii – rectific, împotriva Aminei Sinai. Poate pentru că știa că ar fi trebuit să-i ceară iertare și nu voia așa ceva. Ahmed o făcea cu ou și cu oțet ore în șir, în văzul unei întregi familii pradă șocului. N-o să reia insultele preferate, nici recomandările înjositoare formulate în legătură cu viața ei. Însă până la urmă cea care a intervenit a fost Maica Stareță.

— Fata mea, taică-tău și cu mine am mai spus cândva că nu-i nici o, cum îi zice, rușine să părăsești un bărbat nevrednic, a rostit ea, nesocotind boscorodelile neîntrerupte ale lui Ahmed. Ți-o mai spun o dată: ai alături un om de o, cum îi zice, răutate fără pereche. Lasă-l în plata Domnului. Ia-o din loc chiar, cum îi zice, acum, cu tot cu copii, și scapă de ocările astea pe care le scuipă întruna ca un animal de prin, cum îi zice, canale. Ia-i cu tine, ia-i pe, cum îi zice, *amândoi*, a adăugat ea, strângându-mă la piept.

Odată efectuat acest act de legitimare, nimeni nu i s-a mai putut opune Maicii Starețe; și mi se pare, după atâta vreme, că până și izvorul nesecat de blesteme care ajunsese taică-meu a fost afectat de felul cum l-a susținut bătrâna pe micul năsos de unsprezece ani.

Maica Stareță s-a ocupat de toate; mama era ca plastilina – ca lutul olarului! – în mâinile ei atotputernice; pe vremea aceea bunica mea (trebuie să-i spun așa în continuare) încă mai credea că avea să emigreze în scurt timp în Pakistan împreună cu Aadam Aziz; prin urmare, i-a dat dispoziție mătușii

Emerald să ne ia pe toţi cu ea – Amina, Maimuţa, eu şi chiar şi mătuşica Pia – şi să-i aştepte sosirea. „Surorile trebuie să aibă grijă de, cum îi zice, surori, la vreme de restrişte", a afirmat ea. Mătuşa Emerald a părut foarte nemulţumită; dar atât ea, cât şi generalul Zulfikar au fost de acord. Şi, cum taică-meu se purta ca un nebun, făcându-ne să ne temem că o s-o păţim, iar familia Zulfikar îşi rezervase deja cuşete la bordul unui vas care urma să ridice ancora chiar în seara aceea, am plecat în aceeaşi zi din casa unde stătuserăm până atunci şi l-am lăsat pe Ahmed Sinai singur cu Alice Pereira; căci, după ce maică-mea şi-a părăsit al doilea soţ, ceilalţi servitori au luat-o şi ei din loc.

În Pakistan, a luat sfârşit a doua mea perioada de creştere poticnită. Şi tot acolo am descoperit că existenţa graniţei îmi „bruia" într-un fel emisiile telepatice către cei peste cinci sute de ortaci, aşa încât, exilat încă o dată din propria casă, mă vedeam îndepărtat şi de darul care era adevăratul meu drept obţinut prin naştere: darul copiilor din miez de noapte.

Lăsaserăm ancora la intrarea în *Rann*-ul Kutch într-o după-amiază toridă. Căldura îmi zumzăia în urechea bolnavă, dar am preferat să rămân pe punte şi să mă uit la bărcuţele şi *dhow*-urile vag ameninţătoare ale pescarilor, care asigurau legătura dintre vasul nostru şi port, deplasându-se încolo şi încoace şi transportând diverse obiecte învelite în pânză. Jos, adulţii se jucau de-a gospodăria, însă nu aveam idee unde era Maimuţa. Era pentru prima oară când mă aflam la bordul unui vas adevărat (prezenţele ocazionale pe navele de război americane din portul Bombay nu contau, fiind o simplă formă de turism; şi aveam mereu de luptat cu jena pe care o încercam în compania a zeci de doamne în ultima lună de sarcină, care se înscriau în asemenea tururi în speranţa că aveau să intre în travaliu şi să nască la bord, oferindu-le astfel copiilor posibilitatea de a obţine cetăţenia americană). Prin valurile de căldură, mă uitam la *Rann*. *Rann*-ul *Kutch*... Îl considerasem dintotdeauna un nume fermecat, iar acum – deşi cu teama în suflet – ardeam de nerăbdare să vizitez acest ţinut cameleonic care jumătate de an era uscat, iar cealaltă jumătate apă şi unde se spunea că oceanul în reflux abandona tot felul de resturi fabuloase, sipete cu comori, meduze albe, fantomatice, şi uneori chiar silueta legendară a unui triton ciudat, cu gura deschisă în căutarea oxigenului. Uitându-mă în premieră la acest spaţiu al amfibienilor, la o asemenea mlaştină a coşmarurilor, s-ar fi cuvenit să fiu fascinat. Dar căldura şi ultimele evenimente mă copleşiseră, buza de sus îmi era încă udă din cauza nasului care curgea şi mă simţeam sufocat de sentimentul că trecusem prea brusc dintr-o copilărie prelungită, dar trăită cu ţârâita, într-o maturitate prematură (deşi oferită la rândul ei cu pipeta). Vocea mi se îngroşase ; fusesem obligat să încep să mă bărbieresc, iar pe faţă aveam mici pete de sânge în locurile unde lama de ras retezase vârfurile coşurilor... Contabilul vasului a trecut pe lângă mine şi mi-a spus : „Ar fi bine să intri, băiete. E zăpuşeala de pe lume". L-am întrebat de bărcile care făceau ture. „Provizii", a spus el şi a plecat, lăsându-mă să mă gândesc la un viitor care avea să-mi ofere doar ospitalitatea forţată a generalului Zulfikar, împăunările mulţumite ale mătuşii Emerald, căreia avea să-i placă neîndoios să-şi etaleze bunăstarea şi poziţia socială în faţa unei surori nefericite şi a unei cumnate îndoliate, precum şi impertinenţa brutală a fiului lor, Zafar...

— Pakistan ! am spus cu voce tare. Ce groapă de gunoi !

Şi nici măcar nu debarcaserăm... M-am uitat la bărci ; păreau să înoate prin valurile de căldură ameţitoare. Puntea dădea la rândul ei impresia că se legăna puternic, deşi nu era nici urmă de vânt. Şi, chiar dacă am încercat să mă prind de balustradă, scândurile au fost prea repezi pentru mine ; au luat-o în sus şi m-au pocnit peste nas.

Aşa am sosit în Pakistan, cu o uşoară insolaţie care s-a adăugat mâinilor goale şi conştiinţei propriei origini. Dar cum se numea ambarcaţiunea ? Care erau cele două nave gemene care continuau să facă naveta între Bombay şi Karachi înainte ca politica să pună capăt călătoriilor ? A noastră se numea *S.S. Sabarmati* ; sora ei, care a trecut pe lângă noi înainte să intrăm în portul Karachi, era *Sarasvati*. Ascunşi de aburi, ne-am început exilul la bordul unui vas care avea numele comandantului, demonstrând încă o dată că nimeni nu se putea opune recurenţei.

Am ajuns la Rawalpindi cu un tren încins şi plin de praf. (Generalul şi Emerald au călătorit într-un compartiment cu aer condiţionat, în timp ce noi, ceilalţi, am avut bilete obişnuite la clasa întâi.) Dar când am sosit la 'Pindi şi am pus piciorul pentru prima dată într-un oraş din nord se răcorise... Mi-l amintesc ca pe un oraş cuminte şi anonim : cazărmi, prăvălii unde se vindeau fructe, industrie textilă, ofiţeri înalţi plimbându-se în uniformă pe străzi, jeepuri, sculptori în lemn, polo.

Un oraș în care era posibil să ți se facă foarte, foarte frig. Iar într-un cartier nou și costisitor, o ditamai casa înconjurată de un zid înalt și continuat în partea de sus cu sârmă ghimpată, în fața căruia patrulau santinelele; reședința generalului Zulfikar. Lângă patul dublu în care dormea generalul se găsea o cadă; casa trăia sub impulsul unei lozinci general valabile: „Să ne organizăm!“; servitorii purtau berete și flanele cazone, verzi; seara, din camerele lor veneau mirosuri de bhang și chara. Mobila era scumpă și surprinzător de frumoasă; Emarald nu putea fi acuzată de lipsă de gust. Era o casă inertă și fără viață, cu toate aerele ei militare. Până și peștii din acvariul instalat în sufragerie respirau apatic; poate că ocupantul ei cel mai interesant nici măcar nu era o ființă omenească. O să-mi dați voie să vi-l descriu preț de câteva secunde pe Bonzo, câinele generalului. Pardon, pe bătrâna lui cățea de vânătoare.

Creatura asta gușată și de-o vârstă cu vechile papirusuri fusese cu desăvârșire indolentă și inutilă toată viața, dar, în timp ce îmi reveneam de pe urma insolației, a creat primul moment de nebunie al șederii noastre acolo – un fel de avanpremieră la „revoluția pipernițelor“. Generalul Zulfikar o luase odată cu el la o tabără de instrucție militară, unde trebuia să asiste la munca unei echipe de geniști pe un teren minat, pregătit corespunzător. (Generalul abia aștepta să mineze întreaga graniță indo-pakistaneză. „Să ne organizăm!“ striga el de fiecare dată. „Să le facem viața grea hindușilor ăstora! O să-i facem bucăți pe invadatori, ca să nu mai aibă din ce să se reîncarneze.“ Totuși, nu era peste măsură de preocupat de frontierele Pakistanului de Est, fiind de părere că „negroteii ăia afurisiți pot să-și poarte singuri de grijă“)... Iar acum Bonzo s-a furișat din lesă și, scăpând cum-necum de mâinile tinerilor *jawan*-i care încercau cu disperare s-o prindă, a intrat pe terenul împânzit de mine.

O panică oarbă. Geniștii croindu-și drum cu mișcări înnebunitor de încete prin zona minată. Generalul și alți ofițeri superiori sărind să se pitească în spatele tribunei principale, în așteptarea exploziei... Dar nici vorbă de-așa ceva: iar când floarea armatei pakistaneze a început să se uite din tomberoane sau de după bănci, au văzut-o cu toții pe Bonzo străbătând cu mișcări grațioase câmpul însămânțat letal, cu botul în pământ, fără nici o grijă pe lume și cât se poate de calmă. Generalul Zulfikar și-a aruncat chipiul în aer. „O minune și alta nu!“ a strigat el cu vocea aceea pițigăiată care i se storcea între nas și bărbie. „Bătrânica miroase minele!“ Bonzo a fost recrutată în forțele armate ca detector de mine patruped și a primit gradul onorific de sergent-major.

Pomenesc de isprava lui Bonzo fiindcă i-a dat generalului un motiv să se ia de noi. Noi, cei din neamul Sinai – plus Pia Aziz –, eram niște membri neputincioși și neproductivi care se aciuaseră acasă la Zulfikar, iar generalul nu voia să uităm lucrul ăsta: „Până și cățeaua asta de-o sută de ani își câștigă existența“, mormăia el uneori, „iar la mine-n casă mișună oameni care habar n-au să se organizeze și să facă ceva“. Însă înainte de sfârșitul lui octombrie avea să fie recunoscător (cel puțin) pentru prezența mea... și nici până la transformarea Maimuței nu mai rămăsese mult.

Mergeam la școală cu vărul Zafar, care părea mai puțin nerăbdător să se însoare cu soră-mea, acum că deveniserăm copii proveniți dintr-o familie destrămată; dar lucrul cel mai urât la care s-a dedat a avut loc într-un weekend, când am fost duși la cabana pe care o avea generalul la munte în Nathia Gali, dincolo de Murree. Simțeam o emoție cu totul specială (tocmai fusesem declarat vindecat): munții! Posibilitatea de-a vedea pantere! Aerul rece și mușcător! Prin urmare, nu m-am gândit la nimic rău când generalul m-a întrebat dacă aveam ceva împotrivă să dorm cu Zafar și n-am reacționat nici cînd au pus o mușama deasupra saltelei... M-am trezit cu noaptea în cap într-o baltă de lichid călduț, care mirosea a rânced, și am început să urlu ca din gură de șarpe. Generalul s-a ivit lângă patul nostru și a început să-și snopească fiul în bătaie.

— Acum ești om în toată firea, fir-ar al dracului, și tot nu te-ai învățat minte! Organizează-te odată! Neisprăvitule! Cine naiba crezi că se mai poartă așa? Îți spun eu cine, lașii! Și al dracului să fiu dac-o să am un băiat laș!

Totuși, incontinența vărului Zafar a continuat, spre rușinea familiei; în ciuda scatoalcelor încasate, lichidul i s-a prelins mai departe pe picior, iar într-o bună zi a pățit-o, deși era treaz. Însă asta a avut loc după ce pipernițele efectuaseră câteva mișcări cu ajutorul meu, dovedindu-mi că, în ciuda bruiajului undelor telepatice din țara asta, modurile de conectare păreau să funcționeze în continuare; literal-activ, dar și metaforic, am contribuit la schimbarea de destin a tărâmului Celor Puri.

Pe vremea aceea, Maimuţa de Bronz şi cu mine observam neputincioşi cum se ofilea mama. Tocmai ea, care fusese întotdeauna atât de harnică pe căldură, începuse să se veştejească în frigul nordic. Rămăsese fără doi soţi, credea că nu va mai avea nici un rost în lume. Dar exista o relaţie care se cerea reclădită, aceea dintre mamă şi fiu. Într-o noapte, m-a ţinut strâns în braţe şi mi-a spus:

— Dragostea e un lucru pe care-l învaţă toate mamele, fiule. Nu se naşte odată cu copilul, ci se construieşte. Şi timp de unsprezece ani am învăţat să te iubesc ca pe băiatul meu.

Însă dincolo de blândeţea ei exista o anumită distanţă, de parcă ar fi încercat să se autoconvingă... Am sesizat aceeaşi distanţă şi în şoaptele nocturne ale Maimuţei – „Hei, frăţioare, ce-ar fi să turnăm apă pe Zafar? Or să creadă c-a făcut iar în pat“ – şi tocmai impresia acestui gol mi-a arătat că, deşi mi se adresau cu *fiule* sau *frăţioare*, se străduiau din răsputeri să asimileze mărturisirea lui Mary; neştiind pe atunci că nu vor reuşi să mă reipostazieze în *fiu* şi *frăţior*, m-am temut în continuare de Shiva şi prin urmare m-am căznit şi mai abitir să mă arăt vrednic de a fi rudă cu ei. Chiar dacă Maica Stareţă m-a recunoscut ca atare, m-am simţit în largul meu abia când, după trei ani de când nu mai păşisem pe veranda aceea, l-am auzit pe taică-meu spunând:

— Hai, fiule, vino-ncoace să te iubesc.

Poate că din cauza asta m-am purtat aşa în seara zilei de 7 octombrie 1958.

...Un băiat de unsprezece ani ştia foarte puţin despre problemele interne al Pakistanului, Padma; dar a văzut, în ziua aceea de octombrie, că se făceau pregătiri pentru un dineu neobişnuit. La unsprezece ani, Saleem habar n-avea de Constituţia din 1956 şi de erodarea ei treptată, însă dispunea de o vedere destul de ageră ca să-i surprindă pe ofiţerii din serviciul de securitate al armatei, aşa-numita poliţie militară, care sosiseră în după-amiaza cu pricina ca să se pitească în spatele tuturor tufelor din grădină. Conflictele dintre facţiuni şi multiplele incompetenţe ale domnului Ghulam Mohammed erau un mister pentru el: în schimb, era limpede că mătuşa Emerald îşi pusese bijuteriile cele mai frumoase. Farsa celor patru prim-miniştri succedaţi într-un interval de doi ani nu-l făcuse niciodată să chicotească, dar simţea, în atmosfera dramatică în care se cufundase casa generalului, apropierea cortinei finale. Ignora priorităţile Partidului Republican, însă era curios cu privire la lista invitaților la petrecerea lui Zulfikar; cu toate că se afla într-o țară unde numele nu însemna nimic – cine-o fi fost Chaudhuri Mohamed Ali? Dar Suhrawardy? Sau Chundrigar, sau Noon? – anonimatul musafirilor, protejat cu grijă de unchiul și mătușa lui, era un lucru nedumeritor. Chiar dacă decupase la un moment dat cîteva titluri de ziar despre Pakistan – O MOBILĂ PRĂBUȘITĂ L-A ACCIDENTAT MORTAL PE VICEPREȘEDINTELE PARLAMENTULUI DIN PAKISTANUL DE EST – nu avea idee de ce-a pătruns un lung convoi de limuzine negre dincolo de zidurile păzite de la reședința Zulfikar la ora șase după-amiaza, de ce automobilele aveau niște stegulețe multicolore, de ce ocupanții lor refuzau să zâmbească sau de ce Emerald, Pia și mama rămăseseră în spatele generalului Zulfikar, având pe chip expresii mai potrivite pentru o înmormântare decât pentru un eveniment monden. Cine sau ce anume murise? Cine erau cei sosiți cu limuzinele și de ce veniseră? Nu aveam de unde să știu. Dar stăteam pe vârfuri în spatele maică-mii, cu ochii ațintiți asupra geamurilor fumurii ale mașinilor misterioase.

Ușile limuzinelor s-au deschis; ordonanțele sau gărzile de corp au sărit afară și le-au ținut deschise, salutând solemn, iar mătușii Emerald a început să-i zvâcnească discret un mușchi pe obraz. Și după aceea cine-a coborât din mașinile cu drapelele fâlfâind? Ce nume ar trebui puse puzderiei de mustăți, bastoane, monocluri, medalii și epoleți care au ieșit la iveală? Saleem nu știa nici numele, nici numerele de ordine, totuși era în stare să le vadă gradele. Decorațiile și stelele, purtate cu mândrie pe piept și pe umăr, anunțau sosirea unor ofițeri cu grad foarte mare. Iar din ultima mașină a coborât un bărbat înalt, cu un cap uluitor de rotund, sferic ca un glob, chiar dacă nu avea trecute liniile de latitudine și longitudine; avea capul ca o planetă, dar nu era etichetat ca globul pe care-l strivise cândva Maimuța sub picioare; nu era FABRICAT CA ÎN ANGLIA, dar, instruit cu siguranță la Sandhurst, s-a deplasat printre posesorii de decorații și stele care l-au salutat, s-a apropiat de mătușa Emerald și a salutat la rându-i.

— Domnule comandant suprem, bine-ați venit la noi, a spus mătușa mea.

— Emerald, Emerald, s-a auzit din gura situată sub o mustață îngrijită, aproximativ în centrul capului de forma Terrei. De ce atâta formalism, la ce bun asemenea *takalluf*?

În clipa aceea, mătuşa mea l-a îmbrăţişat pe nou-venit, adăugând:

— Ei bine, Ayub, atunci află că arăţi nemaipomenit.

Înseamnă că era general, deşi titlul de feldmareşal nu era nici el departe... L-am urmat în casă, l-am urmărit cum bea (apă) şi l-am auzit cum râde (zgomotos). La masă ne-am uitat din nou la el, observând că mânca ţărăneşte şi că îi rămăsese sos pe mustaţă.

— Ascultă, Em, a zis el. De ce te pregăteşti în felul ăsta de câte ori vin? Sunt un simplu soldat. Nişte *dal* cu orez de la bucătărie ar fi un festin.

— Soldat oi fi, domnule, a răspuns mătuşa. Dar simplu, niciodată! Sub nici o formă!

Mulţumită pantalonilor lungi, am avut voie să stau şi eu la masă, lângă vărul Zafar şi înconjuraţi amândoi de medalii şi epoleţi. Totuşi, dată fiind vârsta noastră fragedă, eram obligaţi să tăcem. (Generalul Zulfikar îmi şuierase milităros: „Cum ai scos o vorbă, cum te-am trimis la gheretă. Dacă vrei să stai, taci mâlc. Priceput?“ Tăcând mâlc, Zafar şi cu mine am avut voie să ne uităm şi să ascultăm. Dar, spre deosebire de mine, Zafar nu a încercat să se arate vrednic de numele pe care-l avea...)

Ce-au auzit băieţii aceia de unsprezece ani la masă? Ce-au înţeles din hazliile aluzii cazone la „Suhrawardy ăla, care s-a opus dintotdeauna ideii pakistaneze“ sau la Noon, „pe care ar fi trebuit să-l cheme Sunset[1], nu?“ În urma discuţiilor despre falsificarea alegerilor şi despre bani negri, ce fior nevăzut al primejdiei i-a cuprins pe amândoi şi i-a făcut să simtă un sloi pe şiră? Iar când comandantul suprem a citat din Coran, cât au priceput băieţii de unsprezece ani din tâlcul fragmentului ales?

— E scris negru pe alb, a spus bătrânul cu capul rotund, iar ceilalţi ofiţeri au tăcut. *Am distrus deopotrivă Aad-ul şi Talmudul. Satan a făcut ca mârşăviile să li se pară lucrări de ispravă, oricât de ageră le-ar fi fost vederea.*

Cuvintele astea au fost un semn: printr-un simplu gest, mătuşa mea le-a dat liber servitorilor. Pe urmă, s-a ridicat şi ea, urmată de maică-mea şi de Pia. La rândul nostru, Zafar şi cu mine ne-am ridicat de pe scaune, dar *el*, el însuşi, li s-a adresat celor de la masa lungă şi bogată:

1. Joc de cuvinte: *noon* – „amiază“; *sunset* – „asfinţit“ (engl.).

— Prichindeii ar trebui să rămână. În fond, e viitorul lor.

Înspăimântați, dar totodată mândri, prichindeii au stat și au tăcut mâlc, conform ordinelor.

Rămăseseră doar bărbații. Pe chipul celui cu țeastă sferică s-a produs o schimbare, de parcă toate trăsăturile ar fi dobândit un fel de disperare chinuită.

— Cu douăsprezece luni în urmă, am vorbit cu voi toți. Să le dăm răgaz politicienilor un an de zile – așa am convenit, nu?

Ceilalți au dat din cap și au murmurat aprobator.

— Domnilor, le-am acordat un an. Dar situația a devenit insuportabilă, iar eu, unul, nu mai sunt dispus s-o tolerez!

Medaliații și epoleticii își iau expresii grave, de oameni de stat. Maxilarele sunt încleștate, ochii privesc neabătut spre viitor.

— În seara asta, prin urmare – da! Am fost acolo! La câțiva metri de el! – Generalul Ayub și cu mine, eu și statornicul Ayub Han – preiau controlul statului.

Cum reacționează copiii de unsprezece ani la anunțarea unui puci? Își încleștează și ei fălcile când aud expresii ca „... avuția națională e într-o dezordine completă..."? Își fixează privirile în direcția unui viitor mai bun? Băieții îl ascultă acum pe general, care declară:

— Din clipa asta, Constituția se abrogă! Autoritățile centrale și provinciale se dizolvă! Partidele politice se desființează începând din ziua de azi!

Ei bine, cam cum credeți că se simt?

Când generalul Ayub Han a spus: „Din acest moment a intrat în vigoare legea marțială", atât vărul Zafar, cât și eu am înțeles că vocea lui – glasul acela plin de putere, de fermitate și de încărcătura bogată a celor mai bune mâncăruri pregătite de mătușa mea – se referea la un lucru pe care îl puteam descrie printr-un singur cuvânt: trădare. Mă bucur să spun că nu mi-am pierdut capul. Însă Zafar a scăpat de sub control un organ mult mai jenant. Umezeala a început să i se vadă în partea din față a pantalonilor: lichidul galben al fricii i s-a prelins pe picior în jos și a pătat covoarele persane; medaliații și epoleticii au mirosit ceva și s-au întors spre el cu o expresie de infinit dezgust, după care (lucrul cel mai rău) au început să râdă.

Generalul Zulfikar tocmai apucase să spună: „Dacă-mi permiteți, domnule, o să elaborez procedura pentru seara asta", când fiu-său s-a scăpat în pantaloni. Pradă unei mânii reci, unchiul meu și-a alungat fiul din cameră. „Fătălăule! Muieraticule!“ au fost cuvintele care l-au urmat pe Zafar la ieșirea din sufragerie, rostite de vocea pițigăiată și aspră a tatălui său. „Lașule! Homosexualule! Hindusule!“ a mai adăugat generalul cu fața de țândărică, în timp ce băiatul lui urca grăbit scările... Pe urmă ochii lui Zulfikar s-au fixat asupra mea, lăsând să se vadă o rugăminte mută. *Salvează onoarea familiei. Reabilitează-mă pentru incontinența lui fiu-meu.*

— Tu, băiete! a spus unchiul meu. Vrei să vii aici și să-mi dai o mână de ajutor?

Am dat din cap, bineînțeles. Dovedindu-mi bărbăția și disponibilitatea de a fi un fiu cum trebuie, mi-am asistat unchiul în punerea la cale a revoluției. Făcând acest lucru, câștigându-i recunoștința și domolind hohotele medaliaților și epoleticilor strânși laolaltă, mi-am creat un nou tată; generalul Zulfikar a devenit ultimul bărbat din seria celor care s-au arătat dispuși să-mi spună „băiețaș“, „Jim băiete“ sau pur și simplu „fiule“.

Cum am înfăptuit revoluția: generalul Zulfikar a descris mișcările de trupe, iar eu am mutat simbolic pipernițele în timp ce el vorbea. În ghearele modului metaforic-activ de conectare, am deplasat solnițe și boluri cu *chutney*: Borcanul ăsta de muștar e compania A care ocupă Poșta Mare; dincoace două pipernițe străjuiesc un polonic, ceea ce înseamnă că aeroportul a fost capturat de compania B. Având în mâini soarta națiunii, am tot schimbat locul condimentelor și al tacâmurilor, cucerind farfurii de *biriani* goale cu ajutorul paharelor de apă și așezând solnițele ca să stea de pază în jurul carafelor. Când generalul Zulfikar a terminat de vorbit, a luat sfârșit și marșul serviciului de masă. Ayub Han a părut să se instaleze mai bine în scaun. Mi s-a părut sau chiar mi-a făcut cu ochiul? În orice caz, comandantul suprem a spus:

— Foarte bine, Zulfikar. Excelentă demonstrație.

În mișcările întreprinse de pipernițe etcaetera, un singur obiect de pe masă a rămas necapturat: o cană de smântână din argint masiv care, în viziunea culinară a puciului, îl reprezenta pe șeful statului, președintele Iskander Mirza; timp de trei săptămâni, Mirza a rămas președinte.

Un băiat de unsprezece ani nu poate judeca dacă un președinte este într-adevăr corupt, oricât l-ar cataloga în felul ăsta medaliații și epoleticii; la o asemenea vârstă, copiii nu pot să se pronunțe dacă asocierea lui Mirza cu anemicul Partid Republican ar fi trebuit să-i interzică accesul la funcția supremă în noul regim. Saleem Sinai nu a formulat judecăți politice ; dar pe data de 1 noiembrie, inevitabil la miezul nopții, când unchiul meu s-a trezit din somn și mi-a șoptit: „Hai, băiete, e momentul să vezi cum stă treaba de-adevăratelea!", am țâșnit din pat, m-am îmbrăcat și am ieșit în puterea nopții, dându-mi seama cu mândrie că unchiul îmi preferase compania celei a propriului fiu.

Miezul nopții. Rawalpindi vâjâie pe lângă noi cu peste o sută de kilometri pe oră. Suntem înconjurați de motociclete din toate punctele cardinale. „Unde mergem, Zulfy... unchiule?" *Așteaptă și-o să vezi.* Limuzina neagră cu geamuri fumurii se oprește în dreptul unei case cufundate în beznă. Santinelele păzesc ușa cu niște puști încrucișate care se dau în lături, lăsându-ne să trecem. Merg alături de unchiul meu, străbătând coridoare slab luminate în aceeași cadență cu el, până când ajungem într-o cameră întunecată, în care o rază de lună luminează un pat cu baldachin. Deasupra patului se află o plasă de țânțari întinsă ca un giulgiu.

Văd un bărbat care se trezește uluit, *ce dracu' se petrece...* Dar generalul Zulfikar are un revolver cu țeava lungă; gura țevii este vârâtă între dinții bărbatului. „Taci din gură", ordonă inutil unchiul meu. „Hai cu noi." Bărbatul mătăhălos și gol se dă jos din pat orbecăind și întreabă din priviri : *o să mă împuș-cați ?* Sudoarea îi scăldă pântecele umflat, reflectând lumina lunii și prelingându-i-se pe știți-voi-ce. Însă e un frig crâncen, așa că bărbatul nu asudă din cauza temperaturii. Seamănă cu un Buddha alb și zâmbăreț, numai că nu-i arde de râs. Dârdâie. Unchiul meu își scoate pistolul din gura lui. „Întoarce-te. Înainte marș!"... Țeava pistolului i se înfige între fesele dodoloațe. Bărbatul strigă : „Pentru Dumnezeu, ai grijă, drăcia aia nu are piedica pusă!" *Jawan*-ii încep să râdă când bărbatul gol iese în lumina lunii și este împins în limuzina neagră... În noaptea aceea, am stat alături de un om despuiat, în timp ce unchiul meu l-a dus cu mașina la un aerodrom militar; am rămas pe loc și m-am uitat la aeronava care a rulat pe pistă, a accelerat și și-a luat zborul. Ceea ce începuse metaforic-activ cu pipernițele a luat sfârșit în clipa aceea: pe lângă că am răsturnat un guvern, am trimis și un președinte în exil.

Miezul de noapte are mulți copii; nu toate odraslele Independenței au avut față umană. Violența, corupția, sărăcia, generalii, haosul, lăcomia și piperniţele... a trebuit să plec în exil ca să aflu că exista o varietate mult mai mare de copii din miez de noapte decât îmi fusese dat (ei bine, da, chiar și mie) să visez.

— Adevărul gol-goluț? Chiar ai fost acolo? întrebă Padma.

Adevărul gol-goluț.

— Cică Ayub a fost un om bun înainte să se-nrăiască, continuă Padma, dar e tot o întrebare.

Dar Saleem cel de unsprezece ani nu a rostit asemenea judecăți. Pentru mutarea piperniţelor nu e nevoie de o opțiune morală. Lucrul care îl interesa pe Saleem nu era ascensiunea publică, ci reabilitarea personală. Ați sesizat paradoxul – cea mai importantă sondare a istoriei pe care am efectuat-o deocamdată a fost inspirată de motive dintre cele mai înguste. Oricum, nu era vorba de țara „mea" sau nu încă. Nu era țara mea, deși locuiam în ea – în calitate de refugiat, nu de cetățean. Intrat mulțumită pașaportului indian al maică-mii, aș fi stârnit multe bănuieli, ba chiar aș fi fost deportat sau arestat ca spion, dacă n-ar fi fost vârsta mea fragedă și puterea tutorelui meu cu trăsături de țândărică – timp de patru ani îndelungați.

Patru ani în care nu făcusem nimic.

Atâta doar că intrasem în adolescență. Atâta doar că asistasem la prăbușirea maică-mii. Atâta doar că văzusem cum fusese vrăjită Maimuța, care era cu un an crucial mai tânără ca mine, de țara aceea îndumnezeită. Maimuța, atât de rebelă și de nebunatică pe vremuri, adoptând expresii sobre și supuse care la început trebuie să i se fi părut și ei false; Maimuța învățând să gătească, să facă menajul și să cumpere mirodenii de la piață; Maimuța delimitându-se complet de testamentul bunicului ei prin învățarea unor rugăciuni în arabă și intonarea lor la orele cuvenite; Maimuța dând la iveală fanatismul puritan lăsat să se ghicească încă din ziua când ceruse veșminte de călugărie; tocmai ea, care râsese de toate propunerile de dragoste lumească, s-a lăsat sedusă de iubirea pentru acel Dumnezeu care fusese numit după un idol cioplit dintr-un mormânt păgân ridicat în jurul unui meteorit uriaș: Al-Lah din Qa'aba, locul marii Pietre Negre.

Dar nimic altceva.

Patru ani departe de copiii din miez de noapte, patru ani fără Warden Road, Breach Candy, Scandal Point și deliciile Metrului de Ciocolată; departe de Cathedral School, de statuia ecvestră a lui Sivaji și de vânzătorii de pepeni de la Poarta spre India; departe de Divali, de Ganesh Chaturthi și de Ziua Cocotierilor, patru ani ai despărțirii de un tată rămas singur într-o casă pe care nu voia s-o vândă; aproape singur de fapt, având-ul deasupra pe profesorul Shaapsteker, care nu ieșea de la el din apartament și evita compania bărbaților.

Chiar nu se poate întâmpla nimic timp de patru ani? Evident, nu e tocmai așa. Vărului meu Zafar, pe care taică-său nu-l iertase niciodată că făcuse pe el într-un moment atât de măreț al istoriei, i s-a dat de înțeles că avea să intre în armată din prima zi a majoratului.

— Vreau să te văd dovedind că nu ești femeie, i-a spus tatăl lui.

În plus, a murit Bonzo, iar generalul Zulfikar a vărsat lacrimi amare.

În plus, mărturisirea lui Mary s-a tot estompat, fiindcă nu mai vorbea nimeni de ea, până când s-a transformat într-un vis urât; pentru toată lumea, în afară de mine.

În plus (și fără să dau vreo mână de ajutor), relațiile dintre India și Pakistan s-au înrăutățit; fără nici un sprijin din partea mea, India a cucerit Goa – „buba portugheză de pe fața Maicii India"; am rămas deoparte și nu am jucat nici un rol în primirea de către Pakistan a unui ajutor american masiv, după cum n-am avut nici o vină pentru incidentele de la granița chino-indiană din regiunea Aksai Chin din Ladakh; recensământul indian din 1961 a scos la iveală un procent de alfabetizați de 27,3%, dar nu am fost consemnat în nici o statistică. Problema celor fără de castă a rămas acută; n-am făcut nimic pentru rezolvarea ei; iar la alegerile din 1962 Congresul Național Indian a obținut 361 din cele 494 de locuri din Lok Sabha și peste 61% din totalul locurilor din Adunarea Națională. Nici măcar aici nu se poate spune că s-a mișcat mâna mea invizibilă în vreun fel, poate doar metaforic: în India a fost menținut *statu quo*-ul, și nici în viața mea nu s-a produs vreo schimbare.

După aceea, pe 1 septembrie 1962, am sărbătorit-o pe Maimuță, care împlinea paisprezece ani. Între timp (și în ciuda afecțiunii statornice a unchiului pentru mine) ne confirmaserăm statutul de persoane inferioare social, de rude sărace ale marii familii Zulfikar, așa că petrecerea a fost destul de meschină. Totuși, Maimuța a dat impresia că s-a distrat de minune.

— E de datoria mea, frățioare, mi-a spus ea.

Nu mi-a venit să-mi cred urechilor... dar poate că soră-mea își intuise soarta; poate că știa ce transformări o așteptau. De ce să plec de la ideea că numai eu aveam darul cunoașterii secrete?

Atunci poate că a ghicit că, în momentul când muzicienii angajați își vor fi pus instrumentele la treabă (erau de față *shehnai*-ul și *vina*, urmau *sarangi*-ul și *sarod*-ul, se pregăteau interogatoriile încrucișate ale *tabla*-lei și lăutei), Emerald Zulfikar avea să se apropie de ea cu eleganța aceea ostentativă, cerându-i în văzul tuturor:

— Hai, Jamila, nu mai sta acolo ca un pepene, cântă-ne ceva ca o fată cuminte ce ești!

Poate că a ghicit și că, odată cu această frază a mătușii mele de smarald și de gheață, a început transformarea ei involuntară din maimuță în Cântăreață; căci, deși a protestat cu stângăcia mohorâtă a copiilor de paisprezece ani, s-a văzut urcată în doi timpi și trei mișcări pe podiumul muzicanților prin grija bunului organizator care era mătușa-mea; și chiar dacă arăta de parcă ar fi vrut să se caște pământul și s-o înghită, și-a împreunat mâinile la piept. În acest fel, văzând că nu avea scăpare, Maimuța a început să cânte.

Cred că nu prea m-am priceput să descriu emoțiile, să-mi cred auditoriul capabil să participe activ, să-mi imaginez pentru public ceea ce n-am fost în stare să reconstitui pentru mine, în așa fel încât povestea mea să fie și a voastră... dar, când sora mea a început să cânte, am fost luat pe sus de o emoție atât de puternică, încât am reușit s-o înțeleg abia mult mai târziu, când mi-a fost explicată de cea mai bătrână târfă din lume. Căci, odată cu prima notă, Maimuța și-a lepădat porecla; fata care vorbise cu păsările (la fel cum făcuse de mult de tot și străbunicul ei într-o vale dintre doi munți) deprinsese mai mult ca sigur această artă de la zburătoarele cântătoare. Cu o ureche bună și o alta beteagă, i-am ascultat vocea cristalină care, la paisprezece ani, era deja vocea unei femei mature, plină de puritatea aripilor, de durerea exilului, de zborul vulturilor, de nefericirea vieții, de trilurile bulbulilor și de omniprezența preaslăvită a lui Dumnezeu; un glas care a fost comparat mai târziu cu cel al lui Bilal, muezinul lui Mahomed, ieșit însă din gura unei fete costelive.

Ceea ce nu am înțeles așteaptă să fie povestit; deocamdată dați-mi voie să consemnez că sora mea și-a făcut un nume la petrecerea din ziua când a împlinit paisprezece ani și că din clipa aceea a fost cunoscută drept Jamila Cântăreața. Iar eu mi-am dat seama, pe când ascultam „*Dupatta* roșie de muselină“

și *„Shahbaz Qalandar“*, că procesul care începuse în timpul primului meu exil se apropia de sfârșit în decursul celui de-al doilea și că, de atunci încolo, Jamila avea să fie copilul cel mai important, eu trebuind să mă mulțumesc pentru totdeauna cu rolul de vioară a doua.

Jamila cânta, iar eu îmi plecam capul cu umilință. Dar, înainte să-și poată lua regatul în stăpânire deplină, trebuia să se mai întâmple ceva : era nevoie să mi se dea lovitura de grație.

Secătuirea și deșertul

Ceea-ce-macină-oasele refuză să se oprească... E doar o problemă de timp. Un singur lucru mă ajută să merg mai departe: mă bazez pe Padma. Doar ea contează – mușchii ei, antebrațele ei păroase, Padma, lotusul meu pur... care îmi poruncește jenată:

— Ajunge. Începe. Dă-i drumul chiar acum.

Da, trebuie să încep cu episodul telegramei. Telepatia m-a individualizat, iar telecomunicațiile m-au tras în jos...

Amina Sinai își tăia bătăturile de la picioare când a sosit telegrama... odată ca niciodată. Nu, nu merge, n-am cum să evit data: cu glezna dreaptă sprijinită de genunchiul stâng, maică-mea își răzuia bătăturile de pe talpă cu o pilă de unghii în ziua de 9 septembrie 1962. La ce oră? Contează și ora. Bine, fie: după-amiaza. Nu, trebuie să fii mai... Când a bătut de trei, adică în perioada cea mai călduroasă a zilei chiar și în nord, un servitor i-a adus un plic pe un platou de argint. După câteva secunde, la mare distanță, în New Delhi, ministrul apărării Krishna Menon a luat memorabila decizie (din proprie inițiativă, dat fiind că Nehru era plecat la Conferința prim-miniștrilor din țările Commonwealth-ului) de a folosi forța la nevoie împotriva armatei chineze la frontiera himalayană. „Chinezii trebuie alungați de pe culmea Thag La“, a declarat domnul Menon, în timp ce mama deschidea telegrama. „Nu vom arăta nici o slăbiciune.“ Însă această decizie era un fleac în comparație cu efectele telegramei primite de mama; căci, pe câtă vreme operațiunea de alungare, cu numele de cod LEGHORN, era sortită eșecului, urmând să transforme până la urmă India în cel mai macabru teatru posibil, Teatrul de Luptă, pe mine, unul, telegrama avea să mă îndrepte, tainic, dar sigur, spre criza care avea să se încheie când voi fi fost izgonit din propria lume lăuntrică. În timp ce Corpul XXXIII al indienilor acționa pe baza instrucțiunilor date de Menon generalului Thapar, și eu fusesem pus într-un mare pericol, ca și cum forțele nevăzute ar fi hotărât că trecusem la rândul meu dincolo de granița a ceea ce mi se permitea să fac, să știu și să fiu, ca și cum istoria s-ar fi decis să mă oblige să stau în banca mea. Nu am avut absolut nici un cuvânt de spus în povestea asta. Mama a citit telegrama, a izbucnit în lacrimi și a zis: „Copii, mergem acasă !"... după care, așa cum începusem să spun într-un alt context, a fost doar o problemă de timp.

Ce scria în telegramă : ROG VENIȚI REPEDE SINAI SAHIB A FĂCUT CORDBAGAJ E GRAV BOLNAV SALUTĂRI ALICE PEREIRA.

— Sigur că da, du-te imediat, draga mea, i-a spus mătușa Emerald surorii ei. Dar, Dumnezeule, ce-o fi ăla *cordbagaj*?

E posibil, ba chiar probabil, să fiu primul istoric care scrie povestea unei vieți și a unor vremuri efectiv excepționale. Totuși, cei care îmi vor călca pe urme vor ajunge inevitabil și la opera de față, la acest Hadith, Purana sau *Grundrisse*, cum vreți să-i ziceți, ca să se inspire și să fie îndrumați. Viitorilor exegeți le spun un singur lucru : când o să cercetați evenimente care s-au produs după „telegrama cordbagajului", țineți minte că în mijlocul urgiei care s-a abătut asupra mea – sabia cu care mi s-a dat lovitura de grație, ca să schimbăm metafora – s-a aflat o forță unificatoare unică. Mă refer la telecomunicații.

Telegramele, iar după ele telefoanele, ele mi-au venit de hac. Generos din fire, n-o să acuz totuși pe nimeni de conspirație, chit că ar fi ușor de crezut că responsabilii cu controlul comunicațiilor se hotărâseră să recâștige monopolul asupra lungimilor de undă ale nației... trebuie să mă întorc (Padma se încruntă) la banala înlănțuire a cauzei și efectului : am ajuns pe aeroportul din Santa Cruz pe 16 septembrie, dar, ca să explic telegrama, trebuie să revin ceva mai mult în timp.

Dacă Alice Pereira păcătuise cândva, furându-i-l pe Joseph D'Costa surorii ei Mary, în ultimii ani făcuse mari eforturi din dorința de a se îndrepta ; fiindcă vreme de patru ani fusese singura prezență omenească pe lângă Ahmed Sinai. Izolată pe colina plină de praf unde se ridicase cândva Moșia Methwold, avusese de făcut față unor pretenții covârșitoare chiar și pentru o fire plină de solicitudine ca a ei. Ahmed Sinai o făcea să stea cu el până la miezul nopții, în timpul ce bea *djinn* după *djinn* și își amintea nedreptățile vieții. După ani întregi de uitare, îi revenea în minte vechiul vis al traducerii și reordonării Coranului și își învinovățea familia fiindcă îl șubrezise atât de rău, încât nu mai avusese energia necesară începerii unei asemenea operațiuni. În plus, cum Alice tot era acolo, de multe ori mânia lui se îndrepta chiar împotriva ei, luând forma tiradelor lungi, mustind de vorbele urâte și de blestemele inutile pe care le născocise în zilele când se cufunda în abstracțiile cele mai profunde. Încerca să fie înțelegătoare: era un om singur, relația lui cu telefonul, infailibilă odinioară, fusese distrusă de capriciile economice ale vremilor, flerul demonstrat cândva în chestiunile financiare începuse să-l părăsească... și, în plus, cădea pradă tot mai des unor temeri stranii. Când a fost descoperit drumul construit de chinezi în regiunea Aksai Chin, a fost convins că hoardele galbene aveau să ajungă la Moșia Methwold în câteva zile. Alice l-a liniștit, aducându-i o Coca-Cola rece și spunându-i:

— N-are rost să-ți faci griji, gălbejiții ăia sunt prea mici ca să-i bată pe *jawani*-i noștri. Mai bine bea-ți Coca. N-o să se schimbe nimic.

În cele din urmă, Ahmed a adus-o la capătul puterilor. Singurul motiv pentru care a rămas cu el în ultima vreme au fost creșterile de salariu pe care le solicita și le primea, trimițând o bună parte din bani în Goa, ca s-o ajute pe sora ei Mary. Însă pe data de 1 septembrie a cedat și ea în fața lingușelilor rostite la telefon.

Până atunci petrecuse cam tot atâta timp cu instrumentul respectiv cât petrecuse șeful ei, îndeosebi când sunau femeile Nerlikar. Pe vremea aceea, redutabilul clan femeiesc îl asalta literalmente pe taică-meu, telefonându-i de două ori pe zi, lingușindu-l și încercând să-l convingă să vândă, amintindu-i că se găsea într-o situație fără ieșire, rotindu-și aripile în jurul capului său ca niște vulturi care dau târcoale unui depozit incendiat... Pe 1 septembrie, ca un vultur de demult, l-au lovit în plină figură, fiindcă au convins-o pe Alice Pereira să plece de lângă el. Incapabilă să mai reziste, Alice a strigat:

— Răspunde singur la telefon! M-am cărat!

În noaptea aceea, inima lui Ahmed Sinai a început să se umfle. Debordând de ură, resentimente, autocompătimire și supărare, a ajuns să semene cu un balon, a prins să bată prea repede, a devenit aritmică și în cele din urmă l-a doborât ca lovitura de copită a unui bou. La spitalul Breach Candy medicii au descoperit că de fapt inima tatălui meu își schimbase forma, din cauza unei noi umflături apărute în partea de jos a ventriculului stâng. Ca să folosim expresia lui Mary, se făcuse „ca un portbagaj".

Alice l-a găsit a doua zi, când s-a întors după o umbrelă pe care o uitase acolo; ca o secretară de nădejde, a făcut apel la puterea telecomunicațiilor, chemând Salvarea la telefon și trimițându-ne o telegramă. Din cauza cenzurii corespondenței dintre India și Pakistan, a fost nevoie de o săptămână încheiată pentru ca „telegrama cu cordbagajul“ să ajungă la Amina Sinai.

„Înapoi la Bom!“ am strigat fericit, speriindu-i pe hamalii din aeroport. „Înapoi la Bom!“ am exclamat fără să mă pot opri, până când Jamila mi-a spus, în virtutea sobrietății recent dobândite: „Ah, Saleem, *zău* așa, *taci* odată!“ Alice Pereira ne-a așteptat la aeroport (primise o telegramă). Pe urmă ne-am suit într-un taxi adevărat din Bombay, galben cu negru, iar eu am început să mă delectez cu zumzetul vânzătorilor ambulanți de *channa* fierbinte, cu forfota bicicletelor, a cămilelor și a unei mulțimi interminabile de oameni, și cu gândul că orașul lui Mumbadevi făcea ca Rawalpindi să pară un sat ca atâtea altele, redescoperind îndeosebi culorile, strălucirea uitată a plantelor decorative, verdele livid al apelor din jurul templului Mahalaxmi, sobrietatea în alb și negru a umbrelelor de soare ale agenților de circulație, galbenul de pe uniformele lor, dar mai presus de toate albastrul, azurul și siniliul mării... dar cenușiul chipului suferind al tatălui meu s-a smuls din agitația multicoloră a orașului și m-a readus cu picioarele pe pământ.

Alice Pereira ne-a lăsat la spital și s-a dus să lucreze pentru femeile Narlikar, după care s-a întâmplat un lucru remarcabil. Trezită din letargie, din depresie, din aburii vinovăției și din durerea bătăturilor la vederea lui taică-meu, mama mea, Amina Sinai, a părut să reîntinerească miraculos. Redobândindu-și vechiul dar al hărniciei și mânată de o voință imposibil de stăvilit, a început să se ocupe de refacerea lui Ahmed. L-a adus acasă, în dormitorul de la etajul întâi, unde se ocupase de el pe durata înghețului; a stat cu el zi și noapte, transmițându-i cât a putut din puterea propriului trup. Iar dragostea i-a fost răsplătită, căci nu numai că Ahmed Sinai și-a revenit complet, uluindu-i pe medicii europeni de la Breach Candy, dar a avut loc încă o schimbare minunată, și anume aceea că, readus la viață sub îngrijirile Aminei, Ahmed nu a redevenit proferatorul de blesteme și băutorul de *djinn* din trecutul apropiat, ci persoana care ar fi putut fi întotdeauna, plină de căință, iertare, veselie, generozitate și de cel mai mare miracol din câte există, adică de dragoste. După atâta amar de vreme, Ahmed Sinai s-a îndrăgostit în sfârșit de maică-mea.

Iar eu am fost mielul jertfit al cărui sânge le-a binecuvântat iubirea.

Începuseră chiar să doarmă împreună. Și chit că soră-mea – redevenind preț de-o clipă Maimuța de altădată – a spus: „În același pat Allah, pfui, ce scârbos!“, m-am bucurat pentru ei. Am avut o scurtă perioadă când mi-a părut și mai bine pentru propria persoană, căci mă întorsesem pe teritoriul Conferințelor Copiilor din Miez de Noapte. În timp ce titlurile ziarelor îndemnau la luptă, am făcut din nou cunoștință cu semenii mei fermecați, neștiind câte finaluri mă așteptau.

Pe 9 octombrie – ARMATA INDIANĂ PREGĂTITĂ PENTRU UN EFORT CONCENTRAT – m-am simțit capabil să convoc Conferința (timpul și propriile strădanii ridicaseră barierele necesare în jurul secretului lui Mary). Mi-au reapărut cu toții în cap; a fost o noapte fericită, cum nu se poate mai bună ca să dăm uitării vechile neînțelegeri și să depunem, la rândul nostru, eforturi concertate pentru reunire. Ne-am exprimat în mod repetat bucuria de a fi din nou împreună, ignorând un adevăr la care n-am știut să ajungem: acela că eram ca toate celelalte familii, că întrunirile de familie sunt mai plăcute pe hârtie decât în realitate și că vine o vreme când fiecare familie trebuie să pornească pe drumul ei. Pe 15 octombrie – ATAC NEPROVOCAT ASUPRA INDIEI – au început să se audă întrebările de care mă temusem și pe care încercasem să nu le provoc: *Shiva de ce nu-i aici?* și *De ce ți-ai blocat accesul la o parte a minții?*

Pe 20 octombrie forțele indiene au fost învinse – zdrobite – de chinezi pe culmea Thag La. La Pekin s-a dat publicității următorul comunicat oficial: *În legitimă apărare, trupele chineze care păzeau granița au fost silite să riposteze hotărât.* Dar în aceeași seară, când copiii din miez de noapte au lansat un atac concertat împotriva mea, n-am putut să mă apăr. Au lovit pe un front larg și din toate direcțiile, acuzându-mă de secretoșenie, tergiversări, aroganță și egocentrism; mintea mea, care încetase să fie un forum parlamentar, s-a transformat într-un câmp de luptă pe care am fost făcut zob. Decăzut din condiția de „fratele mai mare Saleem“, am ascultat neputincios cum m-au făcut bucăți; căci, în ciuda furiei lor vociferante, nu puteam să deblochez ceea ce fusese ferecat cândva; nu aveam curajul să le spun de secretul lui Mary. În cele din urmă, până și Parvati-vrăjitoarea, susținătoarea mea atât de statornică, și-a pierdut răbdarea.

— Ah, Saleem, a spus ea, Dumnezeu știe ce-ai pățit în Pakistan, dar te-ai schimbat mult de tot, și în rău.

Cândva demult, moartea lui Mian Abdullah distrusese o altă Conferință care rezistase până atunci exclusiv datorită voinței lui neclintite; acum, când copiii din miez de noapte și-au pierdut încrederea în mine, au încetat să creadă și în lucrul pe care-l creasem pentru ei. În 20 octombrie și 20 noiembrie, am continuat să convoc – să mă chinui să convoc – sesiunile noastre nocturne, dar au fugit de mine, și nu pe rând, unul câte unul, ci cu zecile; în fiecare noapte tot mai puțini erau dispuși să se acordeze; în fiecare săptămână peste o sută dintre ei s-au retras în intimitatea vieții private. Pe culmile Himalayei, populațiile gurkha și rajput au fugit ca potârnichile din fața armatei chineze; în zonele superioare ale minții mele, o altă armată era distrusă de niște lucruri – șicanări, prejudecăți, plictiseală, egoism – pe care le crezusem prea mici și prea neînsemnate ca să mă ocup de ele.

(Dar optimismul, ca orice boală de durată, a refuzat să dispară; am crezut în continuare – o fac și în ziua de azi – că în cele din urmă ceea ce aveam în comun se va dovedi mai puternic decât ce ne despărțea. Nu, n-o să accept că tot eu am fost de vină și pentru sfârșitul Conferinței Copiilor; fiindcă elementul care a distrus orice posibilitate a reînnoirii a fost de fapt dragostea lui Ahmed și a Aminei Sinai.)

...Dar Shiva? Shiva, cel căruia i-am refuzat cu sânge rece dreptul primului născut? În decursul lunii nu mi-am trimis niciodată gândurile în căutarea lui, dar simpla lui existență undeva în lume continua să mă sâcâie într-un cotlon al minții. Shiva-distrugătorul. Shiva-genunchiosul... Pentru mine, s-a transformat mai întâi în vârful de pumnal al vinovăției, apoi într-o obsesie, pentru ca în cele din urmă, pe măsură ce amintirea prezenței lui se estompa, să devină un fel de principiu; în mintea mea, el a ajuns să reprezinte întreaga răzbunare, violență și dragoste-ură a Lucrurilor din lume. Prin urmare, chiar și acum, când dau de oameni înecați care plutesc ca niște baloane pe Hooghly și explodează la contactul cu ambarcațiunile aflate în trecere, de trenuri care iau foc, de politicieni uciși sau de mișcări de stradă în Orissa sau în Punjab, am impresia că mâna lui Shiva se deslușește apăsat deasupra tuturor acestor întâmplări, sortindu-ne unei bâjbâieli neîncetate printre crime, violuri, acte de lăcomie și războaie – pe scurt, că mâna lui Shiva ne-a făcut ceea ce suntem. (Și el s-a născut tot când a bătut de miezul nopții; și el, ca și mine, a fost legat de istorie. Modurile de conectare – care, dacă am apreciat corect, au funcționat în cazul meu – i-au dat și lui posibilitatea să transforme trecerea zilelor.)

Vorbesc de parcă nu l-aș mai fi văzut niciodată, ceea ce nu e adevărat, dar bineînțeles că și asta trebuie să aștepte să-i vină rândul, ca toate celelalte : nu mă simt suficient de puternic ca să spun povestea chiar acum.

Pe vremea aceea, boala optimismului a atins din nou proporții epidemice ; între timp, eu sufeream din cauza unei inflamări a sinusurilor. Declanșat în mod curios de înfrângerea de pe culmea Thag La, optimismul public cu privire la război a crescut la fel de mult (și de primejdios) ca un balon umflat peste măsură ; totuși, căile mele nazale îndelung încercate, care fuseseră supraaglomerate de când mă știam, au abandonat în cele din urmă lupta împotriva blocajului. În timp ce parlamentarii țineau discursuri interminabile despre „agresiunea chineză" și despre „sângele *jawan*-ilor noștri martiri", ochii au început să mi se umple de lacrimi ; pe când națiunea se umfla în pene, convingându-se că anihilarea omuleților galbeni îi era la îndemână, sinusurile mi s-au umflat și ele și mi-au schimonosit fața, care era deja atât de buimăcitoare, încât până și Ayub Han se uitase la ea cu gura căscată. Contaminați de maladia optimismului, studenții au ars portretele lui Mao Zedong și Zhou En Lai ; încinși de febra optimistă, oamenii au început să-i atace pe pantofarii, negustorii de obiecte rare și restauratorii chinezi. Arzând de optimism, guvernul a mers până la a-i închide pe cetățenii indieni de origine chineză – deveniți între timp „străini cu intenții dușmănoase" – în lagărele din Rajasthan. Birla Industries a donat națiunii o întreagă gamă de puști miniaturale, iar elevele au început să participe la paradele militare. Dar eu, Saleem, mă simțeam de parcă aș fi fost pe punctul de a muri asfixiat. Îngroșat de atâta optimism, aerul refuza să-mi intre în plămâni.

Ahmed și Amina Sinai s-au numărat printre victimele care au avut de suferit cel mai mult în urma reizbucnirii epidemiei de optimism ; dat fiind că îl contractaseră prin intermediul iubirii lor nou-născute, s-au alăturat hotărâți valului de entuziasm popular. Când Morarji Desai, ministrul de Finanțe care bea urină, a lansat apelul „dați un ornament pentru armament", maică-mea a renunțat la brățările de aur și la cerceii de smarald ; când Morarji a scos pe piață o emisie de obligațiuni pentru apărare, Ahmed Sinai a cumpărat cu toptanul.

Se părea că războiul rezervase Indiei un nou viitor; în *Times of India*, o fotografie sub care scria „războiul cu China" îl înfățișa pe Nehru uitându-se la niște planșe intitulate „Integrare emoțională", „Pace industrială" și „Încrederea populației în guvern" și exclamând: „N-am stat niciodată atât de bine!" Plutind în derivă pe marea optimismului, ne îndreptam orbește – națiunea, ai mei, eu însumi spre tancuri.

Ca popor, suntem obsedați de corespondențe. Similitudinile dintre ceva și altceva, dintre lucruri aparent fără legătură, ne fac să batem din palme încântați când le descoperim. E un soi de cult național al formei sau poate doar o expresie a convingerii noastre profunde că formele stau ascunse înlăuntrul realității și că sensul ni se dezvăluie numai prin străfulgerări. De aici și vulnerabilitatea noastră în fața semnelor de rău-augur... De pildă, când drapelul indian a fost ridicat pentru prima dată, peste câmpia aceea din Delhi s-a ivit un curcubeu, un arc ceresc pictat în verde și șofran, iar noi ne-am simțit binecuvântați. Născut în mijlocul unor asemenea corespondențe, am descoperit că prezența lor mă urmărește în continuare... În timp ce indienii se îndreptau orbește spre un dezastru militar, mă apropiam și eu (fără să am nici cea mai vagă idee) tot de o catastrofă.

Times of India vorbea de „Integrare emoțională"; la Vila Buckingham, ultimul bastion al Moșiei Methwold, emoțiile nu mai fuseseră niciodată atât de integrate. Ahmed și Amina își petreceau zilele ca doi tineri îndrăgostiți; și chiar dacă *People's Daily* din Pekin se plângea că „Guvernul Nehru a dezbrăcat în sfârșit haina nealinierii", nici soră-mea și nici eu nu aveam motive de nemulțumire, fiindcă pentru prima dată după ani de zile nu a mai trebuit să ne prefacem nealiniați în războiul dintre părinții noștri; ceea ce făcuse războiul pentru India fusese realizat de încetarea ostilităților pe colina noastră cât un bloc cu două etaje.

Pe 1 noiembrie – INDIENII ATACĂ SUB PROTECȚIA ARTILERIEI – căile mele nazale se găseau într-o stare de criză acută. Deși maică-mea mă supunea chinurilor zilnice cu Vick's Inhaler și cu oale de apă fiartă în care dizolva picături Vick's pe care eram silit să încerc să le inhalez cu o pătură trasă pe cap, sinusurile refuzau să răspundă la tratament. Aceasta a fost ziua în care taică-meu și-a întins brațele spre mine și mi-a spus: „Hai, fiule, vino-ncoace să te iubesc". În culmea fericirii (poate că până la urmă mă molipsisem și eu de boala optimismului), m-am lăsat strivit de pântecele lui voluminos. Dar când mi-a dat drumul, îi pătasem deja sahariana de muci. Cred că de-aici mi s-a tras, căci în aceeași după-amiază maică-mea a pornit la atac. Prefăcându-se în fața mea că sună o prietenă, a dat telefon în altă parte. În timp de indienii atacau sub protecția artileriei, Amina Sinai mi-a plănuit prăbușirea la adăpostul unei minciuni.

Totuși, înainte să-mi descriu intrarea în deșertul ultimilor ani, trebuie să admit că e posibil să-mi fi nedreptățit grav părinții. Din câte știu, ei nu s-au apucat niciodată, din ziua dezvăluirilor lui Mary până azi, să-și caute fiul adevărat, sânge din sângele lor. În câteva locuri din povestire, am pus eșecul ăsta pe seama unei anumite lipse de imaginație – am spus, sub o formă sau alta, că am rămas fiul lor fiindcă nu se puteau gândi la mine altfel decât în pielea acestui personaj. Sigur că există și interpretări mai urâte – cum ar fi reticența lor de a primi în sânul familiei un țânc care petrecuse unsprezece ani prin canale – însă vreau să sugerez un motiv mai nobil: poate că, în ciuda a toate cele, în ciuda nastravetelui, a feței pătate, a lipsei bărbiei, a tâmplelor ca două cornițe, a picioarelor strâmbe, a pierderii unui deget, a tonsurii de călugăr și a beteșugului de la urechea stângă (de care e posibil să nu fi știut), chiar și în ciuda rocadei făcute de Mary la miezul nopții... poate că, repet, în ciuda tuturor provocărilor ăstora, părinții mei mă iubeau. Mă retrăgeam de lîngă ei în lumea mea secretă; temându-mă de ura lor, nu am acceptat că dragostea lor ar fi putut fi mai puternică decât urâțenia, ba chiar și decât glasul sângelui. Pare extrem de probabil că aranjamentul telefonic de atunci și ceea ce s-a întâmplat pe 21 noiembrie 1962 au fost făcute cu cel mai drept temei, că părinții mei m-au distrus din iubire.

Ziua de 20 noiembrie a fost cumplită, iar noaptea care a urmat la fel... Cu șase zile mai devreme, tocmai când Nehru împlinise șaptezeci și trei de ani, începuse marea confruntare cu forțele chineze: armata indiană – *JAWAN*-II INTRĂ ÎN ACȚIUNE! – îi atacase pe chinezi la Walong. Veștile despre dezastrul de la Walong, precum și despre punerea pe fugă a generalului Kaul și a patru batalioane, au ajuns la urechile lui Nehru în data de sâmbătă, 18. Luni, 20, ele au fost comunicate la radio și prin ziare, ajungând și la Moșia Methwold. PANICĂ MAXIMĂ LA NEW DELHI! FORȚELE INDIENE ZDROBITE! În ziua aceea – ultima din viața mea de atunci – am stat cu soră-mea și cu părinții în jurul unui radio cu pick-up Telefunken, în timp ce telecomunicațiile ne turnau în suflet frica de Dumnezeu și de China. Iar taică-meu a făcut o declarație fatidică. „Nevastă", a intonat el grav, pe când Jamila și cu mine tremuram de frică, „*begum sahiba*, țara asta e la pământ. Pe ducă. *Funtoosh*". Ziarul de seară a anunțat sfârșitul epidemiei de optimism: MORALUL POPULAȚIEI A SCĂZUT. Iar după sfârșitul acela aveau să vină și altele; aveau să secătuiască și alte lucruri.

M-am dus la culcare cu mintea plină de chipuri tunuri tancuri chinezești... dar la miezul nopții capul mi s-a golit și s-a lăsat liniștea, fiindcă și Conferința din Miez de Noapte secătuise; singurul copil fermecat care a mai vrut să stea de vorbă cu mine a fost Parvati-vrăjitoarea și, dărâmați de ceea ce Nussie-rățușca ar fi numit „sfârșitul lumii", n-am mai putut decât să tăcem pur și simplu împreună.

Au existat și alte scurgeri sau secătuiri, ceva mai telurice: în marele baraj al hidrocentralei Bhakra Nangal s-a observat o crăpătură, iar uriașul lac de acumulare din spatele lui s-a scurs în întregime pe acolo... Consorțiul revendicativ al femeilor Narlikar, imun la optimism, înfrângeri sau orice altceva, în afară de mirajul bogățiilor, a continuat să extragă pământ din adâncurile oceanului... Dar evacuarea finală, cea care dă de fapt titlul capitolului, a avut loc în dimineața următoare, după ce mă destinsesem și îmi spusesem că, în fond, s-ar putea întâmpla și un lucru bun... căci de dimineață am aflat vestea incredibilă că, fără să aibă vreun motiv, chinezii își opriseră înaintarea. Odată obținut controlul asupra înălțimilor din Himalaya, se părea că erau mulțumiți; ÎNCETAREA FOCULUI! au exclamat ziarele, iar maică-mea era să leșine de ușurare. (S-a zvonit că generalul Kaul fusese luat prizonier; președintele Indiei, doctorul Radhakrishnan, a comentat: „Din păcate, raportul este complet neadevărat".)

În pofida ochilor înlăcrimați și a sinusurilor blocate, eram fericit; chiar și în pofida sfârșitului Conferinței Copiilor, mă delectam cu noua fericire care cuprindea Vila Buckingham. Iar mama a propus: „Hai să ieșim undeva să sărbătorim! Ce-ați zice de un picnic, copii?" Firește, am acceptat pe loc. Era în dimineața zilei de 21 noiembrie. Am ajutat la pregătirea sandvișurilor și a *parathelor*. Ne-am oprit la un magazin de băuturi răcoritoare de unde am luat niște gheață pe care am pus-o într-o cutie de tablă și câteva cutii de Coca-Cola pe care le-am îngrămădit în portbagajul Rover-ului. Apoi am pornit la drum: părinții în față, copiii în spate. Jamila Cântăreața a asigurat fondul muzical cât timp a ținut plimbarea.

Cu sinusurile inflamate, am întrebat:

— Unde mergem? La Juhu? La Elephanta? La Marvé? Unde?

Maică-mea a zâmbit stânjenită:

— Surpriză. Așteaptă și-o să vezi.

Am mers mai departe, pe străzile pline de mulțimi de oameni ușurați și bucuroși.

— Nu-i ăsta drumul! am exclamat. Nu pe-aici se merge la plajă, nu?

Ambii părinți mi-au răspuns în același timp, liniștindu-mă și vorbind repede:

— Doar o oprire mai întâi și pe urmă mergem. Am promis.

Telegramele m-au rechemat, radiourile cu pick-up m-au înfricoșat, dar aparatul prin care mi s-au fixat data, ora și locul distrugerii a fost un telefon... iar părinții m-au mințit.

...Ne-am oprit în fața unei clădiri necunoscute de pe Carnac Road. Exteriorul: părăginit. Toate ferestrele: cu jaluzele. „Vii cu mine, fiule?“ m-a întrebat Ahmed Sinai, coborând din mașină; iar eu, bucuros că pot să-l însoțesc la întâlnirea de afaceri, am pornit țanțoș lângă el. Am văzut o placă de bronz pe ușă: *Clinică nas gât urechi*. Și am spus, brusc alarmat: „Ce-i asta, *abba*? De ce-am venit...“ Apoi mâna tatălui meu mi s-a încleștat pe umăr, a apărut un bărbat cu un halat alb – „A, da, domnule Sinai, iar el e tânărul Saleem“ – urmat de câteva asistente la momentul oportun – „Da, bine, perfect“. Mă mir în continuare – „Nu, *abba*, și cu picnicul cum rămâne...?“ – dar medicii mă iau în primire, taică-meu rămâne undeva în urmă, iar bărbatul cu halat alb îi strigă: „Nu durează mult... nemaipomenite veștile de pe front, nu?“, secondat de vocea unei asistente: „Te rog să vii cu mine pentru echipare și anestezie“.

Tras pe sfoară! Tras pe sfoară, Padma! Doar ți-am spus: cândva am fost trădat de picnicuri; pe urmă am avut parte de un spital, o cameră cu un pat tare și niște lustre puternice, atârnate din tavan, iar eu țin minte că am strigat „Nu, nu, nu“, asistenta m-a dojenit: „Nu fi prostuț, ești aproape bărbat, ia întinde-te aici“ și pe urmă, amintindu-mi că tot ce aveam în cap îmi fusese produs de căile nazale, revenind cu gândul la felul cum o luase lichidul acela în altă direcție decât cea normală și la legătura care se formase astfel și dăduse glas tuturor vocilor, am început să urlu și să mă zbat, obligându-i pe cei din jur să mă țină strâns și pe asistentă să mustăcească: „Pe cuvântul meu dacă am mai văzut copil ca ăsta“.

Ceea ce începuse într-o ladă de rufe s-a terminat, așadar, pe o masă de operație de care mi-au fost fixate mâinile și picioarele, după care un bărbat mi-a spus: „N-o să simți nimic, e mai simplu ca la amigdale, o să-ți curățăm sinusurile cât ai clipi din ochi și-o să le deblocăm de tot“, eu am răspuns: „Nu, vă rog, nu“, dar vocea a continuat: „Acum o să-ți pun masca asta pe față, hai, ia numără până la zece“.

Să număr. Numerele mărșăluiesc un doi trei.

Se aude șuieratul substanței eliberate. Numerele mă strivesc patru cinci șase.

Chipurile înoată în ceață. Numerele tumultuoase își continuă drumul, iar eu cred că plâng, în timp ce ele tropăie șapte opt nouă.

Zece.

— Bravo, încă e conștient. Extraordinar. Ar fi bine să-ncercăm altă... mă auzi? Saleem, da? Bravo, băiete, ia mai încearcă zece!

N-au cum să mă prindă. Mulțimile mi s-au strâns în minte. Marele maestru al numerelor, eu și nimeni altul. O luăm de la capăt unsprezece doisprezece.

Dar n-or să se lase până... treisprezece paisprezece cincisprezece... O, Doamne. O, Doamne, ceața mă amețește tot mai mult și mă prăbușesc, șaisprezece, dincolo de război și de pipernițe, în urmă, și mai în urmă, șaptesprezece optsprezece nouăsprezece.

Douăz...

Au existat o ladă de rufe și un băiat care se smârcâia prea tare. Mama lui s-a dezbrăcat și a dat la iveală un Mango Negru. S-au auzit voci, dar nu erau ale arhanghelilor. O palmă a betegit o ureche stângă. Și tot ce a crescut cel mai bine la cald: fantezia, iraționalul, dorința. Au existat un turn cu ceas și o mulțime de înșelătorii-în-clasă. Dragostea la Bombay a provocat un accident de bicicletă; tâmplele în formă de cornițe s-au îmbucat cu scobiturile produse de forceps, iar cinci sute optzeci și unu de copii au venit în vizită și s-au instalat la mine în cap. Copiii din Miez de Noapte; puteau fi întruparea speranței de libertate, dar și o adunătură de ciudați care ar fi trebuit uciși. Parvati-vrăjitoarea, cea mai loială dintre toți, și Shiva, care s-a transformat în principiu de viață. S-a pus problema scopului, urmată de o dezbatere pro și contra ideilor sau lucrurilor. Au existat genunchi și un nas, un nas și genunchi.

Au început certurile, iar lumea adultă s-a infiltrat în cea a copiilor; au apărut egoismul, atitudinea snoabă și ura. Și imposibilitatea unui al treilea principiu, tema aneantizării care ar fi urmat creșterii. Precum și lucrul pe care nu l-a spus nimeni: că scopul celor cinci sute optzeci și unu era propria lor distrugere, că apăruseră ca să dispară. Profețiile au fost nesocotite când s-a vorbit în felul ăsta.

Apoi dezvăluirile și închiderea unei minți; exilul și revenirea după patru ani; bănuielile crescânde, disensiunile tot mai mari, plecările în grupuri de zece și douăzeci. Iar la sfârșit o singură voce rămasă însă laolaltă cu optimismul – ceea ce aveam în comun putea învinge mai departe ceea ce ne despărțea.

Până când:

Liniște în afara mea. O cameră întunecoasă (cu jaluzelele trase). Nu văd nimic (nici n-am ce).

Liniște înăuntrul meu. O legătură întreruptă (definitiv). Nu aud nimic (nici n-am ce).

Liniște ca în deșert. Un nas liber, desfundat (căile nazale pline de aer). Aer invadându-mi locurile ascunse ca un trib de vandali.

Secătuit. Am fost secătuit. Iar *parahamsa* a rămas consemnată la sol.

(Definitiv.)

Haide, haide, spune-o odată. Operația al cărei scop declarat fusese curățarea sinusurilor mele inflamate și deblocarea completă a căilor nazale a avut drept rezultat destrămarea legăturii înfiripate în lada de rufe; deposedarea mea de telepatia indusă de propriul nas; anularea posibilităților de a mă regăsi în mijlocul copiilor din miez de noapte.

Numele pe care le avem ne conțin destinele; dat fiind că trăim într-un loc unde aceste nume încă nu au dobândit lipsa de sens a Occidentului, înseamnă în continuare mai mult decât o simplă înșiruire de sunete, suntem, de asemenea, victimele propriilor titluri. *Sinai* îl conține pe Ibn Sina, maestrul magician, adept al lui Sufi, ca și pe Sin, adică luna, străvechiul zeu Hadhramaut, cu modul lui specific de conectare și cu puterea de a acționa de la distanță asupra fluxurilor lumii. Dar Sin este totodată litera S, sinuoasă ca un șarpe; târâtoarele stau încolăcite înlăuntrul literei. Mai există și accidentul transliterației – în scrisorile romane, dar nu și în Nastaliq. Sinai este în același timp locul revelațiilor, al încălțărilor lepădate ritualic, al poruncilor și al viteilor de aur. Dar, după toate astea, după ce Ibn Sina este dat uitării și luna apune, după ce șerpii stau ascunși, iar revelațiile se încheie, e numele deșertului – al pustietății, al nerodniciei și al prafului; numele sfârșitului.

În Arabia – *Arabia Deserta* – de pe vremea profetului Mahomed au predicat și alți profeți: Maslama din tribul lui Banu Hanifa din Yamama, chiar în inima Arabiei, Hanzala ibn Safwan și Khalid ibn Sinan. Dumnezeul lui Maslama a fost ar-Rahman, „Cel Milostiv"; astăzi musulmanii se roagă la Allah, ar-Rahman. Khalid ibn Sinan a fost trimis la tribul 'abșilor; a fost urmărit câtăva vreme, după care nu s-a mai știut nimic de el. Profeții nu sunt întotdeauna falși doar fiindcă au fost depășiți și înghițiți de istorie. Oamenii vrednici au străbătut întotdeauna deșertul.

— Nevastă, s-a zis cu țara asta, a decretat Ahmed Sinai.

După încetarea focului și secătuire, aceste cuvinte s-au întors să-l bântuie; Amina a început să-l convingă să emigreze în Pakistan, unde se aflau deja surorile ei rămase în viață și unde avea să se ducă și maică-sa după moartea tatei.

— S-o luăm de la capăt, a propus ea. Ar fi minunat, *janum*. Ce ne-a mai rămas pe dealul ăsta uitat de Dumnezeu?

Așa că până la urmă Vila Buckingham tot a încăput pe mâinile femeilor Narlikar; iar după mai bine de cincisprezece ani familia mea s-a mutat în Pakistan. Ținutul Celor Puri. Ahmed Sinai a lăsat foarte puține în urmă. Existau modalități de transmitere a banilor prin intermediul unor companii multinaționale, iar taică-meu era la curent cu ele. În ce mă privește, chiar dacă îmi părăseam orașul natal cu tristețe, nu îmi părea rău că plecam dintr-un loc unde Shiva stătea la pândă cu o mină antipersonal camuflată cu grijă.

În cele din urmă, am părăsit Bombay-ul în februarie 1963, iar în ziua plecării am dus un vechi glob de tablă în grădină și l-am îngropat printre cactuși. Înăuntrul lui, o scrisoare de la prim-ministru și pagina întâi a unui ziar, cu poza unui bebeluș, sub care era scris: „Copilul din Miez de Noapte"... Poate că nu sunt relicve sfinte – nu mă încumet să compar evenimentele memorabile din viața mea cu părul Hazratbal al profetului sau cu moaștele Sfântului Francis Xavier din Catedrala Bom Jesus –, însă reprezintă tot ce a supraviețuit din trecutul meu; un glob de tablă deformat, o scrisoare mucegăită și o fotografie.

Nimic altceva, nici măcar o scuipătoare de argint. În afara unei planete strivite sub călcâi de Maimuță, singurele consemnări sunt cele din cărțile închise ale raiului. Sidjeen și Illiyun, Cărțile Binelui și Răului ; în orice caz, asta e povestea.

...Abia când eram deja la bordul lui S.S. *Sabarmati* și lăsaserăm ancora în apropiere de *Rann*-ul Kutch, mi-am amintit de bătrânul Schaapsteker și m-am întrebat dintr-odată dacă îl anunțase cineva că plecăm. N-am avut curajul să-mi formulez nedumerirea cu voce tare, de teamă că răspunsul ar fi nu ; așa că m-am gândit la muncitorii de la demolări și mi-am închipuit felul cum pătrundeau utilajele lor distrugătoare la taică-meu în birou și în camera mea albastră, doborând scara metalică de serviciu și bucătăria în care Mary Pereira își amestecase temerile în *chutney* și murături, făcând zob veranda pe care stătuse maică-mea în timp ce-și simțea copilul ca pe un bolovan în pântece și urcând apoi, în mintea mea, la etaj, unde cupa excavatorului pivotat dădea buzna pe domeniul lui Schaapsteker sahib, iar bătrânul nebun, alb la față, vlăguit și scoțând limba ca un șarpe, savantul vulnerabil, rămas la etajul unei case în curs de dărâmare, printre turnuri și acoperișuri de țiglă roșie care se prăbușeau, se stafidea din ce în ce mai rău, îmbătrânind și murind în lumina soarelui de care nu se mai bucurase de atâția ani. Dar poate că dramatizez. Poate că am rămas cu toate astea de la un film vechi, intitulat *Ultimul orizont*, în care femeile frumoase se ofileau și se stingeau după ce plecau din Shangri-La.

Pentru fiecare șarpe există o scară, iar la capătul fiecărei scări te așteaptă un șarpe. Am ajuns la Karachi pe 9 februarie, iar după câteva luni sora mea Jamila era deja lansată într-o carieră care avea să-i aducă numele de „Îngerul Pakistanului" și „Privighetoarea Credinței" ; plecaserăm din Bombay, dar ne alegeam cu o celebritate mediatizată. Și încă ceva : deși fusesem secătuit – nu mai auzeam și nici nu aveam să mai aud vreodată voci în minte –, exista și o compensație : pentru prima dată în viață, descopeream uluitoarele delicii ale mirosului.

Jamila Cântăreața

S-a dovedit a fi un simț atât de acut, încât a reușit să distingă izul cleios al ipocriziei din spatele zâmbetului de bun-venit cu care ne-a întâmpinat mătușa Alia în portul Karachi. Amărâtă iremediabil de felul cum dezertase taică-meu cu mulți ani în urmă în brațele surorii ei, mătușa mea mai mare dobândise corpolența apăsată a unei gelozii nediluate, iar firele de păr negre și dese ale resentimentelor îi ieșeau aproape prin toți porii. Poate că a reușit să-i păcălească atât pe părinții mei, cât și pe Jamila, cu modul în care s-a apropiat de noi, cu îmbrățișările ei, cu strigătele ei teatrale – „Ahmed *bhai*, în sfârșit! Mai bine mai târziu decât niciodată!" – și cu manifestările (perfide, dar acceptate inevitabil) de ospitalitate; dar eu, care îmi petrecusem mare parte din pruncie cu mâinile înfundate în mănușile amărăciunii pe care mi le croșetase și având pe cap căciulițele cu moț ale invidiei ei, eu, care mă molipsisem fără să știu de boala eșecului din cauza nevinovatelor hăinuțe în care își împletise ura și care, pe lângă asta, țineam minte perfect cum era să fii luat în stăpânire de patima răzbunării, eu, Saleem-secătuitul, am simțit imediat miasmele vindicative secretate de glandele ei. Cu toate acestea, nu am putut protesta; am fost urcați în grabă în Datsun-ul răzbunării și duși pe Bunder Road la casa ei din Guru Mandir – ca niște muște, ba chiar mai proști, fiindcă ne sărbătoream propria captivitate.

...Dar ce miros grozav aveam! Cei mai mulți dintre noi dispun încă din leagăn de posibilitatea de a recunoaște o gamă cât mai largă și mai sensibilă de arome; totuși, eu nu putusem să miros absolut nimic toată viața, nefiind prin urmare la curent cu nici unul dintre tabuurile olfactive. În consecință, nu mă făceam că nu observ când trăgea cineva un pârț, ceea ce mi-a adus destule necazuri din partea părinților; oricum, lucrul cel mai important era libertatea nazală de a inhala incomparabil mai mult decât izurile de origine pur fizică pe care se mulțumea să le distingă restul rasei omenești. Din această cauză, de la începutul adolescenței mele pakistaneze am început să învăț despre aromele secrete ale lumii, despre parfumul amețitor, dar volatil al iubirii, ca și despre izul înțepător și considerabil mai persistent al urii. (La puțin timp după ce-am ajuns în „Ținutul Celor Puri“ am descoperit înlăuntrul meu impuritatea de pe urmă a dragostei de soră, iar focurile mocnite ale mătușii mele mi-au invadat nările de la bun început.) Nasul îți oferă cunoașterea, dar nu și puterea de a influența mersul lucrurilor; felul cum am năvălit în Pakistan, înarmat (dacă ăsta e cuvântul potrivit) doar cu o formă nouă de manifestare a moștenirii mele nazale, m-a făcut capabil să adulmec adevărul, să miros ce plutește în aer și să iau tot felul de urme, însă nu mi-a dat forța de care are nevoie orice invadator – aceea de a-și cuceri dușmanii.

N-o să contest: n-am iertat niciodată Karachi-ul pentru faptul că nu era Bombay. Situat între deșert și o serie de golfuri saline bătute de vânturi, pe ale căror maluri creșteau manglieri pipernciți, noul meu oraș părea să posede o urâțenie care o eclipsa până și pe a mea; din cauză că înregistrase o creștere prea rapidă – populația i se cvadruplase în 1947 –, se alesese cu borțoșenia diformă a unui pitic uriaș. Când am împlinit șaisprezece ani, am primit un scuter Lambretta; străbătând străzile orașului pe vehiculul meu fără ferestre, am inspirat deznădejdea fatalistă a săracilor cuibăriți în cocioabele de mahala și precauția distantă a bogaților, am fost absorbit de pista olfactivă a exproprierilor și a fatalismului, ademenit pe un lung coridor subteran la al cărui capăt se găsea ușa lui Tai *bibi*, cea mai bătrână târfă din lume... dar văd că iar m-a luat valul. În inima Karachi-ului meu se afla casa Aliei Aziz, o clădire mare și veche de pe Clayton Road (probabil că se tot plimbase ani de zile prin ea ca o stafie care nu avea pe cine să bântuie), un loc al umbrelor și al vopselei îngălbenite, peste care cădea în fiecare după-amiază umbra lunguiață și acuzatoare a minaretului de la moscheea din cartier. Chiar și când, ajuns după ani buni în ghetoul magicienilor, am trăit în umbra unei alte moschei, o umbră care, cel puțin pentru un timp, mi-a asigurat un semiîntuneric menit să apere, nu să amenințe, tot am rămas cu imaginea fabricată în Karachi despre moschei în umbra cărora mi se părea că adulmecam izul vag, înrobitor și plin de acuzații al mătușii mele. O mătușă care pândea momentul oportun și care, în momentul răzbunării, s-a arătat nemiloasă.

Pe vremea aceea, trăiam într-un oraș al mirajelor. Tivit de nisipul deșertului, nu izbutise să-mi distrugă toată puterea. Oazele luceau pe asfaltul de pe Elphinstone Street, caravanseraiurile erau văzute licărind fugar printre excavatoarele din jurul podului negru, Kala Pul. În acest oraș ocolit de ploi (a cărui singură trăsătură comună cu orașul meu natal era că la începuturi fusese tot un sat de pescari), deșertul ascuns își păstrase străvechile calități de negustor de năluci, iar ca urmare locuitorii din Karachi aveau o percepție extrem de vagă a realității, fiind nevoiți să facă apel la conducătorii lor pentru sfaturi legate de ce anume era de-adevăratelea și ce nu. Asediați de dune de nisip iluzorii, de fantomele regilor de demult și totodată de conștiința faptului că numele credinței pe care se întemeia orașul se traducea prin „supunere“, noii mei concetățeni emanau mirosurile mediocre și clocotite ale încuviințării, deprimante pentru un nas care surprinsese – în ultima clipă și pasager – răsfățul olfactiv al nonconformismului din Bombay.

La scurt timp după sosirea noastră – și, poate, oprimat de aerul umbrit de moschee al clădirii de pe Clayton Road –, taică-meu s-a decis să construiască o casă nouă. A cumpărat un lot în cartierul cel mai șic, unde era în curs de realizare cel mai recent proiect edilitar, iar în ziua când am împlinit șaisprezece ani Saleem nu numai că am primit în dar un Lambretta, dar am aflat și de puterile oculte ale cordoanelor ombilicale.

Care era obiectul care, conservat în saramură timp de șaisprezece ani și pitit în șifonierul lui taică-meu, a așteptat tocmai o asemenea zi? Ce anume ne-a însoțit, plutind ca un șarpe într-un vechi borcan de murături, în călătoria pe mare și a sfârșit îngropat în pământul tare și sterp din Karachi? Ce hrănise cândva viața dintr-un pântece, inundând acum solul cu o altă viață, miraculoasă, și dând naștere unui bungalou american modern cu etaj?... Eschivându-mă din fața acestor întrebări critice, arăt că, la a șaisprezecea mea aniversare, familia (inclusiv mătușa Alia) s-a strâns pe bucata de pământ de pe Korangi Road; sub ochii unei echipe de muncitori și sub barba unui *mullah*, Ahmed i-a înmânat o cazma lui Saleem, care a înfipt-o pentru prima dată în pământ. „Un nou început“, a spus Amina. „Inshallah, de-acum încolo o să fim alți oameni.“ Îmboldit de dorința ei nobilă și de neîmplinit, un muncitor a lărgit repede gaura pe care o făcusem, după care a fost scos la iveală un borcan cu saramură. Lichidul a fost vărsat pe pământul cuprins de o sete pârdalnică, iar ceea ce a rămas înăuntru a primit binecuvântarea *mullah*-ului. Pe urmă un cordon ombilical – o fi fost al meu sau al lui Shiva? – a fost vârât în pământ și pe locul acela a început imediat să se înalțe o casă. S-au adus dulciuri și răcoritoare, *mullah*-ul a arătat o foame remarcabilă hăpăind treizeci și nouă de *laddoo*-uri, iar Ahmed Sinai nici nu s-a gândit să se plângă de cheltuieli. Spiritul cordonului îngropat i-a inspirat pe muncitori ; dar, deși au săpat foarte adânc pentru fundație, aceștia nu au putut împiedica prăbușirea casei înainte să avem timp să locuim în ea.

Ce concluzie am tras despre cordoanele ombilicale: deși toate aveau puterea de a înălța case, era limpede că unele se pricepeau mai bine decât altele. Orașul Karachi însuși mi-a sprijinit punctul de vedere; ridicat evident pe o mulțime de cordoane necorespunzătoare, era plin de case deformate, ca niște copii pricăjiți, cocoșați și cu o viață trăită în mizerie, de case care orbeau misterios și care nu aveau ferestre, de case care semănau cu niște aparate de radio, instalații de aer condiționat sau celule de închisoare, de edificii care se potriveau ca nuca-n perete, cumplit de greoaie și prăbușindu-se cu o regularitate de ceasornic, aidoma bețivilor ieșiți de prin cârciumi ; o proliferare necontrolată a unor construcții alăturea cu drumul, ale căror defecte locative erau depășite doar de urâțenia lor ieșită din comun. Orașul a pus în umbră deșertul, dar fie cordoanele, fie nerodnicia solului l-au făcut să devină ceva grotesc.

Capabil să miros tristețea și bucuria, să adulmec inteligența și prostia cu ochii închiși, am intrat în Karachi și în adolescență – înțelegând prin asta, firește, că noile națiuni ale subcontinentului și cu mine lăsaserăm în urmă copilăria, că durerile tot mai mari, precum și schimbările ciudate și jenante ale vocii ne așteptau fără excepție. Secătuirea mi-a cenzurat viața interioară, dar simțul conectării mi-a rămas nesecătuit.

Saleem a invadat Pakistanul înarmat doar cu un nas hipersenzitiv ; dar, lucrul cel mai rău, *nu l-a invadat de unde trebuia !* Toate cuceririle reușite din partea asta a lumii au început din nord; toți cuceritorii au venit pe uscat. Navigând neștiutor contra curentului istoriei, am ajuns în Karachi dinspre sud-est și pe mare. Presupun că n-ar mai fi trebuit să mă mir de cele întâmplate.

Dacă stai să te gândeşti, avantajele unei invazii dinspre nord sunt limpezi ca lumina zilei. Din nord au venit generalii umayyazi Hajjaj bin Yusuf şi Mohamed bin Qasim, precum şi ismailiţii. (Honeymoon Lodge, unde se spune că au stat Aly Han şi Rita Hayworth, dădea spre peticul nostru de pământ ombilicalizat, şi apăruseră zvonuri că vedeta de film provocase un mare scandal plimbându-se pe afară îmbrăcată doar cu nişte superbe neglijeuri transparente à la Hollywood.) O, ineluctabilă superioritate a nordului! Din ce direcţie a descins Mahmud din Ghazni pe câmpiile Indului, aducând cu el o limbă care se laudă cu mai puţin de trei forme ale literei S? Inevitabilul răspuns este: *sé*, *sin* şi *swad* au fost intruşi veniţi din nord. Dar Mohamed bin Sam Ghuri, care i-a alungat pe ghaznavizi şi a înfiinţat califatul Delhi? Ei bine, da, şi fiul lui Sam Ghuri s-a deplasat tot spre sud.

Şi Tughlaq, şi împăraţii moguli... dar am demonstrat ceea ce era de demonstrat. Mai rămâne să adaug că şi ideile, la fel ca armatele, au pătruns spre sud tot dinspre înălţimile nordice: legenda lui Sinkandar But-Shikan, Iconoclastul din Kashmir, care la sfârşitul secolului al XIV-lea a distrus toate templele hinduse din Vale (creând astfel un precedent pentru bunicul meu), a pornit în jos de pe dealuri în direcţia luncilor; iar cinci sute de ani mai târziu mişcarea mujahedinilor conduşi de Syed Ahmad Barilwi a urmat acelaşi drum bătătorit. Ideile lui Barilwi: abnegaţia, ura faţă de hinduşi, războiul sfânt... atât filosofiile, cât şi regii (ca să n-o mai lungim) au apărut exact din direcţia opusă celei pe care o alesesem eu.

„Trebuie să devenim cu toţii alţi oameni", au spus părinţii lui Saleem; în ţinutul celor puri, idealul nostru a ajuns să fie puritatea. Dar Saleem fusese atins definitiv de bombay-ism, iar prin cap îi umblau tot felul de alte religii în afara celei a lui Allah (aidoma primilor musulmani din India, mercantilii moplaşi din Malabar, trăisem într-o ţară a cărei densitate de zeităţi rivaliza numeric cu populaţia reală, aşa încât, revoltându-se inconştient împotriva acestei puzderii claustrofobice de divinităţi, familia mea îmbrăţişase etica afacerilor, nu pe cea a credinţei), după cum şi trupul avea să manifeste o preferinţă statornică pentru ceea ce era impur. La fel ca moplaşii, eram sortit să ajung un inadaptat. Dar într-un târziu puritatea mi-a dat de urmă, aşa că până şi mie mi-au fost iertate nelegiuirile.

După ce-am împlinit şaisprezece ani, am studiat istoria la colegiul mătuşii Alia; însă nici măcar învăţătura nu m-a făcut să aparțin cu adevărat acestei țări lipsite de copiii din miez de noapte, în care colegii mei organizau procesiuni în favoarea unei societăți mai stricte și mai islamizate, dovedind că izbutiseră să devină antiteza studenților de pretutindeni prin aceea că nu solicitau micșorarea, ci sporirea restricțiilor. Totuși, părinții mei erau hotărâți să prindă rădăcini; deși Ayub Han și Bhutto tocmai încheiau o alianță cu China (care fusese până nu demult dușmanul nostru), Ahmed și Amina n-au ținut cont de nici un fel de critică la adresa noii lor case, iar taică-meu a cumpărat o fabrică de prosoape.

Pe vremea aceea părinții mei dobândiseră o strălucire cu totul nouă: Amina destrămase ceața vinovăției care o învăluise până atunci, nemaipărând să sufere din cauza bătăturilor, în timp ce Ahmed, deși alb la față în continuare, simțise cum gheața din vintre i se topește la căldura iubirii nou-descoperite pentru soția lui. În unele dimineți, Amina avea urme de dinți pe gât; alteori, chicotea nestăpânit, ca o școlăriță. „Parc-ați fi în luna de miere, zău așa“, le spunea din când în când sora ei, Alia. Eu însă simțisem ce se ascundea în spatele dinților ei, ce rămânea la loc ferit când îi ieșeau pe gură cuvintele alea prietenoase... Ahmed Sinai le-a împrumutat prosoapelor numele nevesti-sii: Marca Amina.

— Cine sunt procopsiții ăștia? Ce hram poartă toți Dawoozii, Saigolii și Haroonii? striga el vesel, dându-le cu tifla celor mai bogate familii din regiune. Ce atâția Valikași și Zulfikari? Pot să înfulec câte zece o dată. Așteptați! promitea el. Peste doi ani toată lumea o să se șteargă cu prosoape Marca Amina. Cel mai fin pluș din câte există! Cele mai moderne utilaje! O să-i facem pe toți cei din jur să fie curați și uscați. Dawoozii și Zulfikarii or să-mi cerșească secretul. Iar eu o să le spun, da, prosoapele sunt de calitate, dar secretul n-are nici o legătură cu tehnologia. Totul s-a întâmplat mulțumită iubirii.

(Am sesizat în discursul tatălui meu efectele rămase peste ani ale virusului optimismului.)

A cucerit Marca Amina o lume întreagă în numele curățeniei (care se învecinează cu...)? Au venit Valikașii și Saigolii să-l întrebe pe Ahmed Sinai: „Dumnezeule, ne-ai lăsat paf, *yaar*, cum ai făcut?“ Au folosit minunatele prosoape de pluș, ale căror modele fuseseră inventate chiar de Ahmed – nițel cam stridente, dar ce mai conta, doar erau rodul iubirii – la ștergerea de transpirație a pakistanezilor, dar și a celor de pe piețele externe? S-au înfășurat rușii, englezii și americanii cu numele imortalizat al maică-mii?... Povestea Mărcii Amina trebuie să mai aştepte, întrucât Jamila Cântăreaţa e pe punctul să-şi înceapă cariera, iar casa de pe Clayton Road umbrită de minaretul moscheii a fost vizitată de unchiul Puffs.

Adevărata lui identitate era cea a maiorului (în rezervă) Aladin Latif. Acesta auzise de vocea soră-mii de la „bunul meu prieten, al naibii de bun, generalul Zulfikar. Am fost în misiune cu el la graniţă în '47". Şi-a făcut apariţia acasă la Alia Aziz la puţin timp după ce Jamila împlinise cincisprezece ani – jovial, rotofei şi dând la iveală o gură plină cu dinţi mari, îmbrăcaţi în aur... „Sunt un om simplu, la fel ca ilustrul nostru preşedinte", a explicat el. „Îmi ţin lichidităţile la loc sigur." Continuând comparaţia cu ilustrul nostru preşedinte, şi capul maiorului era perfect sferic. Spre deosebire de Ayub Han, Latif plecase din armată şi intrase în lumea divertismentului. „Primul şi cel dintâi impresar din Pakistan, bătrâne", i-a spus el lui taică-meu. „Organizarea e totul, să ştii, nărăvul cazon din fire n-are lecuire, al naibii." Maiorul Latif avea o propunere, voia s-o asculte pe Jamila. „Şi dacă doi la sută din ce mi s-a zis despre ea e adevărat, o fac celebră, amice! Sigur, peste noapte, cum să nu! Relaţiile, astea-s baza. Relaţiile şi organizarea. Iar Latif al vostru, *Aladin* Latif", a subliniat el, zâmbindu-i lui Ahmed Sinai cu tot aurul din gură, „are berechet din amândouă. Ştii povestea, nu? Cum pun mâna pe lampă şi-o aprind, cum apare duhul care aduce faimă şi averi. Fata dumitale o să intre pe nişte mâini al naibii de bune. Al naibii de bune."

Spre norocul mulţimii de simpatizanţi ai Jamilei Cântăreaţa, Ahmed Sinai se îndrăgostise de soţia lui şi, îmbunat de propria fericire, nu l-a dat imediat pe uşă afară pe maiorul Latif. Astăzi cred, de asemenea, că părinţii mei conchiseseră deja că vocea fiicei lor era un dar mult prea preţios ca să-l păstreze pentru ei; vraja sublimă a glasului ei angelic începuse să le desluşească imperativele inevitabile ale talentului. Însă Ahmed şi Amina erau preocupaţi de un lucru.

— Fata noastră e de familie bună, a spus Ahmed care, dincolo de aparenţe, era ceva mai demodat decât soţia lui. Ai de gând s-o faci să urce pe scenă în faţa a Dumnezeu ştie câţi străini...?

Maiorul s-a arătat jignit.

— Crezi că nu ştiu ce se cade şi ce nu, domnule? a întrebat el băţos. Bătrâne, am şi eu fete. Şapte la număr, slavă Domnului. Le-am deschis o agenţie de voiaj, dar să-ţi spun o chestie, totul se face la telefon. Nici prin cap nu mi-ar trece să le țin în văzul lumii. Și uite că-i cea mai mare agenție de voiaj din zonă. Avem mecanici de locomotivă, ba chiar și șoferi de autobuz, care se duc hăt departe, în Anglia. Vreau să zic, s-a grăbit el să adauge, că fata dumitale o să se bucure de același respect ca ale mele. Și chiar mai mult; o să ajungă vedetă!

Fetele maiorului Latif – Safia, Rafia și alte cinci „afii" – au primit porecla comună de „Puffiile" din partea Maimuței, al cărei spirit șăgalnic de altădată mai ieșea uneori la suprafață în noua personalitate a soră-mii; la rândul lui, tatăl lor a fost poreclit la început „Taica Puffiilor" , după care a primit titlul onorific de unchiul Puffs. Omul s-a ținut de cuvânt. După șase luni, Jamila Cântăreața a scos discuri, a avut parte de o armată de admiratori și a devenit celebră, reușind toate astea fără să-și arate chipul, după cum o să explic imediat.

Unchiul Puffs s-a transformat într-o constantă a vieții noastre; venea în vizită la casa de pe Clayton Road aproape în fiecare seară, în perioada care în mintea mea rămăsese ora cocteilurilor, ca să bea suc de rodii și s-o roage pe Jamila să cânte ceva. Fata, care se transformase într-o tânără cât se poate de blândă de la o zi la alta, îi făcea întotdeauna pe plac... după care el își dregea vocea, de parcă i-ar fi rămas ceva în gât, și începea să glumească zor-nevoie cu mine pe marginea căsătoriei. Zâmbetele lui de douăzeci și patru de carate mă orbeau în timp ce-i auzeam glasul sfătos: „Ar fi timpul să-ți găsești o nevastă, tinere. Ascultă-mă pe mine, alege o fată cu minte bună și dinți stricați, în felul ăsta faci rost și de-o prietenă, și de-o cutie de valori!" Unchiul Puffs susținea că toate fetele lui corespundeau descrierii de mai sus... Stânjenit și dându-mi seama că vorbea doar pe jumătate în glumă, strigam de fiecare dată: „Vai, unchiule Puffs!" Maiorul își cunoștea porecla, care i se părea de-a dreptul simpatică. Plesnindu-mă în joacă peste coapsă, striga la rândul lui: „Te lași greu, ai? Așa e, al naibii să fiu dacă nu-i așa. În regulă, băiete: alege-o pe una dintre fetele mele și-ți garantez că-i scot toți dinții; când o s-o iei de nevastă, o să aibă un zâmbet de un milion de dolari ca zestre!" Când discuția ajungea aici, maică-mea reușea de obicei să schimbe subiectul; n-o interesau ideile unchiului Puffs, indiferent cât de costisitoare ar fi fost dantura fetelor... În acea primă seară, ca de atâtea ori după aceea, Jamila i-a cântat maiorului Aladin Latif. Vocea ei a plutit prin fereastră ca un abur și a potolit traficul; păsărelele s-au oprit din ciripit, iar vânzătorul de hamburgeri de vizavi a închis radioul. Strada s-a umplut de oameni rămași pe loc, pe care vocea soră-mii i-a mângâiat cu o atingere diafană... După ce a terminat, am observat că unchiul Puffs plângea.

— O bijuterie, a spus el, smiorcăindu-se într-o batistă. Dragă doamnă, stimate domn, fata voastră e o bijuterie. Sunt al naibii de umilit, zău așa. Umilit cu desăvârșire. Mi-a dovedit că o voce de aur e de preferat chiar și dinților de aur.

Când celebritatea Jamilei Cântăreața a ajuns atât de mare încât organizarea unui concert public nu a mai putut fi evitată, unchiul Puffs a lansat zvonul că fata suferise un grav accident de mașină, în urma căruia aproape că fusese desfigurată; același maior (în rezervă) Latif a venit cu ideea vestitului și atotascunzătorului *chadar* de mătase albă, o cortină sau un văl împodobit cu o mulțime de brocarturi și texte religioase, în spatele căreia cântăreața stătea într-o postură rezervată ori de câte ori se producea în public. *Chadar*-ul Jamilei Cântăreața era ținut de două siluete musculoase și neobosite, acoperite la rândul lor din cap până-n picioare de un văl nu atât de pretențios – conform variantei oficiale, era vorba de două asistente, însă nimeni nu le-a putut ghici sexul prin *burqele* groase și severe. Chiar în mijlocul *chadar*-ului maiorul decupase un cerc. Diametrul: opt centimetri. Circumferința: brodată cu firul de aur cel mai fin. Și iată cum povestea familiei noastre s-a confundat din nou cu destinul nației, căci, în clipa când Jamila a cântat cu buzele ivite în dreptul orificiului de brocart, Pakistanul s-a îndrăgostit de o fată de cincisprezece ani pe care o zărise doar printr-un cearșaf găurit, alb cu fir de aur.

Zvonul accidentului i-a pecetluit popularitatea; concertele ei au umplut până la refuz teatrul Bambino din Karachi și sala Shalimar din Lahore, iar discurile scoase au ajuns fără excepție în fruntea clasamentelor de vânzări. Dar pe când se transforma în obiect de patrimoniu, devenind „Îngerul Pakistanului“, „Vocea Nației“ sau „Bulbul-e-Din“, adică privighetoarea-credinței, și primea câte o mie și una de cereri ferme în căsătorie pe săptămână, pe când se preschimba în fiica preferată a întregii țări și își asuma o existență care amenința să-i copleșească până și locul din familie, a căzut pradă virușilor gemeni ai celebrității. Primul din ei a transformat-o în victima propriei imagini publice, fiindcă zvonul despre accident a silit-o să poarte o *burqa* alb-aurie în permanență, chiar și la școala mătușii Alia, la care continua să meargă, în timp ce al doilea a supus-o acelor exagerări și simplificări identitare care sunt efectele secundare inevitabile ale condiției de vedetă, așa încât devoțiunea oarbă și orbitoare, precum și naționalismul corect sau greșit care dospiseră deja în ființa ei intimă au început acum să-i domine personalitatea, excluzând aproape orice altceva. Publicitatea a întemnițat-o într-o colivie de aur și, cum ajunsese noua fiică a națiunii, a început să-și modeleze caracterul în funcție de aspectele cele mai stridente ale ființei naționale, nu de lumea copilăriei, a anilor când o cunoșteam cu toții drept Maimuța.

Vocea Jamiliei Cântăreața era difuzată mereu pe postul de radio Vocea Pakistanului, astfel încât atât în satele din Aripa de Vest, cât și în cele din Aripa de Est, a ajuns să semene cu o ființă supraomenească incapabilă de oboseală, un înger care cânta poporului zi de zi și noapte de noapte. Între timp, Ahmed Sinai, ale cărui ultime temeri legate de cariera fiicei sale fuseseră domolite cu vârf și îndesat de câștigurile ei enorme (deși fusese cândva un om al Delhi-ului, devenise un adevărat musulman din Bombay, obișnuit să pună banii mai presus de aproape orice), îi spunea cu încântare soră-mii:

— Vezi tu, fata mea, buna-cuviință, puritatea, arta și simțul afacerilor pot să fie unul și același lucru, iar bătrânul tău tată a fost suficient de isteț ca să-și dea seama.

Jamila surâdea blând și încuviința... Nu mai era zvârluga băiețoasă, numai piele și os, de altădată, ci o mândrețe de fată, zveltă, cu ochii oblici, pielea aurie și un păr atât de lung, că puteai să te așezi pe el; până și nasul îi era frumos.

— Fata mea dă adevărata dimensiune a trăsăturilor nobile ale familiei, i-a spus cu mândrie Ahmed Sinai unchiului Puffs.

Unchiul Puffs mi-a aruncat o privire zeflemitoare și oarecum jenată, după care și-a dres vocea.

— Al naibii de frumoasă fată, dom'le, i-a zis el lui taică-meu. O mândrețe, ce mai.

Ropotele de aplauze i-au ajuns întotdeauna la urechi soră-mii; la primul și de-acum legendarul ei concert de la Bambino (am avut locuri procurate de unchiul Puffs – „Cele mai al naibii de bune din toată sala!“ – lângă cele șapte Puffii ascunse de văluri... Unchiul Puffs mi-a dat un ghiont. „Hei, băiete, alege! Ia-o pe care vrei! Și ține minte: zestrea!“, iar eu am roșit și mi-am fixat privirile asupra scenei), ovațiile sălii au acoperit uneori vocea Jamilei; după spectacol am găsit-o în culise înecându-se într-o mare de flori, așa că a trebuit să ne croim drum prin grădina parfumată a dragostei întregii națiuni și să descoperim că era pe punctul să leșine, nu de oboseală, ci din cauza miresmei copleșitor de dulce a adorației, ai cărei boboci umpluseră camera. Și eu am simțit că mă ia cu amețeală, până când unchiul Puffs a început să arunce brațe întregi de flori pe o fereastră deschisă și să strige, în timp ce florile erau culese de pe jos de o mulțime de fani:

— La naiba, e frumos c-ați venit cu flori, dar până și eroinele naționale au nevoie de aer!

Aplauzele au răsunat și în seara când Jamila Cântăreața a fost (invitată cu familia) la reședința prezidențială ca să cânte pentru comandantul pipernițelor. Nesocotind ce scriau revistele străine despre fondurile deturnate și despre conturile din băncile elvețiene, ne-am frecat până am sclipit de curățenie; o familie implicată în fabricarea prosoapelor nu avea voie să nu arate impecabil. Unchiul Puffs și-a făcut dinții să strălucească mai ceva ca de obicei. Iar într-o încăpere mare, dominată de portrete în rame împodobite ale lui Mohamed Ali Jinnah, întemeietorul Pakistanului, numit de asemenea Quaid-i-Azam și Liaquat Ali, prietenul și succesorul lui asasinat, a fost ridicat un cearșaf găurit în spatele căruia sora mea s-a pus pe cântat. În cele din urmă, Jamila a tăcut. Glasul ei tivit cu brocart a fost urmat de cel al stelelor de aur.

— Fiică Jamila, am auzit cu toții, vocea ta o să fie o sabie a purității. O să fie arma cu care o să curățăm sufletele oamenilor.

Așa cum singur declarase, președintele Ayub era un simplu soldat, care i-a inoculat soră-mii elementele virtuții cazone ale încrederii în conducători și credinței în Dumnezeu. La care ea a răspuns:

— Voința președintelui este vocea inimii mele.

Prin cearșaful găurit, Jamila Cântăreața s-a pus în slujba patriotismului; *diwan-i-khas*-ul, sala unde avea loc acest spectacol privat, a răsunat de aplauze, de data asta politicoase; nu uralele nestăpânite ale publicului de la Bambino, ci aprobarea disciplinată a medaliaților și epoleticilor, precum și aplauzele încântate ale unor părinți înlăcrimați.

— Ce chestie, a șoptit unchiul Puffs. Al naibii de frumos, nu?

Ceea ce puteam eu să miros Jamila era în stare să cânte. Adevărul, frumusețea, fericirea, durerea: fiecare avea un parfum aparte, pe care nasul meu știa să-l distingă; în același timp, fiecare își găsea vocea ideală în spectacolele Jamilei. Nasul meu, vocea ei: erau daruri întru totul complementare, însă fiecare pornise pe drumul lui. În timp ce Jamila intona cântece patriotice, nasul meu părea să insiste asupra izurilor mai urâte care îl invadau: amărăciunea mătușii Alia sau duhoarea grea și neschimbată a minților închise ale colegilor mei studenți. Prin urmare, pe când ea se ridica spre nori, eu am căzut în canal.

Totuși, dacă privesc înapoi, cred că mă îndrăgostisem deja de ea, cu mult înainte să mi se spună... Există vreo dovadă a incalificabilei iubiri a lui Saleem pentru sora lui? Există. Jamila Cântăreața avea o pasiune comună cu dispăruta Maimuță de Bronz: îi plăcea pâinea. Pite *chapati*, *paratha* și *tandoori*? Da, dar... În regulă: era preferată drojdia? Întocmai; în ciuda patriotismului, soră-mea se dădea în vânt după pâinea pe vatră. Dar care era singura sursă de pâine bună și crescută din Karachi? Ei bine, nu o brutărie; cea mai gustoasă pâine din oraș era oferită printr-o ferestruică dintr-un zid altminteri orb, în fiecare joi dimineață, prin amabilitatea măicuțelor din ordinul ascuns al Sfintei Ignacia. În fiecare săptămână mă suiam pe scuterul Lambretta și îi aduceam soră-mii pâini proaspete și calde de la măicuțe. În ciuda cozilor lungi și șerpuite, trecând cu ușurință peste mirosul încins de băligar amestecat cu mirodenii, care se ridica de pe străzile înguste din jurul mănăstirii, nesocotindu-mi toate celelalte îndatoriri, mă prezentam cu pâine. Nici nu mi-a trecut prin cap să formulez vreo critică; nu mi-am întrebat nici măcar o dată sora dacă nu cumva această ultimă relicvă a vechiului ei flirt cu creștinismul dădea rău în noul ei rol de Privighetoare a Credinței...

E posibilă depistarea originilor unei iubiri nefirești? S-a lăsat Saleem, care tânjise după un loc în inima istoriei, fermecat de ceea ce văzuse în sora lui și se lega de propriile speranțe de viață? S-a îndrăgostit arhimutilatul Pocilă de odinioară, un membru al Conferinței Copiilor din Miez de Noapte la fel de ruinat ca tânăra cerșetoare Sundari, cea crestată cu cuțitul, de recent dobândita plenitudine a surorii lui? A adorat cel numit cândva Mubarak, Binecuvântatul, împlinirea frățească a visurilor lui cele mai intime?... O să spun doar că nu mi-am dat seama ce mi se întâmplase până când, lipindu-mi coapsele de șaisprezece ani de conturul metalic al scuterului, am început s-o iau pe urmele târfelor.

În timp ce Alia spumega, pe vremea primelor zile ale prosoapelor marca Amina, în plină apoteoză a Jamilei Cântăreața, pe când o casă cu etaj, ridicată la ordinul unui cordon ombilical, era încă departe de-a fi gata, în perioada iubirii târziu îmbobocite a părinților mei, înconjurat de certitudinile oarecum sterpe din ținutul celor puri, Saleem Sinai s-a împăcat cu sine. Nu o să spun că nu era trist; refuzând să-mi cenzurez trecutul, admit că era la fel de ursuz, adeseori la fel de necooperant și în mod sigur la fel de plin de coșuri ca majoritatea băieților de vârsta lui. Rămase fără copiii din miez de noapte, visurile lui s-au umplut de nostalgie până la saturație, așa că de multe ori se trezea sufocându-se din cauza izului greu al regretelor, care-i pusese stăpânire pe simțuri; existau coșmaruri ale numerelor aflate în marș unu doi trei și ale unei perechi de genunchi capabili să prindă și să strângă aidoma unei menghine... dar exista un dar nou, precum și un scuter Lambretta și o dragoste umilă (deși în continuare inconștientă) și supusă pentru propria soră... mutându-mi privirile de povestitor de la trecutul descris, insist asupra faptului că, atunci ca și acum, Saleem a reușit să-și îndrepte atenția spre un viitor încă nedescris. Evadând, ori de câte ori era posibil, dintr-o locuință în care aburii înecăcioși ai mătușii făceau viața imposibilă, dar și dintr-un colegiu plin de alte mirosuri la fel de neplăcute, încălecam pe bidiviul meu motorizat și exploram căile olfactive ale noului meu oraș. Iar după ce-am auzit de moartea bunicului meu din Kashmir, mi-am cimentat hotărârea de a îneca trecutul în aromele năvalnice ale prezentului... O, amețitoare zile de început, de dinaintea categorizării! La grămadă, înainte de-a începe să le modelez, miresmele au început să mă inunde: aburii jalnici, sugerând descompunerea, ai excrementelor animale din grădinile muzeului de pe Frere Road, izurile trupești și pustulare ale tinerilor în pijamale lălâi care se țineau de mână seara în Sadar, ascuțimea de cuțit a betelului scuipat și împletirea dulce-amăruie a opiului: mirosul „*paanelor* spiralate“ era adulmecat pe străduțele pline de vânzători ambulanți dintre Elphinstone Street și Victoria Road. Izul cămilelor, cel al mașinilor, gazele produse de ricșele motorizate, la fel de iritante ca înțepăturile țânțarilor, aroma țigărilor de contrabandă și a „banilor negri“, efluviile concurențiale ale șoferilor de autobuz și sudoarea simplă a pasagerilor, înghesuiți ca sardelele. (Un șofer s-a enervat atât de tare că fusese ajuns din urmă de un rival de la o altă companie, cu izul grețos al înfrângerii izvorându-i năvalnic din glande, încât noaptea s-a dus cu autobuzul până la casa respectivului, a claxonat până când nefericitul a ieșit pe stradă și l-a strivit sub roțile care trăsneau a răzbunare, la fel ca mătușa mea.) Moscheile revărsau asupră-mi mirosul cucernic al devoțiunii, îmi ajungea la nas izul de putere al mașinilor militare cu drapele fluturând; în afișele cinematografice deslușeam parfumurile ieftine și stridente ale westernurilor spaghetti de import și al celor mai violente filme de arte marțiale făcute vreodată. Am avut o perioadă când, aidoma unui drogat, îmi simțeam capul vâjâindu-mi din cauza atâtor mirosuri complexe; apoi însă pasiunea mea arzătoare pentru formă și-a spus cuvântul, așa că am supraviețuit.

Relațiile indo-pakistaneze s-au deteriorat, iar granițele au fost închise, așa că n-am putut să mergem la Agra ca să-l jelim pe bunicul; până și emigrarea Maicii Starețe în Pakistan a trebuit să suporte o amânare. Între timp, Saleem începuse să pună bazele unei teorii generale a mirosului: fuseseră deja declanșate procedurile de clasificare. Am văzut în această abordare științifică o formă personală de obediență față de spiritul bunicului... În primul rând, m-am perfecționat în tehnica diferențierii până când am reușit să disting nenumăratele tipuri de betel și să fac diferența (cu ochii închiși) între cele douăsprezece mărci de băuturi răcoritoare disponibile pe piață. (Cu mult înainte ca analistul american Hebert Feldman să vină în Karachi și să deplângă existența a doar trei furnizori de lapte la sticlă, puteam să deosebesc legat la ochi Hoffman's Mission de Pakola sau Citra Cola de Fanta. Feldman a perceput aceste băuturi ca pe tot atâtea manifestări ale imperialismului capitalist. În ce mă privește, miroseam diferențele dintre Canada Dry și 7-Up și separam infailibil aroma de Pepsi de aceea de Coca-Cola, arătându-mă mult mai interesat de trecerea acestui subtil test olfactiv. Double Kola și Kola Kola sau Perri Cola și Bubble Up au fost identificate și nominalizate pe nevăzute.) Abia după ce am fost sigur de controlul deplin asupra miresmelor concrete am trecut la aromele pe care nimeni altcineva nu le putea desluși; parfumurile emoțiilor și ale celor o mie și unu de impulsuri specifice ființelor omenești – dragostea și moartea, lăcomia și umilința, înavuțirea și sărăcia – au fost etichetate și așezate ordonat în căsuțele minții mele.

Primele încercări de împărțire: am încercat să clasific mirosurile cu ajutorul culorilor – rufele puse la fiert și cerneala tipografică de la *Daily Jang* aveau în comun un anumit fel de albastru, pe când lemnul de tec și pârțurile trase brusc aveau aceeași nuanță de maro-închis. Cât despre mașini și cimitire, le-am încadrat laolaltă în categoria cenușiului... A existat și o clasificare-în funcție-de-greutate: mirosurile de categorie muscă (hârtie), izurile cocoș (trupurile proaspăt spălate, iarba), aromele semimijlocii (transpirația, crăiasa-nopții); în sistemul meu, *shahi-korma* și uleiul de bicicletă se încadrau la semigrele, în vreme ce mânia, patchouli, trădarea și Băligarul erau duhori de categorie grea ale pământului. Am încercat, de asemenea, o clasificare geometrică: rotunjimea bucuriei și dreptunghiularitatea ambiției; am avut mirosuri elipsoidale, ovale și pătrate... Ca lexicograf al nasului, am străbătut Bunder Road și P.E.C.H.S.; ca entomolog, am prins izuri fugare ca niște aripi de fluturi în plasa firișoarelor de păr din nas. O, minunate călătorii de dinainte de nașterea filosofiei!... Căci, nu după mult timp, mi-am dat seama că munca mea trebuia să dobândească o dimensiune morală, dacă voiam să aibă cât de cât valoare, și că singurele diviziuni importante erau subcategoriile infinit de subtile ale mirosurilor bune și rele. După ce am conștientizat natura crucială a moralității și după ce am adulmecat că mirosurile puteau fi sacre sau profane, am inventat, în izolarea plimbărilor cu scuterul, știința eticii nazale.

Sacre: văluri *purdah*, carnea din timpul doliului, turnurile muezinului, covorașele de rugăciune; profane: discurile occidentale, carnea de porc, alcoolul. Am înțeles acum de ce *mullah*-ii (sacri) refuză să se suie în avioane (profane) în seara de dinainte de Id-ul-Fitr, nevrând nici măcar să intre în vehiculele al căror miros tainic era antiteza sfințeniei, ca să fie siguri că aveau să vadă luna nouă. Am aflat despre incompatibilitatea olfactivă dintre Islam și socialism, precum și despre poziția inalienabilă dintre after-shave-ul celor care sunt membri ai clubului Sind și izul de sărăcie al cerșetorilor adormiți pe stradă, la poarta clubului... Totuși, m-am convins din ce în ce mai mult de un lucru, și anume că sacrul sau binele mă interesau foarte puțin, chiar în clipele când asemenea arome o înconjurau pe soră-mea în timp ce cânta, pe când miasmele înșelătoare ale canalului păreau să exercite asupră-mi o atracție fatalmente irezistibilă. În plus, aveam șaisprezece ani; începuse să mă furnice sub curea, la adăpostul pantalonilor alb-murdar, și nici un oraș care-și ține femeile sub lacăt nu rămâne vreodată fără curve. În vreme ce Jamila cânta despre sfințenie și despre dragoste de țară, m-am apucat să explorez zonele profane și mâncate de patimi. (Aveam bani de aruncat: taică-meu devenise nu numai iubitor, ci și generos.)

În dreptul veşnic neterminatului mausoleu Jinnah, agăţam femei de stradă. Alţi tineri veneau aici ca să seducă americance pe care le ademeneau în camere de hotel sau în piscine; eu, unul, preferam să-mi păstrez independenţa şi să le plătesc. Iar în cele din urmă am dat cu nasul de curva curvelor, ale cărei daruri le oglindeau de minune pe ale mele. O chema Tai *bibi* şi pretindea că avea cinci sute doisprezece ani.

Dar cum putea să miroasă! Cea mai bogată dâră pe care el, Saleem, o adulmecase vreodată; s-a simţit vrăjit de ceva ascuns în ea, de un aer de maiestuozitate istorică... şi s-a trezit spunându-i creaturii ăleia fără dinţi:

— Nu mă interesează câţi ani ani, mirosul e totul.

(— Dumnezeule, mă întrerupe Padma. Ce chestie. Cum ai putut?)

Deşi Tai *bibi* nu a făcut aluzie la nici o legătură cu vreun barcagiu din Kashmir, numele ei a exercitat o veritabilă fascinaţie; chiar dacă se poate să fi fost doar ca să-l binedispună pe Saleem când i-a spus: „Băiete, am cinci sute doişpe ani", simţul istoriei s-a trezit imediat în forul lui lăuntric. Credeţi ce vreţi despre mine, am petrecut o după-amiază toridă şi umedă într-o cameră dintr-o casă de raport, în care se aflau o saltea doldora de purici şi un bec fără abajur, alături de cea mai bătrână târfă din lume.

În fond şi la urma urmei, ce anume o făcea irezistibilă pe Tai *bibi*? Cât de mare era controlul pe care-l exercita, în aşa fel încât toate celelalte curve să pălească în comparaţie cu ea? Ce anume a scos din minţi nările recent sensibilizate ale lui Saleem al nostru? Străvechea mea prostituată avea un control glandular atât de total, Padma, încât îşi putea modifica mirosurile corporale ca să se armonizeze cu izul oricui s-ar fi nimerit lângă ea. Ecrinele şi apocrinele i-au îndeplinit instrucţiunile dictate de voinţa ei perimată şi, chiar dacă a spus: „Să nu te-aştepţi s-o fac de-a-mpicioarelea, n-ai destui bani pentru asta", darurile ei parfumate i-au venit de hac băiatului.

(— Pfui, exclamă Padma, acoperindu-şi urechile, Dumnezeule, ce omuleţ împuţit, habar n-am avut!...)

Iată-l, deci pe acest tinerel hidos şi ciudat, cu o scorpie bătrână care a spus: „Nu stau în picioare, am bătături" şi l-a făcut să-şi dea seama că ultimul cuvânt rostit avusese darul să-l stârnească; şoptindu-i secretele acestei uşurinţe ecrin-apocrine, Tai *bibi* l-a întrebat dacă voia să-i imite mirosurile cuiva, el să descrie, ea să încerce şi, prin eliminări succesive, să... iar la început tinerelul s-a ferit cu violență. Nu, nu, nu, dar femeia l-a dezmierdat cu vocea ei ca hârtia făcută ghem, până când s-a trezit singur, în afara lumii și a timpului, doar el și această zgripțuroaică bătrână, mitologică și imposibilă, și de aceea a început să descrie mirosuri cu toată perspicacitatea nasului său miraculos, iar Tai *bibi* s-a pornit să-i imite evocările, lăsându-l cu gura căscată și reușind, în urma eliminărilor succesive, să reproducă izurile trupești ale maică-sii și ale mătușilor, oho, îți place, nu, nebunaticule, hai, fă-te-ncoace cu nasu' ăla, cât poți de aproape, zău dacă nu ești un caraghios fără pereche... până când deodată, din greșeală, da, jur că nu din cauza mea, în timpul procesului de eliminări succesive, cea mai specială mireasmă din lume iese brusc și pe furiș din trupul zbârcit și scofâlcit al băbătiei, iar acum băiatul nu mai avea cum să ascundă ce vede Tai *bibi*, oho, nebunaticule, ce-o fi asta, nu-i nevoie să-mi spui cine e, dar ascultă-mă pe mine, ea e și nimeni alta.

„Gura, tacă-ți fleanca", spune Saleem, dar Tai *bibi*, nedomolită în chicoteala ei veche de când lumea, insistă: „Oho, da, aleasa inimii, nebunaticule – cin' să fie? Poate verișoară-ta? Soră-ta..." Saleem își încleștează pumnii; cu tot degetul mutilat, mâna dreaptă i se pregătește pentru un gest violent... iar vocea lui Tai *bibi* se aude din nou: „Dumnezeule, da! Soră-ta! Hai, pocnește-mă, tot n-ai cum să ascunzi ce ți s-a fixat acolo, în mijlocul frunții!..." Saleem își strînge hainele și se căznește să-și pună pantalonii, mai taci odată hoașcă bătrână. În timp ce ea răspunde: Da, n-ai decât să te cari, dar dacă nu-mi plătești o să... o să... o să vezi de ce sunt în stare, iar acum rupiile zboară prin cameră și aterizează în jurul curtezanei de cinci sute doisprezece ani. Ia-le, ia-le odată, dar tacă-ți mutra aia slută, la care ea zice: Ai grijă, prințișorule, nici cu fața ta pocită nu mi-e rușine, acum e îmbrăcat și o zbughește pe ușa casei de raport, scuterul Lambretta așteaptă, dar puștii au urinat pe el, o ia din loc cât poate de repede, dar adevărul se ține după el, iar în clipa aceea Tai *bibi* se apleacă pe geam și strigă:

— Hei, *bhaenchud*! Hei, desfrânatule care poftești la soră-ta, unde fugi? Ăsta-i adevăru', ce mai tura-vura...!

Vă puteți întreba pe bună dreptate: Chiar așa s-a întâmplat...? Și bineînțeles că era imposibil să aibă cinci sute de... dar am jurat să recunosc totul și insist să vă spun că am aflat incredibilul secret al iubirii mele pentru Jamila Cântăreața din gură și de la glandele odorifice ale acelei târfe cu totul extraordinare.

— Are dreptate doamna Bragança a noastră, mă dojenește Padma. Spune că bărbații n-au nimic în cap în afară de porcării.

Nu o bag în seamă ; o să mă ocup la momentul potrivit atât de doamna Bragança, cât și de sora ei, doamna Fernandes ; deocamdată însă, cea din urmă trebuie să se limiteze la contabilitatea fabricii, iar cea dintâi să aibă grijă de fiul meu. În timp ce eu, ca să mă bucur din nou de atenția revoltatei mele Padma *bibi*, o să spun un basm.

A fost odată ca niciodată, în principatul Kif din nordul îndepărtat, un prinț care avea două fete frumoase, un fiu la fel de chipeș, un automobil Rolls-Royce nou-nouț și relații excelente cu politicienii. Prințul sau nababul credea neabătut în progres, motiv pentru care aranjase logodna fiicei mai mari cu băiatul prosperului și binecunoscutului general Zulfikar, cât despre fata cea mică, avea mari speranțe s-o poată mărita chiar cu fiul președintelui. Legat de mașină, prima văzută vreodată în valea aceea străjuită de munți, o iubea aproape la fel de mult ca pe copii ; îl supăra că supușii lui, care se obișnuiseră să folosească drumurile din Kif pentru ocazii mondene, certuri și jocuri gen „punct lovit la scuipătoare“, refuzau să se dea la o parte din fața ei. A emis o proclamație prin care arăta că mașina reprezintă viitorul și că trebuie să i se facă loc, oamenii au nesocotit anunțul, chiar dacă fusese lipit pe vitrinele magazinelor, pe ziduri și, din câte se zvonea, chiar pe părțile laterale ale vacilor. Al doilea anunț a fost și mai categoric și le-a ordonat cetățenilor să se dea din drum când auzeau claxonul mașinii. Cu toate acestea, locuitorii din Kif au continuat să fumeze, să scuipe și să se rățoiască unii la alții pe străzi. Al treilea anunț, împodobit cu un desen îngrozitor, atrăgea atenția că din clipa aceea mașina îi va călca pe toți cei care nu se dădeau la o parte la auzul claxonului. Kifișii au completat desenul de pe afiș cu imagini noi, chiar mai scandaloase, pe urmă însă nababul, care era un om bun, dar care ajunsese la capătul răbdării, și-a pus în practică amenințarea. Când renumita cântăreață Jamila a sosit cu familia și impresarul ei ca să se producă la logodna verișoarei sale, mașina a dus-o fără probleme de la graniță la palat, iar nababul a rostit mândru : „Nici o grijă, acum mașina e respectată. Progresul și-a spus cuvântul“.

Mutasim, fiul nababului, care călătorise peste hotare și își pieptănase părul lins, reprezenta o sursă de griji pentru tatăl lui; căci, deși era atât de chipeș încât, ori de câte ori se plimba prin Kif, fetele cu bijuterii de argint prinse la nas leșinau sub dogoarea frumuseții lui, nu părea interesat de asemenea lucruri, mulțumindu-se cu poneii de polo și chitara la care interpreta niște cântece occidentale ciudate. Purta sahariene pe care portativele muzicale și denumirile de străzi în limbi străine se ciocneau de corpurile semidezbrăcate ale unor fete cu pielea rozalie. Dar când Jamila Cântăreața, ascunsă în spatele unei *burqa* împodobite cu brocarturi, a ajuns la palat, Mutasim cel Frumos care, fiind plecat atât de des în străinătate, nu auzise de accidentul ei, a început să-și dorească obsesiv să-i vadă chipul, îndrăgostindu-se lulea de ochii triști pe care-i întrezărise prin cearșaful găurit.

Pe vremea aceea președintele Pakistanului anunțase organizarea unor alegeri care aveau să se desfășoare a doua zi după logodnă, sub forma unui sufragiu intitulat Democrația Esențială. Cei o sută de milioane de locuitori ai Pakistanului fuseseră împărțiți în o sută douăzeci de mii de părți aproximativ egale și reprezentate de câte un Democrat Esențial. Colegiul electoral compus din cei o sută douăzeci de mii de D.E. avea să-l aleagă pe președinte. În Kif, printre cei patru sute douăzeci de Democrați Esențiali se numărau *mullahi*, măturători de stradă, șoferul nababului, numeroși oameni care strângeau hașiș de pe moșia acestuia și alți cetățeni loiali; nababul îi invitase pe toți la ceremonia dedicată logodnei fiicei sale. Totuși, fusese obligat să invite și doi mitocani, raportorii Partidului Opoziției Combinate. Cei doi se certau întruna, dar nababul i-a tratat curtenitor și ospitalier. „Astăzi îmi revine onoarea să vă am oaspeți, iar mâine e o altă zi", le-a spus el. Mitocanii au mâncat și au băut de parcă n-ar mai fi stat niciodată la masă, dar toată lumea – inclusiv Mutasim cel Frumos, care își pierdea răbdarea și mai repede decât tatăl lui – a primit dispoziție să se poarte frumos cu ei.

Nu vă va surprinde să aflați că Partidul Opoziției Combinate era o adunătură de escroci și pușlamale de primă mână, uniți doar de hotărârea comună de a-l răsturna pe președinte și de a reveni la zilele nefaste de odinioară. Când cei care se înfruptau din banul public erau civilii, nu soldații; însă, nu se știe cum, își aleseseră un lider formidabil. Era vorba de domnișoara Fatima Jinnah, sora întemeietorului națiunii, o femeie atât de uscată și de bătrână, încât nababul bănuia că de fapt murise de mult și fusese împăiată de un maestru în materie – idee sprijinită și de fiul lui, care văzuse un film pe nume *El Cid*, în care un bărbat mort conducea o ditamai armata în luptă... Oricum, iată că era gata să acționeze, mânată în alegeri de faptul că președintele nu reușise să termine de placat cu marmură mausoleul fratelui ei; era un adversar redutabil, mai presus de orice bănuieli și calomnii. S-a spus chiar că felul în care i se opunea președintelui zdruncinase încrederea în el a oamenilor – în fond, nu era el reîncarnarea marilor eroi de altădată ai Islamului? A lui Mohamed bin Sam Ghuri, a lui Iltutmish și a mogulilor? Până și în Kif nababul observase abțibilduri ale P.O.C. în locuri dintre cele mai ciudate, cineva avusese tupeul să lipească unul pe capota Rolls-ului. „Urâte zile“, i-a spus nababul fiului său. „La asta te duc alegerile“, i-a răspuns Mutasim. „Ce facem, așteptăm să aleagă vidanjorii și croitorii de mâna a șaptea un conducător?“

Însă ziua de azi era una a bucuriilor; în *zenana*, câteva femei desenau arabescuri delicate de henna pe mâinile și picioarele fetei nababului; în scurt timp aveau să sosească generalul Zulfikar și fiul lui, Zafar. Stăpânii din Kif și-au scos din minte alegerile, refuzând să se gândească la silueta pipernicită a Fatimei Jannah, așa-numita *mader-i-millat* sau mama națiunii, care luase decizia implacabilă de a-și zăpăci copiii și de a-i face să nu mai știe pe cine să aleagă.

Și în locul unde se ținea petrecerea în onoarea Jamilei Cântăreața toată lumea era fericită. Tatăl ei, un fabricant de prosoape căruia îi era imposibil să dea drumul mâinii soției, a exclamat: „Vezi? A cui fată cântă aici? E vreuna dintre puștancele lui Haroon? Sau vreo femeie din neamul lui Valika? Pe dracu'!“... Dar fiului, Saleem, un biet tinerel cu o față desprinsă din desene animate, părea cuprins de o indispoziție puternică, poate și fiindcă era copleșit de faptul că era prezent pe scena unor mari evenimente istorice; s-a uitat la sora lui cea dăruită, iar în priviri i s-a putut citi ceva asemănător rușinii.

În după-amiaza aceea, Mutasim cel Frumos l-a luat deoparte pe fratele Jamilei și s-a străduit din greu să și-l facă prieten; i-a arătat lui Saleem păunii importați din Rajasthan înainte de Împărțire și valoroasa colecție de cărți de vrăji a nababului, din care acesta alegea talismane și incantații menite să-l ajute să-și conducă supușii cu înțelepciune; iar în timp ce Mutasim (care nu era cel mai inteligent și mai precaut tânăr din lume) se plimba cu Saleem pe marginea terenului de polo, i-a mărturisit că scrisese un descântec de iubire pe o foiță de pergament, în speranța că avea să i-l vâre în mână celebrei Jamila Cântăreața și s-o facă să se îndrăgostească de el. În clipa aceea, Saleem a început să se comporte ca un dulău fioros și a dat să-i întoarcă spatele; însă Mutasim l-a implorat să-i spună cum arăta de fapt Jamila Cântăreața. Cu toate acestea, Saleem a tăcut, până când Mutasim, pradă unei obsesii nebunești, i-a cerut să-l ducă suficient de aproape de Jamila ca să-i vâre personal descântecul în palmă. Saleem, a cărui expresie perfidă nu a fost observată de Mutasim cel îndrăgostit, i-a spus: „Dă-mie mie pergamentul", iar Mutasim, care, deși expert în geografia marilor orașe europene, nu avea idee de lucrurile magice, i-a încredințat descântecul lui Saleem, convins că va lucra în favoarea lui, chiar și înmânat de altcineva.

La palat se apropia sosirea serii, ca de altfel și momentul apariției convoiului de mașini care-i aduceau pe generalul și pe begum Zulfikar, pe fiul lor Zafar și pe prieteni. Însă acum vântul și-a schimbat direcția și a început să bată dinspre nord: un vânt rece și totodată amețitor, fiindcă în nordul Kif-ului se aflau cele mai bune plantații de hașiș din ținut, iar în acea perioadă a anului plantele se simțeau cel mai bine. În aer plutea parfumul poftelor îmbătătoare ale acestor plante, și toți cei care l-au inspirat au fost mai mult sau mai puțin drogați. Beatitudinea derutantă a plantelor i-a afectat pe șoferii convoiului, care au ajuns la palat printr-o mare baftă, după ce dăduseră peste câteva frizerii în aer liber și năvăliseră cel puțin într-o ceainărie, făcându-i pe locuitorii din Kif să se întrebe dacă nu cumva căruțele acelea fără cai nu aveau să le fure și casele, după ce puseseră deja stăpânire pe străzi.

Vântul dinspre nord a pătruns în nasul uriaș și extrem de sensibil al lui Saleem, fratele Jamilei, și l-a amețit atât de tare, încât l-a făcut să adoarmă la el în cameră, așa că a ratat întâmplările unei seri în care, așa cum a aflat mai târziu, vântul hașașin transformase comportamentul invitaților la logodnă, făcându-i să chicotească nestăpânit și să-și arunce ocheade provocatoare pe sub pleoapele ca de plumb, în timp ce generalii cu piepturile pline de decorații stăteau tolăniți pe scaune aurite și visau paradisul. Ceremonia *mehndi* a avut loc într-o atmosferă de mulțumire somnolentă atât de profundă, încât nu a observat nimeni că mirele s-a destins cu desăvârșire și s-a scăpat în pantaloni; chiar și mitocanii certăreți din P.O.C. s-au luat de braț și au interpretat un cântec popular. Iar când Mutasim cel Frumos, molipsit de poftele neostoite ale plantelor de hașiș, a încercat să se strecoare în spatele cearșafului tivit cu aur și cu o singură gaură în centru, maiorul Aladin Latif l-a oprit cu o jovialitate deplină, împiedicându-l să vadă chipul Jamilei Cântăreața fără să fie nevoie să-i tragă un pumn în nas. Seara a luat sfârșit când toți invitații au adormit la mese; dar Jamila Cântăreața a fost condusă la ea în cameră de Latif cel zâmbăreț și adormit.

La miezul nopții, Saleem s-a trezit și și-a dat seama că ținea în continuare în mâna dreaptă pergamentul fermecat al lui Mutasim cel Frumos, și cum vîntul dinspre nord încă mai sufla blând prin camera lui, s-a decis să se furișeze, în papuci și halat, pe coridoarele întunecate ale mândreței aceleia de palat, pe lângă toate vestigiile strânse laolaltă ale unei lumi în descompunere, pe lângă armurile ruginite și tapiseriile străvechi care ofereau secole întregi de hrană miliardului de molii din palat, pe lângă păstrăvii uriași care înotau în mări de sticlă și pe lângă o sumedenie de trofee de vânătoare, inclusiv o pasăre *teetar* care nu mai avea nici un fel de strălucire, așezată pe o poliță de tec, în amintirea zilei când alt nabab, aflat în compania lordului Curzon și a însoțitorului lui, împușcase 111111 asemenea păsări în douăzeci și patru de ore; s-a strecurat pe lângă statuile păsărilor moarte, în *zenana* unde dormeau femeile din palat, iar apoi, adulmecând aerul, a ales o ușă, a deschis-o și a intrat.

Înăuntru se găsea un pat imens, acoperit cu o plasă de țânțari scăldată într-un șuvoi de lumină incoloră izvorât din luna înnebunitoare a miezului de noapte: Saleem s-a apropiat de pat, dar pe urmă s-a oprit, fiindcă a văzut în dreptul geamului silueta unui bărbat care încerca să intre în cameră. Mutasim cel Frumos, pe care dragostea și vântul îl făcuseră să-și piardă orice jenă și să se decidă să vadă cu orice preț chipul Jamilei... Iar Saleem, invizibil în întunericul din cameră, a strigat: „Mâinile sus sau trag!“ Era doar o cacealma, dar Mutasim, care se ținea cu mâinile de pervazul ferestrei, susținându-și astfel întreaga greutate, nu avea de unde să știe acest lucru și s-a văzut pus în mare încurcătură: să rămână atârnat și să fie ciuruit de gloanțe, sau să-și da drumul și să cadă? A încercat să discute cu celălalt. „Nici tu n-ai ce să cauți aici“, a zis el. „O să-i spun Aminei *begum*.“ Recunoscuse vocea asupritorului; numai că Saleem i-a explicat că se afla într-o poziție vulnerabilă, după care Mutasim s-a rugat de el – „Bine, cum vrei, dar nu trage“ – și a primit permisiunea să coboare pe unde urcase. După ziua aceea, Mutasim și-a convins tatăl să formuleze o cerere oficială în căsătorie și s-o adreseze părinților Jamilei; dar ea, născută și crescută fără dragoste, și-a păstrat vechea ură pentru toți cei care pretindeau că o iubesc și l-a refuzat. Mutasim a plecat din Kif și a ajuns la Karachi; ea tot nu a dat curs propunerilor lui nepotrivite, așa că în cele din urmă tânărul s-a înrolat și a devenit unul dintre martirii războiului din 1965.

Totuși, tragedia lui Mutasim cel Frumos este doar o intrigă secundară în povestea noastră, căci acum Saleem și sora lui au rămas singuri, iar fata, trezită de schimbul de replici dintre cei doi tineri, a întrebat: „Saleem? Ce se-ntâmplă?“

Saleem s-a apropiat de patul surorii lui, mâna lui a căutat-o pe-a ei, iar pergamentul i s-a frecat de piele. Abia în clipa aceea s-a hotărât Saleem, cu limba dezlegată de lună și de briza aducătoare de pofte, să renunțe la orice urmă de puritate și să-și mărturisească dragostea surorii lui rămase cu gura căscată.

S-a lăsat tăcerea, iar apoi ea a strigat: „O, nu, cum poți să...“, dar magia pergamentului avea de înfruntat forța urii nutrite de fată la adresa iubirii; așa că, deși trupul i s-a rigidizat și i s-a încordat ca al unui luptător, i-a ascultat explicațiile și l-a auzit spunând că nu era nici un păcat, se gândise el bine și, în definitv, nu erau frate și soră; sângele care-i curgea prin vine nu era același cu al ei; în briza acelei nopți nebunești, băiatul a încercat să desfacă toate legăturile pe care nu reușise să le dezlege nici măcar mărturisirea lui Mary Pereira; dar, chiar în timp ce vorbea, cuvintele rostite i s-au părut goale și și-a dat seama că, deși spunea exact ce se petrecuse, existau și alte adevăruri, care deveniseră mai importante fiindcă fuseseră sanctificate de timp; și chiar dacă nu era nevoie de rușine sau de onoare, i-a văzut ambele emoții pe frunte, i le-a mirosit pe piele și, mai rău decât atât, a izbutit să le pipăie și să le simtă personal. Prin urmare, nici măcar pergamentul fermecat al lui Mutasim cel Frumos nu a fost destul de puternic ca să-i unească pe Saleem Sinai și Jamila Cântăreața; a ieșit de la ea din cameră ținându-și capul plecat și urmărit de ochii ei de căprioară speriată; cu timpul, efectele vrăjii s-au estompat până la dispariția totală, iar ea s-a răzbunat cumplit. Pe când ieşea din cameră, pe coridoarele palatului a răsunat deodată ţipătul ascuţit al unei prinţese de-abia logodite, care se trezise după ce visase că patul conjugal fusese inundat brusc şi inexplicabil de un lichid gălbui, care mirosea înţepător: ulterior, a făcut cercetări şi, când a descoperit adevărul profetic a ceea ce visase, s-a hotărât să nu ajungă la pubertate atâta timp cât trăia Zafar, ca să poată să rămână în dormitorul acela impunător şi să evite oroarea puturoasă a slăbiciunii lui.

În dimineaţa următoare, cei doi mitocani din Partidul Opoziţiei Combinate s-au trezit la ei în paturi; însă, după ce s-au îmbrăcat, au deschis uşa camerei şi au dat peste doi dintre cei mai solizi soldaţi din Pakistan, stând cuminţi cu puştile încrucişate şi blocându-le drumul. Mitocanii au strigat şi au linguşit, dar soldaţii au rămas pe poziţii până la închiderea secţiilor de votare, şi abia după aceea au dispărut pe nesimţite. Mitocanii l-au căutat pe nabab şi l-au găsit în extraordinara lui grădină de trandafiri; acolo au gesticulat furioşi şi au ridicat vocile; s-a vorbit de un simulacru de justiţie, malversaţiuni electorale şi şicanări, dar nababul le-a arătat treisprezece varietăţi noi ale trandafirilor din Kif, obţinute de el însuşi prin hibridizare. Cei doi au continuat să turuie – moartea democraţiei, tirania autocratică – până când el le-a adresat cel mai calin dintre zâmbete şi le-a spus: „Prieteni, ieri fata mea s-a logodit cu Zafar Zulfikar; în scurt timp, sper că a doua mea fiică o să se mărite cu nimeni altul decât preaiubitul băiat al preşedintelui. Ia gândiţi-vă cât aş fi fost de dezonorat şi în ce scandal mi-ar fi fost târât numele dacă ar fi existat în Kif un singur vot împotriva viitoarelor mele neamuri! Sunt un om pentru care onoarea contează, prieteni. Prin urmare, rămâneţi la mine acasă, mâncaţi, beţi, dar nu-mi cereţi ce nu pot să vă dau".

Şi au trăit cu toţii fericiţi... În orice caz, chiar şi fără încheierea clasică a basmelor, povestea mea ia sfârşit în plină fantezie; căci, după ce Democraţii Esenţiali şi-au făcut datoria, ziarele – *Fang, Dawn, Pakistan Times* – au anunţat victoria zdrobitoare a Ligii Musulmane a preşedintelui în faţa Partidului Opoziţiei Combinate al lui *Mader-i-Millat*, dovedindu-se astfel că am fost doar un umil jongler al faptelor şi că, într-o ţară unde adevărul este impus, realitatea încetează să existe la propriu, în aşa fel încât totul devine posibil, în afară de ceea ce ni se spune că se întâmplă de fapt; poate că asta a fost diferenţa dintre copilăria mea indiană şi adolescenţa pakistaneză – în prima am fost asediat de o infinitate de realităţi alternative, în mijlocul unui număr la fel de mare de falsuri, irealități și minciuni.

O păsărică îmi șoptește la ureche: „Fii corect! Nimeni și nici o țară nu dețin monopolul neadevărului". Accept critica; știu, știu. Și, după niște ani, a știut și Văduva. Și Jamila, pentru care ceea-ce-fusese-sanctificat-drept-adevăr (de Timp, de obiceiuri, de declarația unei bunici, de lipsa de imaginație, de aprobarea unui tată) s-a dovedit mai credibil decât ceea ce știa ea însăși că era adevărat.

Cum a ajuns Saleem la puritate

Ce așteaptă să fie spus: întoarcerea tic-tac-ului. Acum însă timpul se cerne spre un final, nu spre o naștere; există, de asemenea, o uzură care se cere pomenită, o oboseală generală atât de profundă, încât, atunci când va veni, sfârșitul va fi singura soluție, căci ființele omenești, la fel ca națiunile și personajele fictive, pot să-și piardă pur și simplu suflul, iar atunci nu-ți rămâne decât să termini cu ele.

Cum a căzut un țăndărel din lună, cum a ajuns Saleem la puritate... acum ceasul ticăie liniștit; și cum pentru fiecare numărătoare inversă e nevoie de un zero, dați-mi voie să declar că sfârșitul s-a produs pe 22 septembrie 1965 și că momentul precis al sosirii-la-zero a fost, inevitabil, bătaia miezului de noapte. Cu toate că vechiul ceas al bunicului, aflat acum acasă la mătușa Alia și obișnuit să arate mereu ora exactă, bătând însă cu două minute mai devreme, nu a avut ocazia să se facă auzit.

Bunica mea, Naseem Aziz, a ajuns în Pakistan la mijlocul lui 1964, lăsând în urmă o Indie în care moartea lui Nehru declanșase o luptă aprigă pentru putere. Morarji Desai, ministrul de Finanțe, și Jagjivan Ram, cel mai puternic dintre cei fără castă, și-au unit forțele, animați de dorința comună de a împiedica întemeierea unei dinastii Nehru, astfel încât Indira Gandhi nu a fost lăsată să conducă. Noul prim-ministru a fost Lal Bahadur Shastri, un alt membru al acestei generații de politicieni care dădeau impresia că fuseseră conservați pe veșnicie; totuși, în cazul lui Shastri, a fost vorba doar de iluzii, de Maya. Atât Nehru, cât și Shastri au dovedit din plin că sunt muritori; însă tot au rămas o mulțime, care strâng Timpul de degetele lor mumificate și refuză să-l lase să se miște... oricum, în Pakistan ceasurile au ticăit atâta amar de vreme.

Maica Stareță nu a aprobat pe față cariera soră-mii, aducea prea mult a vedetism cinematografic. „Familia mea", i s-a plâns ea lui Pia *mumani*, „e chiar mai puțin, cum îi zice, controlabilă decât prețul benzinei." Totuși, în secret, se prea poate să fie fost impresionată, fiindcă respecta puterea și statutul, iar Jamila urcase între timp atât de mult, încât începuse să fie invitată și primită în cele mai bune case din ținut... Bunică-mea s-a stabilit în Rawalpindi; cu toate acestea, în urma unei ciudate demonstrații de independență, a preferat să nu locuiască în casa generalului Zulfikar. Împreună cu mătușa Pia, s-a mutat într-un bungalou modest din cartierul vechi, după care, cu ajutorul banilor economisiți, au plătit amândouă concesionarea mult visatei stații de benzină.

Naseem n-a pomenit niciodată de Aadam Aziz și nici nu l-a plâns; era ca și cum s-ar fi simțit ușurată că arțăgosul meu bunic, care în tinerețe disprețuise mișcarea din Pakistan și mai mult ca sigur că acuzase Liga Musulmanilor de uciderea bunului său prieten Mian Abdullah, murise și-i permisese astfel să meargă singură în Ținutul Celor Puri. Refuzând să privească în trecut, Maica Stareță s-a concentrat asupra benzinei și a petrolului. Stația avea o poziție foarte bună, fiind situată în apropierea căii de trafic greu dintre Rawalpindi și Lahore, și avea un succes remarcabil. Pia și Nassem stăteau cu rândul în ghereta de sticlă a directorului, în timp ce lucrătorii făceau plinul mașinilor și camioanelor armatei. Cele două realizau combinația magică. Pia atrăgea clienții cu strălucirea unei frumuseți care refuza să se ofilească, în timp ce Maica Stareță, pe care pierderea soțului o transformase într-o femeie mai interesată de viețile celorlalți decât de a ei, s-a obișnuit să-i invite pe cei veniți la stație în ghereta ei de sticlă, unde le oferea cești de ceai trandafiriu din Kashmir; aceștia acceptau cu o oarecare reținere, dar, după ce-și dădeau seama că bătrâna nu avea de gând să-i agaseze cu amintiri interminabile, se destindeau, își dezlegau cravatele și limbile și îi dădeau prilejul Maicii Starețe să se delecteze cu uitarea binecuvântată a vieților celorlalți. Stația de benzină a devenit repede celebră în zonă, iar șoferii au început să facă ocoluri ca să ajungă la ea, adeseori câte două zile la rând, ca să poată să-și clătească privirile cu divina mea mătușă și să-și povestească necazurile veșnic răbdătoarei mele bunici, care căpătase proprietățile absorbante ale unui burete și aștepta întotdeauna ca musafirii ei să termine tot ce aveau de spus, înainte de a-și stoarce de pe buze câteva picături de sfaturi simple și ferme – în timp ce mașinile erau aprovizionate cu benzină și curățate de lucrători, bunică-mea reîncărca și lustruia viețile proprietarilor. Stătea în confesionalul ei de sticlă și rezolva problemele lumii; cu toate acestea, nu părea să mai pună mare preț pe propria familie.

Mustăcioasă, matriarhală, mândră: Naseem Aziz descoperise un mod personal de adaptare la tragedii, dar, descoperind calea, devenise prima victimă a acelui spirit de osteneală detașată care făcea din sfârșit singura soluție posibilă. (Tic, tac)... Totuși, din ce se vedea, nu părea să aibă nici cea mai vagă intenție de a-și urma soțul în grădina de camfor rezervată celor drepți; dădea impresia că avea mai multe în comun cu liderii matusalemici ai Indiei sale abandonate. S-a lățit din ce în ce mai mult, cu o viteză alarmantă, până când, la un moment dat, au fost chemați constructorii ca să-i mărească ghereta de sticlă. „Faceți-o mare de tot“, i-a instruit ea, cu un umor la care apela foarte rar. „Poate c-o să fiu tot aici și peste un, cum îi zece, secol și Allah știe cât o să cresc până atunci. Nu vreau să vă chem la fiecare zece-doișpe ani.“

Totuși, Pia Aziz nu era mulțumită de „statul la pompă“. A început să aibă tot felul de legături cu colonei, jucători de cricket sau de polo și diplomați, ușor de ascuns de ochii unei Maici Starețe pe care nu o mai interesau decât ce făceau străinii, deși aventurile prietenilor Piei ajunseseră pe buzele tuturor locuitorilor din orășel. Mătușa Emerald a chemat-o la ordine pe Pia, care a replicat: „Vrei să bocesc și să-mi smulg părul din cap până-nchid ochii? Sunt încă tânără, tinerii mai pot să umble creanga din când în când“. Emerald, cu o expresie severă: „Dar fii puțin respectabilă... reputația familiei...“ La care Pia a clătinat din cap. „Fii tu respectabilă, surioară“, i-a spus ea. „Eu, una, o să fiu în viață.“

Dar mi se pare că și în atitudinea Piei există ceva găunos, că și ea își simțea personalitatea ștergându-se cu trecerea anilor, că amorurile ei febrile erau o ultimă (și disperată) încercare de a se purta „conform profilului“, așa cum era de așteptat de la o femeie ca ea. Nu se implica profund, undeva în străfundurile ființei sale, aștepta la rându-i un sfârșit... Cei din familia mea au fost dintotdeauna vulnerabili în fața lucrurilor căzute din cer, încă din ziua când Ahmed Sinai a fost plesnit de o mână scăpată din cioc de un vultur, iar până la bolțurile picate din senin mai rămăsese doar un an.

După vestea morții bunicului și cea a sosirii Maicii Starețe în Pakistan, am început să visez în mod repetat Kashmirul; deși nu mă plimbasem în viața mea prin Shalimar-*bagh*, mi s-a întâmplat să pornesc într-acolo noaptea, am plutit în *shikare* și am urcat pe dealul templului Sankara Acharya, cum făcuse și bunicul ; am văzut rădăcini de lotus și munți aidoma unor fălci înfuriate. Poate că și locul ăsta e un aspect al detașării care ne-a cuprins pe toți (în afară de Jamila, care mergea înainte cu gândul la Dumnezeu și la țară) – un memento al felului cum ne delimitasem cu toții atât de India, cât și de Pakistan. În Rawalpindi, bunică-mea bea ceai trandafiriu din Kashmir, în Karachi, nepotul ei era scăldat de apele unui lac pe care nu-l văzuse niciodată. Nu avea să mai treacă mult până când visul despre Kashmir avea să se reverse în mințile restului populației din Pakistan ; conectarea-la-istorie a refuzat să mă abandoneze și am descoperit că, în 1965, visul meu a devenit un bun național și un factor decisiv al sfârșitului tot mai apropiat, când au început să cadă tot felul de lucruri din cer, iar eu am fost în fine purificat.

Saleem nu putea să decadă mai mult ; simțeam cum degaja duhoarea ca de cloacă a propriilor nelegiuiri. Am ajuns în Ținutul Celor Puri și am căutat compania târfelor; în loc să-mi clădesc o viață nouă și demnă, am dat naștere unei iubiri inavuabile (și neîmpărtășite). Luat în stăpânire de începuturile marelui fatalism care urma să mă copleșească, mă urcam pe scuterul Lambretta și colindam străzile orașului ; Jamila și cu mine ne evitam cât mai mult cu putință, incapabili, pentru prima dată în viață, să ne spunem vreun cuvânt unul altuia.

Puritatea – cel mai înalt dintre idealuri ! Virtutea angelică după care fusese dat numele Pakistanului și care răzbătea din fiecare sunet al cântecelor soră-mii ! – părea foarte departe ; de unde era să știu că istoria – care dispunea de puterea de a-i ierta pe păcătoși – efectua chiar atunci o numărătoare inversă spre un moment în care avea să izbutească, dintr-o lovitură, să mă curețe din cap până-n picioare ?

Între timp, începuseră să se consume și alte energii : Alia Aziz pornise să-și urzească răzbunarea cumplită de fată bătrână.

Zilele din Guru Mandir : mirosurile chiflelor și ale mâncărurilor, parfumul languros al umbrei minaretului, degetul lung și întins al moscheii ; în timp ce ura mătușii Alia pentru bărbatul care o părăsise și pentru sora care se măritase cu el se întrupa într-un lucru concret și vizibil, iat-o așezată pe covorul din camera de zi ca o șopârlă uriașă și duhnind a vomă ; dar se părea că eu eram singurul căruia îi ajungea la nas mirosul acela, fiindcă puterea de disimulare a Aliei se dezvoltase la fel de rapid ca firele de păr de pe bărbie și ca îndemânarea cu care își aplica plasturi, pentru a-și smulge seară de seară barba din rădăcini.

Contribuția mătușii Alia la soarta națiunilor – prin școala și colegiul ei – nu trebuia minimalizată. Dar, fiindcă își lăsase vechile frustrări de fată bătrână să se scurgă în programa școlară, în cărămizile și în elevii celor două instituții de învățământ gemene, crescuse un trib de copii și tineri adulți care s-au simțit la un moment dat posedați de un sentiment străvechi al răzbunării, fără să știe întru totul de ce. O, ariditate omniprezentă a mătușilor fecioare! Goliciunea a făcut să i se scorojească tencuiala casei, lemnul mobilierului a început să se umfle din cauza căptușelii aspre a amărăciunii, iar restricțiile de domnișoară bătrână s-au infiltrat pe cusăturile perdelelor. La fel cum se întâmplase odinioară cu lucrurile unui copilaș. O amărăciune croindu-și drum la suprafață prin crăpăturile pământului.

Ce făcea mătușa Alia cu plăcere : gătea. Ce anume ridicase la nivelul unei forme artistice, în timpul nebuniei însingurate a anilor : impregnarea mâncărurilor cu emoții. Pe lângă cine era în continuare vioara a doua în domeniu: pe lângă *ayah* mea de demult, Mary Pereira. De cine au fost depășite azi cele două gospodine bătrâne ? De Saleem Sinai, conservator-șef la fabrica de conserve Braganza... Oricum, cât am locuit în conacul ei din Guru Mandir, ne-a dat să mâncăm *biriani*-uri ale neînțelegerii și *nargisi koftale* ale discordiei, astfel încât, încet-încet, până și armoniile iubirii tomnatice dintre părinții mei au început să sune fals.

Dar despre mătușa mea trebuie spuse și lucruri bune. În politică, a protestat vehement împotriva conducerii-militare-a-mai-știu-eu-cui ; dacă n-ar fi avut un cumnat general, n-ar fi fost de mirare ca școala și colegiul să-i fie luate de pe mână. Dar nu trebuie să o prezint doar din perspectiva întunecoasă a deznădejdii mele personale: efectuase turnee de conferințe în Uniunea Sovietică și în America. În plus, mâncarea ei avea un gust excelent. (În ciuda conținutului ascuns.)

Însă aerul și mâncarea din casa aflată în umbra moscheii au început să-și ceară tributul... Sub dubla influență perturbatoare a iubirii lui îngrozitoare și a mâncării Aliei, Saleem a început să se facă roșu ca sfecla ori de câte ori sora lui i se ivea în gânduri ; în timp ce Jamila, cuprinsă fără să-și dea seama de dorința de a respira aer curat și de a mânca lucruri negarnisite cu emoții plutitoare, a petrecut tot mai puțin timp acolo, preferând să străbată țara în lung și-n lat (dar ocolind Aripa de Est) ca să-și țină concertele. În situațiile din ce în ce mai rare când fratele și sora se găseau în aceeași încăpere, săreau amândoi uimiți câțiva centimetri, iar la aterizare se uitau furioși la locul de unde fuseseră propulsați, de parcă s-ar fi încins brusc la fel de tare ca un cuptor de pâine. În alte ocazii se complăceau într-un comportament al cărui sens le-ar fi fost cât se poate de limpede celorlalți ocupanți ai casei, dacă nu s-ar fi gândit chiar atunci la cu totul altceva; Jamila, de pildă, își luase obiceiul de a-și păstra vălul de călătorie alb cu auriu până când se convingea că fratele ei nu era în casă, chiar dacă simțea c-o ia cu amețeală de cald, în timp ce Saleem – care continua, ca un sclav, să-i aducă pâine dospită de la mănăstirea Sfânta Ignacia – se ferea să i-o înmâneze personal, rugând-o la un moment dat pe veninoasa lui mătușă să joace rolul intermediarului. Alia l-a privit amuzată și l-a întrebat: „Ce-ai pățit, băiete, nu cumva te-ai pricopsit cu vreo boală lumească?" Saleem a roșit violent, temându-se că mătușa lui ghicise că se întâlnise cu femei cărora le plătise serviciile; poate chiar ghicise, dar în orice caz avea planuri mai ambițioase.

...A început, de asemenea, să-i placă să se cufunde în tăceri lungi și contemplative, pe care le întrerupea izbucnind dintr-odată și scoțând câte un cuvânt fără sens: „Nu!", „Dar!" sau chiar exclamații mai secrete, cum ar fi „Bang!" sau „Vruum!" Cuvinte ilogice în mijlocul unor tăceri învăluite în mister: ca și cum Saleem ar fi condus un dialog intern cu atât de multă intensitate, încât fragmente din el sau din durerea lui îi ieșeau din când în când de pe buze fără să vrea. Această zâzanie lăuntrică era fără îndoială agravată de curry-urile neliniștii pe care eram siliți să le mâncăm; iar la sfârșit, după ce Amina n-a mai vorbit decât cu niște lăzi de rufe invizibile, când Ahmed a reușit – după trecerea crizei – doar să chicotească și să lase câte un firicel de salivă să i se prelingă pe la colțul gurii, iar eu am spumegat tăcut în lumea mea privată și ascunsă, probabil că mătușa mea a fost încântată de eficacitatea răzbunării pe clanul Sinai; dacă nu cumva o fi fost și ea secătuită de împlinirea acestor ambiții de demult, situație în care nu ar mai fi avut posibilități, iar în pașii ei s-ar fi ghicit semitonuri goale de conținut, pe când stătea la pândă în casa aceea transformată în spital de nebuni, cu barba acoperită de plasturi depilatori, în vreme ce nepoata ei țâșnea de pe bucățile încinse brusc ale podelei, nepotul ei se trezea urlând „Iaa!" pe nepusă masă, pețitorului ei de odinioară i se prelingea saliva pe bărbie, iar Amina își întâmpina fantomele înviate ale propriului trecut: „Iar ai apărut. Mă rog, de ce nu? Se pare că e imposibil să lași ceva în urmă".

Tic, tac... În ianuarie 1965, mama mea, Amina Sinai, a descoperit că era din nou însărcinată, după o pauză de șaptesprezece ani. După ce a fost sigură, i-a dat vestea bună Aliei, sora cea mai mare, oferindu-i prilejul să-și desăvârșească răzbunarea. Ce i-a spus Alia maică-mii nu s-a aflat nici până în ziua de azi; ce i-a strecurat în mâncare rămâne un mister pe seama căruia se pot face speculații, însă efectul asupra Aminei a fost devastator. A început să fie bântuită de vise în care îi apărea un copil monstruos, cu o conopidă în loc de cap, s-a văzut încolțită de tot felul de apariții ale lui Ramram Seth, iar vechea profeție a copilului cu două capete a început din nou s-o scoată din minți. Maică-mea avea patruzeci și doi de ani, iar temerile (și cele firești, și cele induse de Alia) legate de sarcina la o asemenea vârstă au făcut să pălească aura strălucitoare de care fusese înconjurată din clipa când se apucase să-și îngrijească soțul și să-l aducă spre iubirea lui tomnatică, sub influența *kormelor* răzbunării gătite de mătușa mea – condimentate atât cu nușcoară, cât și cu presimțiri de rău-augur – maică-mii a început să-i fie frică de copil. Odată cu trecerea lunilor, tributul celor patruzeci și doi de ani a fost tot mai mare, greutatea celor patru decenii a sporit de la o zi la alta, strivind-o sub povara vârstei. În cea de-a doua lună, a albit. În cea de-a treia, chipul i s-a stafidit ca un mango putred. În timpul celei de-a patra, devenise o bătrână zbârcită, grasă și suferindă din nou din cauza bătăturilor, pe al cărei chip începuseră să apară inevitabil o mulțime de peri; părea iarăși învăluită într-o mantie a rușinii, ca și cum nașterea unui copil ar fi fost un fapt scandalos în cazul unei femei atât de înaintate în vârstă. Pe când pruncul acelor zile confuze îi creștea în pântece, contrastul dintre tinerețea acestuia și etatea mamei devenise din ce în ce mai mare; acesta a fost momentul când s-a prăbușit într-un fotoliu împletit și a primit vizita spectrelor propriului trecut. Dezintegrarea maică-mii a îngrozit prin bruschețe; aflat în postura observatorului neputincios, Ahmed Sinai s-a speriat dintr-odată, dându-și seama că îl aștepta deriva și că nu mai avea cine să se ocupe de el.

Chiar și acum, îmi vine greu să scriu despre zilele acelea ale sfârșitului tuturor posibilităților, când taică-meu a văzut cum își duce singur fabrica de prosoape la ruină. Efectele vrăjitoriilor culinare ale Aliei (care operau atât prin stomac, când lua masa, cât și prin ochi, când își privea soția) erau limpezi și în cazul lui; a început să conducă prost fabrica și să se enerveze pe forța de muncă.

Ca să rezumăm prăbușirea Fabricii de Prosoape Marca Amina: Ahmed Sinai a deprins aceeași atitudine categorică față de muncitori pe care o avusese cândva în Bombay față de servitorii tratați necorespunzător, începând să le insufle, țesătorilor principali și ambalatorilor deopotrivă, adevărurile eterne ale relației dintre stăpân și servitor. Drept urmare, muncitorii au plecat cu nemiluita, oferindu-i explicații de genul: „Nu sunt vidanjorul dumneavoastră, sahib, sunt țesător calificat de gradul unu“ și în general refuzând să arate recunoștința cuvenită pentru faptul că avusese bunătatea să-i angajeze. Pradă mâniei amenințătoare a mâncării la pachet pe care i-o gătea mătușa mea, i-a lăsat să plece pe toți și i-a înlocuit cu o adunătură de puturoși bădărani care șterpeleau bobine de bumbac și diverse piese ale utilajelor, fiind însă gata să se prosterneze ori de câte ori li se cerea; procentajul de prosoape cu defecte a crescut îngrijorător, contractele nu au fost onorate, iar numărul de comenzi a scăzut vertiginos. Ahmed Sinai a început să aducă acasă munți întregi – cât Himalaya! – de prosoape refuzate, căci depozitul fabricii era plin ochi de produsele sub standardul de calitate ale proastei lui administrări; s-a reapucat de băut, iar în vara acelui an casa din Guru Mandir s-a cutremurat sub povara obscenităților pe care le-a strigat în timpul bătăliei cu *djinn*-ii, pe când noi trebuia să slalomăm atent printre Everesturile și Nanga-Parbat-urile de prosoape de pluș cu defecte, care tiveau coridoarele și vestibulul.

Ne dăduserăm singuri pe mâna furiei îndelung mocnite a mătușii mele grăsane; cu excepția Jamilei, care a avut cel mai puțin de suferit, am pățit-o foarte urât cu toții. A fost o perioadă dureroasă și nedumeritoare, în care dragostea părinților mei s-a dezintegrat sub dubla povară a nou-născutului și a vechilor supărări ale mătușii mele; treptat deruta și ruina s-au cernut pe ferestrele casei și au pus stăpânire pe inimile și mințile nației, așa că în clipa începerii războiului, și el a fost învăluit de același abur amețitor și ireal în care începuserăm să trăim.

Taică-meu se îndrepta cu pași siguri spre un atac; dar, înainte de declanșarea bombei din capul lui, s-a aprins un alt fitil; în aprilie 1965 am auzit de incidentele bizare din *Rann*-ul Kutch.

În timp ce ne zbăteam ca muștele în plasa răzbunării ticluite de mătușa mea, moara istoriei a continuat să macine. Reputația președintelui Ayub era în descreștere; au apărut zvonuri care n-au putut fi infirmate, în legătură cu falsificarea alegerilor din 1964. Mai era și problema fiului președintelui, Gauhar Ayub, ale cărui enigmatice Gandhara Industries l-au făcut „multi-multi“ peste noapte. O, nesfârșită înșiruire de fii mârșavi ai celor mari! Gauhar, cu intimidările și vorbele lui pompoase; mai târziu, în India, Sanjay Gandhi, cu Uzina de Autoturisme Maruti și Congresul Tineretului, iar cel mai recent dintre toți, Kanti Lal Desai... Fiii celor mari își distrug părinții. Însă și eu am un fiu; Aadam Sinai, sfidând precedentul, o să schimbe sensul relației. Fiii pot fi mai buni decât tații lor, dar și mai răi... Totuși, în aprilie 1965, în aer zumzăiau toate greșelile fiilor. Al cui băiat era cel care a escaladat pereții reședinței prezidențiale pe 1 aprilie – care tată necunoscut l-a zămislit pe individul dubios care s-a apropiat de președinte și a încercat să-l împuște în burtă? Din fericire pentru ei, unii tați rămân niște anonimi ai istoriei; în orice caz, asasinul a eșuat, fiindcă i s-a blocat pistolul ca prin minune. Fiul cuiva a fost luat de polițiști și dus să i se scoată dinții unul câte unul, să i se ardă degetele și să i se lipească, fără îndoială, țigări aprinse de vârful penisului, așa că ipoteticul și nenumitul atentator nu avea să încerce, probabil, nici o consolare la gândul că fusese purtat de un flux al istoriei în care s-a constatat adeseori că fiii (umili sau de familie bună) s-au purtat extraordinar de urât. (Nu, nu mă sustrag.)

Divorțul dintre știri și realitate: ziarele citau diverși economiști străini – PAKISTAN, UN MODEL PENTRU NOILE NAȚIUNI ÎN CURS DE DEZVOLTARE – în timp ce țăranii blestemau așa-numita „revoluție verde“, susținând că majoritatea fântânilor săpate recent fuseseră inutile, otrăvite și oricum prost plasate; în vreme ce editorialele elogiau probitatea de care dădeau dovadă conducătorii națiunii, zvonurile dense ca niște nori de muște pomeneau de niște conturi bancare elvețiene și de noile mașini americane ale fiului președintelui. Ziarul *Dawn* din Karachi vorbea de zorii unei noi ere – LA UN PAS DE NORMALIZAREA RELAȚIILOR INDO-PAKISTANEZE? – dar, în *Rann*-ul Kutch, un alt fiu necorespunzător descoperea cu totul altceva.

În orașe, miraje și minciuni, spre nord, în zona munților înalți, chinezii construiau drumuri și pregăteau explozii nucleare, dar e momentul să trecem de la general la particular sau, ca să fim mai exacți, la fiul generalului, vărul meu, incontinentul Zafar Zulfikar. Care a devenit, între aprilie și iulie, arhetipul numeroșilor fii dezamăgitori din ținut; prin intermediul lui, istoria arăta totodată cu degetul spre Gauhar, spre Sanjay, omul viitorului, spre Kanti Lal, cel care avea să vină, și – firește – spre mine.

Așa deci – vărul Zafar. Cu care aveam multe în comun pe vremea aceea... Inima mea deborda de o iubire interzisă, pantalonii lui debordau la rându-le, în ciuda strădaniilor lui, de ceva mult mai concret, dar la fel de nepermis. În ce mă privește, visam cupluri mitice, și fericite, și născute sub o stea nenorocoasă – Shah Jehan și Mumtaz Mahal, dar și Montague și Capulet; el își visa logodnica din Kif, a cărei neputință de a ajunge la pubertate chiar și după ce împlinise șaisprezece ani o făcuse, probabil, să pară în gândurile lui întruparea fantastică a unui viitor de neatins... În aprilie 1965, Zafar a fost trimis să efectueze manevre în zona *Rann*-ului Kutch, controlat de pakistanezi.

Cruzimea contingentului față de cei slabi de vezică: cu toate că avea gradul de locotenent, Zafar ajunsese de râsul întregii baze militare de la Abbottabad. Circula o poveste cum că i se dăduse ordin să poarte un echipament de protecție ca un balon în jurul organelor genitale, ca să nu profaneze măreața uniformă a armatei pakistaneze; când trecea prin dreptul simplilor *jawan*-i, aceștia își umflau obrajii, de parcă ar fi vrut să sufle aer într-un balon. (Toate astea au fost făcute cunoscute mai tîrziu, în declarația înlăcrimată pe care a făcut-o după ce a fost arestat pentru crimă.) E posibil ca detașarea lui Zafar în *Rann*-ul Kutch să fi fost gândită de un superior plin de tact care încercase să-l scoată din bătaia focului nimicitor al poantelor făcute la Abbottabad... Incontinența l-a sortit pe Zafar Zulfikar unei crime la fel de urâte ca a mea. Eu mă îndrăgostisem de soră-mea, pe când el... dar haideți să vă spun povestea așa cum se cuvine.

Încă de la Împărțire, *Rann*-ul avea statutul de „teritoriu în litigiu“, chit că în realitate nici una dintre părți nu avea chef să și-l dispute. Pe delușoarele situate de-a lungul paralelei 23, care era frontiera neoficială, guvernul pakistanez ridicase o serie de puncte de control al graniței, fiecare cu o garnizoană compusă din șase oameni și un turn de fier. Câteva dintre aceste posturi de pază au fost ocupate pe 9 aprilie 1965 de trupe ale armatei indiene; forța pakistaneză care efectuase manevre în zonă și din care făcea parte și Zafar s-a angajat într-o luptă frontalieră care a durat optzeci și două de zile. Războiul din *Rann* s-a întins până la 1 iulie. Acestea sunt datele concrete; însă toate celelalte stau ascunse în atmosfera de două ori confuză a irealității și a aparențelor, care afecta pe atunci tot ce se petrecea în regiune și îndeosebi evenimentele din fantasmagoricul *Rann*... Așa că povestea pe care o s-o spun și care e preluată aproape integral de la vărul Zafar are la fel de multe șanse să fie adevărată ca orice altceva; ca orice altceva, în afară de ceea ce ni s-a comunicat oficial.

...Pe când tinerii soldați pakistanezi pătrundeau pe terenul mlăștinos al *Rann*-ului, frunțile li s-au acoperit de o transpirație rece și lipicioasă și au început să se teamă de lumina verde ca plantele de pe fundul unei mări; s-au apucat să spună povești care i-au speriat și mai rău, legende ale unor lucruri cumplite care au avut loc în această zonă-amfibie, ale unor fiare marine diavolești, cu ochii strălucitori, ale unor femei-pești care stăteau cu ihtiocapetele sub apă și respirau, în timp ce jumătățile inferioare omenești, goale și perfect modelate, zăceau pe mal, ademenindu-i pe nesăbuiți în mrejele unor acte sexuale ucigătoare, căci se știe doar că nimeni nu scapă cu viață după ce face dragoste cu o femeie-pește... Prin urmare, când au ajuns la posturile de pază de la graniță și au intrat în război, erau o adunătură de tineri de șaptesprezece ani speriați din cale-afară, și ar fi fost nimiciți cu siguranță, numai că adversarii lor indieni înduraseră aerul verde al *Rann*-ului chiar mai mult decât ei; așa stând lucrurile, în lumea aceea a vrăjitorilor a avut loc un război în care fiecărei tabere i s-a părut că vede arătări diavolești luptând de partea dușmanilor; însă, în cele din urmă, forțele indiene au cedat; mulți dintre soldații lor s-au aruncat la pământ, plângând amarnic și mulțumindu-i lui Dumnezeu că se terminase; ei au povestit despre arătările ca niște cetacee care noaptea dădeau ocol târâș posturilor de pază, ca și despre duhurile plutitoare ale oamenilor înecați, cu burțile pline de scoici și de cununițe din alge.

Ce au spus soldații indieni care se predau și care se aflau în raza auditivă a vărului meu: „Oricum, în posturile astea de pază nu era nimeni: am văzut că-s goale și-am intrat".

La început, misterul posturilor de pază părăsite nu i-a mirat pe tinerii soldați pakistanezi, cărora li s-a ordonat să le ocupe până la trimiterea altor efective. Vărul meu, locotenentul Zafar, a descoperit că se ușura cu o frecvență incredibilă pe întreaga durată a celor șapte nopți petrecute la unul dintre posturi, însoțit doar de cinci *jawan*-i. În timpul nopții pline de țipetele vrăjitoarelor și de deplasările târâș ale nenumitelor făpturi ale beznei, cei șase tineri au ajuns într-o stare de spirit atât de jalnică, încât nu a mai râs nimeni de vărul meu, scăpându-se la rândul lor în pantaloni cu toții. Unul dintre *jawan*-i a șoptit terorizat, simțindu-se înconjurat de răul fantomatic al penultimei nopți petrecute acolo: „Băieți, să știți că, dac-ar trebui să-mi câștig pâinea stând aici, aș fugi și eu mâncând pământul!“

Aduși în situația de a tremura ca piftia, soldații au asudat mai departe în *Rann*; iar în ultima noapte li s-au adeverit cele mai rele temeri, fiindcă au văzut o armată de fantome ieșind din întuneric și îndreptându-se spre ei; se aflau la postul de pază cel mai apropiat de țărmul mării, iar în lumina verzuie a lunii au zărit pânzele unor vase ireale, ale unor *dhow*-uri-fantomă; armata de fantome s-a apropiat implacabil, în ciuda țipetelor scoase de soldați, iar spectrele aveau piepturile acoperite de mușchi vegetal și duceau niște tărgi pe care fuseseră îngrămădite o mulțime de lucruri invizibile; când armata de fantome a intrat pe ușă, vărul Zafar s-a aruncat la pământ și a început să scoată o serie de sunete nearticulate, oferind un spectacol oribil.

Prima fantomă care a pătruns în postul de pază avea câțiva dinți lipsă și un cuțit cu lama curbată prins la centură; când i-a văzut pe soldații din colibă, ochii i s-au aprins de furie.

— Pentru numele lui Dumnezeu! a spus căpetenia stafiilor. Ce căutați aici, jigodii incestuoase? N-ați fost plătiți cum trebuie?

Nu erau fantome, ci contrabandiști. Cei șase tineri soldați s-au găsit în postura absurdă a unei terori abjecte și chiar dacă au încercat să îndrepte lucrurile, rușinea lor a fost copleșitoare și totală... Iată, acum ajungem la miezul problemei. În numele cui operau contrabandiștii? Care a fost numele care a ieșit de pe buzele șefului de bandă, făcându-l pe vărul meu să se holbeze îngrozit? Ale cui erau averile care, clădite inițial pe nefericirea familiilor hinduse fugite în 1947, au fost sporite acum de aceste convoaie de contrabandiști care acționau primăvara și vara prin *Rann*-ul nepăzit și de acolo în orașele din Pakistan? Care general cu fața de țandărică și vocea subțire ca o lamă de ras se afla la comanda trupelor-fantomă?... Dar o să mă concentrez asupra faptelor. În iulie 1965, vărul meu Zafar s-a întors în permisie la casa tatălui său din Rawalpindi; iar într-o dimineață s-a îndreptat încet spre dormitorul acestuia, purtând pe umeri nu doar amintirea a o mie de umilințe și lovituri din copilărie, nu doar rușinea incontinenței lui de-o viață, ci și conștiința faptului că propriul lui tată fusese răspunzător pentru cele-întâmplate-la-*Rann*, când Zafar Zulfikar ajunsese să bolborosească prăbușit la pământ. Vărul meu și-a găsit părintele în cada de lângă pat și i-a tăiat gâtul cu un cuțit de contrabandist, cu lama lungă și curbată.

Ascuns în spatele relatărilor din ziare – MIȘELEASCA INVAZIE A INDIENILOR RESPINSĂ DE BRAVII NOȘTRI SOLDAȚI – adevărul despre generalul Zulfikar a devenit un lucru fantomatic și nesigur; mituirea gărzilor de la postul de pază s-a transformat, în ziare, în MASACRAREA SOLDAȚILOR INOCENȚI DE CĂTRE *FAUJ*-II INDIENI; și cine a răspândit povestea vastelor activități de contrabandă ale unchiului meu? Care dintre generali, care dintre politicieni nu dispunea de radiourile cu tranzistori ale ilegalității unchiului, instalațiile de aer condiționat și ceasurile de import ale păcatelor lui? Generalul Zulfikar a murit; vărul Zafar a intrat la închisoare și a fost cruțat de căsătoria cu o prințesă din Kif care refuza cu încăpățânare să aibă menstruație tocmai ca să nu se mărite cu el; iar incidentele din *Rann* au devenit, cum s-ar zice, scânteia care a declanșat focul mai intens din august, focul sfârșitului, în care Saleem și-a dobândit într-un târziu puritatea evazivă, contrar propriei voințe.

Cât despre mătușa Emerald, i s-a dat voie să emigreze; deja făcuse pregătiri în acest sens, intenționând să plece în Anglia, la Suffolk, unde avea să stea cu fostul comandant al soțului ei, generalul-maior Dodson, care începuse, în senilitatea lui, să-și petreacă timpul în compania altor ofițeri la fel de ramoliți, care fuseseră în India, uitându-se la filmele vechi de la Delhi Durbar și la sosirea lui George al V-lea la Poarta Indiei... Abia aștepta uitarea goală a nostalgiei și iernile din Anglia când a început războiul și ni s-au rezolvat toate aceste probleme.

În prima zi a „falsei păci“, care avea să dureze doar treizeci și șapte de zile, Ahmed Sinai a căzut victimă unui atac cerebral. Acesta i-a paralizat întreaga parte stângă, readucându-l la faza salivărilor și chicotelilor din copilărie; îngâna, și el, cuvinte fără noimă, arătând o preferință evidentă pentru năstrușnicele denumiri pe care le dădeau copiii excrementelor. Chicotind și spunând „Caca!“ și „Răhățelu'!“, taică-meu a ajuns la sfârșitul schimbătoarei lui cariere, pierzând pentru ultima oară atât busola care-i arăta drumul drept în viață, cât și bătălia cu *djinn*-ii. Cotcodăcea bezmetic în mijlocul prosoapelor cu defecte ale vieții lui; în mijlocul acelorași prosoape, strivită sub greutatea sarcinii ei monstruoase, maică-mea își înclina cu gravitate capul când era vizitată de pianola Lilei Sabarmati, de fantoma fratelui ei Hanif sau de două mâini care dansau în jurul mâinilor ei, tot mai aproape, ca fluturii care se apropie de o flacără... Comandantul Sabarmati a venit s-o vadă ținându-și bastonul ciudat în mână, iar Nussie-rățușca a șoptit: „Sfârșitul, soră Amina! Sfârșitul lumii!“ în urechea ei stafidită... Acum însă, după ce mi-am croit drum prin realitatea morbidă a anilor petrecuți în Pakistan și după ce m-am chinuit să pun nițică ordine în ceea ce părea (prin ceața iscată de răzbunarea mătușii Alia) o serie cumplită și ocultă de represalii pentru că am plecat din Bombay și am ajuns un dezrădăcinat, am ajuns la momentul în care trebuie să vă vorbesc despre sfârșituri.

Dați-mi voie să afirm fără echivoc: sunt ferm convins că scopul secret al războiului indo-pakistanez din 1965 a fost nici mai mult, nici mai puțin decât ștergerea întunecatei mele familii de pe fața pământului. Pentru înțelegerea istoriei recente a vremurilor noastre, e nevoie doar de analizarea modelului de executare a bombardamentelor cu un ochi analitic, fără prejudecăți.

Până și sfârșiturile au începuturi; totul trebuie istorisit secvențial. (Oricum, o am alături pe Padma, care îmi dejoacă toate încercările de a pune căruța înaintea cailor.) Pe 8 august 1965, istoria familiei mele ajunsese să arate atât de hidos, încât ceea-ce-s-a-realizat-prin-bombardamente ne-a luat o piatră de pe inimă. Nu, fie-mi permis să folosesc cuvântul acela important: dacă voiam să fim purificați, probabil că era nevoie de ceva de dimensiunile a ceea ce a urmat.

Alia Aziz, satisfăcută de răzbunarea ei cumplită; mătușa Emerald rămasă văduvă și așteptându-și exilul; lascivitatea găunoasă a mătușii Pia și retragerea bunicii Naseem Aziz înăuntrul unei gherete de sticlă; vărul Zafar, cu prințesa lui veșnic prepuberală și viitorul marcat de udarea saltelelor din pușcărie; replierea în infantilism a tatălui meu și îmbătrânirea bântuită, accelerată a gravidei Amina Sinai... toate aceste mari suferințe aveau să fie vindecate ca urmare a adoptării de către guvern a visului meu de a vizita Kashmirul. Între timp, refuzul neînduplecat al surorii mele de a-mi împărtăși iubirea mă adusese într-o stare de spirit profund fatalistă;

sub influenţa nou-apărutei indiferenţe cu privire la propriul viitor, i-am spus unchiului Puffs că eram gata să mă însor cu oricare dintre Puffiile la care s-ar fi gândit. (Făcând asta, le-am condamnat pe toate; oricine încearcă să închege legături cu familia noastră ajunge să-i împărtăşească soarta.)

Mă străduiesc să nu mai induc în eroare. E important să ne concentrăm asupra faptelor precise şi concrete. Dar care fapte? Cu o săptămână înainte să împlinesc optsprezece ani, pe 8 august, au trecut sau nu trupele pakistaneze îmbrăcate în civil dincolo de zona de încetare a focului din Kashmir, ca să se infiltreze în sectorul indian? La Delhi, prim-ministrul Shastri a anunţat „infiltrări masive... pentru destabilizarea statului"; dar iată-l pe Zulfikar Ali Bhutto, ministrul de externe al Pakistanului, ripostând imediat: „Negăm categoric orice amestec în ridicarea locuitorilor din Kashmir împotriva tiraniei".

Dacă infiltrarea a avut loc, care au fost motivele? Din nou, o sumedenie de explicaţii posibile: furia permanentă stârnită de *Rann*-ul Kutch? Sau poate dorinţa de a lămuri odată pentru totdeauna vechea discuţie despre a-cui-ar-fi- trebuit-să-fie-Valea-Perfecţiunii?... Eventual, un motiv care n-a apărut în presă: presiunile tulburărilor politice interne din Pakistan – guvernul lui Ayub se clătina, or, să ştie că în asemenea situaţii un război poate face minuni. Ei bine, care a fost cauza? Pentru a simplifica lucrurile, vă prezint două dintre explicaţiile mele: războiul a avut loc fiindcă am visat Kashmirul în fanteziile conducătorilor noştri; mai mult decât atât, am rămas impur, iar războiul urma să mă despartă de propriile păcate.

Jihad-ul, Padma! Războiul sfânt!

Dar cine a declanşat atacul? Cine s-a apărat? Când am împlinit optsprezece ani, realitatea a suferit o nouă înfrângere gravă. De pe meterezele Fortului Roşu din Delhi, un prim-ministru indian (altul decât cel care îmi trimisese cândva demult o scrisoare) mi-a expediat următoarea felicitare: „Promitem că vom răspunde la forţă prin forţă şi că agresiunea împotriva noastră nu va avea niciodată sorţi de izbândă!" În timp ce jeepurile dotate cu megafoane mă salutau în Guru Mandir, liniştindu-mă: „Agresorii indieni vor fi izgoniţi până la unul! Suntem un neam de războinici! Un *pathan*, un musulman din Punjabi face cât zece filfizoni înarmaţi de-ai lor!"

Jamila Cântăreaţa a fost chemată în nord, ca să-i îmbărbăteze pe *jawan*-ii noştri care făceau cât zece. Un servitor vopseşte ferestrele cu un negru de camuflaj; noaptea, taică-meu, în imbecilitatea celei de-a doua lui copilării, deschide geamurile și aprinde luminile. Cărămizi și pietre zboară prin deschizături: cadourile pentru ziua când împlinesc optsprezece ani. Iar evenimentele devin din ce în ce mai derutante: pe 30 august, trupele indiene au trecut dincolo de zona de armistițiu de lângă Uri ca să-i „alunge pe invadatorii pakistanezi" sau ca să inițieze un atac? Pe 1 septembrie, când soldații noștri de zece ori mai buni decât ai lor au traversat linia, la Chhamb, au fost sau nu agresori?

Câteva certitudini: vocea Jamilei Cântăreața i-a însoțit pe soldații pakistanezi când și-au găsit moartea; și că muezinii ieșiți în minarete – da, chiar și pe Clayton Road – ne-au făgăduit că toți cei care piereau în luptă aveau să meargă direct în grădina de camfor. Filosofia mujahedină[1] a lui Syed Ahmad Barilwi plutea în aer, eram invitați să facem sacrificii „fără precedent".

Cât despre știrile de la radio, ce distrugeri, ce prăpăd! În primele cinci zile ale războiului, Vocea Pakistanului a anunțat doborârea mai multor avioane inamice decât avusese vreodată India; în opt zile, Radio All-India a masacrat armata pakistaneză până la ultimul om și chiar mult dincolo de el. Zăpăcit complet de dubla nebunie a războiului și a vieții personale, am început să nutresc gânduri disperate...

Mari sacrificii: în bătălia de la Lahore, de exemplu? Pe 6 septembrie, trupele indiene au trecut granița la Wagah, lărgind astfel extrem de mult frontul războiului, care nu s-a mai limitat la Kashmir; ia să vedem, s-au făcut sacrificii mari sau nu? E adevărat că orașul rămăsese, practic, fără apărare, fiindcă armata și aviația pakistaneză erau masate în sectorul Kashmir? Vocea Pakistanului a spus: O, zi memorabilă! O, lecție indiscutabilă despre fatalitatea întârzierii! Siguri pe capturarea orașului, indienii *s-au oprit ca să ia micul dejun.* Radio All-India a anunțat căderea orașului Lahore; între timp, un avion particular i-a depistat pe invadatorii așezați la micul dejun. Pe când B.B.C.-ul prelua relatarea A.I.R., a fost mobilizată miliția din Lahore. Ascultați Vocea Pakistanului – bătrâni, tineri, mame furioase au luptat cu toții împotriva armatei indiene; au construit pod după pod, cu toate armele disponibile! Bărbați șchiopi și-au umplut buzunarele cu grenade,

1. Tendință islamică de interpretare a tradițiilor în funcție de împrejurări și de interesul de moment.

le-au scos cuiul de siguranță și s-au aruncat sub tancurile indiene care înaintau; babornițe știrbe i-au spintecat cu furcile pe filfizonii înarmați ai dușmanilor! Au murit cu toții, inclusiv copiii, dar au salvat orașul, ținându-i în loc pe indieni până la intervenția aviației! Martiri, Padma! Eroi hărăziți grădinii înmiresmate! Unde bărbaților aveau să li se dăruiască patru fecioare preafrumoase, neatinse de mână de bărbat sau de *djinn*, iar femeilor, patru masculi la fel de virili! *Pe care dintre binecuvântările Domnului ați refuzat-o?* Ce ciudățenie e războiul ăsta sfânt, în care, printr-un sacrificiu suprem, bărbații își pot răscumpăra toate relele dintr-o viață! Nu-i de mirare că Lahore a fost apărat; ce aveau de așteptat indienii? Reîncarnarea eventual ca gândac, scorpion sau vraci naturist – și-atâta tot, zău că nu se compară.

Dar cum a fost la urmă? Chiar așa s-a întâmplat? Sau cei de la Radio All-India – *o mare încleștare între tancuri, pierderi pakistaneze uriașe, 450 de tancuri distruse* – au spus adevărul?

Nimic nu a fost adevărat; nimic sigur. Unchiul Puffs, venit în vizită la casa de pe Clayton Road, nu mai avea nici un dinte în gură. (În timpul războiului dintre India și China, când aveam alte loialități, maică-mea dăruise brățări și cercei de aur în cadrul campaniei „Un sacrificiu pentru armament"; dar ce mai însemna asta pe lângă sacrificiul unei întregi danturi de aur!) „Națiunea", a zis el abia deslușit din cauza gingiilor fără dinți, „nu trebuie să rămână naibii fără fonduri din cauza orgoliului cuiva!" – A spus cuvintele astea sau nu? Au fost dinții sacrificați de-adevăratelea în numele războiului sfânt sau au fost ascunși acasă într-un bufet? „Mă tem", a continuat unchiul Puffs, clămpănind din gingii, „că o să trebuiască să mai aștepți zestrea aia specială pe care ți-am promis-o." – Naționalism sau meschinărie? A fost dezvelirea gingiilor o probă supremă de patriotism sau un șiretlic de ultimă speță, menit să evite umplerea gurii uneia dintre Puffii cu aur?

Dar parașutiștii au existat sau nu? „...fost trimiși în desant asupra tuturor orașelor importante", a anunțat Vocea Pakistanului. „Toți cei apți de luptă trebuie să rămână treji și înarmați; după începerea interdicției de circulație, trageți fără somație." Dar postul de radio din India a declarat: „În ciuda provocării aruncate de raidul aerian pakistanez, nu am ripostat!" Pe cine să crezi? Au declanșat efectiv bombardierele pakistaneze acel „Raid curajos" care a surprins o treime din aviația indiană la sol și neputincioasă? Da sau nu? Și cum rămâne cu dansurile nocturne de pe cer, în care avioanele Mirage și Mystère ale pakistanezilor s-au înfruntat cu atât de romantic intitulatele Mig-uri indiene? S-au războit mirajele și misterele islamice cu invadatorii hinduși sau am avut de-a face doar cu o iluzie uluitoare? S-au lansat bombe? Au fost adevărate exploziile? S-a putut confirma fie și numai o moarte?

Dar Saleem? El ce-a făcut în război?

Asta: așteptând să fiu recrutat, am plecat în căutarea bombelor prietenești, nimicitoare, narcotizante și aducătoare de Paradis.

Teribilul fatalism care mă copleșise în ultimul timp căpătase o formă și mai teribilă; cufundându-mă în dezintegrarea familiei, a ambelor țări cărora le aparținusem și a tot ceea ce putea fi considerat real fără teama de a greși, pierdut în amarul iubirii mele murdare și neîmpărtășite, am căutat uitarea... Sună prea nobil; vorbele meșteșugite nu-și au rostul. Pe șleau: am pornit pe străzile orașului cu scuterul, în puterea nopții, ca să-mi caut moartea.

Cine a murit în războiul sfânt? Cine a găsit ceea ce căutam eu, îmbrăcat cu o *kurta* albă, strălucitoare, cu pijama și călare pe Lambretta în mijlocul străzilor pe care era interzis să circuli? Cine a fost martir de război și a ajuns direct într-o grădină parfumată? Studiați felul cum s-au grupat bombele lansate și descoperiți secretele focurilor de armă.

În seara zilei de 22 septembrie, au avut loc raiduri aeriene asupra tuturor orașelor pakistaneze. (Chiar dacă Radio All-India a ...) Avioanele, reale sau fictive, au lansat bombe concrete sau mitice. Prin urmare, este fie un lucru cert, fie scorneala unei minți bolnave, că dintre singurele trei bombe care au lovit Rawalpindi și au explodat, prima a aterizat pe bungaloul în care bunica Naseem Aziz și mătușa Pia se ascunseseră sub masă, a doua a distrus o aripă a închisorii orașului și l-a scutit pe vărul Zafar de o viață petrecută în detenție, iar a treia a făcut zob un conac mare, întunecat și înconjurat de ziduri păzite de niște santinele care, deși aflate la post, n-au putut s-o împiedice pe Emerald Zulfikar să ajungă într-un loc mai îndepărtat decât Suffolk-ul. În seara aceea îi avea musafiri pe nababul din Kif și pe fiica lui care refuza cu îndărătnicie să se maturizeze și care a fost la rândul ei cruțată de povara de a deveni femeie în toată firea. Și în Karachi au fost de-ajuns tot trei bombe. Nevrând să se apropie prea mult de sol, avioanele indiene au bombardat de la mare înălțime, iar marea majoritate a bombelor au căzut în ocean, fără să provoace pagube. Totuşi, una dintre ele l-a anihilat pe maiorul (în rezervă) Aladin Latif şi pe toate cele şapte Puffii, dezlegându-mă astfel definitiv de promisiunea făcută; şi au rămas ultimele două bombe. Între timp, pe front, Mutasim cel Frumos a ieşit din cort ca să se ducă la closet, un sunet ca un bâzâit de ţânţar s-a îndreptat (sau nu s-a îndreptat) fulgerător spre el, ucigându-l cu vezica plină la impactul cu glonţul unui lunetist.

Dar tot trebuie să vă spun despre ultimele două bombe.

Cine a supravieţuit? Jamila Cântăreaţa, pe care bombele nu au reuşit s-o găsească; în India, familia unchiului Mustafa, care nu prezenta nici o urmă de interes pentru bombe; însă Zohra, ruda îndepărtată şi dată uitării, împreună cu soţul ei se mutaseră între timp la Amritsar, unde o bombă le-a dat şi lor de urmă.

Iar celelalte-două-bombe cer să li se spună povestea.

...Între timp, fără să-mi dau seama de legătura intimă dintre război şi propria persoană, plecam ca un smintit în căutarea bombelor; mergeam cu scuterul după începerea interdicţiei de circulaţie, dar gloanţele soldaţilor vigilenţi nu-şi atingeau ţinta... iar cearşafurile de flăcări se ridicau dintr-un bungalou din Rawalpindi, cearşafuri găurite în centrul cărora se găsea o misterioasă gaură neagră, care se transforma în imaginea fumegândă a unei bătrâne grase, cu negi pe obraji... şi, membru cu membru, războiul mi-a şters familia secătuită şi fără speranţă de pe faţa pământului.

Dar acum numărătoarea inversă a ajuns la final.

În cele din urmă, mi-am întors Lambretta spre casă, aşa că am ajuns la sensul giratoriu de la Guru Mandir în timp ce deasupra se auzea vuietul avioanelor, miraje şi mistere, în timp ce taică-meu, în idioţenia atacului suferit, aprindea luminile şi deschidea ferestrele, deşi un reprezentant al Protecţiei Civile tocmai trecuse pe la ei ca să constate cât de bine fusese realizat camuflajul, pe când Amina Sinai îi spunea spectrului unei lăzi de rufe vechi şi albe: „Acum du-te, mi-a ajuns cât te-am văzut“, treceam în scuter pe lângă jeepurile Protecţiei Civile, din care mă salutau nişte pumni furioşi; înainte ca pietrele şi cărămizile să stingă luminile din casa mătuşii Alia, s-a auzit vaietul acela, iar eu ar fi trebuit să ştiu că n-avea rost să-mi mai caut moartea în altă parte, dar mă găseam tot pe stradă, în umbra din miez de noapte a moscheii, când mi-a ajuns la urechi, coborând în picaj spre ferestrele luminate ale idioțeniei lui taică-meu, moartea urlând aidoma unor câini vagabonzi, transformându-se în zidărie prăbușită, în cearșafuri de flăcări și într-un val atât de puternic, încât m-a dat de-a berbeleacul de pe Lambretta, în vreme ce, în casa uriașei amărăciuni a mătușii mele, tata, mama, mătușa, și sora nenăscută, care mai avea o săptămână până să-și înceapă viața, au fost cu toții, chiar așa, cu toții, striviți și aplatizați ca niște clătite, sub casa care s-a prăbușit peste ei aidoma capacului unui tipar de gofre, pe când ceva mai încolo, pe Korangi Road, cea din urmă bombă, destinată rafinăriei de petrol, a aterizat de fapt pe o casă cu etaj în stil american, pe care un anumit cordon ombilical nu izbutise s-o termine; însă la Guru Mandir multe povești se apropiau de sfârșit; povestea Aminei, a soțului ei subteran de demult, a hărniciei, a anunțului public, a fiului care nu-i era fiu, a norocului la cursele de cai, a negilor, a mâinilor care dansau la Pioneer Café și a ultimei înfrângeri suferite în fața surorii ei, precum și povestea lui Ahmed, care se rătăcea mereu, avea buza inferioară ieșită și o ditamai burtă, avusese parte de un îngheț, cedase în fața abstracțiilor, îi făcea pe câini să gonească până plesneau, se îndrăgostise prea târziu și murise din cauza vulnerabilității în fața a-ceea-ce-cădea-din-cer; acum erau mai subțiri ca niște clătite, iar în jurul lor casa exploda și se prăbușea într-un ritual al distrugerii atât de intens, încât lucrurile care fuseseră îngropate adânc în cufere metalice uitate zburau prin aer, pe când restul obiectelor, oamenilor și amintirilor sfârșeau sub grămezi de moloz, fără speranță de salvare; degetele exploziei ajungând în partea de jos a unui șifonier și descuind un cufăr metalic verde, mâna încleștată a exploziei azvârlindu-i conținutul în aer, iar acum ceva care stătuse ascuns și nevăzut ani de zile dă târcoale în noaptea ca un țăndărel învârtejit de lună, ceva reflectă lumina lunii și cade acum, în timp ce mă ridic amețit după explozie, ceva se răsucește, se învârte și exercită un dublu salt în jos, argintiu ca lumina lunii, o scuipătoare de argint lucrată meșteșugit și cu incrustații de lapislazuli, trecutul îndreptându-se în picaj spre mine ca o mână scăpată din ciocul unui vultur ca să se transforme în ceea- ce-purifică-și-mă-eliberează, fiindcă acum, când îmi ridic privirea, simt o greutate în ceafă, după care vine un moment minuscul, dar infinit, de claritate deplină, în timp ce mă rostogolesc în față ca să mă prosternez înaintea rugului funerar al părinților mei, o clipă minusculă și totodată nesfârşită de cunoaştere, înainte de trecut, prezent, memorie, timp, ruşine şi dragoste, o explozie fulgurantă, dar nemărginită în care îmi plec capul, da, şi mă arăt de acord cu necesitatea loviturii, da, iar pe urmă sunt gol şi liber, căci toţi Saleem-ii încep să se reverse din mine, de la bebeluşul apărut pe pagina întâi a ziarelor aproape în mărime naturală până la tânărul de optsprezece ani şi iubirea lui ticăloasă şi împuţită, curg şuvoaie de ruşine, de vinovăţie, de dorinţă-de-a-da- satisfacţie, de nevoie-de-a-fi-iubit, de hotărâre-de-asumare- a-unui-rol-istoric şi de creştere-prea-rapidă, scap de Smârcâici, Pocilă, Cheliosul, Mucea şi de Faţă-ca-de-Hartă, de lăzile de rufe, de Evie Burns şi de marşurile lingvistice, mă descotorosesc de Puştiul Kolynos, de sânii lui Pia *mumani* şi de Alfa-şi-Omega, sunt absolvit de uciderile în serie ale lui Homi Catrack, Hanif, Aadam Aziz şi prim-ministrului Jawaharlal Nehru, m-am scuturat de târfele de cinci sute de ani şi iubirile mărturisite în toiul nopţii, acum sunt liber, nu-mi pasă, mă prăbuşesc pe asfalt, sunt readus la inocenţă şi puritate de un ţăndărel care se rostogoleşte din lună, sunt şters ca o tablă de clasă şi imbecilizat (conform profeţiilor) de scuipătoarea de argint a maică-mii.

În dimineaţa zilei de 23 septembrie, Naţiunile Unite au anunţat încetarea ostilităţilor dintre India şi Pakistan. India ocupase mai puţin de cinci sute de kilometri pătraţi din visul pe care-l nutrea referitor la Kashmir. S-a spus că s-a ajuns la armistiţiu fiindcă ambele tabere rămăseseră – simultan sau nu – fără muniţie; în acest fel, exigenţele diplomaţiei internaţionale şi manevrele motivate politic ale furnizorilor de armament au împiedicat nimicirea de-a valma a întregii mele familii. Unii dintre noi au supravieţuit, fiindcă nimeni nu le-a vândut ipoteticilor noştri asasini bombele, gloanţele şi aeronavele necesare unei distrugeri complete.

Cu toate acestea, după şase ani a izbucnit un nou război.

Cartea a treia

Buddha

În mod evident (fiindcă altminteri ar trebui să inserez aici o explicație fantastică legată de prezența mea continuă în această „spirală fatidică“), mă puteți include printre cei pe care războiul din ’65 nu a reușit să-i facă una cu pământul. Cu mintea ferfenițită de o scuipătoare, Saleem a suferit doar o ștergere parțială, căzând victimă unui simplu proces de *tabula rasa*, pe când alții, mai puțin norocoși, au dat colțul; zăcând fără conștiință în umbra noptatică a unei moschei, am fost salvat de terminarea munițiilor.

Lacrimile – care, în lipsa frigului din Kashmir, nu au absolut nici o șansă de a se întări și de a se preschimba în diamante – se preling pe contururile bucălate ale obrajilor Padmei, „Aoleu, domnu’, porcăria asta de război, cei buni crapă, restu’ scapă!“ Arătând ca și cum tocmai ar fi dat drumul unor hoarde de melci din zăgazurile ochilor înroșiți, care și-au lăsat dârele lipicioase și strălucitoare pe fața ei, Padma îmi bocește clanul făcut chiseliță de bombe. În ce mă privește, rămân cu ochii uscați ca de obicei, refuzând cu grație să răspund la insulta neintenționată care s-a subînțeles din exclamația ei lacrimogenă.

— Jelește-i pe cei vii, o dojenesc cu blândețe. Morții au grădini de camfor.

Jelește-l pe Saleem! Care, neavând acces la pajiștile cerești din cauza inimii care continua să-i bată, s-a trezit din nou printre mirosurile lipicios-metalice ale unui pavilion de spital; pentru care nu au existat fecioare preafrumoase, neatinse de *djinn* sau de mână de bărbat, care să-i aducă promisele consolări ale veșniciei – am avut norocul să primesc îngrijirile îmbufnate și zgomotoase ale unui infirmier mătăhălos care, în timp ce-mi bandaja capul, bombănea ursuz că, indiferent dacă erau sau nu în război, doctorilor sahibi le plăcea să-și petreacă duminicile în căsuțele de pe plajă. „Parcă nu puteai să mai stai leșinat o zi“, a mârâit el, înainte să străbată restul pavilionului, ca să-i binedispună și pe alții.

Jelește-l pe Saleem care, rămas orfan, purificat și deposedat de suta de împunsături zilnice ale vieții de familie, care puteau să dezumfle singure fantezia mare ca un balon a istoriei și s-o aducă la dimensiuni omenești, mai ușor de administrat, fusese smuls din rădăcini și azvârlit brutal peste ani, sortit să plonjeze fără memorie într-o maturitate care devenea tot mai grotescă de la o zi la alta, din toate punctele de vedere.

Noi dâre de melc pe obrajii Padmei. Forțat să recurg la un fel de îmbărbătare – „Hai, gata, ușurel“ –, fac apel la prezentările cinematografice. (Cât de mult îmi plăceau cele de la Metro Cub Club! O, plescăit al buzelor la vederea titlului ÎN PROGRAMUL VIITOR profilându-se pe catifeaua albastră și unduitoare! O, salivare anticipativă a trâmbițării de către ecrane a cuvintelor magice ÎN CURÂND! – Fiindcă în mintea mea promisiunea unui viitor exotic a fost întotdeauna antidotul ideal pentru deziluziile prezentului.) „Stați, stați“, îmi îndemn auditoriul melancolic, „încă n-am terminat! Mai urmează o electrocutare și o ploaie tropicală, o piramidă de capete de pe un câmp plin de oase medulare fisurate, se apropie câteva evadări la mustață și un minaret care a țipat! Mai există o mulțime de lucruri care merită povestite, Padma; celelalte încercări personale, în coșul invizibilității și în umbra unei alte moschei, așteaptă premonițiile lui Resham *bibi* și bosumflarea lui Parvati-vrăjitoarea! Pe lângă toate astea, spiritul patern, trădarea și, bineînțeles, inevitabila Văduvă, care mi-a suplimentat secătuirea din partea de sus cu mârșăvia finală a golirii din cea de jos... Pe scurt, există o grămadă de atracții viitoare și curânde; când îți mor părinții se încheie un capitol, dar totodată începe un altul.“

Consolată întru câtva de ofertele mele înnoitoare, Padma mea își trage mucii, își șterge dârele ca de moluște și se oprește din plâns; inspiră adânc... și, pentru individul lovit în cap de scuipătoare pe care l-am văzut ultima dată pe un pat de spital, trec aproximativ cinci ani înainte ca Lotusul meu de Băligar să expire.

(Cât timp Padma își ține răsuflarea ca să se calmeze, îmi permit să introduc un prim-plan în genul filmelor vorbite din Bombay – un calendar înfiorat de mângâierea unui vânticel, ale cărui pagini zboară într-o succesiune rapidă ca să sugereze trecerea anilor; acestei imagini îi suprapun cadre generale ale tulburărilor stradale, precum și planuri parțiale ale unor autobuze în flăcări și ale bibliotecilor incendiate, cu volume în limba engleză, aflate în subordinea Consiliului Britanic și a Serviciului de Informații al Statelor Unite; prin mișcările accelerate ale calendarului zărim prăbușirea lui Ayub Han, preluarea președinției de către generalul Yahya, promisiunea de a organiza alegeri... dar acum buzele Padmei se întredeschid și nu mai am timp de zăbovit asupra contrastului flagrant dintre imaginea lui Z.A. Bhutto și cea a șeicului Mujib-ur-Rahman; aerul expirat începe să-i iasă invizibil pe gură, iar chipurile din vis ale liderilor Partidului Popular Pakistanez și ai Ligii Awami se tulbură și dispar; curentul de aer ieșit din plămânii ei care se golesc potolește paradoxal briza care îmi înfioară paginile din calendarul ce se fixează la o dată de la sfârșitul lui 1970, înainte de alegerile care au împărțit țara în două, înainte de războiul dintre Aripa de Vest și Aripa de Est, dintre P.P.P. și Liga Awami, dintre Bhutto și Mujib... înainte de alegerile din 1970 și departe de scena publică, trei soldați tineri sosesc la o tabără misterioasă de pe Dealurile Murree.)

Padma și-a recăpătat cumpătul.

— Bine, bine, spune ea mustrător, ștergându-și lacrimile cu un singur gest. Ce mai aștepți? Începe, îmi ordonă lotusul pe un ton superior. Ia-o de la capăt.

Tabăra dintre dealuri nu se găsește pe nici o hartă: e prea departe de drumul spre Murree pentru ca lătratul câinilor să ajungă la urechile vreunui conducător auto, oricât de bine ar auzi. Gardul înconjurător de sârmă e bine camuflat, iar pe poartă nu se află nici un simbol și nici un nume. Totuși, s-a aflat și se află în continuare acolo, deși existența ei a fost negată vehement – după căderea orașului Dacca, de pildă, când învinsul Tigru Niazi al Pakistanului a fost descusut pe această temă de fostul lui prieten, victoriosul general Sam Manekshaw, a râs batjocoritor: „Câinii Unității pentru Turnarea Informațiilor și a Agenților? N-am auzit de așa ceva. Ești informat greșit, bătrâne. O bazaconie, dacă nu te superi". În ciuda a ceea ce i-a spus Tigru lui Sam, mă văd nevoit să insist: tabăra a fost într-adevăr acolo...

...„Aranjați-vă ținuta!" urlă colonelul Iskandar la cei mai noi recruți, Ayooba Baloch, Farooq Rashid și Shaheed Dar. „Acum faceți parte dintr-o unitate CUTIA." Lovindu-și coapsa cu bastonul, se răsucește pe călcâie și-i lasă nemișcați pe platou, prăjiți de soarele montan și totodată înghețați de aerul alpin. Cu piepturile bombate, cu umerii trași și încremeniți în docilitate, cei trei tineri aud vocea chicotitoare a lui Lala Moin, ordonanța colonelului: *Deci voi sunteți amărâții care s-au pricopsit cu câinele-om!*

În aceeași noapte, în paturi: „Informații și agenți", șoptește mândru Ayooba Baloch. „Spioni, tipule! De-ăia ca O.S.S. 117! Să ne lase un pic față-n față cu hindușii ăștia, *yara*! Vegetarieni cu toții! Iar legumele pierd mereu în fața cărnii", șuieră Ayooba. E clădit ca un tanc, iar tunsoarea scurtă îi începe de deasupra sprâncenelor.

„Crezi c-o să fie război?" îl întreabă Farooq. Ayooba pufnește. „Păi cum? Ce altceva, dacă nu război? N-a promis Bhutto sahib câte un pogon de pământ pentru fiecare țăran? De unde crezi c-o să-l ia? Pentru atâta pământ, trebuie să cucerim Punjabul și Bengalul! Stai puțin, să câștige Partidul Poporului alegerile și pe urmă să vezi. Pac-Pac! Zdrang!"

Farooq e tulburat: „Indienii ăia au trupe de sikhi, omule. Cu plete și bărbi atât de lungi, că pe căldură te-nțeapă de nu te vezi, plus că li se suie sângele la cap și se bat ca nebunii..."

Ayooba râde gâlgâit. „Vegetarieni, ascult-aici, *yaar*... cum o să bată niște oameni crescuți cu carne de vită ca noi?" Numai că Farooq e lung și slăbănog.

Shaheed Dar șoptește: „Câine-om? Cum adică?"

...Dimineața. Într-o colibă cu o tablă de scris, colonelul Iskandar își lustruiește însemnele de pe epoleți, în timp ce un anume serg.-mjr. Najmuddin îi instruiește pe noii recruți. Formatul e cel al întrebărilor și răspunsurilor. Najmuddin le furnizează pe ambele. Nu se admit nici un fel de întreruperi. În timp ce deasupra tablei portretele împodobite cu ghirlande ale președintelui Yahya și Mutasim martirul se uită sever în jos. Iar prin ferestrele cazone (și închise), lătratul insistent al câinilor... Întrebările și răspunsurile lui Najmuddin sunt și ele lătrate. Pentru ce sunteți aici? – Pentru instrucție. În ce domeniu? – Urmărire și capturare. Cum o să lucrați? – În unități canine de câte trei oameni și un câine. Ce trăsături neobișnuite? – Absența ofițerilor, necesitatea de-a lua decizii, cerințele concomitente ale înaltului simț islamic al autodisciplinei și al răspunderii. Scopul unităților? – Să disloce elementele indezirabile. Natura acestor elemente? – Ascunsă, bine deghizată, ar putea fi oricine. Intențiile lor cunoscute? – Detestabile: distrugerea vieții de familie, uciderea lui Dumnezeu, exproprierea moșierilor, desființarea cenzurii la filme. În ce scop? – Anihilarea statului, anarhia, dominația străinilor.

Motive suplimentare de vigilență? – Apropiatele alegeri și, în consecință, conducerea civilă. (Deținuții politici au fost și sunt în continuare eliberați. Tot felul de huligani au ajuns peste hotare.) Îndatoririle specifice ale unităților? – Să asculte fără crâcnire; să caute neobosit; să aresteze fără șovăire. Modul de-a proceda? – Acoperit; eficient; rapid. Temeiul legal al acestor rețineri? – Apărarea Constituției Pakistanului, care permite reținerea indezirabililor și izolarea lor totală timp de șase luni. Completare: șase luni cu prelungire. Întrebări? – Nu. Bine. Sunteți Unitatea CUTIA 22. Pe epoleți or să fie cusute însemne reprezentând niște potăi. Acronimul CUTIA înseamnă, bineînțeles *cățea*.

Și câinele-om?

Cu picioarele încrucișate și cu ochii albaștri uitându-se undeva în zare, stă sub copac. Smochinii sfinți nu cresc la altitudinea asta; se mulțumește cu un platan. Nasul: borcănat, castravețos, cu vârful albăstrit de frig. Iar pe cap, o tonsură de călugăr unde se aflase cândva mâna domnului Zagallo. Plus un deget mutilat, al cărui segment lipsă căzuse la picioarele Mashei Miovic după ce Keith Umflatul trântise ușa. Cât despre față, plină de pete ca o hartă... Haaap-ciu! (Scuipă.)

Are dinții murdari, iar gingiile înroșite din cauza zemii de betel. Un șuvoi roșu de *paan* expectorat îi iese de pe buze pentru a lovi, cu o precizie admirabilă, o scuipătoare de argint lucrată cu măiestrie, așezată în fața lui pe pământ. Ayooba, Shaheed și Farooq se uită uluiți. „Nu încercați să i-o luați", spune serg.-mjr. Najmuddin, arătând spre scuipătoare. „Își iese din minți." „Domnule, domnule, parc-ați spus trei oameni și un...", începe Ayooba, dar Najmuddin latră: „Fără întrebări! Ascultare necondiționată! Ăsta vă e ogarul și cu asta basta. Liber la program".

Pe vremea aceea, Ayooba și Farooq aveau șaisprezece ani și jumătate. Shaheed (care mințise în privința vârstei) putea fi cu un an mai mic. Fiindcă erau atât de tineri și nu avuseseră când să dobândească tipul de amintiri care le conferă oamenilor un control ferm al realității, cum ar fi cele despre iubire sau foamete, junii soldați erau extrem de susceptibili la influența legendelor și a bârfelor. În interval de douăzeci și patru de ore, prin intermediul discuțiilor de la popotă cu alte unități CUTIA, câinele-om fusese pe deplin mitologizat... „Dintr-o familie foarte importantă, tipule!" – „E un copil idiot, l-au adus la armată ca să facă om din el!“ – „A avut un accident de război în ’65, *yaar*, nu poate și nu vrea să-și amintească nimic!“ – „Auzi, cică era fratele...?“ – „Oricum, individul refuză să vorbească despre asta.“ – Am auzit o chestie cumplită, tipa îl ura, omule, de-aia a...!“ – „Fără amintiri, nu-l interesează oamenii, trăiește ca un câine!“ – „Da’ chestia cu luatu’ urmei e pe bune! Ai văzut ce năsoi are?“ – „Mda, poa’ să adulmece toate urmele din lume, tipule!“ – „Prin apă, *baba*, sus pe stânci! N-ai mai văzut copoi ca ăsta!“ – „Și nu simte nimic! Exact! Amorțit, pe cuvântul meu; amorțit din cap până-n picioare! Îl atingi și habar n-are... își dă seama că ești lângă el doar după miros!“ – „Probabil că e din cauza rănii din război!“ – „Dar scuipătoarea aia, nene, ai văzut? O cară după el peste tot, ca pe un semn al iubirii!“ – „Ascultați aici, mă bucur că v-a picat vouă pe cap, simt un sloi pe șiră când îl văd, *yaar*, cred că de la ochii ăia albaștri.“ – „Știți cum s-au prins de faza cu nasu’? S-a apucat să umble pe un teren minat, să mor eu, și a mers exact printre minele alea afurisite, de-ai fi zis că le mirosea!“ – „A, nu, bați câmpii, asta-i altceva, poveste veche, primul câine din istoria operațiunilor CUTIA, îl chema Bonzo, omule, nu ne mai încurca și tu!“ – „Hei, Ayooba, ai grijă, cică șefii ăi mari sunt cu ochii pe el!“ – „Da, cum vă spuneam, Jamila Cântăreața...“ – „Aoleu, mai taci odată, ne-ai împuiat capu’ cu poveștile astea!“

După ce Ayooba, Farooq și Shaheed s-au obișnuit cu copoiul lor ciudat și impasibil (după incidentul de la latrină), l-au poreclit buddha, „bătrânul“; și asta nu doar fiindcă era, probabil, cu șapte ani mai mare ca ei, luând parte cu adevărat la războiul de acum șase ani, din ’65, când cei trei soldați cu caș la gură încă nu purtau pantaloni lungi, ci și fiindcă în jurul lui pluteau o atmosferă străveche. Buddha îmbătrânise înainte de vreme.

O, ambiguitate fericită a transliterației! Cuvântul „buddha“ din urdu, care înseamnă bătrân, se pronunță cu d-urile dure și explozive. Dar mai e și Buddha cu d-uri moi, care înseamnă cel-care-a-atins-iluminarea-sub-smochinul-sfânt... A fost odată ca niciodată un prinț care, neputând să sufere lumea, a învățat să trăiască în același timp în afara și înăuntrul ei, să fie prezent și totodată absent; corpul i se afla într-un loc, spiritul cu totul altundeva. În India antică, Gautama Buddha a stat iluminat sub un copac din Gaya; în rezervația de căprioare de la Sarnath, i-a învățat pe ceilalți să se sustragă grijilor lumești și să ajungă la pacea lăuntrică; după multe secole, Saleem buddha s-a așezat sub un alt copac, incapabil să-și amintească necazurile, amorţit cu totul şi cu mintea golită de toate şi de tot... Cu destulă jenă, sunt silit să recunosc că amnezia e soluţia la care recurg în mod obişnuit sumbrii noştri regizori de film. Înclinându-mi uşor capul, accept că viaţa mea a împrumutat încă o dată tonul unuia dintre filmele vorbite din Bombay; însă la urma urmelor, lăsând deoparte problema îndelung discutată a reîncarnării, există un număr limitat de metode de renaştere. Prin urmare, cerându-mi iertare pentru tenta melodramatică, trebuie să insist cu încăpăţânare că începuse(m) din nou; că, după ani buni de căutare a celebrităţii, fusese(m) purificat de absolut tot ce se lega de povestea aceea; că, după răzbunarea vindicativă a Jamilei Cântăreaţa, care mă infiltrase în armată ca să nu mă mai vadă, acceptase(m) soarta care îmi răsplătea în felul ăsta iubirea, stând cuminte sub un platan, fără să mă plâng; că, golit de istorie, buddha a deprins arta supunerii şi a făcut doar ce i s-a spus. Rezumând: am devenit cetăţean pakistanez.

Era absolut inevitabil ca, în timpul lunilor de instrucţie, buddha să înceapă să-l calce pe nervi pe Ayooba Baloch. Poate că de vină era faptul că prefera să trăiască în alt loc decât soldaţii, într-o despărţitură ascetică de grajd, cu paie pe jos, la capătul îndepărtat al barăcii; sau faptul că era găsit atât de des stând turceşte sub copac, cu o mână încleştată pe scuipătoarea de argint, fără să se uite undeva anume şi cu un zâmbet prostesc pe buze – ca şi cum i-ar fi părut bine că-şi pierduse minţile! mai mult, se poate ca Ayooba, apostolul cărnii, să-şi fi considerat copoiul insuficient de viril. „Ca o cârpă, omule“, îi dau voie să se plîngă. „Pe cuvântul meu, ca o legumă!“

(Privind lucrurile în ansamblu, putem, de asemenea, să afirmăm că enervarea plutea în aer la cumpăna dintre ani. Nu începuseră să se burzuluiască generalul Yahya şi domnul Bhutto din cauza arţagului cu care insista şeicul Mujib să formeze noul guvern? Nenorocita de Ligă Awamy din Bengal obţinuse 160 din cele 162 de locuri din Aripa de Est: P.P.P.-ul domnului Bhutto câştigase în 81 de circumscripţii electorale din Aripa de Vest. Da, nişte alegeri extrem de iritante. E uşor să-ţi închipui cît de supăraţi au fost Yahya şi Bhutto, care reprezentau amândoi Aripa de Vest! Iar când până şi cei puternici încep să aibă toane, ce pretenţii mai putem avea de la cei mărunţi? Haideţi să conchidem că iritarea lui Ayooba Baloch l-a plasat într-o companie excelentă, ca să nu spunem de rang înalt.)

În timpul programului de instrucție, pe când se luau după buddha, care simțea mirosurile cele mai vagi și le lua urma prin tufișuri, peste stânci și prin apă, Ayobba, Farooq și Shaheed au fost siliți să-i recunoască dibăcia; cu toate acestea, Ayooba cel clădit ca un tanc l-a întrebat: „Chiar nu-ți mai aduci aminte? Absolut nimic? Allah, nu te simți rău? Poate ai undeva o mamă, un tată, vreo soră...", dar buddha l-a întrerupt cu blândețe: „Nu încerca să-mi vâri povești din astea-n cap. Sunt cine sunt și-atâta tot". Avea un accent atât de curat – „Urdu școlit, tip Licknow, zău dacă nu!" a observat admirativ Farooq –, încât Ayooba Baloch, care vorbea neîngrijit, ca un om al tribului, a amuțit, iar cei trei tineri au început să dea și mai mare crezare zvonurilor. Erau fascinați fără să vrea de omul acela cu nasul ca un castravete și cu un cap care nu voia să mai aibă de-a face cu amintiri, familii și povești și nu mai păstra absolut nimic, în afara mirosurilor... „Ca un ou stricat din care a supt cineva tot", a mormăit Ayooba pentru tovarășii lui, după care, revenind la tema centrală, a completat: „Allah, până și nasul arată tot ca o legumă".

Stânjeneala a persistat. Au simțit cumva cei trei o urmă de „indezirabilitate" în goliciunea amorfă a lui buddha? Nu cumva tocmai această respingere a trecutului și a familiei, acest tip de comportament subversiv trebuia „dislocat" sau eliminat prin eforturile lor? Totuși, ofițerii din tabără nu au ținut cont de rugămințile lui Ayooba – „Domnule, domnule, nu ne puteți da un câine de-adevăratelea?" – așa încât Farooq, un prozelit înnăscut, care își făcuse deja din Ayooba un lider și totodată un erou, a strigat: „Ce să facem? La pilele ăstuia, precis s-au băgat niște mahări care i-au spus colonelului să-l țină aici, asta e".

Și (deși nici unul dintre membrii trioului n-ar fi putut exprima o asemenea idee) sugerez că la baza stânjenelii lor s-a aflat frica de schizofrenie, de scindare, îngropată ca un cordon ombilical în inima fiecărui pakistanez. Pe vremea aceea, Aripa de Est și cea de Vest a țării erau despărțite de uscatul netraversabil al Indiei; dar și trecutul, și prezentul sunt separate de un hău peste care nu se poate construi nici o punte. Religia era cleiul Pakistanului și asigura lipirea celor două jumătăți; la fel cum conștiința, autoidentificarea sub forma unei entități omogene în timp, o îmbinare a trecutului cu prezentul este cleiul personalității, care ține laolaltă ce am fost și ce suntem. Gata cu filosofia, vreau să spun de fapt că, abandonând conștiința și delimitându-se de istorie, buddha a dat un exemplu cum nu se poate mai prost, urmat de nimeni altul decât șeicul Mujib, când a provocat scindarea Aripii de Est, proclamându-i independența sub noua denumire de „Bangladesh“! Da, Ayooba, Farooq avea tot dreptul să nu se simtă în largul lor – căci, chiar și în străfundurile fugii de răspundere, tot am fost vinovat, din cauza felului cum lucrau modurile de conectare de evenimentele războiului din 1971.

Dar trebuie să mă întorc la noii mei tovarăși, ca să pot descrie incidentul de la latrină; iată-l pe Ayooba, conducătorul solid ca un tanc al echipajului, și pe Farooq, ținându-se mulțumit după el. Totuși, cel de-al treilea soldat era mai ursuz și mai închis în el, fapt pentru care era mai pe placul meu. Când împlinise cincisprezece ani, Shaheed Dar își declarase o altă vârstă și se înrolase. În aceeași zi, tatăl lui, un dijmaș din Punjab, îl dusese pe câmp și vărsase râuri de lacrimi pe uniforma lui nouă. Bătrânul Dar i-a spus băiatului că numele lui înseamnă „martir“, exprimându-și speranța că se va arăta demn de el și că va deveni, poate, primul membru al familiei care să intre în grădina parfumată, lăsând în urmă lumea asta jalnică, în care tatălui îi era cu neputință să-i plătească datoriile și să le dea de mâncare celor nouăsprezece copii. Puterea covârșitoare a numelor și iminenta apropiere a martiriului au început să-l bântuie pe Shaheed; a început să-și viseze moartea, care lua forma unei rodii strălucitoare și se ținea după el prin aer, urmărindu-l peste tot și așteptând momentul prielnic. Viziunea tulburătoare și destul de neeroică a morții ca o rodie l-a transformat pe Shaheed într-un tip interiorizat și posac.

Mohorât și incapabil să zâmbească, Dhaheed a văzut că o mulțime de unități CUTIA primeau misiuni de luptă și plecau din tabără, convingându-se că li se apropia sorocul atât lui, cât și rodiei. Din plecările echipajelor compuse din trei oameni și un câine în jeepuri vopsite în culori de camuflaj, el a dedus existența unei crize politice tot mai complexe; era februarie, iar iritările celor de rang înalt erau tot mai pronunțate de la o zi la alta. Totuși, Ayooba-tancul avea un punct de vedere mult mai precis. Și iritarea lui creștea, dar obiectul ei era buddha.

La Ayooba îi căzuse cu tronc singura femeie din tabără, o vidanjoare numai pielea și osul care nu avea mai mult de paisprezece ani și căreia abia începuseră să i se ghicească sfârcurile pe sub cămașa ponosită; era de condiție inferioară, firește, dar era singura disponibilă, iar în plus, avea dinți foarte frumoși și un fel de a se uita peste umăr care te îmbia...

Ayooba a început să se țină după ea; de aceea a spionat-o când s-a dus la despărțitura de grajd cu paie pe jos a lui Buddha, de aceea și-a proptit bicicleta de perete, rămânând mai departe în șa, și tot de aceea a căzut, neplăcându-i deloc ceea ce văzuse. După aceea a vorbit cu vidanjoarea, pe care a prins-o cu brutalitate de braț: „Ce te-a apucat s-o faci cu nebunu' ăla, de ce, când eu, Ayooba, sunt sau aș putea fi...?" iar ea i-a răspuns că-i plăcea câinele-om, e ciudățel, zice că nu simte nimic, își freacă furtunul în mine și nimic, da' e drăguț și-mi spune că-i place cum miros. Franchețea puștoaicei și în general onestitatea vidanjorilor l-au scos din pepeni pe Ayooba; acesta i-a spus fetei că avea un suflet compus din căcăreze de porc și o limbă plină de excremente, și tot pradă geloziei a născocit farsa cablurilor de înaltă tensiune, șmecheria cu urinalul electrificat. Locul i s-a părut foarte nimerit, îl făcea să se gândească la un fel de justiție divină.

— Nu simte nimic, ai? a ricanat Ayooba în prezența lui Farooq și a lui Shaheed. Stați un pic, îl fac eu să sară de doi coți în sus.

Pe 10 februarie (pe când Yahya, Bhutto și Mujib refuzau să înceapă convorbirile la nivel înalt), buddha a simțit chemarea naturii. Relativ preocupatul Shaheed și veselul Farooq și-au făcut de lucru pe lângă latrină, în timp ce Ayooba, care se folosise de niște cabluri ca să lege plăcile metalice ale urinalului, pe care stăteai cu picioarele, de bateria unui jeep, s-a ascuns în spatele latrinei, lângă vehiculul cu motorul pornit. Buddha și-a făcut apariția, cu ochii dilatați de parcă ar fi mestecat rădăcini și un pas de somnambul, iar când a intrat în latrină Farooq a strigat: „*Ohé*! Ayooba, *yara*!" și a început să chicotească. Soldații imberbi așteptau urletul de groază care avea să fie semnul că organul lor derutat începuse să se pișe, permițând curentului electric să escaladeze șuvoiul auriu și să-l înțepe în furtunul amorțit cu care o scormonea pe puștoaică.

Însă nu s-a auzit nici un țipăt; nedumerit și înșelat, Farooq a început să se încrunte; iar cu timpul Shaheed a devenit tot mai agitat și la un moment dat a urlat la Ayooba Baloch: „Hei, Ayooba! Ce naiba faci, omule?" La care Ayooba-tancul: „Ce crezi, *yaar*, am dat drumu' la curent de cinci minute!"... În clipa aceea, Shaheed a dat buzna – CU TOATĂ VITEZA! – în latrină, unde l-a găsit pe buddha urinând liniștit, cu o expresie de plăcere cețoasă, golind o vezică de care probabil că nu se mai ocupase de două săptămâni, pe când curentul îl străbătea prin castravetele de jos, aparent neobservat, așa că se încărca frumușel cu electricitate, până în vârful nasului gargantuesc unde apăruseră niște scântei albastre; iar Shaheed, care nu avea curajul să pună mâna pe creatura aceea imposibilă care absorbea curent electric prin furtun, a țipat: „Deconectează, omule, sau o s-ajungă ca o ceapă prăjită!“ Buddha a ieșit netulburat din latrină, încheindu-se cu mâna dreaptă, în timp ce în stânga ținea scuipătoarea de argint; iar cei trei soldați au priceput că ăsta era adevărul gol-goluț, Allah, amorțit de tot, anesteziat împotriva sentimentelor și a amintirilor... Timp de o săptămână după incident, buddha n-a putut fi atins fără a provoca un șoc electric, și nici măcar vidanjoarea nu a mai putut să-l viziteze în despărțitura de grajd.

Ca o ciudățenie, după figura cu firele electrice, Ayooha Baloch nu l-a mai antipatizat pe buddha și chiar a început să-l trateze cu respect; unitatea canină s-a transformat în urma acestui episod bizar într-o adevărată echipă, gata să se avânte la luptă împotriva răufăcătorilor care împânzeau pământul.

Ayooba-tancul nu a izbutit să-i producă un șoc lui buddha; dar acolo unde oamenii mărunți dau greș, cei puternici triumfă. (Când Yahya și Bhutto s-au decis să-l facă să sară de doi coți pe șeicul Mujib, nu s-au mai comis greșeli.)

Pe 15 martie 1971, douăzeci de unități ale agenției CUTIA s-au adunat într-o colibă cu o tablă școlară. Chipul împodobit cu ghirlande al președintelui și-a coborât privirile spre cei șaizeci și unu de bărbați și nouăsprezece câinii; Yahya Han tocmai îi oferise lui Mujib ramura de măslin a unor convorbiri imediate cu el și cu Bhutto, pentru rezolvarea tuturor tensiunilor; dar portretul și-a păstrat expresia impenetrabilă de jucător de poker, neoferind nici un indiciu despre intențiile lui reale și șocante... În timp ce colonelul Iskandar lustruia însemnele de pe epoleți, serg.-mjr. Najmuddin a dat ordinele: șaizeci și unu de bărbați și nouăsprezece câini au primit dispoziție să-și dea jos uniformele. Un foșnet tumultuos în colibă: ascultând fără să crâcnească, nouăsprezece indivizi scot zgărzile de identificare de la gâtul câinilor. Excelent dresate, animalele ridică din sprâncene, dar se abțin să deschidă gura; la rândul lui, buddha începe cuminte să se dezbrace. Cinci duzini de camarazi îi urmează exemplul; aceleași cinci duzini iau drepți cât ai clipi din ochi, tremurând de frig lângă grămezile de berete, pantaloni, cămăși și pulovere militare verzi cu petice de piele la coate. Șaizeci și unu de bărbați care mai au pe ei doar lenjeria imperfectă primesc (din partea ordonanței Lala Moin) haine civile alese cu aprobarea armatei. Najmuddin latră un ordin ; și după aceea iată-i pe toți, unii cu *lungi*-uri și *kurte*, alții cu turbane specifice afganilor. Există bărbați cu pantaloni de mătase sau cu cămăși în dungi. Buddha poartă un *dhoti* și un *kameez*; se simte bine, dar soldaților din jur hainele civile nepotrivite ca măsuri li se par foarte incomode. Totuși, e vorba de o operațiune militară ; nu se aude nici o voce, omenească sau canină, care să se plângă.

Pe 15 martie, după ce au respectat ordinele vestimentare, douăzeci de unități CUTIA au zburat la Dacca, prin Ceylon; printre ele s-a numărat și cea formată din Shaheed Dar, Farooq Rashid, Ayooba Baloch și buddha. Aceeași rută ocolită spre Aripa de Est a fost aleasă de șaizeci de mii dintre soldații cei mai dârji din Aripa de Vest: toți acești șaizeci de mii, ca și cei șaizeci și unu, purtau haine civile. Generalul aflat la comanda trupelor (și îmbrăcat cu un elegant costum albastru la două rânduri) era Tikka Han; ofițerul răspunzător de Dacca, de îmblânzirea și finalmente de capitularea ei, se numea Tigrul Niazi. Purta o sahariană, pantaloni marinărești și o pălărie moale pe cap.

Am zburat prin Ceylon, șaizeci de mii plus șaizeci și unu de pasageri nevinovați ai aeronavelor, evitând să survolăm India și pierzând astfel șansa de a asista, de la aproape șapte mii de metri, la serbările Partidului Noului Congres al Indirei Gandhi, care obținuse o victorie decisivă – 350 de locuri din totalul de 515 în *Lok Sabha* – în alte alegeri desfășurate recent. Nebăgând-o în seamă pe Indira, neputând să-i vedem sloganul de campanie, *GARIBI HATAO*, Scăpați de sărăcie, care împodobea zidurile și lozincile de pe tot cuprinsul marelui romb imperfect care era India, am aterizat la Dacca la începutul primăverii și am fost transportați la o bază militară în niște autobuze de civili rechiziționate special pentru noi. Totuși, în această ultimă etapă a călătoriei n-am putut să nu auzim un crâmpei de cântec răzbătând dinspre un gramofon invizibil. Cântecul se numea *Amar Sonar Bangla* („Bengalul nostru de aur", autor, R. Tagore) și spunea ceva de genul: „Primăvara, parfumul pâlcurilor de manglieri face ca inima să-mi înnebunească de plăcere". Cu toate acestea, nimeni dintre noi nu înțelegea dialectul bengalez, așa că am fost protejați împotriva aluziilor subversiv-insidioase ale textului, chit că nu ne-am putut abține și (să recunoaștem) de câteva ori am bătut din picioare în ritmul muzicii.

La început, Ayooba, Shaheed, Farooq și buddha nu au știut numele orașului unde ajunseseră. Cu gândul la distrugerea vegetarienilor, Ayooba a șoptit: „Nu v-am zis? Acum îi încingem! Treabă de spioni, nenicilor! Șo pe ei, Unitatea 22! Troscpleosc! Bum-bum!“

Dar nu ne găseam în India, nu de indieni trebuia să ne ocupăm, iar după câteva zile în care ni s-au lungit urechile de-atâta așteptat, ni s-au dat din nou uniforme. A doua transfigurare a avut loc pe 25 martie.

În ziua respectivă, Yahya și Buttho au întrerupt brusc tratativele cu Mujib și s-au întors în Aripa de Vest. S-a lăsat noaptea; colonelul Iskandar, urmat de Najmuddin și Lala Moin, ultimul clătinându-se sub povara a șaizeci și una de uniforme și nouăsprezece zgărzi, a intrat în dormitoarele CUTIA. Iar Najmuddin: „Atențiune! Fapte, nu vorbe! În cea mai mare viteză, executarea!“ Pasagerii aeronavei s-au îmbrăcat în uniforme și au pus mâna pe arme, iar colonelul Iskandar a anunțat în fine scopul deplasării. „Mujib ăla, trebuie să i-o facem“, ne-a dezvăluit el. „O să-l facem să sară de doi coți în sus, ascultați la mine!“

(În aceeași zi de 25 martie, după eșuarea negocierilor cu Bhutto și Yahya, șeicul Mujib-ur-Rahman a proclamat statul Bangladesh.)

Unitățile CUTIA au ieșit din barăci și s-au înghesuit în jeepurile care le așteptau, în timp ce de la stația de amplificare a bazei militare s-au auzit cântece patriotice interpretate de vocea înregistrată a Jamilei Cântăreața. (Iar Ayooba l-a înghiontit pe buddha: „Hai, ascultă, n-o recunoști... gândește-te, omule, e chiar iubita ta... Allah, tipu' ăsta nu-i bun de nimic în afară de amușinat!“)

La miezul nopții – oare s-ar fi putut întâmpla la altă oră? – șaizeci de mii de soldați au ieșit la rându-le din dormitoare; pasagerii-care-zburaseră-pe-post-de-civili au apăsat acum pe butoanele de pornire a tancurilor. Cu toate acestea, Ayooba, Shaheed, Farooq și buddha au fost nominalizați să-l însoțească pe colonelul Iskandar în cea mai mare aventură a nopții. Da, Padma; când a fost arestat Mujib, eu i-am adulmecat urmele. (Îmi dăduseră cămășile lui vechi; când le ai cu mirosurile, e o joacă de copii.)

Padma e înnebunită de supărare. „Dar nu se poate, domnu', doar n-ai... nu se poate să fi... cum ai putut să faci una ca asta...?“ Am făcut-o, Padma. Am jurat să spun totul, să nu ascund nici o fărâmă de adevăr. (Dar pe chip i se văd dâre de melci și trebuie să aibă parte de o explicație.)

Prin urmare – mă credeți, nu mă credeți, exact așa s-a întâmplat! – trebuie să repet că totul s-a terminat și a reînceput când am fost lovit în ceafă de o scuipătoare. Saleem, cu dorința lui disperată de a căuta sensuri, de a avea scopuri de ispravă și un abur de geniu aidoma unei eșarfe, dispăruse și avea să se întoarcă abia după ce un șarpe din junglă... Oricum, deocamdată există și a existat doar buddha; care nu recunoaște în nici o voce care cântă vreo rudă, care nu-și amintește nici tații, nici mamele, pentru care miezul nopții nu reprezintă nimic; care, la câtva timp după un accident purificator, s-a trezit într-un pat de spital militar și și-a acceptat soarta cazonă; care se supune vieții pe care o duce și-și face datoria; care execută ordinele, care trăiește atât în lume, cât și în afara ei; care își înclină capul; care poate lua urma oamenilor sau a animalelor pe străzi sau prin ape, care nu știe și nici nu vrea să afle cum, sub care auspicii, ca un hatâr pentru cine și la al cui îndemn răspunzător a fost îmbrăcat în uniformă; care este, pe scurt, nici mai mult, nici mai puțin decât copoiul acreditat al unității CUTIA 22.

Dar ce oportună este amnezia asta, ce multe lucruri justifică! Așa că dați-mi voie să-mi fac autocritica; filosofia acceptării la care a aderat buddha a avut consecințe care nu au fost nici mai fericite, nici mai nefericite decât precedenta lui tentație a centrismului, iar aici, în Dacca, au fost dezvăluite toate aceste consecințe.

— Nu, nu-i adevărat, se tânguiește Padma mea.

Aceleași dezmințiri au fost formulate pentru aproape tot ce s-a întâmplat după aceea.

25 martie 1971, la miezul nopții; pe lângă Universitatea care devenise ținta tirurilor, buddha a condus trupele spre bârlogul șeicului Mujib. Studenții și profesorii au ieșit în goană din cămine; au fost primiți cu gloanțe, iar mercurocromul a mânjit spațiile verzi. Cu toate acestea, șeicul Mujib nu a fost împușcat; încătușat și împins de la spate, a fost dus de Ayooba Baloch la o limuzină care aștepta. (La fel cum s-a mai întâmplat o dată, după revoluția pipernițelor... dar Mujib nu era gol; avea pe el o pijama în dungi verzi și galbene.) În timp ce

mergeam cu mașina pe străzile orașului, Shaheed s-a uitat pe geam și a văzut lucruri care-nu-erauși-nu-puteau-fi-adevărate; soldați pătrunzând în căminele de fete fără să bată la ușă, femei târâte pe stradă și pătrunse la rândul lor, tot fără să audă vreo bătaie. Plus redacțiile ziarelor, arzând cu fumul negru-gălbui și murdar al articolelor de scandal, plus sediile distruse ale sindicatelor, plus șanțurile de la marginea drumurilor, pline de oameni întinși la pământ care nu erau vagabonzi adormiți – au fost văzute piepturi dezgolite și urmele ca niște coșuri scobite ale gloanțelor. Ayooba, Shaheed și Farooq s-au uitat pe geamurile mașinii care mergea mai departe, în timp ce băieții noștri, soldații noștri întru Allah, *jawan*-ii noștri dintre care fiecare valora cât zece filfizoni înarmați de-ai lor au asigurat unitatea Pakistanului îndreptându-și aruncătoarele de flăcări, mitralierele și grenadele de mână spre mahalalele orașului. Când l-am adus pe șeicul Mujib la aeroport, unde Ayooba i-a înfipt un pistol în spate și l-a împins spre un avion care l-a transportat spre captivitatea din Aripa de Vest, buddha închisese ochii. („Nu încerca să-mi bagi povești din astea-n cap“, îi spusese el cândva lui Ayooba-tancul. „Sunt cine sunt, și-atâta tot.“)

Iar colonelul Iskandar, regrupându-și trupele:

— Chiar și acum mai există elemente subversive care trebuie dislocate.

Când gândul devine excesiv de dureros, acțiunea e cel mai bun remediu... soldații-câinii trag de lesă, iar după ce li se dă drumul, se pun bucuroși pe treabă. O, vânătoare cu ciobănești a indezirabililor! O, capturări prolifice ale profesorilor și poeților! O, nefericite împușcări ale membrilor Ligii Awami și ale autorilor de articole despre modă care s-au opus arestării! Câinii războiului seamănă groaza în oraș: dar, deși copoii sunt neobosiți, soldații se dovedesc mai slabi: Farooq Shaheed Ayooba vomită pe rând, în timp ce în nări le năvălește duhoarea maghernițelor incendiate. Buddha, în al cărui nas aceeași duhoare plămădește imagini dureros de vii, continuă să-și facă treaba fără să comenteze. Dă-le de urmă și lasă restul în seama soldățeilor. Unitățile CUTIA pândesc pretutindeni în orașul transformat în ruine fumegânde. În noaptea asta nici un indezirabil nu se află în siguranță și nici o ascunzătoare nu e de negăsit. Copoii îi urmăresc pe dușmanii puși pe fugă ai unității naționale; ca să nu se lase mai prejos, ciobănești își înfig colții puternici în carnea prăzii.

Câte arestări – zece, patru sute douăzeci, o mie una – a efectuat brava noastră Unitate 22 în noaptea aceea? Câți intelectuali speriați din Dacca s-au ascuns în spatele sariurilor femeiești și au trebuit scoși cu forța pe stradă? Cât de des a fost silit colonelul Iskandar – „Miroase-aici! E putoarea subversiunii!" – să-și asmută copoii războinici ai unității? În noaptea de 25 martie s-au întâmplat unele lucruri asupra cărora trebuie să planeze în permanență confuzia.

Futilitatea statisticii: în 1971, zece milioane de refugiați au fugit peste granița Pakistanului de Est/Bangladeshului în India – dar zece milioane (ca toate numerele mai mari de o mie unu) se refuză înțelegerii. Comparațiile nu ne sunt de folos: „cea mai mare migrație din istoria rasei umane" – fără noimă. Mai mare ca Exodul, mai numeros ca mulțimile din perioada Împărțirii, monstrul cu multe capete s-a revărsat în India. La graniță, soldații indieni au instruit niște gherile cunoscute drept Mukti Bahini; în Dacca, omul care a condus ostilitățile a fost Tigrul Niazi.

Dar Ayooba, Shaheed și Farooq, băieții noștri în verde? Cum s-au comparat în lupta împotriva tovarășilor lor carnivori? S-au răsculat? Au fost ciuruiți ofițerii – Iskandar, Najmuddin, chiar Lala Moin – de gloanțele îngrețoșării? N-au fost. Inocența fusese pierdută; dar în ciuda unei înverșunări nou-apărute în priviri, în ciuda erodării valorilor morale absolute, unitatea și-a văzut de treabă. Buddha nu a fost singurul care a făcut ce i s-a spus... în timp ce undeva, deasupra vuietului luptei, vocea Jamilei Cântăreața s-a bătut cu glasurile anonime, cântând pe versurile lui R. Tagore: „Îmi petrec viața la umbra caselor de țară pline de orezul strâns de pe câmpul care îmi face inima să înnebunească de plăcere."

Cu inimile înnebunite, dar nu de plăcere, Ayooba și ceilalți au executat ordinele, iar buddha a luat urma izurilor. Și iată Unitatea 22 pătrunzând în inima orașului, care devenise violent isterizat și scăldat în sânge, căci soldații din Aripa de Vest reacționează urât după ce își conștientizează fărădelegile; pe străzile înnegrite, buddha se concentrează asupra pământului, adulmecând urmele și nebăgând de seamă amestecul dezordonat de pachete de țigări, băligar, biciclete prăbușite și pantofi abandonați; plecând apoi în alte misiuni, la țară, unde sate întregi sunt arse din cauza vinii colective de a fi adăpostit Mukti

Bahini, buddha și cei trei băieți le iau urma unor oficialități neînsemnate ale Ligii Awami și câtorva comuniști binecunoscuți. Pe lângă săteni porniți în pribegie cu boccelele pe cap, pe lângă șine de cale ferată contorsionate și copaci arși, mergând în continuare ca și cum pașii le-ar fi călăuziți de o forță nevăzută, care îi atrage într-o inimă și mai întunecată a nebuniei, pleacă în misiuni spre sud și numai spre sud, tot mai aproape de ocean, de gurile Gangelui și de mare.

Și în cele din urmă – pe cine urmăreau atunci? Mai aveau vreo importanță numele – aveau de-a face cu o pradă a cărei dibăcie era, probabil, la fel de mare ca a lui buddha, căci altfel de ce le-ar fi luat atât de mult să pună mâna pe ea? În cele din urmă... incapabili să scape de cele învățate la instrucție – urmăriți neobosit, arestați fără șovăire – se găsesc într-o misiune fără sfârșit, urmărind un dușman care scapă de ei sistematic, dar nu se pot întoarce la tabără cu mâinile goale, așa că merg mai departe, din ce în ce mai spre sud, atrași de dâra care dispare când le e lumea mai dragă, și poate chiar de ceva mai mult, căci, de când mă știu, soarta n-a refuzat niciodată să dea o mână de ajutor.

Au confiscat o barcă, fiindcă buddha a spus că urma ducea în josul apei: flămânzi, nedormiți și epuizați într-un univers al orezăriilor părăsite, vâslesc acum în căutarea prăzii lor invizibile: coboară pe cursul fluviului mare și cafeniu, până când războiul e prea departe ca să-și mai aducă aminte de el, dar mirosul îi face să meargă înainte. Apa aceasta are un nume familiar: Padma. Însă numele e un șiretlic al celor de prin partea locului; în realitate fluviul e tot Ea, apa mamă, zeița Ganga prelingându-se pe pământ prin părul lui Shiva. Buddha nu a scos o vorbă de câteva zile; se mulțumește să arate – pe acolo, așa, în direcția aia –, iar ceilalți își continuă drumul spre sud și spre ocean.

O dimineață anonimă. Ayooba, Shaheed și Farooq se trezesc în barca urmăririi lor absolute, trași la malul Padmei-Ganga – iar pe el ia-l de unde nu-i. „Allah, Allah“, se văicărește Farooq, „prindeți-vă de urechi și cereți îndurare, ne-a adus în locul ăsta uitat de lume și s-a cărat, tu ești de vină, Ayooba, ți-a ars de fire electrice și uite că s-a răzbunat!“... Soarele se ridică agale. Pe cer de deslușesc păsări ciudate, nemaivăzute. Foamea și frica la umbră prin burți ca șoarecii; și dacă, și dacă Mukti Bahini... se trece la invocarea părinților. Shaheed a visat rodia încă o dată. Disperarea mişcă încet marginile bărcii. Iar în depărtare, lângă linia orizontului, un zid verde uriaş, nesfârşit şi imposibil se întinde în dreapta şi în stânga până la capătul pământului! O teamă nerostită: cum se poate, cum e cu putinţă să fie adevărat ceea ce vedem, cine clădeşte ziduri de-a lungul şi de-a latul lumii?... Iar pe urmă Ayooba: „Uitaţi-vă acolo, Allah!“ Căci ceea ce se apropie de ei este o goană bizară, desfăşurată cu încetinitorul: primul, buddha cu nasul acela cât un castravete, pe care-l vezi de la mai bine de un kilometru, iar cel care se ţine după el, fleoşcăind prin orezării, e un ţăran care gesticulează cu o coasă. Tatăl Timp pradă furiei, în timp ce de-a lungul digului aleargă o femeie despletită, cu sariul ridicându-i-se între picioare, care imploră şi strigă, pe când răzbunătorul cu coasa se împotmoleşte în orezul acoperit cu apă şi se umple de lichidul nămolos din cap până-n picioare. Ayooba hohoteşte, luându-i-se o piatră de pe inimă: „Ţapul bătrân! N-a putut să nu se-atingă de femeile ăstora de pe-aici! Hai, buddha, nu-l lăsa să te prindă, o să-ţi taie amândoi castraveţii!“ Şi Farooq: „Dar după aia? Dacă-l taie pe buddha, ce facem?“ După care Ayooba scoate un pistol din toc şi ţinteşte: ţine ambele mâini în faţă, încercând să nu tremure. Apasă pe trăgaci; coasa se răsuceşte în aer. Încet, foarte încet, ţăranul ridică braţele de parcă ar vrea să se roage, îngenunchează în apa orezăriei şi fruntea lui despică apa şi atinge pământul. Pe dig femeia se văicăreşte. Iar Ayooba îi spune lui buddha: „Data viitoare te-mpuşc pe tine“. Ayooba-tancul tremură ca o frunză. Şi Timpul zace mort într-o orezărie.

Dar tot rămân mai multe lucruri: goana aceea fără rost, duşmanul care nu va fi văzut niciodată şi buddha care-i îndeamnă: „Pe-acolo“, iar cei patru vâslesc mai departe, spre sud, tot mai spre sud, au ucis orele şi au uitat ce zi e, nu mai ştiu dacă fug după cineva sau de cineva, dar, indiferent ce-ar fi, se apropie din ce în ce mai mult de imposibilul zid verde. „Pe acolo“, insistă buddha, iar pe urmă pătrund înăuntru, în jungla care e atât de deasă, încât istoria nici măcar nu şi-a croit vreodată drum prin ea. Au ajuns la Sundarban-ul care îi înghite.

În Sundarban

Sunt gata să mărturisesc: prada aceea care ni s-a tot furişat de sub ochi şi ne-a purtat întruna spre sud nu a existat aievea. Vreau să fiu sincer până la capăt cu toţi cititorii: dacă Ayooba, Shaheed şi Farooq nu puteau face diferenţa între a fugi după cineva şi a fugi de cineva, buddha sesizase foarte bine diferenţa. Deşi sunt perfect conştient că le dau apă la moară viitorilor comentatori sau critici veninoşi, fiindcă mi-am recunoscut vina, mi-am dezvăluit josnicia morală şi mi-am dovedit laşitatea (având însă grijă să le spun că am mai fost otrăvit de două ori cu venin de şarpe şi am supravieţuit de fiecare dată), mă văd nevoit să declar că buddha însuşi, incapabil în cele din urmă să-şi facă datoria pe mai departe cu aceeaşi docilitate, a luat-o la sănătoasa şi a dispărut. Ros pe dinăuntru de viermele pesimismului, al zădărniciei şi al ruşinii, a dezertat în anonimatul lipsit de istorie al pădurii tropicale, târând după el trei copii. Ce anume sper să imortalizez atât în conserve, cât şi în cuvinte? Acea condiţie a spiritului în care consecinţele acceptării nu puteau fi contestate şi în care supradoza de realitate dădea naştere unei tânjiri miasmice după refugiul de siguranţa viselor... Dar şi jungla, ca toate refugiile, era cu totul altfel (mai mult şi totodată mai puţin) decât se aşteptase.

— Mă bucur, spune Padma. Îmi pare bine c-ai fugit.

Trebuie să insist: nu eu. El. El, buddha. Care, până la ivirea şarpelui, avea să fie în continuare altul decât Saleem: care, în ciuda fugii, era în continuare despărţit de propriul trecut, chiar dacă îşi încleştase mâna vlăguită pe o anume scuipătoare de argint.

Jungla s-a închis în urma lor ca un mormânt şi după ore întregi de vâslit tot mai prudent, dar totodată frenetic, în labirintul inimaginabil al canalelor cu apă sărată străjuită de copaci arcuiţi ca o catedrală, Ayooba, Shaheed şi Farooq s-au rătăcit definitiv; s-au întors de nenumărate ori spre buddha, care le-a indicat „Pe acolo", iar pe urmă „Coborâţi mai departe", dar, deşi au vâslit cu îndârjire, fără să ţină seama de oboseală, se părea că posibilitatea de a pleca din locul acela era din ce în ce mai mică, aidoma felinarului unei stafii ; asta până când într-un târziu s-au apropiat de copoiul lor aparent infailibil şi poate că au văzut în albastrul lăptos al ochilor lui o luminiţă a ruşinii sau a uşurării ; în clipa aceea, Farooq a şoptit, înconjurat de verdeaţa mormântală a pădurii: „Habar n-ai. Spui ce-ţi vine la gură". Buddha a tăcut, dar ceilalţi şi-au citit soarta în tăcerea lui ; după care, convins că jungla îi înghiţise la fel cum înghiţeau broaştele-râioase ţânţari şi că nu avea să mai vadă vreodată soarele, Ayooba Baloch, chiar el, Ayooba-tancul, a cedat cu totul şi a început să plângă de ziceai că se pornise musonul. Spectacolul aiuritor al uriaşului tuns soldăţeşte şi smiorcăindu-se ca un ţânc i-a scos din minţi pe Farooq şi Shaheed, aşa că Farooq a fost cât pe-aici să răstoarne barca atacându-l pe buddha, care a suportat cuminte rafalele de pumni care i-au încins pieptul, umerii şi braţele, până când Shaheed şi-a oprit camaradul, din motive de siguranţă. Ayooba Baloch a plâns fără încetare trei ore, zile sau săptămâni, până au început ploile, care au făcut să nu mai fie nevoie de lacrimile lui, iar Shaheed Dar s-a surprins rostind : „Poftim, fii atent ce s-a iscat de la plânsul tău", demonstrând că logica junglei repurta deja primele victorii în faţa lor şi că acesta era doar începutul, fiindcă pe măsură ce misterul serii amplifica peisajul ireal al copacilor, Sundarban-ul prindea să crească tot mai mult sub biciul ploii.

La început au fost atât de atenţi la cârmitul ambarcaţiei, încât nici nu au observat ; în plus, nivelul apei era din ce în ce mai ridicat, ceea ce se poate să-i fi derutat ; însă până la urmă n-a mai încăput îndoială : jungla devenea mai mare, mai puternică şi mai feroce ; uriaşele rădăcini ramificate ale manglierilor vechi de când lumea şerpuiau în lumina asfinţitului, absorbind ploaia şi îngroşându-se mai ceva ca trompele elefanţilor, pe când copacii creşteau atât de mult încât, aşa cum a spus Shaheed Dar mai târziu, păsările cocoţate pe ramurile lor i-ar fi putut cânta lui Dumnezeu la ureche. Frunzele de sus ale măreţilor palmieri indieni se deschideau ca nişte imense căuşuri verzi, umflându-se sub pânza de apă a nopţii până când toată pădurea părea adăpostită sub un acoperiş de stuf ; pe urmă frunzele lor, mai mari decât toate nucile de cocos din lume, se porneau să cadă din înalturile ameţitoare şi atingeau viteze de speriat, aterizând până la urmă în apă, unde explodau ca bombele. Apa de ploaie le umplea barca, pe care încercau s-o golească servindu-se doar de chipiele moi de culoare verde și de o cutie veche în care fusese unt topit; iar când s-a întunecat și bombardamentul aerian al fructelor s-a întețit, Shaheed Dar a spus: „Nu ne rămâne decât să debarcăm, atâta tot", deși gândurile îi fuseseră invadate de visul rodiei, pe care îl vedea acum transformat în realitate, chiar dacă aici fructele arătau altfel.

Pe când Ayooba cel cu ochii roșii își consuma spaimele, iar Farooq părea distrus de dezintegrarea eroului său, pe când buddha continua să tacă și să-și țină capul plecat, Shaheed rămăsese singurul în stare să gândească, fiindcă oricât ar fi fost de plouat, vlăguit și înfricoșat de scrâșnetele nocturne din jur, capul i se limpezea parțial ori de câte ori își amintea de rodia morții lui; așa că Shaheed a fost cel care ne-a (le-a) ordonat să vâslim (vâslească) spre țărm, la bordul bărcii gata să se scufunde.

Un fruct căzut de sus dintr-un palmier a aterizat la cinci centimetri de ambarcațiune, producând o turbulență atât de mare în apă, încât soldații s-au răsturnat cu tot cu barcă; și-au croit drum spre mal pe întuneric, ținând câteva arme, niște mușamale și cutia de unt topit deasupra capului, au tras barca după ei și, indiferenți la bombardamentul fructelor picate din palmieri și la rădăcinile șerpuitoare ale manglierilor, s-au prăbușit în luntrea lor îmbibată de apă și au adormit.

Când s-au trezit, murați și dârdâind în ciuda căldurii, ploaia se transformase într-o bură extrem de deasă. Au văzut că fuseseră năpădiți de lipitori lungi de aproape zece centimetri, care de obicei erau aproape incolore fiindcă lumina soarelui nu ajungea direct la ele, dar care acum deveniseră stacojii, căci erau pline de sânge și începuseră să explodeze una după alta, fiind atât de lacome, încât pur și simplu nu se puteau ori din supt nici măcar când erau pline. Sângele li s-a prelins soldaților pe picioare, iar de acolo pe pământul junglei, care l-a absorbit imediat, aflând cu această ocazie ce gust aveau nou-veniții.

Când fructele de palmier indian se izbeau de sol, din ele țâșnea tot un lichid de culoarea sângelui, un fel de lapte roșu, acoperit pe dată de un milion de insecte, inclusiv de niște muște uriașe, la fel de transparente ca lipitorile. Acestea s-au înroșit la rândul lor după ce s-au umplut de laptele fructelor... se părea că Sundarban-ul continuase să crească în timpul nopții. Cei mai înalți erau arborii *sundri*, care dăduseră numele junglei; erau niște copaci suficient de mari ca să nu lase să pătrundă nici cea mai discretă rază de soare. Noi (ei) patru am (au) ieșit din barcă; abia când au pus piciorul pe pământul gol și tare, pe care mișunau păianjeni rozalii și puzderie de viermi cenușiu-maronii, și-au adus aminte cât le era de foame și de sete. Apa de ploaie se scurgea de pe frunzele din jur, așa că și-au ridicat gurile spre acoperișul junglei și au băut; însă poate din cauză că venea în contact cu frunzele de *sundri*, cu crengile manglierilor și cu frunzulițele din palmierii indieni, apa aceea a dobândit ceva din nebunia junglei, așa că, pe măsură ce au băut, s-au cufundat tot mai adânc în sclavia acelei lumi verzi și livide, unde vocile păsărilor semănau cu scârțâitul lemnului și toți șerpii erau orbi. Pradă stării de spirit tulbure și miasmice pe care le-o produsese jungla, cei patru și-au preparat prima masă, o combinație de fructe de palmier indian și terci de viermi, care le-a provocat o diaree atât de violentă, încât s-au forțat să-și cerceteze excrementele, de teamă să nu fi rămas fără intestine.

„O să murim", a spus Farooq. Însă pe Shaheed îl cuprinsese o poftă nebună de supraviețuire; căci, revenindu-și de pe urma îndoielilor din timpul nopții, se convinsese că trebuia ca lucrurile să se desfășoare cu totul altfel.

Pierdut în pădurea tropicală și dându-și seama că potolirea musonului era doar un răgaz de mică durată, Shaheed a decis că nu avea rost să caute o cale de ieșire atâta timp cât, dintr-o clipă în alta, revenirea musonului ar fi putut provoca scufundarea bărcii lor șubrezite; sub supravegherea lui, s-a ridicat un adăpost din mușamale și frunze de palmier, care l-a făcut să conchidă: „Cât timp avem fructe, ne descurcăm". Uitaseră de mult scopul călătoriei; vânătoarea declanșată undeva departe, în lumea reală, devenise în lumina schimbată a Sundarban-ului atât de fantastică și de absurdă, încât cei patru putuseră să renunțe la ea o dată pentru totdeauna.

Așa se face că Ayooba, Shaheed, Farooq și buddha s-au predat cumplitelor fantasme ale pădurii din vis. Zilele treceau, dizolvându-se una în alta sub presiunea ploilor care aveau să se întoarcă, iar cei patru au rămas laolaltă, cu toate frigurile, fierbințelile și diareile, și-au consolidat adăpostul trăgând în jos crengile inferioare ale arborilor *sundri* și ale manglierilor, au băut din laptele roșu al fructelor de palmier și au dobândit calități de supraviețuitori, ca de pildă forța de a sugruma șerpii și de a arunca bețe cu vârful ascuțit cu atâta precizie, încât diverse păsări multicolore cădeau cu pipota străpunsă. Într-o noapte, Ayooba s-a trezit și a dat cu ochii de silueta translucidă a unui țăran cu o gaură de glonț în inimă, care îl privea cu tristețe și ținea o coasă în mână, iar în vreme ce se străduia să se dea jos din barca pe care o vârâseră în adăpostul lor primitiv, din gaura din inima țăranului a început să se scurgă un lichid incolor care i-a acoperit lui Ayooba brațul în care ținea arma. În dimineața următoare, soldatul n-a mai putut să-și miște brațul drept, care îi atârna rigid pe lângă corp, de parcă ar fi fost pus în ghips. Deși Farooq Rashid l-a compătimit și a vrut să-l ajute pe Ayooba, a fost zadarnic; brațul a rămas în captivitatea fluviului invizibil al stafiei.

După această primă apariție, cei patru au intrat într-o stare de spirit ce i-a făcut să creadă că pădurea era în stare de orice; aceasta le trimitea pedepse noi în fiecare noapte – ochii acuzatori ai soldaților pe care-i urmăriseră și capturaseră, țipetele și maimuțărelile tragice ale copiilor rămași fără tată din cauza lor – iar de data asta, la vremea pedepsei, până și impasibilul buddha, cel cu vocea îngrijită și urbanizată, a trebuit să admită că începuse să se trezească în toiul nopții și să simtă că pădurea îl strângea ca o menghină, făcându-l să nu mai poată respira.

După ce i-a pedepsit destul – și după ce i-a transformat în umbre tremurătoare ale celor care fuseseră cândva – jungla le-a permis luxul cu două tăișuri al nostalgiei. Într-o noapte, Ayooba, care involua spre copilărie mai repede decât ceilalți și începuse să-și sugă degetul mare de la mâna pe care o putea mișca, și-a văzut mama privindu-l de undeva de sus și oferindu-i delicatele dulciuri pe bază de orez ale dragostei sale; însă chiar în clipa când s-a întins după *laddoo*-uri, femeia s-a îndepărtat în grabă, iar el a văzut-o urcându-se într-un arbore *sundri* uriaș și atârnându-se cu coada de una dintre crengile din vârf; o maimuță spectrală, cu chipul mamei, l-a vizitat pe Ayooba noapte de noapte, așa că după o vreme tânărul s-a văzut nevoit să-și amintească și altceva despre ea decât dulciurile: de pildă, cum îi plăcuse să stea printre lăzile sale de zestre, de parcă ar fi fost tot un obiect, un dar pe care i l-ar fi făcut taică-său soțului; în inima Sundarban-ului, Ayooba Baloch și-a înțeles mama pentru prima oară și nu și-a mai supt degetul. Dar și Farooq Rashid a avut o viziune. Într-o bună zi, pe la asfințit, i s-a părut că-și vede fratele alergând ca un nebun prin pădure și a fost convins că murise taică-său.

Și-a amintit de ziua pierdută în neguri când tatăl lui, care era țăran, le spusese lui și fratelui său iute de picior că moșierul de prin partea locului, care oferea împrumuturi cu dobândă de 300%, se învoise să-i cumpere sufletul în schimbul ultimei sume împrumutate. „După ce mor“, i-a spus bătrânul Rashid fratelui lui Farooq, „trebuie să deschizi gura și spiritul meu o să zboare înăuntru; iar pe urmă fugi cât te țin picioarele, fiindcă *zamindar*-ul o să se ia după tine!“ Farooq, care începuse și el să involueze îngrijorător, a găsit în certitudinea morții propriului tată și în gura fratelui forța de a renunța la obiceiurile copilărești pe care i le crease jungla; nu a mai plâns când îi era foame și n-a mai întrebat în permanență De ce. Și pe Shaheed l-a vizitat o maimuță cu fața unui strămoș; el însă a văzut doar un tată care îl învățase să-și facă un nume. Totuși, asta l-a ajutat să-și recapete simțul de răspundere pe care îndeplinirea orbească a ordinelor din război i-l atrofiase; așa stând lucrurile, se părea că aceeași junglă fermecată care-i chinuise cu ajutorul propriilor nelegiuiri îi ducea acum de mână spre o nouă maturitate. Spectrele acestor speranțe se cerneau prin pădure în toiul nopții, dar nu erau în stare să vadă limpede sau să înșface.

Cu toate acestea, într-o primă fază, lui buddha nu i s-a permis recursul la nostalgie. Se obișnuise să stea turcește sub un arbore *sundri*; ochii și mintea lui păreau pustii și nu se mai trezea în puterea nopții. Însă, în cele din urmă, pădurea a găsit cum să ajungă la el; într-o după-amiază, pe când ploaia cădea pe copaci și se ridica de pe trunchiul lor sub formă de aburi, Ayooba, Shaheed și Farooq l-au văzut pe buddha stând sub un copac, în timp ce un șarpe orb și translucid și-a înfipt colții veninoși în călcâiul lui. Shaheed Dar a zdrobit capul șarpelui cu un băț; buddha, care era amorțit din cap până în picioare, n-a părut să fi observat ceva. Avea ochii închiși. După aceea, soldații tineri au așteptat ca omul-câine să moară; atât doar că a fost mai puternic decât veninul de șarpe. Timp de două zile, s-a rigidizat ca un copac și a început să se uite cruciș, așa că a avut o imagine a lumii în oglindă, cu partea dreaptă în locul celei stângi; în cele din urmă, s-a destins, iar în ochi nu i s-a mai citit expresia aceea de nedumerire lăptoasă. Mi-am regăsit trecutul care, obligat la unitate de veninul șarpelui, a prins să se scurgă printre buzele lui buddha. Pe măsură ce ochii îi reveneau la normal, cuvintele îi ieșeau atât de curgător din gură, încât păreau să fie una cu musonul. Soldații cu caș la gură ascultau vrăjiți poveștile pe care le spunea, începând cu o naștere în miez de noapte și continuând fără să fie oprit, căci revendica absolut totul fără excepție, toată mulțimea de procese complexe care compun soarta unui om. Cu gurile căscate, incapabili să se smulgă din vrajă, soldații-copii îi sorbeau viața ca pe apa atinsă de frunze, în vreme ce el vorbea despre verișori care făceau în pat, despre pipernițe revoluționare și despre vocea perfectă a unei surori... Altădată, Ayooba, Shaheed și Farooq ar fi dat orice ca să știe că zvonurile acelea fuseseră întemeiate; dar în Sundarban nici măcar nu s-au ostenit să strige.

Dând zor, a trecut mai departe: la o iubire înflorită târziu și la prezența Jamilei într-un dormitor, luminată de o rază de lumină. Acum a murmurat Shaheed: „Deci de-aia n-a mai vrut să fie pe-aproape după ce l-a auzit mărturisind..." Însă buddha continuă și la un moment dat e limpede că se căznește să-și aducă aminte de ceva anume, ceva care refuză să se întoarcă și îl ocolește cu încăpățânare, așa că ajunge la sfârșit să-i dea de urmă, încruntându-se și arătându-se nemulțumit chiar și după ce a relatat un război sfânt și a dezvăluit ce căzuse din cer.

S-a lăsat liniștea; apoi Farooq Rashid a zis: „Atât de mult, *yaar*, într-un singur om; atâtea lucruri urâte, nu-i de mirare că și-a ținut gura!"

Vezi tu, Padma, am mai spus povestea asta și înainte. Dar ce anume a refuzat să se întoarcă? Ce n-a putut să-mi iasă de pe buze, cu tot veninul eliberator al unui șarpe incolor? Buddha și-a uitat numele, Padma. (Mai precis, numele mic.)

A continuat să plouă. Nivelul apei a crescut în fiecare zi, până când le-a fost clar că trebuie să pătrundă și mai mult în junglă, în căutarea unui loc mai înalt. Ploaia era prea deasă ca să mai poată folosi barca; prin urmare, continuând să respecte instrucțiunile lui Shaheed, Ayooba, Farooq și buddha au tras-o de lângă malul gata să se surpe, au legat o funie de amaraj în jurul trunchiului de *sundri* și și-au acoperit ambarcațiunea cu frunze; după aceea, neavând de ales, s-au adâncit și mai mult în nesiguranța deasă a junglei.

Sundarban-ul și-a mai schimbat o dată natura: Ayooba, Shaheed și Farooq au simțit din nou cum li se umplu urechile de văicărelile familiilor de la al căror sân smulseseră ceea ce numiseră, cu secole în urmă, „elementele indezirabile"; au luat-o la goană spre inima junglei ca să scape de vocile acuzatoare și îndurerate ale propriilor victime; iar noaptea maimuțele spectrale s-au strâns în copaci și au intonat fragmente din „Bengalul nostru de aur": „...O, mamă, sunt sărac, dar tot ce am îți aștern la picioare. Iar inima îmi înnebunește de plăcere". Incapabili să scape de tortura cumplită a vocilor care se auzeau fără încetare, incapabili să mai suporte fie și o secundă povara rușinii, sporită acum masiv de simțul răspunderii pe care-l căpătaseră în junglă, cei trei soldați s-au văzut nevoiți până la urmă să treacă la măsuri disperate. Shaheed Dar s-a aplecat și și-a umplut palmele cu noroiul îngreunat de ploaie al junglei, pe care, pradă acelor halucinații îngrozitoare, și l-a vârât în urechi. După el, atât Ayooba Baloch, cât și Farooq Rashid și-au astupat urechile în același fel. Doar buddha și-a lăsat urechile (una bună, cealaltă deja vătămată) neastupate, ca și cum ar fi fost dispus să îndure de unul singur pedeapsa junglei, ca și cum și-ar fi plecat capul în fața unei vinovății inevitabile... Noroiul din pădurea onirică, amestecat fără îndoială cu transparența ascunsă a insectelor junglei și cu diabolicele găinațuri roșietice ale păsărilor, a produs infecții în urechile celor trei tineri soldați, care au surzit ca niște cizme; ei au fost cruțați de acuzațiile lălăite ale junglei, dar au fost nevoiți să recurgă la o formă rudimentară de limbaj prin semne. Totuși, au părut să prefere surzenia secretelor nedigerabile pe care li le șoptiseră frunzelor de *sundri* la urechi.

Într-un târziu, vocile s-au oprit, chiar dacă singurul care le mai auzea era buddha (cu unica ureche bună); într-un târziu, pe când cei patru hoinari erau cât pe-aci să intre în panică, jungla i-a făcut să străbată o perdea de frunziș și le-a arătat o priveliște atât de frumoasă, încât au simțit cu toții un nod în gât. Până și buddha a fost impresionat, încleștându-și și mai tare mâna pe scuipătoare. Au înaintat – patru oameni și doar o ureche bună – într-o poiană în care se auzeau o mulțime de triluri de păsări cântătoare și în centrul căreia se găsea un templu hindus monumental, clădit cine știe cu câte secole în urmă dintr-un bloc imens de stâncă; pereții îi erau împodobiți cu frize pe care ți se înfățișau privirii bărbați și femei care se împerecheau în poziții incredibil de acrobatice, iar câteodată în modul cel mai comic cu putință. Cvartetul s-a apropiat de acest miracol cu pași mefienți. Înăuntru soldații au găsit, în fine, un refugiu din calea musonului care nu se mai termina, precum și statuia impunătoare a unei zeițe negre a dansului, pe care tinerii militari pakistanezi nu știau cum o cheamă; însă buddha știa că se afla în fața lui Kali cea fecundă și groaznică, pe ai cărei dinți se mai ghiceau câteva urme de vopsea aurie. Cei patru călători s-au întins la picioarele ei și s-au cufundat într-un somn netulburat de ploaie, care se poate să se fi încheiat la miezul nopții, când s-au trezit simultan și au dat cu ochii de patru tinere neînchipuit de frumoase, care le surâdeau. Shaheed, care și-a amintit de cele patru fecioare care-l așteptau în grădina de camfor, a crezut la început că murise în puterea nopții; însă fecioarele păreau destul de reale, iar sariurile pe sub care nu purtau absolut nimic fuseseră hărtănite și pătate de atâta mers prin junglă. După aceea, pe când opt ochi se uitau la tot atâția, sariurile au fost desfăcute, împăturite ordonat și așezate pe jos; apoi făpturile goale și identice ale pădurii s-au apropiat de ei, opt brațe s-au împletit cu alte opt, opt picioare s-au încolăcit în jurul a alte opt, iar sub statuia lui Kali cea cu multe membre, călătorii s-au abandonat unor mângâieri destul de reale, unor sărutări și mușcături iubărețe, blânde și totodată dureroase, precum și unor zgârieturi care lăsau urme, dându-și seama că de asta, și nu de altceva aveau nevoie, că după asta tânjiseră fără să știe, că, odată depășite involuțiile infantile și supărările copilăroase ale primelor zile din junglă, supraviețuind asaltului memoriei, dar totodată răspunderii și durerilor mai mari ale acuzațiilor reînnoite, lăsau în urmă copilăria o dată pentru totdeauna, după care, uitând de motive, de consecințe și de surzenie, uitând de toate, s-au dăruit celor patru frumuseți identice fără să se mai gândească la absolut nimic.

După noaptea aceea, le-a fost cu neputință să părăsească templul, în afara cazurilor când plecau să caute de mâncare, și în fiecare seară femeile blânde din visurile lor cele mai frumoase se întorceau în liniște, fără să scoată vreun cuvânt, întotdeauna atente la felul cum își aranjau sariurile și purtându-i la unison pe culmile unor plăceri incredibile pe membrii cvartetului rătăcit. Nimeni nu a știut cât a durat această perioadă, căci în Sundarban timpul urma niște legi necunoscute, dar până la urmă a venit o zi când s-au uitat unul la altul și și-au dat seama că începuseră să devină transparenți, că puteai să privești prin trupurile lor, deocamdată nu foarte clar, ci mai degrabă cețos, ca și cum te-ai fi uitat printr-un borcan uriaș cu suc de mango. Îngrijorați, au priceput că acesta era ultimul și cel mai urât dintre șiretlicurile junglei care, împlinindu-le voia inimii, îi convingea să-și consume visurile, iar ca urmare, pe măsură ce viața onirică li se scurgea din corp, ajungeau goi pe dinăuntru și translucizi ca sticla. Buddha a înțeles că era foarte posibil ca lipsa de colorit a insectelor, a lipitorilor și a șerpilor să fi fost legată nu atât de absența luminii soarelui, cât de prăduirea imaginației lor gândăcești, lipitorice și reptilinii... Deșteptați ca pentru prima oară de șocul translucidității, cei patru s-au uitat la templu cu alți ochi, observând crăpăturile mari și hâde din blocurile de rocă și dându-și seama că ditamai bucățile puteau să se desprindă și să-i strivească în orice clipă ; iar apoi, într-un colț întunecat al chivotului abandonat, au zărit rămășițele a ceea ce ar fi putut fi patru focuri mici – grămăjoare străvechi, urme de arsuri pe piatră – sau poate patru ruguri funerare; în centrul fiecăruia se găsea o movilită înnegrită de oase mistuite de foc.

Cum a plecat buddha din Sundarban: pădurea iluziilor s-a abătut asupră-le, într-un truc care era cu adevărat ultimul și cel mai urât, pe când ieșeau alergând din templu și goneau spre barcă; nici nu ajunseseră bine la ea că s-a apropiat, la început sub forma unui huruit îndepărtat, pe urmă ca un urlet capabil să pătrundă și prin urechile astupate cu noroi; când a sosit valul, ei dezlegaseră barca și săriseră disperați înăuntru, așa că acum erau la mila apelor care i-ar fi putut zdrobi fără efort de arborii *sundri*, de manglierii sau de palmierii indieni, însă în loc de asta valul de flux i-a purtat pe niște canale maronii învârtejite, în timp ce pădurea chinului lor trecea pe lângă ei aidoma unui uriaș perete verde, ca și cum jungla, plictisită de jucăriile acelea, i-ar fi alungat fără pic de politețe de pe teritoriul care-i aparținea; lăsați în voia apelor și împinși înainte de forța inimaginabilă a valului, s-au strecurat ca vai de ei printre crengile căzute și printre pieile lepădate ale șerpilor de apă, până când în cele din urmă au fost azvârliți din barcă în clipa când valul uriaș a proptit-o într-un ciot de copac, ajungând într-o orezărie inundată și rămânând, după retragerea valului, în apă până la brâu, dar în viață, scăpați din inima acelei jungle a viselor, în care mă cufundasem în speranța păcii și le găsisem pe amândouă, mai mult sau mai puțin, pentru ca pe urmă să revin pe tărâmul armatelor și al diverselor date.

Când au ieșit din junglă, era octombrie 1971. Și trebuie să recunosc (dar, după părerea mea, acest fapt nu face decât să-mi sporească mirarea în fața vrăjitoriilor temporale ale pădurii) că în luna aceea nu a fost înregistrat nici un val de flux, deși, cu peste un an în urmă, regiunea fusese într-adevăr devastată de inundații.

După cele întâmplate în Sundarban, vechea mea viață aștepta să mă revendice. S-ar fi cuvenit să știu; nu poți să scapi de cunoștințele din trecut. Ce-ai fost și cine ești sunt unul și același lucru pentru totdeauna.

În cursul anului 1971, trei soldați și copoiul care-i însoțea au dispărut de pe fața războiului vreme de șapte luni. Totuși, în octombrie, când ploile s-au sfârșit și unitățile de gherilă din Mukti Bahini au început să terorizeze avanposturile militare pakistaneze, iar lunetiștii din Mukti Buhini îi luau la țintă atât pe soldați, cât și pe ofițerii de rang inferior, cvartetul nostru a ieșit din nou la iveală și, în lipsa altor opțiuni, a încercat să se alăture din nou corpului principal al trupelor care ocupau Aripa de Vest. Ulterior, pe durata interogatoriului, buddha avea să-și explice mereu dispariția cu ajutorul unei povești cusute cu ață albă despre cum se rătăcise în junglă, printre niște copaci ale căror rădăcini i se încolăceau pe trup ca șerpii. Poate că a avut noroc că nu a fost interogat niciodată oficial de ofițerii armatei din care făcea parte. Ayooba Baloch, Farooq Rashid și Shaheed Dar au scăpat și ei de aceste interogatorii, însă în cazul lor explicația a fost că nu au reușit să rămână în viață suficient de mult ca să li se pună vreo întrebare.

...Într-un sat complet părăsit, compus din colibe cu acoperișuri de stuf și pereți de chirpici – într-o comunitate abandonată, de unde fugiseră până și puii de găină – Ayooba, Shaheed și Farooq își jeleau soarta. Asurziți de noroiul otrăvit al pădurii tropicale – handicap care începuse să-i deranjeze serios, acum că vocile batjocoritoare ale junglei nu mai răsunau în aer – cei trei se tânguiau de mama focului, vorbind toți odată, fără să se asculte unul pe celălalt; cu toate acestea, buddha era silit să-și plece urechea la toți; atât la Ayooba, care stătea cu fața la un colț dintr-o cameră goală și care striga, cu părul prins într-o pânză de păianjen: „Urechile mele, urechile, parcă-mi zumzăie un roi de albine înăuntru“, cât și la Farooq, care întreba plin de arțag: „Cine-a fost de vină? – Cine-a fost ăla care putea s-adulmece orice? – Cine-a zis mereu pe-aici și pe-acolo? – Și cine, cine o să creadă? – Toate chestiile alea cu jungle, temple și șerpi transparenți? – Pentru numele lui Allah, buddha, ce poveste, ar trebui să te-mpuşcăm pe loc!" Asta în timp ce Shaheed rostea cu un glas molatic: „Mi-e foame". Odată ajunşi din nou în lumea reală, începeau să uite lecţiile junglei. Ayooba: „Braţul meu! Allah, braţul ăla înţepenit, omule! Stafia, fluidul care s-a scurs...!" Shaheed: „Dezertori, aşa or să ne creadă – cu buzele umflate, fără prizonieri, după atâtea luni! – Allah, poate ajungem la Curtea Marţială, ce zici, buddha?" În fine, Farooq: „Ticălosule, uite ce ne-ai pus să facem! O, Doamne, prea mult, uniformele noastre! Ia uită-te, buddha, la uniformele astea – zdrenţăroase ca nişte geoarse de cerşetori! Ia gândeşte-te la colonel – şi la Najmuddin ăla – pe capul maică-mii, jur că n-am... nu sunt laş! Nu!" Din nou Shaheed, care omoară furnici şi le pescuieşte cu vârful limbii din palmă: „Oricum, cum era să ne lipim la loc? Cine ştie pe unde-or fi sau dacă mai trăiesc? Nu i-am văzut şi nu i-am auzit pe ăia din Mukti Bahini – *taca-taca*! Trag din ascunzători şi te lichidează! Ca pe-o furnică!" Însă şi Farooq vorbeşte odată cu el: „Şi nu doar uniformele, nene, ci şi păru'! Aia era tunsoare militară? Cu laţe încolăcite pe după ureche? Aşa, ca la femei? Allah, or să ne omoare – ne pun la zid şi *taca-taca* – să vedeţi dacă nu!" Dar iată că Ayooba-tancul se calmează, îşi sprijină chipul într-o mână şi-şi spune încet: „Dumnezeule mare şi bun. Am venit să mă bat cu nenorociţii ăia de hinduşi vegetarieni, nene. Dar aici e cu totul altceva. Urât de nu se poate".

Acum e noiembrie; îşi croiesc încet drum spre nord, pe lângă ziare cu litere înflorite care flutură în vânt, de-a curmezişul unor câmpii pustii şi prin aşezări abandonate, din când în când prin dreptul unei băbătii cu bocceaua înfiptă în vârful unui băţ şi purtată pe umăr sau pe lângă un grup de copii de opt ani în ochii cărora se citeşte foamea şi prin ale căror buzunare se ghicesc ameninţările cuţitelor, prinzând de veste cum se mişcă cei din Mukti Bahini nevăzuţi pe pământurile pârjolite şi cum vin gloanţele de nicăieri, zumzâind ca nişte albine... iar acum nervii au început să cedeze, aşa că Farooq izbucneşte: „Dacă nu erai tu, buddha... Allah, prăpădit cu ochi albaştri ca ai străinilor, o, Doamne, *yaar*, da' *rău* mai trăsneşti!"

Cu toţii trăsnim: Shaheed, care striveşte (sub călcâiul murdar al cizmei) un scorpion pe podeaua slinoasă a colibei părăsite; Farooq, care caută absurd un cuţit cu care să-şi taie părul; Ayooba, care îşi sprijină capul de un colţ al colibei, pe când un păianjen i se plimbă pe creştet, şi, bineînţeles, buddha, care pute ca o cloacă, strânge în mâna dreaptă o scuipătoare de argint năclăită și încearcă să-și aducă aminte cum îl cheamă. Însă în minte îi vin doar porecle: Mucea, Pocilă, Cheliosul, Smârcâici, Țăndărel-de-lună.

...Stătea turcește în mijlocul furtunii plângărețe a fricii tovarășilor lui, silindu-se să-și amintească; dar nu putea, îi era imposibil. În cele din urmă, azvârlind scuipătoarea de argint cât colo, buddha a strigat spre urechile care nu auzeau nimic: „Nu e... NU E... CINSTIT!“

Printre dărâmăturile și ruinele războiului, am descoperit ce era cinstit și ce nu. Necinstea avea miros de ceapă, izul ei pătrunzător îmi umplea ochii de lacrimi. Năpădit de aroma amară a nedreptății, mi-am amintit de felul cum se aplecase Jamila Cântăreața asupra unui pat de spital – al cui? *Ce nume?* – cum erau de asemenea prezenți atâția medaliați și epoletici din armată – Cum s-a gândit soră-mea – nu, nu soră-mea! cum s-a gândit *ea* să spună: „Frate, trebuie să plec și să cânt pentru țară; de-acum încolo o să aibă armata grijă de tine – de dragul meu, or să aibă grijă de tine cum scrie la carte“. Purta un văl, iar în spatele brocarturilor alb-aurii i-am mirosit zâmbetul de trădătoare; prin textura moale a vălului, mi-a atins fruntea cu buzele într-un sărut al răzbunării; iar pe urmă, fiindcă se răzbuna de fiecare dată cumplit pe cei care-o iubeau cel mai mult, m-a lăsat în grija tandră a medaliaților și a epoleticilor... După trădarea Jamilei, mi-am amintit de ostracizarea de demult pe care mi-o pregătise Evie Burns, exilurile, șmecheriile din timpul picnicurilor și întregul munte de întâmplări absurde care mi-au marcat viața; ajuns aici, mi-am plâns de milă pentru nasul ca un castravete, chipul pătat, picioarele strîmbe, tâmplele ca niște cornițe, tonsura de călugăr, bucata de deget lipsă, urechea vătămată și scuipătoarea din cauza căreia amorțisem și mă îndobitocisem; m-am pus pe plâns zdravăn, dar tot nu mi-am adus aminte cum mă cheamă, așa că am repetat: „Nu-i cinstit; *nu-i cinstit*: NU-I CINSTIT!“ Iar în clipa aceea, în mod surprinzător, Ayooba-tancul a plecat din colțul unde stătea; amintindu-și poate de criza de nervi pe care o făcuse în Sundarban, s-a ciucit în fața mea și m-a cuprins de după gât cu brațul pe care putea să și-l miște. I-am acceptat îmbărbătările, am plâns cu fața ascunsă în cămașa lui; dar după aceea s-a auzit o albină zumzăind înspre noi; în timp ce Ayooba stătea în aceeași poziție, cu spatele la fereastra fără geam a colibei, ceva a spintecat aerul supraîncălzit cu un sunet scurt, și tocmai când începuse să spună „Hei, buddha, haide, gata, hei, s-a terminat!“, iar celelalte albine, ale surzeniei, îi zumzăiau în urechi, ceva l-a înțepat în gât. S-a auzit un zgomot înfundat, iar el s-a prăbușit grămadă peste mine. Glonțul de lunetist care l-a ucis pe Ayooba mi s-ar fi oprit în cap dacă nu l-aș fi avut în fața mea. Murind, mi-a salvat viața.

Dând uitării umilințele trecute, lăsând deoparte ce e cinstit și ce nu, nesocotind atitudinile de genul ce-nu-se-vindecă-se-suportă, am ieșit de sub cadavrul lui Ayooba-tancul, în timp ce Farooq se văicărea: „O, Doamne, O, Doamne!“, Shaheed îi răspundea cu „Allah, nici nu știu dacă pistolul meu o să...“, iar Farooq se auzea din nou: „O, Doamne, cine știe pe unde-o fi ticălosu'!“ Însă Shaheed s-a lipit de peretele de lângă fereastră, ca soldații din filme. În pozițiile astea – eu pe podea, Farooq ghemuit într-un cotlon, Shaheed făcut una cu peretele din chirpici – am așteptat neputincioși să vedem ce avea să urmeze.

A doua împușcătură nu a mai venit: poate că lunetistul, neștiind cât de mare era forța ascunsă în coliba din chirpici, se mulțumea să tragă un foc și s-o ia la fugă. Noi trei am rămas înăuntru o noapte și o zi, până când cadavrul lui Ayooba Baloch a început să se facă simțit mai apăsat. Înainte de plecare, am găsit niște cazmale și l-am îngropat... După aceea, la sosirea armatei indiene, nu a mai avut cine s-o întâmpine cu teoriile acelea despre superioritatea cărnii în fața legumelor, nu a mai avut cine să intre în acțiune și să strige: „Pac-pac! Trosc-pleosc! Bum-bum!“

Poate că a fost mai bine așa.

...Iar cândva în decembrie, mergând pe niște biciclete furate, am ajuns tustrei pe un câmp de unde se vedea orașul Dacca profilându-se la orizont; era o câmpie pe care creșteau recolte atât de stranii și cu un iz atât de grețos, încât n-am fost în stare să mai rămânem mult timp pe biciclete. Coborând înainte să cădem de pe ele, am pornit-o pe câmpia aceea cumplită.

Am observat un țăran care tot cotrobăia pe acolo, fluierând în timp ce-și făcea treaba și având în cârcă un ditamai sacul de iută. Încheieturile albite ale mâinii care ținea sacul îi subliniau atitudinea hotărâtă; fluieratul – ascuțit și melodios deopotrivă – arăta că își păstra buna dispoziție. Ecourile lui se auzeau pe câmp, ricoșând în caschete căzute pe jos, răsunând cavernos din țevile puștilor astupate cu bucăți de pământ, scufundându-se fără urmă în ghetele înnoroite ale acestor recolte foarte ciudate, al căror miros, aidoma celui al necinstei, era capabil să umple ochii lui buddha de lacrimi. Recoltele muriseră, lovite de o mană necunoscută... iar cele mai multe, deși nu toate, purtau uniforme ale Armatei Pakistaneze din Vest. În afara fluieratului, singurele sunete care se mai auzeau erau cele făcute de diverse obiecte lăsate să cadă în sacul țăranului: curele de piele, ceasuri, plombe de aur, rame de ochelari, tăvi pentru micul dejun, bidoane de apă, ghete. Țăranul i-a văzut și a alergat spre ei, zâmbindu-le mieros și vorbind repede, cu o voce lingușitoare pe care doar buddha a fost obligat s-o audă. Farooq și Shaheed s-au uitat țintă la câmp, pe când țăranul își începea explicațiile.

— Împușcături berechet! *Taca-taca!*

A imitat un pistol cu mâna dreaptă. Vorbea rău și poticnit, în hindi.

— Ho, ho, domnilor! A venit India, domnii mei! Păi, da! Păi, cum să nu.

Între timp, din recoltele de pe tot cuprinsul câmpului se scurgea încet măduva osoasă și hrănitoare pe care o absorbea pământul.

— Eu nu tras, domnii mei, a continuat țăranul. Nici gând. Și am vești – oho! ce mai vești! Vine India! Jessore a căzut, domnii mei: în trei-patru zile pică și Dacca, nu-i așa c-așa-i?

Buddha îl asculta; ochii lui se uitau la câmpia care se întindea în spatele țăranului.

— Ce chestii, domnul meu! India! Au acolo un soldat forțos nevoie mare, omoară câte șase odată, le frânge gâtu' – *trosc!* – între genunchi, ați mai pomenit așa ceva, domnii mei? Genunchi, așa se zice, nu? a întrebat el, lovindu-se ușor peste rotule. Am văzut cu ochii mei, domnilor. Chiar cu ochii ăștia! N-avea sabie, n-avea pușcă. Doar genunchi, atâta tot. Și – *trosc* – șase gâturi odată, măiculiță.

În vremea asta, Shaheed vomita pe câmp. Farooq Rashid se dusese undeva la margine și rămăsese cu privirile pironite asupra unui pâlc de manglieri.

— Într-o săptămână-două, gata războiu', domnii mei! Se-ntoarce toată lumea. Acu' au plecat, numa' eu am rămas. Au venit soldații, i-au căutat pe-ăia din Bahini și-au omorât o groază de oameni. Așa s-a dus și fiu-meu. Da, domnilor, cum vă văd și mă vedeți.

Ochii lui buddha se făcuseră ceţoşi şi opaci. Din depărtare îi ajungea la ureche zgomotul artileriei grele. Trâmbe de fum se ridicau spre cerul incolor de decembrie. Recoltele stranii încremeniseră locului, şi nici vântul nu reuşea să le mişte câtuşi de puţin.

— ...da' eu am stat, domnii mei. Aici ştiu cum se cheamă toate păsările şi ierburile. Cum de nu. Deshmukh îmi zice şi de felul meu sunt negustor de noţiuni. Vând tot soiu' de lucruri minunate. Vă trebuie ceva? Doctorii contra constipaţiei, al naibii de bune, am şi din astea. Vreţi un ceas care să lumineze pe-ntuneric? Are băiatu'. Başca o grămadă de cărţi, başca renghiuri de jucat la prieteni. Cândva mă ştiau toţi din Dacca. Zău dacă vă mint. Nu puşcaţi.

Negustorul de noţiuni a dat din gură mai departe, oferind spre vânzare o mulţime de lucruri, printre care o centură fermecată, care îl făcea pe purtător să vorbească în dialectul hindi.

— Acu' o port eu şi ce, nu vorbeşte bine-al naibii? Mulţi soldaţi indieni le cumpărează şi se-apucă de vorbit în toate limbile pământului, ascultaţi aici, centura e un dar de la Dumnezeu...

Pe urmă, a observat ce ţinea buddha în mână.

— Ho, domnu'! Ce minunăţie! E argint? E piatra preţioasă? Daţi la mine, dau în schimb radio şi aparat foto care aproape că merge, domnu' meu! E chilipir, prietene. Doar pentru o scuipătoare, merită al naibii. Ho, da. Ho, da, domnu', viaţa merge înainte. Tot aşa şi negoţu', domnu meu, nu-i aşa?

— Mai povesteşte-mi de soldatul ăla cu genunchi grozavi, a spus buddha.

Dar în clipa aceea se aude o altă albină care zumzăie: în depărtare, la celălalt capăt al câmpului, cineva cade în genunchi: fruntea cuiva atinge pământul ca într-o rugăciune; iar pe câmp una dintre recolte, care fusese destul de vie ca să tragă, se potoleşte şi ea de tot. Shaheed Dar strigă un nume:

— Farooq! Farooq, omule!

Dar Farooq refuză să răspundă.

Mai târziu, când şi-a amintit de război în prezenţa unchiului Mustafa, buddha i-a povestit cum străbătuse împleticit câmpia pe care se prelingea măduva osoasă, vrând să ajungă la camaradul lui căzut şi cum, înainte să se apropie de cadavrul prosternat ca într-o rugăciune al lui Farooq, a făcut ochii mari în faţa celui mai mare secret al câmpului.

În mijlocul lui se ridica o mică piramidă pe care mișunau furnicile, cu toate că nu era un furnicar. Piramida avea aproape doi metri și trei capete între care se găseau bucăți de piept, zdrențe de uniforme, porțiuni de intestine și fragmente de oase zdrobite. Era încă în viață. Unul dintre cele trei capete orbise la ochiul stâng, în urma unei încăierări din copilărie. Un altul avea părul uns din belșug cu briantină. Cel de-al treilea cap era cel mai ciudat: avea niște scobituri adânci în locul unde ar fi trebuit să se afle tâmplele, care ar fi putut apărea din cauză că, la naștere, ginecologul strânsese prea mult forcepsul... și chiar acest al treilea cap i s-a adresat lui buddha.

— Salut, tipule, i-a spus el. Ce dracu' faci aici?

Shaheed Dar a văzut că piramida de cadavre inamice părea să stea de vorbă cu buddha. Cuprins brusc de o energie irațională, s-a aruncat asupră-mi și m-a trântit la pământ.

— Cine ești? Ești spion? Trădător? Ce treabă ai? De ce te-au recunoscut?

Între timp, Deshmuckh, vânzătorul de noțiuni, se agita de mai mare mila în jurul nostru:

— Ho, domnilor! A fost destulă bătaie. Acum fiți normali, domnii mei. Vă rog eu. Ho, Doamne.

Chiar dacă Shaheed m-ar fi auzit, tot n-aș fi putut să-i spun atunci lucrul de care m-am convins ulterior că era purul adevăr, și anume că scopul întregului război fusese să-mi asigure reunirea cu vechea mea viață, să mă aducă din nou lângă prietenii de odinioară. În același timp Sam Manekshaw își începea marșul spre Dacca, pentru a se întâlni cu bunul lui prieten, Tigrul; iar modurile de conectare au funcționat mai departe, fiindcă pe câmpul impregnat de măduvă osoasă am auzit isprăvile genunchilor și am fost salutat de o piramidă muribundă de capete; în plus, la Dacca urma să mă întâlnesc cu Parvati-vrăjitoarea.

Când Shaheed s-a calmat și s-a dat jos de pe mine, piramida nu mai era în stare să vorbească. Mai târziu, în cursul aceleiași după-amiezi, ne-am continuat drumul spre capitală. Deshmukh, vânzătorul de noțiuni, a strigat vesel după noi:

— Ho, domnilor! Ho, bieții mei domni! Cine știe când îi vine sorocu'? Și cine poate ști de ce, domnii mei?

Sam și Tigrul

Câteodată, ca să se poată reuni niște vechi tovarăși, e nevoie să se miște munții. Pe 15 decembrie 1971, în capitala recent eliberatului stat Bangladesh, Tigrul Niazi a capitulat în fața prietenului său de-o viață Sam Manekshaw, în timp ce, la rândul meu, am cedat în fața îmbrățișărilor unei fete cu ochii ca două farfurioare, o coadă de cal care semăna cu o funie lungă, neagră și lucioasă și niște buze care încă nu învățaseră să sugereze o bosumflare ce avea să devină tipică. Reunirile astea nu s-au produs ușor; iar din respect pentru toți cei care le-au făcut posibile, o să-mi întrerup pentru scurt timp povestirea ca să deslușesc o serie de cauze și efecte.

Prin urmare, dați-mi voie să fiu cât se poate de explicit: dacă Yahya Han și Z.A. Bhutto n-ar fi căzut la învoială cu privire la lovitura de stat din 25 martie, n-aș fi zburat la Dacca îmbrăcat cu haine civile și mai mult ca sigur că nici generalul Niazi, zis Tigrul, nu s-ar fi aflat în oraș în acel decembrie. Mai departe: intervenția indienilor în disputa legată de Bangladesh a fost tot rezultatul interacțiunii câtorva forțe mai mari. Poate că, dacă nu ar fi existat zece milioane de oameni care să treacă granița în India, obligând guvernul de la Delhi să cheltuiască 200 000 000 de dolari pe lună cu taberele de refugiați – în condițiile în care întregul război din 1965, al cărui scop secret fusese nimicirea familiei mele, îl costase doar 70 000 000! –, soldații indieni conduși de generalul Sam nu ar fi străbătut niciodată aceeași frontieră în sens invers. Însă India a venit și din alte motive: după cum aveam să învăț de la magicienii comuniști care trăiau în umbra Moscheii Vineri din Delhi, autoritățile din oraș fuseseră extrem de preocupate de influența tot mai scăzută a Ligii Awami·conduse de Mujib și de popularitatea crescândă a revoluționarilor din Mukti Bahini: Sam și Tigrul s-au întâlnit la Dacca pentru a-i împiedica pe cei din Mukti Bahini să preia puterea. Așadar, dacă n-ar fi fost aceștia din urmă, poate că Parvati-vrăjitoarea nu ar fi însoțit niciodată trupele indiene în campania lor de „liberare“...

Însă nici asta nu explică totul. Al treilea motiv pentru care a intervenit India a fost teama că, dacă nu li se punea capăt repede, tulburările din Bangladesh aveau să se extindă dincolo de granițe, în Bengalul de Vest; așa că atât Sam și Tigrul, cât și Parvati și cu mine ne datorăm măcar parțial faptul că ne-am întâlnit elementelor mai turbulente din viața politică a Bengalului de Vest: înfrângerea Tigrului a fost doar începutul unei campanii împotriva stângii din Calcutta și din împrejurimi.

Oricum, India a venit; iar pentru viteza ei de reacție – căci în doar trei săptămâni Pakistanul pierduse jumătate din marină, o treime din armata de uscat, un sfert din aviație și în cele din urmă, după capitularea Tigrului, peste jumătate din populație – destinatarii mulțumirilor au fost încă o dată cei din Mukti Bahini; asta pentru că, dând probabil dovadă de naivitate și neînțelegând că avansarea indienilor era în egală măsură o manevră tactică împotriva lor și o luptă împotriva trupelor de ocupație din Aripa de Vest, acești Bahini l-au informat pe generalul Manekshaw despre mișcările trupelor pakistaneze și despre punctele tari și punctele slabe ale Tigrului; trebuia totodată să i se mulțumească și domnului Chou En-Lai, care nu a vrut (în ciuda rugăminților insistente ale lui Bhutto) să ofere nici un ajutor material de război Pakistanului. Refuzându-i-se armele chinezești, Pakistanul a luptat cu tunuri, tancuri și avioane americane; singurul om din lume decis „să încline spre Pakistan" a fost președintele Statelor Unite. În timp ce Henry A. Kissinger punea în discuție cauza lui Yahya Han, același Yahya aranja în secret celebra vizită de stat a președintelui în China... prin urmare, existau forțe colosale care se opuneau reunirii mele cu Parvati și celei a lui Sam cu Tigrul; însă cu toată înclinația președintelui, lucrurile s-au lămurit în doar trei săptămâni.

În seara zilei de 14 decembrie, Shaheed Dar și buddha au dat ocol orașului Dacca împresurat de trupe; dar nasul lui buddha (îmi place să cred că nu ați uitat) era în stare să adulmece mai multe lucruri decât restul. Luându-se după acest nas capabil să miroasă siguranța și pericolul, cei doi și-au croit drum prin liniile indiene și au intrat în oraș la adăpostul nopții. Pe când se furișau pe străzile pe care se mai vedeau doar câțiva cerșetori hămesiți, Tigrul a jurat că avea să lupte până la ultimul om, pentru ca nu mai departe de a doua zi să se predea. Un singur lucru nu se știe: dacă acel ultim om a fost recunoscător fiindcă i se cruțase viața sau s-a înfuriat pentru că pierduse ocazia să intre în grădina de camfor.

Așa că m-am întors în orașul unde, în acele ultime ore de dinaintea reuniunilor, Shaheed și cu mine am văzut lucruri care nu erau adevărate, căci nici măcar nu erau posibile, fiindcă băieții noștri n-ar fi putut să se comporte atât de groaznic ; am văzut bărbați cu ochelari și cu capetele ca niște ouă împușcați pe străduțe lăturalnice, am văzut floarea intelectualității din oraș masacrată cu sutele, însă nu era adevărat fiindcă nu putea fi adevărat, în fond Tigrul era un tip cumsecade, iar fiecare dintre *jawan*-ii noștri făcea cât zece filfizoni înarmați de-ai lor, ne-am mișcat printre o sumedenie de năluciri imposibile ale nopții, ascunzându-se în praguri, pe când focurile înmugureau ca florile, amintindu-mi de felul cum dădea Maimuța foc pantofilor ca să atragă nițică atenție, după care am văzut gâturi tăiate și oameni îngropați în morminte fără nici un semn, moment în care Shaheed a răbufnit : „Nu, buddha, ce urgie, Allah, să nu-ți crezi ochilor, nu, nu-i adevărat, cum se poate, ia spune-mi, buddha, ce mi-a intrat în ochi ?“ Iar în cele din urmă buddha a vorbit, știind că Shaheed nu avea cum să-l audă : „O, Shaheed“, a spus el, arătând cât de scârbit era, „câteodată omul trebuie să aleagă ce vrea să vadă și ce nu ; de-acum încolo nu te mai uita, întoarce-ți privirile“. Dar Shaheed se uită țintă la un maidan pe care mai multe doctorițe erau spintecate cu baioneta înainte de a fi violate și erau violate din nou înainte de-a fi împușcate. Deasupra lor, profilându-se undeva în spate, minaretul alb și răcoros al unei moschei își fixase privirile oarbe asupra a ceea ce se petrecea dedesubt.

Ca și cum ar fi vorbit cu sine, buddha a spus : „E timpul să ne gândim cum să ne scăpăm pielea ; Dumnezeu știe de ce ne-am întors“. A intrat pe ușa unei case părăsite, a unui edificiu dărăpănat, cu ziduri scorojite, care adăpostise cândva o ceainărie, un atelier de reparat biciclete, un bordel și o cămăruță unde probabil că se aflase cândva un notar public, fiindcă lăsase acolo jos biroul pe care stăteau niște ochelari cu rame în formă de semicercuri, la un loc cu ștampilele și timbrele părăsite care îl ajutaseră cândva să fie mai mult decât un bătrân fără rost – ștampile și timbre care îl transformaseră într-un arbitru a ceea ce era adevărat sau nu. Notarul public lipsea, așa că nu i-am putut cere să controleze ce se petrecea și nici n-am avut cum să depun mărturie sub jurământ ; însă pe covorașul din spatele biroului se găsea un veșmânt lălâu ca o djellaba și, fără să mai stau pe gânduri, mi-am scos uniforma, inclusiv emblema canină a unităților CUTIA, și am devenit anonim, un dezertor într-un oraș căruia nu-i știam limba.

Totuși, Shaheed Dar a rămas pe stradă ; în lumina proaspătă a zorilor s-a uitat la soldații care se îndepărtau de ceea-ce-nu-fusese-făcut ; iar apoi a venit grenada. Eu, buddha, mă aflam încă înăuntrul casei părăsite, dar pe Shaheed nu l-au protejat zidurile.

Cine poate spune de ce, cum și cine? În orice caz, grenada a fost aruncată. În acea ultimă clipă a vieții lui nesecționate, Shaheed a fost cuprins de dorința irezistibilă de a-și ridica privirile... iar pe urmă, în camera muezinului, i-a spus lui buddha : „Ce ciudat, Allah – rodia – o aveam în cap uite-atât, mai mare și mai lucioasă ca oricând – cum să-ți zic, buddha, cât un bec – ce puteam să fac, Allah, m-am uitat!" – Ei bine, da, era acolo, atârnându-i deasupra capului, grenada visurilor lui, atârnând deasupra, căzând căzând, explodându-i în zona taliei și zburându-i picioarele într-o altă parte a orașului.

Când am ajuns la el, Shaheed era conștient, în ciuda secționării, și a arătat în sus : „Du-mă acolo, buddha, vreau, vreau tare mult", așa că i-am cărat jumătatea rămasă (și destul de ușoară) pe scările înguste și în spirală, spre vârful minaretului alb și răcoros, unde Shaheed a bolborosit mai departe despre becuri, în timp ce furnicile roșii și cele negre se băteau pentru un gândac mort, înfruntându-se în șănțulețele săpate pe pardoseala zgrunțuroasă de beton. Jos pe străzi, printre case calcinate, geamuri sparte și trâmbe de fum împletite într-o pânză cețoasă, oamenii ieșeau la iveală ca furnicile, pregătindu-se de pace ; cu toate acestea, furnicile nu-i băgau în seamă pe cei cu care erau asemuite și-și vedeau de luptă. Cât despre buddha, el a rămas pe loc aruncând priviri lăptoase în jur și dedesubt, după ce se plasase între jumătatea superioară a corpului lui Shaheed și singura piesă de mobilier din încăpere, o masă joasă pe care se găsea un gramofon conectat la un difuzor. Protejându-și tovarășul înjumătățit de imaginea dezamăgitoare a acestui muezin mecanizat, a cărui chemare la rugăciune era zgâriată întotdeauna în aceleași locuri, buddha a scos din faldurile veșmântului său larg un obiect strălucitor și și-a întors privirile lăptoase spre scuipătoarea de argint. Pierdut în contemplare, a fost luat prin surprindere când au început țipetele și, ridicându-și ochii, a dat peste un gândac abandonat. (Sângele se prelinsese prin crăpăturile din beton ; luându-se după urma vâscoasă și închisă la culoare, furnicile ajunseseră între timp la sursa scurgerii, făcându-l pe Shaheed să-și exprime furia pentru că devenise victima a două războaie în loc de unul.)

Sărindu-i în ajutor, strivind cu picioarele o mulțime de furnici, buddha și-a proptit cotul într-un comutator; difuzorul a fost activat, iar după aceea oamenii nu au mai uitat niciodată felul în care răcnise moscheea, dând de știre despre chinurile cumplite ale războiului.

După câteva clipe, liniște. Shaheed și-a simțit capul greu și a căzut în față. Iar buddha, temându-se să nu fie descoperit, s-a descotorosit de scuipătoare și a coborât în oraș tocmai când venea armata indiană; lăsându-l pe Shaheed, căruia nu-i mai păsa de nimic, să asiste la banchetul de împăcare al furnicilor, am ieșit pe stradă la primele ore ale dimineții ca să-l întâmpin pe generalul Sam.

În minaret, mă uitasem cu niște ochi lăptoși la scuipătoare; însă mintea lui buddha nu fusese goală. Conținea trei cuvinte, pe care le repetase întruna și jumătatea superioară a lui Shaheed până la sosirea furnicilor: aceleași trei cuvinte care, duhnind a ceapă, mă făcuseră să plâng pe umărul lui Ayooba Baloch până la auzul acelei albine zumzăitoare... „Nu e cinstit", și-a zis buddha, repetându-și apoi până la saturație, ca un copil: „Nu e cinstit, nu e cinstit, nu e cinstit".

Împlinind dorința cea mai dragă a tatălui său, Shaheed își făcuse în cele din urmă un nume; însă buddha tot nu și-l amintise pe al lui.

Când și-a recăpătat buddha numele: Cândva demult, într-o altă zi a independenței, lumea fusese verde și șofran. În dimineața asta culorile erau verde, roșu și auriu. Prin orașe se auzeau strigăte de „*Jai Bangla!*" Vocile femeilor cântau „Bengalul nostru de aur", înnebunindu-și inimile de plăcere... iar în centrul orașului, pe podiumul înfrângerii sale, generalul Niazi, zis Tigrul, îl aștepta pe generalul Manekshaw. (Detalii biografice: Sam era pars și venea din Bombay. Avea să fie o zi de mare bucurie pentru concitadinii lui.) În mijlocul valurilor de verde, roșu și auriu, buddha în veșmântul lui inform și anonim era împins când din stânga, când din dreapta; iar apoi a venit India. India, având-ul în frunte pe Sam.

A fost ideea generalului Sam? Sau poate chiar a Indirei? – Eschivându-mă din calea acestor întrebări fără noimă, consemnez doar că intrarea indienilor în Dacca a fost mult mai mult decât o simplă paradă militară; aşa cum îi şade bine unei expediţii triumfătoare, a avut parte de reprezentaţii secundare. Un avion militar special al aviaţiei indiene aterizase deja la Dacca, aducând o sută unu dintre cei mai buni scamatori şi artişti care existau în India. Aceştia veneau din vestitul ghetou al magicienilor din Delhi, şi mulţi se îmbrăcaseră pentru această ocazie cu uniformele evocatoare ale fauj-ului indian, aşa încât o groază de locuitori din Dacca au tras concluzia că victoria indienilor fusese inevitabilă de la bun început, fiindcă până şi *jawan*-ii lor în uniformă erau vrăjitori dintre cei mai iscusiţi. Scamatorii şi ceilalţi artişti mergeau alături de trupe şi distrau mulţimea; erau acrobaţi care formau piramide umane aflate pe nişte care trase de tauri albi jugăniţi; erau contorsioniste extraordinare, care îşi puteau înghiţi picioarele până la genunchi; erau jongleri care sfidau legile gravitaţiei şi care smulgeau suspine admirativ-temătoare din piepturile gloatei, în timp ce jonglau cu nişte grenade de jucărie, reuşind să manevreze simultan patru sute douăzeci de bucăţi; erau maeştri ai scamatoriilor cu cărţi de joc, capabili să scoată dama de cupă, popa de caro şi valetul de treflă din urechile femeilor; era marea dansatoare Anarkali, al cărei nume însemna „mugur de rodie" şi care efectua salturi, răsuciri şi piruete pe un car tras de măgari, în vreme ce de nara dreaptă îi atârna un inel uriaş de argint; era maestrul Vikram, cântăreţul din *sitar*, al cărui instrument putea să răspundă la (şi să amplifice) emoţiile cele mai mici din sufletul auditoriului, aşa încât odată – aşa se zicea – se produsese în faţa unui public atât de iritat şi le sporise atât de mult proasta dispoziţie, încât dacă prezentatorul programului nu l-ar fi oprit la jumătatea piesei, puterea muzicii lui i-ar fi făcut să se înjunghie unii pe alţii şi să distrugă sala de spectacole... Astăzi, muzica maestrului Vikram ridica bucuria de a sărbători a oamenilor pe culmi nemaiîntâlnite; sau, altfel spus, le înnebunea inimile de plăcere.

Iar după aceea venea Picture Singh în persoană, un uriaş de peste doi metri şi o sută douăzeci de kilograme, cunoscut drept Cel Mai Fermecător Om din Lume datorită neîntrecutelor lui calităţi în materie de fermecare şi îmblânzire a şerpilor. Nici măcar legendarii *tubriwallah*-i din Bengal nu-l puteau bate; acum mergea printre oamenii care strigau mulţumiţi, acoperit din cap până în picioare de spiralele mortale ale cobrelor, crotalilor şi şerpilor mamba, ai căror săculeţi cu otravă erau absolut intacţi... Picture Singh, care avea să fie ultimul din seria de bărbați dispuși să-mi devină tați... iar imediat în spatele lui venea Parvati-vrăjitoarea.

Parvati-vrăjitoarea distra mulțimea cu ajutorul unui coș mare din răchită, acoperit cu un capac; diverși voluntari intrau în el, iar Parvati îi făcea să dispară atât de bine, încât puteau să reapară doar când voia ea; Parvati, pe care miezul de noapte o înzestrase cu adevăratele daruri ale vrăjitoriei, și le pusese pe toate în slujba umilei sale îndeletnici de iluzionist, fiind întrebată mereu: „Bine, dar care-i șmecheria?“ sau „Haide, frumușico, nu vrei să ne-arăți cum ai făcut?“ Zâmbind, radiind și rostogolindu-și coșul fermecat, Parvati se apropia de mine odată cu trupele eliberatoare.

Armata indiană a intrat mărșăluind în oraș, cu eroii venind în urma magicienilor; printre ei, am aflat mai târziu, s-a aflat și acel colos al războiului, maiorul cu mutră șmecheră și genunchi mortali... dar acum venise rândul altor iluzioniști, căci prestidigitatorii din oraș care supraviețuiseră au ieșit din ascunzișuri și au dat startul unei întreceri minunate, străduindu-se să depășească tot ce aveau de oferit magicienii musafiri și făcând ca durerea orașului să fie domolită și vindecată de măreața lor cavalcadă magică. Apoi Parvati-vrăjitoarea a dat cu ochii de mine și m-a făcut să-mi recapăt numele.

— Saleem! O, Doamne, Saleem, Saleem Sinai, tu ești, Saleem?

Buddha tresare ca o marionetă trasă de sfori. Ochii mulțimii sorb spectacolul. Parvati își croiește drum spre el.

— Nu se poate, tu ești!

Îi prinde cotul ca într-o menghină. Ochii aidoma unor farfurioare îi caută privirile lăptoase.

— Dumnezeule, nasul ăsta, nu vreau să fiu mojică, dar, bineînțeles! Uită-te, eu sunt, Parvati! Hai, Saleem, nu fi prost, haide, haide...!

— Ăsta era, zice buddha. Saleem, ăsta era.

— O, Doamne, ce emoție! strigă ea. *Arré baap*, Saleem, ții minte – Copiii, *yaar*, ah, ce bine e! Ia zi, de ce te ții așa bățos când îmi vine să te strâng în brațe până te fac bucăți? Atâția ani nu te-am văzut decât aici – își lovește ușor fruntea cu un deget – iar acum dau de tine și-mi faci mutra asta lungă. Hai, Saleem! Hai, măcar dă-mi binețe.

Pe 15 decembrie 1971, Tigrul Niazi i s-a predat lui Sam Manekshaw; Tigrul și nouăzeci și trei de mii de soldați pakistanezi au devenit prizonieri de război. Între timp, eu am ajuns captivul benevol al magicienilor indieni, fiindcă Parvati m-a târât după ea în mijlocul procesiunii, spunându-mi: „Acum că te-am găsit, nu-ți mai dau drumul".

În seara aceleiași zile, Sam și Tigrul au dat pe gât pahar după pahar de coniac cu sifon și au depănat amintiri despre vremurile când fuseseră amândoi în armata engleză. „Știi ceva, Tigrule", i-a spus Sam Manekshaw, „ai fost un adevărat domn că te-ai predat." „Te-ai bătut cum scrie la carte", i-a răspuns Tigrul. Pe chipul generalului Sam trece după aceea umbra unui nor. „Ascultă, prietene, umblă tot felul de minciuni. Masacre, gropi comune, unități speciale numite CUTIA sau ceva de genul ăsta, înființate special ca să stârpească opoziția... bănuiesc că sunt baliverne, nu?" La care Tigrul: „Câinii Unităților pentru Turnarea Informațiilor și a Agenților? E prima oară când aud de așa ceva. Cred c-ai fost indus în eroare, bătrâne. La capitolul spionaj s-au dat chixuri mari de ambele părți. Nu, e ridicol, dacă nu te superi". „Așa mi-am zis și eu", spune generalul Sam. „Oricum, îmi pare al naibii de bine că te văd, amice. Au trecut atâția ani, nu?" zice Tigrul. „O veșnicie, zău așa."... În timp ce prietenii de odinioară cântau „Auld Lang Syne" la popotă, eu am scăpat de Bangladesh, de anii petrecuți în Pakistan.

— Te scot eu, mi-a spus Parvati după ce i-am explicat. Vrei să rămână secret secret?

Am încuviințat din cap.

— Secret secret.

Într-o altă parte a orașului, nouăzeci și trei de mii de soldați se pregăteau să fie expediați în lagărele prizonierilor de război; însă Parvati-vrăjitoarea m-a pus să intru într-un coș de răchită cu un capac care se închidea aproape etanș. Sam Manekshaw a fost silit să-l aresteze preventiv pe bunul lui prieten Tigrul, iar Parvati m-a asigurat:

— În felul ăsta n-or să se prindă niciodată.

În spatele unității militare unde magicienii așteptau să fie duși înapoi la Delhi, Picture Singh, Cel Mai Fermecător Om din Lume, făcea de gardă în noaptea aceea când m-am vârât în coșul invizibilității. Ne-am plimbat încoace și încolo, am fumat mahorci și am așteptat să nu se mai vadă picior de soldat, iar între timp Picture Singh mi-a vorbit de numele lui. Cu douăzeci de ani în urmă, un fotograf de la Eastman-Kodak îi făcuse o poză care, zâmbitoare și plină de șerpi încolăciți, apăruse mai târziu pe jumătate din reclamele Kodak și, sub formă de postere, într-o sumedenie de magazine din India, făcându-l pe îmblânzitorul de șerpi să adopte porecla actuală.

— Ce zici, dom' căpitan? a mugit el jovial. Straşnic nume, nu? Ce să fac, dom' căpitan, nu-mi aduc aminte cum m-a chemat înainte, cum mi-au zis mama și tata! Mare prostie, nu, dom' căpitan?

Dar Picture Singh nu era prost, iar pe lângă puterea de a fermeca avea și alte calități. Deodată vocea lui și-a pierdut amabilitatea dezinvoltă și letargică și l-am auzit șoptit: „Acum! Acum, dom' căpitan, în coș, fuga marș!" Parvati a dat la o parte capacul, iar eu am plonjat cu capul înainte în coșul ei cel criptic. Capacul pus la loc a făcut să nu mai văd ultima lumină a zilei.

Picture Singh a șoptit: „Bine, dom' căpitan, excelent!" Parvati s-a aplecat și s-a apropiat de mine; cred că-și lipise buzele de peretele exterior al coșului. Și iată ce-a murmurat vrăjitoarea prin împletitura de răchită:

— Hei, Saleem, ia gândește-te! Tu și cu mine, domnule – copiii din miez de noapte, *yaar*! E ceva, nu?

E ceva... Învelit în bezna răchitei, lui Saleem i s-a adus aminte de miezurile de noapte de demult, de ciondănelile și încăierările din copilărie, cu un scop și un sens precis; copleșit de nostalgie, tot nu am izbutit să le deslușesc. Pe urmă Parvati a mai șoptit câteva cuvinte, iar înăuntrul acelui coș al invizibilității, eu, Saleem Sinai, cu tot cu veșmântul lălâu și anonim, m-am făcut nevăzut cât ai clipi din ochi.

— Nevăzut? Cum adică nevăzut, ce-nseamnă asta, nevăzut?

Padma își mișcă brusc capul, iar ochii ei mă privesc stupefiați. Nu-mi rămâne decât să ridic din umeri și să repet: nevăzut, uite-așa. Dispărut. Dematerializat. Ca un *djinn*: paf și gata.

— Ia zi, chiar era vrăjitoare? De-adevăratelea? insistă Padma.

Chiar era. De-adevăratelea. Am stat și n-am stat în coș; Picture Singh l-a ridicat cu o mână și l-a azvârlit în fundul unui camion militar care îi ducea pe el, pe Parvati și pe alți nouăzeci și nouă la aeronava care-i aștepta la aerodromul armatei; am fost și n-am fost aruncat cu coșul. După aceea Picture Singh a spus: „Nu, dom' căpitan, nu ți-am simțit greutatea", la rândul meu, nici eu n-am simțit vreo izbitură sau vreo lovitură. O sută unu artiști sosiseră cu un avion al F.A.I.[1] din capitala Indiei: tot o sută unu s-au întors, deși unul dintre ei era și totodată nu era acolo. Da, există cazuri când vrăjile reușesc. După cum pot la fel de bine să dea greș: Ahmed Sinai, tatăl meu, n-a izbutit niciodată s-o blesteme pe Sherri, cățeaua noastră corcită.

Fără pașaport sau permis, m-am înapoiat, sub mantia invizibilității, în locul unde mă născusem. Mă credeți sau nu, dar până și un sceptic va trebui să ofere o altă explicație pentru prezența mea aici. Oare nu hoinărea și califul Harun al-Rașid (într-o culegere de povestiri fabuloase de demult), nevăzut și anonim, pe străzile Bagdadului? Ceea ce a realizat Harun acolo am făcut eu aici, cu ajutorul lui Parvati, în timp ce străbăteam coridoarele de zbor ale subcontinentului. Izbutisem; eram invizibil; *bas. Destul.*

Amintirile invizibilității: înăuntrul coșului, am aflat cum era, cum avea să fie, când mureai. Dobândisem proprietățile stafiilor! Prezent, dar lipsit de substanță; concret, dar fără contur și greutate... Am descoperit stând în coș cum vedeau fantomele lumea. Cețos vag în penumbră... lumea mă înconjura, dar abia vizibil; stăteam suspendat într-o sferă a absenței pe marginile căreia se vedeau, ca niște reflexe palide, spectrele răchitei. Morții se duc și sunt dați uitării încetul cu încetul; timpul vindecă totul, permițându-le să dispară – dar în coșul lui Parvati am descoperit că și reciproca e valabilă; că morții își pierd amintirile despre cei vii și că la sfârșit, când sunt desprinși de viețile lor, se estompează până la dispariția totală; pe scurt, că moartea continuă mult timp după ce-ai murit. După aceea Parvati a spus:

— N-am vrut să-ți zic, dar nu e bine să ții pe nimeni invizibil atâta timp. Era periculos, dar ce puteam face?

Pradă vrăjilor lui Parvati, am simțit cum îmi slăbește controlul asupra lumii; și ce ușor, ce pașnic era, știind că nu mai trebuia să te întorci niciodată, să plutești în acest nicăieri ca un puf noros, din ce în ce mai departe, ca o sămânță purtată de vânt – altfel spus, eram în pericol de moarte.

Care a fost obiectul de care m-am cramponat în acel timp și spațiu fantomatic? O scuipătoare de argint, care, preschimbată ca și mine de cuvintele șoptite de Parvati, a continuat să-mi amintească de ceea ce se găsea afară... Cu degetele

1. Forțele Aeriene ale Indiei.

încleștate pe scuipătoarea meșteșugit lucrată, care strălucea chiar și în bezna aceea fără nume, am supraviețuit. În ciuda amorțelii pe care-o simțeam de sus până jos, am fost salvat – poate – de luciul prețiosului meu suvenir.

Nu – a mai fost și altceva în afara scuipătorilor ; căci, așa cum știm deja cu toții, pe eroul nostru îl afectează serios închiderea în spații restrânse. Transformările se reped asupra lui în întunericul finit. Ca simplu embrion în secretul unui pântece, altul decât al maică-sii, nu s-a întrupat el oare în noul mit al lui 15 august, n-a fost el copilul tic-tac-ului, n-a ajuns el să fie Mubarak, Cel Binecuvântat ? Nu s-au inversat etichetele într-un spălător înghesuit ? Singur într-o ladă de rufe și cu un șiret gâdilându-i nările, n-a văzut el un Mango Negru care l-a făcut să adulmece prea tare, transformându-se cu tot cu castravetele de sus într-un aparat de radio supranatural, dar nu de foarte bună calitate ? Înconjurat de medici, asistente și măști anestezice, n-a cedat el în fața numerelor, pentru ca, ulterior secătuirii de care s-a vorbit deja, să intre într-o a doua fază, aceea de filosof nazal și (mai târziu) copoi infailibil ? Strivit într-o colibă mică și părăsită sub cadavrul lui Ayooba Baloch, nu a învățat el ce este cinstit și ce nu ? Ei bine, prins în mrejele pericolului ocult care pândea în coșul invizibilității, am fost salvat nu doar de lucirile unei scuipători, ci și de o transformare de alt tip : în ghearele acelei singurătăți oribile și imateriale, al cărei miros era cel al cimitirelor, am descoperit mânia.

Ceva dispărea și altceva se năștea înăuntrul lui Saleem. Ce dispărea : vechea mândrie pentru instantaneele cu nou-născuți și pentru scrisoarea înrămată de la Nehru, vechea hotărâre de asumare cu bună știință a unui rol istoric profețit ; de asemenea, înclinația de a găsi scuze și de a înțelege felul în care părinții și străinii îl puteau disprețui sau exila cu deplin temei pentru cât era de urât ; degetele mutilate și tonsurile călugărești nu mai păreau motive suficient de bune pentru felul cum fusese – fusesem – tratat. Obiectul mâniei mele era de fapt tot ceea ce acceptasem orbește până atunci : dorința părinților mei de a mă vedea pe cai mari, justificând astfel investiția pe care-o făcuseră în mine și așteptându-se să devin genial ; modurile de conectare au fost cele care mi-au provocat o furie oarbă și nimicitoare. De ce eu ? De ce trebuia ca, din cauza unor accidente, profeții etc., să fiu răspunzător de tulburările lingvistice, de urmașul lui Nehru, de revoluțiile cu pipernițe și de bombele care mi-au spulberat familia? De ce să accept eu, Saleem Mucea, Smârcâici, Față-de-hartă și Țăndărel-de-lună, vinovăția pentru tot-ce-n-au-făcut trupele pakistaneze în Dacca?... *De ce, dintre peste cinci sute de milioane de oameni, tocmai eu trebuia să îndur povara istoriei?*

Ceea ce declanșasem odată cu descoperirea necinstei (care mirosea a ceapă) a fost desăvârșit de furia mea invizibilă. Mânia m-a ajutat să supraviețuiesc tentațiilor dulci ca de sirenă ale invizibilității; supărarea m-a făcut ca, după salvarea de la dispariție în penumbra Moscheii Vineri, să mă hotărăsc din clipa aceea să-mi aleg un viitor nepredestinat și numai al meu. Iar acolo, în liniștea acelei izolări care mirosea puternic a cimitir, am auzit vocea de altădată a feciorelnicei Mary Pereira, care cânta:

Poți să fii tot ce dorești,
Tot ce vrei poți să ajungi.

În noaptea asta, pe când îmi aduc aminte de furie, rămân cât se poate de calm; Văduva a supt mânia din mine la un loc cu toate celelalte. Evocând revolta plămădită în coș împotriva inevitabilității, îmi permit chiar un surâs crispat și înțelegător. „Băieții tot băieți", mormăi tolerant peste timp la urechea acelui Saleem de douăzeci și patru de ani. La Pensiunea Văduvelor, am primit lecția aspră și definitivă a Lipsei Oricărei Ieșiri; acum, aplecat asupra hârtiei, sub lumina piezișă a lămpii de birou, nu mai vreau să fiu altceva decât ceea ce sunt de fapt. Cine și ce sunt? Răspuns: sunt suma a tot ce s-a întâmplat înaintea mea, a tot ce am fost, văzut și făcut, a tot ce mi s-a făcut. Sunt orice lucru și orice ființă a căror existență în lume au afectat și au fost afectate de existența mea. Sunt tot ce se întâmplă după ce am plecat și nu s-ar fi întâmplat dacă n-aș fi venit. Și să nu credeți că reprezint un caz excepțional: fiecare „eu", fiecare dintre cei peste șase sute de milioane câți există la ora actuală, conține o multitudine asemănătoare. Repet pentru ultima oară: ca să mă înțelegeți, trebuie să înghițiți o întreagă lume.

Asta chiar dacă acum, pe măsură ce revărsarea a ceea-ce-aveam-în-mine se apropie de sfârșit și, pe măsură ce fisurile interioare se lărgesc – aud și simt sfâșierea, ruperea și zdrobirea –, încep să fiu din ce în ce mai slab, aproape translucid; nu a mai rămas mult din mine, iar în curând n-o să mai fie absolut nimic. Șase sute de milioane de fire de praf, toate transparente și invizibile ca sticla...

Însă atunci eram furios. Hiperactivitatea glandulară într-o amforă de răchită: glandele ecrine și apocrine produceau sudoare și duhoare, de parcă aș fi încercat să-mi eliberez soarta prin pori; și ca să-mi înțelegeți corect mânia, trebuie să consemnez că a revendicat o împlinire instantanee, și anume că, în clipa când m-am rostogolit din coșul invizibilității în umbra moscheii, revolta mă scăpase de abstracția amorțelii: pe când aterizam pe pământul din ghetoul magicienilor, cu scuipătoarea de argint în mână, mi-am dat seama că reîncepusem să simt.

Măcar unele suferințe sunt capabile să se lase cucerite.

În umbra moscheii

Nu există umbră de îndoială: are loc o accelerare. Prrr trosc buf – în timp ce suprafețele drumurilor crapă din cauza căldurii toride, și eu mă îndrept din ce în ce mai repede spre dezintegrare. Lucrul-care-îmi-macină-oasele (care, după cum am fost obligat să le explic prea multelor femei din jurul meu, nu poate fi nici măcar depistat, darămite lecuit de către medici) nu va mai fi ținut în loc multă vreme; și sunt în continuare atâtea și-atâtea de povestit... Unchiul Mustafa crește înlăuntrul meu, ca de altfel și îmbufnarea lui Parvati-vrăjitoarea; o anumită buclă din părul unui erou așteaptă undeva în culise; urmează un travaliu de treisprezece zile și istoria ca analog al coafurii unui prim-ministru; mai trebuie pomenit de trădare, de blatiști și de aroma (purtată de vântul încărcat de tânguielile văduvelor) a ceva pus la prăjit într-o tigaie mică... așa că și eu sunt silit să accelerez și să lansez asaltul final spre linia de sosire; înainte ca memoria să se destrame fără șanse de recuperare, trebuie să-i dau bice. (Deși există deja estompări și lacune; pe alocuri n-o să am încotro și o să improvizez.)

Douăzeci și șase de borcane de murături stau înșirate grav pe o poliță; douăzeci și șase de arome speciale, fiecare cu o etichetă de identificare, pe care sunt scrise ordonat formule familiare: „Mișcări efectuate de pipernițe", de pildă, „Alfa și Omega" sau „Bastonul comandantului Sabarmati". Cele douăzeci și șase zornăie elocvent ori de câte ori trenurile personale galben-maronii trec prin dreptul casei: la mine pe birou, cinci borcane scot clinchete nerăbdătoare, amintindu-mi că nu mi-am încheiat misiunea. Însă nu pot să zăbovesc cu gândul la niște borcane goale: noaptea aparține cuvintelor, iar *chutney*-ul verde trebuie să-și aștepte rândul.

...Padma e melancolică:

— Ah, domnu', ce frumos trebuie să fie Kashmirul în august, când aici e cald ca-n cuptor!

Mă văd nevoit s-o dojenesc pe tovarășa mea rotofeie-și-totuși-musculoasă, care a început să nu mai fie atentă la mine, și să observ că răbdătoarea, toleranta și consolatoarea noastră Padma *bibi* se poartă de la un timp exact ca o soție indiană tradițională. (Să însemne asta că eu, cu distanțările și egocentrismul meu, am ajuns să semăn cu un soț?) În ultima vreme, în ciuda fatalismului meu stoic cu privire la numărul tot mai mare de fisuri, am mirosit în respirația Padmei visul unui viitor alternativ (dar imposibil); nesocotind finalitatea implacabilă a fisurilor interne, ea a început să emane parfumul dulce-amărui al speranțelor matrimoniale. Lotusul meu de Băligar, care a rămas imun atâția ani la aluziile răutăcioase ale celorlalte muncitoare cu brațele păroase, și care și-a situat relația cu mine deasupra tuturor codurilor de conduită în societate, pare să fi cedat în fața dorinței de legitimitate... pe scurt, chiar dacă n-a scos o vorbă pe tema asta, așteaptă să fac din ea o femeie cinstită. Parfumul speranțelor ei triste i se ghicește până și în cele mai nevinovate observații, chiar în clipa asta, când o aud rostind:

— Hei, domnu', ce-ar fi... să termini de scris și să te odihnești? te duci frumușel în Kashmir, stai cuminte o vreme și poate-o iei și pe Padma ta, ca să aibă grijă...?

Dincolo de acest vis timid despre o vacanță în Kashmir (care a fost cândva și visul lui Jehangir, împăratul mogul, al bietei și uitatei Ilse Lubin și poate chiar al lui Hristos), adulmec prezența unui al doilea vis; însă nici unul dintre ele nu poate fi împlinit. Fiindcă în clipa asta crăpăturile, veșnicele și omniprezentele crăpături, îmi îngustează viitorul, orientându-l spre acel punct unic și imposibil de evitat; chiar și Padma trebuie să mă lase în pace dacă vreau să-mi închei povestirea.

Astăzi ziarele vorbesc despre presupusa renaștere politică a doamnei Indira Gandhi; însă, când m-am întors în India, ascuns într-un coș de răchită, „Marea doamnă" își savura din plin succesul. Poate că la ora asta am început deja să uităm, cufundându-ne de bunăvoie în norii insidioși ai amneziei; numai că eu țin minte și o să relatez ce-am făcut – ce-a făcut ea – cum s-a întâmplat că – nu, așa nu se poate, trebuie să respect ordinea întâmplărilor, până când n-o să am de ales și o dezvălui... Pe 16 decembrie 1971, m-am rostogolit dintr-un coș într-o Indie în care Noul Partid al Congresului condus de doamna Gandhi deținea o majoritate de peste două treimi în Adunarea Națională.

În coşul invizibilităţii, acea adulmecare a necinstei s-a schimbat în manie şi în încă ceva – transformat sub acţiunea furiei, fusesem, de asemenea, copleşit de o chinuitoare compasiune pentru ţara aceea care nu numai că era perechea mea geamănă, dar îmi fusese aproape tot timpul, aşa încât orice i se întâmpla unuia dintre noi se întâmpla de fapt amândurora. Dacă eu, smârcâit, pocit şi aşa mai departe, avusesem parte de zile fripte, ei bine, şi sora mea geamănă şi subcontinentală pătise la fel; iar acum că îmi rezervasem dreptul de a alege un viitor mai bun, eram hotărât să fac părtaş întreaga naţie. Cred că, în clipa când m-am rostogolit în praf, în umbră şi în mijlocul uralelor, mă decisesem deja să salvez ţara.

(Dar există crăpături şi lacune... oare începusem să-mi dau seama că dragostea mea pentru Jamila Cântăreaţa fusese, într-un fel, o greşeală? Înţelesesem deja că nu făcusem decât să transfer pe umerii ei adoraţia pe care o percepeam acum ca pe o fierbinte şi atotcuprinzătoare dragoste de ţară? Când mi-am dat seama că sentimentele mele recunoscut incestuoase i se adresau adevăratei mele surori gemene, adică Indiei, şi nu bocitoarei ăleia dezmăţate care mă trimisese la plimbare cu atâta indiferenţă, aşa cum îşi leapădă şarpele pielea, aruncându-mă la coşul metaforic al vieţii militare? Când, când, când?... Declarându-mă învins, sunt silit să consemnez că nu-mi amintesc cu exactitate.)

...Saleem îşi mijea ochii în praful din umbra moscheii. Un uriaş stătea în picioare lângă el, întrebându-l cu un zâmbet larg: „Ia zi, dom' căpitan, ai călătorit bine?“ Iar Parvati, cu ochii ei imenşi şi plini de emoţie, îi turna apă dintr-o ulcică în gura crăpată, în care simţea un gust sărat... Simţea! Atingerea glacială a apei păstrate la temperaturi scăzute în vasele de lut, usturimea buzelor crăpate până la sânge, argintul şi lapislazuli-ul strânse în pumn...

— Pot să simt! a strigat Saleem în faţa mulţimii înveselite.

Era acea oră a după-amiezii numită *chaya*, când umbra înaltei Moschei Vineri ridicate din cărămidă roşie şi marmură acoperea cocioabele construite alandala în mahalaua din jurul ei, o mahala ale cărei acoperişuri improvizate de tablă produceau o căldură atât de mare, încât înăuntru se putea sta doar la vremea *chayei* şi noaptea... dar acum scamatorii, contorsioniştii, jonglerii şi fachirii se strânseseră la umbră, în apropierea turnului singuratic, ca să-l întâmpine pe nou-venit. „Pot să simt!“ am strigat, după care Picture Singh m-a descusut:

„Ah, dom' căpitan, ia zi-ne, cum e să te mai naşti o dată şi să cazi ca un plod din coşul lui Parvati?" Am adulmecat uimirea de pe faţa lui Picture Singh; era limpede că trucul lui Parvati îl lăsase cu gura căscată, dar, ca un profesionist adevărat, nici nu se gândea s-o întrebe cum făcuse. În felul ăsta Parvati-vrăjitoarea, care îşi folosise puterile nelimitate ca să mă facă invizibil şi să mă pună la adăpost, nu a putut fi descoperită; dar asta şi pentru că, aşa cum aflat mai târziu, ghetoul magicienilor refuza să creadă, cu siguranţa absolută a iluzioniştilor de meserie, în această posibilitate magică. Aşa că Picture Singh mi-a spus uluit: „Jur, dom' căpitan, erai atât de uşor, ca un bebeluş!" Însă nici prin cap nu i-a trecut că imponderabilitatea mea ar fi putut fi şi altceva decât un truc.

„Ia ascultă, bebe sahib, striga Picture Singh. Ce zici, dom' căpitan bebeluş? Să mi te pun pe umăr ca să râgâi?" La care Parvati, tolerantă: „Of, *baba*, numai la glume îţi umblă mintea". Le zâmbea radios tuturor celor de faţă... dar a urmat o întâmplare de rău-augur. O voce de femeie a început să se văicărească în spatele grupului de magicieni: „Aoleeeeu! Văleeeeu!" Gloata s-a dat în lături surprinsă, făcând loc unei bătrâne care s-a apropiat în grabă de Saleem; a trebuit să mă apăr de tigaia ridicată ameninţător, până când Picture Singh, îngrijorat, a imobilizat braţul înarmat al femeii şi a tunat: „Hei, cucoană, ce-i gălăgia asta?" Femeia a continuat să se vaite cu încăpăţânare: „Aoleeeeeu! Văleeeeeu!"

„Resham *bibi*, ţi-au intrat furnici în creier?" a întrebat Parvati supărată, după care s-a auzit din nou vocea lui Picture Singh: „Avem un musafir, cucoană, ce-ţi veni să urli aşa? *Arré*, taci din gură, Resham, căpitanul ăsta o cunoaşte personal pe Parvati! Lasă bocitul când te prezinţi în faţa lui!"

„Aoleeeeeu! Ai adus nenorooooooc! Te-ai dus în străinătăţuri şi-ai venit cu el înapoooooi! Văleeeeeu!"

Magicienii şi-au întors privirile tulburate de la Resham *bibi* la mine – căci, deşi nu credeau în supranatural, erau artişti şi, ca toţi cei din breaslă, aveau o încredere implicită în noroc, ghinion şi ursită... „Chiar voi aţi zis", s-a tânguit mai departe Resham *bibi*, că omu' ăsta s-a născut de două ori şi nici măcar n-a stat într-un pântece de femeie! Acum vine şi-aduce pustiire, ciumă şi moarte. Sunt femeie bătrână şi ştiu. *Arré baba*", a rostit ea plângăreţ, întorcându-se spre mine, „fie-ţi milă de noi şi du-te; du-te repede!" S-a auzit un murmur – „Aşa e, Resham *bibi* ştie poveştile de demult" – însă pe urmă Picture Singh s-a înfuriat. „Căpitanul e oaspetele meu de onoare, a spus el. Stă la mine în colibă cât poftește, două zile sau doi ani. Ce tot bateți câmpii? N-avem vreme de scorneli."

Prima ședere a lui Saleem în ghetoul magicienilor a durat doar câteva zile; însă chiar și în această perioadă scurtă de timp s-au întâmplat câteva lucruri care au mai domolit temerile stârnite de văicăreli. Adevărul gol-goluț este că, pe vremea aceea, iluzioniștii și ceilalți artiști din ghetou au început să realizeze numere de mare clasă – jonglerii au reușit să mențină simultan în aer o mie și una de mingi, iar protejata încă neantrenată a unui fachir a ajuns din greșeală pe un strat de tăciuni aprinși pe care s-a plimbat ca la ea acasă, ca și cum și-ar fi însușit darurile mentorului prin osmoză; mi s-a spus că se practicase cu succes trucul cu sfoara. În plus, poliția a renunțat la raidul lunar în ghetou, lucru care nu se mai întâmplase niciodată; iar tabăra a primit din ce în ce mai multe vizite din partea servitorilor celor bogați, care aveau nevoie de serviciile profesioniste ale unuia sau altuia dintre membrii coloniei pentru cutare sau cutare recepție sau spectacol de gală... de fapt, se părea că Resham *bibi* încurcase borcanele, fiindcă în scurt timp am devenit foarte simpatizat în ghetou. Mi s-a spus Saleem Kismeti, adică Saleem Norocosul; Parvati a primit felicitări pentru că mă strecurase în mahala. Iar în cele din urmă, Picture Singh a adus-o pe Resham *bibi* să își ceară iertare.

— 'A'tă-mă, a rostit bătrâna știrbă și a luat-o din loc.

Picture Singh a adăugat:

— E greu și pentru ăi bătrâni. Se ramolesc și nu mai țin minte cum trebuie. Dom' căpitan, toți cei de-aici spun că le-ai purtat noroc. Dar ai de gând să pleci de la noi în curând?

Parvati m-a privit mută, cu ochii aidoma unor farfurioare, implorându-mă să spun „nu", însă am fost nevoit să răspund afirmativ.

Astăzi Saleem e sigur că a zis „Da"; că în aceeași dimineață, îmbrăcat cu același veșmânt inform și tot nedespărțit de scuipătoarea de argint, s-a așternut drumului, fără să se uite înapoi la fata care l-a urmat cu niște ochi umeziți de atâtea acuzații; că, trecând grăbit pe lângă jonglerii care se antrenau și prăvăliile cu dulciuri care-i umpleau nările cu tentațiile rasgullelor, prin fața frizerilor care se ofereau să-ți radă barba pentru zece *paise*, prin dreptul bătrânilor care pălăvrăgeau de capul lor și al micilor lustragii zgomotoși și cu accent american, care îi luau cu asalt pe turiştii japonezi coborâţi din autobuze şi îmbrăcaţi în costume albastre identice şi turbane de culoarea şofranului, total nepotrivite, care le fuseseră fixate pe capete de nişte ghizi malițioşi şi lipsiţi de respect, pe lângă scările impunătoare care duceau spre Moscheea Vineri, prin faţa negustorilor care vindeau loţiuni, esenţe de *itr*, imitaţii din ghips ale lui Qutb Minar, cai de jucărie pictaţi, pui vii, netăiaţi şi neliniştiţi, pe lângă invitaţiile la lupte de cocoşi şi la jocuri de cărţi unde nu se trişa, a ieşit din ghetoul iluzioniştilor şi s-a trezit în Faiz Bazar, având în faţă zidurile nesfârşite ale unui Fort Roşu de pe ale cărui metereze un prim-ministru proclamase cândva independenţa şi în a cărui penumbră o femeie fusese întâmpinată de posesorul unui kinetoscop, de un bărbat originar din Delhi – „*Dilli-dekho*“ – care o condusese pe nişte străduţe tot mai înguste ca să i se prezică viitorul fiului ei în mijlocul mangustelor, al vulturilor şi al oamenilor infirmi, cu bandaje de frunze în jurul braţelor ; că, în două vorbe, a cotit la dreapta, s-a îndepărtat de Oraşul Vechi şi a pornit în direcţia palatelor trandafirii construite demult de nişte cuceritori cu pielea rozalie : părăsindu-mi salvatorii, am intrat în New Delhi pe jos.

De ce ? De ce am fost nerecunoscător şi, nesocotind suferinţa nostalgică a lui Parvati-vrăjitoarea, am întors spatele lucrurilor vechi şi m-am angajat în această căutare a ineditului ? De ce, după atâţia ani în care îmi fusese singurul aliat statornic în întâlnirile nocturne din mintea mea, am părăsit-o cu atâta uşurinţă dimineaţa ? Luptându-mă cu spaţiile albe şi cu fisurile, îmi aduc aminte două motive ; dar nu pot să-mi dau seama care dintre ele a fost mai important sau dacă a existat şi un al treilea... Oricum, în primul rând a fost vorba de nişte planuri mărețe. Dar, analizându-şi perspectivele, Saleem fusese nevoit să admită că nu erau deloc încurajatoare. Nu aveam paşaport şi, conform legii, eram un imigrant ilegal (după ce fusesem cândva unul legal) ; lagărele pentru prizonierii de război mă aşteptau pretutindeni. Şi chiar dacă făceam abstracţie de statutul meu de soldat-înfrânt-şi-fugar, tot rămâneam cu o listă masivă de handicapuri : nu aveam bani sau haine de schimb şi nici competenţe precise, fiindcă nici nu-mi desăvârşisem educaţia, nici nu mă făcusem remarcat în vreun fel pe durata studiilor ; cum puteam să-mi pun în aplicare planul ambiţios de salvare a naţiunii fără un acoperiş deasupra capului şi fără o familie care să mă apere, să mă sprijine şi să mă asiste...

Dar deodată mi-am dat seama că nu era așa; că tocmai aici, în oraş, aveam rude – şi nu nişte oameni oarecare, ci extrem de influenți! Unchiul Mustafa Aziz, o oficialitate de prim rang, care era – când venise vorba de el ultima oară – numărul doi în departamentul unde lucra; unde-aş fi putut găsi un patronaj mai bun pentru ambițiile mele mesianice? Sub acoperişul lui, puteam face rost şi de relații, şi de haine noi; sub auspiciile lui, aş fi fost în stare să avansez în structurile administrative şi, studiind realitățile guvernării, să găsesc în mod sigur cheia salvării naționale; m-aş fi bucurat de atenția miniştrilor, poate chiar m-aş fi tutuit cu cei mari...! Închipuirile astea minunate m-au făcut să-i spun lui Parvati-vrăjitoarea: „Trebuie să plec! Să pun la cale lucruri importante!" Pentru ca apoi, văzând durerea care-i învăpăiase brusc obrajii, s-o consolez: „O să vin de multe ori să te văd. De foarte multe ori". Dar nu s-a consolat... Prin urmare, noblețea planurilor a fost unul dintre motivele pentru care i-am părăsit pe cei care mă ajutaseră; dar nu cumva a existat și ceva mai meschin, mai trivial, mai personal? Ba da. Parvati mă trăsese în taină după ea în spatele unei maghernițe ridicate din tablă și scânduri de la tot felul de lăzi de lemn; în locul acela unde gândacii se înmulțeau, șobolanii făceau dragoste, iar muștele bâzâiau pe rahatul câinilor vagabonzi, ea m-a prins de încheietura mâinii, începând să se uite la mine cu niște ochi care aruncau flăcări și să sâsâie amenințător cu limba; ascunsă în măruntaiele descompuse ale ghetoului, mi-a mărturisit că nu eram primul dintre copiii din miez de noapte care îi ieșiseră în cale! Iar aici a urmat povestea unei procesiuni din Dacca și a magicienilor care au mărșăluit alături de eroi; o poveste în care Parvati și-a ridicat ochii spre un tanc și a rămas cu ei pironiți asupra unor genunchi enormi și prehensili... niște genunchi care se conturau mândri pe sub uniforma călcată și apretată; o poveste în care Parvati a început să strige: „Ah, tu! Tu..." și să pronunțe apoi numele acela de nerostit, numele vinovăției, al cuiva care ar fi trebuit să aibă parte de viața mea, dacă n-ar fi fost nelegiuirea petrecută într-o maternitate; Parvati și Shiva, Shiva și Parvati, sortiți să se întâlnească de destinul divin al propriilor nume, s-au regăsit în momentul victoriei. „Un ditamai eroul, băiete!" a șuierat ea mândră în spatele maghernitei. „Or să-l facă ofițer superior, cu tot dichisul." Și ce-a fost scos la iveală dintr-un fald al hainelor ei zdrențăroase? Ce crescuse cândva cu semeție pe capul unui erou, pentru a se cuibări mai târziu între sânii unei vrăjitoare? „I-am cerut și mi-a dat“, a spus Parvati, arătându-mi o buclă din părul lui.

Oare am fugit de bucla aceea fatidică? S-a întors valvârtej Saleem, temându-se de reîntâlnirea cu alter ego-ul pe care îl izgonise cu atâta timp în urmă de la Consiliile din Miez de Noapte, în sânul acelei familii ale cărei mângâieri îi fuseseră refuzate eroului de război? A fost vorba de noblețe sau de vinovăție? Nu mai pot să mă pronunț: pun pe hârtie doar ce-mi amintesc, și anume că Parvati-vrăjitoarea a șoptit: „Poate că vine și el când are timp; și-atunci o să fim trei!“ Plus încă o propoziție, una repetată: „Copiii din miez de noapte, *yaar*... e ceva, nu?“ Parvati-vrăjitoarea mi-a amintit de lucruri pe care încercasem să mi le scot din minte; și m-am îndepărtat de ea, pornind spre casa lui Mustafa Aziz.

Din ultimul contact nefericit cu relațiile brutale ale vieții de familie se păstrează doar câteva fragmente; în orice caz, dat fiind că totul trebuie consemnat și pe urmă conservat, o să încerc să încropesc o povestire... pentru început, dați-mi voie să semnalez că unchiul Mustafa locuia într-un bungalou spațios și anonim al Serviciilor Publice, situat într-o grădină cochetă care aparținea aceluiași for, la mică distanță de Rajpath, în inima orașului lui Lutyens; m-am plimbat pe ceea ce fusese cândva Calea Regală, inhalând nenumăratele parfumuri ale străzii, care ieșeau din State Handicraft Emporia și din țevile de eșapament ale autoricșelor; aromele smochinilor și ale cedrilor de Himalaya se împleteau cu miresmele fantomatice ale viceregilor și memsahibelor înmănușate de odinioară, ca și cu izurile sensibil mai stridente ale *begum*-elor și ale femeilor de stradă bogate și bătătoare la ochi. Iată și uriașa tabelă de marcaj din campania electorală, în jurul căreia (în timpul primei lupte pentru putere dintre Indira și Morarji Desai) mulțimile se îmbulziseră în așteptarea rezultatelor, întrebând nerăbdătoare: „E băiat sau fată?“... printre lucruri străvechi și moderne, străjuit de India Gate și de clădirile Secretariatului, în timp ce gândurile îmi erau doldora de imperii dispărute (ale mogulilor, dar și ale englezilor) și de propria mea istorie – căci mă aflam în orașul anunțului public, al monstrului cu multe capete și al mâinii căzute din cer –, mergeam hotărât înainte, duhnind la limita suportabilului, ca de altfel tot ce mă înconjura. În cele din urmă, după ce-am luat-o la stânga și am pornit spre Dupleix Road, am ajuns la o grădină anonimă, cu un zid scund și un gard-viu, în colțul căreia am văzut un anunț mișcându-se în bătaia vântului, la fel ca tăbliile care apăruseră demult la Moșia Methwold; însă acest ecou al trecutului spunea un alt fel de poveste. Pe el nu scrie DE VÂNZARE, cu cele patru vocale de rău-augur și cele cinci consoane fatidice; floarea de lemn din grădina unchiului meu proclama în mod ciudat: *Mr. Mustafa Aziz and Fly*[1].

Neștiind că ultimul cuvânt era prescurtarea uzuală și golită de conținut pe care o folosea unchiul meu pentru nespus de emoționantul substantiv *family*, am fost împins în derută de semnul care se mișca aprobator; totuși, după o scurtă perioadă petrecută în casa aceea, el a început să mi se pară foarte oportun, fiindcă familia lui Mustafa Aziz era într-adevăr la fel de strivită, de măruntă și de neînsemnată ca Musca îmbucătățită din mitologie.

Cu ce cuvinte am fost primit când, nițeluș agitat, am sunat la ușă, plin de speranța lansării într-o carieră nouă? Ce figură s-a ivit în spatele plasei de sârmă a ușii de la intrare și s-a bosumflat, neplăcut surprinsă? Ei bine, Padma, am fost întâmpinat de soția unchiului Mustafa, de nebuna mea mătușă Sonia, care a exclamat:

— *Pfui!* Allah, cum poa' să pută!

Și chiar dacă, mieros și sfielnic, am spus: „Săru' mâna, dragă tușică Sonia" și am zâmbit la vederea frumuseții veștejite a acestei iranience parțial ascunse de plasa de sârmă, ea a continuat:

— Ești Saleem, așa-i? Da, te țin minte. Erai un răsfățat și-un neastâmpărat. Ba parcă îți intrase în cap că trebuia să fii Dumnezeu sau mai știu eu ce. Și de la ce ți s-a tras? De la o prostie de scrisoare pe care ți-a trimis-o vreunul din ăia cinșpe consilieri ai prim-ministrului.

Chiar de la acea primă întâlnire ar fi trebuit să-mi dau seama că planurile pe care le croisem aveau să fie compromise; ar fi trebuit să adulmec la mătușa mea nebună izurile implacabile ale geloziei provocate de Serviciul Public, care aveau să-mi zădărnicească toate strădaniile de a-mi câștiga un loc în lume. Mi se trimisese o scrisoare, iar ei nu; era de-ajuns ca să fim dușmani pe viață. Numai că ușa s-a deschis, nările mi-au fost gâdilate de mirosul plăcut al hainelor curate și al băilor cu duș, așa că, recunoscător pentru micile semne de bunătate, n-am reușit să cercetez parfumurile mortale ale mătușii.

1. *Fly* – muscă (engl.).

Unchiul Mustafa Aziz, a cărui mustață răsucită atât de mândru odinioară nu-și mai revenise niciodată de pe urmă paralizantei furtuni de praf care însoțise distrugerea Moșiei Methwold, fusese sărit din schemă de patruzeci și șapte de ori când se pusese problema numirii unui șef de departament și își găsise în cele din urmă o consolare pentru toate ratările în felul cum își snopea copiii, în diatribele din fiecare seară despre felul indiscutabil în care căzuse victimă prejudecăților antimusulmane, în loialitatea contradictorie, dar absolută față de guvernul aflat la putere și într-o obsesie a genealogiilor care era de fapt singurul lui hobby și care depășea în intensitate până și dorința de demult a lui taică-meu de a-și demonstra descendența din împărații moguli. În prima dintre aceste forme de consolare era însoțit cu tot dragul de soția lui, prezumtiva semiiraniancă de familie bună Sonia (născută Khosrovani), care fusese scoasă din minți în cel mai adevărat sens al cuvântului de o viață în care i se ceruse să înceapă „să joace rolul unei *chamcha*“ (la propriu „lingură“, la figurat „lingușitoare“) pe lângă patruzeci și șapte de soții de sine stătătoare și succesive ale tot atâtor numere unu din administrație, cărora avusese grijă să li se facă nesuferită printr-o condescendență colosală pe vremea când soții lor ocupaseră pe rând funcția numărul trei din organigramă; din cauza scatoalcelor concertate ale unchiului și mătușii, verii mei fuseseră atât de desfigurați, încât nici nu-mi aduc aminte de ceva cât de mărunt legat de numărul, sexul, aspectul sau trăsăturile lor caracteristice; cât despre personalitățile lor, bineînțeles că acestea încetaseră de mult să existe. În casa unchiului Mustafa, am stat tăcut printre verii mei pulverizați, ascultând solilocviile nocturne și aflate în permanentă contradicție ale unchiului, care oscilau spectaculos între resentimentele produse de faptul că nu fusese avansat și devotamentul orbesc și canin față de cel mai mărunt gest al prim-ministrului. Dacă Indira Gandhi i-ar fi cerut să se sinucidă, Mustafa Aziz ar fi pus această solicitare pe seama bigotismului antimusulman, dar totodată ar fi subliniat diplomația politică a cererii și, firește, i-ar fi dat curs fără să îndrăznească (sau măcar să dorească) să stea pe gânduri.

În ce privește genealogiile, unchiul Mustafa își petrecea tot timpul liber umplând niște registre uriașe cu tot soiul de arbori genealogici asemănători unor pânze de păianjeni, făcând cercetări neîntrerupte pe marginea descendenței bizare a celor mai cunoscute familii din ținut și având grijă să le imortalizeze;

însă într-o bună zi, pe când mă aflam și eu acolo, mătușa Sonia a auzit de un înțelept din Hardwar despre care se spunea că ar fi avut trei sute nouăzeci și cinci de ani și că ar fi memorat genealogiile tuturor clanurilor brahmane din țară. „Până și aici ești tot al doilea“, s-a zborșit ea la unchiu-meu. Existența înțeleptului din Hardwar i-a desăvârșit dereglarea, astfel încât violența față de propriii copii a crescut atât de mult, că am început să ne așteptăm la crime dintr-o zi în alta, iar în cele din urmă unchiul Mustafa a fost nevoit s-o țină sub lacăt, fiindcă excesele ei îl încurcau în muncă.

Prin urmare, așa arăta familia în care intrasem. Prezența membrilor ei în Delhi a ajuns să mi se pară o profanare a propriului trecut; într-un oraș care, pentru mine, fusese luat definitiv în stăpânire de fantomele tinerilor Ahmed și Amina, muscofamilia asta oribilă nu făcea decât să se târască pe un pământ sacru.

Însă lucrul care nu poate fi dovedit defel este că, în anii următori, obsesia genealogică a unchiului meu avea să fie pusă în slujba unui guvern din ce în ce mai copleșit de vraja dublă a puterii și a astrologiei; așa încât ceea ce s-a petrecut la Pensiunea Văduvelor ar fi putut să nu aibă loc fără ajutorul lui... dar nu, și eu am fost trădător la viața mea; nu pronunț sentințe; nu spun decât că am văzut la un moment dat, printre registrele lui genealogice, o mapă din piele neagră cu eticheta STRICT SECRET și cu titlul PROIECTUL M.C.C.

Sfârșitul se apropie și nu mai poate fi evitat mult timp; însă pe când *sarkar*-ul Indirei, la fel ca administrația tatălui ei, discută zilnic cu furnizorii de cunoștințe oculte, iar clarvăzătorii din Benarsi contribuie la conturarea istoriei Indiei, trebuie să recurg la amintiri personale și neplăcute; căci tocmai acasă la unchiul Mustafa am aflat fără putință de tăgadă de moartea familiei mele în războiul din ’65, ca și de dispariția celebrei cântărețe pakistaneze Jamila, cu doar câteva zile înainte de sosirea mea.

...Când Sonia, mătușa mea nebună, a auzit că luptasem de partea cui nu trebuia în război, a refuzat să-mi dea de mâncare (eram la masă) și a scrâșnit:

— Dumnezeule, da’ știi că ai tupeu? Ai rumeguș în loc de creier de nu poți să gândești? Vii în casa unei oficialități de rang înalt, iar acum aflu că ești un criminal de război care-a evadat? Allah, vrei să rămână unchiu-tău fără pâine? Vrei s-ajungem toți pe stradă? Ar trebui să-ți crape obrazul de rușine, băiete! Hai, dispari, pleacă de-aici sau stai, mai bine te dăm imediat pe mâna poliției! Du-te, n-ai decât să fii prizonier de război, ce ne pasă, nici măcar nu ești fiul adevărat al răposatei noastre surori...

Trăsnete după trăsnete: Saleem se teme pentru siguranța lui și află simultan adevărul inevitabil despre moartea maică-sii, precum și faptul că poziția lui e mai șubredă decât își închipuia, fiindcă în această ramură a familiei actul de acceptare nu avusese loc: știind ce mărturisise Mary Pereira, Sonia e în stare de orice!... Cât despre mine, întreb cu o voce anemică: „Mama? Răposată?“ la care unchiul Mustafa, simțind poate că soția lui mersese prea departe, spune cu jumătate de gură:

— Nu contează, Saleem, trebuie să rămâi aici, normal – așa se cade, nevastă, ce-ai vrea să facem? – amărâtul habar n-are...

Iar după aceea mi-au spus.

În inima muscofamiliei ăleia de țicniți, mi-a trecut prin cap că le rămăsesem dator morților cu o serie de perioade de doliu; după ce am aflat de moartea tuturor – mama, tata, mătușile Alia, Pia și Emerald, vărul Zafar și prințesa din neamul kifilor, Maica Stareță, ruda mea îndepărtată Zohra și soțul ei –, m-am decis să țin doliu pe durata următoarelor patru sute de zile, așa cum se cuvenea: zece perioade de doliu, de câte patruzeci de zile. Iar pe urmă, ei bine, da, pe urmă trebuie lămurit cazul Jamilei Cântăreața...

Auzise de dispariția mea în tumultul războiului din Bangladesh; și, cum își arăta de fiecare dată dragostea când era prea târziu, poate că vestea o dăduse puțin peste cap. Jamila, Vocea Pakistanului, Privighetoarea Credinței, îi criticase răspicat pe noii conducători ai Pakistanului împărțit, perimat și dezbinat din cauza războiului; în timp ce domnul Bhutto declara în fața Consiliului de Securitate al Națiunilor Unite: „Vom construi un nou Pakistan! Un Pakistan mai bun! Mă va urma întreaga țară!“, sora mea îl demoniza în public; Jamila, cea mai pură dintre cei puri, patrioata fără pereche, s-a revoltat când a prins de veste că murisem. (Sau cel puțin așa văd eu lucrurile; de la unchiu-meu am auzit doar faptele și nimic altceva; în ce-l privește, totul îi parvenise prin niște canale diplomatice care nu aveau obiceiul să se ocupe de teoretizările psihologice.) La două zile după triada împotriva celor care declanșaseră războiul, soră-mea dispăruse de pe fața pământului. Unchiul Mustafa a încercat să mă ia cu binișorul:

— Acolo se petrec lucruri foarte urâte, Saleem. Dispar oameni tot timpul. Trebuie să ne pregătim pentru ce-i mai rău.

Nu! Nu, nu, nu! Nu, Padma, s-a înșelat! Pe Jamila nu Statul a făcut-o nevăzută; fiindcă în aceeași seară am visat că, la adăpostul întunericului și ascunzându-se în spatele unui văl simplu, nu brocartul auriu și recognoscibil imediat al unchiului Puffs, ci o *burqa* neagră, cât se poate de obișnuită, s-a suit într-un avion și a fugit din capitală; iar acum iat-o sosind la Karachi, neinterogată, nearestată și liberă, iat-o cum se urcă într-un taxi și se pierde în inima orașului, ajungând la un moment dat în fața unui zid înalt cu uși zăvorâte și o trapă prin care, cândva demult, primeam pâinea aceea pe vatră care era slăbiciunea soră-mii, a Jamilei, care în clipa asta cere să i se dea drumul, făcându-le pe măicuțe să-i deschidă, după care își revendică răspicat adăpostul, da, iat-o ajunsă în siguranță, fiindcă ușile se închid la loc în urma ei, oferind un fel de invizibilitate în locul altuia, iar acum o altă Maică Stareță îi iese în întâmpinare, în timp ce Jamila Cântăreața, care flirtase odinioară cu creștinismul, pe când se numea Maimuța de Bronz, își află siguranța, refugiul și pacea sufletească în mijlocul ordinului ascuns al Sfintei Ignacia... da, iat-o acolo, ferită de griji și nu dispărută, nici în mâinile poliției care lovește, bate și înfometează, ci în deplină tihnă, nu într-o groapă comună nemarcată de pe malul Indului, ci în viață, cocând pâine și cântându-le cu o voce blândă măicuțelor de care nu știe nimeni; o știu, o știu, o știu. De unde? Simplu: știu fiindcă sunt fratele ei.

Răspunderea mă asediază încă o dată, căci nu am cum să mă sustrag – și decăderea Jamilei s-a produs tot din vina mea.

Am locuit în casa domnului Mustafa Aziz patru sute douăzeci de zile... Saleem ținea un doliu întârziat pentru morții din familie; dar să nu credeți cumva că-mi astupasem urechile! Să nu presupuneți că nu auzeam ce se zicea în jurul meu sau că nu prindeam discuțiile repetate dintre unchiul și mătușa mea (care se poate să-l fi convins că era mai bine s-o interneze la spitalul de nebuni), când Sonia urla: „*Bhangi*-ul ăla, o pușlama și-un împuțit, nici măcar nu-i nepotul tău, habar n-am ce te-a apucat, ar trebui să-i facem vânt pe ușă afară!“, iar Mustafa îi răspundea pe un ton domol: „Bietul de el, a avut necazuri mari, cum am putea... uită-te și tu, amărâtul nu-i în toate mințile, a trecut printr-o mulțime de lucruri urâte“. Nu eram în toate mințile! Asta chiar că punea capac la multe, venind din gura lor, din partea unei familii pe lângă care un trib de canibali idiotizați ar fi părut calmi și civilizați! De ce am suportat toate astea? Fiindcă aveam un vis pe care voiam să-l împlinesc. Atâta doar că, timp de patru sute douăzeci de zile, visul acela n-a izbutit să devină realitate.

Cu mustața pe oală, înalt, dar cocoșat și un veșnic număr doi, unchiul Mustafa nu semăna deloc cu unchiul Hanif. Acum el devenise capul familiei, fiind singurul din generația lui care supraviețuise holocaustului din 1965; însă nu mi-a fost de nici un ajutor... Într-o seară tristă, l-am abordat în biroul mustind de genealogie și i-am explicat – cu solemnitatea cuvenită și cu gesturi umile, dar hotărâte – că aveam misiunea istorică de a salva națiunea de soarta ce-i fusese rezervată; numai că el a oftat adânc și a spus:

— Ascultă, Saleem, ce-ai vrea să fac? Te țin la mine-n casă; îmi mănânci pâinea și nu faci nimic, dar nu contează, vii de-acasă, de la soră-mea care a murit și trebuie să am grijă... așa că stai cât poftești, întremează-te și revino-ți. După aia mai vedem. Dacă vrei un post de funcționar sau ceva de genul ăsta, poate că-ți fac rost; dar mai lasă-le încolo de visuri despre Dumnezeu știe ce. Țara e pe mâini bune. Indiraji a trecut deja la reforme radicale – reforma agrară, cuantumul impozitelor, reforma de învățământ, controlul nașterilor – așa că lasă toate astea în grija ei și-a *sarkar*-ului.

M-a luat de sus, Padma! Ca pe-un copil idiot! Ah, ce rușine, ce rușine umilitoare, să vină un țăcănit și să-ți vorbească din vârful buzelor!

La fiecare pas mi se pun bețe în roate; un profet în pustiu, ca Maslama, ca ibn Sinan! Oricât de mult aș încerca, soarta mea e deșertul. O, mârșavă inutilitate a unchilor lingușitori! O, ambiții constrângătoare din partea unor rude de a șaptea spiță care știu doar să se gudure! Faptul că unchiu-meu mi-a refuzat rugămințile de avansare a avut un singur efect grav: cu cât o lăuda mai abitir pe Indira, cu atât o detestam mai tare. În realitate, mă pregătea pentru întoarcerea în ghetoul magicienilor și pentru... pentru *ea*... Văduva.

Gelozie, asta a fost. Gelozia feroce a Soniei, mătușa mea țicnită, prelingându-se ca otrava în urechile unchiului, nu l-a lăsat să facă nici cel mai neînsemnat lucru în sprijinul începutului meu de carieră. Cei mari sunt întotdeauna la cheremul piticilor. Și al piticelor nebune.

În cea de-a patru sute optsprezecea zi a șederii mele, atmosfera din balamuc a suferit o schimbare. Cineva a venit la cină: cineva cu o burtă rotunjită, cu cap țuguiat, acoperit de lațe soioase, și o gură cărnoasă ca labiile unei femei. Mi s-a părut că-l recunosc după fotografiile din ziare. Întorcându-mă spre unul dintre verișorii mei fără sex, fără vârstă și fără chip, am întrebat cu interes:

— Nu e... mă rog... Sanjay Gandhi?

Însă creatura pulverizată era prea ferfeniță ca să mai poată răspunde... O fi fost, n-o fi fost? Pe vremea aceea nu știam ceea ce scriu acum: că anumiți barosani din guvernul acela extraordinar (și, de asemenea, anumiți fii nealeși ai prim-miniștrilor) căpătaseră puterea de a se multiplica... peste câțiva ani, am fi putut avea hoarde întregi de Sanjay în toată India! Nu-i de mirare că dinastia aceea incredibilă a vrut să ne impună tuturor celorlalți diverse metode de control al nașterii... așa că poate fusese el, poate nu; însă cineva-ul respectiv s-a dus cu Mustafa Aziz în biroul lui; în seara aceea – am apucat să arunc o privire pe furiș – a existat o mapă din piele neagră ținută sub cheie, pe care scria STRICT SECRET și PROIECTUL M.C.C.; iar în dimineața următoare unchiul m-a privit altfel, aproape cu teamă sau cu dezgustul acela aparte pe care și-l rezervă funcționarii publici pentru cei care cad în mod oficial în dizgrație. Ar fi trebuit să știu de pe-atunci ce mă aștepta; dar, când te uiți înapoi, totul pare simplu. Mintea de pe urmă îmi vine abia acum, prea târziu, dat fiind că în cele din urmă am fost expediat la periferia istoriei, dat fiind că legăturile dintre viața mea și cea a națiunii s-au destrămat o dată pentru totdeauna... Ca să evit căutătura inexplicabilă a unchiului meu, am ieșit în grădină; și am dat cu ochii de Parvati-vrăjitoarea.

Stătea ciucită pe asfalt, având alături coșul invizibilității; când m-a văzut, ochii i s-au luminat de reproș.

— Ai spus c-o să vii, dar n-ai făcut-o, așa că uite-mă... a îngăimat ea.

Am înclinat din cap.

— Am fost în doliu, am spus cu jumătate de gură.

— Dar tot trebuia... a continuat ea. Doamne, Saleem, habar n-ai, la noi în colonie nu pot să vorbesc cu nimeni despre vraja mea adevărată, nici în ruptul capului, nici măcar cu Picture Singh, care ne e ca un tată, așa c-a trebuit să țin totul în mine, fiindcă ăilalți nu cred în chestiile astea, și-atunci mi-am zis, stai că vine Saleem, în sfârșit o să am și eu un prieten cu care să vorbesc și care să stea cu mine, amândoi am trecut prin tot felul de locuri și-am cunoscut tot felul de oameni, *arré*, cum să-ți spun, Saleem, ție puțin îți pasă, ai primit ce voiai și te-ai dus bine mersi, știu că nu însemn nimic pentru tine...

În noaptea aceea Sonia, mătușa mea nebună, pe care o despărțeau puține zile de cămașa de forță (episod care a ajuns și în ziare, ocupând un colțișor al unei pagini din mijloc și provocând, probabil, iritare în cadrul departamentului unde lucra unchiul), a avut una dintre marile inspirații ale celor săriți cu totul de pe fix și a dat buzna în dormitorul unde, cu o jumătate de oră mai devreme, cineva-cu-ochii-aidoma-unor-farfurioare pătrunsese pe una dintre ferestrele de la parter; m-a găsit în pat cu Parvati-vrăjitoarea, iar după aceea pe unchiul Mustafa nu l-a mai interesat să mă găzduiască, spunându-mi: „Te-ai născut din *bhang*-ii, jegos o să rămâi toată viața"; la patru sute douăzeci de zile de la sosire, am plecat din casa unchiului meu, nemaiavând legături de familie și întorcându-mă în cele din urmă la adevărata moștenire a sărăciei și a mizeriei de care fusesem îndepărtat atât de mult din cauza crimei comise de Mary Pereira. Parvati-vrăjitoarea mă aștepta pe trotuar; nu i-am spus că, într-un fel, îmi părea bine că fuseserăm întrerupți, căci în timp ce-o sărutam în bezna acelui miez de noapte ilicit, văzusem cum fața i se schimbă, devenind cea a unei iubiri interzise; trăsăturile fantomatice ale Jamilei Cântăreața le înlocuiseră atunci pe cele ale tinerei vrăjitoare; Jamila, care (știam sigur că era ascunsă în siguranță într-o mănăstire din Karachi) apăruse brusc și aici, suferind însă o transformare cu totul neplăcută. Începuse să putrezească, iar pe chip îi apăreau pustulele și rănile îngrozitoare ale dragostei nepermise; așa cum stafia lui Joe D'Costa putrezise cândva demult, căzând pradă leprei oculte a vinovăției, tot așa florile de mucegai ale incestului îmboboceau pe trăsăturile halucinante ale surorii mele, făcându-mă incapabil să sărut, să ating și să privesc figura aceea spectrală și insuportabilă, în așa fel încât fusesem la un pas de-a mă smulge din îmbrățișarea ei cu un strigăt de nostalgie disperată, când Sonia Aziz a năvălit peste noi, a aprins lumina și a început să țipe.

Cât despre Mustafa, ei bine, se prea poate ca, în ochii lui, întâlnirea mea de taină cu Parvati să nu fi fost altceva decât un pretext oportun de-a scăpa de mine; aici însă persistă niște dubii, fiindcă mapa neagră era sub cheie – pot să mă ghidez doar după o privire, după adulmecarea fricii sau după cele trei inițiale de pe etichetă – și fiindcă după aceea, când totul se terminase, o doamnă decăzută și fiul ei cu buzele ca două labii au petrecut două zile într-un birou încuiat pe dinăuntru, unde au ars dosare; cum puteam ști dacă nu cumva pe unul dintre ele scria M.C.C.?

Oricum nu voiam să mai rămân. Familia: o noțiune supraevaluată. Să nu credeți că mă întristasem! Să nu vă închipuiți că mi se pusese un nod în gât fiindcă fusesem izgonit din ultima casă de oameni care inițial îmi deschiseseră ușa! Nu vă mint, când am plecat mă simțeam excelent... poate că am anumite manifestări nefirești, eventual o lipsă decisivă a reacției emoționale; însă gândurile mi s-au îndreptat mereu spre lucruri înalte. De aici și o anume elasticitate. Loviți-mă și revin la poziția inițială. (Dar în fața crăpăturilor nici o formă de rezistență nu e posibilă.)

Ca să rezumăm: abandonând speranța naivă a integrării și a avansării ca funcționar public, m-am întors la magicienii care trăiau în mahala și la *chaya* petrecută lângă Moscheea Vineri. Aidoma lui Gautama, primul și adevăratul Buddha, mi-am părăsit viața și confortul personal și am plecat în lume ca un cerșetor. Asta s-a întâmplat pe 23 februarie 1973; minele de cărbune și piața grâului erau în curs de naționalizare, prețul petrolului începuse să crească din ce în ce mai mult, urmând să se cvadrupleze în interval de un an, iar în cadrul Partidului Comunist Indian sciziunea dintre grupul moscovit al lui Dange și P.C.I.(M.)-ul lui Namboodiripad devenise insurmontabilă; în timp ce eu, Saleem Sinai, aveam aceeași vârstă cu India: douăzeci și cinci de ani, șase luni și opt zile.

Magicienii erau aproape fără excepție comuniști. Exact: roșii! Insurecționiști, pericole publice, drojdia societății – o comunitate de oameni fără Dumnezeu, care trăiau blasfemator chiar în umbra unui lăcaș al Domnului! Mai mult, erau nerușinați, de un stacojiu inocent și născuți cu sufletele pervertite! Dați-mi voie să spun chiar acum că nici nu descoperisem bine acest lucru și am avut – tocmai eu, care fusesem crescut în cealaltă credință a Indiei, care poate fi numită afacerism, și care îi abandonasem pe/fusesem abandonat de practicanții ei – sentimentul instantaneu și reconfortant că mă întorsesem acasă. Afacerist renegat, am început cu zel să mă fac roșu, iar apoi și mai roșu, într-un proces la fel de sigur și complet ca albirea de odinioară a lui taică-meu, așa că misiunea mea de salvator al nației putea fi văzută acum dintr-o lumină nouă;

metodologiile mai revoluționare au apărut de la sine. Jos regimul unchilor necooperativi, cocoțați în funcții administrative, și al iubiților lor conducători! Doldora de gânduri legate de comunicarea- directă-cu-masele, m-am stabilit în colonia magicienilor și mi-am câștigat existența distrându-i pe turiștii străini și din țară cu minunatele calități ale nasului meu care îmi dădea ocazia să le adulmec secretele simple, de oameni plecați să cutreiere. Picture Singh m-a invitat să stau în cocioaba lui. Am dormit pe o pânză de sac murdară, printre coșuri în care sâsâiau șerpii; dar asta nu m-a deranjat, fiindcă descoperisem că eram în stare să rezist la foame, la sete, la țânțari și (într-o primă fază) la frigul crâncen al iernilor din Delhi. Acest Picture Singh, Cel Mai Fermecător Om din Lume, era totodată căpetenia incontestabilă a ghetoului; certurile și problemele se rezolvau sub umbrela lui neagră, uriașă și ubicuă; iar eu, care știam să citesc, să scriu și să miros, am devenit un fel de aghiotant al acestui bărbat monumental, care își însoțea fiecare număr de îmblânzire a șerpilor cu o prelegere despre socialism și care era celebru pe bulevardele și străduțele orașului și pentru altceva decât pentru arta de a fermeca reptilele. Pot să spun cu deplină siguranță că Picture Singh a fost cel mai măreț om pe care l-am cunoscut.

Într-o după-amiază, în timpul *chayei*, ghetoul a fost vizitat de o altă copie a tânărului cu buzele ca două labii, pe care-l văzusem acasă la unchiul Mustafa. Stând pe treptele moscheii, acesta a desfășurat o lozincă pe care au ridicat-o apoi doi asistenți. Pe ea stătea scris LICHIDAȚI SĂRĂCIA!, alături de imaginea vițelului care suge, simbolul Congresului Indirei. Fața lui semăna grozav cu cea a unui vițel dolofan, iar când a început să vorbească a dezlănțuit un veritabil taifun al respirației urât mirositoare.

— Frați și surori! Surori și frați! Ce vă spune Congresul? Un singur lucru: toți oamenii s-au născut egali!

N-a mai apucat să continue: mulțimea s-a repliat din fața răsuflării lui de băligar topit în arșița amiezii, iar Picture Singh a început să chicotească. „Ha, ha, dom' căpitan, bravo, dom'le!“ La care labibuzatul, neavând de lucru: „Hai, amice, zi cu voce tare bancu', să râdem cu toții!“ Picture Singh a clătinat din cap, ținându-se de burtă: „Ce discurs, dom' căpitan! M-a dat gata!“ Râsul puternic i s-a prelins pe sub umbrelă și a molipsit întreaga gloată, până când am început să ne tăvălim pe jos, râzând, strivind furnici și umplându-ne de praf, pe când emisarul pocit al Congresului întreba cuprins de panică: „Ce-i asta? Tipu' ăla nu crede că suntem egali? Ce impresie proastă trebuie să-și fi făcut..." Însă chiar atunci Picture Singh s-a îndreptat spre cocioaba lui, cu umbrela deasupra capului. Ușurat, labibuzatul și-a continuat discursul... Dar nu pentru multă vreme, căci Picture Singh s-a întors, ținând sub brațul stâng un coșuleț circular cu capac, iar la subsuoara dreaptă un fluier de lemn. A așezat coșulețul pe treptele moscheii, chiar lângă picioarele reprezentantului Congresului, a ridicat capacul și și-a dus fluierul la buze. În mijlocul hohotelor de râs, tânărul și verosul politician a sărit o jumătate de metru în sus, pe când o cobră regală își părăsea somnoroasă culcușul... Labibuzatul strigă: „Ce faci? Vrei să mă asasinezi mortal?" Fără să-l bage în seamă, cu umbrela închisă, Picture Singh cântă din ce în ce mai furios, șarpele se descolăcește tot mai repede, îmblânzitorul cântă mai departe, până când muzica interpretată la fluier se strecoară în cel mai îndepărtat ungher al mahalalei, amenințând să treacă dincolo de zidurile moscheii, iar în cele din urmă șarpele măreț, rămas în echilibru în aer și ținut în poziția aceea doar de vraja cântecului, iese cu toți cei trei metri din coș și dansează în vârful cozii... Picture Singh încetinește, moment în care Nagaraj se face mic și se încolăcește la loc. Cel Mai Fermecător Om din Lume îi oferă fluierul tânărului delegat al Congresului. „Hai, dom' căpitan, fă o-ncercare", îi spune el cu o voce amabilă. „Fugi, dom'le, de-aici, știi bine că nu pot!" răspunde labibuzatul. În aceeași clipă, Picture Singh înșfacă șarpele de sub cap, deschide gura cât poate de mult, dând la iveală niște dinți și niște gingii stricate iremediabil, îi clipește cu ochiul stâng junelui congresman și își vâră capul cu limba despicată al cobrei în orificiul deschis ca pentru un căscat fabulos! Trece un minut înainte ca Picture Singh să pună șarpele la loc în coș, după care, la fel de amabil, îi explică tânărului:

— Vezi matale, dom' căpitan, cam așa stă treaba. Unii sunt mai buni, alții mai slabi. Da' cine știe, poate că-ți convine să crezi altceva.

Urmărind această scenă, Saleem Sinai a aflat că Picture Singh și magicienii erau oameni care aveau un control absolut al realității; erau atât de stăpâni pe ea, încât o puteau schimba după plac, ca s-o pună în slujba artei lor, însă fără a-i pierde din vedere esența.

Problemele din ghetoul magicienilor erau problemele mișcării comuniste din India; pe teritoriul coloniei se găseau, în miniatură, toate conflictele și neînțelegerile care subminau partidul în întreaga țară. Picture Singh, mă grăbesc să adaug, era mai presus de orice ; ca patriarh al ghetoului, dispunea de o umbrelă a cărei umbră ajuta la împăcarea facțiunilor adverse ; însă disputele rezolvate sub umbrela îmblânzitorului de șerpi deveneau din ce în ce mai aprige. Asta fiindcă prestidigitatorii, cei care scoteau iepuri din jobenuri, se înscriau ferm pe direcția moscovită și oficială a P.C.I., imprimată de domnul Dange, care își declarase sprijinul pentru doamna Gandhi pe durata Crizei, pe când contorsioniștii începuseră să încline mai mult spre stânga și spre manevrele piezișe ale aripii de orientare chineză. Înghițitorii de flăcări și de săbii aplaudau tactica de gherilă a mișcării naxalite, în vreme ce hipnotizatorii și cei-care-mergeau-pe-cărbuni-aprinși adoptaseră manifestul lui Namboodiripad (care nu era nici moscovit, nici pekinez), deplângând violența naxaliților. Existau, de asemenea, tendințe troțkiste printre scamatorii care lucrau cu cărți de joc și chiar o mișcare a comunismului-prin-urnade-vot în rândul membrilor moderați ai secțiunii ventrilocilor. Intrasem într-un mediu în care, deși fanatismul religios și regionalist era cu desăvârșire absent, străvechiul nostru dar național al fisiparității își găsise noi debușeuri. Picture Singh mi-a spus cu tristețe în glas că, în timpul alegerilor generale din 1971, avusese loc o crimă bizară, provocată de cearta dintre un înghițitor de flăcări naxalit și un scamator pro-sovietic care, inflamat de vederile celui dintâi, încercase să scoată un pistol din pălăria lui fermecată ; încă nici nu dăduse la iveală arma că suporterul lui Ho Și Min îl ucisese, pârjolindu-l cu ajutorul unei explozii de flăcări mistuitoare.

La adăpostul umbrelei, Picture Singh vorbea despre un socialism care să nu datoreze nimic influențelor străine. „Ia ascultați, dom'lor căpitani", le spunea el ventrilocilor și păpușarilor care se ciorovăiau, „o să mergeți prin sate și-o să vorbiți de Stalin și de Mao? Credeți că țăranilor tamili sau biharini o să le pese c-a fost lichidat Troțki?" *Chaya* umbrelei lui magice reușea să-i calmeze până și pe vrăjitorii cei mai nestăpâniți ; pe mine, unul, ea m-a convins că, nu peste multă vreme, îmblânzitorul de șerpi Picture Singh avea să-i calce pe urme acelui Mian Abdullah de pe vremuri, că – aidoma legendarului Colibri – avea să plece din ghetou ca să modeleze viitorul din simpla forță a voinței personale și că, spre deosebire de eroul bunicului meu, nu avea să fi oprit până nu va fi reușit să asigure triumful cauzei... dar, dar. Există întotdeauna un „dar". Ce s-a întâmplat s-a întâmplat, o știm cu toții.

Înainte de a reveni la povestea vieții mele personale, aș dori să se știe că Picture Singh a fost cel care mi-a dezvăluit că economia „neagră" și coruptă a țării ajunsese la fel de dezvoltată ca versiunea ei „albă" și oficială, servindu-se în acest scop de o fotografie din ziar a doamnei Gandhi. Părul ei, pieptănat cu cărare pe mijloc, era alb ca zăpada într-o parte și negru ca smoala în cealaltă, așa încât, în funcție de profilul în care era surprinsă, semăna fie cu o hermină, fie cu un cacom[1]. Recurența cărării pe mijloc în istorie; de asemenea, economia ca analog al unei coafuri prim-ministeriale... Datorez aceste observații importante Celui Mai Fermecător Om din Lume. Tot Picture Singh mi-a spus că Mishra, ministrul Transporturilor, fusese numit în mod oficial responsabil cu mita, el fiind cel prin care se făceau cele mai mari tranzacții din economia subterană și totodată cel care aranja ungerea miniștrilor și a oficialilor în cauză; fără Picture Singh, poate că n-aș fi aflat niciodată de falsificarea alegerilor din Kashmir. Cu toate acestea, nu-i plăcea democrația. „Să le ia naiba de alegeri, dom' căpitan", îmi spunea. „De câte ori au loc, se întâmplă ceva rău; iar oamenii noștri de stat se poartă ca niște clovni." Pradă febrei mele revoluționare, nu am reușit să-mi contrazic mentorul.

Au existat, firește, câteva excepții de la regulile ghetoului: unul sau doi scamatori și-au păstrat confesiunea hindusă; iar în politică s-au alăturat partidului hindusectar Jana Sangh sau extremiștilor notorii din Ananda Marg; printre jongleri s-au găsit chiar și oameni care au votat cu Swatantra. În afara cadrului politic, bătrâna Resham *bibi* era unul dintre puținii membri ai comunității care au rămas niște fanteziști incurabili, crezând (de exemplu) în superstiția care le interzicea femeilor să se suie în manglieri, fiindcă manglierul care suporta greutatea unei femei producea fructe acre ani la rând... Mai era și un fachir straniu pe nume Chishti Han, care avea o față atât de netedă și de strălucitoare, încât nimeni nu știa dacă avea nouăsprezece ani sau nouăzeci, și care își înconjurase

1. De fapt, e vorba de același animal, a cărui blană este albă iarna, dar se închide la culoare pe timpul verii.

cocioaba cu o combinație fabuloasă de bețe de bambus și hârtii viu colorate, în așa fel încât casa lui părea o replică miniaturală și multicoloră a Fortului Roșu din apropiere. Abia după ce treceai de intrarea în formă de castel îți dădeai seama că, în spatele fațadei meticulos hiperbolizate a crenelurilor de bambus și hârtie, dincolo de toate ravelinele care îți luau ochii, se ascundea o colibă de carton și tablă, la fel de sărăcăcioasă ca toate celelalte. Chishti Han comisese cea mai gravă dintre necuviințe, permițând talentului său de iluzionist să-i contamineze viața reală ; din cauza asta nu era privit cu simpatie în ghetou. Magicienii se țineau la distanță de el, ca să nu se îmbolnăvească din cauza visurilor pe care le nutrea.

Veți înțelege, prin urmare, de ce Parvati-vrăjitoarea își ținuse secrete toată viața puterile cu adevărat excepționale de care dispunea ; taina harului ei din miez de noapte nu ar fi fost trecută cu vederea ușor de comunitatea aceea care respinsese în mod constant asemenea posibilități.

Pe latura fără ferestre a Moscheii Vineri, unde magicienii erau ascunși privirilor și unde singura primejdie venea de la căutătorii de fier vechi, de la pescuitorii de lăzi goale și de la vânătorii de tablă ondulată, acolo și nu altundeva s-a grăbit Parvati-vrăjitoarea, neastâmpărată ca argintul-viu, să-mi arate ce putea să facă. Îmbrăcată cu un fel de pijama ca vai de lume, croită din resturile altor zece, vrăjitoarea din miez de noapte s-a produs în fața mea cu verva și entuziasmul unui copil. Ochii-aidoma-unor-farfurioare, coada-de- cal-ca-o-funie, buzele roșii, pline și frumoase... Nu le-aș fi rezistat atât de mult dacă n-ar fi existat chipul, ochii, nasul și buzele în curs de putrefacție ale... Într-o primă fază, mi s-a părut că însușirile ei nu aveau limite. (Dar aveau.) Ia să vedem : Au fost invocați demonii ? Au apărut *djinn*-i gata să ofere bogății și călătorii peste mări și țări pe un covor înzestrat cu darul levitației ? S-au preschimbat broscoii în prinți și pietroaiele în nestemate ? S-au vândut suflete și s-au sculat morții din morminte ? Nici pomeneală ; magia la care s-a dedat Parvati – singura pe care era dispusă s-o practice – era „albă". Am avut impresia că Atharva-Veda, „Cartea secretă" a brahmanilor, îi dezvăluise toate secretele ; era în stare să vindece boli și să anihileze efectul otrăvurilor (ca dovadă, s-a lăsat mușcată de șerpi și a contracarat veninul printr-un ritual straniu, care presupunea printre altele să se roage zeului-șarpe Takshasa, să bea apă îndoită cu bunătatea arborelui Krimuka şi puterile unor veşminte vechi, puse la fiert, şi să recite o vrajă: *Garudamand, vulturul, a băut otravă, dar aceasta nu l-a răpus; la fel i-am abătut şi eu puterea, aşa cum se abate săgeata de la ţintă*) – ştia să vindece usturimi şi să sfinţească talismane, se iniţiase în farmecele *sraktya* şi în ritualul Arborelui. Mi-a prezentat toate aceste lucruri într-o serie extraordinară de spectacole nocturne, în apropierea zidurilor Moscheii – dar tot nu era fericită.

Ca de fiecare dată, sunt obligat să accept răspunderea; parfumul melancolic care stăruia în jurul lui Parvati-vrăjitoarea a fost creaţia mea. Fiindcă avea douăzeci şi cinci de ani şi ar fi vrut să nu mă limitez la rolul de spectator al reprezentaţiilor ei; Dumnezeu ştie de ce, voia să împart patul cu ea, mai precis să mă întind alături, pe pânza de sac care-i servea drept aşternut în bordeiul pe care-l împărţea cu o familie de triplete contorsioniste din Kerala, trei fete rămase orfane la fel ca ea – şi ca mine.

Ce-a făcut pentru mine? Sub acţiunea vrăjii ei, părul a început să-mi crească pe peticul rămas pleşuv de când trăsese domnul Zagallo prea tare; farmecele ei, combinate cu vindecătoarele prişniţe din ierburi, mi-au estompat semnele din naştere de pe faţă; se pare că, în urma îngrijirilor ei, şi picioarele mi s-au îndreptat. (Totuşi, n-a putut să facă nimic pentru urechea bolnavă; nu există nici o vrajă suficient de puternică pentru a anula greaua moştenire rămasă de la părinţi.) Însă oricât de mult m-a ajutat, n-am putut să-i ofer în schimb lucrul acela pe care şi-l dorea cel mai tare; fiindcă, deşi ne-am întins unul lângă altul lângă zidurile laturii fără ferestre a Moscheii, lumina lunii mi-a arătat de fiecare dată cum chipul ei nocturn se transforma în cel al surorii mele îndepărtate şi dispărute... nu, nu al surorii mele... al Jamilei Cântăreaţa, cea descompusă şi desfigurată. Parvati îşi ungea corpul cu uleiuri aţâţător-erotice, îşi trecea prin păr de o mie de ori un pieptene făcut din oase afrodiziace de căprioară şi (nu mă îndoiesc) încerca tot felul de vrăjitorii amoroase când nu eram de faţă. Numai că eu fusesem prins în ghearele unor farmece mai vechi şi, din câte se părea, nu aveam scăpare; eram blestemat să văd figurile femeilor care mă iubeau împrumutând trăsăturile... dar ştiţi prea bine ale cui erau trăsăturile acelea imprecise, care îmi umpleau nările cu o duhoare nemaipomenită.

— Biata de ea, suspină Padma.

Sunt de acord; dar până când m-a secătuit Văduva de trecut, prezent și viitor, am rămas sub vraja Maimuței.

Când, în cele din urmă, Parvati-vrăjitoarea s-a dat bătută, fața i s-a bosumflat peste noapte într-un mod pronunțat și îngrozitor. A adormit în cocioaba orfanelor contorsioniste și s-a trezit cu buzele cărnoase lipite într-o expresie de ciudă evidentă și nespus de senzuală. Cele trei orfane i-au spus ce se întâmplase cu fața ei, chicotind neliniștite; Parvati a încercat din răsputeri să-și facă trăsăturile să revină la poziția normală, însă nici mușchii, nici vrăjitoriile nu au ajutat-o să-și redobândească expresia obișnuită; într-un târziu, și-a asumat resemnată tragedia și a renunțat, făcând-o pe Resham *bibi* să spună oricui o asculta: „Amărâta, cine știe ce zeu a suflat asupra ei când a văzut-o cum se strâmbă".

(Întâmplător, în anul acela femeile șic de prin orașe purtau cu bună știință aceeași expresie încărcată de erotism; manechinele afectate de la prezentarea de modă Eleganza '73 erau bosumflate fără excepție când își făceau apariția în cadrul paradei. În sărăcia lucie din mahalaua magicienilor, Parvati, vrăjitoarea botoasă, era la curent cu ultimele noutăți ale modei faciale.)

Magicienii și-au cheltuit o bună parte din energii încercând s-o facă pe Parvati să zâmbească din nou. Sacrificându-și din timpul de lucru și abandonând diverse corvezi, ca de pildă reconstruirea cocioabelor care se prăbușiseră din cauza vântului puternic sau stârpirea șobolanilor, ei și-au executat artificiile cele mai grele pentru plăcerea ei, însă bosumflarea tot n-a dispărut. Resham *bibi* a pregătit un ceai verde care mirosea a camfor și i l-a turnat cu forța pe gât. Drept rezultat, ceaiul a constipat-o atât de rău, că timp de nouă săptămâni n-a mai văzut-o nimeni făcându-și nevoile în spatele bordeiului. Doi tineri jongleri au ajuns la concluzia că era posibil să fi reînceput să-și jelească tatăl și s-au apucat să deseneze portretul acestuia pe o bucată de pânză de cort veche, atârnându-l apoi deasupra așternutului ei din pânză de sac. Cele trei orfane s-au pus pe glume, iar Picture Singh, extrem de tulburat, le-a făcut pe cobre să se înnoade între ele; dar nici una dintre stratageme nu a reușit, căci, dacă Parvati însăși nu se putea lecui de dragostea aceea neîmpărtășită, ce speranțe aveau ceilalți? Pregnanța bosumflării ei a creat în ghetou o neliniște imposibil de numit, pe care nici măcar animozitatea magicienilor la adresa necunoscutului n-a putut s-o desființeze.

Iar pe urmă lui Resham *bibi* i-a venit o idee.

— Proşti mai suntem, i-a spus ea lui Picture Singh. Nu vedem ce-i sub nasul nostru. Biata fată are două'ş'cinci de ani, *baba* – acuşi e bătrână! Tânjeşte dup-un soţ!

Picture Singh a fost impresionat.

— Resham *bibi*, încă-ţi merge mintea, a felicitat-o pe bătrână.

După aceea, Picture Singh s-a înhămat la sarcina de a-i găsi un tânăr pe potrivă lui Parvati; o bună parte din bărbaţii de vârstă convenabilă din ghetou au fost luaţi cu duhul blândeţii, intimidaţi şi ameninţaţi. Au fost aduşi o serie de candidaţi, dar Parvati i-a respins pe toţi. În seara când i-a spus lui Bismillah Han, cel mai promiţător înghiţitor de flăcări din colonie, să se ducă la plimbare cu răsuflarea aceea de chilli ultrapicant, până şi Picture Singh a demobilizat. În aceeaşi seară, a venit la mine şi mi-a spus:

— Dom' căpitan, fata asta mă pune la grea încercare şi mă supără; e prietena ta bună, ai vreo idee?

Pe urmă însă i-a venit lui o idee, una care trebuise să aştepte până când situaţia devenise disperată, căci până şi Picture Singh avea anumite prejudecăţi de clasă – considerându-mă automat „prea bun" pentru Parvati, datorită originii mele presupus „superioare", comunistul în devenire nu se gândise până acum că aş fi putut fi...

— Ia zi, dom' căpitan, m-a întrebat el sfios, te bate gându' să te-nsori cândva?

Saleem Sinai s-a simţit inundat de un văl de panică.

— Stai aşa, dom' căpitan, îţi place fata, nu?

— Sigur, am răspuns, neputând să neg.

La care Picture Singh a surâs cu gura până la urechi, în timp ce şerpii sâsâiau în coşuri:

— Îţi place mult, dom' căpitan? Mult de tot?

Însă eu mă gândeam la faţa Jamilei în noapte, aşa că a trebuit să iau o hotărâre disperată:

— Pictureji, nu pot să mă-nsor cu ea.

— Poate că eşti deja însurat, dom' căpitan, asta era? Ai nevastă şi copii care te-aşteaptă cine ştie unde?

Nu mai aveam ce face; ruşinat şi cu o voce înceată, am mărturisit:

— Nu pot să mă-nsor cu nimeni, Pictureji. Nu-s în stare să fac copii.

Liniştea din cocioabă a fost întreruptă doar de sâsâitul şerpilor şi de urletele câinilor sălbatici în toiul nopţii.

— Spui drept, dom' căpitan? Aşa ţi-au zis doctorii?

— Da.

— Fiindcă nu se cade să minţi despre lucruri din astea, dom' căpitan. Minciunile pe seama bărbăţiei sunt semn rău. Rău de tot.

În clipa aceea, dorind să atrag asupră-mi blestemul lui Nadir Han, care fusese în acelaşi timp al unchiului Hanif Aziz şi chiar al tatălui meu, Ahmed Sinai, în urma îngheţului şi mult timp după aceea, am găsit cu cale să mint şi mai îndârjit.

— Îţi spun că ăsta-i adevărul, şi cu asta basta! a strigat Saleem.

— În cazul ăsta, dom' căpitan, a spus Pictureji pe un ton tragic, lovindu-şi dosul încheieturii de frunte, Dumnezeu ştie ce-i de făcut cu fata asta amărâtă.

O nuntă

M-am căsătorit cu Parvati-vrăjitoarea pe 23 februarie 1975, cu ocazia celei de-a doua aniversări a întoarcerii mele de proscris în ghetoul magicienilor.

Padma înțepenește: rigid ca o coadă de mătură, Lotusul meu de Băligar mă descoase:

— Căsătorit? Păi nu mai departe de azi-noapte ziceai că n-o să... și de ce nu mi-ai spus în atâtea zile, săptămâni și luni...?

O privesc cu tristețe și-i aduc aminte că am pomenit deja de moartea bietei mele Parvati, care nu a avut loc din cauze naturale... Padma se detensionează încet, în timp ce eu continui:

— Femeile m-au născut și tot ele m-au distrus. De la Maica Stareță la Văduvă, ba chiar și dincolo de ea, am fost dintotdeauna la cheremul a ceea ce numim de obicei (greșit, după părerea mea!) sexul slab. Poate că totul se reduce la felul cum se leagă lucrurile: oare Maica India, *Bharat-Mata*, nu e reprezentată cel mai des ca o femeie? Și, după cum știți, n-ai cum să scapi de ea.

Au existat treizeci și doi de ani în povestea asta în timpul cărora am rămas nenăscut; nu peste multă vreme pot să împlinesc eu însumi treizeci și unu. Pe durata a șaizeci și trei de ani, înainte și după miezul nopții, femeile și-au dat silința să iasă totul cât mai bine, dar și – mă văd silit s-o spun – cât mai rău.

În casa unui proprietar orb de pe malul unui lac din Kashmir, Naseem Aziz m-a sortit inevitabilității cearșafurilor găurite; în apele aceluiași lac, Ilse Lubin s-a prelins în istorie, iar eu nu i-am uitat dorința lăsată cu limbă de moarte.

Înainte ca Nadir Han să se ascundă în lumea lui subterană, bunică-mea inaugurase, prin transformarea în Maica Stareță, o serie compusă din femei care și-au schimbat numele, serie care continuă și în ziua de azi, înglobându-l chiar și pe Nadir, care a devenit Qasim și și-a pus mâinile să danseze la Pioneer Café; iar după plecarea lui Nadir, mama mea, Mumtaz Aziz, a ajuns să fie Amina Sinai.

Lor li s-a adăugat Alia, cu amărăciunea strânsă an după an, care m-a îmbrăcat în haine de copil îmbibate în furia ei de fată bătrână, și Emerald, care a pus o masă pe care am organizat marșul pipernițelor.

A mai fost și soția rajahului din Cooch Nareen, ai cărei bani, puși la dispoziția unui bărbat care avea obiceiul să fredoneze, au făcut să izbucnească boala optimismului, care a cunoscut o revenire ciclică, la intervale regulate; de asemenea, în cartierul musulman din Old Delhi, a trăit o rudă îndepărtată pe nume Zohra, ale cărei flirturi i-au stârnit lui taică-meu slăbiciunea ulterioară pentru tinerele pe care le chema Fernanda sau Flory.

Și-acum, Bombay-ul. Unde Vanita lui Winkie n-a putut rezista cărării pe mijloc a lui William Methwold, iar Nussie-rățușca a pierdut o cursă a bebelușilor, în timp ce, în numele iubirii, Mary Pereira schimba etichetele de nou-născuți ale istoriei și îmi devenea o a doua mamă...

Femei, femei și iar femei: Toxy Catrack, dând în lături ușa pe care aveau să intre mai târziu copiii din miez de noapte; accesele de teroare ale lui Bi-Appah, doica ei; dragostea concurențială a Aminei și a lui Mary, plus ceea ce mi-a arătat maică-mea pe când stăteam ascuns într-o ladă de rufe: da, acel Mango Negru care m-a făcut să-mi trag nasul și să dezlănțui iadul pe pământ!... Și Evelyn Lilith Burns, sursa unui accident de bicicletă, care m-a împins de pe dealul cât un bloc cu două etaje în plin vârtej al istoriei.

La care se adaugă Maimuța. Să nu uit de Maimuță.

De asemenea, da, da, Masha Miovic, din cauza căreia mi-am pierdut un vârf de deget, mătușica Pia, care mi-a umplut inima de dorința răzbunării, și Lila Sabarmati, ale cărei indiscreții mi-au dat prilejul să pun la cale acea revanșă cumplită, manipulativă și îndeplinită cu ajutorul tăieturilor din zare.

Bașca doamna Dubash, care mi-a descoperit benzile desenate cu Superman pe care le primisem în dar, transformându-le, cu aportul fiului ei, în Stăpânul Khusro Khusrovand.

Bașca Mary, care a văzut o stafie.

În Pakistan, ținutul supunerii și locașul celor puri, am asistat la transformarea Maimuței în cântăreață, am adus pâine și m-am îndrăgostit; persoana care mi-a spus adevărul despre mine însumi a fost tot o femeie. Tai *bibi*. Iar în inima întunericului meu lăuntric m-am întors spre Puffii și am scăpat la mustață de amenințarea unei mirese cu dinți de aur.

Luând-o de la capăt, pe post de buddha, m-am culcat cu o vidanjoare și drept urmare am fost supus experienței cu urinalul electrificat; în Aripa de Est am fost ademenit de soția unui țăran, fapt care a dus la asasinarea Timpului, iar într-un templu ne-au așteptat câteva fecioare și numai noi știm cum am scăpat.

În umbra unei moschei, Resham *bibi* a lansat un avertisment.

Și m-am căsătorit cu Parvati-vrăjitoarea.

— Aoleu, domnu', prea multe femei! exclamă Padma.

N-o contrazic; fiindcă nici măcar n-am pomenit de ea, ale cărei visuri de măritiș s-au amestecat cu amintirile despre Kashmir și s-au scurs inevitabil în mine, făcându-mă să-mi fixez și eu o dorință – doar-doar, doar-doar – așa încât, după ce m-am resemnat în fața crăpăturilor, iată-mă căzând pradă unor crampe de nemulțumire, furie, teamă și regret.

Dar, mai presus de toate, cad pradă Văduvei.

— Zău dacă nu, spune Padma și se bate cu palma peste genunchi. Prea multe, domnu', prea multe.

Cum se cuvine să le înțelegem pe prea multele mele femei? Ca pe tot atâtea chipuri ale lui *Bharat-Mata*? Sau ca pe ceva mai mult... ca pe aspectele dinamice ale mayei, ca pe energia cosmică reprezentată prin organul femeiesc?

Maya, în aspectul ei dinamic, se cheamă Shakti; poate că nu întâmplător, în panteonul hindus, puterea activă a unui zeu se află în regina lui! Mame ale Mayei-Shakti, dar și „conștiințe înăbușite în păienjenișul viselor". Prea multe femei: sunt fără excepție fațete ale lui Devi, zeița, care este Shakti, care l-a răpus pe demonul-bivol, care l-a înfrânt pe căpcăunul Mahisha, care este Kali Durga Chandi Chamunda Uma Sati și Parvati... și care, când este activă, are culoarea roșie?

— Habar n-am de treburile astea, spune Padma, aducându-mă cu picioarele pe pământ. Sunt femei, atâta tot.

Încheindu-mi zborul imaginației, mi se amintește importanța memoriei; împodobit de imperativele de tip prrr trosc buf, las deoparte cugetările; și încep.

Iată cum s-a întâmplat, iată cum și-a luat Parvati soarta în propriile mâini, iată cum o minciună care mi-a ieșit de pe buze a adus-o într-un asemenea hal încât, într-o noapte, a scos de sub hainele ei zdrențăroase o buclă din părul unui erou și a prins a rosti cuvinte prețioase.

Împinsă de la spate de Saleem, Parvati și-a amintit cine îi fusese cândva arhidușman; luând un băț de bambus cu șapte noduri și cu un cârlig metalic improvizat, prins la unul din capete, s-a ciucit la ea în cocioabă și a început să recite; ținând Cârligul Indirei în mâna dreaptă și o buclă de păr în stânga, l-a chemat la ea. Parvati l-a invocat pe Shiva; mă credeți sau nu, Shiva a venit.

De la bun început au existat doi genunchi și un nas, un nas și doi genunchi; însă pe parcursul întregii povestiri l-am împins mereu pe celălalt în fundal (la fel cum îl izgonisem cândva de la consiliile Copiilor). Cu toate acestea, nu mai poate fi ascuns; fiindcă într-o dimineață de mai a anului 1974 – mă înșală memoria asta fisurată, sau am ținut minte corect data de 18, poate chiar în clipa când deșertul din Rajasthan a fost zgâlțâit de prima explozie nucleară din India? Să fi fost într-adevăr explozia lui Shiva în viața mea concomitentă cu intrarea Indiei, fără avertismente prealabile, în era nucleară? – a poposit în mahalaua magicienilor. Îmbrăcat în uniformă, medaliat, epoletic și având acum gradul de maior, Shiva a coborât de pe o motocicletă militară; și chiar și prin kakiul modest al pantalonilor lui soldățești, oricine putea să observe ușor fenomenalele umflături gemene ale genunchilor lui mortali... Era eroul cel mai decorat al Indiei, dar cândva fusese în fruntea unei bande de apași care terorizase străzile lăturalnice din Bombay; odată, înainte de a descoperi violența legitimizată a războiului, o serie de prostituate fuseseră sugrumate și găsite prin canale (știu, știu, n-au existat dovezi); acum era maiorul Shiva, dar rămăsese totodată băiatul lui Wee Willie Winkie, care încă își aducea aminte de cuvintele acelor cântece cu tăceri prelungi; ecoul de la „Noapte bună, doamnelor“ îi răsuna și acum în urechi din când în când.

Există aici câteva ironii care nu au voie să treacă neobservate. Căci oare nu se ridicase Shiva exact în timpul căderii lui Saleem? Cine era acum nevoiașul pitit într-o cocioabă și cine privea lumea de sus, de la înălțimea gradului de ofițer superior? Nu există nimic mai bun pentru reinventarea vieților decât războiul... Oricum, într-o zi care se prea poate să fi fost 18 mai, maiorul Shiva a ajuns în ghetoul magicienilor și a străbătut străzile ca vai de lume ale mahalalei cu o expresie ciudată, în care disprețul nemărginit pentru noii îmbogățiți se combina cu ceva mai misterios: căci maiorul Shiva, atras spre umilul nostru sălaș de incantațiile lui Parvati-vrăjitoarea, nu avea de unde să știe ce forță îl îmboldise să-și facă apariția acolo.

Ceea ce urmează este o reconstituire a carierei de dată recentă a maiorului Shiva; am încropit povestea din ceea ce mi-a spus Parvati după ce ne-am căsătorit. Se pare că marelui meu rival îi plăcea să se laude cu isprăvile lui în fața ei, așa că trebuie să aveți în vedere anumite deformări ale adevărului, obișnuite în cazul celor care se bat cu cărămida în piept; totuși, aparent nu există motive să credem că lucrurile pe care el le-a povestit lui Parvati – și pe care ea mi le-a repetat ulterior – au fost foarte departe de situația reală.

La sfârșitul războiului din Est, legendele isprăvilor de vitejie ale lui Shiva circulau pe străzile tuturor orașelor, săreau în paginile ziarelor și ale revistelor și se insinuau în felul ăsta în saloanele bogătanilor, depunându-se în nori groși ca roiurile de muște pe timpanele gazdelor de prin țară, astfel încât Shiva s-a trezit avansat nu doar în grad, ci și pe scara socială, și a început să fie invitat la o mie și unu de evenimente – banchete, serate muzicale, partide de bridge, recepții diplomatice, conferințe ale partidelor politice, festivități naționale, dar și locale, mai restrânse, zile ale sportului școlar și baluri de cristal – pentru a fi aplaudat și monopolizat de cei mai nobili și mai cinstiți oameni din ținut, cărora legendele isprăvilor lui le roiau în jurul capetelor ca insectele și le acopereau pupilele, motiv pentru care îl percepeau pe tânăr prin vălul cețos al propriei legende, care le acoperea vârfurile degetelor, în așa fel încât să-l atingă prin pelicula magică a mitului său, și li se așeza pe limbă, făcându-i să nu i se poată adresa așa cum ar fi procedat cu un om obișnuit. Armata indiană, care ducea pe atunci o luptă politică împotriva proiectelor de reducere a cheltuielilor, a înțeles valoarea unui ambasador atât de carismatic și i-a permis să se plimbe printre admiratorii lui influenți; iar Shiva a îmbrățișat bucuros acest nou stil de viață.

Și-a lăsat o mustață luxuriantă, pe care ordonanța i-o ungea zilnic cu o pomadă de ulei de in aromat cu praf de coriandru; îmbrăcat întotdeauna elegant în saloanele puternicilor zilei, se angaja în discuții politice și se declara un admirator statornic al doamnei Gandhi, în bună parte și din cauza urii nutrite față de Morarji Desai, adversarul ei, care era nepermis de bătrân, își bea urina, avea o piele care scârțâia ca foița de orez, iar ca prim-vicepreședinte al guvernului de la Bombay fusese răspunzător cândva de interzicerea consumului de alcool și de persecutarea tinerilor goondaşi, al aşa-numiţilor huligani sau apaşi, cu alte cuvine, a copilului Shiva de odinioară... Însă taclalele de acest fel ocupau o parte infimă din gândurile lui, restul fiind în întregime dedicat doamnelor. Şi Shiva era înconjurat de prea multe femei, iar în zilele îmbătătoare care au urmat izbânzii armate a dobândit o reputaţie secretă care (i s-a lăudat el lui Parvati) a ajuns rapid să rivalizeze cu faima lui oficială şi publică – altfel spus, lângă legenda lui „albă" s-a ivit şi una „neagră". Ce se şoptea pe la zilele de doamne şi la serile de canastă din ţinut? Ce se susura printre chicoteli, ori de câte ori se strângeau laolaltă două-trei doamne din lumea bună? Următorul fapt: că maiorul Shiva se transforma într-un seducător notoriu, un afemeiat şi un expert în încornorarea celor bogaţi; pe scurt, un armăsar.

Oriunde s-ar fi dus, dădea peste femei, i-a spus el lui Parvati: cu trupurile pline de rotunjimi tremurând sub povara bijuteriilor şi a poftelor carnale, cu ochii înceţoşaţi din cauza legendei lui; chiar dacă ar fi vrut, i-ar fi venit greu să le refuze. Numai că maiorului Shiva nici nu-i trecea prin cap să le spună nu. Asculta plin de compasiune micile tragedii – soţi impotenţi, bumbăceli, lipsă de atenţie – şi motivele pe care le avansau aceste făpturi minunate. La fel ca bunică-mea, la staţia de benzină (dar având motive mai parşive), juca rolul depozitarului răbdător al tuturor acestor necazuri; sorbind whisky în splendoarea sălilor de bal vegheate de candelabre somptuoase, vedea cum îşi dau ochii peste cap şi le auzea respirând întretăiat şi gemând în timp ce povesteau; iar la final reuşeau întotdeauna să scape din mână poşeta, să verse un pahar sau să-i răstoarne bastonul cu măciulie, în aşa fel încât să fie nevoit să se aplece pentru a ridica obiectul căzut, observând cu această ocazie bileţelele vârâte în sandale şi ieşite cochet dintre degetele cu unghii făcute ale picioarelor. Pe vremea aceea (dacă e să dăm crezare maiorului), frumoasele şi scandaloasele *begum*-e din India deveniseră îngrozitor de stângace, iar domnişoarele lor de companie vorbeau de întâlniri în miez de noapte, de scări de viţă împletite până la ferestrele dormitoarelor şi de soţi care întâmplător erau plecaţi de acasă şi ocupaţi cu lansarea la apă a unor nave, cu exportul de ceai sau cu achiziţionarea de rulmenţi din Suedia. Pe când nefericiţii respectivi erau la datorie, maiorul le pătrundea în case şi le fura bunurile cele mai de preţ: soţiile lor îi cădeau în braţe. E posibil (am împărţit la doi cifrele furnizate de maior) ca, în perioada de vârf a crailâcului său, să fi existat nici mai mult, nici mai puțin decât zece mii de femei îndrăgostite de el.

Bineînțeles, s-a lăsat și cu urmași. Odraslele miezurilor de noapte ilicite. Bebeluși drăguți, cuibăriți la loc sigur în leagănele bogaților. Presărând bastarzi de-a lungul și de-a latul hărții Indiei, eroul de război și-a văzut de drum ; dar (lucru pe care l-am aflat tot prin Parvati) a început în mod curios să se plictisească de toate femeile pe care le lăsa gravide ; pleca definitiv din patul celor care îi purtau propriii copii în pântece, indiferent cât ar fi fost de frumoase, senzuale și iubărețe ; prin urmare, multe doamne cu ochii înroșiți au fost silite să-și convingă soții că da, sigur că-i al tău, iubitule, sufletul meu, nu vezi ce seamănă cu tine, asta-i bună, cum să fiu supărată, ce motiv aș avea, sunt lacrimi de bucurie.

Una dintre aceste mame părăsite era Roshanara, tânăra soție a lui S.P. Shetty, un cunoscut magnat al oțelului ; iar la Hipodromul Mahalaxmi din Bombay ea s-a decis să înțepe falnicul balon al mândriei personale a ofițerului. Acesta se plimba de o bună bucată de vreme în zona padocului, aplecându-se des să înapoieze posesoarelor diverse eșarfe și umbreluțe de soare ce păreau să se însuflețească independent și să scape din mâini la trecerea lui ; acela a fost locul unde s-a decis să-l înfrunte Roshanara Shetty, care i s-a înfipt în cale și a refuzat să se miște, cu ochii ei de șaptesprezece ani plini de ciuda feroce a copilăriei. El a salutat-o glacial, ducându-și mâna la chipiu, după care a încercat să treacă ; însă ea și-a înfipt unghiile ascuțite ca niște ace în brațul lui și, cu un surâs periculos ca un sloi de gheață, i s-a alăturat în plimbare. În vreme ce mergeau la braț, tânăra și-a vărsat otrava infantilă în urechea lui, iar ura și resentimentele față de fostul ei iubit au făcut-o credibilă în ochii lui. Fără urmă de milă, Roshanara i-a șoptit că era atât de caraghios, Dumnezeule mare, felul țanțoș în care se plimba în înalta societate ca un cocoș, pe când doamnele râdeau de el pe la spate, o, da, dom' maior sahib, nu te amăgi, femeilor din lumea bună le-a plăcut întotdeauna să se culce cu tot felul de țărănoi brutali, sigur, exact asta credem și despre tine, Doamne, e de-ajuns să te vadă cineva cum mănânci, doar nu-ți imaginezi că n-am observat că nu apuci niciodată ceașca de ceai de toartă, chiar crezi că n-am auzit cum râgâi și cum te pârțâi, ești maimuțoiul nostru preferat, dom' maior sahib, foarte folosit, dar, la urma urmei, tot clovn.

După atacul nimicitor al Roshanarei Shetty, tânărul erou de război a început să vadă lumea cu alți ochi. Acum i se părea că femeile râdeau la adăpostul evantaielor oriunde s-ar fi aflat; a început să observe priviri bizare, amuzate și piezișe, pe care nu le sesizase până atunci; oricât s-ar fi străduit să-și cizeleze comportamentul, era în zadar, parcă devenea din ce în ce mai stângaci, așa că mâncarea îi zbura din farfurie pe chilimurile neprețuite, râgâielile îi ieșeau din gâtlej cu zgomotul unui tren apărut din tunel, iar bășinile slobozite când îi era lumea mai dragă aveau ceva din forța unui taifun. Noua lui viață i s-a transformat într-o serie zilnică de umilințe; acesta a fost momentul când a început să reinterpreteze avansurile frumuseților din lumea bună și să priceapă că, ascunzând bilețele de amor sub degetele de la picioare, îl obligau la îngenuncheri înjositoare în fața lor... Aflând că puteai, bărbat fiind, să ai toate calitățile din lume, dar să fii disprețuit în continuare fiindcă nu știai cum se ține lingura, s-a simțit cuprins din nou de ura violentă pe care o încercase altădată la adresa bogătașilor și a puterii lor, și de aceea sunt sigur – de aceea știu precis – că, în clipa când starea de urgență i-a oferit lui Shiva-genunchiosul șansa de a-și asigura o anumită doză de autoritate, nu a stat pe gânduri și nu a mai așteptat să fie invitat a doua oară.

Pe 15 mai 1974, maiorul Shiva s-a întors la regimentul lui din Delhi; conform propriilor declarații, după trei zile a fost cuprins brusc de dorința de-a o mai vedea o dată pe frumusețea cu ochii-aidoma-unor-farfurioare pe care o întâlnise pentru prima oară cu mult timp în urmă, la conferința Copiilor din Miez de Noapte, pe seducătoarea cu părul- strâns-într-o-coadă-de-cal, care îi ceruse la Dacca o buclă din pletele lui. Maiorul Shiva i-a mărturisit lui Parvati că sosirea lui în ghetoul magicienilor fusese motivată de dorința de a se descotorosi de cățelele înstărite din înalta societate indiană, că fusese fermecat de buzele ei botoase din secunda când dăduse cu ochii de ele și că acestea erau singurele rațiuni pentru care îi cerea să plece cu el. Dar deja am fost ultrageneros cu maiorul Shiva – în această versiune personală a istoriei, am acordat prea mult spațiu poveștii lui; prin urmare, subliniez că, indiferent ce-ar fi putut crede maiorul cu picioare strâmbe, ceea ce l-a atras spre ghetou a fost pur și simplu magia lui Parvati-vrăjitoarea.

Saleem nu se afla în ghetou când maiorul Shiva a ajuns cu motocicleta în timp ce exploziile nucleare zguduiau deșertul din Rajasthan, departe de ochii mei, şi explozia care mi-a schimbat viaţa a avut loc tot fără s-o pot vedea. Când Shiva a prins-o pe Parvati de mână, eu participam cu Picture Singh la o conferinţă de urgenţă pe tema numeroaselor celule roşii din oraş, unde dezbăteam consecinţele grevei generale a feroviarilor; când Parvati s-a suit pe locul din spate al Hondei cunoscutului erou, eu denunţam vehement arestarea de către autorităţile guvernamentale a liderilor sindicali. Pe scurt, în timp ce eu eram preocupat de politică şi de propriul vis al salvării naţionale, puterile vrăjii lui Parvati puseseră în mişcare planul care avea să se încheie cu nişte găteli matrimoniale, cu o seamă de cântece şi cu semnarea unui contract.

...Vrând-nevrând, sunt nevoit să răspund în contul altora; doar Shiva ar putea spune ce i se întâmplase; numai Resham *bibi* a fost în stare să-mi descrie plecarea lui Parvati când m-am întors, spunând: „Biata de ea, las-o, e necăjită de-atâta amar de vreme, cine ştie din ce cauză?"; şi numai Parvati însăşi putea să-mi povestească de ce avusese parte cât timp fusese plecată.

Datorită statutului său de erou de război al întregii naţii, maiorului i se îngăduiau anumite abateri de la regulamentele militare; nimeni nu i-a cerut socoteală fiindcă adusese o femeie într-un loc care nu era destinat bărbaţilor căsătoriţi; neştiind ce anume provocase această schimbare remarcabilă în viaţa lui, ofiţerul s-a aşezat pe un scaun de trestie aşa cum i se ceruse, iar ea i-a scos cizmele, i-a masat picioarele, i-a adus apă cu aromă de tei şi lămâie, a dat liber ordonanţei, i-a îngrijit mustaţa, i-a mângâiat genunchii şi, după toate astea, i-a pregătit o masă de *biriani* atât de gustoasă, încât el a încetat să se întrebe ce i se întâmpla şi a început să savureze mâncarea. Parvati-vrăjitoarea a preschimbat acea simplă unitate militară într-un palat, un adevărat Kailasa la dispoziţia şi sub stăpânirea lui Shiva-zeul; pierdut în adâncurile ochilor ei imenşi şi stârnit peste poate de bosumflarea erotică a buzelor ei, maiorul omonim şi-a fixat întreaga atenţie asupra ei patru luni de zile; mai precis, o sută şaptesprezece nopţi. Cu toate acestea, pe 12 septembrie lucrurile s-au schimbat; în ziua aceea, îngenunchind la picioarele lui şi pe deplin conştientă de punctul lui de vedere cu privire la acest subiect, Parvati i-a spus că urma să aibă un copil.

Din clipa aceea, relaţia dintre Shiva şi Parvati a devenit furtunoasă, abundând în lovituri şi farfurii sparte, într-un ecou pământean al veşnicelor dispute maritale dintre zei la care zice-se că participau tizii lor pe muntele Kailasa din Himalaya... A fost perioada când maiorul Shiva a început să bea și să preacurvească. Traseele dezmățate ale eroului de război prin capitala Indiei semănau leit cu plimbările făcute de Saleem Sinai pe scuterul Lambretta pe străzile din Karachi; descurajat în compania celor bogați de dezvăluirile Roshanarei Shetty, maiorul Shiva se obișnuise să-și tarifeze plăcerile. Fecunditatea lui era atât de mare (a asigurat-o el pe Parvati în timp ce-o bătea), încât a ruinat profesional o mulțime de femei ușoare, făcându-le copii pe care acestea i-au iubit prea mult ca să-i expună; a zămislit pe întreg cuprinsul capitalei o armată de prichindei ai străzilor, ca pe o contrapondere la regimentul de bastarzi pe care-i concepuse cu begumele din acele saloane vegheate de candelabre.

Între timp, și pe cerul politicii se strânseseră nori negri: în Bihar, o regiune măcinată de corupție, inflație, foamete, analfabetism și sărăcie, Jaya-Prakash Narayan a ridicat o coaliție a studenților și a muncitorilor împotriva Congresului Indirei aflat la putere; în Gujarat au avut loc tulburări, s-a dat foc câtorva trenuri, iar Morarji Desai s-a grăbit să răstoarne (și dispus să plătească cu viața) conducerea coruptă a Congresului (sub Chimanbhai Patel) din acel stat bântuit de secetă... și se înțelege de la sine că a reușit fără să fie forțat să moară; pe scurt, în vreme ce în mintea lui Shiva palpitau gânduri de mânie, țara începuse și ea să se înfurie; și ce se năștea oare în același timp cu umflarea pântecelui lui Parvati? Știți răspunsul: la sfârșitul lui 1974, J.P. Narayan și Morarji Desai au format partidul de opoziție cunoscut sub numele de Janata Morcha sau Frontul Popular. Pe când maiorul Shiva trecea clătinându-se de la o curvă la alta, Congresul Indirei prinsese la rândul lui să se clatine.

Iar în cele din urmă Parvati l-a eliberat de vrajă. (Alte explicații valabile nu există; dacă nu fusese vrăjit, de ce n-a scăpat de ea chiar în clipa când a auzit că rămăsese gravidă? Iar dacă vraja n-ar fi fost destrămată, cum ar fi putut să facă așa ceva?) Clătinând din cap ca și cum s-ar fi deșteptat dintr-un vis, maiorul Shiva s-a trezit în compania unei fete de mahala cu burta la gură, care acum reprezenta în ochii lui lucrul de care se temea cel mai mult – Parvati a devenit personificarea mahalalei unde trăise în copilărie, din care scăpase și care încerca acum, prin ea și prin copilul ăla blestemat, să-l tragă din nou cât mai jos cu putință... Înșfăcând-o de păr, a suit-o în spatele lui pe motocicletă, și iată că în scurt timp fata a revenit de unde plecase, aducând cu ea singurul lucru pe care nu-l avusese când o luase din loc, lucrul acela ascuns înăuntrul ei ca un om invizibil într-un coș de răchită, lucrul acela care creștea întruna, exact așa cum pusese la cale.

De ce spun asta? Fiindcă, mai mult ca sigur, e adevărat; fiindcă sunt convins că Parvati-vrăjitoarea a rămas gravidă ca să-mi închidă singura portiță prin care puteam să scap de căsătoria cu ea. Însă o să mă rezum la descriere, lăsând posteritatea să analizeze.

Într-o zi rece de ianuarie, când chemările muezinului din cel mai înalt turn al Moscheii Vineri au înghețat chiar în clipa când i-au ieșit de pe buze și au căzut asupra orașului ca o ninsoare sacră, Parvati s-a întors. Așteptase până nu mai încăpuse nici o umbră de îndoială cu privire la starea în care se afla; coșul lăuntric i se vedea prin veșmintele moi și curate ale amorezării acum defuncte a lui Shiva. Buzele ei, convinse de apropiatul lor triumf, își pierduseră botoșenia atât de la modă; în vreme ce stătea pe treptele Moscheii Vineri, ca să se asigure că noua ei înfățișare era observată de cât mai multă lume, în ochii aidoma unor farfurioare îi licăreau reflexele argintii ale mulțumirii. Așa am găsit-o când m-am întors la *chaya* moscheii cu Picture Singh. Eram neconsolat, iar imaginea lui Parvati-vrăjitoarea care stătea pe trepte cu mâinile împreunate calm pe pântecele umflat și cu părul împletit într-o funie lungă mișcându-se ușor în aerul de cristal, n-a avut câtuși de puțin darul de a mă înveseli.

Pictureji și cu mine fuseserăm pe străzile care se îngustau la capăt și pe care se găseau numeroase case de raport din spatele Poștei Mari, unde amintirea ghicitorilor, a kinetoscopiștilor și a lecuitorilor încă plutea în aer; iar aici Picture Singh efectuase un număr care devenea tot mai politic de la o zi la alta. Măiestria lui legendară a atras un mare număr de spectatori binedispuși, pentru care și-a făcut șerpii să-i transmită mesajul, sub influența muzicii unduitoare interpretate la fluier. În timp ce eu îmi luam în serios rolul de ucenic și dădeam citire unui discurs pregătit dinainte, reptilele asigurau dramatizarea a ceea ce-mi ieșea din gură. Am vorbit despre nedreptatea crasă a felului cum erau repartizate bogățiile, secondat de două cobre care au jucat scena mută a unui om înstărit care refuza să dea pomană unui cerșetor. De asemenea, s-au făcut trimiteri – rostite și dansate – la brutalitățile poliției, la foame, boală și analfabetism, după care, în încheierea reprezentației, Picture Singh a început să vorbească despre caracterul revoluției roșii, iar promisiunile au prins să întunece aerul, în așa fel încât, chiar înainte ca poliția să-și facă apariția pe ușile din spate ale poștei, ca să împrăștie mulțimea cu bastoane și cu gaze lacrimogene, câțiva hâtri din public apucaseră deja să-l ia în bâză pe Cel Mai Fermecător Om din Lume. Neconvins, pesemne, de mimările ambigue ale șerpilor, al căror conținut era, ce-i drept, nițel cam obscur, un tânăr a strigat:

— *Ohé*, Pictureji, ar trebui să fii în guvern, omule, nici măcar Indiramata nu știe să promită așa de frumos ca matale!

Pe urmă am simțit gazele lacrimogene și a trebuit să fugim (tușind de mama focului, gata să ne înecăm) din calea trupelor de poliție, a trebuit să dispărem ca niște criminali și să lăsam lacrimile acelea artificiale să ne brăzdeze obrajii pe când ne puneam la adăpost. (La fel se întâmplase cândva demult în Jalliawala Bagh – bine măcar că de data asta n-am mai avut parte de gloanțe.) Dar, chiar dacă nu plângeam de-adevăratelea, ci din cauza gazelor lacrimogene, Picture Singh a căzut pradă unei tristeți crunte, din cauza împunsăturii hâtrului care îi contestase controlul asupra realității, adică exact lucrul cu care se mândrea cel mai tare; după atâtea gaze și bastoane, și eu m-am cufundat în deznădejde, dar asta fiindcă am simțit deodată un gol în stomac și mi-am dat seama că exista ceva înăuntrul meu care se împotrivea felului cum descrisese Picture (acompaniat de dansul șerpilor) ticăloșiile de neiertat ale celor bogați; m-am trezit spunându-mi: „Peste tot există bune și rele – oamenii ăia m-au crescut și au avut grijă de mine, Pictureji!“ Apoi am început să-mi dau seama că fărădelegea lui Mary Pereira mă izolase de două lumi, nu de una; că, alungat din casa unchiului meu, îmi era imposibil să intru pe deplin în lumea-după-Picture-Singh; că visul meu de salvare a țării era de fapt o scamatorie acoperită printr-o perdea de fum – aiureala iluzorie a unui zăbăuc.

Iar apoi venea Parvati, cu profilul ei schimbat, în claritatea aspră a acelei zile de iarnă.

A fost – sau poate mă înșel? Trebuie să-i dau zor; mereu îmi scapă tot felul de lucruri – o zi a ororilor. Aceea a fost ziua – dacă nu cumva o fi fost alta – când am găsit-o pe bătrâna Resham *bibi* moartă de frig, zăcând în cocioaba pe care și-o construise din lăzi în care fuseseră ambalate diverse produse de la Dalda Vanaspati. Chipul ei împrumutase un albastru viu, acel albastru krishnic sau christic, albastrul cerului din Kashmir, care uneori ţi se prelinge în ochi; i-am dat foc pe malul râului Jamuna, printre porţiuni mâloase şi bivoli, aşa că n-a mai apucat nunta mea şi a fost păcat, fiindcă – la fel ca tuturor bătrânelor – îi plăceau nunţile, iar în trecut participase energică şi plină de veselie la ceremoniile anterioare nunţilor propriu-zise, dirijând cântecele prin care prietenele miresei îl insultau pe mire cu tot cu familie. Unul dintre miri avusese parte de nişte ocări atât de sclipitoare şi de bine ţintite, încât se supărase şi anulase nunta; însă Resham rămăsese neclintită, spunând că nu era ea de vină dacă tinerii din ziua de azi erau slabi de înger şi şovăielnici ca puii de găină.

N-am asistat la plecarea lui Parvati, n-am fost de faţă nici când s-a întors, şi a mai existat un lucru curios... dacă nu cumva am uitat, dacă n-o fi fost în altă zi... Oricum, mi se pare că, exact în ziua înapoierii lui Parvati, un ministru al cabinetului indian se afla într-un vagon de tren la Samastipur când a avut loc o explozie care l-a expediat direct în cărţile de istorie, şi că Parvati, care plecase în plină perioadă de explozii atomice, s-a întors la noi chiar în timp ce domnul L.N. Mishra, ministrul Transporturilor şi al mitei, părăsea definitiv această lume. Atâtea şi-atâtea semne de rău-augur... poate că în Bombay peştii morţi pluteau cu burţile în sus spre ţărm.

26 ianuarie, Ziua Republicii, e mană cerească pentru iluzionişti. Când mulţimile uriaşe se strâng să vadă elefanţii şi focurile de artificii, scamatorii oraşului ies să-şi câştige pâinea. Totuşi, pentru mine data respectivă are o altă semnificaţie: Ziua Republicii reprezintă momentul când mi-a fost pecetluită soarta conjugală.

În zilele de după întoarcerea lui Parvati, bătrânele din ghetou şi-au făcut obiceiul să-şi acopere urechile de ruşine ori de câte ori treceau pe lângă ea; însă Parvati, care îşi purta copilul nelegitim fără umbră de vinovăţie, zâmbea inocent şi îşi vedea de drum. Atâta doar că în dimineaţa Zilei Republicii s-a trezit şi a dat peste o funie fixată deasupra uşii ei de la intrare, de care atârnau nişte pantofi scâlciaţi, după care a început să plângă neconsolată, pierzându-şi cumpătul sub impactul acestei insulte supreme. În timp ce plecam de la noi din cocioabă, ducând mai multe coşuri pline de şerpi, am văzut-o pradă nefericirii (prefăcute? autentice?), iar Picture Singh și-a încleștat maxilarele, luându-și o expresie hotărâtă.

— Hai înapoi în colibă, dom' căpitan, tre' să stăm de vorbă, mi-a spus Cel Mai Fermecător Om din Lume.

Odată ajuns în cocioabă, el a continuat:

— Iartă-mă, dom' căpitan, da' tre' să deschid gura. Mă gândesc că e cumplit să fii bărbat și să treci prin viață fără urmași. Să n-ai un fiu, dom' căpitan, mai mare tristețea pentru matale, nu?

Prins în capcană după ce mă declarasem impotent, am tăcut chitic, lăsându-l pe Pictureji să sugereze o căsătorie care avea să-i păstreze onoarea lui Parvati și totodată să-mi rezolve problema sterilității benevol asumate; și chiar dacă mă temeam de fața Jamilei Cântăreața, care, suprapusă figurii lui Parvati, mă putea scoate din minți, n-am avut curajul să refuz.

Parvati – așa cum plănuise, sunt convins – m-a acceptat pe dată, spunând „da" la fel de ușor și de des pe cât spusese „nu" în trecut; după aceea serbările de Ziua Republicii au început să aibă aerul că fuseseră organizate în mod expres pentru noi, însă eu, unul, m-am gândit că și de data asta destinul, inevitabilitatea și antiteza opțiunilor ajunseseră să-mi dirijeze viața, că și de data asta avea să se nască un copil al cărui tată conjunctural era altul decât cel adevărat, deși, printr-o teribilă ironie, copilul avea să fie nepotul adevărat al părinților tatălui său; e posibil să-mi fi trecut prin cap că era bine să mă întreb, prins în păienjenișul acestor genealogii întrețesute, ce anume începea, ce se termina, în ce măsură avea loc o nouă numărătoare inversă în taină și ce avea să se nască odată cu odrasla mea.

Cu toată absența lui Resham *bibi*, nunta a decurs destul de bine. Convertirea oficială a lui Parvati la islamism (care l-a iritat pe Picture Singh, dar în favoarea căreia m-am trezit insistând, în virtutea unui alt recurs la viața mea de odinioară) a fost îndeplinită de un hagiu cu barbă roșcovană care părea stingherit în mijlocul atât de multor reprezentanți provocatori și agresanți ai necredincioșilor; sub privirile neliniștite ale acestui ins care semăna cu o ceapă mare și bărboasă, Parvati și-a exprimat credința că Dumnezeu era unul singur și că Mahomed era profetul lui; și-a luat un nume pe care i l-am ales din arhiva visurilor mele, devenind Laylah (noaptea), văzându-se prinsă și ea în ciclurile repetitive ale istoriei mele și transformându-se într-un ecou al tuturor celorlalți oameni care au fost siliți să-și schimbe numele... Aidoma propriei mele mame Amina Sinai, Parvati-vrăjitoarea a dobândit o nouă identitate ca să poată face un copil.

La ceremonia premergătoare, jumătate dintre magicieni m-au adoptat, îndeplinind rolul „familiei" mele; ceilalți s-au situat de partea lui Parvati, iar insultele vesele s-au făcut auzite până târziu în noapte, în timp ce urmele delicate ale vopselei i se uscau în palme și pe tălpi; iar dacă în lipsa lui Resham *bibi* jignirile nu au mai fost atât de tăioase, nu ne-a părut chiar atât de rău. În timpul *nikah*-ului, nunta propriu-zisă, fericita pereche a fost așezată pe o platformă construită în grabă din cutiile de Dalda ale cocioabei demolate a lui Resham și magicienii au trecut solemni prin dreptul nostru, aruncându-ne bănuți în poală; iar în clipa când noua Laylah Sinai a leșinat, toată lumea a zâmbit mulțumită, fiindcă orice mireasă trebuia să leșine la nuntă, și nimeni n-a mai pomenit posibilitatea jenantă a leșinului provocat de greață sau de loviturile dureroase ale copilului dinăuntrul coșului matern. În seara aceea magicienii au organizat un spectacol atât de frumos, încât s-a dus vestea în tot orașul vechi și în scurt timp s-a strâns o mare de spectatori: oameni de afaceri musulmani dintr-o mahala din apropiere, unde fusese făcut cândva un anunț public, argintari, vânzători de milk-shake de pe Chandni Chowk, plimbăreți ieșiți pe străzi seara și turiști japonezi care purtau cu toții (de data asta) măști chirurgicale, din bun-simț, ca să nu ne infecteze cu microbii pe care-i împrăștiau; mai erau acolo niște europeni rozalii care discutau cu japonezii despre obiectivele fotografice, se auzeau obloane trase, se vedeau blițuri care luminau, iar la un moment dat un turist mi-a declarat că India era o țară cu adevărat minunată, cu multe tradiții remarcabile, și că totul ar fi fost perfect dacă oamenii n-ar fi trebuit să consume în mod constant mâncare indiană. Cât despre *valima*, ceremonia de consumare (la care de data asta nu s-au mai ținut cearșafuri pătate de sânge, cu sau fără găuri, dat fiind că petrecusem noaptea nunții cu ochii închiși și întors cu spatele la soția mea, ca nu cumva să mă trezesc în confuzia întunericului bântuit de trăsăturile insuportabile ale Jamilei Cântăreața), magicienii au fost și mai și decât în prima noastră noapte oficială împreună.

Însă, după ce s-a domolit toată vânzoleala, am auzit (cu o ureche bună și o alta bolnavă) sunetul inexorabil al viitorului care ne lua în stăpânire pe furiș: tic-tac, tic-tac, din ce în ce mai tare, până când nașterea lui Saleem Sinai – ca și a tatălui bebelușului – s-a oglindit în întâmplările din noaptea de 25 iunie.

În timp ce asasini misterioși ucideau diverse oficialități guvernamentale, ratându-l la mustață pe A.N. Ray, președintele Curții Supreme de Justiție numit personal de doamna Gandhi, ghetoul magicienilor s-a concentrat pe un alt mister: coșul care se umfla ca un balon al lui Parvati-vrăjitoarea.

Pe când Janata Morcha se dezvolta în tot felul de direcții bizare, până la îmbrățișarea comuniștilor maoiști (ca, de pildă, propriii noștri contorsioniști, inclusiv cele trei surori cu membre de gumă la care locuise Parvati înainte de căsătorie – după nuntă ne mutaserăm în coliba noastră, pe care cei din ghetou ne-o construiseră ca dar matrimonial pe locul bordeiului lui Recham) și a extremiștilor de dreapta din Ananda Marg, până când stângiștii socialiști și conservatorii din Swatantra le-au îngroșat și ei rândurile... în timp ce Frontul Popular se lărgea în acest mod grotesc, eu, Saleem, m-am tot întrebat ce-ar fi putut crește înăuntrul rotunjimii din ce în ce mai pronunțate a pântecelui soției mele.

În vreme ce nemulțumirea opiniei publice față de Congresul Indirei amenința să strivească guvernul ca pe o muscă, nou-apăruta Laylah Sinai, ai cărei ochi se măriseră mai mult ca niciodată, a stat aproape nemișcată, iar greutatea copilului a crescut, fiind cât pe-aici să-i facă oasele praf și pulbere; iar Picture Singh a spus, transformându-se în ecoul inocent al unei declarații de demult:

— Hei, dom' căpitan, o să fie mare de tot. Ditamai mândrețea de copil!

După care a venit ziua de 12 iunie.

Manualele de istorie, ziarele și emisiunile radiofonice ne spun că pe data de 12 iunie, la ora 14.00, prim-ministrul Indira Gandhi a fost găsită vinovată, de către judecătorul Jag Mohan Lal Sinha de la Înalta Curte din Allahabad, de două nereguli electorale în timpul campaniei premergătoare alegerilor din 1971; lucrul care nu a fost dezvăluit niciodată până acum este că, exact la aceeași oră, Parvati-vrăjitoarea (actualmente Laylah Sinai) s-a convins că intrase în travaliu.

Travaliul lui Parvati-Laylah a durat treisprezece zile. În prima dintre ele, pe când prim-ministrul refuza să demisioneze, deși hotărârea judecătorească însemna automat interdicția deținerii de funcții publice pentru o perioadă de șase ani, colul uterin al lui Parvati-vrăjitoarea a refuzat cu încăpățânare să se dilate, în ciuda contracțiilor violente ca niște copite de măgar; alungați din cocioaba caznelor ei de surorile contorsioniste care își asumaseră rolul de moașe, Saleem Sinai și Picture Singh au fost obligați să-i asculte țipetele inutile până când un alai neîntrerupt de înghițitori de flăcări, scamatori, cartofori și fachiri care mergeau pe cărbuni aprinși s-au apropiat de ei, i-au bătut pe umăr și le-au aruncat câteva glume deșucheate; eu am fost însă singurul care a auzit ticăitul – numărătoarea inversă a Dumnezeu știe ce – până când m-a apucat frica și i-am spus lui Picture Singh: „Habar n-am ce-o să iasă din ea, dar n-o să fie a bună..." La care Pictureji, liniștitor: „Nu-ți face griji, dom' căpitan! Ditamai mândrețea de copil, ascult-aici!" Parvati a continuat să țipe întruna, noaptea a făcut loc zorilor, iar în cea de-a doua zi, când în Gujarat candidații electorali ai doamnei Gandhi au fost puși pe fugă de Janata Morcha, pe soția mea au apucat-o niște dureri atât de mari, încât s-a ridigizat ca o bucată de fier, așa că am refuzat să mai mănânc până când avea să se întâmple ceva, am stat în continuare turcește lângă cocioaba în care se chinuia ca pe cruce, tremurând de groază în plină arșiță și implorând cerul să n-o lase să moară, chiar dacă nu făcusem dragoste cu ea niciodată în atâtea luni de căsătorie; cu toată frica pe care-o nutream față de fantoma Jamilei Cântăreața, m-am rugat și am postit, în ciuda protestelor lui Picture Singh – „pentru numele lui Dumnezeu, dom' căpitan", – am refuzat mâncarea, iar într-a noua zi ghetoul era deja cufundat într-o tăcere cumplită, o liniște atât de deplină, încât nici chiar chemările muezinului din moschee n-o puteau destrăma, o muțenie imensă, care a acoperit până și vuietul demonstrației organizate de Janata Morcha în apropiere de Rashtrapati Bhavan, reședința prezidențială, o încremenire oripilată, la fel de învăluitoare în vraja ei ca marea liniște ce se pogorâse cândva asupra casei bunicilor mei din Agra, astfel încât în cea de-a noua zi n-am auzit când Morarji Desai i-a cerut președintelui Ahmad să-l destituie pe prim-ministrul căzut în dizgrație, iar singurele sunete din lume au fost scâncetele sfârșite ale lui Parvati-Leylah, copleșită de contracții ca de o avalanșă de pietre de pe un versant, ceea ce o făcea să pară că ne striga printr-un lung tunel al durerii, în vreme ce eu stăteam turcește, dezmembrat de agonia ei și având în minte ticăitul neauzit al ceasului, iar în colibă cele trei contorsioniste turnau apă peste trupul lui Parvati ca să înlocuiască lichidele care-i țâșneau din organism ca dintr-o arteziană, vârându-i un băț între dinți ca să nu-și muște limba și încercând s-o facă să închidă ochii aceia care se holbau atât de înfricoșător, că surorile se temeau să nu sară din orbite și să se murdărească pe jos, iar apoi a venit cea de-a douăsprezecea zi, în care eram pe jumătate mort de foame, pe când într-un alt loc din oraș Curtea Supremă o informa pe doamna Gandhi că nu era obligată să demisioneze înaintea apelului, dar că nu avea voie nici să voteze în *Lok Sabha* și nici să-și ridice salariul, și, în timp ce prim-ministrul exulta în urma acestei victorii parțiale și începea să-și insulte adversarii într-un limbaj de care până și ultima nevastă de pescar *koli* ar fi fost mândră, travaliul lui Parvati a mea a intrat într-o fază în care, în ciuda vlăguirii ei totale, a găsit resurse să scoată o serie de înjurături care mai de care mai spurcate printre buzele livide, în așa hal încât duhoarea ca de hazna a măscărilor ei ne-a invadat nările și ne-a făcut să ne vărsăm mațele, iar cele trei contorsioniste au zbughit-o din colibă, strigând în gura mare că femeia moșită slăbise atât de mult și își pierduse atât de mult din culoare, încât aproape că vedeai prin ea și avea să moară cu siguranță dacă nu năștea chiar atunci, pe câtă vreme ticăitul se auzea tot mai apăsat – tic-tac, tic-tac – până când am fost sigur, da, curând, foarte curând, iar când surorile i s-au întors la căpătâi în seara celei de-a treisprezecea zile, au început să țipe, da, da, a început să împingă, hai, Parvati, împinge, împinge, și în timp ce Parvati împingea în ghetou, J.P. Narayan și Morarji Desai o îmboldeau la rândul lor pe Indira Gandhi, pe când surorile urlau împinge, împinge, împinge, liderii din Janata Morcha îndemnau poliția și armata să nu respecte dispozițiile ilegale ale prim-ministrului destituit, ceea ce însemna că într-un fel o sileau pe Indira Gandhi să împingă și, pe măsură ce noaptea se făcea tot mai neagră, apropiindu-se de miezul nopții, fiindcă nimic nu se întâmplă altcândva, surorile s-au pornit pe strigat iese, iese, iese, iar în altă parte prim-ministrul dădea la rândul său naștere unui copil... în ghetou, în coliba lângă care stăteam turcește, aproape mort de foame, fiul meu începuse să se ivească, a ieșit capul, au strigat surorile, în timp ce forțele de poliție îi arestau pe capii mișcării Janata Morcha, printre care și pe nespus de bătrânii și aproape mitologicii Morarji Desai și J.P. Narayan, împinge, împinge, iar în inima acelui miez de noapte cumplit, în vreme ce ticăitul continua să-mi răsune în urechi, a venit pe lume un copil, o ditamai mândrețe de băiat, care până la urmă a ieșit atât de ușor, încât nimeni n-a înțeles ce rost avuseseră toate chinurile acelea. Parvati a scos un ultim scâncet vrednic de milă, iar plodul a ieșit ca dopul dintr-o sticlă, pe când pretutindeni în India polițiștii arestau oameni, pe toți membrii opoziției, în afară de comuniștii promoscoviți, precum și o mulțime de învățători, poeți, ziariști și sindicaliști, de fapt pe toți cei care comiseseră cândva greșeala de a strănuta în timpul discursurilor Doamnei, iar când cele trei contorsioniste l-au spălat pe bebeluș, l-au învelit într-un sari vechi și l-au adus tatălui ca să-l vadă, exact în aceeași clipă cuvântul Urgență a fost auzit pentru prima dată, la un loc cu alte formule, ca de pildă suspendarea-drepturilor-civile, cenzura-presei, unitățile-blindate-în-alertă-de-gradul-unu și arestarea-elementelor-subversive; ceva lua sfârșit, altceva începea, și exact în momentul când s-a născut noua Indie și a demarat acel miez de noapte continuu, care avea să se încheie abia după doi ani cât două veșnicii, fiul meu, copilul ticăitului reînnoit, s-a ivit pe lume.

Și mai e ceva: fiindcă în clipa când, în penumbra mohorâtă a acelui miez de noapte prelungit interminabil, Saleem Sinai și-a văzut fiul pentru prima oară, a început să râdă neputincios, cu mintea tulburată de foame, ce-i drept, dar și de conștiința faptului că destinul lui implacabil îi mai jucase o farsă grotescă, și deși Picture Singh, scandalizat de râsul meu care (din cauză că eram slăbit) aducea a chicotit de școláriță, mi-a strigat de mai multe ori: „Hai, dom' căpitan! Nu face pe nebunul! Doar ai un fiu, dom' căpitan, bucură-te!“, Saleem Sinai a continuat să întâmpine nașterea aceea chițăind de zor la adresa sorții, căci băiatul, bebelușul, micul meu fiu Aadam, Aadam Sinai, era perfecțiunea însăși, cu excepția urechilor. Pe ambele părți ale capului îi fluturau două protuberanțe auditive asemănătoare unor vele, niște urechi atât de mari încât mai târziu cele trei surori au mărturisit că, în clipa când capul copilașului a ieșit la iveală, au avut un moment de rătăcire și au crezut că era capul unui pui de elefant.

— Dom' căpitan, dom' căpitan Saleem, mă tot implora Picture Singh, fii om de omenie! Nu înnebunește nimeni din cauza unor urechi!

S-a născut în Old Delhi... cândva demult. Nu, nu merge, n-ai cum să scapi de dată: Aadam Sinai s-a ivit pe lume în mahalaua cufundată în beznă pe 25 iunie 1975. La ce oră? Contează și ora. Adineauri am zis: noaptea. Nu, trebuie să fii mai... De fapt, chiar când a bătut de miezul nopții. Limbile ceasornicului s-au împreunat. Of, hai odată, vorbește pe șleau: exact în clipa când în India s-a proclamat Urgența, s-a născut și el. S-au auzit gemete, iar în țară s-a lăsat liniștea și au început să mustească temerile. Și din cauza tiraniilor oculte ale acelei ore întunecate, a fost încătușat într-un mod misterios la brațul istoriei, cu soarta indisolubil legată de cea a țării sale. A venit pe lume neprofețit și nesărbătorit; n-a primit scrisori de la nici un prim-ministru; oricum însă, pe măsură ce legătura mea se apropia de sfârșit, a lui începea. Bineînțeles, el, unul, n-a avut nici un cuvânt de spus în această privință; în fond, pe vremea aceea nici nu era în stare să se șteargă singur la nas.

Era copilul unui tată care nu-i era tată, dar totodată produsul unui timp care a schimonosit atât de grav realitatea, încât nimeni n-a mai reușit s-o aducă vreodată la forma inițială.

Era strănepotul adevărat al străbunicului său, însă forma de elefantiazis pe care a avut-o i-a atacat urechile în loc de nas – asta fiindcă era în același timp fiul adevărat al lui Shiva-și-Parvati; era în același timp Ganesh, zeul cu cap de elefant.

S-a născut cu o pereche de urechi atât de mari și de clăpăuge, încât mai mult ca sigur că a deslușit împușcăturile din Bihar și strigătele docherilor ciomăgiți din Bombay... a fost un copil care a auzit prea multe și, drept urmare, a refuzat să vorbească, amuțit de excesele sonore, așa încât de atunci și până acum, de la mahala până la fabrica de conserve, nu l-am auzit să scoată nici măcar o vorbă.

A fost posesorul unui buric care a preferat să iasă în evidență decât să arate normal, motiv pentru care Picture Singh a rămas perplex și a strigat: „Ia uită-te ce *bimbi* are, dom' căpitan!", iar nou-născutul a devenit, chiar din prima zi, obiectul grațios al venerației noastre sincere.

Un copil atât de bun și totodată atât de sobru, că refuzul lui total de a plânge sau măcar de a scânci l-a cucerit cu desăvârșire pe tatăl adoptiv, care a renunțat să râdă ca un apucat de urechile lui grotești și a început să-l țină afectuos în brațe și să-l legene.

Un copil care, legănat fiind, a auzit un cântec de leagăn cu accentele istorice ale unei *ayah* căzute în dizgrație: „Poți să fii tot ce dorești, tot ce vrei poți să ajungi".

Însă acum că mi s-a născut fiul acesta clăpăug și tăcut, rămân câteva întrebări cărora trebuie să li se răspundă pe marginea celeilalte nașteri, consemnată simultan. Întrebări greu digerabile și incomode: s-au scurs gândurile de salvare națională ale lui Saleem, prin țesuturile osmotice ale istoriei, în gândurile prim-ministrului însuși? S-a transpus credința mea de-o viață în egalitatea dintre Stat și propria persoană, odată ajunsă în mintea „Doamnei", în formula atât de la modă pe atunci: *India e Indira, iar Indira e India*? Am fost cumva amândoi niște concurenți ai centralismului? A fost și ea dominată de o dorință de a găsi sensuri la fel de febrilă și de profundă ca a mea? Așa să se explice, acesta să fie motivul pentru care...?

Influența coafurilor și a frizurilor asupra cursului istoriei, iată încă o problemă ce trebuie cercetată de-a fir-a-păr. Dacă William Methwold n-ar fi avut cărare pe mijloc, poate că nu m-aș fi aflat astăzi în acest loc; iar dacă Maica Națiunii ar fi fost coafată cu același pigment, poate că Urgența ar fi sărit cu ușurință peste latura ei tulbure. Numai că părul ei a fost alb într-o parte și negru în cealaltă, la fel cum Urgența însăși a avut o latură albă – publică, vizibilă, susținută de documente și cercetabilă istoric – și o alta neagră care, fiind secretă, macabră și nepovestită, se cuvine să rămână între noi.

Doamna Indira Gandhi s-a născut în noiembrie 1917, iar părinții ei au fost Kamala și Jawaharlal Nehru. Al doilea ei nume a fost Priyadarshini. Nu a avut legături de rudenie cu „Mahatma" M.K. Gandhi; numele de familie a fost consecința căsătoriei din 1952 cu un anume Feroze Gandhi, cunoscut ulterior drept „ginerele națiunii". Din mariajul lor s-au născut doi fii, Rajiv și Sanjay, dar în 1949 Indira s-a întors în reședința tatălui ei și a devenit „stăpâna lui oficială". Feroze a făcut la rândul lui o încercare de a locui acolo, dar nu s-a bucurat de succes. Drept urmare, a devenit un critic vehement al guvernului Nehru, dând în vileag scandalul Mundhra și forțând demisia ministrului de finanțe de atunci, T.T. Khrishnamachari – „T.T.K." în persoană. Domnul Feroze Gandhi a încetat din viață în urma unui atac de cord în 1960, la vârsta de patruzeci și șapte de ani. Sanjay Gandhi și soția lui Menaka, un fost manechin, au jucat un rol de prim-plan în timpul Urgenței.

Mişcarea pentru Tineret Sanjay s-a dovedit extrem de eficientă în cadrul campaniei de sterilizare.

Am inclus acest rezumat de câteva rânduri în eventualitatea că nu v-aţi dat seama că, în 1975, femeia care era prim-ministru al Indiei avea cincisprezece ani de când rămăsese văduvă. Sau mai degrabă Văduvă (fiindcă s-ar putea ca majuscula să fie de folos).

Da, Padma : Maica Indira chiar îmi pusese gând rău.

Miezul nopții

Nu! – Dar trebuie. Nu vreau să povestesc...! – Dar am jurat. c-o să spun tot. – Nu, renunț, nu și asta, nu credeți că e mai bine ca unele lucruri să rămână...? – Nu ține figura; ce n-ai vindecat trebuie îndurat! – Chiar și chestiile astea despre zidurile care șoptesc, despre trădare, despre harșt! harșt! și despre femeile cu piepturile învinețite? – Mai ales astea. – Bine, dar cum o să pot, uitați-vă la mine, simt că mă fac țăndări, nu mai sunt de acord nici cu mine însumi, mă cert întruna ca un bezmetic, cedez pe la cusături, îmi pierd memoria, da, mi se cufundă în abisuri și o înghite bezna, îmi rămân doar fragmente disparate, care nu mai au nici o noimă! – Însă nu am voie să mă lansez în judecăți; treaba mea e să continui ceea ce am început, până ajung la capăt; sensul și nonsensul nu intră (poate că nici n-au intrat vreodată) în sfera mea de evaluare. – Dar e ceva groaznic, nu pot, nu vreau, n-am voie, nu sunt în stare, n-am chef! – Gata, ajunge; începe. – Ba nu! – Ba da.

Ce să fac, să vorbesc despre vis? Poate c-o să reușesc să-l descriu ca pe un vis. Da, eventual ca pe un coșmar: verde și negru și părul Văduvei și mâna ei încleștată și copiii mmff și mingiuțele și șirul indian și mingiuțele lansate în zbor verde și negru are mâna verde și unghiile negre ca smoala. – Fără vise. Nu e nici timpul, nici locul potrivit. Faptele, așa cum ți le amintești. Cât mai exact cu putință. Așa cum au avut loc. – N-am de ales? – N-ai; ți s-a părut vreodată c-ai avea? Există imperative, consecințe firești, inevitabilități și recurențe; există lucruri-de-făcut, accidente și lovituri-ale- sorții; când să fi avut de ales? când să fi decis între opțiuni? când să fi luat o hotărâre în deplină libertate? N-ai de ales; începe. – Da.

Ascultați.

O noapte nesfârșită, zile, săptămâni și luni de zile fără soare sau mai degrabă (contează și acuratețea) sub un soare rece ca o farfurie clătită în apa unui pârâu de munte, un soare care ne scălda în lumina lunatică a miezului de noapte; vorbesc de iarna lui 1975-1976. O iarnă a tenebrelor; și a tuberculozei.

Cândva, într-o cameră albastră care dădea spre mare, sub degetul întins al pescarului, m-am luptat cu febra tifoidă și am fost salvat de veninul de șarpe; acum, prins în păienjenișurile dinastice ale recurenței de chiar modul în care i-am recunoscut statutul lui filial, Aadam Sinai al nostru a fost la rândul lui silit să-și petreacă primele luni de viață războindu-se cu șerpii invizibili ai unei boli. Târâtoarele tuberculozei i s-au încolăcit în jurul gâtului și i-au tăiat răsuflarea... Însă era un copil numai urechi și tăcere, care horcăia pe mutește și șuiera fără să scoată gemete aspre ca șmirghelul. Pe scurt, fiul meu s-a îmbolnăvit, și chiar dacă mama lui, Parvati sau Laylah, a plecat în căutarea ierburilor fermecate pe care le folosea când făcea vrăji, administrându-i-le apoi constant sub forma infuziilor vegetale în apă bine fiartă, râmele fantomatice ale tuberculozei tot nu s-au lăsat izgonite. Am bănuit din capul locului că boala asta avea un sens metaforic sumbru – convins că, în lunile acelea ale miezului de noapte când vârstele la care ne-am consfințit legătura cu istoria s-au suprapus, urgența noastră privată nu a fost conectată și la acea maladie mai răspândită, macrocosmică, sub a cărei influență soarele pălise și se îmbolnăvise la fel de rău ca fiul nostru. Parvati cea de atunci și Padma cea de acum au nesocotit aceste abstracții, spunând despre obsesia luminii căreia îi căzusem victimă că era curată nebunie, după ce mă văzuseră aprinzând lumânări parfumate în coliba unde bolea băiatul meu și stârnind veritabile dansuri ale flăcărilor în plină zi... dar insist asupra acurateței acestui diagnostic; „ascultați aici, le-am spus, cât timp o să dureze Urgența, copilul n-o să se facă bine".

Scoasă din minți de neputința de a vindeca pruncul acela grav care nu plângea niciodată, preabuna mea Parvati- Laylah a refuzat să țină cont de teoriile mele pesimiste; în schimb, s-a vulnerabilizat în fața tuturor celorlalte tâmpenii auzite. Când una dintre bătrânele din colonia magicienilor i-a spus – așa cum ar fi făcut-o și Resham *bibi* – că boala nu avea cum să dispară atâta timp cât copilul nu vorbea, ei i s-a părut un lucru plauzibil. „Boala este o suferință a corpului", mi-a semnalat cu prima ocazie. „Trebuie alungată prin lacrimi și gemete." În aceeași seară s-a întors în colibă cu o grămăjoară de praf verde învelită în hârtie de ziar și legată cu o sfoară rozalie, spunându-mi că era un preparat atât de puternic, încât scotea țipete din piatră seacă. După administrarea medicamentului, copilului au început să i se umfle obrajii, ca și cum s-ar fi umplut gura de sânge; sunetele de mult înăbușite ale zilelor când fusese sugar i s-au înghesuit în spatele buzelor, făcându-l să se înfurie și să-și încleșteze maxilarele. Era clar că băiețelul era pe punctul de a se îneca în timp ce se chinuia să înghită la loc torentul grețos al sunetelor refulate pe care le răscolise pudra aia verde; în clipa aceea ne-am dat seama că ne aflăm în preajma uneia dintre cele mai implacabile voințe de pe pământ. După o oră în care fiul meu s-a făcut mai întâi de culoarea șofranului, apoi galben-verzui și în cele din urmă verde ca iarba, n-am mai rezistat și am răcnit: „Femeie, dacă mititelul de el vrea atât de mult să nu facă tărăboi, n-avem nevoie să-l omorâm din cauza asta!“ L-am luat în brațe pe Aadam ca să-l legăn puțin și i-am simțit corpul înțepenind brusc, iar genunchii, coatele și gâtul umplându-se de tumultul zăgăzuit al sunetelor neexprimate, moment în care Parvati s-a potolit într-un târziu și a pregătit un antidot dintr-un amestec de arorut și mușețel într-un vas de cositor, mormăind pe ascuns tot felul de imprecații stranii. După aceea n-a mai încercat nimeni să-l oblige pe Aadam Sinai să facă vreun lucru contrar propriei voințe; ne-am uitat cum se luptă cu tuberculoza și am încercat să ne consolăm cu ideea că o voință atât de inflexibilă nu avea să se lase înfrântă de o simplă boală.

În acele ultime zile, și soția mea Laylah sau Parvati era devorată de viermele lăuntric al disperării, căci ori de câte ori se apropia de mine în orele când trebuia să dormim, căutând mângâiere sau căldură, îi vedeam trăsăturile dublate de fizionomia cumplit de erodată a Jamilei Cântăreața; dar, chiar dacă i-am mărturisit lui Parvati secretul spectrului și am consolat-o, spunându-i că nu avea să mai dureze mult, dacă se descompunea în continuare în același ritm, ea mi-a replicat pe un ton plin de durere că scuipătorile și războiul mă făcuseră sărac cu duhul și o aduseseră în pragul disperării, fiindcă, din ce în ce se vedea, căsătoria noastră nu avea șanse să se consume așa cum s-ar fi cuvenit; treptat, buzele i s-au strâmbat din nou, revenind la expresia de rău-augur pe care i-o observasem odinioară... dar ce puteam să fac? Ce ușurare puteam să aduc eu – eu, Saleem Smârcâici, care fusesem condamnat la sărăcie de retragerea protecției asigurate de propria familie, care preferase (dacă era efectiv o opțiune) să trăiască din darurile mele olfactive, mulțumită cărora câștigam câțiva bănuți pe zi adulmecând ce mâncaseră oamenii cu o zi înainte și care dintre ei erau îndrăgostiți; în ce fel aș fi putut s-o consolez, când eram deja în ghearele mâinii reci din acel miez de noapte prelungit și puteam să deslușesc izul de finalitate care plutea în aer?

Nasul lui Saleem (nu se poate să fi uitat) adulmeca și lucruri mai stranii decât băligarul de cal. Parfumurile emoțiilor și ale ideilor sau aromele felului cum se petreceau lucrurile – le deslușeam pe toate cu ușurință, la fel cum o fac și în ziua de azi. Când s-a procedat la modificarea Constituției, ca să i se confere puteri absolute primului-ministru, am simțit în aer fantoma străvechilor imperii... în orașul năpădit de stafiile regilor sclavi, ale mogulilor, a lui Aurangzeb cel nemilos și ale celor din urmă cuceritori cu pielea rozalie, am inhalat încă o dată izul aspru al despotismului. Mirosul a fost cel al unor zdrențe unsuroase cărora li s-a dat foc.

Însă chiar și cei incompetenți olfactiv și-ar fi putut da seama că, în iarna lui 1975-76, era ceva putred în Capitală; ceea ce m-a alarmat pe mine a fost un iz mai ciudat și mai personal: adierea pericolului individual, în care am sesizat prezența a doi genunchi trădători și vindicativi... a fost primul semnal care mi-a dat de știre că un conflict de demult, care începuse când o fecioară scoasă din minți de iubire schimbase etichetele de identificare ale unor copii, avea să se încheie în scurt timp într-o învârtejeală frenetică de trădări și violențe.

Poate că, având parte de acest avertisment care mi-a gâdilat nările, ar fi trebuit s-o șterg; pus în gardă de propriul nas, aș fi putut s-o iau din loc. Numai că existau câteva obiecții de ordin practic: unde m-aș fi putut duce? Și cât de repede aș fi fost în stare să mă mișc împovărat de soție și de copil? Pe de altă parte, să nu uităm că am mai fugit o dată, ajungând nici mai mult, nici mai puțin decât în Sundarban, în acea junglă a fantasmelor și a răzbunărilor, din care numai eu știu cum am scăpat!... În orice caz, nu am luat-o la picior.

Probabil că n-a avut importanță; Shiva – implacabil, trădător, dușmanul meu din naștere – tot m-ar fi dibuit până la urmă. Căci, deși nasul te ajută mai mult decât orice altceva să adulmeci lucrurile, când e vorba de acțiunea concretă nimic nu se compară cu o pereche de genunchi puternici, gata să te prindă în menghină și să te sufoce.

O să-mi permit o ultimă și paradoxală remarcă legată de acest subiect: dacă, așa cum cred, casa femeilor care se tânguiau a fost locul unde am aflat răspunsul la întrebarea care mă bântuise toată viața, atunci scăpând din acel palat al anihilărilor mi-aș fi refuzat tocmai această descoperire, cea mai prețioasă dintre toate. Cu alte cuvinte (mai filosofice), după supărare vine – întotdeauna – bucurie.

Saleem-și-Shiva, nasul-și-genunchii... am împărțit doar trei lucruri: momentul nașterii (plus consecințele), vinovăția trădării și pe micuțul Aadam, sinteza noastră sobră, gravă și cu niște urechi care auzeau totul. Aadam Sinai s-a dovedit a fi în multe privințe exact opusul lui Saleem. În ce mă privește, în prima perioadă a vieții am crescut vertiginos, pe când Aadam, luptându-se cu șerpii bolilor, n-a crescut mai deloc. Saleem a avut un zâmbet slugarnic pe figură de la bun început; Aadam a demonstrat mi multă demnitate și s-a abținut de la orice surâsuri de circumstanță. În timp ce Saleem își pusese voința în slujba tiraniilor conjugate ale familiei și destinului, Aadam s-a luptat cu îndârjire, nevrând să cedeze nici măcar în fața constrângerilor prafului verde. Și pe câtă vreme Saleem fusese atât de hotărât să absoarbă universul încât nici nu clipise o bucată de vreme, Aadam a preferat să rămână cu ochii bine închiși... deși în desele momente când binevoia să-i deschidă, observam că erau de un albastru ca gheața, ca mulțimea de lucruri care s-au repetat și ca fatidicul cer din Kashmir... dar nu e cazul să mai insist.

Noi, copiii Independenței, ne-am repezit cu prea mare nesăbuință să ne aflăm viitorul; el, născut în timpul Urgenței, va fi (și este deja) mai precaut, așteptând momentul favorabil; însă, când va acționa, va fi de neoprit. A și ajuns mai puternic, mai ferm și mai hotărât decât mine; când doarme, pupilele îi sunt nemișcate sub pleoape. Aadam Sinai, copilul genunchilor-și-nasului, nu pare (din câte îmi dau seama) să se abandoneze viselor.

Cât de mult au auzit urechile acelea clăpăuge care păreau uneori încinse de focul puzderiei de lucruri pe care le aflau? Dacă micuțul ar fi putut să vorbească, m-ar fi prevenit în legătură cu trădarea și buldozerele? Într-o țară dominată de multitudinile gemene ale zgomotelor și mirosurilor, am fi putut alcătui echipa ideală; numai că fiul meu a refuzat să vorbească, iar eu n-am izbutit să dau ascultare poruncilor propriului nas.

— *Arré baap*, domnu', spune ce s-a-ntâmplat și-atât! strigă Padma. Ce atâta mirare că un plod nu stă la taclale?

Și iarăși discuțiile acelea contradictorii din forul meu lăuntric: Nu pot. – Trebuie. – Da.

Aprilie 1976 m-a găsit trăind în continuare în colonia sau ghetoul magicienilor; fiul meu Aadam încă nu se smulsese din ghearele acelei tuberculoze care nu părea stânjenită de nici un fel de tratament. Eram plin de presimțiri negre (și de gânduri de ducă); însă, dacă a existat un om care m-a convins să rămân în ghetou, omul acela a fost Picture Singh.

E bine să știi, Padma, că Saleem a preferat să împărtășească soarta magicienilor din Delhi în parte dintr-un fel de comuniune – o convingere autoflagelantă în justețea sărăcirii lui întârziate (am luat cu mine din casa unchiului două cămăși albe, două perechi de pantaloni de aceeași culoare, un tricou care avea imprimate niște chitare roz și o pereche de pantofi negri); până la un punct, m-am dus acolo din loialitate, legat prin funia groasă a recunoștinței de salvatoarea mea, Parvati-vrăjitoarea; dar am rămas – deși, ca tânăr alfabetizat, aș fi putut să ajung cel puțin funcționar de bancă sau profesor de scriere și citire la seral – fiindcă toată viața mi-am petrecut-o, conștient sau nu, căutându-mi tații. Ahmed Sinai, Hanif Aziz, Sharpsticker sahib și generalul Zulfikar au fost solicitați cu toții în absența lui William Methwold; Picture Singh a fost ultimul din această serie nobilă. Se prea poate, ce-i drept, ca în dubla mea dorință de a-mi găsi tați și de a-mi salva țara, să fi exagerat întru câtva cu privire la aceasta din urmă; există îngrozitoarea posibilitate să-l fi deformat (mai înainte, dar și în paginile acestea), preschimbându-l într-un produs utopic al propriei imaginații... este cât se poate de adevărat că, ori de câte ori îl întrebam: „Când o să ne conduci, Pictureji? Când o să vină ziua cea mare?“, el se muta stânjenit de pe un picior pe altul și răspundea: „Scoate-ți chestiile astea din cap, dom' căpitan; sunt doar un om sărac din Rajasthan și totodată Cel Mai Fermecător Om din Lume, dar nu mă pune să fiu și altceva“. „Dar există un precedent“, îl îndemnam febril. „Cunoști povestea lui Mian Abdullah, zis Colibriul.“ „Dom' căpitan, zău dacă nu-ți trec prin minte tot soiu' de bazaconii“, replica el.

În timpul primelor luni ale Urgenței, Picture Singh a rămas prizonierul unei tăceri mohorâte, care amintea (din nou!) de imensa muțenie a Maicii Starețe (care se prelinsese și ea în fiul meu...) și nu și-a mai seminarizat auditoriul pe șoselele și străduțele lăturalnice din orașele vechi și noi, așa cum ținuse neapărat să facă în trecut; însă chiar dacă a insistat asupra acelui lucru – „E vremea să tăcem, dom' căpitan“ –, eu, unul, am fost convins în continuare că într-o bună zi, în zorii care aveau să vestească sfârșitul miezului de noapte și în fruntea unei uriașe procesiuni a dezmoșteniților, eventual cântând din fluier și acoperit de șerpi încolăciți, Picture Singh avea să ne conducă spre lumină... dar poate că n-a fost decât un îmblânzitor de reptile și nimic altceva, nu pot să scot din calcule ipoteza. Mă limitez să spun că ultimul meu tată – înalt, tras la față, bărbos și cu părul strâns la spate într-un nod – mi s-a părut întruparea perfectă a lui Mian Abdullah; însă poate că totul s-a redus la o iluzie plămădită din eforturile mele de a-l lega de ițele propriei istorii printr-un simplu act de voință. Viața mea a fost plină de iluzii, să nu credeți că nu-mi dau seama. Totuși ne apropiem de un timp situat dincolo de iluzii; neavând încotro, trebuie în cele din urmă să scriu negru pe alb despre punctul culminant pe care l-am evitat toată seara.

Crâmpeie de aduceri aminte; nu așa se cere tratat un punct culminant. În asemenea momente s-ar cuveni să semene cu o escaladare a Himalayei; atâta doar că nu am la dispoziție decât fragmente disparate și trebuie să mă apropii de momentul crizei ca o marionetă căreia i s-au rupt sforile. Nu asta îmi propusesem; dar poate că povestea pe care o termin nu e una și aceeași cu cea începută. (Cândva, într-o cameră albastră, Ahmed Sinai improviza finaluri pentru diverse povești cărora le uitase de mult încheierile originale; de-a lungul anilor, Maimuța de Bronz și cu mine am auzit o mulțime de versiuni ale călătoriei lui Sindbad și ale aventurilor lui Hatim Tai... oare dacă aș lua-o de la capăt, aș ajunge și eu într-un alt punct?) Mă rog, asta e: trebuie să mă mulțumesc cu frânturi și crâmpeie; așa cum scriam și cu secole în urmă, totul e să completezi spațiile goale, în funcție de puținele indicii de care dispui. Cele mai importante lucruri din viață se întâmplă în absența noastră; trebuie să mă orientez prin intermediul dosarului întrezărit și al celor trei inițiale denunțătoare, ținând însă cont și de celelalte țăndări ale trecutului, rămase în ungherele scotocite ale memoriei mele ca niște cioburi înfipte în nisipul unei plaje... Aidoma crâmpeielor de aducere aminte, paginile încărcate de știri ale ziarelor zburau prin colonia magicienilor, purtate de vântul tăcut al miezului de noapte.

Ziarele aduse de vânt au ajuns și la mine în colibă, dându-mi de veste că Mustafa Aziz, unchiul meu, căzuse victimă unor asasini necunoscuți; n-am catadicsit să vărs o lacrimă. Însă tot acolo existau și alte informații; din ele trebuie să clădesc realitatea.

Pe una dintre aceste foi de hârtie (care mirosea a napi) am citit că prim-ministrul Indiei nu se deplasa nicăieri fără astrologul personal. În acest fragment, am adulmecat și altceva pe lângă izul napilor; într-un mod cu totul misterios, nasul meu a recunoscut și de data asta mirosul primejdiei. Ce sunt obligat să deduc din această aromă de avertisment? Ursitoarele m-au profețit; nu e posibil ca în cele din urmă tot ele să-mi fi venit de hac? Nu ar fi cu putință ca o Văduvă obsedată de stele să fi aflat de la astrologi despre potențialul secret al tuturor copiilor născuți pe durata unei ore din acel miez de noapte de demult? Acesta să fi fost motivul pentru care unui funcționar public expert în genealogii i s-a cerut să...? Oare de aceea se uita la mine atât de curios dimineața? Ei bine, da, iată că frânturile încep să se ordoneze! Nu e limpede, Padma? *Indira e India, iar India e Indira*... dar oare n-ar fi putut citi cu ochii ei scrisoarea pe care i-o trimisese taică-său unui copil din miez de noapte, în care era contestat chiar centralismul ei trâmbițat de toate lozincile și în care rolul de oglindă a națiunii îmi era atribuit mie? Înțelegeți? *Vedeți?* Dar lucrurile nu se opresc aici, există dovezi și mai clare, pentru că într-un alt fragment din *Times of India* Samachar, agenția personală de știri a Văduvei, o citează în legătură cu „hotărârea de a combate conspirația profundă și extinsă care acționează pe un front din ce în ce mai larg". Ascultați aici, nu s-a referit la Janata Morcha! Nu, Urgența a avut o parte neagră și una albă, așa că secretul pitit prea mult sub masca acelor zile de restriște e următorul: cauza cea mai profundă și cea mai reală a instaurării Stării de Urgență a fost zdrobirea, dizolvarea și zăpăcirea iremediabilă a copiilor din miez de noapte. (A căror Conferință fusese, bineînțeles, desființată cu ani în urmă; numai că simpla posibilitate a reunificării noastre era suficientă pentru declanșarea alarmei de gradul zero.

Astrologii – nu am nici un dubiu – au sunat deșteptarea; într-o mapă neagră pe care scria M.C.C. au fost adunate nume din niște registre care există și în ziua de azi; însă a mai fost și altceva. Au existat, de asemenea, trădări și mărturisiri, după cum au existat niște genunchi și un nas – un nas și niște genunchi.

Frânturi, crâmpeie, fragmente; am impresia că, imediat înainte să mă trezesc cu izul pericolului în nări, visasem că dormeam. În acest vis de-a dreptul înfricoșător, se făcea că mă trezisem și că dădusem peste un străin la mine în cocioabă: un ins care semăna cu un poet, cu un păr lung, care i se încolăcea pe după urechi (deși se rărise vârtos în creștet). Da: în timpul ultimului somn de dinainte de ceea- ce-trebuie-descris, am fost vizitat de umbra lui Nadir Han, care se zgâia perplex la o scuipătoare de argint cu incrustații de lapislauzi și întreba absurd: „Ai furat chestia asta? Fiindcă altminteri înseamnă că ești – să fie oare cu putință? – băiețelul dragei mele Mumtaz?“ Iar după ce am confirmat – „Da, așa e, eu și nimeni altul“ – stafia din vis a lui Nadir-Qasim m-a avertizat: „Ascunde-te. Nu mai e timp. Ascunde-te cât mai poți“.

Nadir, care se pitise sub covorul bunicului meu, a venit să mă sfătuiască să fac la fel; însă a fost prea târziu, prea târziu, căci în clipa aceea m-am trezit de-adevăratelea și am simțit mirosul pericolului năvălindu-mi în nas ca un cântat de trompete... Temându-mă fără să știu de ce, m-am ridicat în picioare; și oare doar mi s-a părut, sau Aadam Sinai și-a deschis ochii albaștri ca să se uite grav în ai mei? Se citea îngrijorarea și în privirile fiului meu? Auziseră urechile clăpăuge același lucru pe care mi-l adulmeca nasul? Au intrat tatăl și copilul într-o comuniune mută înainte să înceapă totul? Trebuie să las semnele de întrebare de capul lor, fiindcă nu pot răspunde; însă ceea ce este sigur e că Parvati, alias Laylah Sinai, s-a trezit și ea și a întrebat:

— Ce e, domnu'? Ce ți s-a năzărit?

La care, fără să înțeleg pe deplin motivul, am răspuns:

— Ascunde-te. Stai aici și nu ieși.

După care m-am dus afară.

Trebuie să se fi făcut dimineață, deși mohoreala nesfârșitului miez de noapte acoperise ghetoul ca un giulgiu de ceață... prin lumina slabă a Urgenței, am zărit mai mulți copii jucând nouă-pietre și pe Picture Singh, cu umbrela închisă și ținută la subsuoara stângă, urinând pe zidurile Moscheii Vineri; un iluzionist scund și chel exersa străpungerea cu cuțitele a gâtului ucenicului său de zece ani, iar un scamator își făcuse rost de public, scoțând acum gheme de lână de la subsuorile unor străini; într-un alt colț al ghetoului, muzicianul Chand sahib făcea repetiții la trompetă, lipindu-și muștiucul instrumentului vechi de gât și cântând prin simpla încordare a mușchilor dintre cap și trunchi... iar acolo, ceva mai departe, cele trei surori contorsioniste țineau niște burdufuri cu apă în echilibru pe cap, în timp ce se întorceau în cocioabă de la singura conductă care trecea prin colonie... pe scurt, totul părea în ordine. Am început să mă autodojenesc pentru ceea ce visasem și pentru alarmele nazale; însă chiar în clipa aceea a început.

Primele au fost furgonetele și buldozerele, care s-au ivit huruind pe drumul principal, oprindu-se în fața ghetoului magicienilor. Un difuzor s-a trezit la viață: „Programul de înfrumusețare edilitară... operațiune autorizată a Comitetului Central Sanjay pentru Tineret... pregătiți-vă rapid de evacuare și de deplasare într-un alt loc... această mahala este o rușine pe obrazul orașului și nu mai poate fi tolerată... toată lumea se va supune dispozițiilor fără comentarii". În timp ce vocea urla în difuzor, din furgonete au început să coboare mai mulți oameni: s-a început în grabă înălțarea unui cort viu colorat, după care au apărut paturile de campanie și trusele de instrumente chirurgicale... iar acum din furgonete s-au dat jos o mulțime de tinere frumos îmbrăcate, de familie bună și cu școli prin străinătate, precum și câteva grupuri de tineri la fel de eleganți: voluntari, voluntari din rândurile Tineretului Sanjay, care contribuiau la bunul mers al societății... însă apoi mi-am dat seama că nu erau voluntari, fiindcă toți bărbații aveau același păr creț și aceleași buze ca labiile unei femei, în timp ce tinerele acelea elegante erau la rândul lor identice și aveau niște trăsături care le făceau să semene leit cu Menaka, la care fragmentele de ziare se referiseră ca la „o frumusețe costelivă" și care făcuse cândva reclamă la niște cămăși de noapte pentru o firmă producătoare de saltele... Prins în haosul programului de demolare a mahalalei, am văzut încă o dată că dinastia conducătoare a Indiei învățase cum să se multiplice; numai că n-a mai fost vreme de căzut pe gânduri, căci nenumărații labibuzați și mulțimea de frumuseți costelive îi prindeau pe magicieni și pe cerșetorii bătrâni, târându-i spre furgonete și dând naștere unui zvon care s-a împrăștiat rapid în colonia magicienilor: „Au venit să facă *nasbandi*! – Au trecut la sterilizări!", urmat de un al doilea strigăt: „Salvați-vă femeile și copiii!" – Iar acum se pornește debandada, copiii care până în clipa asta jucau nouă-pietre aruncă bolovani spre invadatorii eleganți, și iată-l pe Picture Singh strângându-i pe magicieni în jurul lui și agitând o umbrelă furioasă, care fusese cândva o creatoare de armonie, dar se văzuse transformată într-o armă, o lance donquijotescă și bizară, moment în care magicienii devin o armată de apărare, cocteilurile Molotov apar ca prin farmec și sunt aruncate la țintă, scamatorii scot la iveală cărămizi din tolbe, aerul e greu de urlete și proiectile, iar labibuzații eleganți împreună cu frumusețile costelive se retrag din fața furiei dezlănțuite a iluzioniștilor; iată-l și pe Picture Singh, conducând asaltul împotriva cortului vasectomiei... încălcând dispozițiile. Parvati alias Laylah apare acum lângă mine, spunând: „Dumnezeule, ce vor să...?", și chiar atunci mahalaua se vede pusă în fața unui atac înnoit, mai puternic decât precedentul: împotriva magicienilor, a femeilor și a copiilor sunt trimise trupe.

Cândva demult, scamatorii, cartoforii, păpușarii și hipnotizatorii mărșăluiseră în triumf alături de o armată cuceritoare; acum însă toate astea sunt date uitării, iar armele rusești sunt îndreptate asupra locuitorilor din ghetou. Ce șanse au vrăjitorii comuniști în fața puștilor socialiste? Acum aleargă – alergăm – cu toții unde vedem cu ochii. Parvati dispare de lângă mine în clipa când soldații atacă, îl pierd din ochi pe Picture Singh, paturile de pușcă izbesc fără milă, o văd pe una dintre cele trei surori contorsioniste prăbușindu-se sub furia armelor, oamenii sunt trași de păr și duși la furgonetele cu ușile deschise ca niște căscaturi încremenite în așteptare, iar eu o iau la rândul meu la fugă, prea târziu, împiedicându-mă de lăzile goale în care fuseseră cutii de Dalda și de tolbele părăsite ale iluzioniștilor îngroziți, după care, în lumina mohorâtă a Urgenței, îmi dau seama că totul a fost doar o perdea de fum, o problemă secundară, căci prin vuietul încăierării își face apariția o figură mitică, incarnarea destinului și a distrugerii: maiorul Shiva participă activ la tărăboi, dar mă caută exclusiv pe mine. În timp ce fug, simt în urmă apropierea acelor genunchi uriași care sunt pe punctul de a-mi pecetlui soarta...

...Îmi vine în minte imaginea unei șandramale: fiul meu! Și nu doar el, ci și o scuipătoare de argint, cu incrustații din lapislazuli! Undeva în deruta care a pus stăpânire pe ghetou, un copil a fost lăsat singur... undeva un talisman, păzit atât de mult, a fost abandonat. Moscheea Vineri privește impasibilă, în timp ce eu alerg printre cocioabe, mă feresc cât pot și mă las purtat de propriile picioare spre fiul meu cel clăpăug și spre scuipătoare... dar ce șanse aveam în fața unor asemenea genunchi? Rotulele eroului de război se apropie tot mai mult, în timp ce fug mai departe, articulațiile răzbunării se îndreaptă spre mine cu un zgomot asurzitor, eroul se desprinde în salt, picioarele lui despică aerul și se închid ca niște fălci în jurul gâtului meu, împiedicându-mă să respir din cauza strânsorii, așa că mă prăbușesc la pământ, dar genunchii nu mă slăbesc din cleşte, iar în clipa următoare îmi e dat să aud o voce – o voce a trădării, a înşelăciunii şi a urii! – care spune, pe când genunchii mi se aşază pe piept şi mă fixează în praful gros al mahalalei:

— Aşa deci, puiule de bogătan, ne-ntâlnim din nou.

Eu am respirat anevoios; Shiva a zâmbit.

O, nasturi lucioşi de pe uniforma unui trădător! Sclipind şi scânteind ca argintul... de ce-a făcut-o? De ce a devenit tocmai el, care îi condusese cândva pe apaşii anarhişti prin mahalalele din Bombay, mâna înarmată a tiraniei? De ce i-a trădat acest copil născut la miezul nopţii pe ceilalţi copii din miez de noapte şi mi-a pregătit o asemenea soartă? De dragul violenţei şi fiindcă a vrut să-şi justifice luciul nasturilor de uniformă? Din cauza străvechii antipatii pe care o nutrea faţă de mine? Sau – recunosc că e varianta care mi se pare cea mai plauzibilă – în schimbul imunităţii în faţa pedepselor care aveau să ne aştepte pe ceilalţi... da, asta trebuie să fi fost; o, erou de război rămas fără dreptul de primogenitură! O, rival ajuns la popota unde se îndopă cu tocană... Nu, ajunge, trebuie să mă opresc şi să spun povestea cât mai simplu cu putinţă: în timp ce trupele îi vânau, îi arestau şi-i târau pe magicieni, maiorul Shiva s-a concentrat asupra mea. Şi eu am fost târât fără milă în direcţia unei furgonete; pe când buldozerele pătrundeau în inima mahalalei, o uşă a fost trântită cu zgomot... am strigat pe întuneric: „Bine, dar fiul meu! – Şi Parvati, unde e, unde-i draga mea Laylah? – Picture Singh! Scapă-mă, Pictureji!“ – însă buldozerele intraseră deja în acţiune, aşa că nu mi-a auzit nimeni urletele.

Căsătorindu-se cu mine, Parvati-vrăjitoarea a căzut victimă blestemului de moarte violentă care-i urmăreşte pe toţi ai mei... Nu ştiu dacă, după ce m-a încuiat într-o furgonetă întunecoasă şi fără geamuri, Shiva s-a dus s-o caute sau a lăsat-o pradă buldozerelor... Fiindcă acum maşinăriile distrugerii erau în elementul lor, iar şandramalele din mahala se prăbuşeau una după alta în faţa forţei acelor creaturi irezistibile, care făceau colibele să trosnească aidoma unor rămurele, pe când cutiile de carton ale păpuşarilor şi coşurile magice ale iluzioniştilor erau făcute una cu pământul; oraşul era înfrumuseţat, iar dacă au murit câţiva oameni, dacă o fată cu ochii aidoma unor farfurioare şi buzele ţuguiate într-o expresie ţâfnoasă a căzut sub roţile implacabililor monştri pe roţi, nu conta, era vorba totuşi de ştergerea unei ruşini de pe obrazul străvechii capitale... Însă conform zvonurilor, pe când ghetoul magicienilor își dădea obștescul sfârșit, un uriaș bărbos și acoperit de șerpi încolăciți (deși poate că a fost o exagerare) a dat buzna – CU TOATĂ VITEZA! – prin prăpăd, a alergat nebunește din fața buldozerelor care avansau, strângând mereu în mână mânerul unei umbrele iremediabil distruse, căutând febril, de parcă însăși viața lui ar fi depins de ceea ce găsea.

La sfârșitul zilei, mahalaua adunată la umbra moscheii fusese rasă de pe fața pământului; dar nu au fost capturați toți magicienii, nu au fost dirijați toți spre Khichripur, lagărul împrejmuit cu sârmă ghimpată dintr-un ghiveci de oraș aflat pe malul îndepărtat al râului Jamuna; Picture Singh a reușit să scape și se spune că, a doua zi după dărâmarea ghetoului magicienilor cu buldozerele, a fost semnalată o altă mahala chiar în inima orașului, la mică distanță de gara din New Delhi. Buldozerele au fost trimise imediat în zona unde fusese menționată existența șandramalelor, dar nu au găsit nimic. După aceea prezența mahalalei ambulante a iluzioniștilor necapturați a devenit cunoscută tuturor locuitorilor orașului, dar cei de la demolări n-au izbutit s-o descopere. S-a spus că s-ar afla la Mehraiuli, dar când vasectomiștii și trupele s-au deplasat acolo, au constatat că frumusețea lui Qutb Minar nu era pătată de nici o maghernița sărăcăcioasă. Informatorii au anunțat că apăruse în grădinile de la Jantar Mantar, observatorul mogul al lui Jai Singh: dând năvală în locul respectiv, mașinăriile distrugerii au găsit doar papagali și cadrane solare. Mahalaua mișcătoare a rămas pe loc abia după încheierea Urgenței; dar asta trebuie să mai aștepte, fiindcă a venit în fine vremea să vorbesc, fără să-mi pierd controlul, despre captivitatea în care am fost ținut la Pensiunea Văduvelor din Benares.

Resham *bibi* se văitase cândva: „Aoleeeu! Vai de mineeee!" – și pe bună dreptate: eu provocasem distrugerea ghetoului unde trăiau salvatorii mei; acționând fără îndoială pe baza instrucțiunilor explicite ale Văduvei, maiorul Shiva a poposit în colonie ca să pună mâna pe mine, în timp ce fiul Văduvei aranja ca programele de înfrumusețare edilitară și de vasectomiere să fie de fapt o manevră diversionistă. Da, bineînțeles că totul a fost pus la cale în felul ăsta, și încă foarte eficient, dacă îmi e permisă aprecierea. Ce s-a realizat pe durata ciocnirilor cu magicienii? Nici mai mult, nici mai puțin decât capturarea neobservată a singurei persoane din lume care avea cheile locurilor unde se aflau toți copiii din miez de noapte – căci nu mă acordasem noapte de noapte pe lungimea de undă a fiecăruia atâta amar de vreme? Nu le purtasem de atâția ani în minte numele, adresele și chipurile? O să răspund chiar eu la întrebare: Ba da, cum să nu. Motiv pentru care am fost capturat.

Da, firește, ăsta a fost planul. Parvati-vrăjitoarea îmi povestise tot ce se putea ști despre rivalul meu; să fi fost oare cu putință să nu-i fi vorbit și lui despre mine? O să răspund și la întrebarea asta: e foarte puțin probabil. Prin urmare, eroul nostru știa în ce loc din capitală se găsea persoana pe care țineau morțiș să pună mâna stăpânii lui (nici măcar unchiul Mustafa nu avea habar unde mă dusesem după ce plecasem de la el, dar Shiva era la curent!) – așa că, odată transformat în trădător și mituit (nu am nici o îndoială) cu orice, de la promisiuni de avansare la garanții legate de siguranța personală, i-a fost ușor să mă predea stăpânei lui, Marea Doamnă, Văduva cu părul bicolor.

Shiva și Saleem, învingătorul și victima; înțelegeți-ne rivalitatea și veți pricepe mai bine epoca în care trăiți. (E valabilă și reciproca afirmației.)

În ziua aceea am mai pierdut ceva, pe lângă libertate: buldozerele au înghițit o scuipătoare de argint. Deposedat de acest ultim obiect, care mă lega de trecutul meu tangibil și verificabil istoricește, am fost dus la Benares ca să suport consecințele vieții mele interioare, dăruită la miezul nopții.

Da, acolo s-a întâmplat, în palatul văduvelor de pe malurile Gangelui, în cel mai vechi oraș din lume, un oraș îmbătrânit deja pe când Buddha era tânăr, Kasi Benares Varanasi, Orașul Luminii Divine, casa Cărții Profeților, horoscopul horoscoapelor, în care erau deja consemnate toate viețile – trecute, prezente și viitoare. Zeița Ganga se revărsa pe pământ prin părul lui Shiva... Benares, altarul zeului Shiva, a fost locul unde am fost adus de eroul cu același nume ca să-mi înfrunt soarta. În casa horoscoapelor, am ajuns la episodul profețit cândva într-o cameră de la mansardă de către Ramram Seth: „soldații or să-l călească... tiranii or să-l prăjească!“, așa îngânase ghicitorul; mă rog, n-a existat nici un proces formal – Shiva mi-a cuprins gâtul cu genunchii și asta a fost tot – dar e adevărat că am adulmecat, într-o zi de iarnă, mirosurile emanate de ceva pus la prăjit într-o tigaie...

Țineți cursul fluviului, pe lângă Scindia-*ghat*, unde tineri gimnaști cu pânze albe în jurul șalelor execută flotări cu o singură mână, pe lângă Manikarnika-*ghat*, locul de înmormântare, unde fostul sfânt poate fi cumpărat de la cei care păzesc flăcările, pe lângă hoiturile plutitoare ale câinilor și vacilor, animale nefericite pentru care nu s-a cumpărat nici un foc, și pe lângă brahmanii aflați sub umbrele de pai la Dasashwamedt-ghat, îmbrăcați cu haine de culoarea șofranului și împărțind binecuvântări... iar acum devine audibil un sunet ciudat, ca încăierarea unor copoi aflați undeva departe... luați cu nădejde urma sunetelor și iată-le prinzând contur și făcându-vă să înțelegeți că e vorba de un vaier puternic și neîncetat, care se aude dinspre ferestrele oblonite ale unui palat de pe malul fluviului : Pensiunea Văduvelor ! Cândva demult, locul a fost reședința unui maharajah ; însă India de azi e o țară modernă, iar proprietățile de genul ăsta au trecut în stăpânirea statului ! La ora actuală, palatul este adăpostul unor femei aflate în mare suferință ; înțelegând că viața lor adevărată s-a sfârșit odată cu moartea soților, dar nemaiavând voie să caute izbăvirea sati-ului, acestea vin în orașul sfânt și își petrec zilele nevrednice jelind de mama focului și din adâncul inimii. În palatul văduvelor trăiește un trib de femei ale căror piepturi sunt iremediabil învinețite de forța neîntreruptă a propriilor pumni izbindu-li-se de sternuri, al căror păr e în cea mai mare parte smuls din cap și ale căror voci sunt răgușite de exprimarea neîncetată și stridentă a necazurilor îndurate. Este o clădire vastă, un labirint de cămăruțe situate la etajele superioare, care dau spre marile săli ale lamentărilor de dedesubt ; ei bine, da, acesta a fost locul unde s-a întâmplat totul, unde am fost absorbit de Văduvă în inima ascunsă a cumplitului ei imperiu, încuiat undeva la etaj, într-o cameră cât o chilioară, unde mai veneau din când în când diverse femei suferinde, care îmi aduceau o mâncare asemănătore celei din închisori. Însă am avut parte și de alți musafiri : eroul de război și-a invitat doi colegi, ca să discutăm. Cu alte cuvinte, am fost încurajat să vorbesc. De doi oameni care se potriveau unul cu altul ca nuca-n perete – unul gras, celălalt slab – și pe care i-am poreclit Abbott-și-Costello, fiindcă n-au reușit niciodată să mă facă să râd.

În acest loc, trebuie să consemnez, din fericire, un gol al memoriei. Nimic nu mă poate face să-mi amintesc de tehnicile de conversație ale cuplului mohorât și îmbrăcat în uniformă ;

nu există nici un *chutney* și nici o conservă capabilă să descuie ușile în spatele cărora am zăvorât zilele acelea! Nu, am uitat, nu pot și nici nu vreau să explic în ce fel m-au făcut să dau pe goarnă – dar tot n-am cum să evit rușinosul miez al problemei, și anume că, în ciuda lipsei totale a bancurilor și a atitudinii în general neînțelegătoare a inchizitorului meu cu două capete, m-am pus vârtos pe vorbit. Și nu numai asta: sub influența presiunilor lor inavuabile – uitate –, am devenit de o locvacitate extremă. Ce anume mi-a ieșit bolborosind de pe buze (lucru pe care n-o să-l repet acum)? Nume, adrese și descrieri fizice. Da, le-am spus tot, i-am numit pe toți cei cinci sute șaptezeci și opt (fiindcă Parvati murise, m-au informat ei curtenitor, Shiva trecuse de partea dușmanului, iar cel de-al cinci sute optzeci și unulea era cel care vorbea...) – obligat să înșel din cauza înșelătoriei altcuiva, i-am trădat pe copiii din miez de noapte. Tocmai eu, Întemeietorul Conferinței, i-am prezidat sfârșitul, în timp ce Abbott-și-Costello, care continuau să nu zâmbească, spuneau din când în când: „Aha! Foarte bine! De ea nu știam!“ sau: „Ne pare bine că ne ajuți; de ăsta nici nu auziserăm!“

Se mai întâmplă și asemenea lucruri. Statisticile îmi pot situa arestarea în context; deși există discuții aprinse despre numărul de prizonieri „politici“ din perioada Urgenței, se știe cu siguranță că fie treizeci de mii, fie un sfert de milion de persoane și-au pierdut libertatea. „E vorba de un procentaj foarte mic din populația Indiei“, a declarat Văduva. Pe durata unei Urgențe se petrec tot felul de chestii: trenurile vin și pleacă la timp, evazioniștii se sperie și se înghesuie să plătească impozite, se îmbunătățește până și vremea și se înregistrează recolte excepționale; repet, există o parte albă și una neagră. În privința acesteia din urmă, trebuie spus că am rămas izolat în cămăruța aceea, pe o saltea de paie, singura piesă de mobilier îngăduită, împărțindu-mi blidul zilnic de orez cu gândacii și furnicile. Cât despre copiii din miez de noapte – acea conspirație teribilă care trebuia destrămată cu orice preț, banda de tâlhari și de bandiți în fața cărora un prim-ministru obsedat de astrologie tremura terorizat, monștrii grotești și aberanți ai independenței, pentru care un stat național modern nu avea nici timp, nici compasiune –, acești tineri care aveau acum douăzeci și nouă de ani, cu o marjă de o lună sau două, au fost strânși între aprilie și decembrie la Pensiunea Văduvelor, iar șoaptele lor au început să umple zidurile. Pereții celulei mele (subțiri ca hârtia, scorojiți și goi) au început să-mi susure, într-o ureche bolnavă și o alta bună, urmările mărturisirilor mele nerușinate. Un prizonier cu nasul ca un castravete, încătușat și prins de niște vergele de fier care nu-i dădeau voie să-și îndeplinească anumite funcții naturale – mersul, folosirea oliței, statul pe ciuci și dormitul – se vârâse cu totul într-un perete scorojit căruia îi șoptea de zor câte-n lună și în stele.

Aici s-au rupt zăgazurile; Saleem și-a dat frâu liber supărării. Toată viața, și în cea mai mare parte a acestor amintiri, m-am străduit să-mi pun lacăt necazurilor, să nu le las să-mi mânjească enunțurile cu balele lor siropoase; dar acum s-a terminat. Nu mi s-a oferit nici un motiv (până la Mâna Văduvei) pentru care fusesem întemnițat; dar oare câți dintre cei treizeci de mii sau un sfert de milion au primit vreo explicație? Cine s-a sinchisit de așa ceva? Prin ziduri, am auzit glasurile mute ale copiilor din miez de noapte; fără alte îndrumări, m-am apucat atunci să bolborosesc în imediata apropiere a peretelui scorojit.

Iată ce i-a șoptit Saleem zidului între aprilie și decembrie 1976:

...Dragi Copii. Cum pot să spun una ca asta? Și, în fond, ce mai e de spus? Vina și rușinea îmi aparțin. Chit că pot exista scuze: nu am nici o vină în ce-l privește pe Shiva. În plus, au fost închiși tot felul de oameni, de ce n-am fi fost și noi? Iar vinovăția e o chestiune complexă, fiindcă nu cumva până la un punct suntem cu toții răspunzători de... Nu avem liderii pe care-i merităm? Însă nu vreau să vin cu asemenea scuze. Eu am făcut-o, eu și nimeni altul, dragi copii. Pe lângă asta Parvati a murit. Iar Jamila a dispărut. Ca toată lumea. Dispariția pare să fie o altă caracteristică a tot ceea ce povestesc aici: Nadir Han a dispărut din lumea lui subterană, lăsând în urmă un bilet; Aadam Aziz a dispărut și el, înainte ca bunică-mea să se ridice și să dea de mâncare la gâște; cât despre Mary Pereira, pe unde-o mai fi ea? În ce mă privește, am dispărut, la rându-mi, pitit într-un coș; însă Parvati alias Laylah a pierit fără ajutorul vrăjilor. Și iată-ne acum, dispăruți-de-pe-fața-pământului. E limpede, dragi copii, că blestemul dispariției v-a atins și pe voi. Cât despre vinovăție, nu, refuz cu hotărâre să mă distanțez de lucruri; suntem prea aproape de ceea ce se întâmplă, perspectiva este imposibilă, poate că mai târziu analiștii or să dezbată ce și cum, invocând diverse tendințe economice și evoluții politice de bază, dar deocamdată stăm prea aproape de ecranul cinematografic, imaginile se descompun în milioane de puncte, iar singurele judecăți sunt cele subiective. Prin urmare, subiectiv la rândul meu, îmi plec capul și mă rușinez. Iertați-mă, dragi copii. Nu, nu mă aștept la iertare.

Politica, iubiților : o treabă în cel mai bun caz puturoasă. Ar fi trebuit s-o evităm, ar fi trebuit să nu visez despre nici un țel nobil, ajung la concluzia că intimitatea și viețile meschine ale oamenilor sunt de preferat acestei activități macrocosmice atât de dilatate. Dar e tardiv. Nu mai avem ieșire. Ce nu-i vindecat trebuie îndurat.

Bună întrebare, copii: ce anume trebuie îndurat? De ce suntem strânși laolaltă, unul câte unul, și ni se prind gâturile în fiarele astea? Ca să nu mai vorbim de detențiile și mai ciudate (dacă e să ne luăm după ce ne-a șoptit un perete): celui-înzestrat-cu-darul-levitației i-au fost fixate gleznele în niște cercuri metalice prinse de podea, copilul-vârcolac e silit să poarte botniță, cel-care-poate-evada-prin-oglinzi trebuie să bea apă printr-o gaură practicată în capacul unei căni, ca să nu se facă nevăzut prin suprafața care răsfrânge a lichidului, cea-care-poate-ucide-din-priviri are capul acoperit cu un sac, iar frumusețile fermecate din Baud nu au nici ele voie să stea fără ceva pe cap. Unul dintre noi poate să mănânce fier ; i s-a prins capul într-un fel de jug care se deschide doar la ora mesei... Ce ni se pregătește? Ceva rău, copii. Încă nu știu ce anume, dar nu mai e mult. Trebuie să fim la rândul nostru pregătiți, copii.

Transmiteți mai departe : câțiva dintre noi au scăpat. Adulmec anumite absențe prin pereți. Vești bune, copii ! N-au cum să ne prindă pe toți. De pildă, Soumitra, călătorul în timp – O, nesăbuință a tinereții ! Ce proști am fost că nu l-am crezut ! – Nu-i aici : hoinărind prin cine știe ce perioade mai vesele ale vieții, a scăpat definitiv de patrule și de percheziții. Nu, nu-l invidiați... chiar dacă uneori tânjesc și eu după o evadare în trecut, poate chiar după vremurile când, în calitate de pupilă a ochiului universal, am întreprins acel tur din pruncie al palatelor lui William Methwold – o, nostalgie insidioasă a timpului unor posibilități sporite, înainte ca istoria, aidoma unei străzi din spatele Poștei Mari din Delhi, să se îngusteze și să ajungă în cele din urmă cât un punct ! Numai că acum am fost aduși aici, iar amintirile de felul ăsta ne subminează moralul. Haideți să ne bucurăm pur și simplu fiindcă unii dintre noi sunt liberi !

Dar alții au murit. Mi-au spus deja de Parvati. Peste ale cărei trăsături s-a insinuat, chiar și în ultimele clipe, figura descompusă și fantomatică a... Nu, nu mai suntem cinci sute optzeci și unu. Dârdâind în frigul de decembrie, câți dintre noi așteaptă aici, între ziduri? îmi întreb nasul. Patru sute douăzeci, răspunde el, numărul șiretlicurilor și al păcălelilor. Patru sute douăzeci, întemnițați de văduve; plus încă unul care, încălțat cu cizme, dă ocol țanțoș Pensiunii – îi adulmec duhoarea care ba se apropie, ba se îndepărtează, precum și dâra trădării! – și ne supraveghează de fapt captivitatea: nimeni altul decât maiorul Shiva, eroul de război, Shiva-genunchiosul. Or să fie mulțumiți cei care ne-au adus aici cu patru sute douăzeci? N-am idee cât or să aștepte, copii.

...Nu, acum vă bateți joc de mine, gata, lăsați-vă de bancuri. De unde și până unde atâta bună dispoziție și bonomie în șoaptele pe care le treceți din gură în gură? Nu, trebuie să mă condamnați, aspru și fără drept de apel – nu mă torturați cu toate ovațiile astea, în timp ce sunteți închiși unul câte unul în celule. Cum de vă mai arde să mă salutați și să mă întrebați de sănătate? – Copii, nu înțelegeți, pot să ne facă o mulțime de lucruri, absolut orice – nu, cum puteți spune așa ceva, cum adică ce-pot-să-ne-facă? Dați-mi voie să vă spun, bunii mei prieteni, că vergelele de fier produc dureri când te lovește cineva peste glezne cu ele, iar paturile de pușcă pot să vă învinețească frunțile. Ce pot să vă facă? Să vă vâre fire electrice în anusuri, copii; și să știți că nu e singura posibilitate, mai este și spânzuratul cu capul în jos, când lumânarea – ah, pâlpâirea ei blândă și romantică! – nu e câtuși de puțin mângâietoare când ți se lipește, aprinsă, de piele! Gata, terminați, ajunge cu atâta prietenie, nu vă e frică? Nu vă vine să mă călcați în picioare, să mă luați la șuturi și să mă faceți arșice? De ce amintirile astea neîntrerupte și șoptite, de ce o asemenea nostalgie pentru vechile dispute, pentru conflictele de idei, de ce vă bateți joc de mine arătându-mi atâta calm, atâta normalitate și o putere atât de mare de depășire a crizei? Să vă spun drept, m-ați băgat în ceață, copii: cum de sunteți în stare ca, la douăzeci și nouă de ani, să stați frumușel în celule și să șușotiți de parcă ați avea chef de flirturi? Ce mama naibii, doar nu suntem la bal!

Copii, copii, îmi pare rău. Recunosc deschis că n-am mai fost eu însumi în ultima vreme. Am fost un buddha, o stafie într-un coş şi un ipotetic salvator al naţiunii... Saleem a luat-o la fugă şi a nimerit în fundături, având mari probleme cu realitatea, din clipa când o scuipătoare a căzut ca un ţăndărel-de-... fie-vă milă de mine : mi-am pierdut până şi scuipătoarea. Dar am luat-o razna din nou, nu aveam de gând să cer să fiu compătimit, ci să spun că poate îmi dau seama – eu am fost acela care nu a înţeles ce se întâmplă, nu voi. Incredibil, copii : tocmai noi, care nu puteam vorbi cinci minute fără să ne certăm, nu aveam încredere unii în alţii şi ne despărţeam, ne-am strâns deodată laolaltă şi am ajuns să acţionăm din nou ca unul ! O, minunată ironie : adunându-ne aici ca să ne distrugă, Văduva n-a făcut decât să ne ajute să strângem rândurile ! O, demenţă obtuză a tiranilor... fiindcă nu ştiu ce ne-ar mai putea face acum, că suntem de aceeaşi parte a baricadei, fără rivalităţi de limbaj sau prejudecăţi religioase ; în fond, nici nu se cade să vă mai spun „copii", doar aveţi douăzeci şi nouă de ani... ! Da, iată şi optimismul, ca o boală : într-o bună zi tot o să fie silită să ne dea drumul, iar atunci ! – atunci ! – vom trăi şi vom vedea, poate că, ştiu eu, o să înfiinţăm un partid politic nou, da Partidul Miezului de Noapte, ce şanse are politica în faţa unor oameni capabili să înmulţească peştii şi să preschimbe metalele simple în aur ? Copii, ceva se naşte aici, în acest timp întunecat al captivităţii noastre ; lăsaţi-le pe Văduve să comită toate mârşăviile din lume. Dacă suntem uniţi, nu ne bate nimeni ! *Copii, am învins !*

Prea dureros. Optimismul, crescând ca un trandafir dintr-un morman de băligar : mi se rupe inima când îmi aduc aminte. Ajunge : am uitat restul. – Ba nu ! – Aha, foarte bine, îmi aduc aminte... ce e mai rău ca vergelele de fier, gratiile şi lumânările lipite de piele ? Ce întrece în cruzime smulgerea unghiilor şi înfometarea? Dau la iveală cea mai fină şi mai delicată glumă a Văduvei : în loc să ne tortureze, ne-a lăsat să sperăm. Ceea ce înseamnă că exista ceva – ba nu, mai mult decât ceva : cel mai frumos lucru din lume ! – de care ne putea deposeda. Şi în foarte scurt timp o să trebuiască să descriu cum ne-a tăiat macaroana.

Ectomia (din greacă, presupun) : adică o tăiere. La care medicina adaugă o serie de prefixe : apendectomie, mastectomie, amigdalectomie, trompectomie, vasectomie, histerectomie. Saleem ar vrea să doneze un alt articol, absolut fără nici o pretenţie materială, în folosul acestui catalog al extirpărilor ;

totuşi, e vorba de un termen care aparţine istoriei, chiar dacă este – a fost – implicată şi medicina. E vorba de sperectomie: retezarea sau secătuirea speranţei.

De Anul Nou, am avut un musafir. Un scârţâit al uşii, un foşnet al şifonului scump. Modelul: verde cu negru. Ochelari verzi, pantofi negri ca fundul ceaunului... În articolele din ziar, femeia asta a fost descrisă drept „o tânără superbă, cu şolduri mari şi unduitoare... avusese un magazin de bijuterii înainte de a se dedica activităţilor sociale... pe durata Urgenţei a coordonat, semioficial, campania de sterilizare". Eu însă am un alt nume pentru ea: Mâna Văduvei. Care unul după altul şi copiii mmff şi smulgerea mingiuţelor care se dau de-a rostogolul... în tonuri verzui-negricioase, iat-o intrând şi la mine în celulă. Copii, începe. Pregătiţi-vă, copii. Să fim uniţi. Lăsaţi Mâna Văduvei să-şi facă treaba încredinţată de stăpână, dar pe urmă, pe urmă... gândiţi-vă la clipa aceea. E cu neputinţă să fim cu mintea la ce se întâmplă acum... când ea spune, blând şi rezonabil:

— Vedeţi voi, în fond totul se reduce la Dumnezeu.

(Sunteţi atenţi, copii? Transmiteţi din gură în gură.)

— Poporul indian, a explica Mâna Văduvei, o adoră pe Doamna noastră ca pe un zeu. Iar indienii sunt capabili să venereze o singură divinitate.

Numai că eu am fost crescut în Bombay, unde Shiva Vishnu Ganesh Ahuramazda Allah şi atâţia alţii îşi aveau credincioşii lor...

— Dar cum rămâne cu panteonul, unde există trei milioane şi trei sute de zei numai pentru hinduism? am întrebat. Ca să nu mai vorbim de Islam şi de Bodhisattva...

Iată şi răspunsul:

— A, cum să nu! Dumnezeule, milioane de zei, ai dreptate! Dar toţi sunt manifestări ale aceluiaşi AUM. Eşti musulman, ştii ce înseamnă AUM? Foarte bine. Pentru mase, Doamna noastră e o întrupare a AUM-ului.

Cât despre noi, suntem patru sute douăzeci; adică doar 0,00007 la sută din populaţia de şase sute de milioane de oameni a Indiei. Nesemnificativi sub aspect statistic; chiar dacă am fi priviţi ca un procent din cei treizeci de mii (sau un sfert de milion) de arestaţi, am reprezenta numai 1,4 (sau 0,168) la sută! Însă lucrul pe care l-a aflat de la Mâna Văduvei este că zeii ipotetici se tem cel mai mult şi mai mult de celelalte zeităţi; acesta e motivul, acesta şi nu altul, pentru care noi, copiii magici din miez de noapte, am fost detestaţi, temuţi şi distruşi de Văduva aceea care, pe lângă că era prim-ministrul Indiei, aspira să devină Devi, zeiţa-mamă în forma ei cea mai cumplită, posesoarea *shakti*-ului demiurgic, o divinitate cu o sumedenie de membre, cărare pe mijloc şi păr schizofrenic... iată în ce fel mi-am aflat menirea în palatul căzut în paragină al femeilor cu piepturi învineţite.

Cine am fost eu? Dar noi toţi? Am fost, suntem şi vom fi zeii pe care nu i-aţi avut niciodată. Dar şi altceva; iar ca să explic acest lucru, trebuie în fine să povestesc şi partea cu adevărat dificilă.

Dintr-o suflare, fiindcă astfel n-o să reuşesc, fie-mi permis să vă spun că, în ziua de Anul Nou a lui 1977, o tânără superbă cu şolduri unduitoare m-a anunţat că da, aveau să fie mulţumiţi cu patru sute douăzeci, verificase o sută treizeci şi nouă de morţi, scăpaseră doar câţiva, aşa că aveau să înceapă – harşt-harşt –, aveau să urmeze anestezierile şi număratul până la zece, numerele mărşăluind un' doi trei, iar eu, şoptind unui perete, Lăsaţi-i, lăsaţi-i, cât suntem în viaţă şi uniţi, cine ni se poate împotrivi?... Şi cine ne-a dus, unul-după-altul, în încăperea transformată în pivniţă, fiindcă nu suntem sălbatici, domnule, locul avea câteva instalaţii de aer condiţionat, o masă cu o lampă atârnată din tavan, plus doctori şi asistente în verde şi negru, cu halate verzi şi ochi negri... cine a fost cel care avea genunchii ăia irezistibil de strâmbi şi care m-a escortat în camera unde mi se pregătea distrugerea? Aţi ghicit deja, fireşte, în povestea asta există un singur erou de război; incapabil să rezist veninului din genunchii lui, m-am dus unde mi-a ordonat... şi am ajuns într-un loc unde o tânără superbă, cu şolduri unduitoare, mi-a spus: „La urma urmei, nu poţi să te plângi, doar n-o să negi că te-ai erijat cândva în profet?“, fiindcă ştiau tot, Padma, absolut tot, m-au întins pe masă, am văzut masca apropiindu-mi-se de figură, urmată de număratul până la zece şapte opt nouă...

Zece.

Şi apoi: „Dumnezeule mare, încă e conştient, hai, fii băiat cuminte, numără până la douăzeci...“

... optsprezece nouăsprezece douăz...

Erau niște medici buni și nu au lăsat nimic la voia întâmplării. În cazul nostru nu a fost vorba de simple vasectomii și trompectomii efectuate pe mulțimea de măsuțe paralele, dat fiind că exista o cât de mică șansă de reversibilitate în cazul acestor operații... am fost supuși unui alt tip de ectomie, cu efecte de neînlăturat : ni s-au scos testiculele din săculețe, iar vintrele ne-au dispărut definitiv.

După testectomii și histerectomii, copiilor din miez de noapte le-a fost eliminată posibilitatea de-a se reproduce... dar acesta a fost un simplu efect secundar, fiindcă erau niște doctori cu adevărat extraordinari, care ne-au lăsat și fără altceva : ne-a fost extirpată și speranța, habar n-am cum au procedat, fiindcă marșul numerelor îmi venise de hac și mă adormise, și tot ce pot să vă spun e că, după optsprezece zile în care stupefiantele operații au fost efectuate în ritmul meschin de 23-33 pe zi, nu ne lipseau doar mingiuțele și săculeții, ci și alte lucruri : în privința asta, ieșisem mai bine ca alții fiindcă secătuirea din partea de sus mă deposedase de telepatia dobândită în miez de noapte, nu mai aveam nimic de pierdut, sensibilitatea unui nas nu poate fi confiscată... însă pentru ceilalți, pentru toți cei care ajunseseră la palatul văduvelor plângărețe cu darurile magice intacte, revenirea la starea de conștiență s-a dovedit extrem de crudă, iar zidurile au început să preia povestea șoptită a distrugerii lor, strigătul agonizant al unor copii cărora li se furaseră puterile magice : ea fusese autoarea decupajului, mișcându-și superbele șolduri unduitoare și punând la punct anihilarea noastră, în urma căreia nu mai reprezentam nimic sau doar un umil 0,00007 la sută, ceea ce însemna că nici peștii nu mai puteau fi înmulțiți, nici metalele simple transformate în aur ; adio posibilități ale zborului, ale licantropiei și ale celor o mie și una de promisiuni inițiale pentru un miez de noapte misterios.

Cât despre secătuirea de jos, nu a fost o operație reversibilă.

Ce am fost ? Promisiuni neîmplinite, făcute pentru a fi încălcate.

Iar acum trebuie să vă povestesc despre miros.

Da, trebuie să aveți parte de tot : oricât ar fi de exagerat sau de melodramatic, în stilul filmelor vorbite din Bombay, trebuie să aveți o imagine completă, trebuie să vedeți ! Ce a mirosit Saleem în seara zilei de 18 ianuarie 1977 : ceva pus la prăjit într-o tigaie, niște bucățele nespus de fragede și aromate cu tot felul de mirodenii : curcuma coriandru chimion schinduf... aburi pătrunzători și inevitabili, ridicându-se din ceea-ce-fusese-extirpat și era gătit acum la foc mic.

După ce toți cei patru sute au fost supuși ectomiilor, Zeița răzbunătoare s-a asigurat că anumite părți ectomizate au fost tăvălite prin curry, ceapă și ardei iute, fiind apoi azvârlite câinilor vagabonzi din Benares. (Au fost efectuate de fapt patru sute douăzeci și una de ectomii, fiindcă unul dintre noi, căruia îi spuneam Narada sau Markandaya, era capabil să-și schimbe sexul, așa că a trebuit să fie operat(ă) de două ori.)

Nu, n-am să dovedesc nimic din toate astea. Probele s-au risipit ca fumul ; unele au fost aruncate câinilor, iar ceva mai târziu, pe 20 martie, dosarele au fost puse pe foc de o mamă cu părul bicolor și de fiul ei.

Dar Padma știe ce nu mai sunt în stare să fac ; Padma, care s-a supărat odată și mi-a strigat : „Dumnezeule, dar la *ce* ești bun ca *iubit* ?" Lucrul ăsta poate fi verificat, cel puțin : în cocioaba lui Picture Singh, m-am blestemat prin minciuna impotenței ; nu pot să spun că nu am fost prevenit, fiindcă Picture însuși mi-a spus : „Se poate întâmpla orice, dom' căpitan". Cum s-a și întâmplat.

Uneori mă simt de parcă aș avea o mie de ani ; sau (fiindcă nici măcar acum nu sunt în stare să renunț la formă), mai precis, o mie unu.

Mâna Văduvei avea șolduri unduitoare și deținuse cândva un magazin de bijuterii. Și eu am pornit la drum tot printre pietre prețioase : în Kashmir, în 1915, au existat rubine și diamante. Străbunicii mei au avut și ei o prăvălie plină cu nestemate. Forma – din nou, recurența și contururile ! – nu ai cum să i te sustragi.

Prin pereți se deslușesc șoaptele deznădăjduite ale unui număr de patru sute nouăsprezece prizonieri deznădăjduiți, în timp ce al patru sute douăzecilea dă glas – măcar o dată ți se permite să fii patetic – următoarei întrebări pline de arțag... Iată-mă strigând din toți rărunchii : „Dar cu el cum rămâne ? Cu maiorul Shiva, trădătorul ? De el nu ții cont ?" Iar răspunsul splendorii-cu-șolduri-mari-și-unduitoare este : „Maiorul s-a supus unei vasectomii voluntare".

Iar acum, în celula lui întunecoasă, Saleem începe să râdă din toată inima, fără să se oprească; nu, nu m-am amuzat cu cruzime pe seama marelui meu rival și nici n-am avut cinismul să înlocuiesc cuvântul „voluntară“ cu un altul; nu, pur și simplu mi-am amintit de poveștile pe care mi le spusese Parvati-Laylah, mi-au venit în minte legendele referitoare la crailâcul eroului de război, la un loc cu legiunile de bastarzi care se umflau în pântecele neectomizate ale doamnelor de familie și ale curvelor; m-a apucat râsul fiindcă Shiva, distrugătorul copiilor din miez de noapte, își îndeplinise și celălalt rol cuprins în propriul nume, cel de Shiva-lingamul, Shiva-zămislitorul, așa încât, chiar în clipa aceea, în budoarele și în bordeiele națiunii, o nouă generație de odrasle, concepută de cel mai întunecat copil din miez de noapte, creștea spre viitor. Fiecare Văduvă reușește să uite ceva important.

La sfârșitul lui martie 1977, mi s-a dat drumul pe neașteptate din palatul văduvelor tânguitoare și am rămas cu ochii mijiți ca ai unei bufnițe surprinse în bătaia soarelui, neștiind ce și cum. Mai târziu, după ce mi-am amintit cum se pun întrebările, am descoperit că pe 18 ianuarie (chiar în ziua când forfecările au luat sfârșit și când s-au pus bucățile acelea în tigaie; ce dovadă mai vreți că Văduva se temea de noi, cei patru sute douăzeci, ca de nimeni altcineva?) prim-ministrul convocase, spre uimirea tuturor, alegeri generale. (Dar acum, că ați aflat de noi, poate c-o să înțelegeți mai ușor de ce era atât de încrezătoare.) Atâta doar că, în ziua cu pricina, nu știam nimic despre înfrângerea ei usturătoare și nici despre arderea dosarelor; abia mai târziu am aflat că națiunea își pusese toată bruma de speranță într-un ramolit bătrân, care mânca fistic și caju, dând pe gât în fiecare zi un pahar „din propriul ud“. Băutorii de urină preluaseră puterea. Partidul Janata, cu unul dintre lideri dependent de dializă, nu-mi făcea impresia unui nou început când am auzit de el; dar poate că izbutisem să mă vindec în fine de virusul optimismului, iar alții, care aveau încă boala în sânge, nutreau puncte de vedere diferite. În orice caz, eu, unul, m-am săturat – mă săturasem, în acea zi de sfârșit de martie – până peste cap de politică.

Patru sute douăzeci de prizonieri eliberați și-au mijit o vreme ochii în plină zi pe străduțele din Benares; patru sute douăzeci de perechi de ochi au căutat privirile celorlalți, au văzut în ele amintirea castrării, iar apoi, incapabili să reziste imaginii, şi-au murmurat cuvinte de rămas-bun şi s-au risipit, pentru ultima oară, în anonimatul vindecător al mulţimilor.

Bine, dar Shiva? Maiorul Shiva a ajuns în detenţie militară sub noul regim; însă nu a rămas mult timp acolo, fiindcă i s-a permis să primească o vizită; Roshanara Shetty şi-a croit drum la el în celulă, mituind şi făcând uz de toate farmecele personale – aceeaşi Roshanara care îi turnase otravă în urechi pe hipodromul Mahalaxmi şi care, chiar din clipa aceea, fusese scoasă din minţi de un fiu nelegitim care se încăpăţâna să nu vorbească şi făcea doar ce voia. Soţia magnatului din industria oţelului a scos din poşetă uriaşul pistol nemţesc care aparţinea soţului şi l-a împuşcat pe eroul de război drept în inimă. Moartea a survenit, cum se spune, instantaneu.

Maiorul a murit fără să ştie că odată, într-o maternitate colorată în verde cu şofran şi situată în mijlocul haosului mitologic al unui miez de noapte de neuitat, o femeiuşcă disperată schimbase între ele două plăcuţe de identificare şi îi refuzase astfel dreptul de primogenitură, adică acea lume din vârf de deal plină de bani, de haine albe, apretate, şi de o mulţime de alte lucruri – o lume pe care i-ar fi făcut mare plăcere s-o aibă în stăpânire.

Şi Saleem? Fără să mai fiu legat de istorie, secătuit şi sus, şi jos, m-am întors în capitală, conştient că epoca începută în acel miez de noapte de demult ajunsese într-un fel la final. Cum am călătorit? Am aşteptat pe peronul gării din Benares sau din Varanasi, având în mână doar biletul de peron, şi am sărit pe scara unui vagon de clasa întâi chiar în timp ce trenul pleca din gară, îndreptându-se spre vest. Iar acum mi-am dat seama în sfârşit cum era când trebuia să te ţii strâns de o bară, pe când praful, cenuşa şi funinginea îţi intrau în ochi, făcându-te să baţi disperat la uşă şi să urli: „*Ohé*, maharajah! Deschideţi! Daţi-mi drumu' înăuntru, mărite domn!" În vreme ce dinăuntru se auzea un glas care rostea nişte cuvinte familiare: „Sub nici o formă să nu deschideţi. Nişte blatişti, atâta tot".

În Delhi, Saleem pune întrebări. Aţi văzut unde...? Ştiţi cumva dacă magicienii...? Îl cunoaşteţi pe Picture Singh? Un poştaş în ai cărui ochi amintirea îmblânzitorilor de şerpi e din ce în ce mai vagă arată spre nord. Ceva mai târziu, un vânzător negru în cerul gurii mă trimite de unde-am venit. Iar pe urmă, într-un târziu, drumul nu mai şerpuieşte; artiştii ambulanţi îmi arată pe unde s-o iau. S-au adunat acolo un bărbat din Delhi – *Dilli-dekho* – gata să-şi prezinte kinetoscopul, un îmblânzitor de manguste şi cobre, cu o tichiuţă de hârtie ca o barcă făcută de un copil, şi o fată de la o casă de bilete la film, care păstrează nostalgia copilăriei, când era ucenica unui vrăjitor... aidoma pescarilor, şi ei arată cu degetul. Spre vest, spre vest şi iar spre vest, până când, în cele din urmă, Saleem ajunge la depoul de autobuze din Shadipur, la marginea de apus a oraşului. Flămând, însetat, slăbit şi bolnav, dându-se anevoie la o parte din calea autobuzelor care intră şi ies cu zgomot din depou – autobuze pictate în culori vesele, care au în partea de sus inscripţii gen *Cu voia lui Dumnezeu!*, iar în spate alte motouri, ca de pildă *Slavă Domnului!* – se apropie de un grup dezordonat de corturi strânse sub un nod feroviar de beton şi vede, în umbra lui, un ditamai îmblânzitorul de şerpi pe faţa căruia se lăţeşte un zâmbet deformat de dinţii stricaţi şi care ţine în braţe o zgâtie îmbrăcată într-o cămaşă împodobită cu nişte chitare roz, un băieţel de nici doi ani, cu urechile ca de elefant, cu ochi mari, aidoma unor farfurioare, şi cu o faţă serioasă ca mormântul.

Abracadabra

Sincer să fiu, am mințit în legătură cu moartea lui Shiva. Prima mea minciună gogonată – chit că se poate ca prezentarea Urgenței ca un miez de noapte lung de șase sute treizeci și cinci de zile să fi fost prea romantică și în mod sigur s-a văzut contrazisă de datele meteorologice disponibile. Cu toate acestea, indiferent de ce-ar putea crede unul și altul, lui Saleem nu-i vine deloc ușor să mintă, așa că îmi plec rușinat capul și mărturisesc... Dar de unde și până unde minciuna asta singură și sfruntată? (Fiindcă de fapt habar n-aveam unde plecase rivalul cu care făcusem rocada după cele petrecute la Pensiunea Văduvelor; ar putea să fie în iad sau în bordelul de la colț, tot nu mi-aș da seama.) Încearcă să pricepi, Padma: încă mi-e groază de el. Între noi au rămas de încheiat niște socoteli și îmi duc zilele tremurând la gândul că e cu putință ca eroul de război să-și fi descoperit cumva taina nașterii – i s-o fi arătat vreun dosar cu trei litere denunțătoare? – și, stârnit de furia pricinuită de pierderea irecuperabilă a trecutului, să mă caute ca să se răzbune cu vârf și îndesat... oare chiar așa o să se termine, o să-mi fie zdrobită viața de o pereche de genunchi supraomenești și neîndurători?

În orice caz, din cauza asta am umblat cu fofârlica; pentru prima dată, am căzut victimă tentației fiecărui autobiograf, iluziei că, din moment ce trecutul există doar în amintiri și în cuvintele care încearcă în zadar să le cuprindă, e posibil să creezi întâmplări trecute spunând pur și simplu că au avut loc. Frica mea de acum a făcut-o pe Roshanara Shetty să pună mâna pe pistol; cu stafia comandantului Sabarmati uitându-mi-se peste umăr, i-am dat ocazia ca, prin mituirea și fermecarea paznicilor, să i se furișeze în celulă... pe scurt, amintirea uneia dintre primele mele crime a produs împrejurările fictive ale celei de pe urmă.

Sfârșitul mărturisirii; iar acum mă apropii periculos de mult de punctul terminus al aducerilor aminte. E noapte; Padma e pe poziții; pe perete, deasupra capului meu, o șopârlă tocmai a hăpăit o muscă; căldura clocotitoare de august, care poate să-ți prăjească creierii, îmi bolborosește vesel între urechi; iar acum cinci minute ultimul personal gălbui-maroniu s-au hurducat spre sud, în direcția gării Churchgate, așa că nu am auzit ce-a zis Padma cu o sfială ce ascundea o hotărâre încăpățânată ca uleiul. A trebuit s-o rog să repete, moment în care mușchii gemeni au început să-mi zvâcnească neîncrezător. Se cade să consemnez imediat că Lotusul meu de Băligar a propus să ne căsătorim, „ca să pot avea grijă de tine fără să mă fac de râs în ochii lumii".

Taman cum mă temeam! Dar cel puțin s-au dat cărțile pe față, iar Padma (sunt sigur de asta) n-o să-mi accepte refuzul. Am tot protestat ca o fecioară cu bujori în obrăjori: „Așa, pe nepusă masă – și, mă rog, cum rămâne cu ectomia și cu ce li s-a zvârlit câinilor vagabonzi? – iar tu, Padma, o, Padma, trebuie să știi că mai sunt niște zgârciuri, o s-ajungi văduvă! – ia gândește-te nițel, mai e și blestemul unei morți violente, adu-ți aminte de Parvati – ești sigură, ești sigură că ești sigură...?" Numai că Padma, cu fălcile împietrite într-o hotărâre de o neclintire împărătească, a răspuns: „Ascult-aici, domnu', și slăbește-mă cu «dar»-urile! Gata cu vorbăria asta-n dodii. E cazul să ne gândim la viitor". Bref, luna de miere o s-o petrecem în Kashmir.

În arșița iscată de hotărârea Padmei, mă bate gândul nebunesc că ar fi cu putință, la urma urmei, să-mi schimbe sfârșitul poveștii prin forța fenomenală a propriei voințe, ar fi cu putință ca fisurile – și moartea însăși – să cedeze în fața puterii unei asemenea solicitudini imposibil de oprit... „E cazul să ne gândim la viitor", m-a avertizat ea și poate (îmi îngădui s-o cred pentru prima dată de când am început povestea asta) – poate chiar așa stau lucrurile! O infinitate de finaluri mi se învălmășesc în minte, bâzâind ca niște insecte tropicale... „Hai să ne căsătorim, domnu'", mi-a propus ea, iar emoția a început să-mi palpite în vintre ca un fluture invizibil, de parcă ar fi rostit cine știe ce formulă cabalistică de temut și m-ar fi eliberat de temnița destinului – însă realitatea nu-mi dă pace. Dragostea nu învinge totul sau poate că o face doar pentru flecarii din Bombay: urâțeniile vieții nu pot fi înfrânte cu o simplă ceremonie; iar optimismul e o boală.

— De ziua ta de naștere, ce zici? îmi sugerează ea. La treizeci și unu de ani bărbatu-i bărbat, e normal să aib-o nevastă.

Oare cum să-i spun? Cum să-i declar că pentru ziua aceea se făcuseră alte planuri, că sunt și am fost dintotdeauna la mila unei sorți ahtiate după formă, căreia îi place să facă prăpăd tocmai în zilele încărcate de mister... Pe scurt, cum să-i spun de moarte? Nu pot. Și-atunci, supus și aparent din cale-afară de recunoscător, îi accept propunerea. În seara asta sunt un bărbat proaspăt logodit; să nu mă privească nimeni cu ochi răi fiindcă mi-am permis – alături de lotusul meu de logodnică – această ultimă, vană și neînsemnată plăcere.

Propunându-mi să ne căsătorim, Padma s-a arătat dispusă pe loc să considere tot ce-i povesteam despre trecutul meu drept „vorbit în dodii"; iar când m-am întors și l-am găsit pe Picture Singh surâzându-mi binevoitor din penumbra unui pod de cale ferată, m-am lămurit imediat că și magicienii începuseră să-și piardă amintirile. Undeva, după numeroasele mișcări prin mahalaua aceea peripatetică, rămăseseră fără capacitatea de a ține minte, așa că acum deveniseră incapabili să judece, întrucât uitaseră toate lucrurile cu care ar fi putut să compare absolut orice s-ar fi întâmplat. Până și Urgența a fost expediată rapid în uitarea trecutului, iar magicienii s-au concentrat asupra prezentului cu monomania specifică melcilor. Pe de altă parte, nici măcar n-au sesizat că se schimbaseră; uitaseră că fuseseră altfel, comunismul se prelinsese din ei și fusese dat de dușcă de pământul însetat și iute ca o limbă de gușter; începeau să-și uite deprinderile în deruta foamei, a setei și a hărțuielilor polițienești care alcătuiau (ca de obicei) prezentul. Totuși mie, unul, schimbarea aceasta a foștilor mei tovarăși de drum mi s-a părut de-a dreptul nerușinată. Saleem își revenise din amnezie și i se arătase cât era de imoral; în mintea lui, trecutul devenea mai viu de la o zi la alta, pe când prezentul (de la care cuțitele îl deconectaseră pentru totdeauna) părea incolor, prolix și fără importanță; eu, care țineam minte și ultimul fir de păr de pe capul temnicerilor și al chirurgilor, eram profund șocat de faptul că magicienii nu voiau să se uite în urmă. „Oamenii sunt ca pisicile", i-am spus lui fiu-meu, „nu poți să-i înveți nimic." Și-a luat o expresie corespunzător de gravă, însă și-a ținut gura.

Când am descoperit colonia fantomă a iluzioniștilor, fiul meu Aadam Sinai scăpase cu desăvârșire de tuberculoza care îi chinuise primele zile. În ce mă privește, eram convins, bineînțeles, că boala dispăruse odată cu căderea Văduvei; cu toate acestea, Picture Singh mi-a spus că meritul vindecării trebuia să-i aparţină unei spălătorese pe nume Durga, care-l alăptase cât timp fusese bolnav, oferindu-i beneficiul zilnic al sânilor ei colosali şi inepuizabili. „Ce femeie, Durga aia, dom' căpitan!" a rostit puriul îmblânzitor de şerpi cu un glas care trăda că, ajuns la vârsta a treia, căzuse victimă farmecelor reptilinii ale spălătoresei.

Era o femeie căreia îi ieşeau bicepşii prin piele; din ai cărei sâni fabuloşi curgea un şuvoi de lapte în stare să hrănească regimente întregi; şi care, se zvonea enigmatic (deşi am o bănuială că zvonul pornise chiar de la ea), avea două pântece. Era la fel de plină de bârfe şi palavre cum era de lapte; în fiecare zi îi ieşeau de pe buze zece poveşti nemaiauzite până atunci. Avea energia nesecătuită a tuturor celor din breaslă; în vreme ce scotea untul din cămăşi şi sariuri la ea pe piatră, părea tot mai puternică, de parcă ar fi aspirat vigoarea din hainele care ajungeau până la urmă inerte, fără nasturi şi zvântate. Era un monstru care dădea uitării fiecare zi în clipa când se încheia. Am avut mari strângeri de inimă înainte de a mă învoi să fac cunoştinţă cu ea; acelaşi lucru îl simt şi acum, când îi dau voie să apară în paginile acestea. Chiar şi înainte s-o cunosc, numele ei avea aroma lucrurilor noi; reprezenta ineditul, începuturile, ivirea altor poveşti, fapte şi complicaţii, iar pe mine nu mă mai interesa nimic nou. Totuşi, din clipa când Pictureji m-a informat că voia s-o ia de nevastă, n-am mai avut încotro; oricum însă, o să mă ocup de ea pe cât de succint îmi îngăduie nevoia de acurateţe.

Pe scurt, aşadar: Durga spălătoreasa era un balaur cu minte de curvă! O şopârlă care împrumutase corpul unei fiinţe omeneşti şi căreia îi plăcea să bea sânge! Iar efectul ei asupra lui Picture Singh era comparabil doar cu puterea pe care o avea asupra cămăşilor izbite de piatră; altfel spus, îl lăsa lat. După ce m-am întâlnit cu ea o dată, am înţeles de ce arăta Picture Singh bătrân şi stingher; rămas fără umbrela sub care se strângeau bărbaţii şi femeile ca să găsească un sfat şi un petic de umbră, părea să intre la apă de la o zi la alta; posibilitatea de-a se preschimba într-un al doilea Colibri îmi dispărea treptat din faţa ochilor. Şi totuşi Durga înflorea: bârfele ei deveneau tot mai scatologice, iar vocea ei tot mai răguşită şi puternică, până când, în cele din urmă, a ajuns să-mi amintească de preacucernica Maică Stareţă în ultimii ei ani, când ea creştea şi bunicul meu se stafidea. Acest ecou nostalgic al bunicului era singurul lucru care mă interesa din personalitatea spălătoresei băieţoaice.

Însă nu aveai cum să-i conteşti belşugul glandelor mamare : cu o lună înainte de-a împlini doi ani, Aadam continua să-i sugă sfârcurile mulţumit. La început m-am gândit să insist să fie înţărcat, dar pe urmă mi-am amintit că fiu-meu făcea exact şi exclusiv ce voia, aşa că am lăsat-o mai moale. (Şi, după cum avea să se dovedească, bine-am făcut.) Cât despre presupusul ei pântece dublu, nu am vrut să aflu dacă povestea era sau nu adevărată, motiv pentru care nu am întreprins nici un fel de cercetări.

O pomenesc pe Durga spălătoreasa în primul rând fiindcă ea a fost prima care, într-o seară când luam o cină compusă din douăzeci şi şapte de boabe de orez de persoană, mi-a prezis moartea. Exasperat de avalanşa ei neîntreruptă de veşti şi de braşoave, exclamasem : „Durga *bibi*, poveştile tale nu mai interesează pe nimeni !“ La care ea răspunse netulburată : „Saleem *baba*, am fost bună cu tine fiindcă Pictureji mi-a zis că eşti răvăşit, probabil din cauză c-ai stat la zdup ; dar, drept să-ţi spun, bag seama că acum nu te mai preocupă decât să trândăveşti toată ziulica. S-ar cuveni să pricepi că, atunci când omul îşi pierde interesul pentru lucrurile noi, nu face decât să-i deschidă uşa Îngerului Negru“.

Şi chiar dacă Picture Singh rostise pe un ton blând : „Hai, prinţeso, nu fi rea cu băiatul“, săgeata trimisă de Durga spălătoreasa nimerise drept la ţintă.

În sfârşeala întoarcerii mele secătuite, simţeam cum gustul fiecărei zile mă acoperea ca o peliculă densă şi gelatinoasă ; şi, deşi Durga s-a oferit în dimineaţa următoare, poate în semn de căinţă pentru vorbele acelea aspre, să-mi redea puterile lăsându-mă să-i sug sânul stâng, pe când fiu-meu se agăţase de dreptul, „iar pe urmă poate c-o să-ncepi să judeci din nou cum trebuie“, aluziile la moarte mi-au ocupat încet-încet cea mai mare parte a gândurilor ; iar după aceea am descoperit oglinda umilinţei la depoul de autobuze din Shadipur şi am fost convins de apropiata mea pieire.

Era o oglindă înclinată, aflată deasupra intrării în garajul autobuzelor ; în timp ce rătăceam fără ţintă prin curtea din faţă a depoului, atenţia mi-a fost atrasă de felul cum strălucea în bătaia soarelui. Mi-am dat seama că nu mă mai văzusem într-o oglindă de luni sau poate chiar de ani de zile, și am străbătut curtea ca să mă opresc sub ea. Ridicându-mi privirea, m-am zărit preschimbat într-un pitic cu un ditamai capul; în acea reflectare umilitor de micșorată a propriei persoane, am observat că părul de pe cap îmi era sur-plumburiu ca norii de ploaie; piticul din oglindă, cu fața ridată și ochii osteniți, mi l-a evocat pe bunicul meu Aadam Aziz în ziua când ne-a spus că îl văzuse pe Dumnezeu. În zilele acelea, suferințele vindecate de Parvati-vrăjitoarea se întorseseră (după secătuire) să mă năpăstuiască; cu un vârf de deget lipsă, cu tâmplele ca niște cornițe, cu tonsura aceea de călugăr, cu chipul pătat, cu picioarele strâmbe, cu nasul ca un castravete, scopit și acum îmbătrânit înainte de vreme, am văzut în acea oglindă a umilinței un om căruia istoria nu avea ce să-i mai facă, o creatură grotescă, eliberată din rânduiala propriei sorți care o snopise în bătăi, până când aproape că își ieșise din minți; cu o ureche sănătoasă și o alta bolnavă, am auzit pașii moi ai Îngerului Negru al morții.

Pe chipul tânăr-bătrân al piticului din oglindă se întipărise o expresie de profundă ușurare.

Încep să devin sumbru; haideți să schimbăm subiectul... Cu exact douăzeci și patru de ore înainte ca imboldelile unei slugi să-l provoace pe Picture Singh să plece la Bombay, fiul meu, Aadam Sinai, a luat hotărârea care ne-a permis să-l însoțim pe îmblânzitorul de șerpi de la un capăt la altul al călătoriei: peste noapte, fără să dea de veste și spre consternarea doicii-spălătorese, care a fost nevoită să își toarne laptele rămas în burdufuri de piele de vițel de câte cinci litri, Aadam cel clăpăug s-a autoînțărcat, refuzând ferm să mai sugă și cerând (fără cuvinte) un regim compus din hrană solidă: terci de orez linte bine fiartă biscuiți. A fost ca și cum s-ar fi decis să-mi dea voie să ajung la linia mea de sosire personală, de care mă apropiasem deja foarte mult.

Autocrația mută a unui copilaș care nu împlinise nici doi ani; Aadam nu ne spunea când îi era foame sau somn, și nici când voia să-și facă nevoile. Se aștepta să știm. Poate că atenția neîntreruptă pe care a reclamat-o a fost unul dintre motivele grație cărora am izbutit, în ciuda tuturor elementelor care pronosticau contrariul, să rămân în viață... Nefiind în stare să fac altceva după eliberarea din captivitate, m-am concentrat pe supravegherea propriului meu fiu. „Ascultă ce-ți spun, dom' căpitan, noroc că te-ai întors, altminteri ăsta micu' ne-ar fi transformat pe toți în doici", glumea Picture Singh. Am înțeles încă o dată că Aadam făcea parte dintr-o a doua generație de copii fermecați, care aveau să fie mult mai tari decât primii și care nu aveau să-și caute destinul în profeții sau în stele, forjându-l, în schimb, în cuptoarele implacabile ale propriilor voințe. Uitându-mă în ochii acelui copil care îmi era în același timp nefiu și urmaș mai mult decât ar fi putut fi orice carne din carnea mea, am descoperit în pupilele lui goale și limpezi o a doua oglindă a umilinței, care mi-a arătat că, din clipa aceea, rolul meu avea să fie la fel de marginal ca al tuturor moșnegilor fără rost : funcția tradițională, poate, a evocatorului, a celui care spune povești... M-am întrebat dacă pretutindeni în țară fiii bastarzi ai lui Shiva exercitau tiranii asemănătoare asupra adulților ghinioniști și am văzut din nou cu ochii minții acel trib de copii înfricoșător de puternici, care creșteau, așteptau, ascultau și făceau repetiții pentru clipa când lumea întreagă avea să devină jucăria lor. (Cum vor putea fi identificați de-acum încolo acești copii : au poponețe rotunde și obraznice, nu semiplate.)

Dar e momentul să punem totul în mișcare : o împunsătură, un ultim tren mergând spre sud, tot mai spre sud, bătălia finală... În ziua de după înțărcarea lui Aadam, Saleem l-a însoțit pe Picture Singh la Connaught Place, ca să-l asiste la dresura de șerpi. Durga spălătoreasa a acceptat să-l ia pe fiul meu cu ea la muncă ; Aadam și-a petrecut ziua văzând cum era stoarsă puterea din hainele celor înstăriți și cum era absorbită apoi de femeia-monstru. În acea zi fatidică, pe când vremea caldă se întorcea în oraș ca un roi de albine, eram sfârșit de nostalgii pentru scuipătoarea mea de argint distrusă. Picture Singh îmi făcuse rost de un surogat de scuipătoare, un vas Dalda Vanaspati gol, dar, chiar dacă mă foloseam de el ca să-mi distrez fiul și să-i arăt cât de iscusit eram în nobila artă a flegmatului la punct fix, trimițând jeturi lungi de salivă prin aerul soios din colonia magicianului, tot nu eram consolat. O întrebare : de ce atâtea păreri de rău pentru un simplu receptacul de zemuri ? Răspunsul meu e că nu se cade să subestimăm scuipătoarea. Tronând elegantă în salonul soției rajahului din Cooch Nareen, ea le permitea intelectualilor să practice formele de artă ale maselor ; lucind într-un beci, transforma pleava de pe lângă Nadir Han într-un al doilea Taj Mahal ; acoperită de praf într-un cufăr metalic, era totuşi prezentă în întreaga mea istorisire, asimilând pe furiş întâmplări despre rufele murdare, viziuni ale unor fantome, congelarea şi decongelarea, secătuirea şi pe cei surghiuniţi; prăbuşită din înalturi ca un ţăndărel de lună, săvârşea o transformare. O, scuipătoare talismanică! O, mândreţe pierdută de depozitar al amintirilor şi al flegmelor deopotrivă! Ce suflet simţitor nu mi-ar sta alături în chinuitoarea nostalgie a unei asemenea pierderi?

...Lângă mine, în partea din spate a unui autobuz gemând de lume, Picture Singh ţinea inocent în poală coşul cu şerpii încolăciţi. În timp ce huruiam şi ne hurducam prin oraşul acela plin, printre altele, de spectrele reapărute ale unor Delhi-uri mai vechi, Cel Mai Fermecător Om din Lume avea un aer de deznădejde ştearsă, de parcă o bătălie dintr-o cameră întunecată ar fi luat deja sfârşit... Până la întoarcerea mea, nimeni nu pricepuse că frica adevărată şi nerostită a lui Pictureji era că îmbătrânea, că-i scădeau puterile, că nu peste multă vreme avea să intre în derivă şi că nu ştia ce să facă într-o lume căreia nu-i dădea de cap; ca şi mine, Picture Singh se cramponа de prezenţa pruncului Aadam, ca şi cum micuţul ar fi fost o făclie într-un tunel lung şi cufundat în beznă. „Straşnic copil, dom' căpitan", mi-a spus el, „un copil al demnităţii; aproape că nici nu-i observi urechile."

Oricum, în ziua aceea fiul meu nu era cu noi.

Mirosurile din New Delhi au năvălit asupră-mi în Connaught Place – parfumul prăjiturelnic al reclamei de la J.B. Mangharam sau albeaţa tristă a tencuielii căzute; tot acolo stăruiau urmele tragice ale şoferilor de pe autoricşe, hămesiţi din cauza preţului tot mai mare al benzinei, precum şi mireasma de iarbă verde venită dinspre parcul circular din mijlocul traficului învârtejit, împletită cu izul şmenarilor care îi convingeau pe străini să schimbe bani la negru la adăpostul arcadelor umbroase. Dinspre cafeneaua India, sub ale cărei marchize se auzeau zumzăielile nesfârşite ale taclalelor, venea aroma mai puţin plăcută a începutului unor poveşti noi: intrigi, căsătorii şi certuri, ale căror miresme se amestecau cu cele ale ceaiului şi ale gustărilor cu chilli. În Connaught Place am adulmecat: prezenţa apropiată şi imploratoare a unei fete cu o cicatrice pe faţă, care fusese cândva preafrumoasa Sundari; pierderea memoriei; întoarcerea spre viitor; şi sentimentul că nimic nu se schimbă cu adevărat... Desprinzându-mă de aceste indicii olfactive, m-am concentrat pe mirosurile atotpătrunzătoare și mai simple ale urinei (de om) și băligarului.

Dedesubtul colonadei Blocului F din Connaught Place, lângă un stand de cărți pe trotuar, se găsea un localnic ghemuit în nișa lui strâmtă. Stătea picior peste picior în spatele unei tejghele de sticlă verde, aidoma unui zeu neînsemnat al locului: îl las să apară în paginile astea fiindcă, deși împrăștia toate aromele sărăciei, era de fapt un om cu stare și proprietar al unei limuzine Lincoln Continental pe care o parcase ascunsă de ochii celorlalți și o plătise din averile dobândite prin vânzarea radiourilor cu tranzistori și a țigărilor importate prin contrabandă; două săptămâni din cincizeci intra în pușcărie ca și cum și-ar fi luat concediu, iar în restul anului le plătea un salariu frumușel câtorva polițiști. În închisoare era tratat regește, însă îndărătul tejghelei de sticlă verde părea inofensiv și banal, așa încât nu era deloc simplu (fără avantajul unui nas atât de fin ca al lui Saleem) să-ți dai seama că era un om care știa totul despre toate, un ins a cărui rețea nesfârșită de contacte îi conferea acces la informații secrete... Mie îmi trezea ecoul suplimentar și agreabil al unui personaj asemănător, pe care îl cunoscusem la Karachi pe vremea călătoriilor cu scuterul Lambretta; eram atât de adâncit în inhalarea acelor parfumuri familiare ale nostalgiei încât, când a vorbit, m-a luat prin surprindere.

Ne instalaserăm chiar lângă locșorul lui, gata să ne facem numărul; în timp ce Pictureji își mângâia fluierele și-și punea pe cap un turban imens de culoarea șofranului, eu m-am pornit să dau din gură.

— Lume, lume, soro lume, hai încoa' să vezi minune – o dată-n viață dai de asemenea chilipir – domnișori și domnișoare, ia veniți, ia poftiți, ia uitați și vă cruciți! Cine-o fi aici? Nu-i un derbedeu și nici un escroc care doarme pe străzi; acesta, cetățeni, doamnelor și domnilor, este Cel Mai Fermecător Om din Lume! Da, da, da, ia veniți și poftiți: a fost tras în poză de Eastman Kodak Limited!. Nu vă temeți, mari și mici, PICTURE SINGH e chiar aici!

Și alte asemenea aiureli. Însă pe urmă l-am văzut pe vecin că deschide gura:

— Știu eu unu' și mai meseriaș. Individu' ăsta nu-i număru' unu. Nu, nici vorbă. E altul mai de soi în Bombay.

Așa a aflat Picture Singh de existența unui rival. Și de aceea, lăsând baltă toate planurile de a da un spectacol, s-a apropiat de localnicul care zâmbea afabil, căutându-și în rărunchi vocea poruncitoare de altădată, și i-a zis:

— Îmi spui adevărul despre trișorul ăsta, dom' căpitan, sau îți bag dinții pe gât pân-or să te muște de stomac.

Iar localnicul, fără să se teamă și conștient de prezența celor trei polițiști care stăteau la pândă, gata să intervină rapid și să-și apere lefurile dacă era cazul, ne-a șoptit secretele firii lui atotștiutoare și ne-a indicat cine, unde, când și cum, până când Picture Singh a rostit pe un ton a cărui fermitate ascundea o bună doză de frică:

— O să mă duc și-o să-i arăt tipului ăstuia din Bombay cine-i mai bun. Pe scurt, dom'lor căpitani, nu-i loc pentru doi Cei Mai Fermecători Oameni.

Ridicând gingaș din umeri, vânzătorul de delicatese cu betel a horcăit și ne-a tras un scuipat la picioare.

Ca într-o vrajă din povești, împunsăturile localnicului au deschis ușa pe care Saleem s-a întors în orașul său natal, în sălașul celei mai profunde nostalgii. Da, a fost un Sesam-deschide-te, iar când ne-am înapoiat la corturile zdrențăroase de sub podul de cale ferată, Picture Singh a scormonit în pământ și a scos la iveală batista înnodată care-i conferea siguranță, bucata de pânză murdară în care strânsese bănuți pentru zilele negre ale bătrâneții; și când Durga spălătoreasa a refuzat să-l însoțească, spunându-i: „Crezi cumva, Pictureji, că sunt o milionară care poate să-și ia concediu când are chef?", s-a întors spre mine cu o privire imploratoare și m-a rugat să merg cu el, ca să nu fie nevoit să intre în bătălia cea mai grea, în proba bătrâneții, fără nici un prieten... da, toate astea au fost auzite și de Aadam, ale cărui urechi clăpăuge au surprins ritmul vrăjii, pe când eu i-am văzut ochii luminându-i-se în clipa când am acceptat, după care a nimerit într-un vagon de clasa a treia care se îndrepta spre sud, tot mai spre sud, făcându-mă să ghicesc, dincolo de monotonia în cinci silabe a roților de tren, prezența unui cuvânt secret: abracadabra, abracadabra, cântau roțile, în timp ce ne duceau înapoi la Bombay.

Da, lăsasem definitiv în urmă colonia magicienilor și mă îndreptam – abracadabra, abracadabra – spre inima unei nostalgii care avea să mă țină în viață suficient de mult ca să scriu paginile de față (și să produc numărul corespunzător de conserve); ne-am înghesuit tustrei – Aadam, Saleem și Picture

Singh – într-un vagon de clasa a treia, luând cu noi mai multe coşuri legate cu sfoară, care i-au speriat zdravăn pe călătorii îngrămădiţi ca sardelele în vagon prin sâsâitul lor continuu, în aşa fel încât mulţimea s-a tot retras, cât mai departe de ameninţarea şerpilor, şi ne-a permis să stăm ceva mai comod, pe când roţile îşi îngânau vraja – abracadabra, abracadabra – în urechile mari ale lui Aadam.

În vreme ce mergeam spre Bombay, pesimismul lui Picture Singh a crescut întruna, până când a părut să se transforme într-o entitate concretă, care pur şi simplu semăna cu bătrânul îmblânzitor de şerpi. La Mathura, un tânăr american cu bărbia plină de bube şi cu ţeasta rasă ca un ou a urcat la noi în vagon, prin hărmălaia negustorilor care vindeau animale din lut şi ceşti de ceai ; tânărul îşi făcea vânt cu un evantai din pene de păun, iar ghinionul pe care-l reprezenta vederea penajului acestei păsări l-a deprimat pe Picture Singh din cale-afară. Pe când dinspre întinderea nesfârşită a câmpiei Indului şi a Gangelui venea spre noi vântul înnebunitor *loo* al după-amiezii, americanul ras în cap le-a vorbit celor din vagon despre subtilităţile hinduismului şi a început să-i înveţe câteva mantre, dând totodată la iveală un vas din lemn de nuc de genul celor folosite de cerşetori ; Picture Singh a rămas orb în faţa acestui spectacol remarcabil şi surd la abracadabra roţilor de tren. „N-are rost, dom' căpitan", mi s-a confesat el. „Individu' ăsta din Bombay precis e tânăr şi-n puteri, de-acum încolo sunt blestemat să fiu doar cel mai fermecător al doilea om din lume." Când am ajuns la gara Kotah, izul de ghinion emanat de evantaiul din pene de păun îl luase complet în stăpânire pe Pictureji şi îl măcinase atât de rău, încât chiar dacă toţi cei din vagon ieşeau pe partea aflată cât mai departe de peron ca să urineze, el n-a dat nici un semn că ar vrea să procedeze la fel. La nodul de cale ferată Ratlam, în vreme ce emoţia mea era din ce în ce mai mare, Picture Singh căzuse într-o transă care nu avea nimic de-a face cu somnul, fiind de fapt paralizia incipientă a pesimismului. „În felul ăsta", mi-am spus în gând, „n-o să fie în stare nici măcar să-şi provoace rivalul." Am trecut şi de Baroda : nici o schimbare. La Surat, în dreptul vechiului depou John Company, mi-am dat seama că trebuia să fac repede ceva, fiindcă abracadabra ne apropia cu fiecare minut de gara centrală din Bombay, aşa că în cele din urmă am pus mâna pe fluierul din lemn al lui Picture Singh şi, cântând atât de prost încât i-am ameţit pe şerpii care se zvârcoleau în chinuri şi l-am făcut să tacă mâlc pe american, producând un zgomot atât de diabolic că n-a mai observat nimeni că am trecut pe lângă Bassein Road, Kurla şi Mahim, am reuşit să pun în umbră miasmele penelor de păun; într-un târziu, Picture Singh s-a smuls din deznădejdea în care se prăbuşise, a surâs alb şi a spus: „Opreşte-te, dom' căpitan, şi lasă-mă pe mine să cânt, dacă nu vrei să moară cineva de durere".

Şerpii s-au încolăcit la loc în coşuri; pe urmă roţile s-au întrerupt din cântat şi am ajuns.

Bombay! L-am strâns cu putere pe Aadam şi, neputând să mă abţin, am scos vechiul strigăt de odinioară: „Înapoi la Bom!" Am chiuit, spre nedumerirea tânărului american, căruia mantra aceea nu-i era cunoscută, şi am repetat de câteva ori: „Înapoi! Înapoi la Bom!"

Mergând cu autobuzul pe Bellasis Road, în direcţia sensului giratoriu de la Tardeo, am trecut pe lângă parşi cu ochii înfundaţi în orbite, pe lângă ateliere de reparat biciclete şi restaurante iraniene; apoi undeva în dreapta s-a ivit Hornby Vellard, locul unde oamenii ieşiţi la plimbare o văzuseră pe Sherri, căţeaua noastră corcită, scuipându-şi sufletul şi crăpând! Locul unde efigiile de carton ale luptătorilor străjuiau în continuare intrările stadionului Vallabhbhai Patel! – iată-ne acum hurducându-ne din toate ţâţânile prin dreptul agenţilor de circulaţie cu umbrele de soare şi pe lângă templul Mahalaxmi – iar pe urmă Warden Road! Ştrandul Breach Candy! Iar acolo, uitaţi-vă, magazinele... numai că acum aveau alte nume. Unde era Paradisul Cititorului cu teancurile de benzi desenate cu Superman? Dar Bank Box şi Bombelli's, cu Metrii lor de Ciocolată? Şi, Doamne, ia uitaţi-vă acolo, pe dealul cât un bloc de două etaje unde se găseau pe vremuri palatele lui William Methwold, înconjurate de plante exotice şi uitându-se mândru la mare... ia priviţi, un monstru de clădire mare şi trandafirie, obeliscul roz cu pretenţii de zgârie-nori al femeilor Narlikar, înalt ca un turn de control şi distrugând orice urmă a pieţei din copilărie... Da, era şi nu era Bombay-ul meu, fiindcă am ajuns la Kemp's Corner şi am constatat că panourile de afişaj cu micul rajah care călătorea cu Air-India şi cu Puştiul Kolynos dispăruseră pentru totdeauna, la fel ca însăşi firma Thomas Kemp and Co. Bannerele publicitare se înălţau pe locul unde odinioară se împărţeau medicamente, iar un ţânc cu o căciulă verde zâmbea spre traficul de dedesubt. Cuprins de nostalgie, am murmurat ca pentru mine: „Dinți curați și-un zâmbet mai frumos,/ Doar cu pasta superalbă Kolynos!“ Însă trecutul a refuzat să reapară, în ciuda incantațiilor mele; ne-am hurducat mai departe pe Gibbs Road și am coborât lângă plaja Chowpatty.

Bine măcar că aici, la Chowpatty, totul era cam la fel; o fâșie de nisip murdar pe care roiau hoți de buzunare, plimbăreți și vânzători ambulanți de *channe*-calde-calde-*channe*, *kulfi*, *bhel-puri* și o grămadă de alte lucruri; dar ceva mai încolo, pe Marine Drive, am văzut ce realizaseră tetrapozii. Pe pământul revendicat din stăpânirea mării de consorțiul Narlikar, câțiva balauri uriași se înălțau spre cer, purtând nume străine și ciudate; de undeva de departe, privirile mi-au fost atrase ca de un strigăt de o firmă pe care scria OBEROI-SHERATON. Bine, dar unde era jeepul compus din tuburi de neon?...

— Hai, Pictureji, am zis în cele din urmă, strângându-l pe Aadam la piept. Să mergem unde-avem de mers și să terminăm odată; ăștia au schimbat orașul.

Ce pot să spun despre Midnite-Confidential Club? Că se află undeva la subsol, într-un loc secret (deși cunoscut vânzătorilor atotștiutori), că pe ușa de la intrare nu scrie nimic și că are drept clienți crema societății din Bombay. Ar mai fi ceva? A, da: că patronul e un oarecare Anand „Andy“ Shroff, playboy și om de afaceri, care poate fi găsit în majoritatea zilelor bronzându-se la hotelul Sun'n'Sand de pe plaja Juhu, printre vedete de film și prințese fără drept de vot. Acum vin și vă întreb: un indian care se bronzează? Dar, mă rog, se pare că e ceva normal, regulamentul internațional al playboy-ismului trebuie respectat riguros, iar asta presupun că înseamnă și venerarea zilnică a soarelui.

Cât de inocent sunt (și când mă gândesc că Sonny, cel cu tâmplele scobite din cauza forcepsului, era considerat mai sărac cu duhul!) – nici nu mi-a trecut prin cap că locuri ca Midnite-Confidential erau aievea! Dar bineînțeles că ele există; iar noi trei, ducând în mâini fluierele și coșurile cu șerpi, am bătut la ușă.

S-au văzut câteva mișcări printr-un grilaj mic, situat la nivelul ochilor, după care o voce muzicală de femeie ne-a întrebat ce hram purtăm. Picture Singh a anunțat: „Eu sunt Cel

Mai Fermecător Om din Lume. Voi, cei de-aici, distrați lumea tot cu un îmblânzitor de șerpi. O să-l provoc și-o să arăt că sunt mai bun. Pentru asta nu cer nici un fel de plată. E doar o chestiune de onoare, coniță“.

Era seară; din fericire, domnul Anand „Andy“ Shroff se afla prin preajmă. Ca să n-o mai lungesc, provocarea lui Picture Singh a fost acceptată și am intrat cu toții în locul acela al cărui nume mă băgase deja în sperieți, întrucât conținea cuvântul *midnight*, iar inițialele lui mascaseră cândva propria mea lume secretă: M.C.C., care înseamnă Metro Cub Club, a fost cândva acronimul pentru Midnight Children's Conference, iar acum fusese uzurpat de acest local de noapte secret. Pe scurt, m-am simțit invadat.

Problemele gemene ale tineretului evoluat și cosmopolit din oraș: cum să consumi alcool într-un stat în plină prohibiție și cum să le faci curte fetelor în cea mai bună tradiție occidentală, trăgând bairamuri de pomină, dar totodată punând batista pe țambal, pentru evitarea rușinii atât de orientale a unui scandal? Midnite-Confidential era soluția domnului Shroff la greutățile chinuitoare pe care le întâmpina tineretul înstărit din oraș. În acel subsol al licențiozității, el crease o lume cufundată într-o beznă stigiană, neagră ca iadul; în taina întunericului din miez de noapte, îndrăgostiții din oraș se întâlneau, beau licori de import și își spuneau cuvinte dulci; ascunși în noaptea aceea izolată și artificială, nu le rămânea decât să se dezmierde fără să-i pedepsească nimeni. Infernul e alcătuit din fanteziile celorlalți: pentru fiecare saga e nevoie de cel puțin o coborâre în Jahannum, iar eu l-am urmat pe Picture Singh în întunericul ca de smoală al Clubului, ținându-mi copilașul în brațe.

Am pășit pe un covor moale și negru – negru ca miezul nopți, negru ca pana corbului, negru ca supărarea, negru ca un strigăt de „hei, hei, negrotei!“; pe scurt, un covor de culoare închisă – conduși de o femeie înnebunitor de nurlie, care își purta sariul coborât erotic pe șolduri și avea un fir de iasomie prins în buric; însă, când am coborât în beznă, ea s-a întors spre noi cu un surâs liniștitor și am văzut că avea ochii închiși; pe pleoape îi fuseseră pictați alți ochi, nepământeni și luminoși. Nu m-am putut abține și am întrebat: „De ce...“ Iar ea mi-a răspuns simplu: „Sunt oarbă. În plus, nimeni din cei care vin aici nu vrea să fie văzut. Ați intrat într-o lume fără chipuri și fără nume; aici oamenii nu au amintiri, familii sau trecut;

locul acesta e sortit clipei actuale, singurele lucruri care contează sunt cele care se petrec *acum*".

Pe urmă ne-a înghițit întunericul, iar femeia ne-a călăuzit prin groapa aceea de coșmar în care lumina era ținută în cătușe și lanțuri, în acel loc din afara timpului, în acea negare a istoriei...

— Stați aici, ne-a spus ea. O să apară imediat și celălalt îmblânzitor. Când o să vină vremea, o să se-aprindă o lumină deasupra voastră; atunci începeți întrecerea.

Am rămas acolo – cât să fi fost? Minute, ore, săptămâni? – în timp ce alte femei oarbe cu ochi strălucitori conduceau musafiri invizibili la locurile lor; încet-încet, pe întuneric, mi-am dat seama că eram înconjurat de murmure blânde și amoroase, aidoma sunetelor scoase de șoareci la împerechere; am auzit clinchetul unor pahare ținute de niște mâini cu degetele împletite și mângâierile abia simțite ale buzelor; cu o ureche bună și una rea, am deslușit sunetele sexualității ilicite umplând atmosfera miezului de noapte... Dar nu, nu voiam să aud ce se întâmpla; deși nasul meu era în stare să amușineze, în liniștea șopotitoare a Clubului, tot felul de noi povești și începuturi, tot felul de iubiri exotice și interzise, o mulțime de contratimpuri invizibile și de momente când cineva a întins prea mult coarda, cu alte cuvinte, tot felul de picanterii suculente, am decis să nu bag în seamă nimic din toate astea, fiindcă intrasem într-o lume nouă, în care nu aveam ce să caut. Totuși, fiul meu Aadam a stat lângă mine cu urechile arzând de fascinație și cu niște ochi care străluceau în întuneric, ascultând, memorând și învățând... după care s-a făcut lumină.

Era o singură rază, transformată într-un ochi de lumină pe podeaua de la Midnite-Confidential Club. Din penumbra care înconjura suprafața luminată, Aadam și cu mine l-am văzut pe Picture Singh stând țeapăn cu picioarele strânse sub el alături de un tânăr arătos și proaspăt bărbierit; fiecare era înconjurat de instrumente muzicale și de coșurile acoperite cu ajutorul cărora își făceau numărul. La un megafon a fost anunțată începerea legendarului concurs pentru titlul de Cel Mai Fermecător Om din Lume; dar cine mai stătea să asculte? Era cineva atent sau se concentraseră cu toții asupra buzelor, a limbilor și a mâinilor? Cât despre numele adversarului lui Pictureji, acesta era maharajahul din Cooch Nareen.

(Nu știu, zău; e ușor să-ți iei un titlu. Dar poate chiar era nepotul acelei soții de rajah care fusese odinioară prietenă cu doctorul Aziz; poate că moștenitorul celui mai fervent susținător al Colibriului ajunsese să se înfrunte – ironia sorții – tocmai cu bărbatul care ar fi putut deveni un al doilea Mian Abdullah! Totul e posibil; mulți maharajahi au sărăcit din clipa când Văduva i-a șters de pe statele de plată ale funcționarilor publici.)

Cât de mult s-au întrecut în grota aceea fără strop de soare? Luni, ani, secole? Nu-mi dau seama. I-am privit hipnotizat, în timp ce încercau să și-o ia înainte unul altuia, îmblânzind toate varietățile de șerpi din lume și chiar cerând la un moment dat să li se trimită niște specii rare de la ferma din Bombay (unde cândva doctorul Shaapsteker...); maharajahul i-a ținut piept lui Picture Singh șarpe după șarpe, izbutind să-i îmblânzească până și pe constrictori, lucru pe care nu-l mai reușise nimeni în afară de Pictureji. În acel Club infernal, al cărui întuneric era o formă de manifestare a obsesiei proprietarului pentru culoarea neagră (sub a cărei influență se bronzase zi de zi la Sun'n'Sand), cei doi virtuozi i-au convins pe șerpi să înfăptuiască o mulțime de acrobații imposibile, făcându-i să se împletească în noduri, să se arcuiască, să bea apă din pahare de vin și să sară prin cercuri de foc... Sfidând oboseala, foamea și bătrânețea, Picture Singh a oferit spectacolul vieții lui (Dar se mai uita cineva? Fie și un singur om?), iar la un moment dat s-a văzut că tânărul era primul care dădea semne de oboseală; șerpii lui n-au mai ținut ritmul fluierului și, în cele din urmă, printr-o mișcare atât de rapidă încât nici n-am mai apucat s-o văd, Picture Singh a reușit să înnoade o cobră regală la gâtul maharajahului.

După care a spus:

— Dă-te bătut, dom' căpitan, sau îi zic să muște.

Așa s-a terminat întrecerea. Prințișorul umilit a plecat de la Club, iar mai târziu s-a aflat că se împușcase într-un taxi. Între timp, pe podeaua ultimei lui mari bătălii, Picture Singh s-a prăvălit ca un smochin lovit de trăsnet... Asistentele oarbe (dintre care una îl avea în grijă pe Aadam) m-au ajutat să-l car de pe câmpul de luptă.

Dar Midnite-Confidential mai avea un ultim atu. O dată pe noapte – pentru un plus de atracție – un fascicul de lumină baleia întregul local și se fixa asupra uneia dintre perechile ilicite, expunând-o privirilor ascunse ale celorlalți: era un fel de ruletă rusească luminiscentă, care fără îndoială că făcea viața mai palpitantă pentru tineretul cosmopolit din oraș... Și cine credeți că a fost victima aleasă în noaptea aceea? Cine a fost cel care, cu tâmplele în formă de cornițe, cu fața pătată și cu nasul ca un castravete, s-a trezit înecat în lumina scandalului? Cine a fost cel care, orbit aproape la fel de mult ca asistentele din cauza voyeurismului becului, a fost cât pe-aci să dea drumul picioarelor prietenului său inconștient?

Saleem s-a întors în orașul natal ca să fie scăldat în lumina unei pivnițe, în timp ce junii locuitori din Bombay râdeau de el pe înfundate în întuneric.

Consemnez acum în grabă, căci am ajuns la sfârșitul incidentelor, că, într-o cameră din culise unde era voie să stai cu lumina aprinsă, Picture Singh și-a revenit din leșin; iar în vreme ce Aadam dormea buștean, una dintre ospătărițele oarbe ne-a adus o masă îndestulătoare, care ținea loc și de felicitări. Pe platoul victoriei se găseau: *samose*, *pakore*, *orez*, *dal*, *puri*-uri și *chutney* verde. Da, un vas mic de aluminiu plin cu un *chutney* verde ca greierii... N-a trecut mult și am pus mâna pe un *puri*, am întins *chutney* pe el, am luat o îmbucătură și aproape că am imitat leșinul lui Picture Singh, fiindcă gustul lui m-a făcut să mă întorc în timp, la ziua când am ieșit din spital cu doar nouă degete, am plecat în exil acasă la unchiul Hanif Aziz și am fost tratat cu cel mai bun chutney din lume... Gustul *chutney*-ului era mai mult decât un simplu ecou al zilelor de odinioară, era *același* ca și atunci, având o forță uriașă de reînviere a trecutului, de parcă nu ne-am fi desprins niciodată de el... Pradă acestei emoții intense, am prins-o pe ospătărița oarbă de braț și am întrebat febril, neputând să mă stăpânesc:

— *Chutney*-ul ăsta! Cine l-a făcut?

Probabil că am țipat, fiindcă l-am auzit imediat pe Picture:

— Ușurel, dom' căpitan, o să-l trezești pe micuț... Da' ce-ai pățit? Parc-ai dat cu ochii de fantoma celui mai mare dușman!

Pe urmă a fost rândul chelneriței, care s-a interesat pe un ton destul de rece:

— Nu vă place *chutney*-ul?

A trebuit să-mi înăbuș un urlet cât toate zilele.

— Îmi place, am răspuns cu o voce oțelită. De plăcut, îmi place, dar vrei să-mi spui de unde e?

La care ospătărița, îngrijorată și dornică să scape cât mai repede:

— De la Fabrica de Conserve Bragança. Cea mai bună din Bombay, știe toată lumea.

Am convins-o să-mi aducă borcanul, pe a cărui etichetă am găsit adresa. Era vorba de o clădire care avea deasupra porții o zeiță de neon care făcea cu ochiul și era compusă din tuburi luminoase verzi și de culoarea șofranului ; o fabrică ocrotită de silueta de neon a lui Mumbadevi, în timp ce trenurile personale galben-maronii treceau hurducându-se prin dreptul ei : Fabrica (privată) de Conserve Bragança Ltd., în periferia lăbărțată din nordul orașului.

Încă o dată abracadabra, încă o dată Sesam-deschide-te : cuvintele tipărite pe eticheta unui borcan de *chutney*, deschizându-mi ultima ușă a vieții... Am fost însuflețit de hotărârea irezistibilă de a-l descoperi pe producătorul acelui *chutney* imposibil al aducerilor aminte și am spus :

— Pictureji, trebuie să plec...

Nu știu cum s-a terminat povestea lui Picture Singh ; a refuzat să mă însoțească în expediția de căutare și i-am citit în priviri că eforturile luptei frânseseră ceva înlăuntrul lui și că victoria repurtată fusese, de fapt, o înfrângere ; însă îmi e cu neputință să spun dacă a rămas în Bombay (eventual ca angajat al domnului Shroff) sau s-a întors la spălătoreasa lui, dacă mai trăiește sau nu...

— Cum aș putea să te părăsesc ? l-am întrebat deznădăjduit.

— Nu fi prost, dom' căpitan, mi-a răspuns el. Ai ceva de făcut, nu-ți rămâne decât s-o faci. Hai, du-te, crezi că mai am vreo treabă cu tine ? Cum ți-a zis și băbuța Resham, du-te cât mai repede !

Luându-l pe Aadam cu mine, am plecat.

Punctul terminus al călătoriei : părăsind lumea subterană a ospătărițelor oarbe, am ținut-o întruna spre nord, ducându-mi fiul în brațe, și am ajuns în cele din urmă la locul acela unde șopârlele înghit muște, cazanele bolborosesc la fiert și femeile cu mâini puternice spun bancuri deocheate ; am revenit în lumea supraveghetoarelor cu limba ascuțită și cu sâni conici, în lumea aceasta dominată de zgomotul omniprezent al borcanelor ieșite din linia de îmbuteliere... Iar acolo, la capătul drumului, cine s-a proțăpit în fața mea, cu brațele încrucișate și scăldate de sudoarea care făcea să strălucească firele de păr ?

Cine m-a întrebat, direct ca întotdeauna: „Dumneata, domnu', ce dorești?"

— Eu! strigă Padma, emoționată și puțin stânjenită de amintirea acestui episod. Sigur, cine alta? Eu eu eu!!!

— Bună ziua, *begum*, am spus. („Of, atât de politicos de fiecare dată!" intervine Padma.) Bună ziua. Pot să ajung la direcție?

O, sumbră, defensivă și căpoasă Padma!

— Nu se poate. Doamna directoare *begum* e ocupată. Trebuie să fixezi o întâlnire, revino, iar acum te rog să pleci imediat.

Ascultați-mă bine, aș fi putut să rămân mai departe, s-o conving sau s-o intimidez pe Padma, eventual să folosesc forța ca să trec de brațele ei; dar s-a auzit un strigăt de pe pasarelă – chiar de pe pasarela asta de lângă birouri, Padma! –, iar cineva căruia nu am vrut să-i rostesc numele până acum s-a uitat în jos, peste cazanele uriașe de conserve și *chutney*-ul pus la fiert, coborând apoi în goană treptele metalice și țipând să-și spargă pieptul:

— O, Doamne, o, Doamne, o, Iisuse Hristoase, *baba*, fiul meu, ia uite cine-a venit, *arré baba*, nu mă recunoști, aoleu ce-ai slăbit, ești ca un țâr, hai, hai, lasă-mă să te pup și să-ți dau o prăjitură!

Așa cum ghicisem, doamna directoare *begum* de la Fabrica (Privată) de Conserve Bragança Ltd., care își spunea doamna Bragança, era bineînțeles *ayah* mea de odinioară, criminala din miez de noapte, domnișoara Mary Pereira, singura mamă pe care o mai aveam pe lume.

Miezul nopții sau cam pe-acolo. Un bărbat care duce în mână o umbrelă neagră strânsă (și intactă) se apropie de fereastra mea dinspre calea ferată, se oprește se așază pe ciuci se cacă. Pe urmă îmi vede silueta profilată în lumină și, în loc să se supere din cauza puseului meu voyeurist, îmi strigă: „Fii atent aici!" și scoate cel mai lung rahat pe care l-am văzut vreodată. „Treizeci și doi de centimetri!" anunță el. „Al tău cât de lung e?" Altădată, pe vremea când aveam mai multă energie, aș fi dorit să-i spun povestea vieții; ora târzie și umbrela mi-ar fi fost de ajuns ca să încep să-i întrețes destinul cu al meu, și nu mă îndoiesc că aș fi încheiat demonstrând cât era de indispensabil oricui ar fi vrut să-mi înțeleagă viața și perioadele de întuneric; însă acum sunt deconectat, scos din priză, și mai am de scris doar epitafurile. Prin urmare, îi fac semn cu mâna campionului la defecații, îi răspund: „Cinșpe jumate în zilele bune“ și îl dau uitării.

Mâine. Eventual poimâine. Crăpăturile or să aștepte data de 15 august. Mai am puțin timp; o să termin mâine.

Azi mi-am luat o zi liberă și m-am dus în vizită la Mary. Un drum lung și înecat în praf cu autobuzul, pe niște străzi pe care începe să se simtă forfota pricinuită de apropiata Zi a Independenței, deși adulmec și alte parfumuri, mai puțin nobile și strălucitoare: decepția, venalitatea, cinismul... Mitul de aproape treizeci și unu de ani al libertății nu mai e ce era odată. E nevoie de mituri noi; dar asta nu e treaba mea.

Mary Pereira, care își spune acum doamna Bragança, locuiește cu sora ei Alice, în prezent doamna Fernandes, într-un apartament din obeliscul roz înălțat de femeile Narlikar pe colina cât un bloc cu două etaje, unde dormise cândva pe o saltea a servitorilor dintr-un palat peste care trecuse buldozerul. Dormitorul ei are cam aceeași suprafață cu încăperea în care degetul întins al unui pescar îl făcuse cândva pe un băiețel să se uite spre linia orizontului; într-un balansoar de lemn de tec, Mary îl leagănă pe fiul meu, îngânându-i la ureche „Pânze roșii în asfințit“. *Dhow*-urile cu vele stacojii se risipesc profilate pe cerul îndepărtat.

O zi destul de plăcută, în care se evocă vremurile de altădată. Ziua când mi-am dat seama că un vechi strat de cactuși supraviețuise revoluției femeilor Narlikar și când, luând o cazma de la grădinar, am dezgropat o lume de mult uitată: un glob de tablă care conținea fotografia uriașă a unui bebeluș, realizată de Kalidas Gupta, îngălbenită de vreme și mâncată de furnici, precum și o scrisoare de la prim-ministru. Mi-am luat și alte zile libere. Într-una dintre ele am vorbit despre cum i s-a întors norocul lui Mary Pereira. Despre cum îi datora totul dragei ei Alice. Al cărei sărman domn Fernandes a murit din cauza daltonismului, fiindcă într-o bună zi, aflat la volanul vechiului său Ford Prefect, a confundat culorile unuia dintre puținele semafoare existente atunci în oraș. Și despre cum a venit Alice în vizită la ea în Goa și a anunțat-o că stăpânele ei, temutele și întreprinzătoarele femei Narlikar, erau dispuse să investească o parte din banii strânși de pe urma tetrapozilor într-o fabrică de conserve. „Le-am zis că nimeni nu face *achar-chutney* ca Mary a noastră, fiindcă ea își pune toate sentimentele în ceea ce gătește“, spuse Alice, fără să mintă câtuși de puțin. Până la urmă, sora lui Mary a fost fată bună. Și să știi, *baba*, că nici nu m-am gândit c-o să vrea o lume-ntreagă să mănânce din conservele mele amărâte, da' uite că se cer până și-n Anglia. Și poftim situație, eu, una, stau pe locul casei tale atât de dragi, iar ție Dumnezeu știe ce ți s-a întâmplat, de-ai ajuns să trăiești atâta vreme ca un cerșetor, ce lume, *baapu-ré*!

Plus o sumedenie de lamentații dulci-amărui: Ah, biata mami și bietu' tati! Să moară tocmai ea, o femeie atât de cumsecade! Și amărâtul de bărbatu-său, care n-a știut niciodată cum să iubească sau cine l-a iubit! Chiar și Maimuța... Dar aici o întrerup, nu, n-a murit. Aș, nu-i adevărat, n-a murit. S-a călugărit în mare taină și acum mănâncă pâine pe vatră.

Mary, care a furat numele bietei regine Ecaterina, care dăruise aceste insule englezilor, mi-a deslușit secretele procesului de conservare. (Desăvârșind o educație începută în același spațiu al bucătăriei pe măsură ce își amesteca vinovăția în *chutney*-ul verde.) Acum stă acasă, ca toate pensionarele cu părul alb, încercând din nou fericirea oricărei *ayah* care are de crescut un copilaș. „Acum că o termini cu scrisu' ăsta, *baba*, ar trebui să-ți faci mai mult timp pentru micuț." Dar pentru el am făcut-o, Mary. La care mă trezesc că-mi spune pe neașteptate și schimbând subiectul, fiindcă în ultima vreme mintea ei tot sare de la una la alta: „O, *baba*, *baba*, uită-te ce mult ai îmbătrânit!"

Mary cea bogată, care n-a visat în viața ei că avea să ajungă o femeie cu stare, tot nu poate să doarmă în pat. Dar bea șaisprezece Coca-Cola pe zi, fără s-o mai preocupe dinții, care oricum i-au căzut până la unul. Încă un salt al minții: „De ce te-nsori așa, dintr-odată?" Fiindcă așa vrea Padma. Nu, n-are nici un fel de necaz, cum ar putea, cu beteșugul ăsta al meu? „Am întrebat, *baba*, atâta tot."

Și ziua s-ar fi scurs pașnic ca orice zi în asfințit, aproape de sfârșitul sfârșiturilor, numai că la un moment dat, într-un târziu, la vârsta de trei ani, o lună și două săptămâni, Aadam Sinai a scos un sunet.

„Ab..." *Arré*, Doamne, ascultă, *baba*, băiatul spune ceva! La care Aadam, foarte atent: „*Abba*..." Tată. Îmi spune tată. Dar nu, n-a terminat, pe chip i se citește o tensiune destul de mare, iar în cele din urmă fiul meu, care o să trebuiască să ajungă magician ca să reziste în lumea pe care i-o las moștenire, își încheie primul cuvânt din viață: „...cadabba".

Abracadabra! Dar nu se întâmplă nimic, nu ne preschimbăm în broaşte râioase, şi nici nu ne intră îngerii pe fereastră: băiatul nu face decât să-şi încordeze muşchii. N-o să fiu de faţă la miracolele lui... Împresurat de bucuria lui Mary pentru isprava lui Aadam, mă întorc la Padma şi la fabrică; această primă şi enigmatică incursiune a fiului meu pe tărâmul limbajului mi-a adus în nări un iz îngrijorător.

Abracadabra: un cuvânt câtuşi de puţin indian, o formulă cabalistică derivată din numele zeului suprem al gnosticilor basilidani, conţinându-l pe 365, numărul zilelor anului, al cerurilor şi al spiritelor emanate de zeul Abraxas. „Cine Dumnezeu se crede băiatul ăsta?" mă întreb, nu pentru prima oară.

Amestecurile mele speciale: le-am păstrat pentru acum. Valoarea simbolică a procesului de conservare: toate cele şase sute de milioane de ovule care au dat naştere populaţiei Indiei pot să încapă într-un borcan de conserve de mărime standard; şase sute de milioane de spermatozoizi pot fi luaţi cu o lingură. Fiecare borcan conţine, prin urmare (îmi cer iertare dacă devin preţios câteva clipe), cea mai exaltată dintre posibilităţi: fezabilitatea chutnificării istoriei; speranţa măreaţă a conservării timpului! Oricum, eu, unul, am pus la conservat capitolele. În seara asta, înşurubând bine capacul unui borcan pe care scrie *Formula specială 30: „Abracadabra"*, ajung la sfârşitul întortocheatei mele autobiografii: prin cuvinte şi conserve, am imortalizat amintirile, deşi distorsiunile nu pot fi evitate de nici una dintre cele două metode. Mă tem că trebuie să trăim alături de umbrele imperfecţiunilor.

În prezent, mă ocup de conducerea fabricii în locul lui Mary. Alice – „doamna Fernandes" – are în grijă partea financiară, în timp ce răspunderea mea se leagă de aspectele creatoare ale muncii. (Fireşte că am iertat-o pe Mary pentru crima comisă; am nevoie nu doar de taţi, ci şi de mame, iar mama este singura fiinţă care nu poate fi arătată cu degetul.) În mijlocul forţei de muncă exclusiv femeieşti de la Fabrica de Conserve Bragança, sub clipirile verzi şi de şofran ale întrupării din neon a zeiţei Mumbadevi, aleg roşii, mango şi frunze de tei de la femeile care se prezintă în zori ducându-şi coşurile pe cap. Animată de aceeaşi străveche ură faţă de bărbaţi, Mary nu tolerează nici un reprezentant al sexului tare în universul ei nou şi confortabil, cu excepţia mea... a mea şi, bineînţeles, a fiului meu. Cât despre Alice, bănuiesc că mai are din când în când câte-o mică aventură; iar Padmei i-am căzut cu tronc din capul locului, fiindcă a văzut în mine un debușeu pentru vastele ei resurse de solicitudine reținute până atunci; nu pot să răspund în numele celorlalte, dar competența formidabilă a femeilor Narlikar se reflectă la nivelul acestei secții de fabrică, în devotamentul muncitoarelor solide care amestecă în cazane.

De ce e nevoie pentru chutnificare? De materii prime, firește – fructe, legume, pește, oțet, mirodenii. De vizitele zilnice ale femeilor *koli*, cu sariurile sumețite între picioare. De castraveți vinete mentă. Dar și de alte lucruri: de niște ochi albaștri ca gheața, care nu se lasă păcăliți de lingușelile de suprafață ale fructelor și știu să vadă corupția de sub coaja de lămâie; de niște degete care pot explora, cu o atingere ușoară ca fulgul, inimile secrete și capricioase ale roșiilor necoapte; iar mai presus de orice, de un pas capabil să discearnă limbajele ascunse a ceea-ce-trebuie-conservat, la un loc cu toate umorile, mesajele și emoțiile... La Fabrica de Conserve Bragança, supraveghez producerea rețetelor legendare ale lui Mary; am însă propriile mele combinații, în care, datorită puterii căilor mele nazale secătuite, sunt în stare să includ amintiri, vise și idei, așa încât, odată intrate în producția de masă, toți cei care le consumă vor ști ce-au realizat pipernițele în Pakistan sau cum te simțeai în Sundarban... Mă credeți sau nu, ăsta-i adevărul... Treizeci de borcane stau cuminți pe un raft, așteptând să fie deschise în folosul națiunii amnezice.

(Iar lângă ele se află un borcan gol.)

Procesul de revizuire trebuie să fie constant și nesfârșit; să nu credeți că mă mulțumește ceea ce am făcut! Iată câteva neîmpliniri: un gust prea înțepător din borcanele care conțin amintiri despre taică-meu, o oarecare ambiguitate a aromei iubărețe a „Jamilei Cântăreața“ (Formula specială 22), care i-ar putea face pe cei mai puțin subtili să creadă că am scornit toată povestea cu schimbatul copiilor ca să justific o dragoste incestuoasă, și niște vagi improbabilități depozitate în borcanul cu eticheta „Accidentul din lada de rufe“. Conservarea pune întrebări la care nu se răspunde integral, ca de pildă: De ce a avut Saleem nevoie de un accident ca să-și dobândească puterile? Cei mai mulți dintre copii n-au... Sau, în „Radio All-India“, și nu numai, o notă discordantă în orchestrarea aromelor; chiar ar fi reprezentat mărturisirile lui Mary un șoc pentru un telepat autentic? În această versiune conservată a istoriei, uneori Saleem pare să știe prea puțin, alteori prea mult... da, ar trebui să revizuiesc și iar să revizuiesc, să perfecționez și iar să perfecționez; însă nu există nici timpul, nici energia necesare. Mă văd nevoit să nu ofer nimic altceva decât această frază mustind de căpoșenie: S-a întâmplat așa fiindcă așa s-a întâmplat.

Mai există și problema dozării mirodeniilor: deliciile curcumalei și ale chimionului, subtilitatea schindufului, cantitatea mai mare sau mai mică de nucșoară, puzderia de efecte posibile ale usturoiului, ienibaharului, batoanelor de scorțișoară, coriandrului și ghimbirului... ca să nu mai pomenim de contribuțiile aromatice ale câte unei bucățele de pământ. (Saleem nu mai e obsedat de puritate.) În ce privește dozarea mirodeniilor, mă resemnez în fața inevitabilelor distorsiuni ale procesului de conservare. În fond, a conserva înseamnă a dărui nemurire: peștele, legumele și fructele sunt îmbălsămate în mirodenii-și-oțet; o mică modificare, o vagă accentuare a gustului nu sunt un capăt de țară, nu? Arta constă în schimbarea gradării, nu a tipului de aromă, și în primul rând (în cele treizeci de borcane plus unu) în stabilirea conturului și a formei – altfel spus, a sensului. (Am amintit deja că mi-e frică de absurd.)

S-ar putea ca, într-o bună zi, lumea să guste din conservele istoriei. E posibil ca acestea să fie prea înțepătoare pentru gustul unora, să miroasă prea puternic sau să aducă lacrimi în ochi; cu toate acestea, sper că se va putea spune despre ele că au gustul autentic al adevărului... că sunt, în ciuda a tot ce s-a întâmplat, manifestări ale iubirii.

Un borcan gol... cum să închei? Pe o notă de fericire, cu Mary stând în balansoarul de lemn de tec și cu un fiu care a început să vorbească? Printre rețete și treizeci de borcane ale căror denumiri sunt tot atâtea titluri de capitole? Pe un ton melancolic, potențat de amintirile legate de Jamila, Parvati și chiar Evie Burns? Sau cu acei copii fermecați... dar atunci să mă bucur fiindcă unii au scăpat, sau să pun punct vorbind despre tragedia efectelor devastatoare ale secătuirii? (Fiindcă secătuirea asta e la originea fisurilor: trupul meu nefericit, pulverizat, secătuit și sus, și jos, a început să crape tocmai din cauză că i s-a supt toată vlaga. Stafidit și uscat, el a cedat până la urmă în fața izbiturilor și a mutilărilor de care a avut parte o viață întreagă. Iar acum se aud tot felul de zgomote, de parcă s-ar fi rupt ceva, după care prin crăpături se insinuează o duhoare care trebuie să fie mirosul morții. Trebuie să nu-mi pierd cumpătul și să țin lucrurile sub control cât mai mult cu putință.)

Sau cu întrebări : acum că sunt în stare (vă jur) să-mi văd crăpăturile de pe dosul mâinilor, de pe frunte și dintre degetele de la picioare, de ce nu sângerez ? Sunt deja atât de golit, uscat și conservat ? Am ajuns deja propria mea mumie ?

Sau cu vise : fiindcă azi-noapte mi s-a arătat fantoma Maicii Stareţe, uitându-se în jos printr-o gaură dintr-un nor și așteptând să mor, ca să poată vărsa lacrimi bogate ca ploile musonice timp de patruzeci de zile... pe când eu, plutind în afara propriului corp, mi-am privit imaginea micșorată și am văzut un pitic încărunțit care, cercetându-se cândva într-o oglindă, a părut ușurat.

Nu, nu merge, va trebui să scriu viitorul așa cum am scris și trecutul, să-l înfățișez cu siguranța absolută a unui profet. Dar viitorul nu poate fi pus la păstrare într-o conservă ; un borcan trebuie să rămână gol... Ceea ce nu poate fi conservat, căci încă n-a avut loc, este ziua mea de naștere (astăzi împlinesc treizeci și unu de ani, și fără îndoială că o să urmeze o căsătorie, situație în care Padma o să aibă urme de vopsea pe mâini și pe tălpi, după care o să primească un alt nume, poate Naseem, în cinstea fantomei vigilente a Maicii Stareţe, pe când dincolo de geamuri or să fie focuri de artificii și o mulțime de oameni, fiindcă o să se sărbătorească Ziua Independenței, gloatele cu multe capete or să iasă pe străzi, iar Kashmirul o să aștepte. O să am biletele de tren în buzunar, o să existe un taxi condus de un băiat de la țară care visase cândva, la Pioneer Café, să ajungă vedetă de film, o s-o ținem întruna spre sud și o să pătrundem în inima mulțimilor tumultuoase, care or să se bată cu baloane umplute cu vopsea, aruncându-le și în geamurile ridicate ale taxiului, de parcă ne-am afla la sărbătoarea culorilor de la Holi ; pe Hornby Vellard, unde a fost lăsat să crape un câine, gloata, gloata asta deasă, nesfârșită și gata să crească până o să umple lumea, n-o să mai permită înaintarea vehiculului, așa că o să părăsim taxiul (și odată cu el, și visurile șoferului), o s-o luăm pe jos prin mulțimea forfotitoare și da, o să fiu despărțit de Padma, pe când Lotusul meu de Băligar o să întindă un braț peste marea aceea agitată, până când o să se înece în vâltoare și o să mă lase singur cu imensitatea numerelor, a numerelor ăstora care mărșăluiesc un' doi trei, sunt înghiontit când din dreapta, când din stânga, în timp ce sunetele acelea urâte – harșt trosc buf – se aud tot mai tare, iar eu țip cât mă ține gura, corpul meu nu mai rezistă la așa ceva, numai că în clipa asta dau cu ochii de figuri cunoscute în mulțime, iată-i pe toți laolaltă, bunicul Aadam și nevastă-sa Naseem, Alia și Mustafa, Hanif și Emerald, Amina care era Mumtaz, Nadir care a devenit Qasim, Pia și Zafar, cel care făcea pipi în pat, precum și generalul Zulfikar, se înghesuie cu toții în jurul meu, împingând, împărțind ghionturi și strivind, motiv pentru care crăpăturile mele se lărgesc tot mai mult, iar acum iat-o și pe Jamila, care a plecat de la mănăstire ca să fie de față la această ultimă zi, când noaptea cade, ba chiar a căzut, urmată de o numărătoare inversă care își face auzit ticăitul până la miezul nopții, la un loc cu artificiile, stelele și siluetele de carton ale luptătorilor, iar eu îmi dau seama că n-o să mai ajung în Kashmir, aidoma lui Jegangir, împăratul mogul, o să mor și eu cu numele Kashmirului pe buze, incapabil să văd acea vale a plăcerilor unde oamenii se duc să se bucure de viață, să și-o încheie sau și una, și alta; fiindcă acum disting și alte chipuri în mulțime, printre care figura înfricoșătoare a unui erou de război cu niște genunchi letali, care a aflat șiretlicul prin care l-am deposedat de dreptul de primogenitură și care mă împinge acum prin gloata compusă doar din fețe familiare, uite-l pe Rashid, băiatul cu ricșa, braț la braț cu soția rajahului din Cooch Nareen, iată-i și pe Ayooba, Shaheed, Farooq și Mutasim cel Frumos, iar dintr-o altă direcție, cea a mormântului de pe insulă al hagiului Ali, văd apropiindu-se o arătare descinsă din mitologie, este Îngerul Negru, numai că, pe măsură ce vine spre mine, fața i se face verde, ochii negri, părul are cărare pe mijloc, în stânga e verde, în dreapta negru, iar ochii sunt ai Văduvelor; Shiva și Îngerul se apropie din ce în ce mai mult, pe când eu aud minciuni rostite în noapte, tot ce vrei poți să ajungi, cea mai mare gogoașă din câte există, urmată de momentul fisurării, fisiunea lui Saleem, sunt bomba din Bombay, uitați-vă cum explodez, cum mi se fac țăndări oasele sub presiunea îngrozitoare a mulțimii, după care sacul de oase se duce de-a berbeleacul, ca atunci la Jallianwala, dar astăzi Dyer nu mai pare să fie de față, nici vorbă de mercurocrom, doar o creatură hărtănită, din care cad bucăți întregi pe stradă, fiindcă am fost atât de multă lume, prea multă, iar viața, spre deosebire de sintaxă, permite mutații multiple, și iată că în cele din urmă răsună de undeva bătăile unui orologiu, douăsprezece la număr, și sunt izbăvit.

Da, or să mă calce în picioare, numerele mărșăluind un' doi trei, patru sute de milioane, cinci sute, șase, reducându-mă la simple fire de praf fără glas, la fel cum, când o să vină vremea, o să-l strivească sub tălpi și pe fiul meu care nu-i al meu, pe al lui care n-o să fie al lui și tot așa, până la a o mie una generație, până când o mie și unu de miezuri de noapte își vor fi împărțit darurile acelea cumplite, iar o mie și unu de copii vor fi murit, căci privilegiul și totodată blestemul copiilor din miez de noapte este să fie atât stăpânii, cât și victimele timpurilor în care trăiesc, să renunțe la intimitate, să fie târâți în vârtejul nimicitor al gloatelor și să nu poată trăi sau muri în pace.

Cuprins

În seria de autor „Salman Rushdie“

au apărut:

Seducătoarea din Florența
Pământul de sub tălpile ei
Shalimar clovnul
Harun și Marea de Povești
Copiii din miez de noapte

în pregătire:

Orient, Occident
Grimus
Ultimul suspin al Maurului
Rușinea
Versetele satanice
Luka și Focul Vieții

www.polirom.ro

Coperta: Radu Răileanu
Tehnoredactor: Cornelia Păduraru

Bun de tipar: iunie 2013. Apărut: 2013
Editura Polirom, B-dul Carol I nr. 4 • P.O. Box 266
700506, Iaşi, Tel. & Fax: (0232) 21.41.00; (0232) 21.41.11;
(0232) 21.74.40 (difuzare); E-mail : office@polirom.ro
Bucureşti, sector 4, B-dul Splaiul Unirii, nr. 6, Bl. 3A,
et. 1, cam. 4, O.P. 53, 040031 • P.O. BOX 1-728
Tel.: (021) 313.89.78; E-mail: office.bucuresti@polirom.ro

PRINT multicolor
Str. Bucium nr. 34 Iaşi
tel.: 0232/211225
fax: 0232/211252
office@printmulticolor.ro
www.printmulticolor.ro
SERVICII TIPOGRAFICE COMPLETE

Contravaloarea timbrului literar se depune în contul
Uniunii Scriitorilor din România
Nr. RO44RNCB5101000001710001 BCR UNIREA